# Drácula

Bram Stoker

# Drácula

Tradução
Karla Lima

Principis

Esta é uma publicação Principis, selo exclusivo da Ciranda Cultural


Traduzido do original em inglês
*Dracula*

Texto
Bram Stoker

Editora
Michele de Souza Barbosa

Tradução
Karla Lima

Preparação
Nine Editorial

Produção editorial
Ciranda Cultural

Diagramação
Linea Editora

Revisão
Fernanda R. Braga Simon

Capa
Laerte Silvino

**Dados Internacionais de Catalogação na Publicação (CIP) de acordo com ISBD**

S874d Stoker, Bram.

Drácula / Bram Stoker ; traduzido por Karla Lima. - Jandira, SP : Principis, 2025.
448 p. : 15,50cm x 22,60cm. - (Clássicos da literatura mundial - Superluxo).

ISBN: 978-65-5097-313-1

1. Literatura irlandesa. 2. Terror. 3. Romance. 4. Vampiro. 5. Medo. 6. Cartas. I. Lima, Karla. II. Título. III. Série.

CDD 741.5
2024-2324 CDU 741.5

**Elaborada por Lucio Feitosa - CRB-8/8803**

**Índice para catálogo sistemático:**
1. Literatura irlandesa 741.5
2. Literatura irlandesa 741.5

1ª edição em 2025
www.cirandacultural.com.br


Esta obra reproduz costumes e comportamentos da época em que foi escrita.

*Para meu querido amigo*
*Hommy-Beg*

# Sumário

# Capítulo I

## Diário de Jonathan Harker

(Mantido em taquigrafia)

**3 de maio, Bistrita**

Saí de Munique às oito e trinta e cinco da noite de 1º de maio, chegando a Viena cedo na manhã seguinte; deveria ter chegado às seis e quarenta e seis da manhã, mas o trem se atrasou uma hora. Budapeste parece ser um lugar lindo, a julgar pelo que vi de dentro do trem e pelo pouco que consegui caminhar pelas ruas. Tive medo de me afastar demais da estação, pois chegamos tarde e partiríamos o mais perto possível da hora certa. A impressão que tive foi a de que estávamos saindo do Ocidente e entrando no Oriente; as mais ocidentais das esplêndidas pontes sobre o Rio Danúbio, que aqui apresenta largura e profundidade imponentes, conduziram-nos para o seio das tradições turcas.

Partimos em boa hora, e após o anoitecer chegamos a Klausenburg. Passei a noite no Hotel Royale. No jantar, ou melhor, ceia, comi galinha preparada com um tipo de pimenta vermelha, que estava muito gostosa, mas me deixou com sede. (Nota: pegar receita para Mina.) Perguntei ao garçom o que era, e ele contou que se chama "*hendl* com páprica" e que, sendo um prato nacional, poderei pedir em qualquer lugar ao longo da cordilheira dos Cárpatos. Descobri que meu modesto conhecimento do alemão é muito útil aqui; na verdade, não sei como conseguiria me virar sem ele.

Dispondo de algum tempo livre enquanto estava em Londres, visitei o Museu Britânico, e nos livros e mapas da biblioteca fiz uma pesquisa sobre a Transilvânia. Tinha me ocorrido que um pouco de conhecimento antecipado sobre o país dificilmente não se provaria importante quando eu estivesse lidando com um nobre de lá. Descobri que o distrito que ele citou fica no extremo leste do país, bem na fronteira de três estados: Transilvânia, Moldávia e Bucovina, em meio às montanhas dos Cárpatos, uma das regiões mais selvagens e menos conhecidas da Europa. Não consegui identificar em nenhum mapa ou texto a localização exata do Castelo de Drácula, pois ainda não existem mapas deste país que sejam comparáveis aos feitos pela agência nacional de mapeamento da Grã-Bretanha. Mas descobri que Bistrita, o posto comercial mencionado pelo Conde Drácula, é um lugar bastante conhecido. Reproduzo a seguir algumas das anotações que fiz, pois poderão refrescar minha memória quando eu for contar sobre esta viagem para Mina.

A população da Transilvânia é de quatro nacionalidades distintas: saxões ao sul e, misturados a eles, os valacos, que são os descendentes dos dácios; magiares a oeste e sículos no leste e no norte. Vou em direção a estes últimos, que alegam ser descendentes de Átila e dos hunos. Bem podem ser, pois, quando os magiares conquistaram o país, no século XI, encontraram hunos instalados ali. Li que todas as superstições conhecidas no mundo se reúnem na ferradura dos Cárpatos, como se lá fosse o centro de um tipo de redemoinho imaginativo; se for assim, minha estadia há de ser bem interessante. (Nota: perguntar ao Conde sobre elas.)

Não dormi bem, embora a cama fosse bem confortável, pois tive todo tipo de sonho estranho. Um cachorro uivou a noite inteira debaixo da minha janela, o que pode ter influenciado; ou pode ter sido a páprica, pois precisei beber toda a água da garrafa, e mesmo assim continuei com sede. Perto do amanhecer consegui dormir, e fui acordado por batidas contínuas à minha porta, então suponho que estivesse dormindo profundamente. No café da manhã, comi mais páprica e um tipo de mingau de flocos de milho, que eles disseram ser "mamaliga", e berinjela recheada de carne, um prato delicioso que chamam de "impletata". (Nota: pegar receita disso também.) Precisei tomar o café da manhã às pressas, porque o trem partia um pouco antes das oito, ou isso é o que deveria ter acontecido, mas, após correr para a estação às sete e meia, fiquei sentado no vagão esperando por mais de uma hora até começarmos a andar. Parece que quanto mais você vai para o Oriente, mais impontuais são os trens. Como será que é na China?

Ao longo do dia inteiro pareceu que vagávamos sem rumo por um país repleto de belezas de todos os tipos. De vez em quando, víamos cidadezinhas ou castelos no alto de montanhas muito íngremes, como as dos velhos missais; outras vezes, passamos por rios e riachos que, a julgar pelas margens rochosas de ambos os lados, pareciam sujeitos a grandes cheias. É preciso muita água, e uma correnteza muito forte, para varrer as margens de um rio até não sobrar nada. Em todas as estações havia grupos, às vezes multidões, usando todo tipo de traje. Algumas pareciam gente comum como a nossa e como as pessoas que vi quando cruzei a França e a Alemanha, com jaquetas curtas e chapéus redondos e calças feitas em casa; mas outras eram muito pitorescas. As mulheres pareciam bonitas, exceto se você chegasse perto, pois tinham cintura grossa. Todas vestiam mangas longas brancas de um tipo ou de outro, e a maioria usava cintos grandes, com diversas tiras de tecido que voavam deles, como saias de balé, porém é claro que por baixo havia anáguas. As figuras mais estranhas que vimos foram os eslovacos, mais selvagens do que o resto, com grandes chapéus de boiadeiro, calças brancas folgadas e sujas, camisas de linho branco e cintos de couro imensos e pesados, de quase trinta centímetros de largura, cravejados de rebites de metal. Usavam botas de cano alto com as calças por dentro, cabelos pretos compridos e bigodes pretos fartos. Eles são muito pitorescos, mas nem um pouco amigáveis. Em uma peça de teatro, seriam logo entendidos como um grupo de bandoleiros do

Oriente. Entretanto, na verdade, eles são, pelo que me dizem, inofensivos e até carentes de autoafirmação.

O crepúsculo já passava da metade quando chegamos a Bistrita, que é um lugar muito antigo e interessante. Fica praticamente na fronteira – pois Borgo, um desfiladeiro que forma uma passagem natural para atravessar os Cárpatos, leva a Bucovina –, tem uma história bastante turbulenta e marcas que não deixam dúvida sobre isso. Cinquenta anos atrás ocorreu uma série de incêndios que deixou um rastro de terrível devastação em cinco ocasiões diferentes. Bem no início do século XVII, foi sitiada por três semanas e perdeu treze mil habitantes, sendo as baixas de guerra acrescidas dos mortos por fome e doença.

O Conde Drácula havia me instruído a ir para o Hotel Golden Krone, o qual descobri, deliciado, ser totalmente à moda antiga, pois é claro que eu queria ver tudo que pudesse dos aspectos tradicionais do país. Ficou evidente que eu estava sendo esperado, pois, quando me aproximei da porta, encontrei uma idosa de aparência alegre usando o tradicional traje camponês: roupa de baixo branca e um longo avental duplo, frente e costas, de lã colorida, quase justo demais para ainda ser respeitável. Quando eu me aproximei, ela se curvou e disse:

– O *Herr* inglês?

– Sim – eu respondi. – Jonathan Harker.

Ela sorriu e falou algo a um senhor também de idade, que vestia uma camisa branca de mangas curtas e a havia seguido até a porta. Ele se afastou e imediatamente voltou trazendo uma carta:

> *Meu amigo. Bem-vindo aos Cárpatos. Eu o aguardo ansiosamente. Durma bem esta noite. Às três horas da madrugada, a diligência vai partir para Bucovina; um lugar está reservado para o senhor. Na Passagem Borgo, minha carruagem o estará aguardando e irá trazê-lo até mim. Espero que sua jornada de Londres tenha sido feliz e que o senhor venha a apreciar a estadia em meu lindo país.*
>
> *Seu amigo,*
> *Drácula*

**4 de maio**

Descobri que o estalajadeiro havia recebido uma carta do Conde, instruindo-o a reservar o melhor lugar para mim na diligência. Porém, quando eu quis saber detalhes, ele pareceu hesitante e fingiu não entender meu alemão. Isso não poderia ser verdade, porque até aquele momento ele o havia compreendido perfeitamente ou, pelo menos, respondido às minhas perguntas como se compreendesse. O estalajadeiro e a esposa, a senhora que me havia recebido, olharam um para o outro de um jeito meio assustado. Ele resmungou que o dinheiro tinha sido enviado por carta e que isso era tudo o que sabia. Quando perguntei se conheciam o Conde Drácula e se poderiam me contar algo sobre o castelo, tanto ele quanto a esposa se benzeram, dizendo que não sabiam de nada, e simplesmente se recusaram a continuar conversando. A hora da partida estava tão próxima que não tive tempo de perguntar a mais ninguém. Tudo era muito misterioso e de modo nenhum reconfortante.

Próximo de minha saída do hotel, a velha senhora subiu ao meu quarto e falou, de um jeito histérico:

– O senhor tem que ir? Oh, jovem *Herr*, o senhor precisa ir?

Ela estava em tal estado de agitação que pareceu ter perdido todo o contato com o alemão que dominava, e o misturava a algum outro idioma que eu absolutamente não reconheci. Só consegui acompanhar o que ela dizia, fazendo-lhe muitas perguntas. Quando falei que precisava partir de uma vez, porque estava envolvido em assuntos muito importantes, ela perguntou de novo:

– O senhor sabe que dia é hoje?

Respondi que era 4 de maio, mas ela abanou a cabeça e repetiu:

– Sim! Isso eu sei! Mas o senhor sabe que dia é?

Assim que falei que não estava entendendo, ela prosseguiu:

– É véspera do Dia de St. George. O senhor sabe que hoje, quando o relógio bater meia-noite, todas as coisas ruins vão dominar o mundo? O senhor sabe aonde está indo e para que está indo?

Sua angústia era tão evidente que tentei confortá-la, mas sem resultado. Por fim, ela se ajoelhou e implorou que eu não fosse, que ao menos esperasse um ou dois dias antes de partir. Era tudo bem ridículo, mas me senti desconfortável. Entretanto, havia trabalho a ser feito, e eu não podia permitir que nada interferisse. De maneira que tentei pô-la de pé e afirmei, com a maior gravidade, que lhe agradecia muito, mas que meu dever era soberano e que eu precisava ir embora. Ela então se levantou, enxugou os olhos e me ofereceu um crucifixo que tirou do próprio pescoço. Eu não soube o que fazer, pois, sendo anglicano, fui ensinado a considerar essas coisas como um tipo de idolatria, porém, ao mesmo tempo, seria muito rude repelir uma senhora idosa tão bem-intencionada e em tal estado de espírito. Ela percebeu a dúvida em meu rosto, suponho, pois pôs o terço no meu pescoço e disse:

– Por amor à sua mãe. – E saiu do quarto.

Estou escrevendo isto no diário enquanto espero a diligência que, é claro, está atrasada; e o crucifixo ainda está no meu pescoço. Se é o pavor da velha senhora, ou as muitas histórias de assombração deste lugar, ou o crucifixo em si, eu não sei dizer, mas não estou me sentindo nem um pouco confiante e tranquilo como de costume. Se estas anotações chegarem a Mina antes de mim, que transmitam minha despedida. Aí vem a diligência!

* * *

### 5 de maio

O Castelo. A coloração cinzenta da manhã passou e o sol está alto no horizonte além, parecendo irregular; se por causa de árvores ou de colinas, não sei dizer, pois está tão longe que as coisas grandes e pequenas se misturam. Não estou com sono e, como não devo ser chamado até que acorde naturalmente, escrevo até o sono chegar. Há muitas coisas estranhas para anotar, e, antes que alguém leia estas linhas e imagine que jantei bem demais antes de deixar Bistrita, vou descrever a refeição exatamente. Jantei o que eles chamam de "bife assaltante": pedaços de toucinho, cebola e carne temperados com pimenta vermelha, enfiados em espetinhos e tostados, no estilo simples do churrasco de gato de Londres! O vinho era o Golden

Mediasch, que provoca na língua umas agulhadas estranhas, mas não desagradáveis. Tomei apenas duas taças, e mais nada.

Quando entrei na diligência, o condutor ainda não tinha se sentado, e o vi conversar com a estalajadeira. Eles estavam evidentemente falando sobre mim, pois a toda hora olhavam em minha direção, e algumas das pessoas sentadas no banco do lado de fora da porta, que eles chamam por um nome que significa "portador de palavras", se aproximaram para ouvir e depois olharam para mim, a maioria com pena. Consegui ouvir muitas palavras que se repetiam com frequência, palavras esquisitas, pois havia muitas nacionalidades na multidão. Então, discretamente, peguei meu dicionário multilíngue e o consultei. Devo dizer que não foi nada animador, pois entre elas estavam Ordog, Satã; pokol, inferno; stregoica, bruxa; vrolok e vlkoslak, as duas significando a mesma coisa, sendo uma eslovaca e a outra sérvia, para algo que é ou lobisomem ou vampiro. (Nota: perguntar ao Conde sobre essas superstições.)

Quando partimos, a multidão na porta da estalagem já tinha aumentado significativamente; todos fizeram o sinal da cruz e apontaram dois dedos em minha direção. Com dificuldade, consegui que um companheiro de viagem me contasse o que significava o gesto. Primeiro ele não quis responder, mas depois, quando soube que eu era inglês, explicou que se tratava de um encanto ou proteção contra mau-olhado. Isso não foi nada agradável para mim, pois eu estava partindo rumo a um lugar desconhecido para encontrar um homem desconhecido; mas todos pareciam tão gentis, tão penalizados e solidários, que não pude deixar de me comover. Jamais vou esquecer a última visão que tive do pátio da estalagem e de sua multidão de figuras pitorescas, todas se benzendo, paradas sob a arcada ampla, tendo ao fundo a folhagem abundante dos oleandros e laranjeiras, plantados em barris verdes agrupados no centro do pátio. Então nosso condutor, cujas ceroulas de linho branco cobriam toda a parte frontal da boleia (*gotza*, é como eles chamam), estalou o grande chicote sobre os quatro pequenos cavalos, que saíram em disparada, dando início à nossa jornada.

Diante da beleza da paisagem por onde seguíamos, logo esqueci meus temores, embora, caso eu soubesse a língua, ou melhor, as línguas que meus companheiros de viagem falavam, talvez não tivesse sido capaz de me livrar deles com tanta facilidade. À nossa frente, estendia-se uma terra escarpada e verdejante, repleta de florestas e bosques, com colinas íngremes aqui e ali, coroadas por grupos de árvores ou por casas com a face cega da empena virada para a estrada. Havia por todo lado uma quantidade desconcertante de frutas crescendo: maçãs, ameixas, peras, cerejas; enquanto passávamos, consegui ver a grama verde sob as árvores brilhando pelas pétalas caídas. Entre as colinas verdes, aqui chamadas de "Mittel Land", corria a estrada, que se perdia por entre as curvas gramadas e fechava o viajante entre duas alas irregulares de pinheiros, que aqui e ali desciam as colinas como línguas de fogo. O caminho era muito acidentado, mas mesmo assim íamos a grande velocidade, como se tomados por uma pressa febril. Na ocasião, não entendi o motivo de tanta precipitação, mas o condutor estava claramente determinado a chegar à Passagem Borgo sem perder tempo. Disseram-me que no verão esta estrada é excelente, mas que ainda não havia sido consertada desde as últimas neves do inverno. Neste aspecto, ela é diferente da administração geral das estradas nos Cárpatos, pois é uma tradição que não sejam mantidas em muito boas condições. Já os antigos senhores de terra eslavos, os hospadares, não as consertavam para evitar que os turcos pensassem que eles estavam se preparando para trazer ao território tropas estrangeiras, assim precipitando uma guerra que, de fato, estava sempre prestes a eclodir.

Além das amplas colinas verdejantes da Mittel Land, as encostas imponentes da floresta se elevavam até os cumes íngremes dos próprios Cárpatos. Assomavam-se à nossa direita e à nossa esquerda, banhados pelo sol da tarde, que realçava as cores gloriosas dessa bela cordilheira: azul profundo e roxo nas sombras dos picos, verde e marrom onde grama e pedra se fundiam, e uma vista infinita de rochas irregulares e penhascos pontiagudos, até que eles mesmos se perdiam na distância, onde os picos nevados se erguiam grandiosamente. Aqui e ali surgiam grandes fendas nas montanhas, através das quais, conforme o sol se punha, víamos de quando em quando o brilho branco de uma queda-d'água. Um dos meus companheiros tocou meu braço, quando contornamos a base de uma colina e o pico nevado de uma montanha se revelou, parecendo, conforme serpenteávamos pela estrada, estar bem diante de nós.

– Olhe! *Isten szek*! O assento de Deus! – E ele se benzeu com reverência.

Seguíamos em nossa viagem interminável, enquanto o sol baixava cada vez mais atrás de nós e as sombras da noite nos rodeavam. Isso ficava mais evidente pelo fato de que os cumes nevados das montanhas ainda retinham o poente, e pareciam incandescer em um delicado tom de rosa frio. Aqui e ali cruzávamos com tchecos e eslovacos, todos em trajes pitorescos, mas percebi que o bócio era comum, infelizmente. Ao longo da estrada havia muitas cruzes e, enquanto passávamos, meus companheiros se benziam. Aqui e ali havia um camponês ou uma senhora ajoelhados diante de um santuário, e não se viravam com nossa aproximação, parecendo tão mergulhados na devoção que não tinham olhos nem ouvidos para o mundo externo. Havia muitas coisas novas para mim: por exemplo, fardos de feno nas árvores, e aqui e ali lindos grupos de bétulas, com seus troncos brancos brilhando como prata por entre o verde delicado das folhas. De vez em quando, cruzávamos com uma carroça comum de camponês, com sua longa articulação serpenteante, calculada para se ajustar às irregularidades da estrada. Em uma dessas, era certo encontrar um grupo de camponeses voltando para casa, os tchecos em peles brancas de ovelha, os eslovacos em peles coloridas carregando suas lanças típicas, de hastes longas com um machado na ponta. Ao entardecer, começou a esfriar bastante, e o lusco-fusco crescente pareceu fundir em uma única névoa escura a sombra dos carvalhos, dos pinheiros e das faias, embora nos vales, abaixo dos contrafortes das colinas, os abetos escuros se destacassem aqui e ali contra a neve tardia do fundo, enquanto subíamos através da Passagem. Algumas vezes, quando a estrada cortava um bosque de pinheiros, que na escuridão parecia fechar-se sobre nós, grandes massas cinzentas, que vez ou outra se espalhavam por entre as árvores, produziam um efeito peculiar, estranho e solene, que trazia de volta pensamentos e fantasias sombrios nascidos mais cedo naquela tarde, quando o sol poente transformou em um curioso alívio as nuvens fantasmagóricas que, nos Cárpatos, parecem vagar incessantemente pelos vales. Outras vezes, as colinas eram tão íngremes que, a despeito da pressa do nosso condutor, os cavalos só conseguiam avançar muito lentamente. Eu quis descer da diligência e conduzi-los, como fazemos em casa, mas o cocheiro não me deu ouvidos.

– Não, não – ele disse. – O senhor não pode andar aqui. Os cães são muito ferozes. – E depois acrescentou, com a evidente intenção de ser jocoso, pois olhou para os demais em busca de sorrisos de apoio: – E hoje o senhor há de ter o suficiente, neste quesito, antes de ir dormir.

A única parada que ele fez foi para acender as lamparinas.

Quando ficou escuro, uma agitação pareceu abater-se sobre os passageiros, e eles conversavam sem parar com o condutor, um após o outro, como se o instando a ir mais depressa. Ele golpeava os cavalos sem misericórdia com o longo chicote, e os gritos selvagens de estímulo incitaram os animais a esforços dobrados. Então, através da escuridão, consegui vislumbrar uma espécie de luz cinzenta à nossa frente, como se houvesse uma fenda nas colinas. A agitação entre os passageiros aumentou; o cocheiro enlouquecido pulava no assento de couro apoiado em molas e balançava como um barco em mar tempestuoso. Precisei me segurar. A estrada ficou mais inclinada, e nós parecíamos voar. Então pareceu que as montanhas de ambos os lados se fechavam sobre nós e nos observavam com desagrado; entravámos na Passagem de Borgo. Um após o outro, vários passageiros me ofereceram presentes, que empurravam em minha direção com uma gravidade que não aceitava recusas; eram sem dúvida bem variados e estranhos, mas cada um foi entregue de boa-fé, acompanhado de uma palavra gentil, de uma bênção e daquela estranha mistura de movimentos temerosos que eu tinha visto antes, do lado de fora do hotel em Bistrita: o sinal da cruz e o gesto contra mau-olhado. Então, enquanto prosseguíamos a toda velocidade, o cocheiro se curvou para a frente, e de ambos os lados os passageiros, agarrando-se às bordas da diligência, espreitaram a escuridão com grande ansiedade. Era evidente que alguma coisa muito excitante estava acontecendo ou era esperada para qualquer momento, porém, embora eu tenha questionado cada passageiro, nenhum me deu a menor explicação. Esse estado de nervosismo continuou por um breve período, e por fim vimos, diante de nós, a Passagem se abrindo do lado oriental. No alto, nuvens escuras rolavam, e o ar estava pesado, opressor, ameaçando trovões. Parecia que a cordilheira havia separado duas atmosferas e que estávamos na trovejante. Eu estava agora procurando a carruagem que deveria me levar ao Conde. A cada momento, esperava distinguir a luz do candeeiro na escuridão, mas tudo continuava escuro. A única iluminação vinha dos raios trêmulos da nossa própria lamparina, sob a qual a poeira de nossos cavalos severamente conduzidos se erguia em uma nuvem branca. Agora era possível enxergarmos a estrada arenosa e branca que se estendia adiante, mas nem sinal de algum veículo. Os passageiros se recostaram com um suspiro de gratidão que parecia zombar do meu desapontamento. Eu já estava pensando sobre o que seria melhor fazer quando o condutor, olhando para o relógio, disse aos demais algo que eu mal ouvi, de tão baixo que ele falou; pensei ter sido "uma hora antes do prazo". Então, voltando-se para mim, ele avisou, em um alemão ainda pior do que o meu:

– Não tem carruagem. O *Herr* não é esperado. Acho melhor seguir agora para Bucovina e voltar amanhã ou no dia seguinte; é melhor que seja no dia seguinte.

Enquanto ele falava, os cavalos começaram a relinchar, bufar e escoicear de modo selvagem, e foi necessário segurá-los. Então, em meio a um coro de gritos dos camponeses e a uma benzedura generalizada, uma carruagem de quatro cavalos surgiu de trás, ultrapassou nossa diligência e emparelhou com o cocheiro. Quando o facho de luz da nossa lamparina recaiu sobre os animais, pude ver que eram cavalos esplêndidos, pretos como carvão. Eram conduzidos por um homem alto, com uma longa barba castanha e um grande chapéu preto que escondia seu rosto. Assim que ele se virou para nós, eu só consegui ver a cintilação de dois olhos muito brilhantes, que pareciam vermelhos àquela luz.

Ele disse ao nosso condutor:

– Você está adiantado hoje, meu amigo.

Em resposta, ele balbuciou:

– O *Herr* inglês estava com pressa.

Ao que o estranho replicou:

– E é por isso, suponho, que você queria que ele seguisse até Bucovina. Você não consegue me enganar, meu amigo; eu sei demais, e meus cavalos são ágeis.

O homem sorria ao mesmo tempo em que as palavras saíam, e a luz do lampião caiu sobre uma boca severa, com lábios muito vermelhos e dentes de aparência afiada, como se feitos de marfim. Um dos meus companheiros cochichou para o outro uma fala do poema *Leonora*, de Gottfried Bürger:

*Denn die Todten reiten schnell*

("Pois os mortos viajam rápido")

O estranho condutor evidentemente ouviu, pois olhou com um sorriso reluzente. O passageiro desviou o rosto, ao mesmo tempo posicionando os dois dedos e se benzendo.

– Entregue-me a bagagem do *Herr* – ele pediu, e minhas malas foram postas na carruagem com um entusiasmo transbordante.

Desembarquei da diligência meio de lado, pois a carruagem estava emparelhada bem perto; o condutor me ajudou a desembarcar, apertando meu braço com garras de aço; a força dele era prodigiosa. Sem uma palavra, ele agitou as rédeas, os cavalos viraram e nós mergulhamos na escuridão da Passagem. Quando olhei para trás, vi à luz da lamparina a poeira dos cavalos da diligência e, projetadas nela, as sombras dos meus companheiros fazendo o sinal da cruz. O condutor então estalou o chicote e gritou para os cavalos, que saíram em disparada rumo a Bucovina.

Quando eles mergulharam na escuridão, senti um estranho calafrio e me veio uma sensação de solidão; mas uma manta foi atirada sobre meus ombros, e um cobertor, em meus joelhos, e o cocheiro disse, em um alemão excelente:

– A noite está fria, *mein Herr*, e meu mestre, o Conde, me incumbiu de tomar conta do senhor. Há um frasco de "slivovitz", o licor de ameixa do país, sob seu assento, caso o senhor deseje.

Não me servi, mas foi reconfortante saber que a bebida estava lá, caso eu quisesse. Sentia-me um pouco estranho e um pouco temeroso. Creio que, se houvesse alternativa, eu a teria aproveitado, em lugar de prosseguir naquela desconhecida jornada noturna. A carruagem foi em frente em um ritmo árduo, então fizemos uma curva completa e seguimos por outra estrada reta. A mim parecia que percorríamos repetidas vezes o mesmo trecho, de novo e de novo. Então marquei mentalmente um local determinado, saliente, e descobri que era isso mesmo. Gostaria de ter perguntado ao condutor o que significava tudo aquilo, mas tive medo de fazer isso, pois pensei que, da minha posição, nenhum protesto traria resultado, caso houvesse alguma intenção de nos atrasar. Pouco depois, porém, como eu permanecia curioso para saber quanto tempo tinha passado, risquei um fósforo e à luz dele olhei para meu relógio; faltavam poucos minutos para a meia-noite. Isso me deu uma espécie de choque, pois suponho que a superstição geral que cerca esse horário havia aumentado pelas minhas recentes experiências. Aguardei, apreensivo com o suspense.

Um cachorro começou a uivar em alguma casa mais para baixo na estrada. Um uivo comprido, agoniado, como se de medo. O som foi acompanhado por outro cachorro, depois outro e mais um até que, nascido do vento que agora soprava suavemente pela Passagem, um uivo selvagem começou, parecendo vir do país inteiro, de tão longe quanto a imaginação alcançasse pela escuridão noturna. Ao primeiro uivo, os cavalos começaram a puxar e refugar, mas o cocheiro falou com eles mansamente, e os animais se aquietaram, porém tremeram e suaram como se depois de uma corrida, tomados de um medo súbito. Então, de uma grande distância, das montanhas dos dois lados, veio um uivo mais alto e mais agudo, de lobos, que afetou tanto os cavalos quanto a mim do mesmo modo, pois eu estava pronto para pular da carruagem e sair correndo, enquanto eles recuaram de novo e empinaram, enlouquecidos, de forma que o condutor precisou usar toda a sua imensa força para impedir que fugissem. Em poucos minutos, porém, meus ouvidos se acostumaram ao som, e os cavalos se acalmaram o suficiente para que o homem conseguisse descer e postar-se à frente deles. Deu-lhes tapinhas e carinhos e murmurou algo em suas orelhas, como ouvi dizer que fazem os domadores de garanhões, e o efeito foi extraordinário, pois com isso tornaram a ficar dóceis e tratáveis, embora ainda tremessem. O homem retomou assento, sacudiu as rédeas e partiu a grande velocidade. Desta vez, depois de nos conduzir ao extremo oposto da Passagem, ele de súbito virou para uma estradinha estreita que corria em ângulo fechado para a direita.

Logo nos vimos rodeados de árvores, que em certos lugares formavam arcos acima da estrada, como se atravessássemos um túnel; e mais uma vez grandes rochas com aparência de carrancas nos guardavam acintosamente de ambos os lados. Embora estivéssemos abrigados, era possível escutar o vento crescente, que gemia e assoviava por entre as rochas, e os galhos das árvores se entrechocavam enquanto passávamos. Esfriou e depois esfriou ainda mais, e neve fina como talco começou a cair, de forma que, depressa, nós e tudo ao redor fomos cobertos por um manto branco. O vento penetrante ainda nos trazia o uivo dos cães, embora ele ficasse mais fraco conforme avançávamos. Já o latido grave dos lobos soava cada vez mais próximo, como se estivessem nos cercando por todos os lados. Fiquei apavorado, e os cavalos compartilhavam do meu medo. O cocheiro, porém, não estava minimamente perturbado, continuava movendo a cabeça para a esquerda e para a direita, mas eu mesmo não conseguia enxergar coisa nenhuma naquela escuridão.

De súbito, bem longe à esquerda, vi uma fraca chama azul tremeluzindo. O cocheiro a viu no mesmo instante; ele imediatamente parou os cavalos e, saltando, desapareceu na escuridão. Eu não sabia o que fazer, e soube menos ainda quando o uivo de lobos chegou mais perto. Mas, enquanto eu pensava, eis que o cocheiro ressurgiu e, sem dizer uma palavra, voltou a se sentar, e nós retomamos a viagem. Acho que adormeci e continuei sonhando com o incidente, pois ele parecia repetir-se infinitamente e agora, olhando para trás, parece um tipo de pesadelo horrível. Uma vez, a chama apareceu tão perto da estrada que, mesmo naquela escuridão, consegui observar os movimentos do condutor. Ele ia rápido para onde surgia a chama azul, que devia ser bem fraca, pois não parecia iluminar nem um pouco o entorno; uma vez perto dela, ele apanhava algumas pedras e as juntava de certa maneira. Outra vez, um curioso efeito óptico ocorreu: ele estava entre mim e a chama, porém não a obstruía, pois continuei da mesma forma enxergando o reluzir fantasmagórico. Isso me deixou pasmo, mas, como o efeito durou apenas um momento, presumi que fossem meus olhos me pregando uma peça na escuridão. Depois, por algum tempo, não houve outras chamas azuis, e nós aceleramos através da neblina, com o uivo dos lobos sempre nos cercando, como se formassem um anel móvel que nos acompanhava mantendo-nos no centro.

Por fim, houve uma ocasião em que o condutor foi mais fundo na vegetação do que já havia ido qualquer outra vez, e durante sua ausência os cavalos começaram a tremer mais do que nunca e a bufar e relinchar de medo. Eu não entendia o motivo daquilo, pois os uivos tinham cessado por completo; bem nessa hora, atravessando nuvens escuras, a lua apareceu atrás da crista irregular e saliente de uma rocha coberta de pinheiros, e ao luar eu vi um círculo de lobos de dentes brancos e línguas pendentes, com membros longos e vigorosos e pelos eriçados. Eles eram cem vezes mais assustadores no silêncio sombrio do que uivando. Quanto a mim, fiquei paralisado de pavor. É quando se vê frente a frente com um horror desses que um homem consegue entender o verdadeiro significado de pânico.

Subitamente os lobos recomeçaram a uivar, como se o luar tivesse produzido algum efeito particular sobre eles. Os cavalos pularam e refugaram e pareciam impotentes, revirando os olhos de um modo doído de se ver; mas o círculo vivo de terror nos cercava, e eles foram obrigados a permanecer dentro dele. Eu gritei pela volta do cocheiro, pois me pareceu que nossa única chance era tentar romper o anel, e busquei facilitar a aproximação dele gritando e batendo na lateral da carruagem, torcendo para que o barulho espantasse os lobos daquele lado, de modo a dar ao condutor uma oportunidade de vir. Como ele chegou eu não sei, mas ouvi sua voz se elevar a um tom de comando imperativo, e, ao olhar para a direção do som, vi-o de pé na estrada. Quando ele agitou os braços, como que afastando algum obstáculo invisível, os lobos recuaram e recuaram mais. Bem nesse momento uma nuvem pesada passou em frente à lua, e mergulhamos de novo na escuridão.

Quando consegui enxergar novamente, o condutor estava subindo na carruagem e os lobos tinham desaparecido. Aquilo tudo era tão estranho e misterioso que um medo terrível se apossou de mim, e tive receio de falar e de me mover. Pareceu interminável o tempo que passamos avançando a grande velocidade, agora quase na escuridão total, pois as nuvens mais uma vez haviam encoberto a lua. Continuamos subindo, com trechos ocasionais de rápida descida, mas de forma geral sempre subindo. De repente, tomei consciência de que o cocheiro estava em plena atividade de puxar os cavalos no pátio de um vasto castelo em ruínas, de cujas altas janelas pretas não vinha um único raio de luz, e cujos parapeitos quebrados exibiam uma linha irregular contra o céu enluarado.

# Capítulo II

## Diário de Jonathan Harker, continuação

**5 de maio**

Devo ter adormecido, pois é claro que, se eu estivesse totalmente desperto, teria notado a aproximação de um lugar tão impressionante. À noite, o pátio parecia ter um tamanho considerável, mas, como várias passagens escuras partiam dele em direção aos grandes arcos, talvez pareça maior do que realmente é. Ainda não tive oportunidade de vê-lo à luz do dia.

Assim que a carruagem parou, o cocheiro saltou e estendeu a mão para me ajudar a desembarcar. Mais uma vez, não pude deixar de notar sua força prodigiosa. Aquela mão parecia mesmo um torno de aço que poderia ter esmagado a minha, se ele quisesse. Ele apanhou minha bagagem e a depositou no chão ao meu lado, enquanto eu estava parado diante de uma grande porta, velha e cravejada de longos pregos de ferro, instalada em uma abertura de pedra maciça. Mesmo com a pouca luz, consegui ver que a pedra era originalmente entalhada, mas que os entalhes haviam sido bastante desgastados pelo tempo e pelas intempéries. Enquanto eu estava ali, o cocheiro pulou de volta para seu posto e agitou as rédeas; os cavalos partiram, e a carruagem e todo o resto desapareceram por uma das passagens sombrias.

Permaneci onde estava, pois não soube o que fazer. De campainha ou aldrava não havia nem sinal e não parecia que minha voz pudesse penetrar através das paredes grossas e das pequenas janelas escuras. Esperei pelo que pareceu um tempo infinito, e senti dúvidas e receios tomando conta de mim. Para que tipo de lugar eu tinha ido, e para que tipo de pessoas? Em que tipo de aventura horrível eu havia embarcado? Seria aquele um episódio rotineiro na vida de um escrevente jurídico, enviado para explicar a um estrangeiro a compra de uma propriedade em Londres? Escrevente jurídico! Mina não gostaria disso. Advogado, pois, antes de partir de Londres, soube que fui aprovado no exame e que agora sou um advogado de pleno direito! Comecei a esfregar os olhos e a me beliscar para checar se estava acordado. Tudo parecia um pesadelo horroroso, e eu esperava acordar a qualquer momento, encontrar-me em casa, com o alvorecer lutando para atravessar as janelas, como tantas vezes me senti, pela manhã, após um dia de trabalho excessivo. Mas minha carne reagiu ao teste do beliscão, e meus olhos não se enganavam. Eu estava realmente acordado e nos Cárpatos. Só o que eu podia fazer era ter paciência e esperar pela chegada da manhã.

Tão logo cheguei a esta conclusão, ouvi passos pesados se aproximando atrás da grande porta e vi pelas frinchas o brilho de uma luz. Então veio o som de correntes chacoalhando e de ferrolhos sendo puxados. Uma chave foi girada e guinchou alto pela longa falta de uso, e a imponente porta se abriu.

Lá estava um velho alto, de rosto barbeado exceto por um longo bigode branco, vestido de preto da cabeça aos pés, sem um único ponto de cor em lugar nenhum. Segurava uma antiga lamparina de prata, na qual uma chama queimava sem suporte de nenhum tipo, e lançava longas sombras tremulantes. O velho gesticulou com a mão direita para que eu entrasse, em um movimento cortês, dizendo em um inglês excelente, embora com uma entonação estranha:

– Bem-vindo à minha casa. Entre livremente e por sua própria vontade.

Ele não mexeu um músculo para ir ao meu encontro; em vez disso, permaneceu feito estátua, como se o gesto de boas-vindas o tivesse transformado em pedra. No instante, porém, em que eu cruzei o limiar, ele se adiantou impulsivamente, e, estendendo a mão, apertou a minha com tal força que me fez estremecer, um efeito nem um pouco atenuado pelo fato de que ela estava fria como gelo, mais como a mão de um morto do que de um vivo. De novo ele disse:

– Bem-vindo à minha casa. Entre livremente. Parta em segurança; e deixe algo da felicidade que você traz!

A força do cumprimento era tão semelhante à que eu havia notado no cocheiro, cujo rosto eu não tinha visto, que por um momento me perguntei se ele não era a pessoa com quem eu estava conversando naquele momento; então, para ter certeza, inquiri:

– Conde Drácula?

Ele fez uma mesura enquanto respondia:

– Eu sou Drácula; e lhe dou as boas-vindas, senhor Harker, à minha casa. Entre, o ar noturno está frio, e o senhor certamente precisa comer e repousar.

Enquanto estava falando, colocou a lamparina em um suporte na parede e, indo para fora, pegou minha bagagem, carregando-a antes que eu conseguisse impedir. Protestei, mas ele insistiu:

– Não, *sir*. O senhor é meu hóspede. Está tarde, e meu pessoal não está disponível. Permita que eu mesmo o acomode.

O homem insistiu em carregar minhas malas pelo corredor, e depois para cima por uma escada curva, e depois de novo ao longo de outro grande corredor, em cujo piso de pedra nossos passos soavam gravemente. Ao final deste último, ele abriu uma porta pesada, e me alegrei ao ver um cômodo bem iluminado onde uma mesa estava posta para a ceia, e em cuja lareira potente uma grande fogueira de achas, recentemente reabastecidas, queimava e bruxuleava.

O Conde estancou, pousou minha bagagem, fechou a porta e, cruzando a sala, abriu outra porta, que levava a um pequeno cômodo octogonal iluminado por uma única lamparina e aparentemente sem janelas de nenhum tipo. Atravessando, ele abriu outra porta e gesticulou para que eu entrasse. Foi uma visão bem-vinda, pois se tratava de um quarto grande, bem iluminado e aquecido por outra lareira, que lançava um rugido profundo pela chaminé larga; também esta fogueira fora montada havia pouco, pois as achas do topo ainda não estavam queimadas. O Conde levou pessoalmente minhas malas para dentro e então se retirou, dizendo, antes de fechar a porta:

– O senhor precisará, após sua jornada, refrescar-se e fazer a toalete. Espero que encontre tudo o que desejar. Quando estiver pronto, venha para o outro cômodo, onde encontrará a ceia pronta.

A luz, o calor e a cortesia das boas-vindas do Conde dissiparam minhas dúvidas e receios. Voltando ao meu estado normal, percebi que estava quase morrendo de fome; apressei a toalete e fui para o outro cômodo.

Encontrei a ceia já servida. Meu anfitrião, de pé ao lado da grande lareira, encostado na estrutura de pedra, fez um gracioso gesto de mão ao indicar a mesa e disse:

– Eu lhe rogo que se sente e usufrua da ceia. Confio que me perdoará por não me juntar ao senhor; eu já jantei, e não ceio.

Entreguei-lhe a carta fechada que o senhor Hawkins havia me confiado. Ele a abriu e leu com gravidade; depois, com um sorriso encantador, passou-a para mim. Um trecho dela me deu um tremor de satisfação:

*Lamento profundamente que uma crise de gota, enfermidade de que sou constante sofredor, impeça por completo qualquer viagem de minha parte, por algum tempo. Mas sinto-me contente em dizer que mando um substituto à altura, alguém em quem deposito toda a confiança possível. Ele é um homem jovem, cheio de energia e de talento próprio, e de temperamento leal. É discreto e silencioso, e se tornou adulto sob meus cuidados. Ao longo de sua estadia, estará a postos para servi-lo quando o senhor desejar, e acatará suas instruções em todos os assuntos.*

O Conde pessoalmente se adiantou para suspender a tampa que protegia a comida, e eu me atirei de imediato a uma maravilhosa galinha assada. A ave, um pouco de queijo, salada e uma garrafa envelhecida de vinho húngaro Tokay, do qual tomei duas taças, constituíram minha ceia.

Enquanto eu comia, o Conde fez muitas perguntas sobre minha viagem, e eu gradualmente lhe contei tudo o que havia vivenciado.

A essa altura eu já havia terminado a refeição e, para atender ao desejo do meu anfitrião, havia puxado uma cadeira para perto da lareira e começado a fumar um charuto que ele tinha me oferecido, ao mesmo tempo que se desculpava por não fumar. Tive, então, oportunidade de observá-lo, e achei sua fisionomia bastante marcada.

Seu rosto era forte, bem forte, aquilino; nariz fino com ponte alta e narinas peculiarmente arqueadas; testa alta e abobadada, e cabelos que cresciam escassamente nas têmporas, mas profusamente em outros pontos. As sobrancelhas eram bastas, quase se tocando sobre o nariz, com pelos espessos tão abundantes que pareciam emaranhar-se na própria profusão. A boca, pelo que pude ver sob o pesado bigode, era firme e de aparência um tanto cruel, com dentes estranhamente afiados, que se projetavam por cima dos lábios cuja notável vermelhidão demonstrava uma vitalidade espantosa para um homem daquela idade. Quanto ao resto, as orelhas eram pálidas, muito pontudas no topo; queixo largo e forte, bochechas firmes, embora magras. O efeito geral era de palidez extraordinária.

Até então, eu tinha observado as costas das mãos dele, enquanto estavam apoiadas em seus joelhos junto ao fogo, e elas haviam parecido brancas e finas; porém, vendo-as agora mais de perto, não pude deixar de notar que eram na verdade grosseiras: largas, com dedos achatados. Por mais estranho que pareça, havia pelos no centro das palmas. As unhas eram longas e estreitas, cortadas em pontas agudas. Quando o Conde se inclinou sobre mim e suas mãos me tocaram, não pude reprimir um estremecimento. Talvez tenha sido pelo hálito rançoso, mas fui tomado por uma sensação de náusea que, mesmo tentando muito, não consegui disfarçar. O Conde, evidentemente percebendo, recuou; e, com um tipo de sorriso zombeteiro, que exibiu mais do que até então os dentes protuberantes, voltou a se sentar ao lado da fogueira. Ambos ficamos em silêncio por um período, e quando espiei pela janela vi os primeiros laivos do alvorecer que se aproximava. Uma estranha imobilidade parecia cobrir tudo; mas prestei atenção e escutei, como se viesse do vale lá embaixo, o uivo de toda uma alcateia. Os olhos do Conde brilharam, e ele falou:

– Ouça só; as crianças da noite. Que música eles produzem! – Distinguindo no meu rosto, suponho, uma expressão pouco familiar, ele acrescentou: – Ah, *sir*. Os homens citadinos não conseguem compreender os sentimentos do caçador.

Então ele se levantou e disse:

– O senhor deve estar cansado. Seu aposento está pronto, e amanhã poderá dormir até tão tarde quanto queira. Eu estarei fora até o fim da tarde; então durma bem e sonhe bem!

Com uma mesura cortês, ele abriu pessoalmente para mim a porta do cômodo octogonal, e eu entrei no meu quarto...

Estou mergulhado em maravilhamento. Tenho dúvidas, tenho temores, penso coisas estranhas que não ouso confessar à minha própria alma. Deus me guarde, nem que seja apenas em nome dos que me são caros!

* * *

**7 de maio**

É manhã de novo, mas eu descansei e aproveitei as últimas vinte e quatro horas. Dormi até tarde e despertei sozinho quando o sono acabou. Quando me vesti e entrei na sala onde havia ceado, encontrei um café da manhã servido, com o café mantido quente num bule sobre a lareira. Havia um cartão na mesa, no qual estava escrito:

*Terei de me ausentar por um período. Não espere por mim. D.*

Eu me acomodei e me deliciei com a refeição caprichada. Ao terminar, procurei uma sineta, para avisar aos criados que tinha acabado, mas não encontrei. Há claramente certas deficiências na casa, considerando as evidências explícitas de riqueza que me cercam. O serviço de mesa é de ouro e tão ricamente trabalhado que deve ser de imenso valor. As cortinas e a tapeçaria das cadeiras e sofás e o dossel da minha cama são dos tecidos mais caros e bonitos e devem ter tido um preço exorbitante quando foram fabricados, pois têm centenas de anos, embora em excelente estado de conservação. Vi algo semelhante na Corte de Hampton, porém os de lá eram gastos, esfiapados e comidos por traças. Ainda assim, não há um espelho em nenhum dos cômodos. Não há nem mesmo um pequeno espelho para a toalete junto à mesa, e precisei pegar o meu, pequeno, na mala, para conseguir me barbear e pentear o cabelo. Ainda não vi um criado nem ouvi barulho nenhum perto do castelo, exceto o uivo dos lobos. Algum tempo depois de terminar minha refeição, que não sei se devo chamar de café da manhã ou jantar, pois era entre cinco e seis horas da tarde quando comi, procurei algo para ler, pois não queria sair vagando pelo castelo até pedir permissão ao Conde. Não havia absolutamente nada no quarto: livro, jornal nem material de escrita; então abri outra porta do quarto e descobri uma espécie de biblioteca. Tentei a porta em frente à minha, mas estava trancada.

Na biblioteca encontrei, para meu grande deleite, uma vasta quantidade de livros em inglês, prateleiras inteiras cheias deles, e grossos volumes de revistas e jornais encadernados. Uma mesinha no centro estava repleta de revistas e jornais ingleses, embora nenhum de data recente. Os livros eram dos mais variados tipos: história, geografia, política, economia, botânica, geologia, direito, todos relacionados à Inglaterra e à vida e aos costumes ingleses. Havia até livros de referência, como a lista telefônica de Londres e o *Livro Azul*, com estimativas detalhadas de PIB, receitas e despesas nacionais do Reino Unido, o *Livro Vermelho*, com demonstrações financeiras e relatórios oficiais de orçamento, além do *Almanaque Whitaker*, inventários do Exército e da Marinha e, o que me encheu o coração de alegria, o Diretório Jurídico.

Enquanto estava olhando os livros, a porta se abriu e o Conde entrou. Ele me saudou afetuosamente, esperava que eu tivesse tido uma boa noite de descanso, e continuou:

– Fico satisfeito que tenha encontrado o caminho para cá, pois estou certo de que há muito aqui que será de seu interesse. Estes companheiros – ele disse, acariciando alguns volumes – vêm sendo bons amigos para mim e, ao longo de alguns anos, desde que tive a ideia de ir para Londres, têm-me proporcionado muitas, muitas horas de prazer. Por meio deles eu conheci sua grande Inglaterra, e conhecê-la é amá-la. Eu anseio por percorrer as ruas cheias de sua poderosa Londres, por estar no meio do torvelinho e da pressa da humanidade, e compartilhar de sua vida, suas mudanças, sua morte e tudo o que a torna o que ela é. Mas pobre de mim! Por ora, só conheço seu idioma por meio de livros. Para o senhor, meu amigo, eu aparento saber falar.

– Mas, Conde – eu falei –, o senhor conhece e fala inglês fluentemente!

Ele se curvou profundamente.

– Obrigado, meu amigo, por seu cumprimento mais do que envaidecedor, porém receio estar ainda no início de uma longa jornada. É verdade que conheço a gramática e as palavras, todavia ainda não sei como usá-las.

– De fato o senhor fala muitíssimo bem.

– Nem tanto – ele respondeu. – Estou bem consciente de que, mudando-me para sua Londres e lá conversando, ninguém deixaria de saber que sou estrangeiro. Isso não me basta. Aqui, sou um nobre, sou *boyar*; as pessoas comuns me conhecem, e eu comando. Mas um estranho em uma terra estrangeira, ele não é ninguém; os homens não o conhecem, e não conhecer é não cuidar. Ficarei contente se eu for como os demais, de modo que nenhum homem estaque ao me ver nem interrompa sua fala ao ouvir minhas palavras, "Haha! Um estrangeiro!". Tenho sido o amo e senhor há tanto tempo que continuaria sendo; ou, ao menos, seria a ponto de ninguém o ser em relação a mim. O senhor me chega não apenas como agente de meu amigo Peter Hawkins, de Exeter, para me pôr ao corrente de minha nova propriedade em Londres. Confio que há de permanecer aqui comigo por um período, de forma que, por meio de nossa conversa, eu aprenda a entonação do inglês; e lhe rogo que me avise quando eu cometer um erro, por menor que seja, ao falar. Lamento ter precisado me ausentar por tanto tempo hoje; mas o senhor irá perdoar, bem sei, alguém que tem tantos assuntos importantes em mãos.

Claro que respondi tudo o que pude sobre estar disposto a fazer o que ele desejava, e então perguntei se poderia voltar àquela sala quando quisesse. Ele respondeu:

– Sim, certamente. O senhor pode ir aonde quiser neste castelo, exceto nas salas em que as portas estejam trancadas, aonde claramente o senhor não quererá ir. Existe uma razão para as coisas serem como são, e, se enxergasse com meus olhos e soubesse com o meu saber, o senhor poderia talvez ter uma compreensão melhor.

Respondi que tinha certeza daquilo, e ele prosseguiu:

– Nós estamos na Transilvânia, e a Transilvânia não é a Inglaterra. Nossos modos não são os seus, e muitas coisas hão de lhe parecer estranhas. Não: pelo que me contou das experiências que teve até agora, o senhor já sabe que coisas estranhas podem ocorrer.

Isso levou a bastante conversa e ficou evidente que ele queria falar por nenhum outro motivo além de falar, e eu fiz muitas perguntas sobre as coisas que já tinham acontecido comigo ou que tinham chegado ao meu conhecimento. Algumas vezes, ele dispensou o assunto ou desviou a conversa fingindo não ter entendido, mas no geral respondeu a tudo com franqueza. Então, conforme o tempo foi passando e eu me senti mais corajoso, indaguei sobre os estranhos eventos da noite anterior, como, por exemplo, por que o cocheiro se dirigia para os lugares onde tinha visto chamas azuis. Ele então me explicou que era uma crença popular que em certa noite do ano, a noite anterior, de fato, quando todos os espíritos malignos supostamente adquiriam um poder incontrolável, uma chama azul era vista nos pontos onde houvesse um tesouro escondido. Ele continuou:

– Este tesouro foi escondido na região pela qual o senhor chegou ontem à noite, quanto a isso resta pouca dúvida, pois foi a terra disputada durante séculos entre os valáquios, os saxões e os turcos. Pois dificilmente existe no solo desta região um local que não tenha sido enriquecido pelo sangue dos homens, patriotas ou invasores. Antigamente houve períodos conturbados, quando os austríacos e os húngaros chegavam em hordas, e os patriotas saíam ao seu encontro, homens e mulheres, idosos e também crianças, e aguardavam sua chegada nas rochas acima das passagens, para levarem a destruição sobre eles com avalanches artificiais. Quando o invasor triunfava, encontrava muito pouco, porque o que quer que existisse tinha sido bem abrigado na terra acolhedora.

– Mas como o tesouro pode permanecer não descoberto – eu disse – quando há pistas certeiras, bastando que os homens se deem ao trabalho de procurar?

O Conde sorriu, e, quando os lábios voltaram a cobrir as gengivas, os caninos longos e afiados apareceram de um modo estranho; ele respondeu:

– Porque o camponês é covarde no coração e tonto na mente. Aquelas chamas só aparecem em uma única noite, e nesta noite nenhum homem desta terra sai de casa, se puder evitar. E, caro senhor, mesmo que ele saísse, não saberia o que fazer. Porque mesmo o camponês que marcou o lugar da chama não saberia onde procurar à luz do dia. Até mesmo o senhor, ouso apostar, não seria capaz de localizar esses pontos de novo.

– Nisto o senhor está certo – respondi. – Eu não sei mais do que os mortos onde começar a procurar.

E com isso mudamos de assunto.

– Agora, conte-me sobre Londres e sobre a casa procurada em meu nome.

Desculpando-me pelo descuido, fui ao meu quarto pegar os documentos na mala. Enquanto os colocava em ordem, ouvi no cômodo ao lado um tilintar de porcelana e prata e, passando por ele, notei que a mesa tinha sido limpa e a luz, acesa, pois a esta altura já estava escuro. As luzes tinham sido acesas também no estúdio ou na biblioteca, e encontrei o Conde deitado no sofá, lendo, dentre todas as opções, as tabelas de horário dos trens no *English Bradshaw's Guide*. Quando cheguei, ele tirou da mesinha os livros e papéis, e com ele mergulhei nas plantas e obras e nos números de todos os tipos. Ele tinha interesse em tudo e me fez uma miríade de perguntas sobre o lugar e as redondezas. O Conde evidentemente havia estudado de antemão tudo o que pudera sobre a vizinhança, pois no fim ficou patente que ele sabia muito mais do que eu. Quando fiz essa observação, ele respondeu:

– Mas bem, meu amigo, não era necessário que eu assim fizesse? Quando for lá, estarei sozinho, e meu amigo Harker Jonathan... Não, perdoe, caí no hábito do meu país de colocar o patronímico na frente. Meu amigo Jonathan Harker não estará ao meu lado para me corrigir e auxiliar. Ele estará em Exeter, a quilômetros de distância, provavelmente trabalhando na documentação jurídica com meu velho amigo Peter Hawkins. Por isso estudei muito o assunto!

Dedicamo-nos totalmente ao negócio da compra da propriedade em Purfleet. Depois de lhe contar os fatos, obter sua assinatura nos papéis e escrever uma carta para enviar pelo correio ao senhor Hawkins, o Conde começou a me perguntar como eu tinha sido capaz de encontrar um lugar tão adequado. Eu li para ele as anotações que tinha feito na ocasião e que passo a reproduzir aqui:

> Em Purfleet, em uma estrada secundária, topei com um lugar que parecia ser exatamente o procurado, e no qual havia um aviso já gasto sobre o local estar à venda. É cercado por um muro alto, de estrutura antiga, construído de pedras pesadas, e não passou por manutenção por um grande número de anos. Os portões fechados são de carvalho maciço e ferro, carcomido pela ferrugem.
>
> A propriedade se chama Carfax, sem dúvida uma corruptela do antigo "Quatre Face", ou seja, quatro faces, pois os quatro lados são dispostos em concordância com os pontos cardeais. Possui cerca de vinte acres, cercada pelo sólido muro de pedras citado acima. Há muitas árvores no terreno, o que o deixa sombreado, e um poço ou pequeno lago profundo e de aparência escura, evidentemente alimentado por nascentes, pois a água é clara e flui por um córrego de bom tamanho. A casa é bastante ampla e antiga de muitas eras, dos tempos medievais, devo dizer, pois uma parte é feita de pedra incrivelmente grossa, com apenas umas poucas janelas bem no alto, bem protegidas por barras de ferro. Parece ser parte de uma fortaleza e fica próxima a uma velha capela ou igreja. Não consegui entrar, pois não tinha a chave que levava da casa até lá, mas com minha

Kodak fotografei-a de vários pontos. A casa recebeu acréscimos, mas de modo desordenado, e só posso estimar o tamanho da área que ocupa, que parece ser grande. Há poucas casas por perto, sendo uma delas bem ampla e recentemente acrescentada e transformada em um manicômio privado. Não é, entretanto, visível do gramado.

Quando acabei, ele disse:

– Fico satisfeito por ser velha e grande. Eu mesmo sou de uma antiga família, e viver em uma casa nova acabaria por matar-me. Uma casa não se torna habitável em um dia; e, afinal, bem poucos dias são necessários para constituir um século. Alegra-me também que haja uma capela antiga. Nós, nobres transilvanos, amamos pensar que nossos ossos não poderiam repousar em meio aos mortos comuns. Eu não busco nem a alegria, nem a jovialidade, nem a voluptuosidade brilhante do sol e da água cintilante, que tanto agradam aos jovens e felizes. Já não sou jovem; e meu coração, após tão cansativos anos de luto pelos mortos, já não está em sintonia com a leveza. Além disso, os muros do meu castelo estão partidos; as sombras são muitas, e o vento traz o frio através dos parapeitos e batentes quebrados. Amo a penumbra e a sombra, e ficaria sozinho com meus pensamentos quando quisesse.

De alguma forma, suas palavras e sua aparência pareciam em desacordo, ou então foi algo em seu rosto que fez o sorriso parecer maligno e saturnino.

Pouco depois, pedindo licença, ele me deixou, pedindo que eu ordenasse os documentos. Ele ficou algum tempo fora e eu comecei a folhear os livros ao meu redor. Um era um atlas, que encontrei aberto, naturalmente, na Inglaterra, e o mapa parecia ter sido bastante usado. Ao observá-lo, descobri pequenos círculos marcando certos lugares, e ao examinar com mais atenção percebi que um era perto de Londres do lado leste, claramente onde a nova propriedade ficava localizada; os outros dois eram Exeter e Whitby, na costa de Yorkshire.

Quase uma hora havia se passado quando o Conde voltou.

– Aha! Ainda com seus livros? Bom! Mas o senhor não deve trabalhar o tempo todo. Venha. Fui informado de que seu jantar está servido.

Ele tomou meu braço e fomos para a sala seguinte, onde encontrei uma refeição excelente. O Conde mais uma vez se desculpou por não me acompanhar, pois havia jantado fora durante sua ausência. Mas sentou-se comigo como na noite anterior, e conversamos enquanto eu comia.

Após a ceia eu fumei, como um dia antes, e o Conde ficou comigo, conversando e fazendo perguntas sobre todos os assuntos imagináveis, hora após hora. Tive a impressão de que estava ficando realmente tarde, mas não falei nada, pois me sentia obrigado a atender aos desejos de meu anfitrião de todas as maneiras. Eu não estava com sono, pois o longo repouso de antes havia me fortalecido; no entanto, não pude evitar sentir aquele frio que acompanha a aproximação do alvorecer e que é, a seu modo, como uma virada na maré. Dizem que as pessoas que estão perto de morrer em geral falecem ao alvorecer ou na inversão da maré. Qualquer um que esteja cansado e confinado em seu posto, como eu estava, já experimentou essa mudança na atmosfera e acredita nela. Subitamente, ouvimos o cocoricar de um galo chegar até nós com uma estridência sobrenatural no ar claro da manhã. O Conde Drácula, pondo-se de pé de supetão, disse:

– Ora, já é manhã novamente! Que relapso o meu, mantê-lo acordado por tanto tempo. O senhor deve tornar sua conversa sobre meu querido novo país menos interessante, de modo que eu não me esqueça de que o tempo voa.

E, curvando-se com toda a cortesia, rapidamente partiu.

Fui para meu quarto e abri as cortinas, mas havia pouco a ser visto; minha janela dava para o pátio, e só o que pude ver foi o tom cinzento do céu onde nuvens corriam. Então fechei as cortinas e escrevi sobre este dia.

* * *

**8 de maio**

Comecei a recear, conforme escrevia neste caderno, que estava sendo muito prolixo, mas agora estou contente por ter sido detalhista desde o início, pois há algo tão estranho a respeito deste lugar, e de tudo dentro dele, que não posso deixar de me sentir incomodado. Gostaria de estar em segurança fora daqui, ou de jamais ter vindo. Talvez esta estranha existência noturna esteja me influenciando, mas se fosse só isso! Se houvesse alguém com quem eu pudesse conversar, seria suportável, mas não há ninguém. Tenho somente o Conde com quem falar! E ele? Temo que eu seja a única alma viva neste lugar. Serei tão banal quanto os fatos também sejam: isso vai me ajudar a aguentar, e a evitar que a imaginação me domine. Se ela me dominar, estou perdido. Direi de uma vez onde me encontro ou pareço me encontrar.

Dormi poucas horas quando fui para a cama; sentindo que não conseguiria dormir mais, levantei. Eu havia pendurado meu espelho perto da janela e estava começando a me barbear. De repente, senti uma mão no meu ombro e ouvi a voz do Conde me dizendo "bom dia". Fiz um movimento brusco, pois me espantei por não tê-lo visto, já que o reflexo no espelho cobria o quarto inteiro atrás de mim. Nesse movimento brusco eu me cortei de leve, mas na hora não percebi. Depois de retribuir a saudação do Conde, me virei de novo para o espelho, tentando entender como pude ter me enganado. Desta vez, não poderia haver engano, pois o homem estava perto de mim, e eu conseguia vê-lo por cima do meu ombro. Porém não havia reflexo dele no espelho! Todo o quarto atrás de mim estava refletido, mas não havia sinal de um homem além de mim mesmo. Isso era assombroso e, sendo mais uma coisa a se somar a tantas outras coisas estranhas, começou a aumentar a vaga sensação de desconforto que eu sempre sentia quando o Conde estava perto; mas logo em seguida vi que o corte sangrava um pouco e que o sangue escorria pelo meu queixo. Pousei a lâmina e me virei um pouco, à procura de algum curativo. Quando o Conde viu meu rosto, os olhos dele brilharam com um tipo de fúria demoníaca, e de repente ele fez um movimento para agarrar meu pescoço. Eu me desviei, e a mão dele tocou a corrente onde estava o crucifixo. Aquilo provocou uma mudança instantânea, pois a fúria passou tão depressa que eu mal podia acreditar que tinha existido.

– Tenha cuidado – ele falou. – Tenha cuidado como se corta. É mais perigoso do que você imagina, neste país. – E então, pegando o espelho, continuou: – E este é o vilão miserável que provocou tudo. É uma quinquilharia imunda da vaidade do homem. Fora com ela!

E, ao dizer isso, ele abriu a pesada janela com um só empurrão de sua mão terrível e atirou fora o espelho, que se espatifou em mil pedaços nas pedras do pátio lá embaixo. E daí ele se retirou sem dizer palavra. É muito inconveniente, pois não vejo como poderei me barbear, a menos que use a parte de baixo do relógio ou o fundo do pote de creme de barbear, que por sorte é de metal.

Quando fui para a sala de refeições, o café da manhã estava servido; mas não encontrei o Conde, então comi sozinho. É estranho que até agora eu não tenha visto o Conde comer nem beber. Ele deve ser um homem muito peculiar! Depois do café da manhã, fiz uma pequena exploração pelo castelo. Tomei a escada e encontrei um quarto com vista para o sul. A paisagem era magnífica, e de onde eu estava conseguia observar tudo. O castelo fica bem na beirada de um precipício terrível. Uma pedra que rolasse por uma janela cairia por centenas de metros sem tocar nada! Até onde a vista alcança, é um mar de copas verdes de árvores, com alguma fenda profunda ocasional onde há um abismo. Aqui e ali há fluxos prateados, onde os rios serpenteiam em gargantas profundas no meio da floresta.

Mas não estou no estado de espírito para descrever a beleza, pois, quando tinha acabado de apreciar a vista, fiz novas explorações; portas, portas, portas por todo lado, todas trancadas e aferrolhadas. Dentro dos muros do castelo, em nenhum lugar, exceto as janelas, existe alguma saída.

O castelo é verdadeiramente uma prisão, e eu sou um prisioneiro!

# Capítulo III

## Diário de Jonathan Harker, continuação

Ao descobrir que era um prisioneiro, uma espécie de sentimento selvagem me dominou. Subi e desci as escadas correndo, testando todas as portas e espiando por todas as janelas que encontrei; mas pouco depois a convicção de minha impotência sobrepujou todos os demais sentimentos.

Horas mais tarde, pensando no assunto, concluí que devo ter enlouquecido por um período, pois me comportei como um rato se comporta em uma armadilha. Quando, porém, me veio a certeza de estar desamparado, eu me sentei imóvel, mais imóvel do que jamais estive na vida, e comecei a pensar no melhor a fazer. Estou refletindo ainda, e por ora não cheguei a uma conclusão definitiva. Apenas de uma coisa estou certo: de nada serviria tornar minhas ideias conhecidas ao Conde. Ele bem sabe que estou preso; e como foi ele mesmo quem fez isso, e sem dúvida tem os próprios motivos para tal, apenas me enganaria se eu lhe confiasse os fatos. Até onde consigo ver, meu único plano é manter minha descoberta e meus receios para mim, e os olhos bem abertos. Tenho ciência de que ou estou sendo enganado como um bebê por meus próprios medos ou estou de fato em um apuro desesperador; se o último for verdade, preciso, e vou precisar, de todo o meu discernimento para superá-los.

Eu tinha acabado de chegar a essa conclusão quando ouvi a grande porta lá embaixo ser fechada, e soube que o Conde tinha voltado. Ele não veio logo para a biblioteca, então eu cautelosamente fui para o meu quarto e o encontrei arrumando a cama. Aquilo foi estranho, no entanto só confirmou o que eu vinha pensando o tempo todo: não havia criados na casa. Quando mais tarde o vi, através da fissura das dobradiças da porta, pondo a mesa na sala de refeições, tive certeza; pois, se ele executa pessoalmente todas as tarefas de um serviçal, então está provado que não há mais ninguém para fazê-lo. Isso me assustou, pois, se não há ninguém mais no castelo, deve ter sido o próprio Conde quem conduziu a carruagem que me trouxe aqui. É um pensamento tenebroso, porque, sendo assim, o que significa ele ter conseguido controlar os lobos, como controlou, apenas por suspender a mão em silêncio? Por que todas aquelas pessoas em Bistrita e na diligência temiam por mim? O que significavam o crucifixo, o alho, a rosa selvagem e a sorveira que haviam me dado? Todas as bênçãos para aquela boa, bondosa senhora que pendurou o crucifixo no meu pescoço! Pois ele me conforta e dá força sempre que o toco. É estranho como uma coisa que fui ensinado a considerar com desagrado e como idolatria seja, em um momento de solidão e dificuldade, uma fonte de ajuda. Será que há algo na essência da coisa em si ou será ela um meio, uma ajuda tangível, na transmissão de lembranças de simpatia e acolhimento? Um dia, se este dia chegar, devo examinar a questão e tentar formar uma opinião a respeito. Enquanto isso, preciso descobrir tudo que o puder sobre o Conde Drácula, pois isso poderá me ajudar a entender. Hoje à noite ele pode falar sobre si mesmo, se eu conduzir a conversa para essa direção. Preciso ser muito cuidadoso, porém, para não levantar suspeitas.

* * *

Meia-noite. Tive uma longa conversa com o Conde. Fiz umas poucas perguntas sobre a história da Transilvânia e ele se entusiasmou maravilhosamente com o assunto. Ao mencionar coisas e pessoas, e batalhas em especial, falou como se tivesse estado presente em todas. Isso ele explicou mais tarde dizendo que, para um *boyar*, um nobre eslavo, o orgulho de suas raízes e de sua casa é o orgulho que tem de si mesmo, que a glória deles é a dele, e que o destino deles é o dele. Sempre que falava de casa, ele dizia "nós", e usava quase o tempo todo o plural, como falam os reis. Gostaria de conseguir anotar tudo o que ele falou da forma exata como ele contou, pois achei fascinante. O discurso parecia incluir a história inteira do país. Ele ficou agitado enquanto falava e andou de um lado a outro no quarto, cofiando o longo bigode branco e agarrando tudo em que punha a mão como se com sua força impressionante fosse esmagar a coisa. Vou reproduzir algo que o Conde falou com a maior precisão que conseguir, pois à sua maneira o relato conta a história dos antepassados dele:

– Nós, sículos, temos o direito de sentir orgulho, pois em nossas veias corre o sangue de muitas raças valentes, que lutaram como lutam os leões: por domínio. Aqui, no redemoinho de raças europeias, a tribo úgrica trouxe da Islândia o espírito de combate que Thor e Odin lhe deram; esses guerreiros nórdicos combateram com tal ferocidade na Europa, e não só, também na Ásia e na África, que os povos nativos pensaram que quem havia chegado eram lobisomens. E aqui, quando chegaram, encontraram os hunos, cuja fúria guerreira havia varrido a terra como labaredas vivas, até que o povo, definhando, afirmou que em suas veias corria o sangue daquelas velhas bruxas que, expulsas de Cítia, haviam acasalado com os demônios no deserto. Tolos, tolos! Que demônio e qual bruxa foi alguma vez grande como Átila, cujo sangue corre nestas veias? – E ele levantou os braços. – Será mesmo um prodígio que fôssemos uma raça conquistadora; que tivéssemos orgulho; que, quando magiares, lombardos, avares, búlgaros ou turcos chegavam aos milhares às nossas fronteiras, nós os empurrássemos de volta? Será mesmo tão estranho que, quando Arpades e seu exército varreram a Hungria, tenham nos encontrado aqui quando chegaram à fronteira, e que a *honfoglalas*, a conquista da pátria, tenha se completado ali? E, quando a inundação húngara escorreu para o leste, os sículos tenham sido reivindicados como parentes pelos magiares vitoriosos, e que a nós tenha sido confiada por séculos a guarda da fronteira da terra da Turquia; e mais do que isso: o dever interminável de proteção dessa fronteira, pois, como os turcos dizem, "a água adormece, mas o inimigo é vigilante"? Quem, em todas as Quatro Nações, recebeu com mais boa vontade do que nós a "espada de sangue", ou a seu chamado de guerra se reuniu mais depressa sob o estandarte do rei? Assim que foi redimido o grande vexame da minha nação, a vergonha de Kosovo, quando os estandartes dos valacos e dos magiares tombaram sob o Crescente? Quem, senão um da minha estirpe, como Voivoda, cruzou o Danúbio e venceu os turcos no território deles? Pois foi um Drácula! Foi calamitoso que seu próprio irmão indigno, no momento que ele havia caído, tenha vendido o próprio povo para os turcos, cobrindo-o com a vergonha da escravidão! Não foi esse Drácula, de fato, quem inspirou aquele outro de sua linhagem, que, tempos depois, tantas vezes reuniu seus exércitos no grande rio, rumo à terra da Turquia? E não foi Drácula quem, uma vez repelido, voltou de novo, de novo e de novo, embora precisasse voltar sozinho do campo sangrento onde suas tropas estavam sendo massacradas, certo de que ele, e ele apenas, poderia, em última instância, triunfar? Disseram que ele só pensava em si mesmo. Bah! De que servem camponeses sem um líder? Onde termina uma guerra que não possua um cérebro e um coração para conduzi-la? De novo, quando, depois da Batalha de Mohács, mandamos para bem longe os húngaros, nós, os do sangue de Drácula, estávamos entre os líderes, pois nosso espírito não concebe que não sejamos livres. Ah, meu jovem, os sículos, e os Drácula como o sangue, o cérebro e as espadas deles, podem se orgulhar de um histórico que excrescências fungosas como as dinastias Habsburgo e Romanov jamais atingirão. Os dias de guerra terminaram. O sangue é uma coisa preciosa demais nestes dias de paz desonrosa, e as glórias das grandes raças são como um mero conto que se conta.

A essa altura, já era quase de manhã, e nós fomos dormir. (Nota: este diário se assemelha terrivelmente ao início de *As mil e uma noites*, pois tudo precisa ser interrompido ao cantar do galo; ou ao fantasma do pai de Hamlet.)

* * *

**12 de maio**

Deixe-me começar com fatos, fatos nus e crus, verificados por livros e números, e sobre os quais não pode pairar dúvida. Não posso confundi-los com experiências que precisarão se apoiar na minha observação, ou na minha lembrança delas. Na noite passada, quando o Conde veio do quarto dele ao meu, começou a me perguntar sobre questões jurídicas e sobre a realização de certos tipos de negócio. Eu tinha passado o dia cansativamente debruçado sobre livros e, apenas para manter a mente ocupada, me inclinei sobre alguns dos assuntos que havia examinado na Lincoln's Inn. Havia certo método nas perguntas do Conde, então tentarei reproduzi-las em sequência; o conhecimento poderá ser útil para mim, de alguma forma e em algum momento.

Primeiro, ele perguntou se na Inglaterra um homem pode ter dois advogados ou mais. Eu lhe disse que pode ter uma dúzia, se quiser, mas que não seria sábio ter mais de um envolvido em uma ação, já que só um podia atuar por vez, e que mudar seria agir contra o próprio interesse. Ele pareceu entender totalmente e prosseguiu perguntando se existiria alguma dificuldade prática para haver um homem cuidando, por exemplo, de assuntos bancários, e outro, de transportes, caso alguma ajuda fosse necessária em um lugar distante da casa do advogado que estivesse lidando com o assunto bancário. Pedi que ele explicasse melhor, para que eu não corresse o risco de induzi-lo a um engano, e então ele falou:

– Vou exemplificar. O nosso amigo, o senhor Peter Hawkins, de sob a sombra da linda catedral que os senhores têm em Exeter, que fica muito longe de Londres, compra para mim, por seu bom intermédio, um lugar em Londres. Ótimo! Agora, deixe-me dizer francamente, para que o senhor não julgue estranho que eu tenha buscado os serviços de alguém tão distante de Londres, em lugar de contratar alguém que residisse ali, que minha motivação foi que nenhum interesse local fosse atendido, mas apenas e exclusivamente o meu desejo; e como um residente em Londres que poderia, quem sabe, ter propósitos próprios, ou um amigo a quem agradar, eu fui a campo procurar meu agente, cujo trabalho deveria ser apenas no meu interesse. Agora, suponha que eu, como tenho muitos negócios, deseje enviar por navio bens para, digamos, Newcastle, ou Durham, ou Harwich, ou Dover; isso não poderia ser mais fácil se feito por alguém designado nesses portos?

Respondi que com certeza seria mais fácil, contudo que nós, advogados, possuímos um sistema de agenciamento de correspondentes entre os escritórios, de forma que o trabalho local pode ser realizado sob a instrução de qualquer advogado, para que o cliente, lidando com um único profissional, possa ter seus desejos executados por ele, sem nenhuma outra dificuldade.

– Mas eu teria a liberdade de decidir por mim mesmo, não é assim?

– Claro – respondi. – Isso é com frequência feito por homens de negócios que não gostam que a totalidade de seus assuntos seja conhecida por ninguém.

– Bom!

Então ele prosseguiu fazendo perguntas sobre os meios de fazer os embarques e os formulários a serem preenchidos, e todo tipo de dificuldade que poderia surgir, e que conseguiríamos evitar se tomássemos as medidas certas. Eu lhe expliquei todas essas coisas da melhor maneira que consegui, e ele me deixou com a clara impressão de que teria sido um advogado maravilhoso, pois não havia nada que não pudesse pensar ou antever. Para um homem que jamais esteve no país, e que evidentemente não fazia muitos negócios, ele tinha um conhecimento e uma sagacidade maravilhosos. Quando se satisfez quanto aos pontos que havia abordado, e eu tinha verificado as coisas tão bem quanto possível nos livros disponíveis, ele subitamente se levantou e disse:

– O senhor escreveu, após a primeira carta para nosso amigo senhor Peter Hawkins, para qualquer outra pessoa?

Foi com certa amargura no coração que respondi que não, dado que ainda não tinha visto uma oportunidade de mandar cartas para ninguém.

– Então escreva agora, meu jovem amigo – ele falou, pousando uma mão pesada no meu ombro. – Escreva para o nosso amigo e para qualquer outro; e diga, se isso o fizer feliz, que ficará comigo por um mês a contar de agora.

– O senhor deseja que eu fique assim tanto tempo? – perguntei, pois meu coração gelou perante a ideia.

– Desejo muito. Não aceitarei uma recusa. Quando seu mestre, empregador, ou como o chame, propôs que alguém viesse no lugar dele, ficou acertado que apenas as minhas necessidades seriam consideradas. E eu não economizei. Não é assim?

O que eu poderia fazer além de concordar? Tratava-se dos interesses do senhor Hawkins, não dos meus, e eu deveria pensar nele, e não em mim; além disso, enquanto o Conde Drácula estava falando, havia em seus olhos e modos algo que me fez lembrar que eu era um prisioneiro, e que não teria escolha. O Conde viu sua vitória na minha mesura e seu domínio no meu semblante perturbado, pois na mesma hora começou a usá-los, se bem que a seu modo suave e irresistível.

– Eu lhe rogo, meu jovem amigo, não aborde outros temas além de negócios em suas cartas. Sem dúvida será agradável a seus amigos saber que o senhor está bem e anseia por voltar para casa e para eles. Está certo assim?

Enquanto ele falava, entregou-me três folhas de papel de carta e três envelopes, todos do correio estrangeiro mais elegante. Olhando para eles e depois para o Conde, e percebendo seu sorriso discreto (com os caninos agudos por cima do lábio inferior muito vermelho), eu compreendi, tão bem como se ele tivesse dito, que deveria ter cuidado com o que escrevesse, pois ele poderia ler. Então decidi escrever apenas observações formais por enquanto, mas em segredo descrever tudo para o senhor Hawkins, e também para Mina, já que para ela eu podia usar taquigrafia, e isso confundiria o Conde, caso ele visse a carta. Ao terminar de redigir minhas duas cartas, fiquei sentado em silêncio, lendo, enquanto o Conde redigia várias notas, consultando, durante a redação, alguns livros sobre a mesa. Então ele pegou as minhas cartas, juntou às dele e as colocou na mesa ao lado do material de escrita, sobre o qual, assim que a porta se fechou atrás dele, eu me debrucei para olhar. As cartas estavam viradas para baixo. Não tive o menor remorso de fazer isso, pois, dadas as circunstâncias, senti que deveria me proteger de todas as maneiras possíveis.

Uma das cartas era dirigida a Samuel F. Billington, número 7, The Crescent, Whitby; outra, para Herr Leutner, Varna; a terceira era para Coutts & Co., Londres; e a quarta para Herren Klopstock & Billreuth, banqueiros, Budapeste. A segunda e a quarta não estavam seladas. Eu estava prestes a ler ambas quando vi a maçaneta se mexer. Afundei de volta na minha cadeira, tendo apenas o tempo exato de arrumar os papéis como estavam e retomar a leitura, antes que o Conde, trazendo outra carta, entrasse. Ele apanhou as correspondências da mesa, selou-as cuidadosamente e, voltando-se para mim, disse:

– Confio que o senhor há de me perdoar, mas tenho muito trabalho a realizar em privado esta noite. Encontrará, espero, tudo de que precisar.

Chegando à porta ele se virou e, após um instante de pausa, completou:

– Deixe-me avisá-lo, meu querido jovem amigo... não, deixe-me precavê-lo, com toda a seriedade, que, caso saia destes cômodos, não durma, sob hipótese nenhuma, em qualquer outra parte do castelo. É uma construção velha e cheia de memórias, e sonhos ruins aguardam os que dormem descuidadamente. Esteja alertado! Caso o sono o domine, agora ou mais tarde, ou se parecer prestes a dominá-lo, apresse-se para voltar ao seu quarto ou a estes aposentos, pois seu descanso será seguro. Mas, se o senhor não for cuidadoso a este respeito, então...

Ele encerrou o discurso de um jeito incômodo, movendo as mãos como se as lavasse. Entendi muito bem. Minha única dúvida era se algum sonho poderia ser pior do que a rede horrível e não natural de mistério sombrio que parecia estar se fechando sobre mim.

* * *

**Mais tarde**

Endosso as últimas palavras que escrevi, mas agora não há dúvida na pergunta. Não terei medo de dormir em nenhum lugar onde ele não esteja. Coloquei o crucifixo acima da cabeceira da minha cama (imagino que meu descanso assim fique mais livre de sonhos), e lá ele há de ficar.

Quando o Conde saiu, fui para o meu quarto. Pouco depois, não ouvindo nenhum ruído, saí e subi a escada de pedra para o ponto de onde podia olhar para o sul. Havia certa sensação de liberdade na vasta extensão, mesmo estando inacessível para mim, em comparação à escuridão estreita do pátio. Pensando melhor, eu me senti de fato como se estivesse encarcerado, e senti a necessidade de um sopro de ar fresco, apesar de ser o ar da noite. Começo a sentir que esta existência apenas noturna está me abatendo, acabando com os meus nervos. Eu me assusto com a minha própria sombra e tenho visões horríveis. Deus sabe que há motivo para meu medo terrível neste lugar amaldiçoado! Observei a linda paisagem, banhada ao luar suave e amarelado, até que ela pareceu iluminada como o dia. À luz suave, as colinas distantes se fundiam, e as sombras dos vales e dos desfiladeiros se tornavam um negrume aveludado. A simples beleza pareceu me alegrar, havia paz e consolo em cada respiração. Quando me afastei da janela, meu olhar foi capturado por algo que se movia um andar abaixo, um pouco mais à esquerda, onde eu supus, pela disposição dos quartos, que fosse para onde as janelas do quarto do Conde dariam vista. A janela onde eu estava era alta, profunda, gradeada e, apesar de gasta pelo tempo, ainda intacta; mas era evidente que a estrutura estava ali havia muitíssimo tempo. Eu me recolhi para trás do batente de pedra e espiei para fora com máximo cuidado.

O que vi foi a cabeça do Conde saindo da janela. Não vi o rosto, mas eu reconheci o homem pela nuca e pelos movimentos das costas e dos braços.

Fosse como fosse, não poderia me enganar em relação às mãos, que por tantas e tantas vezes eu tinha estudado. Em um primeiro instante, fiquei interessado e entretido, pois é maravilhoso como um tema mínimo é capaz de interessar e entreter um homem quando ele está preso. Mas meus sentimentos mudaram para repulsa e terror quando vi o corpo todo do homem lentamente emergir da janela e começar a se arrastar para baixo pelo muro do castelo, por cima do abismo aterrorizante, com o rosto na direção do chão e o casaco enfunado ao redor como grandes asas. Primeiro eu não pude acreditar no que via, e pensei que fosse uma ilusão de ótica causada pelo luar, ou algum efeito estranho das sombras; mas continuei olhando, e afinal não podia ser um engano. Vi seus dedos das mãos e dos pés agarrarem os cantos das pedras, já sem argamassa devido à passagem dos anos, e assim usarem cada reentrância e saliência para se mover para baixo com considerável velocidade, como um lagarto se desloca em uma parede.

Que tipo de homem é este, ou que tipo de criatura é esta, sob a aparência de um homem? Sinto o horror deste lugar tenebroso me dominando. Tenho medo, um medo profundo, e não há saída; estou cercado de terrores sobre os quais nem ouso pensar...

* * *

**15 de maio**

Mais uma vez vi o Conde sair em seu estilo de lagarto. Foi para baixo e para o lado, desceu cerca de trinta metros e bem para a esquerda. Desapareceu em alguma cavidade ou janela. Quando a cabeça sumiu, eu me inclinei para tentar ver mais, porém em vão: a distância era grande demais para permitir um bom ângulo de visão. Eu sabia que agora ele estava fora do castelo, e pensei em usar a oportunidade para explorar mais do que eu havia arriscado até então. Voltei ao quarto, peguei um candeeiro e tentei todas as portas. Todas trancadas, conforme eu esperava, e as fechaduras eram comparativamente novas; mas desci a escada de pedra até o saguão por onde eu havia entrado originalmente. Descobri que conseguia puxar as trancas com facilidade e soltar as grandes correntes; no entanto a porta estava trancada, e nem sinal da chave! Ela deve ficar no quarto do Conde; devo prestar atenção para o caso de a porta dele estar destrancada, a fim de tentar pegá-la e fugir. Prossegui em um exame completo das várias escadarias e passagens, testando todas as portas que havia nelas. Um ou dois quartos próximos ao saguão estavam abertos, mas não havia nada para ver lá dentro a não ser mobília velha, empoeirada pelo tempo e carcomida por traças. Por fim, entretanto, descobri uma porta do alto de uma escada que, embora parecesse trancada, cedeu um pouco à pressão que fiz. Tentei com mais força e descobri que não estava de fato trancada, que a resistência vinha do fato de que as dobradiças tinham se afrouxado, e a pesada porta se apoiava apenas no chão. Lá estava uma oportunidade que eu poderia não ter de novo, então me apliquei e com muito esforço a forcei para trás, para poder entrar. Eu estava agora numa ala do castelo bem mais à direita do que os quartos que eu conhecia, e um andar abaixo. Pelas janelas, vi que os quartos ficavam na parte sul do castelo, tendo as janelas do quarto da ponta vista para o oeste e o sul. No segundo lado, assim como no primeiro, havia um grande precipício.

O castelo fora construído no canto de uma imensa rocha, de modo que em três faces era inexpugnável, e janelas amplas foram posicionadas onde arremessos de estilingue, de arco e de colubrinas não chegariam; consequentemente, a luz e o aconchego, impossíveis em uma posição que precisava ser vigiada, foram garantidos. A oeste havia um grande vale e depois, erguendo-se ao longe, grandes fortalezas nas montanhas irregulares, pontilhando os cumes, a rocha íngreme cravejada de sorveiras e espinheiros, cujas raízes se agarravam às rachaduras, fissuras e fendas da pedra. Esta era evidentemente a parte do castelo ocupada pelas damas dos dias antigos, pois os móveis eram mais confortáveis do que qualquer outro que eu tivesse visto. Não havia cortinas nas janelas, e o luar amarelado, que inundava o ambiente através dos vidros cristalinos, permitia que eu distinguisse até mesmo as cores, ao mesmo tempo que atenuava a abundância de poeira que pairava sobre tudo e disfarçava, em alguma medida, a destruição causada pelo tempo e pelas traças.

O candeeiro era de pouco efeito ao luar brilhante, mas eu estava contente por tê-lo comigo, pois a solidão terrível do lugar me dava calafrios no coração e fazia meus nervos falhar. Ainda assim, era melhor do que estar sozinho nos cômodos que eu tinha chegado a odiar pela presença do Conde, e após tentar por um momento controlar meus nervos, senti uma grande calma se apossar de mim. Sentado a uma mesinha de carvalho, onde em tempos antigos possivelmente uma dama se sentou para redigir, cheia de pensamentos e rubores, uma mal traçada carta de amor, cá estou eu, escrevendo em taquigrafia no meu diário tudo o que ocorreu desde que o fechei pela última vez. É o século XIX em dia com uma vingança. Apesar disso, e a menos que meus sentidos me enganem, os séculos passados tinham, e têm ainda, poderes próprios, que a mera "modernidade" não pode eliminar.

* * *

### Mais tarde, manhã de 16 de maio

Deus, preserve minha sanidade, pois a isso estou reduzido. Segurança e garantia de segurança são coisas do passado. Enquanto eu estiver aqui, há uma só coisa pela qual torcer: não enlouquecer, se é que já não estou louco. Se eu estou são, então é certamente enlouquecedor pensar que, de todas as coisas horríveis que rondam este lugar odioso, o Conde é o menos assustador para mim; que apenas com ele posso contar para minha segurança, ainda que isso dure apenas enquanto eu servir aos propósitos dele. Meu Deus! Deus misericordioso! Permita que eu fique calmo, pois fora da tranquilidade só há insanidade. Começo a vislumbrar explicações para coisas que antes me intrigavam. Até agora, eu nunca havia entendido o que Shakespeare quis dizer quando fez Hamlet exclamar: "Meus papéis, meus papéis! Para que eu possa anotar (etc.)"; mas agora, sentindo como se meu cérebro estivesse se desfazendo ou como se tivesse sido atingido pelo choque que vai pôr fim a este desespero, volto-me para o meu diário em busca de conforto. O hábito de fazer anotações precisas vai me acalmar.

O misterioso alerta do Conde me assustou, na hora, e me assusta ainda mais agora, quando penso nele, pois ele tem um domínio terrível sobre mim no futuro. Devo temer duvidar do que ele pode dizer.

Quando eu havia acabado de escrever e, felizmente, guardado o pequeno caderno e a caneta no bolso, senti sono. O alerta do Conde me voltou à mente, mas tive prazer em desobedecer-lhe. A sonolência me dominou, e com ela veio a obstinação que o sono traz como uma escolta de batedores. O luar suave me embalava e a vasta extensão lá fora me dava uma revigorante sensação de liberdade. Decidi não voltar para os quartos sombrios esta noite, e sim dormir aqui, onde, antigamente, damas se sentaram, cantaram e viveram vidas doces, enquanto seus peitos gentis lamentavam pelos homens distantes, envolvidos em guerras impiedosas. Arrastei um grande sofá de seu lugar junto ao canto para que, deitado, eu pudesse apreciar a linda vista ao leste e ao sul; então, sem pensar na poeira nem me importar com ela, acomodei-me para dormir. Suponho que tenha adormecido; espero que sim, mas duvido, pois tudo que se seguiu foi alarmantemente real, tão real que agora, sentado aqui ao ar livre e sob o sol da manhã, eu não posso minimamente crer que tudo tenha sido sonho.

Eu não estava sozinho. O quarto era o mesmo, nenhuma mudança tinha ocorrido desde minha entrada nele; no chão iluminado pelo luar, eu enxergava minhas pegadas marcando os pontos onde eu havia interferido no longo acúmulo de pó. Ao luar à minha frente estavam três jovens: mulheres de alta classe, pelas suas roupas e modos. Na hora, pensei que devia estar sonhando quando as vi, pois, embora o luar viesse de trás delas, elas não faziam sombra no chão. Aproximaram-se de mim, observaram-me por um tempo e então trocaram cochichos. Duas tinham a tez escura e tinham nariz alto e aquilino como o do Conde, e olhos também escuros, penetrantes, que pareciam quase vermelhos em contraste com o amarelo-pálido da lua. A outra era loira, tão loira quanto é possível, com abundantes cabelos dourados e olhos como safiras claras. Tive a impressão de reconhecer aquele rosto e de percebê-lo conectado de alguma forma a um medo vivido em sonho, mas na hora não consegui lembrar como nem onde. Todas as três tinham dentes brancos e brilhantes que cintilavam como pérolas contra o carmim de suas bocas voluptuosas. Havia algo nelas que me punha desconfortável, algo desejoso, mas também temeroso. Senti no peito um desejo ardente de que elas me beijassem com aqueles lábios vermelhos. Não é prudente escrever isso, pois um dia os olhos de Mina podem ler estas anotações e sofrer, mas é a verdade. Elas ainda cochichavam e depois riram; um riso argênteo e musical, porém duro como se o som jamais pudesse ter saído de suaves lábios humanos. Era como o intolerável e doce tinido dos copos com água quando tocados por mãos inábeis. A moça loira balançou a cabeça, coquete, e as outras duas a incentivaram. Uma falou:

– Vá! Você primeiro e nós depois; é sua vez de começar.

E outra acrescentou:

– Ele é jovem e forte; tem beijos para todas nós.

Permaneci deitado, imóvel, espreitando sob as pestanas, em uma agonia de deliciosa antecipação. A moça loira avançou e se curvou sobre mim até que senti seu hálito. Era doce, de certa forma, doce como mel, e transmitia aos meus nervos o mesmo tinido que sua voz, mas com certo amargor sob a doçura, um amargor de ofensiva, como o que se sente no sangue.

Tive receio de abrir os olhos, mas espiei sob os cílios e enxerguei perfeitamente. A moça estava de joelhos, inclinada em cima de mim, simplesmente me devorando com os olhos. Havia uma voluptuosidade deliberada que era ao mesmo tempo excitante e repulsiva e, quando arqueou o pescoço, ela lambeu os lábios como um animal, até que consegui ver, ao luar, a saliva brilhante nos lábios escarlates e na língua vermelha que percorria os dentes brancos e pontudos. Cada vez mais para baixo foi sua cabeça, até que os lábios desceram para além da região da minha boca e do meu queixo, e pareceram prestes a pousar em minha garganta. Ela então parou, e pude ouvir o som de sua língua lambendo os dentes e os lábios e sentir seu hálito quente no meu pescoço. Minha pele começou a formigar como acontece quando uma mão prestes a fazer cócegas vai se aproximando. Senti o toque macio e trêmulo de seus lábios na pele ultrassensível do pescoço, e a pressão firme de dois dentes afiados, que relavam e se afastavam. Fechei os olhos em um êxtase lânguido e aguardei, aguardei com o coração aos pulos.

Mas, nesse instante, outra sensação percorreu meu corpo, rápida como um raio. Tomei consciência da presença do Conde e de ele estar como que envolto em uma tempestade de ira. Quando meus olhos se abriram, involuntariamente, vi a mão dele agarrar com força o pescoço macio da mulher loira e, com o poder de um gigante, afastá-la, os olhos de safira transformados pela fúria, os dentes brancos batendo de raiva e as bochechas brilhando, rubras de paixão. E o Conde! Jamais imaginei tanta cólera nem tamanho furor, nem mesmo nos demônios. Os olhos dele estavam incandescentes, é fato. A luz vermelha que eles emanavam era lúgubre, como se as chamas do fogo do inferno ardessem atrás deles. O rosto estava profundamente pálido, e as linhas de expressão eram duras como riscos desenhados; as sobrancelhas grossas que se uniam no alto do nariz pareciam agora uma barra de metal branco e quente. Com um movimento feroz do braço, arremessou a mulher para longe e depois gesticulou para as demais, como se as estivesse afastando; era o mesmo gesto imperioso que eu tinha visto ser feito com os lobos. Com uma voz que, apesar de tão baixa que mal passava de um sussurro, parecia cindir o ar e depois ecoar por todo o quarto, ele esbravejou:

– Como se atrevem a tocá-lo? Como qualquer uma de vocês ousa olhar para ele, quando eu as proibi? Para trás, eu ordeno! Este homem me pertence! Não se metam com ele, ou terão de se haver comigo.

A moça loira, rindo com afetação e indecência, virou-se para responder:

– Você nunca amou; você nunca ama!

Ouvindo isso, as demais se juntaram a ela, e um riso tão sem alegria, sem alma e duro ecoou pelo quarto que eu quase desmaiei ao ouvir; pareciam gargalhadas demoníacas. O Conde então se virou, depois de observar atentamente meu rosto, e falou, em um murmúrio delicado:

– Sim, também eu posso amar; vocês mesmas sabem disso, pelo passado. Não é? Bem, agora eu lhes prometo que, quando tiver encerrado com ele, vocês poderão beijá-lo à vontade. Agora vão, vão! Preciso acordá-lo, pois há trabalho a ser feito.

– E nós, esta noite, não teremos nada?

A que fez a pergunta riu baixo, apontando para um saco que ele havia atirado ao chão e que se movia como se contivesse algo vivo. À guisa de resposta ele acenou com a cabeça. Uma das mulheres então saltou para a frente e o abriu. Se meus ouvidos não me enganaram, houve um engasgo e um gemido baixo, como o de uma criança meio sufocada. As mulheres se acercaram, enquanto eu era tomado pelo pavor; mas, quando olhei, haviam desaparecido, e com elas o saco medonho. Não havia porta perto delas e elas não poderiam ter passado por mim sem que eu visse. Pareceu-me que as três haviam simplesmente se desmanchado e passado através da janela, pois vi lá fora formas difusas e irreais, um instante antes de sumirem por completo.

O horror se apoderou de mim, e afundei na inconsciência.

# Capítulo IV

## Diário de Jonathan Harker, continuação

Acordei na minha própria cama. Se é que tudo não foi um sonho, o Conde deve ter me trazido para cá. Tentei digerir o assunto, mas não cheguei a nenhum resultado inquestionável. Decerto havia algumas pequenas evidências, como o fato de minhas roupas estarem dobradas e dispostas de uma maneira que não é meu costume. Meu relógio está sem corda, e mantenho rigorosamente o hábito de lhe dar corda antes de me deitar, e outros detalhes assim. Contudo essas coisas não constituem prova, podem ser apenas evidências de que minha cabeça não estava normal e de que, por uma razão ou outra, eu tenha estado perturbado. Devo ficar atento a provas. Por uma coisa fico grato: se foi o Conde que me trouxe aqui e me despiu, ele deve ter cumprido às pressas a tarefa, pois meus bolsos estão intactos. Tenho certeza de que este diário teria sido para ele um mistério intolerável, e que ele o teria pegado ou destruído. Olho para este quarto, que tanto já me pareceu assustador, e o vejo agora como um tipo de santuário, pois nada pode ser mais assustador do que aquelas mulheres horríveis, que estavam, que estão, esperando para sugar meu sangue.

* * *

### 18 de maio

Estive lá embaixo para ver aquele quarto de novo, à luz do dia, pois preciso conhecer a verdade. Quando cheguei à porta no alto da escada, encontrei-a fechada. Havia sido pressionada com tanta força contra o batente que parte da madeira estava lascada. Vi que o ferrolho da tranca não estava puxado, mas a porta tinha sido trancada por dentro. Receio que não fora um sonho, e devo agir consoante esta premissa.

* * *

### 19 de maio

Estou em uma armadilha, com certeza. Ontem à noite o Conde me pediu, no mais suave tom de voz, para redigir três cartas, uma dizendo que meu trabalho aqui estava quase completo e que eu voltaria para casa dentro de poucos dias; outra dizendo que eu partiria na manhã seguinte à data dela, e uma terceira informando que havia deixado o castelo e chegado a Bistrita. Com muito prazer eu teria me rebelado, mas senti que, dado o atual estado de coisas, seria loucura partir para conflito aberto com o Conde, visto que estou totalmente sob seu poder; recusar poderia levantar suspeitas e provocar sua ira. Ele sabe que eu sei demais e que devo morrer, pois me tornei perigoso para ele; minha única chance é prolongar minhas oportunidades. Algo pode ocorrer que me dê possibilidade de fugir. Vi nos olhos dele algo daquela fúria concentrada que se manifestou quando afastou a mulher loira de si. Ele me explicou que o serviço postal era escasso e incerto e que minhas cartas iriam garantir paz de espírito aos meus amigos; ele me garantiu tão enfaticamente que revogaria a postagem das duas últimas, e que elas seriam retidas em Bistrita até o momento certo, na eventualidade de minha estada aqui ser prorrogada, que contradizê-lo teria sido gerar mais desconfiança. Portanto, fingi concordar com a opinião dele e perguntei que datas eu deveria colocar nas cartas. Ele refletiu por um minuto e então respondeu:

– A primeira deve ser 12 de junho; a segunda, 19 de junho; e a terceira, 29 de junho.

Agora sei quanto tempo tenho de vida. Que Deus me ajude!

* * *

**28 de maio**

Há uma chance de fuga ou, pelo menos, de conseguir mandar um recado para casa. Um grupo de szgany veio para o castelo e está acampado no pátio. São ciganos; tenho anotações sobre eles no meu livro. Eles são característicos desta parte do mundo, embora ligados aos ciganos comuns no mundo todo. Há milhares deles na Hungria e na Transilvânia, que vivem quase à margem da lei. Por norma, vinculam-se a um grande nobre, um *boyar*, e se chamam pelo nome dele. São destemidos e sem religião, afora as superstições, e só falam nas próprias variações do idioma romani.

Vou escrever algumas cartas para casa e tentar que eles as coloquem no correio. Já conversei com eles através da minha janela, com o intuito de iniciar um contato. Eles tiraram os chapéus e fizeram reverências e muitos sinais, os quais, entretanto, eu não consegui entender mais do que a língua que falam...

* * *

Escrevi as cartas. A de Mina está em taquigrafia, e apenas pedi ao senhor Hawkins que entre em contato com ela. Para ela eu expliquei minha situação, porém sem os horrores que por ora só posso supor. Se eu lhe expusesse meu coração, ela ficaria chocada e apavorada. As cartas talvez não sejam entregues, então por enquanto o Conde não deve conhecer meu segredo nem a extensão do que sei.

* * *

Entreguei as cartas; atirei-as através das barras da minha janela amarradas a uma moedinha de ouro, e sinalizei o melhor que pude para indicar que deveriam ser postadas. O homem que as pegou pressionou-as junto ao coração, fez uma mesura e depois as guardou sob o chapéu. Não havia o que mais eu pudesse fazer. Voltei ao estúdio e comecei a ler. Como o Conde não entrou, escrevi aqui…

* * *

O Conde veio. Sentou-se ao meu lado e falou no mais suave tom de voz, enquanto abria duas cartas:

– Os szgany me entregaram isto; embora eu não saiba de onde vieram, certamente cuidarei delas. Veja! Ele deve ter olhado antes. – Uma delas é sua, para o meu amigo Peter Hawkins; a outra – ao abrir o envelope, viu os símbolos estranhos, e uma expressão sombria desceu sobre seu rosto, enquanto os olhos faiscaram cruelmente –, a outra é uma coisa torpe, um ultraje contra a amizade e a hospitalidade! Não está assinada. Bem! Assim sendo, não nos importa.

E ao dizer isso ele calmamente segurou a carta e o envelope sobre a chama da lamparina, até que se consumiram. Então ele prosseguiu:

– A carta para Hawkins será, é claro, enviada, uma vez que é sua. Suas cartas são sagradas para mim. Perdão, meu amigo, por eu ter inadvertidamente rompido o lacre. Não gostaria de selar novamente?

Ele me estendeu a carta e, com uma reverência cortês, entregou um novo envelope. Eu só pude subscrever novamente e devolvê-lo em silêncio. Assim que o Conde saiu do quarto, ouvi a chave girar delicadamente. Um minuto depois fui testar a porta, e estava trancada.

Quando, uma hora ou duas mais tarde, o Conde entrou silenciosamente no quarto, sua chegada me despertou, pois eu tinha adormecido no sofá. Ele foi muito educado e alegre a seu modo, e vendo que eu estivera dormindo, comentou:

– Então, meu amigo, está cansado? Vá para a cama. Ali o repouso é garantido. Eu não terei esta noite o prazer de conversarmos, uma vez que muito trabalho me aguarda; mas confio que o senhor dormirá.

Passei para o quarto e fui para a cama e, por mais estranho que pareça, dormi sem sonhar. O desespero tem suas próprias calmarias.

* * *

### 31 de maio

Esta manhã, ao acordar, pensei em me abastecer com o papel e os envelopes da minha bolsa e mantê-los no bolso, com o intuito de poder escrever caso surgisse uma oportunidade, mas de novo uma surpresa, de novo um choque!

Todos os meus papéis tinham sumido, e com eles todas as minhas anotações, os memorandos relacionados a viagens e linhas de trem, minha carta de crédito, de fato, tudo o que me poderia ser útil uma vez fora do castelo. Eu me sentei e refleti por um momento, e então tive uma ideia e fiz uma busca na mala e no armário onde havia colocado minhas roupas.

O paletó com o qual eu tinha viajado havia desaparecido, assim como meu casaco e a manta de viagem; não encontrei nem rastro deles. Isso tudo parecia um novo esquema de maldades…

* * *

### 17 de junho

Esta manhã, enquanto eu estava sentado na beira da cama quebrando a cabeça, ouvi lá fora chicotes estalando e o som de cascos pisoteando e raspando o piso rochoso do caminho além do pátio. Com entusiasmo corri até a janela, e vi entrar no jardim duas grandes carroças, cada uma sendo conduzida por oito cavalos robustos, e em cada parelha um eslovaco, com chapéu amplo, cinto largo cravejado de rebites, pele suja de ovelha e botas de cano alto. Traziam também as longas lanças em mãos. Corri para a porta, pretendendo descer e tentar me juntar ao grupo pelo saguão principal, que imaginei estar aberto para eles. Novamente o choque: minha porta estava trancada por fora.

Corri de volta para a janela e gritei. Eles olharam para cima estupidamente e apontaram, e nessa hora o "comandante" dos szgany apareceu e, ao vê-los apontando para minha janela, disse algo que os fez rir. Daí em diante, nenhum esforço, grito desesperado ou súplica angustiada foi capaz de fazê-los nem mesmo olhar para mim. Resolutamente, eles se viraram. As carroças transportavam grandes caixas quadradas, com alças de cordas grossas; estavam evidentemente vazias, pela facilidade com que os eslovacos as movimentavam, e pelo barulho que faziam ao serem arrastadas. Quando todas tinham sido descarregadas e empilhadas em um canto, os eslovacos receberam dinheiro dos szgany e, cuspindo nas moedas para dar sorte, caminharam preguiçosamente de volta para o lombo dos cavalos. Pouco depois, ouvi o estalar dos chicotes morrer na distância.

* * *

**24 de junho, antes do amanhecer**

Ontem à noite o Conde saiu cedo do meu quarto e se trancou no dele. Assim que tomei coragem, subi a escada serpenteante e olhei para fora pela janela que dá para o sul. Pensei em observar o Conde, pois há algo em curso. Os szgany estão aquartelados em algum lugar do castelo fazendo algum tipo de trabalho. Sei disso porque aqui e ali ouço um ruído abafado de pá e picareta e, seja lá o que signifique, deve ter por finalidade uma nova vilania.

Eu estava à janela por pouco menos de meia hora, quando vi algo saindo da janela do Conde. Recuei e observei com cuidado, e vi o homem surgir. Foi para mim um novo choque descobrir que ele trazia vestidas as roupas com as quais eu havia viajado até aqui, e que pendurado ao ombro estava o saco maldito que eu tinha visto as mulheres levar embora. Não poderia haver nenhuma dúvida sobre a missão para a qual ele se dirigia, e com as minhas roupas! Este, portanto, era o esquema da nova perversidade: o Conde permitiria que outros me vissem, ou pensassem que era eu, de modo que pudesse criar evidências tanto de que eu tinha sido visto nas cidades ou vilarejos despachando minhas próprias cartas, quanto de que qualquer maldade que ele fizesse pudesse ser atribuída a mim pelos locais.

Fico furioso ao pensar que isso pode continuar, enquanto estou preso aqui, um verdadeiro encarcerado, mas sem a proteção da lei que é o direito e o consolo até de um criminoso.

Pensei em ficar para assistir à volta do Conde e, por bastante tempo, permaneci teimosamente à janela. Então comecei a notar umas manchinhas esquisitas flutuando ao luar. Eram como minúsculos grãos de poeira, que giravam e se aglutinavam de modo nebuloso. Eu as observei com uma sensação de relaxamento e um tipo de calma desceu sobre mim. Recostei no vão e me pus mais confortável, para apreciar melhor as cambalhotas aéreas.

Algo me sobressaltou, um uivo canino baixo e comovente vindo de um ponto distante, abaixo no vale, escondido da minha vista. Pareceu ecoar mais alto nos meus ouvidos, e as partículas flutuantes, com o som, assumiam novas formas em sua dança à luz da lua. Eu me senti lutando para tomar consciência de um chamado feito aos meus instintos; não: era minha própria alma que estava lutando, enquanto minha sensibilidade meio adormecida se esforçava para responder ao chamado. Eu estava sendo hipnotizado! Cada vez mais depressa dançavam os grãos de pó, e parecia que o luar tremulava quando passavam por mim rumo à massa difusa mais além. A poeira se aglutinou mais e mais, até que assumiu um formato sombrio e fantasmagórico. Eu me assustei, despertei completamente, retomei o controle total de meus sentidos e escapei correndo daquele lugar.

As figuras fantasmais em que os raios da lua estavam gradualmente se materializando eram as três mulheres fantasmas a quem eu estava predestinado. Fugi, e me senti um pouco mais seguro no meu quarto, onde não havia luar e a lamparina estava acesa e brilhante.

Algumas horas tinham se passado quando ouvi algo se mover no quarto do Conde, algo parecido com um choramingo rapidamente suprimido. Em seguida houve silêncio, um silêncio profundo e horrível, que me provocou calafrios. Com o coração batendo forte, tentei a porta, mas eu estava trancado em minha prisão e nada podia fazer. Simplesmente sentei e chorei.

Enquanto permaneci sentado, ouvi um ruído vindo lá de fora, o choro angustiado de uma mulher. Corri para a janela, abri e espiei por entre as barras. Lá estava, de fato, uma mulher com os cabelos desgrenhados, com as mãos sobre o peito como se aflita pela corrida. Estava encostada ao portão. Quando viu meu rosto na janela, atirou-se para a frente e berrou, em uma voz carregada de ameaças:

– Seu monstro! Devolva meu bebê!

Ela caiu de joelhos, levantou os braços e repetiu aquelas palavras em um tom que fez meu coração se encolher. A mulher arrancou os cabelos, bateu no peito e se entregou a todo tipo de violência das emoções extremadas. Por fim, ela se jogou para a frente e, embora eu não pudesse mais enxergá-la, ouvi as batidas de suas mãos nuas contra a porta.

De algum lugar no alto, provavelmente da torre, ouvi a voz do Conde chamando naquele sussurro áspero e metálico. O chamado pareceu ser respondido de muito longe pelo uivo dos lobos. Não demorou até que um grupo deles surgisse, como água represada quando se liberta, pela ampla entrada do pátio.

A mulher não gritou e o uivo da alcateia foi curto. Dali a instantes eles se afastaram, lambendo os beiços. Não me apiedei dela, pois sabia o que tinha sido feito ao bebê, e morta ela estava melhor. O que eu devo fazer? O que eu posso fazer? Como posso escapar desta tenebrosa mistura de noite, sombra e medo?

* * *

### 25 de junho, de manhã

Nenhum homem sabe, até haver sofrido com a noite, quão doce e bem-vindo aos seus olhos e ao coração o amanhecer pode ser. Quando o sol subiu tão alto hoje de manhã que chegou ao topo do grande portão em frente à minha janela, a parte superior dele, tocada pelos raios, pareceu-me o próprio pouso da pomba da Arca de Noé. O medo saiu de mim como se fosse uma roupa de vapor se dissolvendo no calor. Preciso tomar algum tipo de atitude enquanto a coragem do dia me anima. Na noite passada, uma das minhas cartas pós-datadas foi posta do correio, a primeira da série fatal que visa eliminar da terra qualquer vestígio da minha existência.

Mas não vou pensar nisso. Ação!

Foi sempre durante a noite que fui incomodado ou ameaçado, ou que de algum modo estive em perigo ou com medo. Ainda não vi o Conde durante o dia. Será que ele dorme quando os demais despertam, para poder estar acordado quando os outros dormem? Se ao menos eu pudesse entrar no quarto dele! Mas não há possibilidade. Minha porta está sempre trancada, não há saída para mim.

Sim, há uma saída, se a ousadia for suficiente. Aonde foi o corpo dele, que outro não poderia ir? Eu o vi rastejar para fora da janela. Por que não imitá-lo, e entrar no quarto dele pela janela? As possibilidades são desesperadoras, no entanto minha necessidade é mais desesperada ainda. Vou arriscar. O pior que pode acontecer é a morte; a morte de um homem não é a de um bezerro, e o temido Além pode ainda estar aberto para mim. Deus me ajude em meu intento. Adeus, Mina, se eu falhar; adeus, meu amigo fiel e segundo pai; adeus a todos, e meu último adeus a Mina!

* * *

### Mesmo dia, mais tarde

Fiz o esforço e, com a ajuda de Deus, voltei em segurança para este quarto. Preciso anotar todos os detalhes em ordem. Enquanto minha coragem estava plena, fui direto para a janela da face sul, e de imediato saí pelo estreito beiral que circunda a construção deste lado. As pedras são grandes e grosseiramente cortadas, e a argamassa sumiu pela ação do tempo. Descalcei as botas e me arrisquei pelo caminho terrível. Olhei para baixo uma vez, para me certificar de que um vislumbre repentino da profundeza horrível não me assustaria, mas depois disso mantive os olhos longe dela. Eu sabia muito bem a direção da janela do Conde e a distância até lá, e avancei o melhor que pude, dadas as circunstâncias. Não senti vertigem, talvez por estar agitado demais, e o tempo pareceu ridiculamente curto até minha chegada ao peitoril e a subsequente tentativa de suspender o caixilho. Estava, entretanto, bastante agitado quando me curvei e deslizei os pés através da janela. Olhei em volta procurando pelo Conde, porém, com surpresa e alívio, fiz uma descoberta. O quarto estava vazio! Era escassamente mobiliado com coisas estranhas e que pareciam nunca ter sido usadas; os móveis eram do mesmo estilo adotado nos quartos da face sul, e cobertos de pó. Procurei a chave, porém não estava na fechadura e não a encontrei em lugar nenhum. A única coisa que achei foi uma pilha de moedas de ouro em um canto: moedas de todo tipo, dinheiro romano, britânico, austríaco, húngaro, grego e turco, tudo coberto por uma camada de poeira como se tivesse ficado muito tempo no chão. Pelo que percebi, nada tinha menos de trezentos anos. Havia também correntes e enfeites, alguns com pedras preciosas, mas todos velhos e manchados.

Em um canto do quarto existia uma porta grande. Eu a testei, pois, já que não pude encontrar a chave do quarto nem a da porta principal de saída, que era o principal objetivo da minha busca, eu deveria examinar todo o restante o máximo possível, do contrário todos os meus esforços teriam sido em vão. Estava aberta, e levava por uma passagem de pedra a uma escada circular extremamente íngreme. Desci pisando com muito cuidado, pois os degraus estavam escuros, sendo mal iluminados apenas por alguns buracos na alvenaria pesada. No fundo havia uma passagem escura, semelhante a um túnel, através da qual chegava um odor doentio, de morte, o odor de terra velha recentemente revolvida. Conforme eu avançava, o cheiro ficava mais próximo e mais pesado. Por fim, escancarei uma grande porta que estava entreaberta e me encontrei em uma capela antiga e arruinada, que claramente tinha sido usada como cemitério. O telhado estava quebrado e em dois lugares havia degraus que levavam a câmaras mortuárias, mas o solo havia sido cavado pouco antes, e a terra, guardada em grandes caixas de madeira, especificamente aquelas trazidas pelos eslovacos. Não havia ninguém por perto e ainda procurei por outra saída, mas não existia. Em seguida palmilhei cada centímetro do chão, para não desperdiçar a oportunidade. Cheguei mesmo a descer até as câmaras mortuárias, onde uma réstia de luz sobrevivia a custo, embora fazer isso enchesse minha alma de pavor. Entrei em duas, mas não vi nada além de fragmentos de velhos caixões e montanhas de poeira; na terceira, contudo, fiz uma descoberta.

Ali, em uma das grandes caixas, das quais havia cinquenta no total, sobre uma pilha de terra recém-cavada, estava deitado o Conde! Ele estava morto ou dormindo, eu não soube dizer, pois os olhos estavam abertos e empedrados, mas sem o aspecto vidrado da morte, as bochechas retinham o calor da vida, apesar da palidez, e os lábios estavam mais vermelhos do que nunca. Mas não havia nenhum sinal de movimento, não havia pulso, respiração nem batimento cardíaco. Eu me curvei sobre ele e tentei encontrar algum sinal de vida, mas em vão. Ele não poderia estar deitado lá há muito tempo, pois o cheiro da terra teria passado em poucas horas. Ao lado da caixa estava a tampa, com orifícios aqui e ali. Pensei que as chaves poderiam estar nele, mas, quando fui procurar, vi aqueles olhos mortiços e neles, apesar de mortos, havia tal olhar de ódio, embora inconscientes de mim e de minha presença, que fugi do lugar às pressas, deixei o quarto do Conde pela janela e me arrastei para cima de novo pelo muro do castelo. Voltando ao meu quarto, atirei-me ofegante à cama e tentei raciocinar…

* * *

**29 de junho**

Hoje é a data da minha última carta, e o Conde tomou providências para provar que era genuína, pois de novo eu o vi sair do castelo pela mesma janela, e nas minhas roupas. Enquanto ele descia o muro à moda de um lagarto, desejei ter um revólver ou outra arma letal para destruí-lo, mas receio que nenhuma arma sozinha, se fabricada por mãos humanas, teria algum efeito sobre ele. Não ousei esperar que voltasse, pois temi ver aquelas irmãs esquisitas. Voltei para a biblioteca e li até adormecer.

Fui despertado pelo Conde, que olhou para mim do modo mais severo que um homem pode olhar, enquanto dizia:

– Amanhã, meu amigo, devemos nos separar. O senhor volta para sua linda Inglaterra; eu, para um trabalho cujo fim poderá ser tal que nunca mais nos reencontraremos. Sua carta para casa foi despachada; amanhã eu não estarei aqui, porém tudo está pronto para sua viagem. Pela manhã virão os szgany, que têm serviços próprios a realizar, e também alguns eslovacos. Quando eles tiverem partido, minha carruagem virá buscá-lo e o levará à Passagem Borgo para tomar a diligência de Bucovina para Bistrita. Mas nutro esperanças de que ainda o verei no Castelo Drácula.

Desconfiei dele e decidi testar sua sinceridade. Sinceridade! Parece que estou profanando a palavra ao escrevê-la em associação a um monstro desses, então perguntei, à queima-roupa:

– Por que não posso ir esta noite?

– Porque, meu caro senhor, meu cocheiro e os cavalos estão fora em uma missão.

– Mas eu teria prazer em caminhar. Quero partir imediatamente.

Ele apresentou um sorriso tão suave e diabólico que eu na hora soube que algum truque espreitava atrás daquela brandura. Ele falou:

– E sua bagagem?

– Não me importo com ela. Posso mandar buscá-la outra hora.

O Conde se pôs de pé e disse, com uma cortesia melosa que me fez esfregar os olhos, de tão irreal que me pareceu:

– Os ingleses têm um ditado que me fala de perto ao coração, pois o sentido dele é o mesmo que comanda nossos *boyars*: "Acolha os que chegam, apresse os que partem". Acompanhe-me, meu caro jovem amigo. Nem uma hora deve o senhor esperar em minha casa contra a sua vontade, apesar do muito que lamento por sua partida e por seu súbito anseio por ela. Venha!

Com a gravidade de um chefe de Estado, ele pegou a lamparina e me precedeu escada abaixo e pelo saguão. De repente, ele parou.

– Ouça com atenção!

De bem perto veio o uivo de muitos lobos. Era quase como se o barulho brotasse de sua mão levantada, como a música de uma orquestra parece sair da batuta do maestro. Após um momento de pausa ele retomou, daquele modo oficial, o rumo da porta, puxou os poderosos ferrolhos, soltou as pesadas correntes e começou a abri-la.

Para meu enorme espanto, vi que estava destrancada. Desconfiado, olhei pelo entorno todo, mas não vi chave nenhuma de tipo nenhum.

Quando a porta começou a ser aberta, o uivo dos lobos lá fora ficou mais alto e mais bravo, e pela fresta ficaram visíveis as mandíbulas vermelhas de dentes trituradores e as patas de garras rombudas. Eu soube, então, que lutar contra o Conde naquele momento seria inútil. Com aliados como aqueles sob seu comando, eu nada poderia fazer. Ainda assim a porta continuava sendo aberta lentamente, e apenas o corpo do Conde preenchia o vão. De súbito entendi que aqueles eram o momento e o método da minha perdição: eu seria entregue aos lobos, e por meu próprio incitamento. A ideia era boa e continha uma maldade diabólica à altura do Conde, então no último instante eu gritei:

– Feche a porta! Vou esperar até de manhã!

E dizendo isso cobri o rosto com as mãos, para esconder as lágrimas da minha amarga decepção. Com um gesto de seu braço poderoso, o Conde fechou a porta, e o estrépito dos grandes ferrolhos ecoou pelo saguão quando eles voltaram a seus lugares.

Em silêncio nós retornamos à biblioteca, e após um ou dois minutos fui para meu quarto. A última coisa que vi do Conde Drácula foi o beijo que ele deu na própria mão antes de acenar para mim; havia em seus olhos uma luz vermelha de triunfo, e nos lábios um sorriso do qual Judas no inferno sentiria orgulho.

Quando eu estava no quarto e prestes a me deitar, pensei ter ouvido um murmúrio junto à porta. Fui até ela silenciosamente e escutei. A menos que meus ouvidos me enganassem, era a voz do Conde, dizendo:

– Para trás, voltem, voltem a seus lugares! A hora de vocês ainda não chegou. Esperem! Tenham paciência. Esta noite é minha; a de amanhã lhes pertence!

Houve uma agitação baixa e suave de riso, e em fúria eu abri a porta; vi as três mulheres horríveis lambendo os lábios. Quando apareci, elas se juntaram em uma gargalhada tenebrosa, e depois foram embora correndo.

Voltei ao quarto e me joguei de joelhos no chão. O fim está tão próximo? Amanhã! Amanhã! Deus, ajude-me e àqueles que me são tão caros!

* * *

### 30 de junho, de manhã

Estas podem ser as últimas palavras que escrevo neste diário. Dormi até pouco antes do amanhecer e ao acordar me pus de joelhos, decidido a estar pronto se a morte chegasse.

Por fim senti uma sutil alteração no ar e soube que a manhã tinha chegado. Então veio o bem-vindo cocoricar do galo, e eu senti que estava seguro. Com o coração aliviado, abri a porta e desci correndo para o saguão. Eu tinha visto que a porta estava destrancada, e agora a fuga estava diante de mim. Com as mãos tremendo de ansiedade, levantei as correntes e puxei os enormes ferrolhos.

Mas a porta não se mexeu. O desespero tomou conta de mim. Eu puxei e puxei a porta, chacoalhei-a até que, apesar de enorme, ela se afrouxou no batente. Vi que estava trancada. Tinha sido trancada depois que me separei do Conde.

Então fui dominado por uma ânsia selvagem de obter aquela chave a qualquer preço, e resolvi naquela hora escalar o muro de novo e entrar no quarto do Conde. Ele poderia me matar, mas a morte pareceu na ocasião o menor dos males. Imediatamente corri para a janela leste e desci o muro escalando, como antes, até o quarto do Conde. Estava vazio, mas isso era o que eu esperava. Não vi a chave em lugar nenhum, mas a pilha de moedas de ouro continuava lá. Passei pela porta do canto, pela escada curva e pelo túnel escuro até a velha capela. Eu sabia muito bem onde encontrar o monstro que eu procurava.

A grande caixa estava no mesmo local, perto da parede, e a tampa estava colocada, não presa, mas com os pregos em posição para serem martelados. Eu sabia que precisava chegar ao corpo para pegar a chave, então levantei a tampa e a apoiei contra a parede; foi quando vi algo que inundou meus nervos de terror. Lá estava o Conde, no entanto parecia que sua juventude havia sido meio restaurada, pois o cabelo e o bigode branco estavam cinza-chumbo; as bochechas, mais cheias; a pele branca, corada; e a boca, mais vermelha do que nunca, pois nos lábios havia sangue fresco, e gotas dele escorriam pelos cantos, queixo abaixo até o pescoço. Até mesmo os olhos profundos e incandescentes pareciam mais cercados de carne, pois as pálpebras e a parte inferior estavam tenras. Era como se toda a terrível criatura estivesse entupida de sangue. Ele jazia como uma sanguessuga nojenta, exausto de saciedade. Estremeci ao inclinar-me para tocá-lo e todos os meus sentidos se revoltaram com aquele contato; mas eu precisava procurar, ou estaria perdido. A noite vindoura poderia testemunhar meu próprio corpo servido como banquete para aquele trio aterrador. Tateei o corpo todo, sem encontrar nem traço da chave. Então parei e observei o Conde. O sorriso zombeteiro na cara inchada estava me deixando insano. Este era o ser que eu estava ajudando a transferir para Londres, onde ele poderia, talvez ao longo de séculos, saciar sua sede de sangue na multidão fervilhante, criando um círculo novo e cada vez mais amplo de semidemônios que se fartariam à custa dos vulneráveis. Este pensamento era enlouquecedor. Desceu sobre mim um desejo terrível de livrar o mundo daquele monstro. Não havia nenhuma arma letal à mão, mas peguei a pá que os trabalhadores tinham usado para preencher as caixas, levantei-a bem alto e com o gume para baixo golpeei a cara odiosa. Mas quando fiz isso a cabeça virou, e os olhos pousaram sobre mim com todo o horror de seu brilho reptílico. Aquela visão me paralisou e a pá girou na minha mão e se desviou do Conde, provocando apenas um corte profundo em sua testa. A pá caiu da minha mão sobre a caixa e, quando a puxei, a beirada da lâmina enganchou na borda da tampa, que com o movimento caiu de volta em cima da caixa, escondendo de mim aquela visão terrível. O último vislumbre que tive foi da cara inchada, respingada de sangue, com um sorriso de escárnio que poderia se manter até nas profundezas do inferno.

Pensei e repensei qual deveria ser o movimento seguinte, mas meu cérebro parecia estar em chamas, e aguardei com um crescente sentimento de desespero me invadindo. Enquanto aguardava, ouvi ao longe uma canção cigana entoada por vozes alegres, aproximando-se, e entremeado à melodia o som de rodas pesadas e estalos de chicote; os szgany e os eslovacos de quem o Conde tinha falado estavam chegando. Com uma última olhada ao redor e para a caixa que continha o corpo, saí correndo de lá em direção ao quarto do Conde, decidido a fugir no momento em que a porta fosse aberta. Apurei os ouvidos e escutei a chave girar na grande fechadura lá embaixo, e depois a porta ser fechada de novo. Teria de haver outra passagem por onde sairiam, ou alguém tinha a chave de uma das portas trancadas. Então ouvi os ecos de muitos passos se afastando. Eu me virei para descer de volta à câmara mortuária, onde talvez encontrasse a nova saída; mas neste instante o vento soprou furiosamente e a porta que levava à escada curva bateu com um choque violento, que fez voar a poeira dos batentes. Quando corri até ela para tentar abrir, descobri que estava irremediavelmente travada. Eu era de novo um prisioneiro, e a rede de perdição se fechava sobre mim.

Enquanto escrevo, sobe da passagem lá embaixo o som de um tropel de muitos pés, e o ruído de cargas maciças sendo acomodadas, sem dúvida as caixas com seu conteúdo de terra. Ouço marteladas; são os pregos sendo batidos nas caixas. Agora escuto passadas pesadas no saguão e muitos outros passos mais leves caminhando atrás delas.

A porta está trancada; as correntes rangem; e a chave gira na fechadura e é retirada; então outra porta se abre e fecha; ouço o estrépito dos ferrolhos e trancas.

Agora, no pátio e ao longo do caminho de pedra, escuto o rangido de rodas pesadas, o estalo de chicotes, o coro dos szgany enquanto se afastam.

Estou sozinho no castelo com aquelas três medonhas mulheres. Que absurdo! Mina é uma mulher e entre ela e elas não há nada em comum. Estas três são demônios do inferno.

Não ficarei sozinho com elas; tentarei escalar o muro do castelo além do ponto que já percorri. Levarei algumas moedas de ouro, caso precise delas mais tarde. Talvez eu consiga encontrar um modo de fugir deste lugar terrível.

Depois, casa! No trem mais próximo e mais rápido! Para fora deste lugar amaldiçoado, desta terra amaldiçoada, onde o demônio e seus rebentos ainda caminham com pés humanos!

Graças à misericórdia divina, o precipício é alto e íngreme, e aos pés dele um homem pode dormir como homem. Adeus a todos. Mina!

# Capítulo V

## Carta da senhorita Mina Murray para a senhorita Lucy Westenra

**9 de maio**

Minha querida Lucy,

Perdoe minha longa demora em escrever, mas tenho estado assoberbada de trabalho. O trabalho de uma professora assistente é, às vezes, árduo. Anseio por estar com você e junto ao mar, onde podemos conversar livremente e construir nossos castelos no ar. Venho trabalhando duro ultimamente, porque quero acompanhar os estudos de Jonathan, e tenho praticado taquigrafia com grande assiduidade. Quando estivermos casados, espero ser útil a ele e, se eu conseguir estenografar bem o suficiente, poderei anotar por este método o que ele quiser dizer, e depois passar a limpo na máquina de escrever. Também estou praticando bastante datilografia. Nós às vezes trocamos cartas em taquigrafia, e ele está mantendo um diário estenografado de suas viagens ao exterior. Quando eu estiver com você, manterei também um caderno de anotações taquigrafadas. Não um daqueles cadernos onde se escrevem duas páginas por semana, com o domingo merecendo apenas um cantinho tímido, mas um tipo onde eu possa escrever sempre que sentir vontade. Não creio que vá ser de grande interesse a outras pessoas, mas tampouco se destina a elas. Talvez eu mostre ao Jonathan algum dia, se houver nele algo digno de ser compartilhado, mas será de fato um caderno de exercícios. Buscarei fazer o que vi mulheres jornalistas fazendo: entrevistas e descrições, e tentarei lembrar conversas que tive. Disseram-me que, com um pouco de prática, uma pessoa consegue recordar tudo o que aconteceu e o que ela ouviu ser dito ao longo do dia. Entretanto, veremos. Contarei mais dos meus pequenos planos quando nos encontrarmos. Acabei de receber umas poucas linhas apressadas que o Jonathan mandou da Transilvânia. Ele está bem e voltará para casa em aproximadamente uma semana. Estou curiosa para ouvir as novidades. Deve ser tão bom conhecer os países estrangeiros. Eu me pergunto se algum dia nós, quero dizer ele e eu, vamos visitá-los juntos. Aí está o relógio batendo dez horas. Tchau.

Com carinho,

Mina.

P.S.: Conte todas as notícias quando escrever de volta. Faz tempo que você não me conta nada. Tenho ouvido rumores, especialmente sobre certo cavalheiro alto, bonito e de cabelos cacheados...

* * *

## Carta de Lucy Westenra para Mina Murray

Rua Chatham, 17.
Quarta-feira

Minha querida Mina,

Devo dizer que você me recrimina muito injustamente ao me julgar uma correspondente fraca. Eu lhe escrevi duas vezes desde que nos separamos, e sua última carta foi apenas sua segunda. Além do mais, não tenho nada a lhe contar, não há de fato nada que seja do seu interesse. A cidade está agradável agora, visitamos um bom número de galerias e saímos para os parques em caminhadas e passeios de caleche. Quanto ao homem alto de cabelo cacheado, suponho que seja o que me acompanhou à última mostra. Alguém claramente andou contando histórias. Aquele era o senhor Holmwood, que nos visita com frequência. Ele e mamãe se dão muito bem e têm muito em comum sobre o que conversar. Nós conhecemos algum tempo atrás um homem que seria perfeito para você, se já não estivesse noiva do Jonathan. É um excelente partido, bonito, abastado e de boa família. Ele é médico e muito inteligente. Imagine! Tem apenas vinte e nove anos e tem sob os próprios cuidados um imenso hospício de loucos. O senhor Holmwood o apresentou a mim, e agora ele vem sempre. Acho que é um dos homens mais firmes que já vi, e ainda assim o mais calmo. Parece totalmente imperturbável. Posso apenas imaginar o poder extraordinário que tem sobre os pacientes. Ele tem o hábito curioso de encarar fixamente uma pessoa, como se estivesse tentando ler os pensamentos dela. Tenta isso bastante comigo, mas me orgulho de dizer que a missão dele é ingrata. Sei disso por experiência própria. Você já tentou interpretar seu rosto no espelho? Eu já, e posso lhe dizer que não é uma análise ruim, e dá muito mais trabalho do que você imagina, se nunca tentou. Ele diz que eu lhe ofereço um estudo psicológico interessante, e humildemente concordo. Não me interesso o suficiente por roupas, como você sabe, para conseguir descrever as novas modas. Roupa é uma chatice. E aí foi mais uma gíria, mas deixe estar; Arthur diz isso todos os dias. Pronto, contei tudo. Mina, nós contamos nossos segredos uma para a outra desde que éramos crianças; dormimos juntas, comemos juntas e rimos e choramos juntas; e agora, já que cheguei até aqui, quero dizer outra coisa. Ah, Mina, será que você não adivinha? Estou apaixonada. Estou ruborizando enquanto escrevo, pois, embora acredite que ele também me ama, ele ainda não me disse isso em palavras. Mas eu, Mina, ah, eu o amo! Amo! Amo! Pronto, isso me fez bem. Gostaria de estar com você, minha querida, sentada junto ao fogo, só com a roupa de baixo, como costumávamos fazer, e então eu tentaria descrever o que estou sentindo. Nem sei como estou conseguindo escrever isto, mesmo sendo para você. Tenho medo de parar e acabar rasgando a carta, e não quero parar, porque quero tanto, tanto contar-lhe tudo. Escreva de volta imediatamente e me conte o que pensa disso tudo. Mina, tenho que parar. Boa noite. Inclua-me em suas preces; e, Mina, reze pela minha felicidade.

Lucy.

PS: Não preciso lhe dizer que isso é segredo. Boa noite mais uma vez.

L.

* * *

### Carta de Lucy Westenra para Mina Murray

**24 de maio**

Minha querida Mina,

Muito, muito obrigada e mais uma vez obrigada pela sua carta adorável. Foi tão bom poder contar-lhe tudo e ser compreendida.

Ah, querida, nunca chove e então inunda. Como são verdadeiros os velhos provérbios. Cá estou eu, prestes a completar vinte anos em setembro, sem nunca ter sido pedida em casamento até hoje, nenhuma proposta a sério, e hoje recebi três. Imagine! TRÊS pedidos em um dia! Eu lamento muito, verdadeiramente, por dois dos outros rapazes. Ah, Mina, estou tão feliz que nem sei o que fazer de mim. E três propostas! Mas, pelo amor de Deus, não conte a nenhuma das meninas, ou elas vão ter todo tipo de ideia extravagante e se sentir menosprezadas, se no primeiro dia em que voltarem para casa não receberem pelo menos seis pedidos. Algumas moças são muito fúteis! Você e eu, querida Mina, que estamos noivas e em breve seremos velhas mulheres casadas e sobriamente assentadas, podemos descartar a vaidade. Bem, vou lhe contar sobre os três, mas você precisa guardar segredo, querida, de todo mundo, exceto, claro, o Jonathan. Você vai contar a ele porque, se eu estivesse em seu lugar, com certeza contaria ao Arthur. Uma mulher deve contar tudo ao marido, não concorda, querida? E eu preciso ser justa. Homens apreciam mulheres, e mais ainda esposas, que sejam tão honestas quanto eles; e as mulheres, receio, nem sempre são tão honestas quanto deveriam ser. Bem, minha querida, o número um veio logo antes do almoço. Já lhe falei dele, o doutor John Seward, o cavalheiro do hospício, com queixo forte e testa bonita. Por fora ele parecia muito tranquilo, mas estava nervoso. Ele havia ensaiado todo tipo de miudezas, e se lembrou delas; mas quase sentou em cima do chapéu de seda, o que homens não costumam fazer quando estão tranquilos, e depois, quando quis parecer relaxado, ficou brincando com uma lanceta de um jeito que quase me fez gritar. Ele falou comigo, Mina, muito diretamente. Disse-me quanto eu lhe sou cara, embora ele me conheça tão pouco, e como seria sua vida se ele tivesse a mim para ajudar e alegrar.

Ele ia me contar como seria infeliz se eu não o quisesse, mas, quando me viu chorar, disse que era um bruto e que não iria agravar meus tormentos. Então ele se interrompeu e perguntou se com o tempo eu poderia amá-lo; e quando neguei com a cabeça as mãos dele tremeram e então, hesitando um pouco, perguntou se eu já gostava de alguém. Ele falou de um jeito muito gentil, dizendo que não queria me arrancar à força nenhuma confidência, mas apenas saber, porque se um coração de mulher estivesse livre, um homem poderia nutrir esperanças. Daí, Mina, eu senti uma espécie de dever de contar a ele que havia alguém. Eu só disse isso e ele se pôs de pé, parecendo muito forte e muito sério, e pegou minhas mãos nas dele e disse que esperava que eu fosse feliz, e que, se eu algum dia quisesse um bom amigo, deveria contar com ele entre os melhores. Ah, Mina querida, não consigo evitar o choro, você precisa perdoar que esta carta esteja toda respingada. Ser pedida em casamento é muito bom e tudo, mas não é absolutamente uma coisa boa ver um pobre rapaz, que você sabe que a ama de todo o coração, ir embora arrasado e de coração partido, e saber que, independentemente do que ele tenha dito na hora, você está saindo totalmente da vida dele. Minha querida, preciso parar por aqui agora. Sinto-me tão infeliz, embora esteja tão feliz.

**Anoitecer**

Arthur acabou de ir embora e eu estou me sentindo bem melhor do que quando interrompi, então agora posso continuar contando sobre o dia. Bem, minha querida, o número dois chegou depois do almoço. Ele é um moço tão agradável, um norte-americano do Texas, e é tão jovem e fresco que parece quase impossível que já tenha estado em tantos lugares e vivido tantas aventuras. Eu simpatizo com a pobre Desdêmona por ter tido um líquido tão perigoso derramado em seu ouvido. Suponho que nós, mulheres, sejamos muito covardes por acreditar que um homem irá nos salvar de nossos medos, e então nos casarmos com ele. Agora sei o que faria se eu fosse homem e quisesse fazer com que uma moça me amasse. Não, não sei, pois lá estava o senhor Morris nos contando histórias, e Arthur nunca contou nenhuma, mas mesmo assim… Minha querida, estou sendo um pouco precipitada. O senhor Quincey P. Morris me encontrou sozinha. Parece que um homem sempre encontra uma moça sozinha. Não, nem sempre, pois Arthur tentou duas vezes provocar um acaso, e eu o ajudei tanto quanto pude; não tenho vergonha de dizer isso agora. Preciso lhe dizer desde já que o senhor Morris nem sempre fala gírias, quer dizer, nunca usa gíria com estranhos nem diante deles, pois é realmente muito educado e tem excelentes modos, mas descobriu que eu me divertia ao ouvi-lo usar gírias americanas e, sempre que eu estava presente e não havia ninguém que pudesse se chocar, ele dizia coisas muito engraçadas. Receio, minha cara, que ele as invente todas, pois elas se ajustam com exatidão ao que quer que ele tenha a dizer. Mas é assim que as gírias são. Eu mesma não sei se algum dia vou usá-las; não sei se o Arthur gosta, pois até hoje nunca o escutei falar nenhuma. Bem, o senhor Morris sentou-se ao meu lado, aparentando muita alegria e jovialidade, mas vi apesar disso que estava bem nervoso. Pegou minhas mãos e falou, de um jeito muito doce: "Senhorita Lucy, sei que sou indigno até de consertar seus sapatos, mas suponho que, se a senhorita aguardar até encontrar um homem que seja digno, quando terminar terá se juntado às sete jovens bíblicas dos lampiões. Não aceitaria atrelar seu cavalo ao meu, para juntos percorrermos o caminho com os arreios emparelhados?". Bem, ele parecia tão contente e bem-disposto que recusá-lo não apresentou metade da dificuldade que eu tive com o pobre doutor Seward. Então respondi, com a maior delicadeza possível, que não entendia nada sobre montarias nem estava pronta para arreios. Ele respondeu que tinha usado uma expressão e que esperava que, se houvesse cometido um erro ao usar palavras informais em uma ocasião que para ele era da máxima gravidade e importância, que eu o perdoasse. Ele pareceu muito sério ao dizer isso e não pude evitar sentir-me um pouco séria também. Eu sei, Mina, que você vai me considerar uma namoradeira incorrigível, mas não pude evitar sentir certa exultação por ele ser o número dois em um dia. E em seguida, minha querida, antes que eu conseguisse dizer uma palavra, ele começou a despejar uma perfeita torrente de palavras de amor, depositando o coração e a própria alma aos meus pés. Ele parecia estar falando com tamanha seriedade que nunca mais voltarei a pensar que um homem deve ser brincalhão sempre e sério nunca, só por ele ser divertido às vezes. Ele viu no meu rosto algo que o espantou, pois parou de repente e disse, com um fervor viril pelo qual eu poderia amá-lo, se estivesse disponível: "Lucy, a senhorita é uma moça de coração puro, eu sei. Não estaria aqui lhe falando deste modo se não acreditasse que a senhorita é correta até as profundezas da alma. Diga-me, como um amigo diz a outro, existe alguém em seu coração? Se houver, eu jamais vou perturbar um só fio de seus cabelos de novo, e serei, se a senhorita permitir, o mais fiel dos amigos". Minha querida Mina, por que os homens são tão nobres quando as mulheres são tão pouco dignas deles? A esta altura eu estava quase fazendo gracejos com esse verdadeiro cavalheiro de nobilíssimo coração. Irrompi em um choro convulso (e temo, minha cara, que você julgará esta carta baixa em mais de um sentido) e me senti realmente muito mal. Por que não permitem que uma moça se case com três homens, ou com quantos ela queira, poupando a todos este problema? Mas é uma heresia, não devo dizer isso. Fico contente em dizer que, embora chorando, fui capaz de encarar os olhos valentes do senhor Morris e responder-lhe de modo franco: "Sim, há alguém que amo, embora ele não tenha ainda dito que me ama". Acertei ao ser direta, pois o rosto dele se iluminou e ele esticou as mãos e tomou as minhas, ou talvez tenha sido eu quem pus as minhas sobre as dele, e falou, de um jeito caloroso: "Esta é a minha brava menina. Foi melhor chegar tarde demais para conquistar a senhorita do que chegar pontualmente por qualquer outra moça do mundo. Não chore, minha cara. Se é por mim, sou um osso duro de roer, e recebo o golpe de pé. Se esse outro sujeito ainda não reconhece a própria sorte, bem, ele que se apresse, ou terá de se haver comigo. Minha pequena moça, sua honestidade e coragem fizeram de mim um amigo, e isso é ainda mais raro do que um amante; mais altruísta, de qualquer forma. Minha cara, será solitária a minha jornada entre este reino e o Eterno. Não me daria um beijo? Seria algo para afastar a escuridão, de vez em quando. A senhorita sabe que pode, pois aquele bom sujeito, e ele deve ser um bom sujeito, um sujeito ótimo, do contrário a senhorita não o amaria, ainda não se declarou". Isso me conquistou, Mina, pois foi muito corajoso e doce da parte dele, e também nobre em relação ao rival, não foi? E ele próprio o disse. Então eu me inclinei e o beijei. Ele ficou de pé e ainda segurando minhas mãos olhou para baixo, para o meu rosto, que eu temo que estivesse bastante ruborizado, e falou: "Minha menina, estou segurando suas mãos e a senhorita me beijou, e se essas coisas não nos tornam amigos, nada jamais tornará. Eu lhe agradeço por sua doce honestidade comigo, e me despeço". Ele soltou minha mão, apanhou o chapéu e saiu da sala sem olhar para trás, sem derramar uma lágrima, sem um tremor ou uma hesitação; e eu estou chorando como um bebê. Ah, por que um homem como ele precisa ser infeliz, quando há tantas meninas por aí que idolatrariam o chão onde ele pisa? Sei que é o que eu faria se fosse livre, mas eu não quero ser livre. Minha querida, tudo isso me aborrece e sinto que não consigo escrever sobre felicidade agora, depois de contar tudo isso, e não quero contar sobre o número três até me sentir totalmente feliz.

Com amor eterno,

Lucy.

PS: Ah, sobre o número três eu não preciso contar, preciso? Além do mais, foi tudo tão confuso, pareceu que só um instante havia se passado entre ele entrar na sala e seus dois braços me enlaçarem pela cintura e ele estar me beijando. Estou muito, muito feliz e não sei o que fiz para merecer isso. Devo apenas, no futuro, tentar mostrar que não sou ingrata a Deus por toda a Sua bondade para comigo ao me enviar tal marido e tais dois amigos. Tchau.

## Diário do doutor Seward
## (Mantido em fonografia)

### 25 de maio

Apetite em maré baixa, hoje. Não consigo comer, não consigo descansar, então registro em substituição. Desde a recusa que recebi ontem, tenho uma sensação de vazio, nada no mundo parece ter suficiente importância para merecer ser feito... Como eu sabia que a única cura para esse tipo de coisa é o trabalho, desci para ver os pacientes. Escolhi um que me proporcionou um estudo de grande interesse. Ele é tão singular que estou decidido a compreendê-lo o melhor que puder. Parece que hoje consegui chegar mais perto do que nunca do mistério daquele coração.

Eu o questionei mais profundamente do que jamais antes, tendo em vista tornar-me conhecedor dos fatos de sua alucinação. Meu modo de fazer isso foi, vejo agora, um tanto cruel. Parecia que eu desejava mantê-lo no âmago de sua loucura, algo que evito com os pacientes como evito a entrada do inferno.

(Nota: sob quais circunstâncias eu não evitaria o inferno?)

*Omnia Romæ venalia sunt.* O inferno tem seu preço! *Verbum sapienti sat est.* Se houver algo por trás desse instinto, será importante para rastrear com exatidão depois, então é bom eu começar logo, portanto:

R. M. Renfield, *ætat* 59. Temperamento sanguíneo; enorme força física; morbidamente excitável; períodos melancólicos que terminam em uma ideia fixa que não consigo decifrar. Presumo que o próprio temperamento sanguíneo e a preponderância perturbadora conduzam a um desenlace mental refinado; possivelmente um homem perigoso; provavelmente perigoso, se altruísta. Em homens egoístas, a cautela é uma armadura tão segura para seus inimigos quanto para ele mesmo. Neste ponto, o que penso é que, quando o eu é o ponto fixo, a força centrípeta é equilibrada com a centrífuga; quando o dever, uma causa, etc. é o ponto fixo, esta última força é soberana, e só um acidente ou uma série de acidentes podem equilibrá-la.

## Carta de Quincey P. Morris para o hon. Arthur Holmwood

**25 de maio**

Meu querido Art,

Nós contamos muitas histórias junto à fogueira nas pradarias, cobrimos nossas feridas mútuas depois de tentar aterrissar nas Ilhas Marquesas e brindamos à nossa saúde na margem do Lago Titicaca. Há mais relatos a contar e feridas a curar e outra saúde à qual beber. Você não aceitaria que isso ocorresse na minha fogueira, amanhã à noite? Não hesito em convidá-lo, pois sei que certa dama está comprometida com certo jantar, e que você está livre. Haverá apenas mais um, nosso velho companheiro na Coreia, Jack Seward. Ele também vem, e nós dois queremos misturar nossas lágrimas por cima das taças de vinho, e de todo o coração beber à saúde do homem mais feliz do mundo, que ganhou o coração mais nobre que Deus criou, o que mais valia a pena conquistar. Nós lhe prometemos uma acolhida afetuosa e um cumprimento amoroso, e um brinde tão direito quanto sua própria mão direita. Nós dois juramos deixá-lo em casa, caso você beba demais para ser visto por certo par de olhos. Venha!

Seu como nunca e para sempre,

Quincey P. Morris.

### Telegrama de Arthur Holmwood para Quincey P. Morris

Contem comigo em todas as horas. Trago notícias que os deixarão de cabelo em pé.

Art.

# Capítulo VI

## Diário de Mina Murray

### 24 de julho
### Whitby

Lucy me encontrou na estação, mais doce e adorável do que nunca, e fomos até a casa no Crescent, na qual eles têm quartos. É um lugar muito agradável. O riozinho, Esk, flui através de um vale profundo, que se alarga conforme se aproxima do porto. Um viaduto de pilares altos cruza o rio, e, observada dele, a paisagem parece de algum modo mais distante do que é de fato. O vale é maravilhosamente verde, e tão profundo que, quando se está no alto em qualquer uma das margens, pode-se olhar por cima dele, a menos que se esteja perto o bastante para enxergar lá embaixo. As casas da cidade velha, na parte distante de nós, têm telhados vermelhos e parecem de algum modo empilhadas umas sobre as outras, como os quadros que vemos de Nuremberg. Bem acima da cidade ficam as ruínas da Abadia de Whitby, que foi saqueada pelos dinamarqueses e que é o cenário do romance *Marmion*, no qual a menina é emparedada viva. É uma ruína imponente, imensa, repleta de recantos bonitos e românticos. Entre ela e a cidade há outra igreja, a da paróquia, em torno da qual há um grande cemitério cheio de lápides. Este é, para mim, o mais belo local em Whitby, pois se debruça sobre a cidade, dá vista para o porto e toda a baía, onde o promontório chamado Kettleness se estende em direção ao mar. O promontório se inclina tão agudamente sobre o porto que parte da escarpa desmoronou, destruindo alguns túmulos. Em um lugar, parte da cantaria dos túmulos se estende sobre o trecho arenoso abaixo. Há trilhas, com bancos nas laterais, que atravessam o terreno da igreja; as pessoas vão até lá e se sentam e passam o dia todo observando a linda vista e apreciando a brisa. Eu mesma venho me sentar aqui com bastante frequência para trabalhar. De fato, estou escrevendo agora, com o diário apoiado no colo, ouvindo a conversa de três senhores sentados ao meu lado. Eles aparentemente não fazem nada o dia inteiro, a não ser sentar aqui e conversar.

O porto fica abaixo de onde estou e tem, no lado mais distante, um muro de granito que se estende até o mar, com uma curva para fora na extremidade, em meio à qual há um farol. Um quebra-mar robusto corre paralelamente ao muro. No lado mais próximo, o quebra-mar forma um cotovelo torcido ao contrário, e na extremidade dele há também um farol. Entre os dois embarcadouros há uma abertura estreita para o porto, que depois se alarga de repente.

Quando a maré está alta é bonito, mas na maré baixa se reduz a nada, e resta apenas o fluxo fraco do Esk, correndo entre bancos de areia, com rochas aqui e ali. Fora do porto, deste lado, eleva-se por quase um quilômetro um recife muito grande, cuja borda afiada sai de trás do farol ao sul. No fim do recife fica uma boia com um sino, que balança no tempo ruim e manda pelo vento um som triste. Eles têm uma lenda aqui de que, quando um navio está perdido, ouve-se o sino até em alto-mar. Vou perguntar sobre isso ao senhor; ele está vindo nesta direção.

É um senhor engraçado. Deve ser absurdamente velho, pois o rosto é áspero e sulcado como o tronco de uma árvore. Ele me conta que tem quase cem anos e que era um marinheiro da frota pesqueira na Groenlândia quando a Batalha de Waterloo foi travada. Ele é, temo, uma pessoa bastante cética, pois, quando lhe perguntei sobre os sinos no mar e a Dama Branca na abadia, ele respondeu, bruscamente:

– Não me importo nada com isso, senhorita. É tudo coisa ultrapassada. Não digo que nunca existiu, mas digo que não existia no meu tempo. É bom pros turistas assuntar e os outros que vêm passar o dia, mas não pra uma moça fina como a senhorita. Os de York e de Leeds tão sempre comendo arenque em conserva e bebendo chá e procurando bugiganga barata pra comprar, esses daí acreditam em tudo. Eu bem que queria saber quem que se dá o trabalho de inventar essas mentiras pra eles, até no jornal tá tudo cheio de bobagem.

Pensei que ele era uma boa pessoa com quem aprender coisas interessantes, então perguntei se ele se importaria de me contar algo sobre a caça à baleia dos tempos antigos. Ele estava se acomodando para começar a responder quando o relógio bateu seis horas, então ele se levantou com grande dificuldade e informou:

– Tenho de tomar o rumo de casa agora, senhorita. Minha neta não gosta de esperar uma vez que o chá ficou pronto e eu custo muito tempo pra andar nessas pedras, porque tem muitas delas e, senhorita, minha barriga já bateu a hora da comida.

Ele se afastou, coxeando na maior velocidade que conseguia, descendo os degraus. Os degraus são uma característica marcante do lugar. Eles levam da cidade até a igreja lá em cima, e são centenas, não sei quantos; formam uma curva suave e a inclinação é tão discreta que até um cavalo poderia subir e descer com facilidade por eles. Acho que originalmente tinham alguma relação com a abadia. Devo voltar para casa também. Lucy saiu com a mãe para fazer uma visita, e como eram assuntos particulares, não as acompanhei. Já devem estar de volta agora.

* * *

### 1º de agosto

Cheguei aqui em cima uma hora atrás com Lucy, e tivemos uma conversa das mais interessantes com meu velho amigo e os dois que sempre o acompanham. Ele é evidentemente o oráculo dos outros, e penso que em seu auge tenha sido uma pessoa bastante ditatorial. Não admite nada e olha os demais com ares de superioridade. Se não consegue argumentar em contrário, zomba dos amigos, e depois considera o silêncio deles como concordância com o próprio ponto de vista. Lucy estava adorável em um vestido branco de linho; e ganhou uma bela cor desde que chegou aqui. Notei que os senhorzinhos não perderam um minuto antes de se sentarem perto dela, assim que nos instalamos. Lucy é muito gentil com pessoas de idade; acho que todos eles se apaixonaram por ela na hora. Até o idoso, amigo meu, sucumbiu e não a contrariou; para compensar, contrariou a mim em dobro. Eu o conduzi para o assunto das lendas, e ele entrou entusiasmado em modo sermão. Tentarei me lembrar para registrar:

– É tudo conversa fiada, de fio a pavio, mais nada. Isso de maldição, fantasma, aparição e espírito é coisa pra fazer criança e mulher tonta chorar. Bolha de ar, isso que é. Fantasma, aviso, sinal, isso é tudo inventado pelo pároco, por uns pedantes doentes e pelos vendedores malandros de bilhete de trem, pra fazer as pessoas fazerem coisas que elas não queriam fazer. Pensar neles me dá até raiva. Porque são eles que, não contentes de botar mentira no jornal, e contar mentira nos púlpitos, ainda gravam essas mentiras nas lápides. Olha em volta, pra qualquer lado, todas essas lápides levantando a cabeça o máximo que elas conseguem, de puro orgulho, inclinando pro lado, simplesmente caindo com o peso das mentiras escritas nelas, "aqui jaz o corpo", ou "em sagrada memória", gravadas nas pedras, mas só que em quase metade das tumbas nem tem corpo nenhum, ninguém dá um espirro de rapé pela memória deles, menos ainda memória sagrada. É mentira tudo isso, só mentira de um tipo ou doutro. Meu Deus, vai ser um tumulto do mais esquisito no Dia do Juízo, quando eles chegarem tudo em bando, embrulhados nas mortalhas, respingando água e tentando levar as lápides com eles pra provar como foram bons, vai ter uns se sacudindo e uns com muito frio, com as mãos tão murchas e escorregadias de ficar no mar que nem vão conseguir segurar as lápides.

Pelo ar de satisfação do senhor, e pelo modo como olhava ao redor em busca de aprovação para suas crônicas, pude notar que ele estava se exibindo, então disse uma palavra de incentivo para que prosseguisse:

– Ah, senhor Swales, o senhor não pode estar falando a sério. Com certeza as lápides não podem estar todas erradas.

E ele continuou:

– É possível que tenha uma ou outra que não, tirando as que fazem a pessoa parecer boa demais; porque tem gente que acha que um penico é o mar, se for o penico delas. A coisa toda é só mentira. Agora a senhorita vê, a senhorita vem aqui como pessoa de fora e vê esse cemitério ao redor...

Eu achei melhor concordar, embora não entendesse muito bem o que ele estava dizendo, mas pensei que tinha alguma relação com a igreja. Ele prosseguiu:

– A senhorita imagina que essas pedras desordenadas são tudo gente enterrada aqui, plana e achatada?

E mais uma vez concordei.

– É aí que nasce a mentira. Porque tem uma quantidade desses túmulos que é mais vazio que uma caixa de tabaco numa noite de sexta-feira. – Ele acenou para os companheiros, e todos riram. – E como que podia ser doutra maneira, meu Deus? Olhe lá aquela uma, mais ali no fundo, perto da passagem pro cemitério.

Fui até a lápide e li: "Edward Spencelagh, mestre marinheiro, assassinado por piratas na costa da ilha de San Andrés, abril de 1854, *ætat* 30". Quando voltei, o senhor Swales prosseguiu:

– E quem foi que trouxe ele pra casa, posso saber, pra enterrar ele aqui? Assassinado na costa de Andrés! E a senhorita tem certeza que o corpo dele está aqui! Pois eu posso lhe falar uma dúzia de gente que os ossos estão no Mar da Groenlândia – e ele apontou para o norte –, ou seja, lá pra onde a correnteza levou. As pedras no derredor, daqui do banco mesmo a senhorita pode ler as mentirinhas com os próprios olhos. Esse Braithwaite Lowrey:

eu conheci o pai; ele se perdeu na Groenlândia nos anos 20, e o Andrew Woodhouse morreu afogado no mesmo mar em 1777. O John Paxton se afogou no Cabo da Boa Esperança um ano depois; John Rawlings, neto dum camarada que navegou comigo, afundou no Golfo da Finlândia na década de 50. A senhorita acha que esses homens vão ter que vir correndo pra Whitby quando as trombetas soarem? Tenho cá as minhas dúvidas! Eu lhe digo que se chegassem aqui eles iam se trombar e empurrar como nas brigas no gelo de antigamente, quando a gente se batia do raiar do dia até de noite, tapando os machucados sob a luz da aurora boreal.

Isso era evidentemente uma piada local, pois o senhor deu risada e os companheiros se juntaram com gosto. Eu disse:

– Porém o senhor com certeza não está totalmente certo, pois parte do princípio de que todas essas pobres criaturas, ou o espírito delas, terão de pegar as lápides e carregar com elas no Dia do Juízo. Mas o senhor acha que isso será realmente necessário?

– Ora, e pra o que mais seriam as lápides? A senhorita só me responde isso!

– Para confortar os parentes, eu suponho.

– Pra agradar os parentes, a senhorita supõe! – ele repetiu, com grande escárnio. – E como que os parentes vão ser confortados sabendo que é mentira o que está escrito nelas, e sabendo que todo mundo aqui sabe que é mentira?

Ele apontou para uma pedra aos nossos pés, que havia sido assentada na horizontal e sobre a qual o banco estava apoiado, perto da borda do precipício.

– Lê as mentiras nessa placa – ele pediu.

As letras estavam de cabeça para baixo em relação ao lugar onde eu estava sentada, mas Lucy se encontrava do lado oposto a mim, então se inclinou e leu:

– "Pela sagrada memória de George Canon, que morreu, na esperança de uma ressurreição gloriosa, em 29 de julho de 1873, ao cair das rochas em Kettleness. Este túmulo foi erigido por sua sofredora mãe para seu muito amado filho. Era seu o único filho, e ela era viúva." Francamente, senhor

Swales, não vejo graça nenhuma nisto! – Lucy verbalizou seu comentário com gravidade e certo tom de repreensão.

– Ela não vê graça! Hahaha! Isso é porque as senhoritas não entendem que a mãe sofredora era uma criatura dos infernos, que odiava o filho porque ele era esquisito, todo aleijado, e ele a odiava tanto que se matou para ela não conseguir ficar com o seguro de vida dele. Ele quase arrancou a cabeça fora com um velho mosquete que eles tinham pra espantar corvo. Mas não espantou corvo nenhum naquela vez, na verdade fez mais é trazer os corvos e as moscas pra cima do corpo dele, que caiu lá embaixo aqui do alto. E no quesito da ressurreição gloriosa, eu sempre ouvi ele dizer que não se importava nem um pouco com isso e esperava ir pro inferno, porque a mãe era tão piedosa que com certeza ia pro céu, e ele não queria ir pra onde ela fosse. Agora, esta pedra aqui não é só um monte de mentira, de qualquer jeito que se olhe? – E ele bateu a bengala na lápide sob nós, enquanto falava. – E não vai fazer o Gabriel cacarejar de tanto rir, quando o Geordie chegar ofegando, carregando essa pedra equilibrada na corcunda, pedindo que ela seja considerada como evidência?

Eu não soube o que falar, mas Lucy mudou o tema da conversa ao se levantar e dizer:

– Oh, mas por que o senhor nos contou isso? Este é meu banco preferido e não posso abandoná-lo, e agora descubro que passarei a estar sentada sobre o túmulo de um suicida.

– Isso não vai lhe fazer mal nenhum, minha bela, e ainda pode deixar o pobre Geordie satisfeito por ter uma dama sentada em seu colo. Não vai prejudicar a senhorita nem um pouco. Ora, eu mesmo sento aqui faz quase vinte anos e nunca me prejudicou. Não se importe com as mentiras debaixo dos pés nem que ele também não esteja aí! A hora vai chegar de as senhoritas terem medo, quando virem as lápides fugindo na carreira, e o lugar ficar mais nu do que um campo de restolho. Mas aí está o relógio batendo, e eu preciso ir embora. Fico ao dispor das senhoritas!

E se afastou, coxeando.

Lucy e eu ficamos sentadas por mais algum tempo; tudo à nossa frente era tão bonito que nos demos as mãos para apreciar; ela me contou tudo de novo sobre Arthur e o casamento que se aproxima. Isso me fez sentir uma fisgada no coração, pois faz um mês que não recebo notícias de Jonathan.

* * *

### Mesmo dia

Voltei aqui sozinha, pois estou muito triste. Não chegou nenhuma carta para mim. Espero que não haja nada de errado acontecendo ao Jonathan. O relógio acaba de bater nove horas. Vejo luzes acesas na cidade toda, algumas vezes enfileiradas onde ficam as ruas, outras vezes isoladas; elas sobem acompanhando o Esk e somem na curva do vale. À minha esquerda a vista é interrompida por uma linha preta de telhados das casas antigas perto da abadia. As ovelhas e os cordeiros estão balindo ao longe nos campos atrás de mim, e cascos de burros batem na estrada pavimentada abaixo. Ao mesmo tempo, um conjunto começou a tocar uma valsa berrante, e mais além, em uma rua dos fundos junto ao cais, uma reunião do Exército de Salvação está em andamento. As bandas não se ouvem mutuamente, mas aqui de cima eu ouço e vejo as duas. Eu me pergunto onde Jonathan está e se ele pensa em mim. Queria que ele estivesse aqui.

## Caderno de anotação do doutor Seward

### 5 de junho

O caso de Renfield fica mais interessante à medida que conheço o homem. Ele tem certos traços amplamente desenvolvidos; egoísmo, discrição e propósito. Eu gostaria de entender qual é o objeto deste último. Ele parece ter estabelecido algum esquema próprio, mas do que se trata eu ainda não sei. A qualidade que o redime é o amor pelos animais, embora, de fato, haja reviravoltas tão curiosas quanto a isso que eu às vezes imagino que o homem é apenas anormalmente cruel. Seus bichos de estimação são dos mais estranhos tipos. Agora, o passatempo dele é pegar moscas. Ele tem no momento tal quantidade que fui obrigado a objetar. Para meu espanto, ele não irrompeu em um ataque de fúria, como eu havia esperado, mas tomou o assunto com uma seriedade simples. Refletiu por um instante e depois disse:

– Pode me dar três dias? Vou me desfazer delas.

Claro que eu disse que sim. Preciso vigiá-lo.

* * *

### 18 de junho

Ele agora direcionou a mente para aranhas, tem várias, e bem grandes, em uma caixa. Ele as alimenta com as moscas, e a quantidade destas últimas vem decrescendo sensivelmente, apesar de ele ter usado metade da própria comida para atrair mais moscas de fora para seu quarto.

* * *

### 1º de julho

As aranhas dele se tornaram agora um estorvo tão grande quanto antes eram as moscas, e hoje eu lhe disse que precisa se livrar delas. Ele pareceu muito triste ao ouvir isso, então falei que ele precisa se livrar de uma parte delas de qualquer maneira. Ele concordou alegremente com isso, e me ofereceu para a redução o mesmo período de antes. Este homem me enoja quando estou com ele, pois quando uma varejeira asquerosa, inchada pela ingestão de carne putrefata, entrou zunindo no quarto, ele a agarrou, segurou-a exultante por uns poucos momentos entre o indicador e o polegar e, antes que eu entendesse o que estava havendo, enfiou-a na boca e comeu. Eu o repreendi por isso, mas ele argumentou calmamente que era gostoso e saudável; que era vida, vida forte, e dava vida a ele. Aquilo me deu uma ideia, ou um esboço de ideia. Preciso observar como ele se livra das aranhas. Ele tem evidentemente algum problema mental profundo, pois mantém um caderninho no qual está sempre anotando coisas. Páginas inteiras dele estão preenchidas com grandes massas de números, em geral dígitos únicos somados na vertical, e depois os totais somados na vertical de novo, como se ele estivesse "focando" alguma conta, como dizem os contadores.

* * *

**8 de julho**

Há método em sua loucura, e uma ideia rudimentar está crescendo em sua mente. Em breve será uma ideia completa, e então, oh, cerebração inconsciente, você precisará transmiti-la à sua irmã consciência. Mantive distância do meu amigo por uns dias, para poder notar se ocorreria alguma mudança. As coisas permaneceram como estavam, exceto que ele se separou de alguns bichos de estimação e arranjou um novo. Ele conseguiu capturar um pardal e já o domesticou parcialmente. Seu método de domar é simples, pois a quantidade de aranhas já diminuiu. As que restaram, porém, são bem alimentadas, pois ele ainda lhes dá as moscas que consegue atrair usando a própria comida.

* * *

**19 de julho**

Estamos fazendo progressos. Meu amigo tem agora uma colônia inteira de pardais, e as moscas e aranhas estão quase extintas. Quando entrei, ele correu na minha direção e falou que queria me pedir um grande favor; um favor muito, muito grande; enquanto falava, ele me bajulou como um cachorro. Perguntei do que se tratava e ele respondeu, numa espécie de êxtase na voz e na atitude:

– Um gatinho, um gatinho bonito e macio e brincalhão pra eu brincar, ensinar e alimentar, e alimentar, e alimentar!

Eu não estava desprevenido para essa solicitação, pois havia observado como seus bichos cresciam em tamanho e vivacidade, mas não queria que aquela bela família de pardais domesticados fosse exterminada como as moscas e as aranhas; então respondi que iria ver, e perguntei se em lugar de um filhote ele não preferiria um gato adulto. A ânsia dele o traiu, quando respondeu:

– Ah, sim, eu gostaria de um gato! Eu só pedi um gatinho para o caso de recusarem um gato. Mas ninguém me negaria um gatinho, não é?

Balancei a cabeça e respondi que no momento temia que não fosse possível, mas que iria ver. A expressão dele desmoronou e vi um alerta de perigo ali, pois surgiu uma ferocidade súbita, um olhar enviesado que significava assassinato. Este homem é um maníaco homicida não desenvolvido. Vou testá-lo com esse anseio atual e ver como as coisas evoluem. Então saberei mais.

* * *

### 10 horas da noite

Eu o visitei novamente e o encontrei sentado encolhido em um canto. Quando entrei, ele se atirou de joelhos aos meus pés, implorando que eu o deixasse ter um gato; afirmou que a salvação dele dependia disso. Permaneci firme, porém, e lhe disse que não era possível, diante do que ele se retirou sem uma palavra e, roendo os dedos, sentou-se no canto onde eu o tinha achado. Vou visitá-lo amanhã de manhã bem cedo.

* * *

### 20 de julho

Visitei Renfield bem cedo, antes que o auxiliar fizesse a ronda. Encontrei-o bem-disposto e murmurando uma melodia. Estava espalhando no parapeito da janela o açúcar que havia economizado, acintosamente retomando sua caça às moscas; e retomando-a com alegria e de bom humor. Olhei em volta procurando os passarinhos e, não encontrando, perguntei onde estavam. Ele respondeu, sem se virar, que todos tinham fugido. Havia umas poucas penas espalhadas pelo quarto e, no travesseiro dele, uma gota de sangue. Não falei nada, mas disse ao guarda que me relatasse caso qualquer coisa estranha ocorresse com o senhor Renfield durante o dia.

* * *

**11 horas da manhã**

O auxiliar acaba de vir me dizer que Renfield esteve muito enjoado e que vomitou um bom punhado de penas.

– Eu acredito, doutor – ele disse –, que ele comeu os passarinhos, que simplesmente pegou e os comeu crus!

* * *

**11 horas da noite**

Dei a Renfield um opioide potente, o suficiente para fazê-lo dormir, e peguei o caderninho para analisar. A ideia que andou martelando em meu cérebro recentemente se completou, e a teoria foi provada. Meu maníaco homicida é de um tipo peculiar. Terei de inventar uma nova classificação para ele, e chamá-lo de maníaco zoófago (que se alimenta de vida); o que ele deseja é absorver tantas vidas quantas puder, e ele se propôs a atingir isso de modo cumulativo. Ele deu várias moscas a uma aranha e diversas aranhas a um passarinho, e depois queria um gato para comer os pássaros. Qual teria sido a última etapa? Quase teria valido a pena completar o experimento. Isso poderia ser feito se ao menos existisse uma causa que justificasse. Os homens torciam o nariz para a vivissecção; no entanto, vejam os resultados hoje! Por que não fazer avançar a ciência e seu aspecto mais difícil e vital, o conhecimento do cérebro? Se eu possuísse o segredo de apenas uma mente dessas, se tivesse a chave para a imaginação de um único lunático, eu poderia fazer avançar meu próprio ramo da ciência a um estágio diante do qual a fisiologia de Burdon-Sanderson ou o conhecimento que Ferrier atingiu do cérebro seriam nada. Se ao menos houvesse um motivo bom o suficiente! Não devo pensar muito nisso, ou posso cair em tentação; um bom motivo poderia me levar a subverter a escala, pois não posso eu também ser um cérebro excepcional, de nascença?

Como o homem argumentou bem; os loucos sempre fazem isso dentro de seu próprio escopo. Eu me pergunto em quantas vidas ele avalia um homem, ou se em uma só. Ele fechou as contas do modo mais acurado, e hoje iniciou um novo registro. Quantos de nós iniciam um novo registro em cada dia de vida?

Para mim, parece que foi ontem que a vida acabou com a minha nova esperança, e que eu verdadeiramente comecei uma nova contagem. E assim continuará sendo, até que o Grande Somador faça meu total e feche minha conta com um resultado de lucro ou de prejuízo. Oh, Lucy, Lucy, eu não consigo ficar bravo com você nem posso ficar com raiva do meu amigo, cuja felicidade é a sua; devo apenas esperar sem esperança, e trabalhar e trabalhar. Trabalhar!

Se pelo menos eu tivesse um bom motivo como meu pobre amigo louco ali; uma razão boa e altruísta para me fazer trabalhar, isso sim é que seria a felicidade.

## Caderno de anotações de Mina Murray

### 26 de julho

Estou angustiada, e expressar-me aqui me alivia; é como cochichar para mim mesma e ouvir ao mesmo tempo. E há também algo nos símbolos da taquigrafia que a tornam diferente da escrita. Estou preocupada com Lucy e com Jonathan. Não tive notícias dele por algum tempo e fiquei muito preocupada; mas ontem o querido senhor Hawkins, que é sempre tão gentil, me enviou uma carta dele. Eu tinha escrito perguntando se ele tinha notícias, e ele respondeu que a carta que me mandava tinha acabado de chegar. Ela informa somente a data, que foi escrita no Castelo Drácula e que ele estava partindo para casa. Não é típico de Jonathan, eu não compreendo e me deixou inquieta. E Lucy, embora esteja muito bem, retomou recentemente o velho hábito de andar enquanto dorme. A mãe dela me contou a respeito, e decidimos que devo trancar a porta do nosso quarto todas as noites. A senhora Westenra acredita que os que caminham no sono sempre sobem nos telhados das casas e vão até a beira de precipícios, despertando subitamente e caindo com um grito de desespero que ecoa por todo o lugar. Pobrezinha, ela está naturalmente preocupada com a filha, e me diz que o marido, pai de Lucy, tinha o mesmo costume: acordava de noite, vestia-se e saía, se não fosse impedido. Lucy vai se casar no outono e já está pensando no vestido e em como sua casa vai ser. Eu me identifico com ela, pois estou fazendo o mesmo, com a diferença de que Jonathan e eu vamos começar nossa vida de modo bem simples, e teremos de fazer as coisas se acomodarem. O senhor Holmwood – digo, o honorável Arthur Holmwood, simplesmente único filho do lorde Godalming – chegará aqui muito em breve, assim que ele puder sair da cidade, pois o pai não está muito bem de saúde, e imagino que a querida Lucy esteja contando os dias. Ela quer levá-lo ao banco junto ao penhasco do pátio da igreja e mostrar a ele a beleza de Whitby. Ouso dizer que é essa espera que a está perturbando; ela ficará bem quando ele chegar.

* * *

**27 de julho**

Nenhuma notícia de Jonathan. Estou ficando mesmo muito preocupada com ele, embora não saiba o motivo, mas gostaria que ele escrevesse, nem que fosse uma única linha. Lucy caminha durante o sono mais do que nunca, e toda noite acordo com ela andando pelo quarto. Por sorte o tempo está tão quente que ela não vai se resfriar; ainda assim, a ansiedade e o fato de estar em perpétua vigília estão tendo efeito sobre mim: estou ficando nervosa e insone. Graças a Deus a saúde de Lucy continua bem. O senhor Holmwood foi chamado às pressas a Ring para ver o pai, que caiu severamente doente. Lucy se aflige pelo adiamento do encontro, mas isso não afeta sua aparência; ela teve um minúsculo ganho de peso e suas bochechas são de um rosa adorável. Ela perdeu a aparência anêmica de antes, e rezo para que perdure.

* * *

### 3 de agosto

Mais uma semana se passou sem notícias de Jonathan, nem mesmo para o senhor Hawkins, com quem tive contato. Oh, só espero que ele não esteja doente. Ele certamente teria escrito. Olho para a última carta dele e por algum motivo ela não me satisfaz. Não parece ter sido escrita por ele, apesar de ser a sua letra. Quanto a isso, não tenho dúvida. Lucy não teve muitos episódios de sonambulismo na última semana, mas há em seu rosto uma concentração que não compreendo; mesmo quando dorme, ela parece estar me observando. Ela testa a porta e, ao descobri-la trancada, anda pelo quarto procurando a chave.

* * *

### 6 de agosto

Mais três dias e nenhuma notícia. Esse suspense está ficando pavoroso. Se ao menos eu soubesse para onde escrever ou para onde ir, já me sentiria melhor, mas ninguém soube nada sobre Jonathan desde a última carta. Devo rezar a Deus pedindo paciência. Lucy anda mais agitada do que nunca, mas quanto ao resto está bem. A noite passada foi assustadora, e os pescadores dizem que estamos na iminência de uma tempestade. Preciso observar e aprender os sinais do tempo. Hoje está um dia cinzento, e, enquanto escrevo, o sol está escondido por nuvens espessas, muito acima de Kettleness. Tudo está cinza, exceto a grama, tão verde que parece haver esmeraldas entre as folhas; rochas terrosas cinzentas; nuvens cinzentas, tingidas por raios de sol ao longe, suspensas acima do mar cinzento, para dentro do qual as faixas de areia se estendem como dedos cinzentos. O mar está se derramando na parte rasa e na planície arenosa com um rugido abafado pela neblina marinha que vaga em direção ao continente. O horizonte está apagado pela névoa cinza. Tudo é vastidão; as nuvens se empilham como rochas gigantes; e do mar sai um "murmúrio" profundo que parece um presságio do apocalipse. Aqui e ali na praia há figuras escuras, às vezes envoltas em bruma e parecendo, como no Evangelho de São Marcos, "homens como árvores que andam". Os barcos pesqueiros aceleram a volta para casa, e sobem e descem nas ondas conforme navegam para junto do porto, inclinando-se em direção à água até a beirada do convés. Aí vem o velho senhor Swales. Caminha coxeando bem na minha direção e, pelo modo como ergue o chapéu, vejo que quer conversar.

– Quero lhe dizer uma coisa, senhorita – ele iniciou, e percebi que estava inquieto, então tomei suas velhas e enrugadas mãos e pedi que falasse abertamente; e ele falou, deixando as mãos entre as minhas:

– Temo, minha cara, que eu choquei a senhorita com todas as coisas malvadas que falei sobre os mortos umas semanas atrás; mas não falei a sério, e quero que se lembre disso quando eu tiver partido. Nós, gente velha, um pouco senil e já com um pé na cova, não gostamos nada de pensar nisso, e não queremos sentir medo, e é por isso que eu fiz aquelas graçolas: para tentar animar um pouco o meu próprio coração. Mas, pelo amor de Deus, senhorita, não é que eu tenha paúra de morrer, nem um pouco; só não quero morrer se der pra evitar. Minha hora deve estar perto, agora, pois sou velho, e cem anos é demais pra esperança de qualquer homem; eu já cheguei tão longe que a Velha Senhora já deve estar afiando a foice. A senhorita vê, eu não consigo me livrar do hábito de fazer graça sobre tudo isso; os cães seguirão abanando as caudas como sempre. Algum dia, em breve, o Anjo da Morte soprará a trombeta pra mim. Mas não lamente nem chore, minha cara – pois ele viu que eu estava chorando. – Se o Anjo da Morte chegasse nesta exata noite, eu não ia me negar a atender ao chamado. Porque a vida é, no fim das contas, só uma espera por algo além, e a morte é tudo com que seguramente se pode contar. Mas estou contente, pois ela vem chegando pra mim, e vem chegando depressa. Poderá chegar enquanto estamos aqui observando e nos questionando. Talvez esteja naquela ventania ali em alto-mar, trazendo junto prejuízos e destroços, sofrimento e dor e tristeza para os corações. Olhe! Olhe! – ele gritou de repente. – Há algo naquele vento e no rugido além que tem o som, a aparência, o gosto e o cheiro de morte. Está no ar, eu sinto que vem chegando. Deus, faça-me reagir com alegria quando meu chamado chegar!

Ele então suspendeu os braços devotamente e levantou o chapéu. A boca se movia como se ele estivesse rezando. Após alguns minutos de silêncio, ele se pôs de pé, cumprimentou-me com um aperto de mão e me abençoou; disse adeus e se afastou mancando. Tudo isso me comoveu e me chateou muito. Fiquei aliviada quando o guarda costeiro se aproximou, com a luneta sob o braço. Ele parou para conversar comigo, como faz sempre, mas o tempo todo continuou olhando para o estranho navio.

– Não consigo entender – ele disse. – Pelo tipo parece russo, mas está jogando de um lado ao outro do modo mais esquisito. Parece não saber o que fazer, como se visse a tempestade chegando, mas não conseguisse se resolver entre sair para o mar aberto ao norte ou atracar aqui. Olhe lá de novo! O navio manobra do jeito mais estranho, nem há uma mão no leme, e fica mudando de direção a cada sopro do vento. Saberemos mais sobre a embarcação antes deste horário amanhã.

# Capítulo VII

## Recorte do jornal *The Dailygraph* de 8 de agosto

(Colado no diário de Mina Murray)

**De um correspondente**
**Whitby**

Uma das maiores e mais repentinas tempestades de que há registro acaba de ser testemunhada aqui, com resultados tão estranhos quanto únicos. O clima estava um tanto abafado, mas de forma nenhuma incomum para o mês de agosto. A noite de sábado foi tão amena quanto se esperava; os muitos veranistas saíram para visitar o Bosque Mulgrave, a Baía de Robin Hood, o Moinho Rig, a Baía de Runswick e a vila costeira de Staithes, e fizeram vários outros pequenos passeios na vizinhança de Whitby. Os vapores *Emma* e *Scarborough* subiram e desceram a costa e houve um volume raro de "viagens" tanto de quanto para Whitby. O dia estava agradável como poucos até o período da tarde, quando os desocupados que frequentam o Despenhadeiro Leste da igreja, e daquele promontório de comando observam a grande extensão de mar visível ao norte e ao leste, chamaram atenção para uma súbita aparição de nuvens "cauda de égua" muito altas no céu a noroeste. O vento soprava então do sudoeste, no nível brando que a linguagem barométrica classifica como "número 2, brisa leve". O guarda costeiro de serviço fez imediatamente o relatório, e um velho pescador, que por mais de cinquenta anos observa os sinais climáticos a partir do Despenhadeiro Leste, previu de modo apaixonado a ocorrência, para qualquer momento, de uma tempestade. A aproximação do poente foi linda e tão grandiosa, com suas massas de nuvens esplendidamente coloridas, que no passeio ao longo do penhasco, no velho pátio da igreja, formou-se um agrupamento de tamanho considerável para desfrutar da beleza. Antes que o sol mergulhasse atrás do promontório negro de Kettleness, mantendo-se ainda firme no céu a oeste, sua descida foi marcada por uma miríade de todos os tons flamejantes do entardecer: roxo, rosa, verde, violeta e laivos de dourado, havendo aqui e ali formações nebulosas que não eram grandes, mas aparentavam ser completamente pretas, em todos os formatos, tão bem delineadas quanto silhuetas colossais. A oportunidade não foi desperdiçada pelos pintores, e sem dúvida alguns dos esboços do "Prelúdio da Grande Tempestade" vão embelezar as paredes da Royal Academy e da Royal Infirmary no próximo mês de maio. Mais de um capitão decidiu, ali e naquele momento, que seu "cobre" ou sua "mula" (como eles chamam as diferentes classes de embarcações) permaneceriam no porto até que a tempestade tivesse passado. Ao anoitecer, o vento cessou por completo, e à meia-noite sentia-se um calor abafado, imóvel como a morte, e aquela intensidade sufocante que, na iminência de trovões, afeta as pessoas de natureza mais sensível. Havia apenas uma ou outra luz no mar, pois mesmo os vapores costeiros, que em geral "roçam" a praia de muito perto, mantinham-se afastados, e poucos barcos de pesca estavam à vista. A única vela que se enxergava era de uma escuna estrangeira que as mantinha todas armadas, aparentemente rumando para o oeste. A imprudência ou a ignorância de seus comandantes foi tema de prolíficos comentários enquanto ela permaneceu visível, e esforços foram feitos para sinalizar que a embarcação deveria suspender a navegação em face do perigo. Antes que a noite caísse, e enquanto a escuna boiava suavemente sobre as ondas, essas velas foram vistas ociosas, "tão ociosas quanto um navio pintado sobre um oceano pintado".

Pouco antes das dez horas da noite, a imobilidade do ar se tornou bastante opressiva, e o silêncio era tão acentuado que o balir de uma ovelha no campo ou o latido de um cão na cidade eram claramente audíveis, e o conjunto musical no píer, com seu ar de vivacidade francesa, soava como uma dissonância em meio ao mutismo harmonioso da natureza. Pouco depois da meia-noite chegou do mar um som estranho, e muito lá do alto o ar começou a trazer um fragor estranho, fraco e oco.

Então, sem aviso prévio, a tempestade irrompeu. A uma velocidade que, na hora, pareceu inacreditável, e que mesmo depois é impossível compreender, a natureza entrou em convulsão em todos os aspectos ao mesmo tempo. As ondas se levantaram em fúria crescente, cada uma superando a anterior, até que, em bem poucos minutos, o mar até então vítreo mais parecia um monstro voraz urrando. Ondas de crista branca batiam ensandecidas na areia plana e contra as saliências do despenhadeiro, e sua espuma varria as lanternas dos faróis que assomam em cada extremidade do píer do Porto de Whitby. O vento rugia como trovão e soprava com tal força que até os homens mais fortes tiveram dificuldade para manter-se de pé ou agarrados aos balaústres de ferro. Julgou-se necessário remover do píer todo o grupo de observadores, do contrário as fatalidades da noite teriam sido muito maiores. Para piorar as dificuldades e os perigos do momento, grandes volumes de neblina do mar flutuaram para terra, nuvens brancas, aquosas, que chegaram como fantasmas, tão úmidas e viscosas que pouco esforço imaginativo foi necessário para se pensar que os espíritos daqueles perdidos no mar estavam tocando seus irmãos vivos com as pegajosas mãos da morte, e muitos foram os que tiveram calafrios quando passaram por eles as espirais da névoa marinha. Às vezes, a bruma se dissipava e podia-se ver o mar a alguma distância, iluminado pelo clarão dos relâmpagos que agora caíam depressa e grossos, seguidos por trovões tão repentinos e estrepitosos que todo o céu parecia tremer sob o choque dos passos da tempestade.

Algumas das cenas assim reveladas eram de grandeza imensurável e despertavam bastante interesse; o mar, atingindo a altura de montanhas, a cada onda atirava ao céu massas de espuma branca, que a tempestade parecia agarrar, girar e lançar para o espaço; aqui e ali, um barco pesqueiro, com a vela em farrapos, corria enlouquecido em busca de abrigo antes da explosão; a todo momento, asas brancas de alguma ave marinha atingida pela tempestade. No cume do Despenhadeiro Leste, um novo holofote de busca estava pronto para experimentação, mas não havia ainda sido testado. Os oficiais responsáveis deixaram-no em condições de operação e, nos intervalos da invasão de névoa, varriam a superfície do mar com ele. Uma ou duas vezes, mostrou-se de extrema valia, como quando um barco de pesca, com a amurada já na água, apressou-se em direção ao porto, capaz, orientado pelo facho protetor, de evitar o perigo de colidir contra o quebra-mar. A cada barco que chegava em segurança ao porto, ouvia-se um grito de alegria da multidão de gente na costa, um grito que por um momento parecia transpassar o temporal e era, em seguida, varrido.

Não demorou até que o holofote descobrisse a certa distância uma escuna com todas as velas armadas, aparentemente a mesma que havia sido observada mais cedo. A essa altura o vento tinha recuado para o leste, e um tremor percorreu os observadores no despenhadeiro quando eles perceberam o terrível perigo em que a embarcação se encontrava agora. Entre ela e o porto se estendia um grande recife plano, no qual muitos barcos haviam tantas vezes perecido, e, com o vento soprando daquele quadrante, seria bastante improvável que ela conseguisse acertar a entrada do porto. Era quase a hora da maré cheia, mas as ondas estavam tão grandes que no intervalo entre elas os baixios da praia eram quase visíveis, e a escuna, com todas as velas a postos, navegava a tamanha velocidade que, nas palavras de um velho homem do mar, “ela precisa parar em algum lugar ou só vai parar no inferno”. Então veio uma nova investida da bruma marinha, maior que todas as anteriores, uma massa de névoa úmida que parecia fechar-se sobre tudo como uma manta cinza, e deixou disponível aos homens só o órgão da audição, pois o bramido da tempestade, o ronco do trovão e o estrondo dos poderosos vagalhões atravessaram o dilúvio ainda mais alto do que antes. A luz do holofote foi mantida fixa na boca do porto em frente ao píer leste, onde o choque era esperado, e os homens aguardaram segurando a respiração. O vento subitamente mudou para o nordeste, e o que restava da bruma se dissolveu nesta rajada; então, *mirabile dictu*, entre os cais, avançando em máxima velocidade pelas ondas, que a lavavam de alto a baixo, a estranha escuna volteou e, com todas as velas armadas, chegou à segurança do porto. O holofote a seguiu e um tremor percorreu todos que a viram, pois preso ao leme havia um corpo com a cabeça pendente, que a cada movimento do barco balançava horrivelmente para a frente e para trás. Nada mais se via no convés. Um enorme espanto tomou conta de todos quando perceberam que o barco, como que por milagre, tinha encontrado o porto sem outra manobra além da realizada pela mão de um homem morto! Tudo, porém, ocorreu mais rápido do que o tempo necessário à escrita destas palavras. A escuna não parou, mas, cruzando o porto às pressas, encalhou no acúmulo de areia e cascalho tantas e tantas vezes lavado por muitas marés e muitas tempestades, no saliente ângulo sudeste do píer sob o Despenhadeiro Leste, conhecido localmente como Cais da Colina Tate.

Houve, é claro, uma concussão considerável quando a embarcação bateu contra o monte de areia. Os tirantes, as longarinas e cordas estavam retesados, e algumas estruturas haviam desabado. Mas o mais estranho de tudo: no preciso instante em que a escuna tocou terra firme, um cão enorme surgiu no convés, vindo de baixo como se arremessado pelo impacto; ele disparou para a frente e saltou da proa para a areia. Rumando direto para o penhasco íngreme, onde o pátio da igreja se debruça sobre o caminho para o quebra-mar leste, e se inclina tão agudamente que algumas das lápides planas se projetam sobre o nada nos trechos onde a terra cedeu e a escarpa perdeu sustentação, o referido cachorro sumiu na escuridão, que parecia intensificada adiante do facho do holofote.

Aconteceu que no momento não havia ninguém no Cais da Colina Tate, pois todos cujas casas ficam nas proximidades estavam ou na cama ou lá em cima no penhasco. Assim, o guarda costeiro de serviço no lado leste do porto, que imediatamente desceu ao pequeno píer, foi o primeiro a subir a bordo. Os homens manipulando o holofote, após varrerem a entrada do porto sem nada encontrar, direcionaram a luz para o barco e a mantiveram fixa ali. O guarda costeiro correu até a popa e, aproximando-se do leme, curvou-se para examiná-lo, mas se encolheu de imediato como que tomado por súbita emoção. Isso pareceu despertar a curiosidade geral, e um bom número de pessoas começou a correr. É um bom caminho entre o Despenhadeiro Oeste junto à ponte Draw e o Cais da Colina Tate, mas este vosso correspondente é um corredor bastante razoável, e chegou bem antes da multidão. Quando cheguei, porém, descobri no cais muitas pessoas já reunidas, a quem o guarda costeiro e a polícia recusavam permissão para subir a bordo. Por cortesia do barqueiro responsável, contudo, eu, como correspondente, tive autorização para subir ao convés, e fui uma das pessoas de um pequeno grupo que viu o velho marinheiro ainda preso ao leme.

Não é de admirar que o guarda tenha se surpreendido, ou até se espantado, pois não é provável que tal cena seja vista com frequência. O homem estava simplesmente preso pelas mãos, amarradas uma sobre a outra, a um dos varões do leme. Entre a parte interna da mão e a madeira havia um crucifixo, estando o rosário, de onde pendia enrolado em volta de ambos os punhos e do leme, tudo preso pelos cordames. O pobre camarada pode ter sentado em algum momento, mas o bater descontrolado das velas havia girado violentamente o leme, arrastando o corpo para a frente e para trás, de forma que as cordas com que estava amarrado cortaram sua carne até os ossos. Registros acurados foram feitos do estado das coisas, e um médico, o doutor J. M. Caffyn, residente na East Elliot Place 33, que chegou imediatamente depois de mim, declarou, após realizar exames, que o homem devia estar morto fazia ao menos dois dias. Em seu bolso havia uma garrafa cuidadosamente arrolhada, vazia, exceto por um pequeno papel enrolado, que provou ser um apêndice do diário de bordo.

O guarda costeiro afirmou que o homem deve ter amarrado as próprias mãos e apertado os nós com os dentes. O fato de que um guarda costeiro foi o primeiro a entrar no barco poderá evitar certas complicações, mais tarde, no Tribunal da Marinha; pois a guarda costeira não pode reivindicar a salvagem, pagamento ao qual tem direito o primeiro civil que entra em uma embarcação abandonada. Entretanto, as línguas jurídicas estão agitadas, e um jovem estudante de direito afirmou em alto e bom som que os direitos do proprietário já foram totalmente prejudicados, sendo sua propriedade mantida em contravenção aos estatutos de posse inalienável, uma vez que o leme, um emblema, se não uma prova, de posse delegada, estava nas mãos de um homem morto. Desnecessário dizer que o falecido timoneiro foi removido com toda a reverência do lugar em que se manteve em honrosa vigilância até a morte, uma firmeza tão nobre quanto a do jovem Casabianca, e enviado ao necrotério para esperar o inquérito.

A tempestade está passando e sua violência, amainando; a multidão se dispersa rumo às próprias casas, e o céu começa a se avermelhar sobre as planícies de Yorkshire. A tempo da próxima edição, reunirei mais informações acerca do barco abandonado que, milagrosamente, encontrou seu caminho até o porto em meio à tempestade.

**Whitby**
**9 de agosto**

O desdobramento da estranha chegada do barco abandonado na tempestade da noite passada é quase mais assombroso do que o fato em si. Ocorre que a escuna é russa, de Varna, e se chama *Demeter*. Navegou com um lastro quase exclusivamente de areia de quartzo e um pequeno volume de carga: uma quantidade de grandes caixas de madeira preenchidas com terra. Esta carga foi entregue a um advogado de Whitby, senhor S. F. Billington, número 7, The Crescent, que na manhã de hoje subiu a bordo e formalmente tomou posse dos bens a ele consignados. O cônsul russo, agindo em nome da parte afretada, tomou oficialmente posse do barco e quitou todos os impostos, etc. Nada mais se comenta por aqui além da estranha coincidência; os oficiais do Comitê de Comércio atuaram com máximo rigor ao avaliar o cumprimento de todas as regulamentações. Como parece provável que o assunto cause reação, eles estão evidentemente decididos a não dar ensejo a reclamações posteriores. Em terra, houve muito interesse no cão que desembarcou quando o barco bateu, e mais que uns poucos membros da Sociedade de Prevenção à Crueldade contra Animais, que é bastante forte em Whitby, tentou travar contato com o animal. Para decepção generalizada, porém, ele não foi encontrado; parece ter desaparecido da cidade. Pode ser que estivesse assustado e tenha fugido para o pântano, onde permanece escondido, apavorado. Alguns olham com apreensão para essa possibilidade, imaginando que mais tarde ele se torne um perigo, pois é evidentemente uma força feroz. Cedo na manhã de hoje, um cachorro grande, meio mastim, pertencente a um comerciante de carvão perto do Cais da Colina Tate, foi encontrado morto na estrada, em frente ao jardim de seu dono. Esteve envolvido em briga e claramente enfrentou um oponente selvagem, pois sua garganta estava dilacerada e a barriga, aberta como se por garras furiosas.

* * *

**Mais tarde**

Graças à gentileza do inspetor do Comitê de Comércio, tive permissão para olhar o diário de bordo do *Demeter*, mantido em ordem até três dias atrás; porém não continha nada de especial relevância, exceto fatos sobre homens desaparecidos. O maior interesse diz respeito ao papel encontrado na garrafa, que foi hoje juntado ao inquérito; e uma narrativa mais estranha do que a que se desenrolou entre as duas ainda não me coube testemunhar. Como não há motivo para segredo, tenho autorização de revelar aos leitores uma transcrição, apenas omitindo detalhes técnicos relativos à marinheiraria ao comissariado de bordo. É quase como se antes de avançar nas águas azuis o capitão tivesse sido tomado por algum tipo de mania, e que essa mania houvesse se acentuado ao longo da viagem. Claro que meu depoimento deve ser recebido *cum grano salis*, pois escrevo a partir do que me dita um assistente do cônsul russo, que gentilmente traduziu, e o tempo foi curto.

## Diário de bordo do *Demeter*

### De Varna a Whitby
### Escrito em 18 de julho

Coisas tão estranhas vêm acontecendo que vou manter um registro detalhado daqui em diante até atracarmos.

* * *

### Em 6 de julho

Acabamos de recolher carga, areia e caixas de terra. Zarpamos ao meio-dia. Vento leste, fresco. Tripulação, cinco marinheiros... Dois imediatos, cozinheiro e eu, o capitão.

* * *

### 11 de julho

No alvorecer, entramos no Bósforo. Agentes da alfândega turca a bordo. Suborno. Tudo certo. Partimos às dezesseis.

* * *

### 12 de julho

Cruzamos o Estreito de Dardanelos. Mais inspetores de alfândega e barco da guarda costeira. Mais suborno. Inspetores trabalharam meticulosamente, porém depressa. Queriam-nos longe logo. À noite, pelo arquipélago.

* * *

### 13 de julho

Passamos pelo Cabo Tênaro. Tripulação insatisfeita com algo. Parecem assustados, mas não querem falar sobre o assunto.

* * *

### 14 de julho

Estive aflito por causa da tripulação. Todos homens confiáveis, já navegaram comigo antes. O imediato não descobriu o que há de errado, só disseram a ele que havia "algo" e se benzeram. O imediato perdeu a cabeça com um deles e desferiu soco. Esperava briga feia, mas ficou tudo calmo.

* * *

### 16 de julho

O imediato relatou pela manhã que um tripulante, Petrofsky, estava sumido. Não soube explicar. Assumiu vigia a bombordo às vinte horas, foi substituído por Abramoff, mas não voltou ao beliche. Homens mais abatidos que nunca. Todos disseram que esperavam algo do tipo, mas não falaram nada além de haver "algo" a bordo. O imediato ficando sem paciência com os tripulantes; receio confusão à frente.

* * *

### 17 de julho

Ontem, um dos homens, Olgaren, veio à minha cabine e, apavorado, segredou que pensava haver um estranho no barco. Disse que durante sua vigia se abrigou atrás da guarita, pois chovia forte, quando viu um homem alto e magro, diferente de todos da tripulação, subir ao tombadilho, andar no convés até a proa e desaparecer. Ele o seguiu com cuidado, mas chegando à extremidade não achou ninguém, e as escotilhas estavam todas fechadas. Estava em pânico, tomado de medo supersticioso, e eu receio que esse pânico se espalhe. Para tranquilizá-lo, farei hoje cuidadosa busca da proa à popa.

* * *

### Mais tarde, no mesmo dia

Reuni a tripulação e disse que, como eles evidentemente acreditavam que havia alguém no barco, faríamos uma busca completa. Primeiro o imediato ficou bravo; disse que era tudo tolice e que encampar tais ideias iria desmoralizar os homens; acrescentou que ia se encarregar de mantê-los fora de perigo com a alavanca do cabrestante. Deixei que ele assumisse o leme, enquanto o resto começou uma procura completa, lado a lado, com as lanternas: nenhum canto passou sem revista. Como tinha apenas as grandes caixas de madeira, não havia cantos estranhos onde um homem pudesse se esconder. Homens muito aliviados no fim da busca; voltaram ao trabalho com entusiasmo. Primeiro o imediato ainda bravo, mas nada disse.

* * *

### 22 de julho

Tempo horrível nos últimos três dias, todas as mãos ocupadas com as velas, sem tempo para o medo. Os homens parecem ter esquecido o pânico. O imediato alegre de novo, todos em boas relações. Elogiei os homens pelo bom trabalho em tempo ruim. Passamos pela cidade de Gibraltar e pelo Estreito. Tudo bem.

* * *

### 24 de julho

Parece haver uma maldição sobre este navio. Já com uma pessoa a menos e entrando na Baía de Biscay com tempo péssimo à frente, ontem à noite mais um homem perdido; desaparecido. Como o primeiro, terminou de tirar a guarda e não mais foi visto. Homens em pânico fizeram abaixo-assinado pedindo vigia em duplas, pois têm medo de estar sozinhos. Primeiro o imediato irritado. Receio que haverá problemas; ele ou os homens cometerão violência.

* * *

**28 de julho**

Quatro dias no inferno, jogados pra lá e pra cá num tipo de redemoinho, vento tempestuoso. Nada de sono pra ninguém. Homens todos exaustos. Mal sei quem mandar para montar guarda, pois nenhum parece em condições. O segundo imediato se ofereceu para manobrar e vigiar, dando aos demais algumas horas de sono. Vento amainando; mar ainda horrível, porém sente-se menos, pois o barco já se mostra mais estável.

* * *

**29 de julho**

Mais uma tragédia. Vigia única esta noite, pois a tripulação está cansada demais para manter duplas. Quando o vigia da manhã chegou ao convés não achou ninguém, exceto o timoneiro. Berrou e vieram todos ao convés. Busca completa, ninguém encontrado. Agora sem o segundo imediato, tripulação apavorada. O primeiro imediato e eu concordamos andar armados daqui em diante e esperar algum indício da causa.

* * *

**30 de julho**

Noite longa. Alegrei-me com a proximidade da Inglaterra. Tempo bom, velas abertas. Recolhi-me exausto, dormi profundamente, acordei com o imediato contando que ambos os vigias e o timoneiro estavam desaparecidos. Só sobramos eu, ele e dois marinheiros para cuidar de tudo a bordo.

* * *

**1º de agosto**

Dois dias de neblina sem ver nenhuma vela. Esperei que, quando no Canal da Mancha, poderia sinalizar pedindo ajuda ou atracar em algum lugar. Não tendo como operar as velas, temos de navegar à frente do vento. Não ouso baixá-las, não teria como levantar de novo. Parecemos vagar em maldição terrível. O imediato agora mais abatido que todos os demais. Sua natureza forte pelo visto trabalhou contra ele internamente. Homens superaram o medo, trabalham impassíveis e com paciência, mentes preparadas para o pior. Eles são russos; o imediato, romeno.

* * *

### 2 de agosto, meia-noite

Acordei de breves minutos de sono ao ouvir grito, aparentemente lá de fora a bombordo. Não se via nada na neblina. Corri ao convés, trombei com o imediato. Conta que ouviu o grito e correu, mas nem sinal do homem de vigia. Mais um que se foi. Deus, socorra-nos! O imediato diz que devemos já ter passado o estreito de Dover, pois num momento sem neblina avistou North Foreland, no mesmo instante que ouviu o homem gritar. Se for assim, estamos no Mar do Norte e só Deus pode nos guiar na neblina, que parece se mover conosco; e Deus parece ter desertado de nós.

* * *

### 3 de agosto

À meia-noite fui substituir o homem ao leme e ao chegar não encontrei ninguém. Vento estável e como navegamos à frente dele não ocorriam desvios. Não ousei abandonar o leme, gritei para chamar imediato. Após alguns segundos ele chegou correndo ao convés, de pijama. Tinha olhos esbugalhados e loucos, temo que a sanidade o tenha abandonado. Aproximou-se e, em voz rouca, cochichou, aproximando a boca da minha orelha como se receasse que o próprio ar ouvisse:

– Está aqui, agora eu sei. Vi durante a vigia de ontem à noite. Parece um homem alto, magro e pálido feito fantasma. Estava na proa olhando o mar. Arrastei-me pra trás dele e enfiei a faca, mas a faca atravessou como se fosse ar. – Enquanto contava, ele pegou a faca e golpeou o ar com selvageria, e depois continuou: – Mas está aqui, e vou encontrar. Está escondido, quem sabe numa daquelas caixas. Vou desparafusar uma a uma e ver. O senhor fica no leme.

E, com olhar alarmado e o dedo perpendicular aos lábios, desceu. Vento cortante começou e não pude deixar o leme. Ele voltou ao convés com uma caixa de ferramentas e uma lanterna, e desceu pelo tombadilho. É um homem louco, inflexível e em desvario, inútil tentar detê-lo. Não conseguirá estragar as grandes caixas, a documentação diz que contêm "argila" e arrastar alguma é o pior que ele conseguirá. Então fico e cuido do leme e escrevo estas notas. Só posso confiar em Deus e esperar que a neblina passe. Depois, se eu não puder manobrar para nenhum porto com o vento que está, vou baixar velas e sinalizar pedindo ajuda...

* * *

Está quase tudo acabado, agora. Quando eu começava a ter esperança de que o imediato voltaria mais calmo, pois o ouvi bater em algo no porão e o trabalho certamente lhe seria benéfico, lá surgiu ele de repente pela escotilha acima, gritando apavorado até me gelar o sangue, e pelo convés ele correu como se disparado de uma arma, um louco raivoso, com os olhos revirando e o rosto convulsionado de medo.

– Salve-me! Salve-me! – ele gritou, e depois olhou em volta, para a camada de neblina. O horror se transformou em desespero e, em voz firme, ele falou: – É melhor o senhor vir comigo, capitão, antes que seja tarde demais. "Ele" está aqui. Agora eu sei o segredo. O mar vai me salvar dele, e é só isso que resta!

Antes que eu conseguisse dizer uma palavra ou me adiantar para agarrá-lo, ele correu pelo baluarte e deliberadamente se atirou ao mar. Suponho também conhecer o segredo, agora. Foi este louco quem se livrou dos demais homens um a um, e agora os seguiu pessoalmente. Deus me ajude! Como responderei por todos esses horrores quando chegar ao porto? "Quando" chegar ao porto... Acaso chegarei?

* * *

**4 de agosto**

Neblina ainda, que o sol não consegue atravessar. Sei que há sol porque sou marinheiro, do contrário não saberia. Não me atrevi a descer, não me atrevi a largar o leme; cá fiquei a noite toda, mas em meio à escuridão noturna eu vi... Ele! Deus que me perdoe, mas o imediato estava certo ao pular. Foi melhor morrer como homem; nenhum homem pode objetar que um marinheiro morra na água azul. Mas eu sou o capitão, e não devo abandonar meu navio. Contudo vou desorientar este inimigo ou monstro, pois vou amarrar minhas mãos ao leme quando minhas forças começarem a falhar, e com elas amarrarei também algo que ele – (Aquilo!) – não ousará tocar; então, venha vento ou borrasca, salvarei minha alma e minha honra como capitão. Estou ficando fraco e a noite se aproxima. Se ele olhar meu rosto de novo, talvez eu não tenha tempo de reagir... Se afundarmos, quem sabe esta garrafa será encontrada e quem a encontrar talvez possa entender; do contrário... Bem, neste caso todos os homens devem saber que fui fiel à minha fé. Que Deus, a Abençoada Virgem e os santos ajudem uma pobre alma ignorante tentando cumprir seu dever...

* * *

Claro que o veredicto está em aberto. Não há evidências a aduzir; e, se o homem pessoalmente cometeu os assassinatos ou não, não há ninguém para dizer. As pessoas aqui são da opinião quase consensual de que o capitão é simplesmente um herói, e deveria receber um enterro público. Já se combinou que o corpo vai subir um trecho do Rio Esk escoltado por uma frota, e então devolvido ao Cais da Colina Tate e acima pelas escadas da abadia, pois há de ser enterrado no cemitério junto ao penhasco. Os proprietários de mais de cem barcos já manifestaram o desejo de acompanhá-lo até o túmulo.

Nunca se achou rastro do grande cachorro, o qual é alvo de muito lamento, pois, com a opinião pública no atual estado, acredito que ele seria adotado pela cidade. Amanhã será o funeral; e assim terminará mais este "mistério dos mares".

### Diário de Mina Murray

#### 8 de agosto

Lucy esteve muito agitada durante a noite toda e eu também não consegui dormir. A tempestade foi assustadora e me dava calafrios quando ribombava alto entre os capelos das chaminés. Houve um pé de vento tão agudo que me pareceu uma arma disparada a distância. Estranhamente, porém, Lucy não acordou; mas por duas vezes ela se levantou e se vestiu. Por sorte, em ambas as ocasiões eu também acordei a tempo, e consegui despi-la sem a acordar e a conduzi de volta à cama. É muito esquisito esse sonambulismo, pois, assim que a vontade dela é, de qualquer jeito físico, contrariada, suas intenções, se é que tem alguma, desaparecem, e ela se rende, submetendo-se quase exatamente à rotina da vida cotidiana.

Cedo pela manhã nós duas nos levantamos e descemos ao porto para ver se algo tinha ocorrido durante a noite. Havia pouca gente por ali e, apesar de o sol brilhar e o ar estar fresco, as ondas grandes e sombrias, que pareciam escuras porque a espuma na crista era branca como neve, forçavam a entrada pela boca estreita do porto como se fosse um homem briguento atravessando uma multidão. De certa forma, fiquei grata por Jonathan não estar no mar ontem à noite, e sim em terra. Mas, oh, estará ele em terra ou no mar? Onde ele está, e como? Estou ficando ansiosa e muito amedrontada por ele. Se ao menos eu soubesse o que fazer, faria qualquer coisa!

* * *

#### 10 de agosto

O enterro do pobre capitão hoje foi bastante comovente. Todos os barcos do porto pareciam estar ali, e o caixão foi carregado por capitães ao longo de todo o caminho desde o Cais da Colina Tate até o cemitério lá em cima. Lucy veio comigo e fomos cedo para nosso velho banco, enquanto o cortejo de barcos subia o rio até o viaduto e descia de volta. Nosso posto de observação era muito bom e conseguimos ver a procissão quase o tempo todo. O pobre camarada foi posto para descansar bem perto do nosso banco, de forma que ficamos de pé quando chegou a hora, e pudemos ver tudo. A coitada da Lucy parecia muito aborrecida. Esteve agitada e inquieta durante todo o tempo, e não consigo pensar em outra coisa a não ser que seus sonhos noturnos estão produzindo efeito sobre ela. Há um agravamento no fato de o pobre senhor Swales ter sido encontrado no porto hoje de manhã, no nosso banco, com o pescoço quebrado. Ele tinha evidentemente, como disse o médico, caído do banco durante algum tipo de susto, pois havia em seu rosto uma expressão de medo e horror que, segundo os homens contaram, os fez estremecer. Coitado daquele velhote querido! Talvez ele tenha visto a morte com os próprios olhos moribundos. Lucy é tão doce e sensível que sente as influências mais agudamente do que as outras pessoas. Agora há pouco ela estava bem aborrecida por uma coisinha que eu mesma não havia notado, embora seja grande fã de animais. Um dos homens que vinham aqui com frequência para observar os barcos costumava ser seguido por seu cachorro. O cachorro está sempre com ele. São ambos muito calmos; nunca vi o homem bravo nem ouvi o cão latir. Durante o funeral, o cachorro não ficou com o dono, que estava no banco conosco, e em vez disso se manteve distante alguns metros, latindo e uivando. O dono falou com ele com delicadeza, depois com aspereza e, por fim, zangado; mas ele nem se aproximava nem parava com o barulho. Estava em uma espécie de fúria, com um olhar selvagem e os pelos eriçados como a cauda de um gato quando o bichano se prepara para uma briga. No fim, o homem também ficou bravo, saltou do banco e chutou o cachorro, agarrou-o pelo cangote, arrastou-o e o atirou na lápide à qual o banco está preso. No instante em que a pobre criatura tocou a pedra, caiu em silêncio e começou a se sacudir. Ele não tentou fugir; encolheu-se, tremendo e se escondendo, e estava em tal estado de lamentável terror que tentei, embora sem resultado, confortá-lo. Lucy ficou também cheia de pena, entretanto não tentou tocar o cão, mas o observou de modo agoniado. Receio bastante que ela seja de uma natureza sensível demais, para passar pelo mundo sem estorvos. Ela vai sonhar com isso hoje à noite, tenho certeza. Toda essa aglomeração de coisas: o navio manobrado para dentro do porto por um homem morto; a atitude dele, amarrado ao leme com um crucifixo e um rosário; o enterro comovente; o cachorro, ora furioso, ora aterrorizado, tudo isso vai fornecer material para os sonhos dela.

Creio que o melhor será que ela vá para a cama fisicamente exausta, então vou levá-la para um longo passeio pelo penhasco até a Baía Robin Hood, ida e volta. Ela não terá, então, muita propensão para caminhar dormindo.

# Capítulo VIII

## Diário de Mina Murray

### Mesmo dia, 11 horas da noite

Ah, como estou cansada! Se não tivesse feito deste diário um dever, não o abriria esta noite. Fizemos um passeio adorável. Depois de algum tempo andando, Lucy ficou muito bem-disposta, graças, acho, a algumas vacas simpáticas que se aproximaram para nos farejar quando estávamos perto do farol, e nos assustaram bastante. Creio que nos esquecemos de tudo, exceto do medo pessoal, e ele pareceu lavar tudo completamente, dando-nos um novo começo. Tomamos um chá ótimo e espantosamente substancioso na Baía de Robin Hood, em uma pousada pequena e antiga, cuja janela em arco dava vista para as rochas cobertas de algas na costa. Creio que chocaríamos a "nova mulher" com o nosso apetite. Homens são mais tolerantes, abençoados sejam! Depois, andamos para casa com algumas, ou devo dizer muitas, paradas para descanso, com o coração em constante sobressalto por causa dos touros selvagens. Lucy estava mesmo muito cansada, e planejamos nos deitar assim que pudéssemos. O jovem cura veio fazer uma visita, porém, e a senhora Westenra o convidou a ficar para o jantar. Tanto Lucy quanto eu lutamos contra a sensação de poeira nos olhos; sei que foi uma luta aguerrida de minha parte, e sou bem heroica. Acredito que um dia os bispos deveriam se reunir e pensar sobre a formação de uma nova classe de curas, que não aceitem cear, independentemente de quanto sejam pressionados a isso, e que saibam reconhecer quando as moças têm sono. Lucy está dormindo e respira suavemente. Tem as bochechas mais rosadas que o habitual e está tão bonita. Se o senhor Holmwood se apaixonou só de vê-la na sala de visitas, eu me pergunto o que diria se a visse agora. Algumas das "novas mulheres" escritoras vão algum dia lançar a ideia de que homens e mulheres deveriam poder ver-se dormindo antes de o pedido de casamento ser feito ou aceito. Mas suponho que no futuro a nova mulher não vai concordar em aceitar, ela mesma vai fazer o pedido. E que belo trabalho isso vai ser! Há algum consolo nisso. Estou tão contente esta noite por Lucy parecer melhor. Penso que ela realmente superou aquilo e que deixamos para trás aqueles problemas com os sonhos. Eu estaria perfeitamente feliz se tivesse notícias do Jonathan. Que Deus o proteja e guarde.

* * *

**11 de agosto, 3 horas**

Diário de novo. Nada de sono, então é melhor escrever. Estou agitada demais para dormir. Tivemos tamanha aventura, uma experiência tão angustiante. Adormeci assim que fechei o diário. De repente, despertei por completo e me sentei com uma sensação terrível de medo por dentro e uma sensação de vazio em torno de mim. O quarto estava escuro, então não conseguia ver a cama de Lucy; eu me inclinei e tateei em sua busca. A cama estava vazia. Acendi um fósforo e descobri que ela não estava no quarto. A porta estava fechada, mas não trancada, como eu a tinha deixado. Tive medo de acordar a senhora Westenra, que tem estado com frequência mal de saúde, então vesti qualquer roupa e me preparei para procurá-la. Quando ia saindo do quarto, ocorreu-me que as roupas que ela estivesse vestindo poderiam me dar uma pista de suas intenções oníricas. Roupão significaria casa; vestido, fora da casa. Roupão e vestido estavam ambos em seus lugares. "Graças a Deus", eu disse a mim mesma, "ela não pode estar longe, pois está apenas de camisola". Desci a escada correndo e olhei na sala de estar. Não estava! Depois olhei em todos os cômodos abertos da casa, com um medo crescente a me gelar o coração. Finalmente, cheguei à porta de saída, e a encontrei aberta. Não escancarada, mas a lingueta da fechadura não estava trancada. As pessoas da casa são muito cuidadosas em trancar a porta todas as noites, então temi que Lucy tivesse saído com a roupa que estava vestindo ao se deitar. Não havia tempo para pensar no que poderia acontecer; um medo vago, dominador, obscureceu todos os detalhes. Peguei um xale grande e pesado e corri para fora. O relógio bateu uma hora quando eu estava em The Crescent, e não havia uma alma à vista. Corri pelo Terraço Norte, mas não encontrei nem sinal da figura branca que buscava. Na beira do Despenhadeiro Oeste, acima do cais, olhei através do porto para o Despenhadeiro Leste, com a esperança ou o medo, não sei qual, de ver Lucy sentada em nosso banco favorito. Havia uma lua cheia brilhante e nuvens pesadas, escuras e em movimento, que lançavam a cena toda em um diorama transitório de luz e sombra quando passavam. Por um momento ou dois não consegui enxergar nada, pois a sombra de uma nuvem obscureceu a Igreja de Santa Maria e tudo ao redor. Então, quando a nuvem passou, as ruínas da abadia apareceram; e, conforme a borda de uma minguada faixa de luz, estreita como o gume de uma espada, se movia, a igreja e o cemitério se tornaram gradualmente visíveis. Qualquer que fosse a minha expectativa, ela não se decepcionou, pois lá, em nosso banco preferido, a luz prateada do luar caiu sobre uma figura parcialmente reclinada, branca como a neve. A chegada de uma nuvem foi rápida demais para que eu visse o bastante, pois a sombra tomou o lugar da luz quase imediatamente; mas me pareceu como se alguma coisa escura estivesse atrás do banco onde a figura branca havia brilhado, e curvada sobre ela. O que era, se homem ou fera, eu não poderia dizer; não esperei até conseguir outro vislumbre. Desci depressa os degraus íngremes do cais e passei correndo em frente ao mercado de peixes até a ponte, que era o único caminho para chegar ao Despenhadeiro Leste. A cidade parecia morta, pois não vi vivalma; eu me alegrei por ser assim, pois não queria nenhuma testemunha para o estado da pobre Lucy. O tempo e a distância pareciam intermináveis; e meus joelhos tremiam e minha respiração ficou difícil enquanto eu subia os degraus infinitos até a abadia. Devo ter ido rápido, mas ainda assim parecia que meus pés eram pesados como chumbo e como se todas as articulações do meu corpo estivessem enferrujadas. Quando estava quase no topo, consegui ver o banco e a figura branca, pois eu agora estava próxima o suficiente para distinguir as coisas até mesmo nos intervalos de sombra. Havia indubitavelmente uma coisa, longa e preta, curvando-se sobre a figura branca meio reclinada. Eu gritei, em pânico, "Lucy! Lucy!", e alguma coisa levantou a cabeça, e, de onde eu estava, consegui ver um rosto branco e olhos vermelhos incandescentes. Lucy não respondeu e eu corri para a entrada do cemitério. Enquanto eu entrava, a igreja ficou entre mim e o banco, e por mais ou menos um minuto perdi a vista dela. Quando tornei a olhar, a nuvem tinha passado, e o luar brilhava tanto que consegui ver Lucy meio reclinada, com a cabeça apoiada no assento do banco. Ela estava sozinha e não havia nem sinal de algo vivo por perto.

Ao me curvar sobre ela, vi que ainda dormia. Os lábios estavam entreabertos e ela estava respirando não suavemente, como costuma, mas em longos e profundos suspiros, como se lutando para encher os pulmões a cada vez. Quando cheguei mais perto, ela levantou a mão sonhando e fechou a gola da camisola em volta do pescoço. Enquanto fazia isso, um pequeno tremor a percorreu, como se ela estivesse com frio. Joguei o xale quente em seus ombros e puxei as pontas em torno do pescoço, pois temia que ela adoecesse pelo ar frio da noite, despida como estava. Tive medo de acordá-la de supetão, então, para ter as mãos livres e poder ajudá-la, prendi o xale com um alfinete perto da garganta; mas devo ter sido descuidada de tanta ansiedade e a espetado ou furado com ele, pois aos poucos, conforme sua respiração se acalmou, ela pôs a mão ali de novo e gemeu. Quando eu a tinha envolvido com todo o cuidado, e calçado meus sapatos nos pés dela, comecei muito gentilmente a acordá-la. Primeiro, ela não reagiu; mas pouco a pouco foi-se agitando no sono, gemendo e suspirando algumas vezes.

Por fim, como o tempo estava passando rápido e por muitas outras razões eu queria levá-la de uma vez para casa, eu a sacudi com mais força, até que ela finalmente abriu os olhos e acordou. Lucy não pareceu surpresa ao me ver, pois, claro, não percebeu de imediato onde estava. Ela sempre acorda muito bonita e mesmo nessa hora, quando seu corpo deveria estar arrepiado de frio, e a mente, um bocado surpresa por despertar despida, em um cemitério, à noite, ela não perdeu a graça. Tremia um pouco e se agarrou a mim; quando lhe falei que viesse agora mesmo para casa comigo, ela se levantou sem dizer qualquer palavra, com a obediência de uma criança. Conforme andamos, o cascalho feriu meus pés, e Lucy me viu estremecer. Ela parou e quis insistir em que eu retomasse meus sapatos, mas eu não faria isso. Contudo, quando chegamos ao caminho fora do cemitério, onde havia uma poça de água restante da tempestade, lambuzei meus pés com lama, esfregando um no outro, para que, chegando em casa, ninguém, caso encontrássemos alguém, percebesse meus pés descalços.

A sorte nos favoreceu e entramos em casa sem encontrar nenhuma alma. Em uma ocasião vimos um homem, que não parecia muito sóbrio, passando por uma rua à nossa frente, mas nos escondemos na reentrância de uma porta até que ele sumisse em uma dessas aberturas que existem aqui, pequenos becos estreitos ou "vielas", como as chamam na Escócia. Meu coração batia tão forte que algumas vezes achei que fosse desmaiar. Eu estava muito ansiosa pela Lucy, não só por sua saúde, não fosse ela adoecer pela exposição ao frio, mas por sua reputação caso a história se espalhasse. Quando entramos, lavamos os pés e rezamos juntas uma oração de agradecimento, então a pus na cama. Antes de adormecer ela pediu, implorou até, que eu não dissesse nada a ninguém, nem mesmo à mãe dela, sobre suas aventuras de caminhar dormindo. Primeiro, hesitei em prometer; depois, considerando o estado de saúde da senhora Westenra, e como o conhecimento de tal episódio poderia afetá-la, e pensando, também, em como, se vazasse, uma história daquelas poderia ser distorcida ("poderia", não, seria), achei mais sábio concordar. Espero ter feito a coisa certa. Tranquei a porta e a chave está amarrada no meu pulso, então talvez não ocorram novas perturbações. Lucy está dormindo profundamente; os reflexos do alvorecer estão altos, bem distantes acima do mar...

* * *

**Mesmo dia, meio-dia**

Tudo está bem. Lucy dormiu até que eu a acordei, e parece que não mudou de posição durante o sono. A aventura de ontem à noite aparentemente não a prejudicou; pelo contrário, parece tê-la beneficiado, pois ela está com melhor aparência nesta manhã do que esteve nas últimas semanas. Fiquei chateada ao notar que meu desleixo com o alfinete a machucou. De fato, pode ter sido sério, pois a pele estava furada. Deve ter espetado e atravessado um pedaço mais solto da pele, pois há dois pontinhos vermelhos, como pequenos furos, e na gola da camisola havia uma gota de sangue. Quando me desculpei e demonstrei preocupação, ela riu e me consolou, dizendo que não tinha nem sentido. Felizmente não vai ficar cicatriz, por ser muito pequeno.

* * *

**Mesmo dia, à noite**

Passamos um ótimo dia. O ar estava limpo, o sol brilhava e havia brisa suave. Levamos o almoço para comer no Bosque Mulgrave, a senhora Westenra foi dirigindo pela estrada e Lucy e eu fomos a pé pelo caminho do penhasco, e nos reunimos no portão. Eu estava um pouco triste, pensando em como estaria absolutamente feliz se o Jonathan estivesse comigo. Mas aí está! Devo ter paciência. À noite passeamos pelo Terraço Casino, ouvimos boa música de Spohr e Mackenzie e nos deitamos cedo. Lucy parece mais tranquila do que em muito tempo, e adormeceu de imediato. Vou trancar a porta e manter a chave como antes, embora não espere nenhum problema para esta noite.

* * *

### 12 de agosto

Minhas expectativas estavam equivocadas, pois duas vezes durante a noite fui acordada por Lucy tentando sair. Mesmo dormindo, ela pareceu um pouco impaciente ao encontrar a porta trancada e voltou para a cama manifestando um tipo de protesto. Acordei ao amanhecer e ouvi os passarinhos cantando lá fora. Lucy também acordou e fiquei satisfeita ao ver que estava ainda melhor do que na manhã de ontem. Toda a vivacidade de seus modos parece ter voltado; ela veio para a minha cama, aninhou-se em mim e me contou tudo sobre Arthur. Contei a Lucy como estou aflita com Jonathan e ela tentou me consolar. Bem, conseguiu ao menos um pouco, porque, embora a solidariedade não altere os fatos, ajuda a torná-los mais suportáveis.

* * *

### 13 de agosto

Outro dia tranquilo, e dormi com a chave no pulso como antes. De novo acordei durante a noite e encontrei Lucy sentada na cama, ainda dormindo, apontando para a janela. Eu me levantei em silêncio e, afastando a cortina, olhei para fora. Havia um luar brilhante, e o efeito suave da luz sobre o mar e o céu, fundidos em um grande e silencioso mistério, era mais lindo do que as palavras podem descrever. Entre mim e o luar um morcego adejava, vindo e indo em grandes círculos. Uma ou duas vezes ele se aproximou bastante, mas se assustou ao me ver, suponho, e voou para longe, cruzando o porto em direção à abadia. Quando voltei da janela, Lucy tinha se deitado de novo e dormia em paz. De novo, não se mexeu durante a noite.

* * *

### 14 de agosto

No Despenhadeiro Leste, lendo e escrevendo o dia todo. Lucy agora é tão apaixonada pelo lugar quanto eu, e é difícil levá-la embora quando é hora de voltar para casa a fim de almoçar, tomar chá ou jantar. Hoje à tarde ela fez uma observação curiosa. Estávamos indo para casa no horário do jantar; tínhamos subido ao Píer Oeste e, no alto da escada, paramos para apreciar a vista, como geralmente fazemos. O sol, bem baixo no horizonte, estava se pondo atrás de Kettleness; a luz avermelhada se lançava no Despenhadeiro Leste e na velha abadia, banhando tudo com um lindo brilho rosado. Ficamos em silêncio por um instante e de repente Lucy murmurou, como que falando sozinha:

– Os olhos vermelhos dele de novo! Continuam iguais.

Foi uma expressão tão esquisita, vinda tão sem propósito, que me espantou. Eu me virei um pouco, para conseguir enxergar Lucy sem parecer que eu a encarava, e vi que ela estava em um estado meio sonolento, com um semblante estranho que não consegui interpretar; não falei nada, mas segui a direção do seu olhar. Ela parecia estar olhando para o nosso banco, onde uma figura escura jazia sentada sozinha. Eu mesma fiquei um pouco surpresa, pois pareceu por um instante como se o estranho tivesse olhos grandes como chamas flamejantes; mas um segundo olhar desfez a ilusão. O poente vermelho brilhava nas janelas da Igreja de Santa Maria atrás do nosso banco, e enquanto o sol baixava houve suficiente mudança na refração e na reflexão para fazer parecer que a luz estava se movendo. Chamei a atenção da Lucy para aquele efeito peculiar e ela voltou a si com um sobressalto, mas olhou mesmo assim; pode ser que ela estivesse pensando naquela noite terrível lá em cima. Nós nunca mencionamos o episódio, e por isso não falei nada, e fomos para casa jantar. Lucy teve dor de cabeça e se recolheu cedo. Eu verifiquei que estava dormindo e saí sozinha para um pequeno passeio; caminhei ao longo dos penhascos na direção oeste, cheia de melancolia, pois pensava em Jonathan. Ao voltar para casa havia um luar brilhante, tão brilhante que, embora a parte da frente de Crescent estivesse na sombra, tudo era claramente visível; lancei um olhar para a nossa janela e vi a cabeça da Lucy projetada para fora. Pensei que ela talvez estivesse procurando por mim, então desdobrei o lenço e o agitei. Ela não percebeu nem fez qualquer movimento. Nesse instante, uma mudança no ângulo do luar iluminou a nossa janela. Lá estava Lucy, claramente com a cabeça apoiada no batente lateral, de olhos fechados. Ela dormia profundamente e a seu lado, sobre o parapeito, havia algo parecido com um pássaro de bom tamanho. Temi que ela se resfriasse, então subi correndo, mas, quando entrei no quarto, ela estava voltando para a cama, ainda adormecida, e respirando pesadamente; tinha a mão em frente à garganta, como se para se proteger do frio.

Eu não a acordei; ajeitei os cobertores para aquecê-la e em seguida me certifiquei de que a porta estivesse trancada e a janela, bem fechada com o trinco.

Lucy tem uma aparência tão doce quando dorme; contudo está mais pálida do que de costume, e sob seus olhos há marcas de uma fadiga, de um abatimento, que não me agradam. Receio que ela esteja preocupada com alguma coisa. Gostaria de descobrir com o quê.

* * *

**15 de agosto**

Acordei mais tarde que o habitual. Lucy estava cansada e lânguida, e continuou dormindo depois que fomos chamadas. Tivemos uma boa surpresa no café da manhã. O pai de Arthur está melhor e quer que o casamento ocorra logo. Lucy está repleta de uma alegria calma, e a mãe dela está ao mesmo tempo contente e melancólica. Mais tarde me contou o motivo. Ela está triste por perder Lucy, porém alegre porque em breve a filha terá alguém para protegê-la. Pobre, querida e doce senhora! Ela me confidenciou que recebeu sua sentença de morte. Não contou a Lucy e me fez prometer segredo; o médico lhe disse que ela vai morrer em poucos meses, no melhor dos casos, pois o coração está fraquejando. A qualquer momento, mesmo agora, um choque súbito certamente a mataria. Ah, fomos sábias ao esconder dela o episódio de Lucy andar durante o sono naquela noite terrível.

* * *

**17 de agosto**

Nada de diário por dois dias inteiros. Não tive disposição para escrever. Uma espécie de véu sombrio parece estar cobrindo nossa felicidade. Não há notícia de Jonathan, Lucy parece cada vez mais mortiça, e a hora da senhora Westenra está chegando. Não entendo a fraqueza de Lucy. Ela come bem e dorme bem e aproveita o ar fresco; mas a todo momento o rosado de suas bochechas fica mais pálido, e ela se torna mais débil a cada dia; à noite, eu a ouço engasgar como se lutasse para respirar. Quando vamos dormir, mantenho a chave da porta sempre amarrada ao pulso, porém ela se levanta e vaga pelo quarto, e se senta à janela aberta. Ontem à noite eu a encontrei debruçada para fora assim que acordei, e, quando tentei despertá-la, não consegui; estava desfalecida. Ao devolvê-la à cama, ela estava tão fraca quanto água, e chorou em silêncio entre longas e dolorosas tentativas de respirar. Eu lhe perguntei como tinha ido parar na janela; ela abanou a cabeça e virou-se de costas para mim. Espero que o mal-estar dela não se deva ao meu infeliz acidente com o alfinete. Olhei seu pescoço agora enquanto ela está dormindo, e os pequenos ferimentos não curaram. Estão abertos ainda e maiores do que antes, com as bordas de um branco pálido. São como pequenos pontos com centros vermelhos. A menos que sarem em um dia ou dois, vou insistir que um médico os examine.

## Carta de Samuel F. Billington & Filho, Advogados, Whitby, para Senhores Carter, Paterson & Co., Londres

**17 de agosto**

Prezados Senhores,

Com esta, por favor, recebam a fatura das mercadorias enviadas pela Great Northern Railway. Deve ser entregue em Carfax, perto de Purfleet, imediatamente contra o recebimento das mercadorias na estação de King's Cross. A casa está no momento vazia, mas anexas estão as chaves, todas devidamente identificadas.

Os senhores devem, por favor, depositar as caixas que constituem a remessa, em número de cinquenta, na construção parcialmente em ruínas que forma parte da casa e está assinalada com um "A" no esboço anexo. Seu agente irá facilmente reconhecer a localidade, pois é a antiga capela da mansão. As mercadorias partem de trem às nove e meia da noite de hoje e chegam a King's Cross às quatro e meia da tarde de amanhã. Como nosso cliente deseja que a entrega seja feita o mais rápido possível, ficamos-lhes gratos por terem sua equipe pronta em King's Cross no horário mencionado e por prosseguirem com o transporte dos bens ao destino. Para obviar qualquer possível atraso devido a exigências rotineiras quanto a pagamentos a suas repartições administrativas, anexamos a esta um cheque de dez libras (£ 10), do qual solicitamos que confirmem recebimento. Na eventualidade de o valor ser inferior a esta quantia, os senhores podem restituir o saldo; se superior, tão logo tenhamos notícia, enviaremos um cheque no valor da diferença. Os senhores devem deixar as chaves na passagem de entrada do saguão principal da casa, onde o proprietário poderá pegá-las ao entrar usando sua cópia da chave.

Rogamos-lhes que não julguem estarmos excedendo os limites da cortesia profissional quando os instamos a ser expeditos ao máximo.

Despedimo-nos, caros Senhores, mui respeitosamente.
SAMUEL F. BILLINGTON & FILHO

## Carta dos Senhores Carter, Paterson & Co., Londres, para Senhores Billington & Filho, Whitby

**21 de agosto**

Prezados Senhores,

Solicitamos que tomem ciência de nosso recebimento de dez libras e do cheque pelo qual restituímos £ 1 17s. 9d, valor excedente conforme demonstrado no recibo contábil anexo. Bens entregues em exata concordância com as instruções, e chaves deixadas em pacote no saguão principal, conforme orientado.

Despedimo-nos, caros Senhores, mui respeitosamente.
pp. CARTER, PATERSON & CO.

## Diário de Mina Murray

### 18 de agosto

Hoje estou feliz, e escrevo sentada no banco do cemitério. Lucy está muito melhor. Dormiu muito bem na noite passada e não me acordou nenhuma vez. O tom rosado parece estar voltando às bochechas, embora ela continue tristemente pálida e abatida. Se ela estivesse de alguma forma anêmica, eu entenderia, mas não está. Traz o espírito alegre, cheia de vida e de alegria. Aquele comedimento mórbido parece superado e ela acaba de me lembrar, como se eu precisasse ser lembrada, "daquela" noite e de que foi aqui, neste preciso banco, que a encontrei adormecida. Enquanto falava, bateu o salto da bota brincalhonamente na pedra da lápide:

– Meus pobres pés não fizeram tanto barulho na ocasião! Ouso dizer que o coitadinho do senhor Swales teria dito que era porque eu não quis acordar o Geordie.

Já que ela estava com uma disposição tão comunicativa, perguntei se havia sonhado na noite passada. Antes que respondesse, aquela aparência de suave estranhamento lhe veio à testa, uma que Arthur, e eu o chamo assim por influência dela, diz amar; de fato, não me espanta que ele ame. Então ela continuou de modo um tanto sonhador, como se ela própria estivesse tentando se lembrar:

– Eu não sonhei, exatamente; tudo parecia real. Eu só queria estar aqui neste lugar; não sei por quê, pois estava com medo de alguma coisa, não sei do quê. Mas me lembro, embora suponha que estivesse dormindo, de cruzar as ruas e a ponte. Um peixe saltou enquanto eu passava, e me inclinei para olhar, e ouvi muitos cães uivando; enquanto eu subia os degraus, a cidade inteira parecia cheia de cachorros uivando ao mesmo tempo. Então tive uma vaga lembrança de alguma coisa longa e escura, de olhos vermelhos, bem como vimos ao pôr do sol, e de repente algo muito doce e muito amargo ao meu redor. Depois pareceu que eu estava afundando na água verde profunda, e havia um canto em meus ouvidos, como se diz que acontece aos afogados. Tudo pareceu passar por mim, como se minha alma saísse do corpo e flutuasse a esmo no ar. Parece que lembro que em certo momento o Farol Oeste estava abaixo de mim, e então tive uma espécie de sentimento de agonia, como se eu estivesse em um terremoto. Voltei e encontrei você sacudindo meu corpo. Vi você fazer aquilo antes de sentir.

Então ela começou a rir e aquilo me pareceu um pouco sinistro. Eu a escutei com a respiração suspensa. Não gostei nem um pouco e achei melhor desviar a mente dela daquele assunto. Mudamos o tema da conversa, e Lucy voltou a ser ela mesma. Quando chegamos em casa, a brisa fresca a havia revigorado e suas bochechas pálidas estavam realmente mais rosadas. A senhora Westenra se alegrou ao ver a filha e passamos todas juntas uma noite muito agradável.

* * *

### 19 de agosto

Alegria, alegria, alegria! Embora nem tudo seja alegria. Por fim notícias de Jonathan. Meu querido esteve doente; foi por isso que não escreveu. Não tenho receio de pensar nem de dizer isso, agora que sei. O senhor Hawkins me encaminhou a carta e também escreveu pessoalmente. Ah, que gentileza. Devo partir pela manhã ao encontro de Jonathan, para ajudar a cuidar dele, se necessário, e trazê-lo para casa. O senhor Hawkins diz que não seria má ideia se nos casássemos lá. Chorei sobre a carta da boa irmã até senti-la molhada no peito, onde agora está guardada. É de Jonathan e deve ficar perto do meu coração, pois ele está no meu coração. Minha viagem está toda traçada e minha bagagem, pronta. Levarei apenas uma muda de roupa; Lucy vai levar meu baú para Londres e guardá-lo até que eu mande buscar, pois pode ser que... Mas vou parar de escrever; devo guardar as palavras para dizê-las a Jonathan, meu noivo. A carta que ele viu e tocou será meu consolo até nos encontrarmos.

### Carta da Irmã Agatha, Hospital de São José e Santa Maria de Budapeste, para Senhorita Wilhelmina Murray

**12 de agosto**

Prezada Madame,

Escrevo conforme o desejo do senhor Jonathan Harker, que não está pessoalmente forte o bastante para escrever, embora progrida bem, graças a Deus e a São José e a Santa Maria. O senhor Harker está sob nossos cuidados há quase seis semanas, sofrendo de uma violenta febre cerebral. Ele deseja que eu lhe transmita todo o seu amor; deseja também que eu diga que, nesta carta, escrevo em nome dele ao senhor Peter Hawkins, de Exeter, para informar que lamenta muito pelo atraso, e que o trabalho está concluído. Sua condição exigirá mais algumas poucas semanas de repouso em nosso hospital nas colinas, mas então retornará. Ele deseja que eu diga que não traz dinheiro o suficiente consigo, e que gostaria de pagar pela estada aqui, de forma que outros que vierem a precisar não careçam de ajuda.

Sua, com solidariedade e todas as bênçãos,
IRMÃ AGATHA

P.S.: Estando meu paciente adormecido, abro esta carta para informar-lhe de mais uma coisa. Ele me contou tudo a seu respeito e que em breve a senhorita será a esposa dele. Todas as bênçãos para vocês dois. Ele sofreu alguns choques temerários, assim nos diz nosso médico, e em seus delírios as alucinações foram aterradoras, acerca de lobos, veneno e sangue, fantasmas e demônios; temo dizer isso.

Seja cuidadosa com ele para que nada desse tipo o agite por um longo prazo por vir; os rastros de uma doença assim não desaparecem com facilidade. Nós deveríamos ter escrito muito tempo atrás, mas não sabíamos nada sobre os amigos dele, e nada havia nele que pudéssemos entender. Ele chegou no trem de Klausenburg, e o guarda foi informado pelo chefe da estação de que o senhor Harker havia chegado correndo e pedindo aos gritos um bilhete para casa. Notando por sua conduta violenta que ele era inglês, deram-lhe um bilhete para a estação mais distante, entre as percorridas pelo trem, nesta direção.

Esteja certa de que ele está sendo bem cuidado. Conquistou o coração de todas nós com sua doçura e gentileza. Está verdadeiramente melhorando, e não tenho dúvidas de que em poucas semanas estará plenamente restabelecido. Mas, por segurança, seja cautelosa. Rezo a Deus, a São José e a Santa Maria que vocês tenham muitos e muitos anos de felicidade juntos.

## Registros do doutor Seward

### 19 de agosto

Mudança estranha e súbita em Renfield ontem à noite. Por volta das oito horas da noite, começou a se agitar e a farejar como um cão quando caça. O auxiliar ficou surpreso com os modos dele e, ciente de meu interesse no caso, encorajou-o a falar. Renfield é geralmente respeitoso com o auxiliar e às vezes até servil; mas esta noite, conta-me o atendente, ele estava muito arrogante. Só o que dizia era:

– Eu não quero falar com você. Você não tem importância agora; o Mestre está perto.

O auxiliar acredita que alguma forma de mania religiosa tenha se apoderado do paciente. Se assim for, precisamos ficar atentos, pois um homem forte com fixação homicida e religiosa pode tornar-se perigoso. A combinação é assustadora. Às nove horas da noite visitei-o pessoalmente. Sua atitude para comigo foi a mesma dispensada ao auxiliar; em seu elevado autocentrismo, a diferença entre mim e o auxiliar lhe parece nula. Parece de fato obsessão religiosa, e ele em breve pensará que é o próprio Deus. As distinções infinitesimais entre um homem e outro são desprezíveis demais para um Ser Onipotente. Como esses loucos se entregam! O verdadeiro Deus cuida para que nem um pardal caia; mas o deus criado pela vaidade humana não enxerga diferença entre uma águia e um pardal. Ah, se os homens soubessem!

Por meia hora ou mais Renfield se agitou em níveis cada vez maiores. Fingi não o observar, mas mantive estrita observação ainda assim. Subitamente, identifiquei nele o olhar astuto que sempre vemos em um louco quando ele tem uma ideia, acompanhado do movimento da cabeça para trás, como auxiliares de hospício tão bem conhecem. Ele quedou silencioso, dirigiu-se à cama e, resignado, sentou-se na beirada, observando o espaço com olhar opaco. Pensei em descobrir se a apatia era real ou fingida, e tentei induzi-lo a falar sobre seus bichos de estimação, um tema que nunca havia falhado em estimular-lhe a atenção. Primeiro, nada respondeu, mas depois disse, impaciente:

– Que se danem todos eles! Eu não ligo nem um pouco.

Eu respondi:

– O quê? Está me dizendo que não se importa com as aranhas?

Pois aranhas são seu passatempo atual, e o caderninho de anotações está cheio de pequenos desenhos em colunas. A isto ele respondeu, enigmaticamente:

– As damas de honra alegram os olhos que esperam a chegada da noiva; mas, quando a noiva chega, as damas de honra já não brilham nos olhares por outra preenchidos.

Renfield não se explicou, e sim permaneceu obstinadamente sentado na cama durante todo o tempo em que fiquei com ele.

Esta noite, sinto-me aborrecido e tristonho. Penso apenas em Lucy e em como as coisas poderiam ter sido diferentes. Se eu não conseguir dormir logo, recorro a uma dose de cloral, o Morfeu moderno: $C_2HCl_3O$ e $H_2O$! Preciso ter cuidado para não permitir que isso se torne um hábito. Não, esta noite não tomarei! Pensei em Lucy, e não vou desonrá-la misturando os dois. Se necessário for, que esta noite seja insone...

* * *

**Mais tarde**

Contente por ter tomado a decisão; contentíssimo por tê-la mantido. Estava deitado, muito agitado, e tinha ouvido o relógio bater só duas vezes, quando o guarda noturno chegou, enviado pela vigilância, para dizer que Renfield havia escapado. Vesti as roupas com pressa e desci correndo naquele instante; meu paciente é uma pessoa perigosa demais para circular por aí. Aquelas ideias dele podem resultar em perigo com estranhos. O auxiliar estava à minha espera. Disse que o tinha visto menos de dez minutos antes, aparentemente dormindo na cama, quando ele espiou através da abertura de observação da porta. O ruído da janela sendo arrancada violentamente chamou sua atenção; ele correu de volta e viu os pés do paciente sumindo pela janela, e no mesmo instante mandou me chamar. O paciente está vestindo apenas a roupa de dormir, não pode estar longe. O auxiliar raciocinou que seria mais útil ficar onde estava e observar para onde o paciente iria, já que poderia perdê-lo de vista no tempo necessário para sair do edifício pela porta. Ele é um homem corpulento e não conseguiu atravessar a janela. Eu sou magro, então, com a ajuda dele, consegui sair, mas com os pés primeiro, e, como estamos poucos metros acima do chão, aterrissei a salvo. O auxiliar contou que o paciente tinha ido para a esquerda em linha reta, então corri o mais rápido que pude. Ao ultrapassar o cinturão de árvores, vi uma figura branca escalar o muro alto que separa nosso terreno do da propriedade deserta.

Corri de volta imediatamente e disse ao guarda noturno para me seguir até o terreno de Carfax com três ou quatro homens, caso nosso amigo tivesse se tornado ameaçador. Peguei uma escada e pulei o muro, caindo do outro lado. Vi Renfield desaparecendo atrás da construção e parti em seu encalço. No canto mais distante da casa, encontrei-o junto à capela, pressionado contra a velha porta de carvalho reforçada com faixas de ferro. Ele estava conversando, aparentemente com alguém, mas tive medo de chegar perto o suficiente para ouvir o que dizia; minha aproximação poderia assustá-lo e fazê-lo fugir. Perseguir um enxame de abelhas errantes não é nada se comparado à perseguição de um lunático nu e determinado a escapar! Após alguns momentos, no entanto, percebi que ele não tomava conhecimento de nada ao redor, então me arrisquei a chegar mais perto, até porque meus homens tinham agora atravessado o muro e o estavam cercando. Eu o ouvi dizer:

– Estou aqui para cumprir as suas ordens, Mestre. Sou seu escravo e o senhor vai me recompensar, pois hei de ser-lhe fiel. Adorei-o por muito tempo e de longe. Agora que o senhor está próximo, aguardo seu comando e o senhor não vai me preterir em sua distribuição de boas coisas, vai?

Afinal ele é mesmo um velho suplicante egoísta. Pensa em pães e peixes mesmo quando acredita estar diante da Presença Divina. As manias dele formam uma combinação surpreendente. Quando o apanhamos, ele lutou como um tigre. É imensamente forte, mais perto de uma besta selvagem do que de um homem. Nunca antes tinha visto um lunático em tal paroxismo de fúria; e espero não ver de novo. Foi uma bênção termos descoberto a tempo sua força e o perigo que ele representa. Com uma força assim e tamanha determinação, ele poderia ter feito coisas selvagens antes de ser capturado. Seja como for, ele agora está em segurança. Nem o famoso fugitivo Jack Sheppard em pessoa conseguiria libertar-se da apertada camisa de força que o mantém contido, e ele está acorrentado à parede da sala acolchoada. Seus gritos são às vezes terríveis, mas os silêncios que se seguem são ainda mais tenebrosos, pois ele emana morte em cada movimento.

Bem agora ele verbalizou palavras coerentes pela primeira vez:

– Terei paciência, Mestre. Sei que está vindo, vindo… vindo!

Então aproveitei a dica e saí. Estou agitado demais para dormir, mas esse relato me acalmou, e sinto que afinal conseguirei um pouco de repouso esta noite.

# Capítulo IX

## Diário de Mina Murray

### Carta de Mina Harker para Lucy Westenra

**Budapeste, 24 de agosto**

Queridíssima Lucy,

Sei que você deve estar ansiosa para saber tudo o que aconteceu desde que nos despedimos na estação de trem em Whitby. Bem, minha querida, cheguei bem em Hull, peguei o barco para Hamburgo e depois o trem até aqui. Sinto que mal consigo me lembrar de qualquer coisa da viagem, exceto que sabia que estava vindo encontrar Jonathan e que, caso eu precisasse prestar algum tipo de cuidado, era melhor dormir o máximo que conseguisse. Encontrei meu amado tão magro, tão pálido e tão fraco, oh! Toda a determinação sumiu daqueles olhos queridos, e desapareceu também a dignidade tranquila que eu disse a você que ele possuía. Ele é só a carcaça de si mesmo e não se lembra de nada do que lhe aconteceu tempo atrás. Ao menos é nisso que ele quer que eu acredite, e nunca hei de perguntar. Jonathan sofreu algum tipo de choque terrível, e receio seria uma sobrecarga para seu pobre cérebro se ele tentasse recordar. A irmã Agatha, que é uma criatura boa e enfermeira nata, contou que ele delirou com coisas pavorosas enquanto estava fora de si. Pedi que me contasse o que eram, mas ela apenas se benzeu e disse que jamais diria, pois os delírios dos doentes são segredos de Deus e que, se em função de seu trabalho uma enfermeira os escuta, então deve honrar a confiança que nela foi depositada. Ela é uma alma bondosa e gentil, e no dia seguinte, quando me viu perturbada, retomou o assunto, e após dizer que nunca iria mencionar sobre o que foram as alucinações do meu amado, acrescentou:

– Posso contar-lhe o seguinte, minha querida: não foi nada sobre qualquer coisa que ele pessoalmente tenha feito de errado; e a senhorita, como futura esposa, não tem motivo de preocupação. Ele não a esqueceu nem se esqueceu do que lhe deve. O medo dele era de coisas monstruosas e horríveis, com as quais nenhum mortal pode lidar.

Acredito que a pobre alma tenha imaginado que eu estava com ciúme de meu querido ter-se apaixonado por outra moça. A ideia de eu ter ciúme de Jonathan! Ainda assim, querida, vou sussurrar aqui, senti um arrepio de alegria me percorrer quando tive certeza de que nenhuma outra mulher era a causa do problema. Estou agora sentada à cabeceira da cama dele, onde posso observar seu rosto enquanto ele dorme. Está acordando!...

Quando despertou, pediu o casaco, pois queria algo que estava no bolso; repassei o pedido à irmã Agatha e ela trouxe todas as coisas dele. Vi que entre elas estava o bloco de anotações, e ia pedir que me deixasse ver, sabendo que lá poderia encontrar pistas para a perturbação dele, mas acho que Jonathan viu essa vontade nos meus olhos, pois me pediu para ir à janela, dizendo que queria estar sozinho por um instante. Depois me chamou de volta, e quando cheguei ele tinha pousado a mão no bloquinho e me disse, com grande solenidade:

– Wilhelmina.

E então eu soube que ele falava com seriedade mortal, pois nunca mais havia me chamado por meu nome desde que me pediu em casamento.

– Você conhece, querida, minhas ideias sobre confiança entre marido e mulher: não deve haver segredo nem ocultamentos. Tive um grande choque, e quando tento pensar no que é, sinto a cabeça girar e não sei se tudo foi real ou o sonho de um louco. Você sabe que tive febre cerebral, e isso é estar louco. O segredo está aqui, e eu não quero conhecê-lo. Quero retomar minha vida aqui, com o nosso casamento. Pois, minha querida, decidimos nos casar assim que as formalidades estejam cumpridas. Você está disposta, Wilhelmina, a compartilhar da minha ignorância? Aqui está o caderno. Pegue-o e guarde-o, leia se quiser, mas nunca me deixe saber; a menos que algum dever solene me obrigue a voltar às horas amargas, dormindo ou acordado, são ou insano, registradas aqui.

Ele caiu para trás, exausto; guardei o caderno sob o travesseiro dele e lhe dei um beijo. Solicitei à irmã Agatha que pedisse ao superior dela que nos deixasse casar hoje à tarde, e estou esperando a resposta...

* * *

Ela me disse que mandaram chamar o capelão da missão inglesa. Vamos nos casar em uma hora, ou assim que Jonathan acordar...

* * *

Lucy, o tempo passou num instante. Senti-me muito majestosa, mas muito, muito feliz. Jonathan acordou pouco depois de uma hora e tudo estava pronto, e ele ficou sentado na cama apoiado em muitos travesseiros. Ele disse "eu aceito" com firmeza e força. Eu mal conseguia falar; meu coração estava tão repleto que até essas palavras pareciam me engasgar. As irmãs foram tão queridas e gentis. Por favor, Deus, que eu nunca me esqueça delas nem das sérias e doces responsabilidades que tomei para mim. Preciso lhe contar sobre o presente de casamento. Quando o capelão e as irmãs me deixaram sozinha com o meu marido – ah, Lucy, foi a primeira vez que escrevi as palavras "meu marido" –, tirei o caderno de sob o travesseiro dele, embrulhei com papel branco, amarrei com um pedaço de fita azul-clara que eu usava no pescoço, por cima do nó derramei cera de lacrar e como selo usei minha aliança. Depois dei um beijo e o mostrei ao meu marido, dizendo-lhe que manteria o embrulho assim, de forma que ele seria um sinal externo, visível ao longo de toda a nossa vida, de que nós confiamos um no outro. E que eu nunca o abriria, a menos que fosse pelo bem dele ou em nome de algum dever muito sério. Meu marido então tomou minhas mãos nas dele e, ah, Lucy, foi a primeira vez que ele tomou as mãos da esposa dele, e respondeu que aquilo era a coisa mais querida do mundo, e que ele passaria novamente pelo passado inteiro para merecê-la, se fosse preciso. Meu pobre querido quis dizer "uma parte do passado", mas ele ainda não consegue pensar muito bem no tempo, e não devo me surpreender se ele se confundir não só com o mês, mas também com o ano.

Bem, minha cara, o que eu poderia dizer? Só consegui responder que eu era a mulher mais feliz do mundo todo e que não tinha nada a oferecer a não ser eu mesma, minha vida, minha confiança, e com elas o meu amor e meu dever por todos os dias da minha vida. Então, quando Jonathan me beijou e me puxou para si com suas fracas mãos, foi como estabelecer um compromisso muito sério entre nós...

Lucy, querida, você sabe por que estou lhe contando tudo isso? Não é apenas porque estou tão contente, mas porque você foi, e é, muito querida comigo. Para mim, foi um privilégio ser sua amiga e guia, quando você saiu da vida escolar, e prepará-la para a vida no mundo. Quero que você veja agora, e pelos olhos de uma esposa muito feliz, aonde o cumprimento do dever me trouxe, de modo que em sua própria vida de casada você também possa ser totalmente feliz como eu sou. Minha querida, que Deus Todo-poderoso permita que sua vida seja tudo que promete ser: um longo dia de sol, sem vento contrário, sem relapso com o dever, sem desconfiança. Não lhe desejo nenhum mal, e que isso nunca aconteça; espero que você seja sempre tão feliz quanto eu sou agora. Até logo, minha querida. Vou enviar esta carta logo e, talvez, escrever de novo muito em breve. Preciso parar, pois Jonathan está acordando, e devo cuidar do meu marido!

Com amor e sua sempre,

Mina Harker

## Carta de Lucy Westenra para Mina Harker

### Whitby, 30 de agosto

Minha queridíssima Mina,

Oceanos de amor e milhões de beijos, e que você possa logo estar na própria casa com o seu marido. Gostaria que vocês voltassem rápido o bastante para ficarem conosco aqui. No ar puro, Jonathan depressa iria se restabelecer; certamente ajudou na minha recuperação. Meu apetite é o de um glutão, estou cheia de vida e durmo bem. Você vai gostar de saber que minhas andanças no sono praticamente pararam. Acho que não saí da cama por uma semana, quero dizer, uma vez que tenha me deitado à noite. Arthur diz que estou ficando gorda. Aliás, eu me esqueci de contar que Arthur está aqui. Temos feito muitos passeios a pé, a cavalo, em caleches e de barco, e jogado tênis, e pescado juntos; eu o amo mais que nunca. Ele diz que me ama mais, porém duvido, pois há tempos ele me disse que não poderia me amar mais do que já amava na época. Mas isso é bobagem. Lá está, ele me chama. Então nada mais por enquanto de sua amada,

Lucy.

P.S.: Mamãe manda lembranças. Parece melhor, a minha pobre coitada.

P.P.S.: Vamos nos casar em 28 de setembro.

## Registros do doutor Seward

### 20 de agosto

O caso de Renfield fica cada vez mais interessante. Ele agora se aquietou e há períodos em que suas cóleras ficam suspensas. Durante a primeira semana após o ataque, ele esteve perpetuamente violento. Então, certa noite, enquanto a lua subia, ele se acalmou e ficou murmurando para si mesmo:

– Agora eu posso esperar; agora eu posso esperar.

O auxiliar veio me contar, então desci correndo para dar uma olhada. Ele ainda estava na camisa de força e na sala acolchoada, mas a aparência transtornada havia abandonado seu rosto, e os olhos tinham de volta algo da antiga súplica, e eu quase poderia dizer servilismo. Fiquei satisfeito com a condição presente e instruí que fosse libertado. Os auxiliares hesitaram, mas afinal executaram minha orientação sem protestos. Foi estranho que o paciente tenha tido suficiente presença de espírito para notar a desconfiança deles, pois, aproximando-se de mim, ele disse cochichando, enquanto os olhava furtivamente:

– Eles pensam que eu poderia machucar o senhor! Imagine! Eu. Machucando. O. Senhor! Que tolos!

Para os meus sentimentos, foi de algum modo um alívio descobrir-me desvinculado dos demais até na mente deste pobre louco; ao mesmo tempo, não acompanho o raciocínio. Devo entender que tenho algo em comum com ele, de modo que estamos, como de fato estivemos, juntos do mesmo lado; ou o paciente pretende obter de mim algo tão estupendo que o meu bem-estar é necessário a ele? Preciso descobrir, mais tarde. Esta noite ele não vai falar. Mesmo a oferta de um gatinho, ou de um gato adulto, não o tentará; ele apenas diria: "Eu não ligo para gatos, tenho mais no que pensar, agora, e posso esperar; eu posso esperar".

Algum tempo depois, eu fui embora. O auxiliar me contou que o paciente permaneceu calmo até um pouco antes do amanhecer, quando começou a ficar agitado, depois violento, até que por fim caiu num paroxismo que o exauriu de tal modo que mergulhou em um tipo de coma.

* * *

Três noites e a mesma coisa aconteceu: violento o dia inteiro e depois calmo do nascer da lua ao nascer do sol. Gostaria de ter alguma pista sobre a causa. É quase como se houvesse alguma influência que se aproximasse e se afastasse. Que ideia ótima! Esta noite, vamos jogar sensatez *versus* loucura. Ele escapou antes sem a nossa ajuda; esta noite, vai escapar com ela. Vamos dar uma chance a ele e deixar os homens de prontidão para segui-lo, caso necessário...

* * *

**23 de agosto**

"O inesperado sempre acontece." Como Disraeli conhecia bem a vida. Nossa ave, encontrando a gaiola aberta, não voou, então todos os nossos arranjos sutis foram para nada. Seja como for, provamos uma coisa: os períodos de quietude duram um tempo razoável. Devemos no futuro poder aliviar as amarras por algumas horas por dia. Darei ordens ao auxiliar noturno para meramente trancar o paciente na sala almofadada, quando ele já estiver calmo, até uma hora antes do nascer do sol. O corpo do coitado poderá então usufruir de certo alívio, ainda que sua mente não consiga apreciar. Mas o que ouço! O inesperado de novo! Alguém me chama; o paciente fugiu mais uma vez.

* * *

### Mais tarde

Outra aventura noturna. Renfield ardilosamente esperou até que o auxiliar entrasse na sala para a inspeção. Correu e passou voando pela passagem aberta. Mandei que os auxiliares o seguissem. O paciente mais uma vez foi para o terreno da casa deserta, e o encontramos no mesmo lugar, encostado à porta da antiga capela. Quando ele me viu, ficou furioso e, se os auxiliares não o tivessem agarrado, ele teria tentado me matar. Enquanto o segurávamos, uma coisa estranha aconteceu. Renfield subitamente redobrou os esforços e depois subitamente ficou calmo. Olhei ao redor por instinto, mas não consegui ver nada. Então olhei para o paciente, vi para onde ele estava olhando e segui na mesma direção, mas não identifiquei nada ao luar, exceto um grande morcego que voava silenciosa e fantasmagoricamente para o oeste. Morcegos em geral voam em círculos a esmo, mas este parecia seguir em linha reta, como se soubesse para onde se dirigia ou tivesse uma intenção específica. O paciente foi-se acalmando minuto a minuto, e então disse:

– Não precisam me amarrar, vou em paz!

Voltamos ao hospício sem problemas. Sinto algo agourento na calma dele e não hei de esquecer esta noite…

## Caderno de anotações de Lucy Westenra

### Hillingham, 24 de agosto

Preciso imitar Mina e manter registros escritos. Assim poderemos ter longas conversas quando nos encontrarmos. Pergunto-me quando será isso. Gostaria que ela estivesse comigo de novo, pois me sinto muito infeliz. Ontem à noite, parece que sonhei de novo como quando eu estava em Whitby. Talvez seja a mudança de ares, ou voltar para casa. É tudo escuro e horrível, pois não consigo me lembrar de nada; mas estou cheia de um medo vago, e me sinto fraca e esgotada. Quando Arthur chegou para almoçar, pareceu bem triste ao me ver, e eu não tive ânimo para tentar ficar alegre. Gostaria de saber se posso dormir no quarto da minha mãe esta noite. Vou pensar em uma desculpa e tentar.

* * *

### 25 de agosto

Outra noite ruim. Minha mãe não aceitou minha proposta. Ela mesma não parece muito bem, e sem dúvida teme me preocupar. Tentei ficar acordada e tive sucesso por um período; mas, quando o relógio bateu a meia-noite, me acordou, então eu devo ter dormido. Algo pareceu arranhar a janela ou bater nela, mas não me importei e, como não me lembro de mais nada, suponho que tenha então adormecido. Mais pesadelos. Gostaria de conseguir me lembrar deles. Hoje de manhã acordei terrivelmente fraca. Meu rosto está sinistramente pálido e minha garganta dói. Deve haver algo errado com meus pulmões, pois parece que nunca consigo inspirar ar suficiente. Vou tentar me alegrar quando Arthur vier, do contrário ele ficará muito infeliz por me ver assim.

## Carta de Arthur Holmwood para o doutor Seward

### Hotel Albemarle, 31 de agosto

Querido Jack,

Quero que você me faça um favor. Lucy está doente; isto é, ela não sofre de uma doença especial, mas sua aparência é péssima e piora a cada dia. Perguntei se haveria uma causa; não ouso perguntar à mãe dela, pois incomodar a cabeça da pobre senhora com a filha, em seu atual estado de saúde, seria fatal. A senhora Westenra me confidenciou que sua sorte está lançada, doença do coração, embora a coitada da filha ainda não saiba. Tenho certeza de que há algo afligindo a mente da minha menina querida. Fico quase fora de mim ao pensar nela, e vê-la me dá pontadas. Contei que pediria que você viesse vê-la. Embora ela no início objetasse (e eu bem sei por quê, velho camarada), no final concordou. Será um trabalho árduo para você, eu sei, meu amigo, mas é pelo bem dela; nem devo eu hesitar em pedir, nem deve você hesitar em agir. Venha almoçar em Hillingham amanhã, às duas horas, para não levantar nenhuma suspeita na senhora Westenra, e após o almoço Lucy providenciará uma oportunidade de estar sozinha com você. Eu chegarei para o chá e poderemos ir embora juntos; estou transbordando de ansiedade e quero me consultar sozinho com você assim que possível, depois que você a tiver visto. Não falhe!

Arthur

### Telegrama de Arthur Holmwood para Seward

**1º de setembro**

Fui convocado a ver meu pai, que piorou. Escrevo. Mande carta completa para Ring esta noite. Telegrafe se necessário.

### Carta do doutor Seward para Arthur Holmwood

**2 de setembro**

Meu querido e velho amigo,

Quanto à saúde da senhorita Westenra, apresso-me em torná-lo imediatamente ciente de que, na minha opinião, não existe nenhum distúrbio funcional nem moléstia que conheça. Ao mesmo tempo, não estou de modo nenhum satisfeito com a aparência dela; está brutalmente diferente do que estava quando a vi pela última vez. É claro que você deve manter em mente que não tive a oportunidade ideal de examiná-la como gostaria; nossa própria amizade representa uma pequena dificuldade que nem a ciência médica nem os costumes conseguem superar. É melhor eu lhe contar exatamente o que aconteceu, deixando que você, de certa forma, chegue às próprias conclusões. Passo então a contar o que fiz e o que proponho que seja feito.

Encontrei a senhorita Westenra em aparente boa disposição. A mãe estava presente, e em segundos percebi que Lucy se esforçava ao máximo para enganar a mãe e evitar que a senhora ficasse ansiosa. Não tenho dúvida de que ela adivinha a necessidade de cautela, se é que já não tem certeza.

Nós almoçamos sozinhos; como todos nos esforçamos para estar alegres, tivemos, como uma espécie de recompensa por nosso empenho, um pouco de alegria verdadeira entre nós. Então a senhora Westenra foi deitar-se e Lucy ficou comigo. Fomos à antessala do quarto dela e até chegarmos lá sua vivacidade permaneceu, pois havia criados indo e vindo. Assim que a porta se fechou, porém, a máscara caiu de seu rosto, e ela afundou em uma poltrona com um suspiro profundo, e escondeu os olhos com as mãos. Quando vi que a jovialidade a tinha abandonado, imediatamente aproveitei a reação dela para fazer um diagnóstico. E Lucy me disse, com muita doçura:

– Nem posso lhe dizer como abomino falar sobre mim mesma.

Eu a lembrei que o sigilo médico é sagrado, mas que você estava dolorosamente aflito. Ela entendeu de imediato aonde eu queria chegar, e resolveu o assunto com uma palavra:

– Diga ao Arthur o que quiser. Eu não me importo comigo, mas apenas com ele! De forma que estou bastante à vontade.

Percebi com facilidade que ela estava de algum modo sem sangue, mas não vi os sinais comuns de anemia; por acaso consegui testar a qualidade de seu sangue, pois, ao abrir uma janela que estava emperrada, uma vareta cedeu, e ela se cortou superficialmente no vidro partido. Foi um incidente desimportante em si mesmo, mas me deu a oportunidade de coletar uma evidência, e eu guardei umas gotas do sangue e as analisei. A análise qualitativa resultou em uma condição normal e demonstrou, devo inferir, um vigoroso estado de saúde. Em outras questões físicas, fiquei bastante satisfeito e não há motivo de preocupação; mas deve haver uma causa em algum lugar, e cheguei à conclusão de que deve ser algo mental. Ela se queixa de ter às vezes dificuldade para respirar de modo satisfatório e de um sono pesado e letárgico, com sonhos que a amedrontam, mas de cujo conteúdo ela não consegue absolutamente se lembrar. Lucy diz que quando criança costumava andar dormindo, que quando em Whitby esse hábito voltou e que uma vez ela saiu andando de noite e foi ao Despenhadeiro Leste, onde a senhorita Murray a encontrou; mas ela me garante que mais recentemente esse hábito não voltou. Estou em dúvida, e, portanto, fiz a melhor coisa em que pude pensar: escrevi para meu velho amigo e mestre, professor Van Helsing, de Amsterdã, que sabe sobre doenças obscuras mais do que qualquer um. Pedi a ele que viesse para cá, e como você me disse que todas as despesas correriam por sua conta, mencionei para ele quem você é e quais as suas relações com a senhorita Westenra. Isso, meu caro amigo, é em obediência aos seus desejos, pois eu estou mais do que orgulhoso e feliz por poder fazer por ela tudo que estiver ao meu alcance. Sei que por uma razão pessoal Van Helsing faria qualquer coisa por mim, então, independentemente do contexto em que ele venha, devemos aceitar o que ele quiser. Ele aparenta ser um homem tirânico, mas isso é porque sabe do que fala melhor do que qualquer um. É um filósofo, um metafísico e um dos cientistas mais avançados de sua época; e tem, creio, uma mente totalmente aberta. Isso, aliado a nervos de ferro, temperamento como um riacho de degelo, uma determinação inquebrantável, autodomínio, uma tolerância que se eleva das virtudes para as bênçãos, e o mais gentil dos corações pulsantes, constitui as ferramentas do nobre trabalho que ele está realizando pela humanidade; trabalho tanto teórico quanto prático, pois suas opiniões são tão amplas quanto sua solidariedade que tudo abrange. Eu lhe conto esses fatos para que você saiba por que deposito tamanha confiança nele. Pedi que ele viesse agora mesmo. Verei a senhorita Westenra de novo amanhã. Ela irá ao meu encontro em uma loja de departamentos, para que eu não alarme a mãe com uma visita tão precocemente repetida.

Sinceramente,

John Seward

### Carta de Abraham Van Helsing, doutor em Medicina, doutor em Filosofia, doutor em Letras, etc., etc., para doutor Seward

**2 de setembro**

Meu bom amigo,

Mal recebi sua carta e já estou indo ao seu encontro. Por sorte, posso partir imediatamente, sem desapontar ninguém que tenha confiado em mim. Se a fortuna fosse outra, seria ruim para aqueles que confiaram, pois venho ao meu amigo quando ele me chama para cuidar dos que lhe são caros. Diga ao seu amigo que quando, daquela vez, você rapidamente sugou do meu ferimento o veneno da gangrena daquela faca que aquele nosso outro amigo, nervoso demais, deixou escorregar, você fez mais por ele, quando ele requer minha ajuda e você a solicita, do que toda a melhor sorte do mundo poderia fazer. É um prazer a mais fazer isso por ele, seu amigo, mas é por você que eu vou. Reserve, portanto, quarto para mim no Hotel Great Eastern, para que eu possa estar perto, e, por favor, providencie para que vejamos a senhorita não muito tarde amanhã, pois é provável que eu tenha de voltar para cá à noite. Porém, se necessário, posso ir de novo em três dias e ficar mais tempo. Até lá, adeus, meu amigo John.

Van Helsing

### Carta do doutor Seward ao honorável Arthur Holmwood

**3 de setembro**

Meu querido Art,

Van Helsing veio e já foi. Ele me acompanhou a Hillingham e descobrimos que, graças à prudência de Lucy, a senhora Westenra estava almoçando fora, então ficamos sozinhos com ela. Van Helsing fez um exame cuidadoso da paciente. Ele vai se comunicar comigo, pois é claro que não estive presente o tempo todo, e o manterei informado. Quando contei a ele sobre a nossa amizade e como você confiou em mim para cuidar do assunto, ele disse:

– Você deve contar a ele tudo que você pensa. Conte a ele o que eu penso, se você conseguir adivinhar e quiser. Não, eu não estou brincando. Não se trata de galhofa, e sim de vida e morte, e talvez mais…

Perguntei o que ele queria dizer com isso, pois falava com muita seriedade. Isso foi quando tínhamos voltado à cidade, e ele estava tomando uma xícara de chá antes de começar o retorno para Amsterdã. Ele não me deu nenhuma outra pista. Você não deve se zangar comigo, Art, porque a própria reticência de Van Helsing significa que o cérebro dele está trabalhando pelo bem dela. Ele falará com suficiente clareza no momento certo, tenha certeza. Então disse a ele que simplesmente escreveria um relato da nossa visita, como se estivesse redigindo um artigo para *The Daily Telegraph*. Ele pareceu não ter notado, mas depois observou que a sujeira em Londres já não era tanta como na época em que ele estudou aqui. Devo receber o relatório dele amanhã, se conseguir produzi-lo. De qualquer forma, devo receber uma carta.

Bem, quanto à visita, Lucy estava mais alegre do que no dia em que a vi, e certamente tinha melhor aparência. Havia perdido um pouco do abatimento que tanto o aborreceu, e a respiração estava normal. Ela foi muito gentil com o professor (como sempre é) e tentou fazê-lo sentir-se à vontade, embora eu visse que a pobre moça estava fazendo um grande esforço para isso. Creio que Van Helsing também notou, pois vi sob suas sobrancelhas grossas aquela centelha que conheço há tanto tempo. Então ele começou a conversar sobre tudo, exceto nós mesmos e doenças, e com tal genialidade que percebi a animação fingida da coitada da Lucy se tornando realidade. Então, sem nenhuma alteração perceptível, ele com toda a gentileza trouxe a conversa para a visita, e falou, com suavidade:

– Minha cara jovem senhorita, meu prazer é enorme porque a senhorita é enormemente amada. Isso significa muito, dado tudo que não vejo. Eles me disseram que a senhorita estava abatida e horrivelmente pálida. Para eles, eu disse: *Puf!* – ele estalou os dedos na minha direção, e depois prosseguiu: – Mas a senhorita e eu vamos mostrar a eles como estão errados. Como poderia ele – e aqui Van Helsing apontou para mim com o mesmo olhar e o mesmo gesto com os quais certa vez me apontou durante uma aula, em uma ocasião específica, ou pouco depois dela, e que nunca falha em me recordar – saber qualquer coisa sobre uma jovem senhorita? Ele tem senhoras com quem se divertir e as quais trazer de volta à felicidade, ou à felicidade dos que as amam. Dá bastante trabalho, mas há recompensas por podermos proporcionar tanta felicidade a uma senhora. Mas senhoritas jovens! Ele não tem esposa nem filha, e os jovens não se abrem com os jovens, e sim com os velhos como eu, que conhecem muitos sofrimentos e as causas deles. Então, minha cara, vamos despachá-lo para fumar um cigarro no jardim, enquanto nós dois temos uma conversinha em particular.

Entendi a dica e saí, e pouco depois o professor veio até a janela e me chamou. Ele tinha um ar grave e disse:

– Eu realizei um exame cuidadoso, mas não há causa funcional. Com você eu concordo, houve muita perda de sangue; houve, mas não é. O quadro dela não é de forma nenhuma anêmico. Pedi que mandassem chamar a criada, para que eu faça apenas uma ou duas perguntas, para que não arrisque deixar escapar algo. Sei muito bem o que ela vai dizer. Ainda assim, há uma causa; há sempre uma para tudo. Preciso voltar para casa e pensar. Você deve me enviar um telegrama todos os dias; e, se houver necessidade, eu voltarei. A doença, pois estar não totalmente bem é uma doença, me interessa, e a doce jovem senhorita, ela me interessa também. Ela me enfeitiçou e por ela, se não por você ou pela doença, eu voltarei.

Como lhe disse, ele não falou mais nenhuma palavra, mesmo quando ficamos sozinhos. Então, Art, agora você sabe tudo o que eu sei. Manterei atenta vigilância. Espero que seu pobre pai esteja recobrando as forças. Deve ser uma coisa terrível, meu bom e velho amigo, estar em tal posição entre duas pessoas tão queridas para você. Conheço seu sentido de dever para com o seu pai, e você está certo em cumpri-lo; mas, se for necessário, mandarei chamá-lo para junto de Lucy; então, não se aflija demais, a menos que receba notícias minhas.

## Registros do doutor Seward

### 4 de setembro

Paciente zoófago mantém nosso interesse. Teve só uma explosão e foi ontem, em um horário incomum. Pouco antes do meio-dia, começou a ficar agitado. O auxiliar reconheceu os sintomas e imediatamente reuniu ajuda. Por sorte os homens chegaram depressa, e bem a tempo, pois ao meio-dia em ponto ele se tornou tão violento que precisaram usar toda a força para contê-lo. Em cerca de cinco minutos, porém, começou a ficar mais e mais calmo, e por fim caiu numa espécie de melancolia, e nesse estado permanece até agora. O auxiliar me contou que os gritos do paciente, durante o paroxismo, foram verdadeiramente assombrosos; fiquei assoberbado de trabalho ao chegar, cuidando de alguns outros pacientes que estavam assustados por causa dele. De fato, entendo totalmente o efeito, pois os barulhos perturbaram até a mim, e eu estava a alguma distância. Agora, pouco após a hora do jantar no hospício, meu paciente segue encolhido no canto; tem uma aparência cismada, sombria, enfastiada e pesarosa que parece mais indicar alguma coisa do que mostrar abertamente. Não entendo.

* * *

### Mais tarde

Mais uma mudança no meu paciente. Às cinco horas da tarde fui vê-lo e ele parecia tão feliz e contente quanto costumava ser. Estava caçando e comendo moscas, e mantendo registro das capturas através de marcas que fazia com as unhas na beirada da porta entre as saliências almofadadas. Quando me viu, aproximou-se, desculpou-se por sua má conduta e me pediu, de um jeito muito humilde e bajulador, para ser levado de volta ao próprio quarto e ter de novo posse do caderninho de anotações. Achei por bem agradá-lo, então ele está de volta ao quarto, que tem a janela aberta. Espalhou o açúcar do chá no parapeito e está amealhando uma boa quantidade de moscas. Não as está comendo, e sim pondo em uma caixa, como antigamente, e já examinando os cantos do quarto em busca de uma aranha. Tentei induzi-lo a falar sobre os últimos dias, pois qualquer pista de seus pensamentos seria de imensa ajuda para mim, mas ele não se deixou levar. Por um instante pareceu muito triste, e falou, com uma voz distante, como se conversando mais com ele mesmo do que comigo:

– Tudo acabado! Tudo acabado! Ele desertou de mim. Nenhuma esperança para mim agora, a menos que eu faça sozinho!

Então, voltando-se resolutamente em minha direção, acrescentou:

– Doutor, o senhor não seria bondoso comigo e me deixaria ter um pouquinho mais de açúcar? Acho que seria bom para mim.

Eu respondi:

– E as moscas?

– Sim! As moscas também gostam; por isso eu gosto. E há pessoas que sabem tão pouco que imaginam que loucos não argumentam.

Eu lhe garanti um suprimento duplo, e quando fui embora ele estava, suponho, tão feliz quanto qualquer outro homem. Gostaria de compreender a mente dele.

* * *

### Meia-noite

Mais uma mudança nele. Fui visitar a senhorita Westenra, que encontrei muito melhor, e tinha acabado de voltar; estava de pé junto ao portão apreciando o pôr do sol, quando o ouvi gritar de novo. Como o quarto dele fica naquele lado do prédio, pude ouvir melhor do que pela manhã. Para mim, foi um choque desviar-me da maravilhosa beleza esfumaçada de um entardecer sobre Londres, com suas luzes pálidas, sombras escuras e todas as maravilhosas tonalidades que tingem as nuvens carregadas e a água turva, e me deparar com a severidade dura do meu próprio prédio de pedra, com sua abundância de ar miserável, e meu próprio coração desolado para suportar tudo isso.

Cheguei até ele quando o Sol se punha, e da janela vi o mergulho do disco vermelho. Enquanto o sol baixava, o frenesi do paciente diminuía; e quando se pôs de vez, Renfield escorregou das mãos que o seguravam e tombou no chão como uma massa inerte. É maravilhoso, apesar de tudo, o poder de recuperação intelectual que os lunáticos apresentam, pois em poucos minutos ele se pôs de pé, muito calmo, e olhou em volta. Sinalizei aos auxiliares para que não o segurassem, pois estava ansioso para ver o que ele faria. O paciente foi direto até a janela e espanou os grãos de açúcar; depois pegou a caixa com moscas e a esvaziou lá fora, em seguida atirou longe a caixa; então fechou a janela, atravessou o cômodo e sentou-se na cama. Tudo isso me surpreendeu, então perguntei:

– Você não vai mais guardar moscas?

E ele respondeu:

– Não. Estou farto dessa bobagem.

Ele é com toda a certeza um maravilhoso caso de estudo. Gostaria muito de ter algum vislumbre de sua mente ou da causa de suas fúrias súbitas. Pode haver uma pista, afinal, se conseguirmos descobrir por que, hoje, os ataques ocorreram ao meio-dia e ao entardecer. Pode ser que em alguns períodos haja no sol alguma influência maligna que afeta certos tipos de temperamento, como às vezes a lua afeta outros? Veremos.

## Telegrama de Seward, Londres, para Van Helsing, Amsterdã

**4 de setembro**

*Paciente ainda melhor hoje.*

## Telegrama de Seward, Londres, para Van Helsing, Amsterdã

**5 de setembro**

*Paciente claramente melhor. Bom apetite; dorme bem; bom humor; cor voltando.*

**Telegrama de Seward, Londres, para Van Helsing, Amsterdã**

**6 de setembro**

*Mudança acentuada para pior. Venha de imediato; não perca um minuto. Seguro telegrama para Holmwood até ver você.*

# Capítulo X

## Diário de Mina Murray

**Carta do doutor Seward para honorável Arthur Holmwood**

Meu caro Art,

As notícias de hoje não são tão boas. Lucy teve uma pequena recaída de manhã. No entanto, uma coisa boa derivou disso: a senhora Westenra estava, naturalmente, ansiosa por causa de Lucy e quis minha opinião profissional. Eu aproveitei a oportunidade e contei a ela que meu velho mestre, Van Helsing, o grande especialista, estava a caminho e que eu a colocaria sob os cuidados conjuntos dele e meu. Então, agora, podemos ir e vir sem alarmar a pobre mãe indevidamente, pois um choque significaria sua morte certa, e isso, na atual condição de Lucy, poderia ser desastroso. Estamos cercados de dificuldades, todos nós, meu velho amigo; mas queira Deus que possamos todos superá-las bem. Se preciso, tornarei a escrever; assim, se você não receber notícias de minha parte, esteja seguro de que só estou esperando novidades.

Seu amigo,

John Seward

**Registros do doutor Seward**

**7 de setembro**

A primeira coisa que Van Helsing me disse quando nos encontramos na Rua Liverpool foi:

– Você contou alguma coisa ao nosso jovem amigo, namorado dela?

– Não – eu respondi –, esperei até encontrar o senhor, como disse no telegrama. Escrevi para ele uma carta contando simplesmente que o senhor estava a caminho, já que a senhorita Westenra não estava muito bem, e que o manteria informado.

– Certo, meu amigo – ele falou. – Muito bom! É melhor que ele não saiba, por enquanto; talvez nunca deva saber. É o que espero; porém, se necessário, ele saberá tudo. Meu bom amigo John, eu preciso alertá-lo. Você lida com loucos. Todos os homens são loucos de uma forma ou de outra; e na mesma medida em que você discretamente lida com os seus loucos, lida Deus com os loucos também: o resto do mundo. Você não conta aos seus loucos o que faz ou por quê; você não lhes conta o que pensa. Então você deve manter seu conhecimento no devido lugar, onde ele possa descansar, onde possa atrair saberes semelhantes e procriar. Você e eu vamos, por ora, manter o que sabemos aqui e aqui. – Enquanto falava, ele me tocou no coração e na testa, e depois em si próprio nos mesmos pontos. – Tenho aqui comigo, agora, certos pensamentos. Mais tarde revelarei a você.

– Por que não agora? – eu quis saber. – Poderia ser positivo; poderíamos chegar a uma decisão.

Ele parou, olhou para mim e falou:

– Meu amigo John, quando o milho cresce, mesmo antes de amadurecer, quando o leite da mãe terra ainda está nele, e o sol ainda não o tingiu de dourado, o agricultor puxa a espiga, esfrega-a entre suas mãos ásperas e sopra a palha verde, dizendo: “Olha! É um bom milho; será uma boa safra, quando a hora chegar”.

Não entendi a correlação e lhe disse isso. Como resposta, ele tomou minha orelha nas mãos e a puxou de brincadeira, como costumava fazer muito tempo atrás durante as aulas, e disse:

– O bom agricultor diz isso quando sabe, mas não até saber. E você não encontra o bom agricultor escavando o milho plantado para ver se está crescendo; isso é para crianças que brincam de agricultura, não para os que têm nela o trabalho de sua vida. Entende, amigo John? Eu plantei o meu milho, e agora a Natureza tem o próprio trabalho a realizar: fazê-lo brotar; se houver brotos, haverá esperança; e eu vou esperar até que a espiga comece a inchar.

O professor se interrompeu, pois evidentemente notou que eu tinha entendido. E continuou, com grande gravidade:

– Você sempre foi um aluno atento, e seu caderno era sempre mais completo que o dos outros. Você era apenas um estudante na ocasião; agora é um mestre, e espero que não tenha abandonado aquele bom hábito. Lembre-se, meu amigo, de que o conhecimento é mais forte do que a memória, e que não devemos confiar na mais fraca. Mesmo que você não tenha mantido o bom costume, deixe-me dizer que este caso da nossa senhorita querida pode, e note que digo "pode", ser de tal interesse para nós e outros que todo o resto pode não pesar na balança, como sua gente diz. Portanto, mantenha atentamente os registros. Nada é desimportante. Eu o aconselho: registre até suas dúvidas e suposições. No futuro, você poderá julgar interessante conferir quanto acertou. Nós aprendemos com a falha, e não com o sucesso!

Quando descrevi os sintomas de Lucy, os mesmos de antes, porém infinitamente mais acentuados, ele ficou muito preocupado, contudo não disse nada. Trouxe consigo uma maleta na qual havia muitos instrumentos e remédios, "a parafernália medonha da nossa benéfica atividade", como ele certa vez chamou, em uma de suas aulas, o equipamento de um professor das artes da cura. Fomos recebidos e encaminhados para dentro, e a senhora Westenra veio ao nosso encontro. Ela estava alarmada, mas nem perto do tanto que eu esperava. A Natureza, em um de seus humores benfazejos, ordenou que até a morte tenha algum antídoto contra seus próprios terrores. Aqui, um caso em que qualquer choque poderia revelar-se fatal, os assuntos foram arranjados de forma que coisas não pessoais, até mesmo a mudança terrível na filha a quem ela é tão ligada, parecem não afetá-la. É como se a senhora Natureza envolvesse um corpo estranho com um tecido insensível, que consegue proteger do mal aquilo que, do contrário, ela poderia prejudicar pelo contato. Se isso é um egoísmo ordenado, então deveríamos pensar melhor antes de condenar alguém pelo vício do egocentrismo, pois pode haver raízes mais profundas para suas causas do que as que conhecemos.

Usei meu conhecimento dessa fase da patologia espiritual e baixei uma regra segundo a qual a senhora Westenra não deveria estar na presença de Lucy nem pensar sobre a doença dela mais do que o necessário. Ela concordou prontamente, tão prontamente que mais uma vez enxerguei a mão da Natureza lutando pela vida. Van Helsing e eu fomos conduzidos ao quarto de Lucy. Se eu tinha me chocado ao vê-la ontem, fiquei horrorizado ao vê-la hoje. Estava péssima, lívida como giz; o vermelho parecia ter abandonado até seus lábios e suas gengivas, e os ossos da face se destacavam agudamente; a respiração era dolorosa de se ver e ouvir. O rosto de Van Helsing ficou duro como mármore, e as sobrancelhas convergiram até quase se tocarem acima do nariz. Lucy estava deitada imóvel e não parecia ter força para falar, então por um período todos ficamos em silêncio. Em seguida o professor me fez um sinal e saímos com discrição do quarto. No instante em que fechamos a porta, ele andou muito depressa pelo corredor até a porta seguinte, que estava aberta, entrou, puxou-me para dentro, fechou a porta e exclamou:

– Meu Deus! Isso é pavoroso. Não há tempo a perder. Ela morrerá pela mera falta do sangue necessário ao bom funcionamento do coração. Uma transfusão precisa ser feita agora mesmo. Será você ou eu?

– Eu sou mais jovem e mais forte, professor. Serei eu.

E ele então disse:

– Apronte-se imediatamente. Vou trazer a maleta. Vim preparado.

Desci a escada com ele e enquanto passávamos houve uma batida à porta da frente. Chegamos ao saguão e a criada tinha acabado de abrir, e Arthur estava entrando a toda velocidade. Ele correu para mim, dizendo com um sussurro aflito:

– Jack, eu estava tão angustiado. Li nas entrelinhas de sua carta e entrei em agonia. Meu pai está melhor, então corri para cá a fim de ver com meus olhos. Este não é aquele cavalheiro, doutor Van Helsing? Sou-lhe tão grato, senhor, por ter vindo.

Quando o professor pela primeira vez pousou o olhar no recém-chegado, estava zangado pelo momento impróprio da interrupção; mas depois, tomando ciência das robustas proporções de Arthur e da virilidade forte e jovem que ele parecia exalar, seus olhos brilharam. Sem uma pausa ele lhe disse, enquanto estendia a mão para cumprimentá-lo:

– Em que boa hora você chegou, noivo de nossa querida senhorita. Ela está mal, muito, muito mal. Não, minha criança, não fique assim.

Arthur de repente empalideceu e afundou na poltrona, à beira do desmaio.

– Você vai ajudá-la. Você pode fazer mais do que qualquer outro vivente, e sua coragem é sua melhor ajuda.

E com voz rouca meu amigo perguntou:

– O que eu posso fazer? Diga, e eu farei. Minha vida pertence a Lucy e eu daria minha última gota de sangue por ela.

O professor tem um lado divertido bem acentuado, e, por conhecimentos que tenho há muito tempo, consegui identificar o rastro de sua origem na resposta dele:

– Meu jovem cavalheiro, não pedirei tanto assim; a última gota, não!

– O que devo fazer?

Havia fogo em seus olhos, e as narinas dilatadas fremiam intensamente. Van Helsing deu-lhe um tapinha no ombro.

– Venha! Você é um homem, e é um homem o que queremos. Você é melhor do que eu, melhor do que meu amigo John.

Arthur estava confuso, e o professor prosseguiu, explicando com delicadeza:

– A jovem senhorita está mal, muito mal. Ela precisa de sangue, e sangue ela há de ter, ou morrerá. Meu amigo John e eu deliberamos e estamos prestes a executar o que se chama transfusão de sangue: transferir das veias cheias de um para as veias vazias e necessitadas de outro. John ia doar, por ser mais jovem e forte do que eu.

A essa altura Arthur pegou minha mão e a apertou com força, em silêncio.

– Mas agora você está aqui, e você é melhor do que nós, jovem ou velho, que se esfalfam demais no mundo do pensamento. Nossos nervos não são tão calmos e nosso sangue, não tão brilhante quanto o seu!

Arthur se virou para Van Helsing e disse:

– Se o senhor soubesse com que satisfação eu morreria por ela, o senhor entenderia…

E parou, engasgado.

– Bom rapaz! – respondeu Van Helsing. – Em um futuro não muito distante, você ficará feliz por ter feito tudo por aquela a quem tanto ama. Agora venha e fique em silêncio. Você poderá beijá-la uma vez antes de acabar, mas depois precisará ir embora; e precisará ir quando eu sinalizar. Não diga uma palavra para a senhora; você conhece a condição dela! Não pode haver nenhum choque, e qualquer conhecimento a esse respeito configuraria um. Venha!

Subimos todos ao quarto de Lucy. Arthur, assim orientado, ficou do lado de fora. Lucy virou a cabeça e olhou para nós, mas não disse nada. Não estava dormindo – simplesmente estava fraca demais para o esforço. Seus olhos falavam conosco. Van Helsing tirou algumas coisas da maleta e pousou-as em uma mesinha fora do alcance da vista dela. Então manipulou um sedativo e, aproximando-se da cama, disse, com voz animada:

– Agora, minha senhorita, aqui está seu remédio. Beba, como uma boa menina. Veja, vou erguê-la para que engolir fique mais fácil. Isso.

Ela teve sucesso no esforço que fez.

Eu me espantei com a demora da droga para fazer efeito. Isso, na verdade, indicava a extensão de sua fraqueza. Pareceu um tempo interminável até que o sono começou a pesar sobre suas pálpebras. Por fim, o narcótico começou a evidenciar seu poder, e ela caiu em um sono profundo. Quando o professor ficou satisfeito, chamou Arthur para dentro do quarto e lhe pediu para tirar o casaco, acrescentando:

– Você pode dar aquele beijinho enquanto eu trago a mesa. Amigo John, ajude-me!

Nenhum de nós olhou quando ele se curvou sobre ela. Virando-se para mim, Van Helsing falou:

– Ele é tão jovem, forte e de sangue tão puro que não precisamos desfibrinar.

Então, com rapidez, mas com absoluto método, Van Helsing executou o procedimento. Conforme a transfusão acontecia, algo semelhante à vida pareceu voltar às bochechas da pobre Lucy, e, embora Arthur estivesse cada vez mais pálido, a alegria parecia fazer seu rosto luzir. Após um momento, comecei a me sentir ansioso, pois a perda de sangue estava afetando Arthur, mesmo sendo ele um homem tão forte. Aquilo me deu uma ideia da tensão terrível sofrida pelo sistema de Lucy, pois o que tão claramente enfraqueceu Arthur apenas parcialmente a restaurou. Mas o rosto do professor estava impassível, ele ficou de pé observando, com o relógio na mão, olhos na paciente e em Arthur. Eu conseguia ouvir meu coração bater. Dali a pouco ele disse, com voz suave:

– Não se mexa por um instante. Já basta. Cuide dele, eu vou cuidar dela.

Quando tudo acabou, vi como Arthur estava fraco. Cobri a pequena abertura em seu braço e o tomei para tirá-lo dali; Van Helsing falou, sem se voltar para trás, como se tivesse olhos atrás da cabeça:

– O valente enamorado, creio, merece mais um beijo, que deve ter agora mesmo.

Tendo concluído o procedimento, arrumou o travesseiro da paciente. Quando fez isso, a estreita tira de veludo preto que parecia estar sempre em torno do pescoço dela, presa por um fecho de diamante presenteado pelo noivo, foi arrastada um pouco para cima, revelando uma marca vermelha na pele. Arthur não percebeu, mas ouvi o sibilar da inspiração profunda que é um dos modos de Van Helsing de trair suas emoções. Ele não disse nada naquele instante, mas depois se virou para mim e disse:

– Agora, leve para baixo nosso bravo amante, dê-lhe vinho do Porto e deixe-o descansar um pouco. Depois ele deve ir para casa descansar, dormir muito e comer muito, a fim de se reabastecer do que doou para a amada. Ele não deve ficar aqui. Espere! Um momento. Devo presumir, senhor, que esteja ansioso pelo resultado. Tenha em mente que sob todas as formas a operação foi bem-sucedida. Você lhe salvou a vida desta vez, e deve ir para casa certo de que fez tudo o que poderia ser feito. Eu contarei tudo a Lucy quando ela melhorar; sua futura esposa há de amá-lo ainda mais pelo que você fez. Até logo.

Quando Arthur havia partido, voltei para o quarto. Lucy estava dormindo suavemente, mas a respiração estava pesada; vi que a colcha se mexia conforme o peito dela ondulava. Ao lado da cama, Van Helsing estava sentado, observando-a intensamente. A fita de veludo cobria de novo a marca vermelha. Perguntei a ele, cochichando:

– O que o senhor acha da marca no pescoço dela?

– O que você acha? – ele me devolveu.

– Eu ainda não vi – respondi.

Na mesma hora comecei a afrouxar a fita. Bem acima da jugular externa havia duas perfurações, não grandes, mas tampouco de aparência saudável. Não existia sinal de doença, mas as bordas estavam brancas e desgastadas como se por alguma trituração. De imediato me ocorreu que o ferimento, ou fosse o que fosse aquilo, pudesse ser o meio pelo qual acontecia a perda de sangue, mas abandonei a ideia assim que ela se formou, pois uma coisa assim não era possível. A cama toda estaria ensopada e vermelha com o sangue que a moça provavelmente perdeu para atingir uma lividez como a que exibia antes da transfusão.

– E então? – Van Helsing perguntou.

– Bem… não consigo imaginar.

O professor se levantou.

– Preciso voltar a Amsterdã hoje à noite. Há livros e coisas lá que quero. Você deve ficar aqui a noite toda e não deve tirar os olhos dela.

Perguntei se deveria providenciar uma enfermeira, e ele respondeu:

– Nós somos os melhores enfermeiros, você e eu. Mantenha vigilância a noite toda; cuide para que ela seja bem alimentada e que nada a perturbe. Você não pode dormir. Mais tarde dormiremos, você e eu. Voltarei assim que possível, e então poderemos começar.

Perguntei com dúvidas:

– Poderemos começar? Do que o senhor está falando?

–Veremos! – Foi só o que ele disse, já correndo para fora; voltou um instante depois, pôs a cabeça para dentro e falou, com o indicador esticado: – Lembre-se, ela é responsabilidade sua. Se você se afastar e algum dano sobrevier, seu sono não há de ser tranquilo de hoje em diante!

## Registros do doutor Sweard, continuação

### 8 de setembro

Fiquei com Lucy durante a noite toda. O efeito do opioide passou perto do entardecer, ela acordou naturalmente e parecia uma pessoa diferente da que era antes do procedimento. Seu humor era bom e ela estava cheia de alegre vivacidade, mas eu enxergava as evidências da prostração absoluta pela qual havia passado. Assim que contei à senhora Westenra que o doutor Van Helsing havia me orientado a ficar com Lucy durante a noite, ela quase impacientemente descartou a ideia, apontando para a força renovada e a excelente disposição da filha. No entanto, mantive-me firme e tomei providências para a longa vigília. Quando a criada a tinha preparado para a noite, eu entrei, tendo nesse meio-tempo jantado, e me sentei junto à cabeceira. Ela não fez nenhuma objeção; de fato, olhou para mim com gratidão toda vez que nossos olhares se cruzaram. Após um longo período ela pareceu estar adormecendo, mas com um esforço se recompôs e afastou o sono. Isso se repetiu diversas vezes, com esforço crescente e a intervalos mais curtos conforme o tempo passava. Era evidente que ela não queria dormir, então abordei o assunto de uma vez.

– Você não quer dormir?

– Não. Tenho medo.

– Medo de dormir? Por quê? É a bênção pela qual todos ansiamos.

– Ah, não se você estivesse no meu lugar, se o sono fosse para você um presságio do horror!

– Um presságio do horror! O que você quer dizer?

– Não sei; ah, não sei. E é por isso que é tão horrível. Toda essa fraqueza me vem no sono. Agora temo até a ideia de adormecer.

– Mas, minha querida, esta noite você pode dormir. Estou aqui vigiando, e prometo que nada vai lhe acontecer.

– Ah, eu confio em você.

Aproveitei a oportunidade e disse:

– Prometo que, se vir qualquer indício de pesadelo, vou acordá-la imediatamente.

– Vai? Vai mesmo? Ah, você é tão bom para mim. Então vou dormir!

E dizendo isso soltou um profundo suspiro de alívio, recostando-se, já adormecida.

Durante toda a noite eu a observei. Não se mexeu, dormiu sem interrupções um sono profundo, tranquilo, revigorante e saudável. Seus lábios estavam ligeiramente entreabertos e o peito subia e descia com a regularidade de um pêndulo. Havia um meio sorriso em seu rosto e era evidente que nenhum pesadelo perturbava sua paz de espírito.

De manhã cedo veio a criada, deixei Lucy sob os cuidados dela e fui para casa, pois estava ansioso com muitas coisas. Mandei um telegrama curto para Van Helsing e para Arthur, contando a ambos sobre o excelente resultado da operação. Precisei do dia inteiro para cuidar dos atrasos e acúmulos do meu próprio trabalho; já estava escuro quando consegui perguntar sobre meu paciente zoófago. O relatório foi bom; ele tinha estado bastante calmo no dia anterior e na última noite. Chegou um telegrama de Van Helsing de Amsterdã enquanto eu estava jantando, sugerindo que eu fosse para Hillingham à noite, pois talvez fosse útil estar disponível, e afirmando que ele partiria com o correio noturno e se juntaria a mim cedo pela manhã.

* * *

**9 de setembro**

Eu estava bastante cansado quando cheguei a Hillingham. Durante duas noites, mal tinha fechado os olhos, e meu cérebro começava a manifestar aquele torpor que caracteriza a exaustão cerebral. Lucy estava acordada e bem-disposta. Quando estendeu a mão para me cumprimentar, observou meu rosto agudamente e disse:

– Nada de vigilância para você esta noite. Você está exaurido. Estou bem de novo, estou mesmo; se for para haver alguém velando o sono de alguém, serei eu a velar o seu.

Não tinha como argumentar, então fui jantar. Lucy me acompanhou e, avivado por sua presença, fiz uma refeição excelente e tomei algumas taças do vinho do Porto mais do que maravilhoso. Então Lucy me conduziu para cima e mostrou um quarto contíguo ao dela, onde uma lareira acolhedora estava acesa.

– Pronto, você fica aqui. Deixarei a porta aberta e a do meu quarto também. Você pode se deitar no sofá, pois sei que nada poderia convencer um de vocês, médicos, a ir para a cama havendo um paciente no horizonte. Se eu quiser qualquer coisa, chamarei, e você chegará em um instante.

Só pude aquiescer, pois estava exausto e não conseguiria ter vigiado mesmo se tivesse tentado. Assim, diante da promessa renovada de que ela me chamaria se precisasse de qualquer coisa, deitei no sofá e me esqueci completamente de tudo.

## Caderno de anotações de Lucy Westenra

### 9 de setembro

Estou tão feliz esta noite. Tenho estado tão terrivelmente fraca que conseguir pensar e me mexer é como sentir o calor do sol depois de um longo período de vento leste soprando de um céu de aço. De alguma forma, sinto Arthur muito próximo de mim. Parece que sinto a presença aconchegante dele ao meu redor. Suponho que a doença e a fraqueza sejam coisas egoístas que voltam nossos olhos internos e nossa compaixão para nós próprios, ao passo que a saúde e a força dão rédeas ao amor, e em pensamento e sentimento ele possa vagar por onde queira. Sei onde os meus pensamentos estão. Se Arthur soubesse! Ah, meu querido, meu amado, suas orelhas devem arder no seu sono como as minhas ardem enquanto estou acordada. Ah, o repouso abençoado de ontem à noite! Como eu dormi, com o bondoso e querido doutor Seward me vigiando. Esta noite, não receio adormecer, pois ele está ao alcance de um chamado. Obrigada a todos por serem tão bons para mim! Obrigada, Deus! Boa noite, Arthur.

## Registros do doutor Seward

### 10 de setembro

Tomei consciência da mão do professor na minha cabeça e em um instante estava totalmente acordado. É algo que se aprende no hospício.

– Como está nossa paciente?

– Estava bem quando a deixei, ou melhor, quando ela me deixou – respondi.

– Venha, vamos vê-la – ele disse, e juntos entramos no quarto.

As cortinas estavam baixadas e fui em silêncio suspendê-las, enquanto Van Helsing se dirigiu, com seus suaves passos felinos, até a cama. Quando ergui o cortinado e o sol matutino encheu o quarto, ouvi o silvo baixo da inspiração do professor e, ciente de como isso é raro, um medo mortal atingiu meu coração. Quando me aproximei, ele se afastou, e sua exclamação de terror "*Gott im Himmel!*" [Deus do céu] não precisava do reforço de sua expressão angustiada. Ele levantou a mão e apontou para a cama; seu rosto de ferro estava torcido e cinza-pálido. Meus joelhos começaram a tremer.

Ali na cama, parecendo inconsciente, estava a pobre Lucy, mais horrivelmente lívida e macilenta do que nunca. Até os lábios estavam brancos e as gengivas pareciam haver se distanciado dos dentes, como às vezes vemos em um cadáver após doença prolongada. Van Helsing levantou o pé para pisotear o chão de raiva, mas o instinto de toda uma vida e os muitos anos de hábito o detiveram, e ele o pousou devagar.

– Rápido! Traga conhaque!

Voei para a sala de jantar e voltei com a garrafa. Com a bebida, ele umedeceu os lábios descorados e juntos nós esfregamos as palmas, pulsos e peito. Ele ouviu o coração e, após alguns poucos minutos de suspense angustiante, falou:

– Não é tarde demais. Está batendo, embora muito fraco. Todo o nosso trabalho se perdeu; precisamos recomeçar. Não há o jovem Arthur aqui agora; devo convocar você pessoalmente desta vez, amigo John.

Enquanto falava, ele remexeu na maleta e de lá tirou os instrumentos para a transfusão; eu tirei o casaco e enrolei a manga da camisa. Não havia possibilidade de ministrar ópio no momento, nem necessidade dele; assim, sem perder um instante, começamos o procedimento. Após um tempo, que não pareceu curto, pois a drenagem do sangue de uma pessoa, mesmo quando a doação é feita de todo o coração, é uma sensação terrível, Van Helsing levantou o dedo indicador, alertando-me:

– Não se mexa, pois receio que, sentindo-se mais forte, ela desperte, e isso seria perigoso, ah, muito perigoso. Mas tomarei uma precaução. Darei a ela uma injeção hipodérmica de morfina.

Com grande destreza e velocidade, ele começou a levar a cabo sua intenção. O efeito sobre Lucy não foi ruim, pois o desmaio pareceu se converter sutilmente em um sono narcótico. Foi com um sentimento de orgulho pessoal que vi um discreto laivo de cor romper a palidez das bochechas e dos lábios. Nenhum homem sabe, até viver pessoalmente a experiência, o que é sentir o próprio sangue ser injetado nas veias da mulher que ele ama. O professor me observava com olhar crítico.

– Basta – ele disse.

– Já? O senhor tirou muito mais do Art – eu protestei.

Ao que Van Helsing, com uma espécie de sorriso melancólico, respondeu:

– Ele é o amado dela, o noivo. Você tem trabalho, muito trabalho a fazer por ela e por outros; por ora, isso será suficiente.

Assim que suspendemos a operação, ele foi cuidar de Lucy, enquanto apliquei pressão na minha própria incisão. Deitei e aguardei que ele tivesse um instante livre para cuidar de mim, pois me sentia um pouco enjoado e à beira de desmaiar. Dali a pouco ele fez um curativo no meu braço e me disse para ir lá embaixo tomar uma taça de vinho. Quando eu estava saindo do quarto, ele veio atrás de mim e falou, à meia-voz:

– Atente que nada deve ser dito a este respeito. Se nosso jovem enamorado surgir inesperadamente, como da última vez, nem uma palavra. Isso iria ao mesmo tempo assustá-lo e enciumá-lo, e nenhuma dessas coisas deve ocorrer. Está bem?

Quando voltei, ele me observou cuidadosamente e comentou:

– Você não parece muito melhor. Vá para o quarto, deite no sofá e descanse um pouco; depois tome um bom café da manhã e volte aqui.

Segui suas ordens, pois compreendia como eram certas e sábias. Tinha feito a minha parte, e agora meu dever era manter-me forte. Sentia-me muito fraco, e em meio à fraqueza havia perdido algo do maravilhamento diante do que tinha ocorrido. Adormeci no sofá, porém perguntando-me de novo e de novo como Lucy poderia ter sofrido tamanho retrocesso e sido drenada de tanto sangue, sem que nenhum sinal tivesse ficado para demonstrar a perda. Creio que continuei o questionamento durante o sonho, pois, acordado e dormindo, meus pensamentos sempre voltavam às pequenas perfurações em seu pescoço e à aparência irregular e exaurida de suas bordas, mesmo sendo tão minúsculas.

Lucy dormiu bem durante o dia e quando acordou estava bastante melhor e mais forte, embora não tanto quanto no dia anterior. Depois que Van Helsing a examinou, saiu para dar um passeio e a deixou aos meus cuidados, com instruções estritas de que eu não a deixasse nem por um instante. Ouvi sua voz no corredor perguntando sobre a agência de telégrafo mais próxima.

A noiva de meu amigo conversou à vontade comigo e parecia inconsciente de que algo havia acontecido. Tentei mantê-la entretida e interessada. A senhora Westenra veio vê-la, e tampouco pareceu perceber qualquer mudança, e me disse, com gratidão:

– Eu lhe devo tanto, doutor Seward, por tudo que tem feito, mas realmente, agora, não deve descuidar de si mesmo. O senhor está pálido, precisando de uma moça que olhe pelo senhor!

Enquanto ela falava, Lucy ruborizou, embora apenas por um momento, pois suas pobres veias não conseguiam manter por muito tempo um fluxo incomum na cabeça. A reação de Lucy pareceu excessiva em sua palidez generalizada, quando voltou para mim os olhos suplicantes. Sorri, assenti e pousei o dedo nos lábios: com um suspiro, ela afundou de volta nos travesseiros.

Van Helsing voltou algumas horas depois e me falou:

– Agora vá para casa, coma bastante e beba o suficiente. Faça-se forte. Ficarei aqui esta noite e vigiarei pessoalmente a senhorita. Você e eu acompanharemos o caso e devemos impedir que qualquer outra pessoa saiba. Tenho razões sérias. Não, não me pergunte quais; pense o que quiser. Não tema pensar inclusive nas mais improváveis. Boa noite.

No saguão, duas das criadas me abordaram perguntando se ambas ou uma delas não poderiam passar a noite com a senhorita Lucy. Imploraram que eu permitisse; quando falei que era desejo do doutor Van Helsing que somente ele ou eu vigiássemos, elas me pediram piedosamente que intercedesse por elas junto ao "cavalheiro estrangeiro". Fiquei muito comovido com a gentileza delas. Talvez porque eu esteja fraco no momento, ou talvez por ter sido em favor da Lucy que a devoção delas se manifestou; pois muitas e muitas vezes eu testemunhei exemplos semelhantes da doçura feminina. Voltei aqui a tempo para um jantar tardio, fiz a ronda e está tudo bem. Faço estes registros enquanto espero o sono. Está chegando.

* * *

### 11 de setembro

Esta tarde fui a Hillingham. Encontrei Van Helsing de excelente humor e Lucy muito melhor. Pouco após minha chegada, um grande pacote vindo do exterior foi entregue para o professor. Ele o abriu com muita apreensão; presumi isso, é claro; e mostrou um maço enorme de flores brancas.

– Isto é para você, senhorita Lucy – ele disse.

– Para mim? Oh, doutor Van Helsing!

– Sim, minha cara, mas não são para brincar, são remédio. – E Lucy contraiu o rosto.

– Não, não para serem tomadas como infusão ou de uma forma repulsiva, não precisa franzir esse charmoso narizinho arrebitado, ou deverei contar ao meu amigo Arthur sobre as aflições que ele terá de enfrentar ao ver tanta e tão amada beleza distorcida em uma careta. A-ha, minha bela senhorita, sim, leve seu belo nariz de volta ao lugar. Isso é medicinal, mas a senhorita não saberá como. Colocarei na janela, trançarei um colar bonito com elas e o colocarei em seu pescoço, para que durma bem. Ah, sim! Elas, como as flores de lótus, tornam seus problemas esquecidos. Têm o cheiro do infernal Rio Letes, e daquela fonte da juventude que os conquistadores procuraram no pântano das Flóridas e que tarde demais encontraram.

Enquanto ele falava, Lucy examinou e cheirou as flores. Depois as jogou longe, dizendo, meio rindo e meio enojada:

– Ah, professor, acho que o senhor está brincando comigo. Ora, essas flores são de alho comum.

Para minha surpresa, Val Helsing ficou de pé e falou com toda a severidade, o queixo de ferro projetado e as sobrancelhas espessas unidas:

– Nada de brincadeiras comigo; eu nunca gracejo! Há um propósito severo em tudo que faço, e eu a advirto para não se opor a mim. Cuide-se pelo bem dos demais, se não pelo próprio.

Então, vendo que a pobre Lucy estava assustada, como bem se justificava que estivesse, ele prosseguiu com mais gentileza:

– Ah, minha senhorita, minha querida, não tenha medo de mim. Só faço isso pelo seu bem; há muita virtude para a senhorita nessas flores ordinárias. Veja, eu as ponho no meu próprio quarto. Uso pessoalmente a mesma guirlanda que a senhorita há de usar. Mas silêncio! Nada de contar aos outros o que tantas questões levanta. Devemos obedecer, pois o silêncio é parte da obediência e a obediência vai levá-la mais forte e melhor aos braços amorosos que a aguardam. Agora, sente-se quieta por um momento. Venha comigo, amigo John, para ajudar a decorar o quarto com o alho, que veio de Haarlem, Holanda, onde meu amigo Vanderpool cria ervas em estufas o ano todo. Tive de telegrafar para ele ontem, ou elas não estariam aqui hoje.

Fomos ao quarto levando as flores conosco. As atitudes do professor eram certamente estranhas e não se encontravam em nenhuma farmacopeia que eu conhecesse. Primeiro, fechou as janelas e as trancou firmemente; depois, tomando um punhado de flores, esfregou-as em todos os caixilhos, como se para garantir que qualquer lufada que entrasse trouxesse consigo o cheiro do alho. Depois ele esfregou as hastes no batente da porta, acima, abaixo, em cada lateral, e em torno da lareira do mesmo modo. Tudo me parecia grotesco, e afinal falei:

– Bem, professor, sei que o senhor sempre tem uma razão para fazer tudo o que faz, mas isso está me confundindo. É bom não haver um cético aqui, ou ele diria que o senhor está fazendo um tipo de encantamento para afastar um mau espírito.

Começando a entrelaçar a guirlanda que Lucy usaria no pescoço, ele respondeu, em voz baixa:

– Talvez eu esteja!

Esperamos enquanto ela fazia a toalete noturna e, quando se deitou, o professor entrou e pôs o colar de flores em seu pescoço. As últimas palavras que disse a ela foram:

– Cuide para que não saia do lugar; e, ainda que o quarto fique abafado, não abra a janela nem a porta esta noite.

– Prometo – Lucy respondeu. – E obrigada mil vezes aos dois por tanta gentileza comigo. Ah, o que fiz para ser abençoada com amigos assim?

Tão logo partimos da casa na minha carruagem, que estava à espera, Van Helsing falou:

– Esta noite posso dormir em paz, e dormir é o que quero; duas noites de viagem, muita leitura no dia entre elas, muita ansiedade no dia a seguir e uma noite de vigília sem piscar. Amanhã cedo você me chama e viremos juntos ver nossa bela senhorita, muito mais forte pelo "encantamento" que fiz. *Ha! Ha!*

Ele parecia tão confiante que eu, ao recordar minha própria confiança de duas noites antes, e o resultado desastroso dela, fui tomado por um vago terror. Há de ter sido minha fraqueza que me levou a hesitar em contar isso ao meu amigo; mas isso só me fez sentir o medo com mais intensidade, como as lágrimas que não deixamos rolar.

# Capítulo XI

## Caderno de anotações de Lucy Westenra

### 12 de setembro

Todos eles são tão bons para mim. Eu adoro o querido doutor Van Helsing. Gostaria de saber por que ele ficou tão agitado por causa dessas flores. Ele me assustou, ficou francamente feroz. E mesmo assim devia ter razão, pois elas já me confortam. Por algum motivo, não temo ficar sozinha esta noite, e posso ir dormir sem medo. Não vou me importar com nada roçando a janela. Ah, a luta encarniçada que venho travando contra o sono com tanta frequência, ultimamente, o sofrimento com a falta de sono ou o sofrimento pelo medo de adormecer, com os terrores desconhecidos que ele traz! Que abençoadas são as pessoas cuja vida não inclui medos nem sustos; para quem dormir é uma bênção noturna que não traz nada além de sonhos doces. Bem, cá estou eu esta noite, esperando pelo sono, deitada como Ofélia no teatro, com "a guirlanda virginal e flores espalhadas". Nunca antes gostei de alho, mas esta noite ele é uma delícia. Há paz em seu perfume; já sinto o sono chegando. Boa noite a todos.

## Registros do doutor Seward

### 13 de setembro

Contatei o Hotel Berkeley e encontrei Van Helsing na hora marcada, como sempre. A carruagem pedida pelo hotel estava aguardando. O professor apanhou a maleta, que agora carrega sempre consigo.

Deixe-me registrar tudo com exatidão. Van Helsing e eu chegamos a Hillingham às oito horas. Estava uma manhã adorável; o sol brilhante e o ar fresco do início do outono pareciam o encerramento do trabalho anual da natureza. As folhas estavam assumindo lindas cores, mas não tinham ainda começado a cair das árvores. Quando entramos, nos deparamos com a senhora Westenra saindo da sala íntima. Ela sempre acorda cedo; cumprimentou-nos calorosamente e anunciou:

– Os senhores vão gostar de saber que Lucy está melhor. Minha criança amada ainda está dormindo. Espiei em seu quarto e a vi, mas não entrei, para não a incomodar.

O professor sorriu e pareceu radiante. Esfregou as mãos e falou:

– A-ha! Pensei que tinha diagnosticado o caso. Meu tratamento está funcionando.

Ao que a senhora Westenra respondeu:

– O senhor não deve tomar para si todo o crédito, doutor. O estado de Lucy nesta manhã se deve em parte a mim.

– O que quer dizer, minha senhora? – ele perguntou.

– Bem, durante a noite fiquei aflita pela pobre criança e fui ao quarto dela. Ela estava dormindo profundamente, tão profundamente que nem minha entrada a despertou. Mas o quarto estava terrivelmente abafado. Havia inúmeras daquelas flores horríveis e de cheiro forte por todo lado, e até algumas ao redor do pescoço dela. Temi que o odor pesado fosse excessivo para a coitada em sua fraqueza atual, então o retirei, e abri a janela um pouco para que entrasse ar fresco. O senhor vai ficar satisfeito ao vê-la, tenho certeza.

A senhora Westenra se afastou para a sala onde costumava tomar o café da manhã bem cedo. Enquanto ela falava, eu tinha observado o rosto do professor, e vi quando se tornou cinza-pálido. Ele havia sido capaz de manter o autocontrole enquanto a pobre senhora estava presente, pois conhecia sua condição de saúde e sabia como um choque era arriscado; ele de fato até sorriu para ela, quando lhe abriu a porta a fim de que passasse. Porém, no segundo em que ela desapareceu, ele me deu um puxão forte e súbito, entramos na sala de jantar e ele fechou a porta.

Então, pela primeira vez da vida, vi Van Helsing desmoronar. Ele pôs as mãos na cabeça em um tipo de desespero mudo, depois juntou as palmas e as manteve unidas em total desamparo; por fim, sentou-se em uma cadeira, cobriu o rosto com as mãos e começou a gemer e dar soluços altos e secos que pareciam brotar das profundezas de seu coração. Então ergueu os braços de novo, como que apelando ao universo.

– Deus! Deus! Deus! O que nós fizemos, o que esta pobre criatura fez, para ser tão dolorosamente atormentada? Estará entre nós uma condenação, enviada do mundo pagão antigo, para que tais coisas ainda existam, e desta forma? Essa mãe, coitada, de tudo ignorante, e agindo segundo seu melhor julgamento, faz uma coisa dessas, condenar o corpo e a alma da filha! E não podemos lhe contar e não podemos nem mesmo alertá-la, ou ela morre, e então morrem ambas. Oh, que provação! Como podem estar todos os poderes malignos contra nós?

Subitamente, ele se pôs de pé e chamou:

– Venha, venha, precisamos ver e agir. Demônios ou não demônios ou todos os demônios de uma vez, não importa; vamos combatê-los do mesmo jeito.

Ele voltou ao saguão para pegar a maleta e juntos subimos para o quarto de Lucy.

Mais uma vez, suspendi as cortinas enquanto Van Helsing se dirigiu à cama. Desta vez, porém, ele não se chocou, como antes, ao encarar o pobre rosto, que tinha a mesma aparência horrível, lívido como cera. Exibiu um olhar de tristeza grave e infinita piedade.

– Como eu esperava – ele murmurou, com o significativo silvo na inspiração. Sem uma palavra, foi até a porta e a trancou, e depois começou a montar na pequena mesa os instrumentos para mais uma operação de transfusão de sangue. Havia muito eu tinha reconhecido a necessidade, e começado a tirar o casaco, mas ele me interrompeu com a mão espalmada: – Não. Hoje você faz o procedimento. Eu vou fornecer. Você está enfraquecido, já.

Enquanto falava, tirou o casaco e arregaçou a manga da camisa. De novo a operação, de novo o narcótico, de novo algum retorno de cor às bochechas cinzentas e a respiração regular do sono saudável. Desta vez fiquei vigiando, enquanto Van Helsing se recolheu para descansar.

Algum tempo depois, ele aproveitou uma oportunidade e disse à senhora Westenra que ela não deveria remover nada do quarto de Lucy sem o consultar; que as flores tinham propósito medicinal e que a inalação de seu perfume era parte do processo de cura. Então assumiu pessoalmente o caso, dizendo que ficaria vigiando esta noite e a próxima e que mandaria me chamar quando fosse para eu voltar.

Depois de uma hora Lucy acordou, fresca e luminosa, parecendo não muito pior devido à ordália terrível. O que tudo isso significa? Começo a me questionar se o longo costume de viver entre os insanos está começando a produzir efeitos sobre meu próprio cérebro.

## Caderno de anotações de Lucy Westenra

### 17 de setembro

Quatro dias e noites de paz. Estou ficando tão forte de novo que mal consigo me reconhecer. É como se eu tivesse atravessado um longo pesadelo, acordado e encontrado ao meu redor o lindo brilho do sol e o frescor do ar da manhã. Tenho uma meia lembrança fugidia de períodos longos e angustiantes de espera e medo; de uma escuridão na qual não havia nem mesmo uma pontada de esperança que tornasse mais doloroso o sofrimento atual: e depois longos períodos de esquecimento e a subida à superfície da vida como um mergulhador que volta à tona atravessando a grande pressão da água. Desde, porém, que o doutor Van Helsing tem estado comigo, todos os maus sonhos parecem ter sumido; os ruídos na janela, que tanto me assustavam, as vozes distantes que me soavam tão próximas; os barulhos ásperos que vinham não sei de onde e me comandavam a fazer tampouco sei o quê: tudo cessou. Agora, vou para a cama sem nenhum medo do sono, nem tento ficar acordada. Tornei-me grande fã de alho, e uma caixa cheia deles chega para mim diariamente, vinda de Haarlem. Esta noite o doutor Van Helsing vai embora, pois precisa ir a Amsterdã por um dia. Mas não preciso ser observada; estou bem o bastante para ser deixada sozinha. Graças a Deus por minha mãe, pelo meu querido Arthur e por todos os nossos amigos que têm sido tão gentis! Nem devo perceber a diferença, pois na última noite o doutor Van Helsing cochilou na cadeira quase o tempo todo. Eu o vi adormecido duas vezes quando acordei; mas não tive medo de dormir de novo, apesar de galhos, ou morcegos, ou outra coisa terem batido quase com raiva nos vidros da janela.

## The Pall Mall Gazette, 18 de setembro

### A fuga do lobo
### A arriscada aventura do nosso entrevistador
### Entrevista com o guarda do Jardim Zoológico

Após muitos pedidos e quase tantas recusas, e perpetuamente usando as palavras "The Pall Mall Gazette" como um tipo de talismã, consegui encontrar o zelador da seção do Jardim Zoológico na qual o setor dos lobos está incluído. Thomas Bilder mora em um chalé na área cercada atrás de onde vive o elefante, e estava se preparando para o chá quando o encontrei. Thomas e a esposa são pessoas acolhedoras, já maduras, sem filhos, e, se o tipo de hospitalidade com que me receberam for a média do que costumam oferecer, devem levar uma vida bem animada. O zelador não quis falar sobre o que chamou de "negócio" até que o jantar acabasse e estivéssemos todos satisfeitos. Então a mesa foi limpa, ele acendeu o cachimbo e disse:

– Agora, sinhô, o sinhô pode me preguntar o que quiser. O sinhô vai me perdoar que eu não quis falar de assunto porfissional antes da refeição. Dou o chá dos lobos, chacais e hienas do nosso setor antes de começar a fazer preguntas pra eles.

Para incentivá-lo a entrar em modo comunicativo, questionei:

– Como assim, fazer perguntas para eles?

– Bater na cabeça deles com um pau é um jeito; coçar as orelhas deles é outro, quando algum sinhô quer se mostrar pras sinhoras. Pra mim não tem porblema o pirmeiro jeito antes do jantar deles, mas espero até eles tomar o digestivo e o cafezinho, por modo de falar, antes de eu tentar a coçadinha na orelha. O sinhô repara – ele acrescentou, filosoficamente –, tem muita coisa em comum entre nós e os bichos. O sinhô vem aqui me preguntar preguntas do meu trabalho, e eu todo azedo. Foi só pela meia libra que o sinhô me deu que eu não expulsei o sinhô antes de responder. Nem quando o sinhô preguntou muito zombeteiro se eu queria que o sinhô fosse pedir pro superintendente se o sinhô podia me fazer pregunta. Sem querer ofender, eu disse pro sinhô ir pros inferno?

– Disse.

– Quando o sinhô falou que o sinhô ia me denunciar por linguagem obscena, isso foi bater na minha cabeça com o pau; mas a meia libra acomodou tudo. Eu não ia brigar, então esperei a comida e fiz com meu pórpio rugido o que os lobos e leões e tigres fazem. Mas agora Deus Nosso Sinhô está com o sinhô; minha velha botou bolo pra drento de mim e me amansou com chá; e eu estou pitando, então o sinhô não vai ouvir eu rosnar. Manda as preguntas. Eu já sei o que vem daí, é do lobo que fugiu.

– Exatamente. Quero que o senhor me dê sua opinião a respeito. Basta me contar como aconteceu; quando eu conhecer os fatos, vou pedir que me conte o que acredita ter sido a causa e como pensa que o caso vai terminar.

– Certo, doutô. Aí vai a história toda. Aquele lobo, o Bersicker, era um dos cinza que vieram da Noruega pra Jamrach e nós compramos quatro anos atrás. Ele era bonzinho e se portava bem, nunca deu nenhum porblema que eu possa falar. Estou espantado que é ele que escapou, mais espantado do que se fosse qualquer outro bicho daqui. Mas aí que o sinhô vê, não pode confiar em lobo mais que nas sinhoras.

– Não liga pra ele, sinhô! – interrompeu a senhora Bilder, com uma risada divertida. – Ele vive no meio de bichos há tanto tempo que virou ele pórpio um bicho também, mas não faz mal pra ninguém, não.

– Bom, sinhô, tinha passado duas horas depois de eu alimentar os bichos ontem quando ouvi uma confusão. Eu estava entertido na casa dos macacos, fazendo uma maca prum puma que caiu doente, mas, quando escuitei urro e uivo, vim na mesma hora. O Bersicker estava atacando as barras como uma coisa doida, como se quisesse sair. Não tinha muita gente naquele dia e perto só tinha um homem só, um sujeito comprido e magro, com nariz de gancho e barba de ponta com uns fios brancos no meio dela. Ele tinha um jeito duro e frio e uns olhos vermelhos e eu meio que desgostei dele, proque pareceu que era com ele que eles estavam irritados. Ele tinha luva branca na mão e apontou os bichos pra mim e falou: “Zelador, estes lobos parecem aborrecidos com alguma coisa". Daí eu falei: "Vai ver que é com o sinhô", proque não gostei do jeito metido dele. Ele não ficou bravo, que nem eu achei que ia ficar, mas sorriu de um jeito insolente com a boca cheia de dente branco afiado. "Ah, não, eles não iriam gostar de mim", ele respondeu. "Ah, mas eles iam, sim", eu falei, imitando o homem. "Eles sempre gostam dum ossinho ou dois pra palitar os dentes depois do chá, e de osso o sinhô tá cheio." Bom, daí foi esquisito, proque quando os bichos viram nós conversando, eles deitaram, e quando eu fui até o Bersicker ele deixou eu acarinhar as orelhas que nem sempre. Foi quando o homem chegou perto, e Deus é testemunha que ele botou a mão e coçou a orelha do lobo também! Eu alertei "Tome tenência que o Bersicker é ligeiro", e ele falou: "Não se preocupe, estou acostumado!". Eu perguntei: "O sinhô também está nesse negócio?" e tirei o chapéu, que um homem que mexe com lobos e entecéteras é um bom amigo pra um zelador. Ele falou assim: "Não, não exatamente no negócio, mas domestiquei vários", e nisso ele levantou o chapéu como um lorde e foi embora. O velho Bersicker ficou olhando até ele sumir das vistas, e depois foi deitar num canto e não saiu mais a noite toda. Bom, ontem de noite, assim que a lua subiu, os lobos começaram a uivar. Não tinha nada pra uivar. Não tinha ninguém perto, só uma pessoa que estava com toda evidência chamando o cachorro em algum ponto longe atrás dos jardins na estrada do parque. Eu até fui ver uma vez ou duas se estava tudo bem e estava, e daí o uivo parou. Um pouco antes da meia-noite, dei mais uma volta antes de entrar pra casa e, meu Nosso Sinhô!, se não é que quando cheguei na frente de onde velho Bersicker ficava eu vi as barras quebradas e torcidas e a jaula vazia. E isso é o que eu sei de certo.

– Alguém mais viu alguma coisa?

– Um jardineiro nosso estava na hora vindo de uma apersentação de música e viu um cachorrão cinza passando pelo canteiro do jardim. Pelo menos é isso que ele diz, mas eu não confio muito, proque ele não deu um pio pra sinhora dele quando foi pra casa, e foi só depois que a fuga do lobo ficou conhecida e que nós varamos a noite toda caçando o Bersicker no parque, daí foi que ele se lembrou de que tinha visto alguma coisa. Minha opinião é que a "música" subiu pra cabeça dele.

– Agora, senhor Bilder, o senhor teria alguma desconfiança quanto à fuga do lobo?

– Bom, sinhô – ele respondeu, com um surto suspeito de modéstia –, eu acho que tenho, mas não sei quanto que o sinhô vai ficar sastisfeito com a minha teoria.

– Certamente ficarei. Se um homem como o senhor, que conhece os animais por experiência própria, não puder arriscar um bom palpite, quem poderia?

– Bom, sinhô, eu acho assim, parece que o lobo fugiu simplesmente proque ele quis sair.

Pelo modo como tanto Thomas quanto a esposa riram da piada, entendi que ela já tinha sido usada antes e que toda aquela explicação havia sido somente um embuste bem elaborado. Não pude aceitar uma pilhéria vinda do franco Thomas, mas pensei que conhecia um caminho seguro até o coração dele, então falei:

– Agora, senhor Bilder, vamos considerar que esta primeira meia libra funcionou e que a irmã dela está esperando para ser entregue, quando o senhor tiver me contado o que acha que vai acontecer.

– Tá muito bem, meu sinhô – ele concordou, arredio. – O sinhô vai me perdoar, eu sei, por ter mangado do sinhô, mas minha velha aqui piscou pra mim, e isso é o mesmo que ela me falar pra prosseguir adiante.

– Eu? De jeito nenhum! – retrucou a senhora.

– A minha visão é assim, que aquele lobo se escondeu em alguma parte. O jardineiro esquecido falou que ele foi galopando pro rumo norte, e mais rápido do que um cavalo; mas eu não creio nele, sinhô, proque o sinhô vê, lobo não galopa mais do que cachorro, eles não têm essa constituição. Lobo é bicho lindo em livro de história, mas eu lhe digo que quando eles juntam em bando pra caçar alguma coisa, isso dá um medo do cão, e é um barulho dos inferno quando pegam a coisa, qualquer coisa. Mas, que Deus abençoe, na vida real o lobo é uma criatura mais pro inferior, tem nem metade da inteligência dum bom cão e nem metade dum quarto do poder de briga. Esse um não tem costume de brigar nem sabe caçar pra si; acho mais porvável que está na redondeza do parque, escondido e tremendo e pensando, se é que ele pensa, como que vai arrumar o café da manhã; ou quem sabe ele desceu pra algum lugar e está num porão de carvão. Pela minha ideia, uma cozinheira vai levar um susto desse tamanho, quando aquele olho verde piscar brilhante pra ela no meio do escuro! Se ele não conseguir comida, pode sair pra percurar, e pode ser que ache um açougue a tempo. Se não achar, e se uma ama-seca for passear com um soldado e descurar do carrinho, bom, daí eu não ia me espantar se o censo tivesse um bebê a menos. É isso.

Eu estava prestes a passar para ele a outra meia libra, quando algo bateu de leve na janela e, com a surpresa, o rosto do senhor Bilder ficou duas vezes mais comprido do que o normal.

– Nosso Sinhô me abençoe, se não é o velho Bersicker voltando sozinho!

Ele foi até a porta e a abriu, um procedimento que me pareceu absolutamente desnecessário. Sempre pensei que um animal selvagem nunca é tão bom como quando um obstáculo de dureza inquestionável está entre nós; uma experiência pessoal intensificou, mais do que diminuiu, esta ideia.

No fim, porém, nada supera o hábito, pois nem Bilder nem a esposa voltaram a pensar no lobo mais do que teriam pensado em um cachorro. O animal era pacífico e bem-comportado como o pai de todos os lobos de desenho; como em "Chapeuzinho Vermelho", mostrando-se amigo para ganhar sua confiança.

A cena inteira era uma mistura indescritível de comédia e piedade. O lobo malvado, que por metade de um dia havia paralisado Londres e deixado todas as crianças da cidade tremendo de medo, estava em um humor penitente e tinha sido recebido com festa como uma espécie de filho pródigo lupino. O velho Bilder o examinou por completo na mais terna solicitude, e ao terminar com o penitente disse:

– Aí que está, eu sabia que o coitado ia se meter em algum tipo de porblema, eu já não tinha falado? Espia a cabeça dele, toda cortada e cheia de caco de vrido. Ele tentou subir em algum muro ou coisa assim. É uma vergonha as pessoas poderem colocar caco de garrafa no alto dos muros. É isso que acontece. Vem, Bersicker.

O velho Bilder levou o lobo a uma jaula e o trancou com um pedaço de carne que cumpriu, ao menos quantitativamente, as necessidades elementares de uma celebração pelo retorno do desgarrado, e saiu para reportar os fatos à administração. Parti também, para reportar a única informação exclusiva transmitida hoje acerca da estranha fuga no zoológico.

## Registros do doutor Seward

### 17 de setembro

Após o jantar, eu estava dedicado aos meus livros e estudos, os quais, pela pressão de outros trabalhos e pelas muitas visitas a Lucy, estavam lamentavelmente atrasados. De repente a porta se abriu com força, e para dentro correu meu paciente, com o rosto distorcido de ira. Levei um grande susto, pois algo como um paciente ir por vontade própria ao escritório do superintendente é fato quase desconhecido. Sem um instante de pausa, ele me atacou. Renfield tinha na mão uma faca de refeição e, percebendo o perigo, tentei manter a mesa entre nós. Ele foi mais rápido e mais forte, no entanto; antes que eu conseguisse recuperar o equilíbrio, meu paciente havia me atingido e cortado meu pulso esquerdo com considerável severidade. Antes que pudesse me golpear de novo, porém, minha direita entrou em ação, e ele caiu de costas, esparramado no piso. Meu pulso sangrava muito, e uma pequena poça se formou no tapete. Vi que meu amigo não pretendia fazer novas investidas, e tratei de colocar uma bandagem no punho, mantendo o tempo todo um olhar atento para a figura prostrada. Quando os auxiliares chegaram às pressas, e nós voltamos nossa atenção para ele, o que vi me deixou francamente enjoado. Ele estava de bruços lambendo, como um cachorro, o sangue que tinha pingado do meu pulso ferido. Renfield foi facilmente dominado e, para minha surpresa, acompanhou os auxiliares em considerável placidez, apenas repetindo de novo e de novo:

– Sangue é vida! Sangue é vida!

No momento, não posso me dar ao luxo de perder sangue; o que perdi recentemente já é excessivo para o meu bem-estar físico, e a tensão prolongada da doença de Lucy e suas fases horríveis estão produzindo efeito sobre mim. Estou hiperagitado e exausto, preciso descansar, descansar, descansar. Felizmente, Van Helsing não me convocou, então não há necessidade de renunciar ao sono; esta noite eu não poderia passar bem sem ele.

## Telegrama de Van Helsing, na Antuérpia, para Seward, em Carfax

(Enviado para Carfax em Sussex, pois o condado não foi indicado; entregue com atraso de vinte e duas horas.)

### 17 de setembro

Não falhe em estar em Hillingham esta noite. Se não em vigília contínua, visite e veja que flores estejam postas; muito importante; não falhe. Estarei com você assim que possível após chegar.

## Registros do doutor Seward

### 18 de setembro

Indo para Londres de trem. A chegada do telegrama de Van Helsing me encheu de desespero. Uma noite inteira perdida, e por amarga experiência sei o que pode acontecer em uma noite. Claro que é possível que tudo esteja bem, mas o que pode ter ocorrido? Com certeza paira sobre nós uma condenação horrível, e todo incidente possível acontece, atrapalhando tudo que tentamos fazer. Levarei meu cilindro comigo e terminarei o registro no fonógrafo de Lucy.

## Memorando deixado por Lucy Westenra

### 17 de setembro

### Noite

Escrevo isto e deixo à vista para que ninguém, por nenhum acaso, tenha problemas por minha causa. Isso é um registro exato do que aconteceu esta noite. Sinto que estou morrendo de fraqueza, e mal tenho força para escrever, mas devo fazê-lo ainda que morra fazendo.

Fui para a cama como sempre, cuidando para que as flores ficassem posicionadas como o doutor Van Helsing instruiu, e logo adormeci.

Fui acordada por um roçar na janela, que começou depois daquela caminhada que fiz enquanto dormia no penhasco em Whitby, quando Mina me salvou, e que agora conheço tão bem. Não senti medo, mas desejei que o doutor Seward estivesse no quarto ao lado, como o doutor Van Helsing falou que estaria, para poder chamá-lo. Tentei dormir, mas não consegui. Então me veio o velho medo do sono, e decidi ficar acordada. Perversamente, o sono tentou me dominar quando eu não queria dormir; com medo de ficar sozinha, abri a porta e chamei:

– Tem alguém aí?

Não houve resposta. Receei acordar minha mãe, então fechei a porta de novo. Lá fora, vindo dos arbustos, ouvi um tipo de uivo, como o de um cachorro, porém mais feroz e profundo. Fui até a janela olhar, mas não vi nada além de um morcego, que tinha evidentemente batido as asas contra o vidro. Então voltei para a cama, ainda decidida a não dormir. Pouco depois a porta se abriu e minha mãe pôs a cabeça; notando pelo meu movimento que eu não estava dormindo, ela entrou, sentou-se ao meu lado e falou, com ainda mais doçura e suavidade do que é seu hábito:

– Estava inquieta por você, querida, e vim ver se você estava bem.

Temi que ela se resfriasse sentada ali, e pedi que viesse dormir comigo, então ela subiu na cama e se deitou ao meu lado; não tirou o roupão, pois disse que ficaria só um pouco e depois voltaria ao próprio quarto. Enquanto ela estava no meu abraço, e eu no dela, o roçar e bater na janela começou de novo. Minha mãe levou um susto, ficou um pouco sobressaltada e perguntou:

– O que foi isso?

Tentei acalmá-la e, por fim, consegui, ela ficou deitada, imóvel, mas eu escutava seu pobre coração ainda bater muito acelerado. Pouco depois, ouvi um uivo baixo outra vez nos arbustos, e dali a um instante algo se chocou contra a janela e muitos cacos de vidro se espalharam pelo chão.

A cortina subiu pela força do vento que entrou e na abertura entre os painéis quebrados da janela surgiu a cabeça de um lobo grande, cinzento e sombrio. Mamãe gritou de pavor, e lutou para se sentar, agarrando nessa tentativa tudo que pudesse usar como apoio. Entre outras coisas, agarrou a guirlanda de flores que o doutor Van Helsing insistiu que eu usasse em volta do pescoço, e a atirou longe. Durante um ou dois segundos ela ficou sentada apontando para o lobo, com um gorgolejo horrível na garganta; daí ela tombou, como se atingida por um raio, e a cabeça dela bateu na minha testa e me deixou tonta por um momento. O quarto, e tudo ao redor, parecia rodopiar. Mantive os olhos fixos no buraco aberto, mas o lobo recolheu a cabeça; uma miríade de pequenos pontos pareceu entrar pela janela quebrada, flutuando em círculos como a estrutura de areia que os viajantes descrevem, quando há uma tempestade no deserto. Tentei me mexer, mas havia algum feitiço em mim, e o corpo da minha querida mãe, que parecia já estar esfriando, pois seu pobre coração tinha parado de bater, me empurrava para baixo; e por um período eu não me lembrei de mais nada.

O tempo não pareceu longo, porém foi muito, muito terrível, até que recuperei a consciência. Em algum veículo próximo, sinos fúnebres passavam badalando; os cachorros da vizinhança inteira estavam uivando; e no nosso arbusto, bem perto, um rouxinol cantava. Eu estava zonza e atordoada de sofrimento, terror e fraqueza, mas o canto do rouxinol parecia a voz da minha mãe morta voltando para me confortar. Os sons pareceram ter acordado as criadas também, pois ouvi seus pés descalços passando do lado de fora da minha porta. Eu chamei, elas entraram; quando viram o que tinha acontecido, e o que estava deitado por cima de mim na cama, berraram. O vento soprou forte e a porta bateu. Elas suspenderam o corpo da minha querida mãe e o pousaram e cobriram com um lençol na cama, depois que me levantei. Elas estavam tão assustadas e nervosas que lhes falei para descer à sala de jantar e tomar, cada uma, uma taça de vinho. A porta se abriu por um instante e depois bateu de novo. As criadas gritaram e voaram até a sala de jantar; depositei no peito de minha falecida mãe as flores que encontrei. Quando já estavam lá, eu me lembrei do que o doutor Van Helsing tinha dito, mas não quis remover, e, além disso, eu agora teria algumas criadas comigo pelo resto da noite. Fiquei surpresa por elas não voltarem. Chamei, mas não tive resposta, então fui à sala de jantar procurar por elas.

Meu coração congelou quando vi o que tinha acontecido. As quatro estavam caídas no chão, em total abandono e respirando pesadamente. Na mesa, a garrafa de conhaque estava pela metade, mas pairava no ambiente um cheiro esquisito, acre. Fiquei desconfiada e examinei. Tinha cheiro de láudano. Olhando no aparador, descobri que a garrafa de xerez que o médico da minha mãe usa com ela – ah, usava! – estava vazia. O que vou fazer? O que devo fazer? Estou de volta ao quarto com a mamãe. Não posso deixá-la e estou sozinha, exceto pelas criadas inconscientes, drogadas por alguém. Sozinha com os mortos! Não me atrevo a sair, porque ainda ouço o uivo baixo do lobo através da janela partida.

O ar está cheio de partículas flutuando e girando na corrente de ar da janela, e as luzes queimam fracas em tom de azul. O que vou fazer? Deus me proteja esta noite! Vou esconder este papel no peito, onde eles o encontrarão quando vierem preparar meu corpo. Minha amada mãe, morta! É chegada a hora de eu ir também. Adeus, querido Arthur, se eu não sobreviver a esta noite. Deus o guarde, meu querido, e Deus me ajude!

# Capítulo XII

## Registros do doutor Seward

### 18 de setembro

Parti imediatamente para Hillingham e cheguei cedo. O cabriolé ficou no portão e subi sozinho o caminho até a casa. Bati de leve e toquei com delicadeza, por receio de perturbar Lucy ou a mãe dela, esperando atrair apenas um criado até a porta. Pouco depois, não obtendo uma reação, bati e toquei de novo; ainda nenhuma resposta. Praguejei contra a preguiça da criadagem que a retinha na cama até aquela hora, pois já eram dez da manhã, e assim bati e toquei mais uma vez, com impaciência, e mesmo assim sem resultado. Até este momento eu culpava apenas os criados, mas então um medo terrível começou a me assaltar. Seria aquela desolação mais um elo na corrente de tragédias que parecia nos envolver? Seria uma casa de mortos esta à qual eu tinha ido tarde demais? Sabia que minutos, e até segundos, de demora poderiam significar horas de perigo para Lucy, se ela houvesse novamente tido um daqueles episódios assustadores; então circundei a casa na tentativa de encontrar por acaso outra entrada em algum ponto.

Não achei meios de entrar. Todas as janelas e portas estavam fechadas e trancadas; perplexo, voltei à varanda. Ao fazer isso, ouvi galopes rápidos de cavalos conduzidos a grande velocidade. Eles pararam junto ao portão e poucos segundos depois encontrei Van Helsing subindo o caminho. Vendo-me, ele gritou:

– Então era você, e acabou de chegar. Como ela está? Estamos atrasados? Você não recebeu meu telegrama?

Respondi, tão depressa e coerentemente quanto consegui, que só havia recebido o telegrama mais cedo naquela manhã, que não tinha perdido um minuto ao partir e que não conseguia fazer com que ninguém na casa me ouvisse. Ele parou, tirou o chapéu e falou, solenemente:

– Temo que tenhamos vindo tarde demais. A vontade de Deus terá se cumprido! – Com sua habitual recuperação de energia, continuou: – Venha. Se não houver passagem aberta, teremos de fazer uma. O tempo urge para nós, agora.

Demos a volta até os fundos da casa, onde ficava a janela da cozinha. O professor tirou da maleta uma pequena serra cirúrgica e, passando-a para mim, apontou para as barras de ferro que guardavam a janela. Ataquei-as imediatamente e depressa havia serrado três. Depois, com uma lâmina fina e comprida, empurramos o fecho dos caixilhos e abrimos a janela. Ajudei o professor a entrar e o segui. Não encontramos ninguém na cozinha nem nos dormitórios dos criados, que ficavam perto dali. Tentamos todos os cômodos conforme avançamos, e na sala de jantar, mal iluminada pelos raios que atravessavam os postigos, encontramos quatro criadas deitadas no chão. Nem havia como imaginarmos que estivessem mortas, pois sua respiração estertorante e o cheiro acre do láudano no ambiente não deixavam dúvida sobre seu estado. Van Helsing e eu nos entreolhamos e conforme nos afastamos ele disse:

– Podemos cuidar delas mais tarde.

Subimos ao quarto de Lucy. Por um instante ou dois, nós paramos à porta para ouvir, mas não havia som nenhum que percebêssemos. Com rostos pálidos e mãos trêmulas, abrimos a porta delicadamente e entramos.

Como hei de descrever o que vimos? Na cama estavam deitadas duas mulheres, Lucy e a mãe. Esta última, mais distante, coberta com um lençol branco cuja borda havia sido afastada pela corrente de ar vinda da janela quebrada, e revelava um rosto torcido, lívido, no qual se via uma expressão de terror. As flores, que tinham estado ao redor do pescoço de Lucy, encontramos sobre o peito da mãe, e o pescoço da primeira estava nu, exibindo as duas pequenas feridas que já havíamos observado antes, mas parecendo horrivelmente brancas e laceradas. Sem uma palavra o professor se curvou sobre a cama, quase tocando o peito de Lucy; então ele fez um giro rápido com a cabeça, como quem escuta, e com um salto gritou para mim:

– Ainda não é tarde demais! Rápido, rápido, traga o conhaque!

Voei para baixo e voltei com ele, tomando o cuidado de cheirar e provar, não fosse o conteúdo estar adulterado com opioide como a garrafa de xerez que encontrei em cima da mesa. As criadas ainda respiravam, mas com menos esforço, e imaginei que o efeito do narcótico estava passando. Não fiquei para ter certeza, e sim voltei para Van Helsing. Ele esfregou o conhaque, como na outra ocasião, nos lábios, gengivas, pulsos e palmas de Lucy. Depois me disse:

– Eu posso fazer isso, e é tudo que pode ser feito no momento. Vá acordar aquelas moças. Bata no rosto delas com uma toalha úmida, e bata com força. Diga-lhes que consigam calor, acendam o fogo e preparem um banho quente. Esta pobre alma está quase tão fria quanto aquela ao lado. Ela precisará ser aquecida antes de podermos fazer qualquer outra coisa.

Fui no mesmo instante, e encontrei pouca dificuldade em despertar três das mulheres. A quarta era pouco mais do que uma menina e a droga a tinha afetado evidentemente mais, então a levantei, pus no sofá e deixei que dormisse. Primeiro estavam atordoadas; no entanto, conforme as lembranças voltaram, elas começaram a soluçar e chorar de maneira histérica. Fui severo com as mulheres e não permiti que conversassem. Disse-lhes que uma vida perdida já era suficientemente ruim, e que, se demorassem, iriam sacrificar a senhorita Lucy. Então, chorando e gemendo, elas partiram, meio vestidas como estavam, e prepararam fogo e água. Felizmente, o fogo se apresentava vivo na cozinha e nas caldeiras, e não houve falta de água quente. Conseguimos uma banheira, carregamos Lucy do jeito que estava vestida e a colocamos dentro. Enquanto estávamos ocupados esfregando seus membros, houve uma batida à porta de entrada. Uma das criadas saiu correndo, vestiu qualquer roupa por cima e abriu. Depois voltou e cochichou para nós que era um cavalheiro que tinha vindo com um recado do senhor Holmwood. Eu a instruí a simplesmente dizer-lhe que ele teria de esperar, pois não poderíamos receber ninguém naquele momento. Ela foi transmitir a mensagem e, absorto com o trabalho, esqueci-me totalmente dele.

Em toda a minha experiência, nunca vi o professor trabalhar com uma seriedade tão mortal. Eu sabia, como ele sabia, que era uma luta aberta contra a morte, e em um intervalo eu lhe disse isso. Ele respondeu de um modo que não entendi, porém com a aparência mais pétrea que seu rosto conseguia assumir:

– Se isso fosse tudo, eu pararia aqui onde estamos agora e deixaria que ela se fosse em paz, pois não vejo luz em seu horizonte de vida.

E retomou o trabalho, com renovado e mais frenético vigor, se isso era possível.

Pouco depois, ambos começamos a ter consciência de que o calor começava a fazer algum efeito. O coração de Lucy batia infimamente mais audível ao estetoscópio, e seus pulmões apresentavam um movimento perceptível. O rosto de Van Helsing quase resplandeceu, e, quando a levantamos da banheira e a embrulhamos em um lençol aquecido para secá-la, ele me disse:

– A primeira vitória é nossa! Ponto para o rei!

Levamos Lucy para outro quarto, que neste intervalo havia sido preparado, e a deitamos na cama; forçamos umas gotas de conhaque garganta abaixo. Notei que Van Helsing havia posto um lenço de seda em volta do pescoço dela. A paciente ainda estava inconsciente e tão mal quanto, se não pior, do que jamais a tínhamos visto.

Van Helsing chamou uma das mulheres e pediu-lhe que ficasse com Lucy e não tirasse os olhos dela até voltarmos, e depois me fez um sinal para sairmos do quarto.

– Precisamos deliberar sobre o que há de ser feito – ele me disse, enquanto descíamos a escada.

No saguão, o professor abriu a porta da sala de jantar, nós entramos e ele a fechou cuidadosamente atrás de si. As janelas tinham sido abertas, mas as cortinas estavam baixadas, com aquela obediência à etiqueta da morte que as mulheres inglesas e as classes mais baixas sempre observam rigorosamente. A sala estava, portanto, um pouco escura. Havia, porém, luz suficiente para os nossos propósitos. A seriedade de Van Helsing foi um pouco aliviada por certa aparência de espanto. Ele estava evidentemente dando voltas ao cérebro acerca de algo, então esperei um momento, e ele disparou:

– O que vamos fazer agora? Para onde nos voltaremos em busca de ajuda? Precisamos de outra transfusão de sangue, e logo, ou a vida daquela pobre menina não vai durar uma hora. Você já está exausto; eu estou exausto também. Receio confiar naquelas mulheres, mesmo que tivessem coragem de se submeter à operação. O que devemos fazer para conseguir alguém que abra suas veias por ela?

– Ora, mas qual é o problema comigo, afinal?

A voz veio de um sofá do outro lado da sala, e o timbre trouxe alívio e alegria ao meu coração, pois eram de Quincey Morris. Van Helsing reagiu com raiva ao primeiro som, mas seu rosto se suavizou e surgiu gratidão em seus olhos, quando eu gritei:

– Quincey Morris! – E corri em sua direção com as mãos esticadas. – O que o trouxe aqui? – perguntei, enquanto nos cumprimentávamos.

– O motivo foi Art. – E ele me entregou um telegrama.

> Sem notícia de Seward há três dias, terrivelmente ansioso. Não posso partir. Pai na mesma situação. Informe como está Lucy. Não demore. Holmwood.

– Acho que cheguei na hora certa. Você sabe que só precisa me dizer o que fazer.

Van Helsing deu rápidas passadas adiante, tomou a mão dele e falou encarando-o:

– O sangue de um homem de coragem é a melhor coisa neste mundo quando uma mulher está em perigo. Você é um homem e não há engano quanto a isso. Bem, o diabo pode trabalhar contra nós com toda a força, mas Deus nos envia homens quando precisamos deles.

Mais uma vez passamos por aquela operação medonha. Não tenho condição de narrar com detalhes. Lucy sofreu um choque terrível, que teve sobre ela um efeito maior do que antes, pois, apesar de bastante sangue ter ido para suas veias, o corpo não respondeu ao tratamento tão bem quanto nas ocasiões anteriores. A luta dela para voltar à vida foi algo assustador de se ver e ouvir. Apesar disso, tanto a atividade cardíaca quanto a pulmonar melhoraram, e Van Helsing ministrou uma injeção subcutânea de morfina, como antes, e com bom resultado. O desmaio dela se transformou em uma sonolência profunda. O professor ficou vigiando enquanto desci com Quincey Morris e orientei uma criada a ir pagar a um dos cocheiros que estavam esperando. Deixei Quincey deitado depois de tomar uma taça de vinho e disse à cozinheira que preparasse um café da manhã reforçado. Assim que entrei suavemente no quarto, encontrei Van Helsing segurando uma ou duas folhas de papel. Era óbvio que as tinha lido, e agora estava refletindo, sentado, com a cabeça apoiada na mão. Exibia um semblante satisfeito e impiedoso, como quando uma pessoa soluciona uma charada. Entregou-me o papel, dizendo apenas:

– Caiu quando carregamos Lucy para o banho.

Ao terminar de ler, fiquei estático olhando para o professor; depois perguntei:

– Em nome de Deus, o que significa tudo isso? Ela estava, ou está louca; ou que tipo de perigo tenebroso é esse?

Fiquei tão perplexo que não soube o que mais dizer. Van Helsing esticou a mão e retomou o papel:

– Não se preocupe com isso agora. Esqueça, por enquanto. Você saberá e entenderá quando a hora chegar; porém será mais tarde. E agora, o que foi que você veio me dizer?

E isso me trouxe de volta ao presente, e me recompus.

– Vim falar sobre a certidão de óbito. Se não agirmos adequadamente e com sabedoria, poderá haver um inquérito, e este papel teria de ser apresentado. Tenho esperança de não precisarmos de inquérito, porque, se precisarmos, isso com certeza vai matar a pobre Lucy, se nada mais conseguiu até agora. Eu sei, o senhor sabe e o outro médico que cuidava da senhora Westenra sabe que ela sofria de doença do coração; podemos atestar que ela morreu disso. Vamos preencher a certidão, e eu mesmo registrarei no cartório e de lá levarei para o agente funerário.

– Ótimo, meu amigo John! Bem pensado! Certamente a senhorita Lucy, se padece sob os inimigos que a acossam, ao menos encontra felicidade nos amigos que a amam. Um, dois, três abrem suas veias para ela, além de um velho. Ah, sim, eu sei, amigo John; não sou cego! Eu amo você ainda mais por isso! Agora vá!

No saguão, encontrei Quincey Morris, com um telegrama em que contava a Arthur que a senhora Westenra estava morta, que Lucy também tinha estado doente, mas vinha se recuperando, e que Van Helsing e eu estávamos com ela. Contei a ele aonde eu estava indo e ele me apressou, mas quando eu saía ele disse:

– Quando você voltar, Jack, podemos ter uma palavrinha em particular? – Ao que eu assenti.

Saí e não encontrei nenhum obstáculo para registrar a certidão, e combinei com o agente funerário local que viesse no fim do dia tirar as medidas para o caixão e cuidar dos demais procedimentos.

Ao voltar, encontrei Quincey à minha espera. Eu lhe disse que conversaríamos assim que eu tivesse notícias de Lucy, e subi ao quarto dela. Estava dormindo ainda, e o professor parecia não ter se mexido na cadeira ao lado da cama. Assim que ele pousou o dedo nos lábios, compreendi que ele esperava que ela despertasse a qualquer momento e que receava antecipar o ritmo da natureza. Então desci e levei Quincey para a sala de refeições, onde as cortinas não estavam baixadas, e por isso era mais alegre, ou menos triste, que os demais cômodos. Quando estávamos sozinhos, ele disse:

– Jack Seward, eu não quero me intrometer onde não tenho o direito de estar, mas este não é um caso comum. Você sabe que amei aquela moça e que quis me casar com ela; isso pertence ao passado, mas ainda assim não posso evitar sentir-me aflito por ela. Qual é o problema? O holandês, e que sujeito ótimo ele é, falou, quando vocês dois entraram no quarto, que teriam de fazer "mais uma" transfusão de sangue e que tanto você quanto ele estavam exaustos. Agora, eu bem sei que vocês, homens da medicina, conversam secretamente e que um leigo não deve esperar saber sobre o que falam em particular. Mas este não é um assunto comum e, seja o que for, eu fiz a minha parte. Não é assim?

– É assim – eu concordei.

– Suponho que você e Van Helsing já tenham feito o que eu fiz hoje. Não é mesmo?

– Sim.

– E acho que o Art, também. Quando eu o vi em casa, quatro dias atrás, ele estava estranho. Nunca vi algo decair tão rápido, desde que estive nos Pampas e uma égua, que eu adorava, desfaleceu. Um desses morcegos grandes que eles chamam de vampiro a tinha atacado durante a noite, e, depois de ele se banquetear e deixar as veias abertas, não sobrou sangue suficiente nela para que conseguisse ficar de pé, e eu precisei dar um tiro nela. Jack, se você pode me contar sem trair o sigilo profissional, Arthur foi o primeiro, não foi?

Enquanto falava, o pobre sujeito parecia terrivelmente angustiado. Estava em um suspense torturante acerca da mulher que ele amava, intensificado pela suprema ignorância do horrível mistério que parecia cercá-la. Seu coração sangrava e toda a hombridade dele, e havia uma respeitável porção dela, era necessária para evitar que desmoronasse. Fiz uma pausa antes de responder, pois senti que não deveria trair nada que o professor desejasse manter em segredo; mas Quincey já sabia tanto, e adivinhava tanto, que não havia razão para não responder, então repeti a frase:

– É assim.

– E há quanto tempo isto está acontecendo?

– Há cerca de dez dias.

– Dez dias! Então eu presumo, Jack Seward, que aquela pobre e linda criatura que todos nós amamos tenha tido transferido para suas veias, neste período, o sangue de quatro homens fortes. Homens robustos, e o corpo dela não reteve. – E então, aproximando-se de mim, ele cochichou, feroz: – O que está tirando o sangue dela?

Abanei a cabeça.

– Este é o enigma. Van Helsing está frenético e eu estou no meu limite. Nem consigo arriscar um palpite. Ocorreu uma série de pequenas circunstâncias que impediram nossos planos de vigiar Lucy adequadamente. Mas isso não vai acontecer de novo. Nós ficaremos aqui até que tudo esteja bem; ou mal.

Quincey estendeu a mão.

– Contem comigo. Você e o holandês vão me dizer o que fazer, e eu farei.

Quando acordou, no fim da tarde, o primeiro gesto de Lucy foi tatear o peito e, para minha surpresa, de lá tirou o papel que Van Helsing havia me dado para ler. O cuidadoso professor o tinha posto de volta no lugar, para que ao despertar ela não se alarmasse. Seu olhar então pousou em Van Helsing e em mim, e ficou grato. Em seguida ela olhou ao redor e, vendo onde estava, estremeceu; soltou um grito alto e levou as mãos magras ao rosto. Nós dois entendemos o que aquilo significava: Lucy tinha tomado plena consciência da morte da mãe; fizemos o que pudemos para tentar confortá-la. Sem dúvida a solidariedade a consolou um pouco, mas ela estava muito triste em pensamento e espírito e chorou por um longo tempo, em silêncio. Nós lhe dissemos que um de nós ou ambos estaríamos com ela o tempo todo, de agora em diante, e ela se acalmou um pouco. Ao entardecer, Lucy caiu em sonolência profunda. Então algo esquisito aconteceu. Enquanto dormia, ela tirou do peito o papel e o rasgou em dois. Van Helsing foi até lá e tirou dela os fragmentos. A despeito disso, porém, ela continuou a ação de rasgar, como se o material ainda estivesse em seu poder; por fim, ergueu as mãos e as abriu, como se espalhando os pedaços. Van Helsing pareceu surpreso e as sobrancelhas se juntaram em sinal de reflexão, mas ele nada disse.

* * *

**19 de setembro**

Durante toda a noite passada ela dormiu espasmodicamente, sempre receosa de adormecer e um tanto mais fraca quando acordava. O professor e eu fizemos turnos para vigiar e não a deixamos sozinha nem por um instante. Quincey Morris não disse nada sobre o que pretendia, mas eu vi que ao longo da noite toda ele patrulhou o entorno da casa.

Ao amanhecer, a luz do dia devassou o estrago no vigor de Lucy. Ela mal conseguia virar a cabeça, e a pouca nutrição que conseguia engolir não parecia fazer-lhe nenhum bem. Por vezes adormecia, e Van Helsing e eu percebíamos a diferença entre a vigília e o sono. Dormindo, ela parecia mais forte, embora mais cansada, e a respiração era mais suave; a boca entreaberta mostrava gengivas pálidas e recuadas dos dentes, os quais, deste modo, aparentavam ser mais compridos e afiados que o normal. Quando acordada, a suavidade no olhar evidentemente alterava sua expressão, pois ela parecia ela mesma, embora moribunda. À tarde ela perguntou por Arthur, e nós lhe telegrafamos. Quincey foi encontrá-lo na estação.

Assim que ele chegou eram quase seis horas, e o sol estava se pondo cheio e morno, as luzes vermelhas filtradas pela janela davam alguma cor às pálidas bochechas de Lucy. Quando a viu, Arthur simplesmente se engasgou de emoção, e nenhum de nós conseguiu falar. Nas horas que haviam transcorrido, os períodos de sono, ou do estado comatoso que fazia as vezes de sono, tinham se tornado mais frequentes, de forma que encurtaram as pausas que possibilitavam a conversa. A presença de Arthur, no entanto, pareceu agir como estímulo; ela se recompôs um pouco e conversou com ele mais animadamente do que havia conseguido desde nossa chegada. Ele também se refez e falou com toda a alegria que pôde, então se fez o melhor de tudo.

Agora é quase uma hora da madrugada, e Arthur e o professor estão com ela. Vou substituí-los em quinze minutos, e faço este registro no fonógrafo de Lucy. Até as seis horas, eles devem tentar descansar. Receio que amanhã nossa vigia terá fim, pois o choque foi grande demais e a pobre criança não consegue mais se recuperar. Deus nos ajude a todos.

### Carta de Mina Harker para Lucy Westenra

*(Não foi aberta por ela)*

**17 de setembro**

Queridíssima Lucy,

Parece que faz um século desde que tive notícias suas ou, na verdade, desde que eu lhe escrevi. Você vai me perdoar, eu sei, por todas as minhas faltas, quando tiver lido toda esta minha quantidade de notícias. Bem, trouxe meu marido de volta em segurança; quando chegamos a Exeter, havia uma carruagem à nossa espera, e dentro dela, apesar do ataque de gota, estava o senhor Hawkins. Ele nos trouxe para a casa dele, onde quartos bons e confortáveis estavam preparados para nós, e jantamos juntos. Após o jantar, o senhor Hawkins falou:

– Meus caros, quero brindar à sua saúde e prosperidade, e que todas as bênçãos recaiam sobre os dois. Eu os conheço desde crianças, e com amor e orgulho os vi crescer. Agora, quero fazer seu lar aqui comigo. Não me restam esposa nem filho, todos já se foram; no meu testamento, deixarei tudo para vocês.

Chorei, querida Lucy, quando Jonathan e o velho senhor se apertaram as mãos; nossa noite foi muito, muito feliz.

Então aqui estamos, instalados nesta linda casa antiga, e tanto do meu quarto quanto da saleta de vestir consigo ver os grandes olmos da catedral próxima, com os grandes galhos pretos se destacando contra o fundo de pedras amarelas da construção, e consigo também ouvir as gralhas crocitando, conversando e fofocando o dia todo, como gralhas fazem; e também os humanos. Estou ocupada, nem preciso lhe dizer, arrumando as coisas e cuidando da casa. Jonathan e o senhor Hawkins estão ocupados o dia inteiro também, pois agora o Jonathan é sócio, e o senhor Hawkins quer contar a ele tudo sobre os clientes.

Como está a sua querida mãe? Gostaria de poder ir à cidade por um dia ou dois para ver vocês, querida, mas ainda não me atrevo, com tanta responsabilidade sobre os ombros; e Jonathan ainda requer atenção. Está começando a ganhar um pouco de carne nos ossos, mas ficou horrivelmente fraco pela longa doença; mesmo agora ele ainda se assusta no sono, acorda de repente e treme muito, até que eu consiga induzi-lo de volta à placidez habitual. Entretanto, graças a Deus, esses episódios se tornam menos frequentes conforme os dias passam, e com o tempo cessarão por completo, espero. Agora que lhe contei minhas novidades, pergunto pelas suas. Quando você vai se casar e onde, quem vai celebrar a cerimônia, o que você vai vestir, será um casamento público ou privado? Conte-me tudo a respeito, querida; conte-me tudo sobre tudo, pois não há nada que interesse a você que não seja importante para mim. "Mande meus respeitos a ela", me pede Jonathan, mas não acho que isso esteja à altura do sócio minoritário da importante firma Hawkins & Harker; então, como você me ama e ele me ama e eu amo você de todas as formas e em todos os tempos verbais, mando em substituição todo o “amor” dele. Até logo, minha queridíssima Lucy, e tudo de bom para você.

Sua amiga,

Mina Harker.

### Relatório de Patrick Hennessey, doutor em Medicina, membro do Royal College of Surgeons, licenciado do King's and Queen's College of Physicians, Irlanda, etc., etc., para John Seward, doutor em Medicina

#### 20 de setembro

Meu prezado senhor,

Em cumprimento aos seus desejos, anexo relatório acerca de tudo que foi deixado sob meus cuidados. Quanto ao paciente Renfield, há mais a dizer. Ele sofreu outro surto, que poderia ter acabado de forma nefasta, mas que, felizmente, chegou ao fim sem resultados infelizes. Esta tarde uma carroça de transportadora, com dois homens, veio até a casa vazia cujo terreno se limita com o nosso, a casa para a qual, o senhor há de se lembrar, o paciente fugiu por duas vezes. Os homens pararam no nosso portão a fim de perguntar ao porteiro sobre o caminho, pois eram estrangeiros. Eu mesmo estava olhando pela janela do escritório, fumando após o jantar, e vi um deles aproximar-se da casa. Quando passou pela janela de Renfield, o paciente começou a repreendê-lo de dentro, e a chamá-lo de todos os xingamentos que conseguiu verbalizar. O homem, que parecia um indivíduo bem decente, contentou-se em dizer a ele para “calar esta boca suja de mendigo”, diante do que nosso homem o acusou de o estar roubando e de querer matá-lo, e disse que o impediria se ele continuasse. Abri a janela e fiz um sinal para que o homem desconsiderasse, então ele se satisfez, após dar uma espiada e perceber a que tipo de lugar tinha vindo, e disse:

– Deus abençoe o senhor, eu é que não vou ligar pro que me dizem de uma casa de doidos. Sinto muito pelo senhor e pelo diretor, que moram nessa casa com uma besta selvagem feito essa aí.

Então, com toda a civilidade, ele pediu instruções sobre o caminho, e eu lhe orientei onde ficava o portão da casa vazia; o estrangeiro se afastou, seguido por ameaças e xingamentos e ofensas do nosso homem. Eu desci para ver se descobria a causa de tanta raiva, já que Renfield é em geral um homem bem-comportado e, exceto pelos períodos de violência, nada do gênero havia jamais acontecido. Para meu espanto, encontrei-o bastante recomposto e com modos cordiais. Tentei induzi-lo a falar sobre o incidente, mas ele grosseiramente perguntou o que eu queria dizer e me levou a acreditar que havia se esquecido por completo do caso. Todavia, lamento dizer, isso foi apenas mais uma artimanha astuta, pois em meia hora eu o escutei de novo. Desta vez, ele havia fugido pela janela do quarto, e estava correndo pela rua abaixo. Gritei para que os enfermeiros me seguissem e parti atrás dele, receoso de suas intenções. Meu medo se justificou quando vi a mesma carroça que tinha passado antes vindo pelo caminho, tendo como carga grandes caixas de madeira. Os homens estavam enxugando a testa, muito corados, como se após exercício extenuante. Antes que eu conseguisse alcançá-lo, o paciente correu para eles, puxou um da carroça e começou a bater a cabeça do pobre contra o chão. Se eu não tivesse conseguido segurá-lo, ele teria matado o homem ali mesmo. O outro camarada pulou da carroça e bateu em Renfield com a empunhadura rígida do chicote. Fez um barulho terrível, mas ele não pareceu se importar; pelo contrário, agarrou aquele também e lutou contra nós três, puxando-nos e empurrando como se fôssemos gatinhos. O senhor sabe que não sou magro, e os outros eram também robustos. No começo o paciente brigou em silêncio, porém, conforme o fomos dominando, e os enfermeiros o puseram na camisa de força, ele começou a berrar:

– Vou frustrá-los! Eles não me roubarão! Não vão me matar aos poucos! Lutarei por meu Senhor e Mestre!

E todo tipo de delírio incoerente semelhante. Foi com considerável dificuldade que o trouxemos de volta e o pusemos na sala acolchoada. Um dos enfermeiros, Hardy, quebrou um dedo, mas já cuidei disso e ele está bem.

No início, os dois carregadores se mostraram ferozes em suas ameaças de ação por danos, prometendo jogar sobre nós todas as penalidades da lei. As ameaças, porém, foram suavizadas por um pedido de desculpas indireto pela derrota de ambos frente a um louco fraco. Disseram que, se não fosse pela força que haviam gastado na suspensão e no deslocamento das caixas para a carroça, teriam feito picadinho dele. Outra razão que deram para a derrota foi o extraordinário estado de sede a que estavam reduzidos pela natureza poeirenta de sua ocupação, e pela distância condenável entre o local de trabalho e qualquer ponto onde alguém pudesse se divertir. Entendi a dica; após um considerável copo de álcool, ou mais do que um, e tendo cada qual recebido uma libra, minimizaram o ataque e se juraram dispostos a encontrar um doido ainda pior, fosse quando fosse, pelo prazer de encontrar um "sujeito tão danado de bom" quanto este seu correspondente. Peguei o nome e o endereço deles, caso venham a ser necessários. São os seguintes: Jack Smollet, de Dudding's Rents, na King George's Road, Grande Walworth; e Thomas Snelling, Alameda Peter Farley, Guide Court, Bethnal Green. Estão ambos empregados na Harris & Filhos Companhia de Transporte e Embarque, em Orange Master's Yard, no Soho.

Cuidarei de mantê-lo informado sobre qualquer fato de interesse que ocorra aqui e mandarei telegrama de imediato, caso seja algo importante.

Despeço-me cordialmente, prezado senhor.
Fielmente,
Patrick Hennessey

## Carta de Mina Harker para Lucy Westenra

*(Não foi aberta por ela)*

### 18 de setembro

Minha queridíssima Lucy,

Um golpe triste se abateu sobre nós. O senhor Hawkins faleceu subitamente. Alguns poderiam imaginar que para nós não seria tão triste, mas nós dois viemos a amá-lo tanto que realmente parece que perdemos um pai. Nunca conheci pai nem mãe, e por isso o falecimento do querido senhor é mesmo um choque para mim.

Jonathan está também muito abalado. Não é que sinta apenas tristeza, uma tristeza profunda, pelo bondoso e querido homem de quem foi amigo por toda a vida, e que agora no fim o tratou como a um filho, deixando-lhe uma fortuna que, para pessoas de origem tão modesta quanto nós, está além das fronteiras do sonho; Jonathan sente a perda de outra forma. Ele afirma que a responsabilidade que isso traz a seus ombros o deixa nervoso. Ele começa a duvidar de si. Tento animá-lo, e minha confiança nele o ajuda a ter autoconfiança. Mas é aqui que o grave choque que ele vivenciou se revela com mais força. Ah, é muito duro que uma natureza doce, simples, nobre e forte como a dele (uma natureza que lhe permitiu, por meio do nosso bom e querido amigo, ascender de escriturário a sócio em poucos anos) tenha sido tão prejudicada que a própria essência de seu vigor tenha sumido. Perdoe-me, querida, se eu a preocupo com meus problemas em meio à sua própria felicidade; mas, Lucy querida, eu preciso falar com alguém, pois o esforço de manter uma aparência confiante e alegre perante Jonathan me exaure, e eu não tenho mais ninguém em quem possa confiar. Receio ir a Londres, como precisaremos, depois de amanhã; pois o pobre senhor Hawkins determinou em testamento que seu corpo deve ser enterrado na sepultura do pai. Como não há parentes de nenhum tipo, Jonathan terá de se encarregar de tudo. Tentarei correr para vê-la, minha querida, ainda que por poucos minutos. Perdoe-me por perturbá-la. Deus a abençoe.

Com amor,
Mina Harker.

## Registros do doutor Seward

### 20 de setembro

Somente a determinação e o hábito possibilitam que eu faça o registro desta noite. Estou tão infeliz, deprimido e enjoado do mundo e de tudo nele, eu mesmo incluído, que não me importaria minimamente se neste instante ouvisse o bater de asas do anjo da morte. E bem que, por algum motivo, ele vem de algum tempo para cá agitando essas asas sombrias: a mãe de Lucy, o pai de Arthur e agora... Mas deixe-me continuar com o meu trabalho.

Diligentemente substituí Van Helsing na observação de Lucy. Queríamos que Arthur também fosse descansar, mas no começo ele se recusou. Foi só quando eu lhe disse que precisaríamos de sua ajuda durante o dia, e que não deveríamos todos desmoronar por falta de repouso, senão Lucy sofreria as consequências, que ele concordou em ir. Van Helsing, muito gentil, aconselhou a ele:

– Venha, meu rapaz, venha comigo. Você está doente e fraco e tem muito sofrimento e muita dor mental, além da taxa que cobramos da sua força, como sabemos. Não deve ficar sozinho, pois estar só é estar sobressaltado e cheio de medos. Venha ao quarto de vestir, onde há uma grande lareira e dois sofás. Você se deitará em um e eu no outro, e nossa solidariedade vai nos confortar, mesmo que não conversemos e até se dormirmos.

Arthur foi com ele, lançando ao sair um olhar ansioso para Lucy, que estava recostada, quase mais branca do que a fronha. Ela permanecia imóvel, e eu olhei em volta do quarto para checar que tudo estivesse como deveria. Notei que o professor havia mantido neste quarto, como no anterior, o propósito de empregar alho; todas as frestas das janelas recendiam a ele, e no pescoço de Lucy, por cima do lenço de seda que Van Helsing a tinha feito manter, repousava uma coroa das mesmas flores odorosas. Lucy respirava com alguma dificuldade e o rosto estava como nos piores momentos, as gengivas lívidas visíveis pela boca entreaberta. Na luz fraca e incerta, seus dentes pareciam mais longos e afiados do que eram pela manhã. Em particular, devido a algum efeito da iluminação, os caninos pareciam mais longos e afiados do que os demais. Sentei a seu lado e pouco depois ela se remexeu, inquieta. No mesmo momento, ouvi um tocar ou roçar indistinto junto à janela. Levantei-me sem fazer barulho e espiei para fora pelo canto da cortina. Havia lua cheia e vi que o ruído era provocado por um grande morcego que rodava ali por perto, sem dúvida atraído pela luz, apesar de tênue, e de vez em quando batia as asas contra o vidro. Quando voltei à poltrona, descobri que Lucy tinha se mexido um pouco e tirado do pescoço a coroa de flores de alho. Coloquei--a de volta e me sentei para vigiar.

Momentos depois ela acordou, e eu lhe dei comida, conforme prescrito por Van Helsing. Ela comeu pouco e esse pouco sem vontade. Não parecia ocorrer nela, agora, a luta inconsciente pela vida e pela força que, até o momento, vinha marcando sua doença. Chamou minha atenção que, no momento em que ficava consciente, ela pressionava contra o peito a guirlanda de flores de alho. Era bastante estranho que, assim que entrava em estado letárgico, com a respiração pesada, ela a afastasse. Não havia possibilidade de engano quanto a isso, pois, nas longas horas que se seguiram, ela teve diversos intervalos de sono e de vigília, e repetiu ambas as ações muitas vezes.

Às seis horas, Van Helsing veio me substituir. Arthur havia mergulhado fundo no sono, e ele misericordiosamente o deixou dormir. Quando viu o rosto de Lucy, ouvi o sibilar de sua inspiração; o professor me disse, em um cochicho ríspido:

– Levante a cortina, quero luz!

Então se curvou e, com o rosto quase encostado ao de Lucy, examinou-a atentamente. Ele removeu as flores e ergueu o lenço do pescoço dela. Ao fazer isso, deu um pulo para trás, e ouvi sua exalação, *Mein Gott!*, como se estivesse sufocando sua garganta. Também me curvei e olhei, e um calafrio me percorreu.

As marcas no pescoço haviam desaparecido totalmente.

Por cinco minutos inteiros, Van Helsing ficou parado olhando para ela, com a expressão dura como pedra. Então se virou para mim e atestou, com muita calma:

– Ela está morrendo. Não vai demorar, agora. Fará muita diferença, preste atenção, que ela morra consciente ou dormindo. Acorde o pobre rapaz e deixe que venha se despedir; ele confia em nós, e nós lhe prometemos.

Fui à sala de jantar e o acordei. Arthur ficou sonolento por um instante, mas, quando viu os raios de sol penetrar pelos cantos da cortina, pensou que estava atrasado, e demonstrou medo. Eu lhe assegurei que Lucy ainda estava dormindo, mas falei, tão delicadamente quanto consegui, o que tanto

Van Helsing quanto eu temíamos: que o fim estava próximo. Ele cobriu o rosto com as mãos e escorregou de joelhos do sofá, onde permaneceu por talvez um minuto, com a cabeça enterrada, rezando, enquanto os ombros sacudiam de pesar. Eu o tomei pela mão e o pus de pé.

– Venha, meu querido e velho amigo, reúna toda a sua coragem; isto será o melhor e o mais fácil para ela.

Quando entramos no quarto de Lucy, vi que Van Helsing, com sua típica previdência, tinha arrumado as coisas e feito tudo parecer tão agradável quanto possível. Ele havia até escovado o cabelo dela, para que repousasse no travesseiro com os cachos habituais. Ao nos aproximarmos, ela abriu os olhos e, ao vê-lo, murmurou baixinho:

– Arthur! Ah, meu amor, que bom que você veio!

Ele estava prestes a se inclinar para beijá-la, mas Van Helsing o moveu para trás, sussurrando:

– Não, ainda não. Segure a mão dela. Vai confortá-la mais.

Então Arthur pegou a mão de Lucy e se ajoelhou ao lado da cama. A aparência dela era muito boa, com todas as suaves linhas de expressão combinando com a beleza angélica dos olhos. Depois, aos poucos, os olhos se fecharam e ela mergulhou no sono. Por um curto momento o peito ondulou suavemente, e a respiração ia e vinha como a de uma criança cansada. Então, sem aviso prévio, veio a estranha mudança que eu havia observado durante a noite. Os estertores da respiração, a boca aberta, as gengivas pálidas e retraídas tornando os dentes mais longos e afiados do que nunca. De modo sonolento, vago e inconsciente, ela abriu os olhos, que estavam agora ao mesmo tempo mortiços e pesados, e em uma voz melodiosa, voluptuosa como eu nunca antes tinha ouvido de seus lábios, disse:

– Arthur! Ah, meu amor, que bom que você veio! Beije-me!

Ele se curvou ansiosamente para beijá-la; mas naquele instante Van Helsing, que, como eu, estava pasmo com a voz dela, precipitou-se sobre ele e o agarrou pelo pescoço com as duas mãos, puxando-o para trás com uma força furiosa que nunca imaginei que ele possuísse, e de fato quase o jogou do lado oposto do quarto.

– Não, pela sua vida! – ele gritou. – Nem pela sua alma viva nem pela dela!

E postou-se entre ambos como um leão encurralado.

Arthur ficou tão assombrado que por um instante não soube o que fazer ou dizer; e, antes que qualquer impulso violento o dominasse, ele tomou consciência do local e da ocasião e permaneceu em silêncio, esperando. Mantive os olhos fixos em Lucy, assim como Van Helsing, e vimos um espasmo de ira passar por seu rosto como uma sombra. Os dentes afiados se apertaram. Então ela fechou os olhos e começou a respirar pesadamente.

Pouco depois, ao abrir os olhos repletos de ternura, Lucy esticou sua pobre, pálida e magra mão, tomou a grande e mais escura de Van Helsing, puxou-a para si e a beijou.

– Meu verdadeiro amigo – ela disse, em uma voz desmaiada, mas com indizível comoção. – Meu verdadeiro amigo, e dele! Ah, proteja-o e me dê paz!

– Eu prometo! – ele respondeu solenemente, ajoelhando-se ao lado dela e levantando a mão como quem faz um juramento. Em seguida virou-se para Arthur e disse: – Venha, meu rapaz, tome a mão dela nas suas e beije-a na testa, e apenas uma vez.

Em lugar dos lábios, os olhos de ambos se encontraram, e assim se despediram.

Lucy fechou os olhos e Van Helsing, que vinha observando de perto, tomou o braço de Arthur e o afastou. Então a respiração dela se tornou um estertor mais uma vez, e de súbito cessou.

– Está tudo acabado – Van Helsing concluiu. – Ela está morta!

Peguei Arthur pelo braço e o conduzi para fora até o quarto de vestir, onde ele sentou, cobriu o rosto com as mãos e soluçou de um jeito que quase me partiu o coração de ver. Voltei ao quarto e encontrei o professor observando a pobre Lucy, e o semblante dele era o mais pétreo que já vi. Alguma mudança tinha ocorrido no corpo dela. A morte havia lhe devolvido parte de sua beleza, pois testa e bochechas tinham recuperado um pouco das linhas suaves; até os lábios já não exibiam a palidez mortal. Era como se o sangue, já não sendo necessário ao funcionamento do coração, tivesse ido transformar a aspereza da morte em algo menos rude, na medida do possível.

*Pensamos que estivesse morrendo enquanto dormia, e parecia dormindo quando morreu*, como escreveu o poeta Thomas Hood.

Postei-me ao lado de Van Helsing.

– Ah, bem, pobre moça, afinal encontrou a paz. É o fim!

Mas o professor virou-se para mim e em tom solene respondeu:

– Não exatamente, pobres de nós! Não exatamente. É apenas o começo!

Quando perguntei o que queria dizer com aquilo, ele abanou a cabeça e respondeu apenas:

– Não podemos fazer nada por enquanto. Espere e verá.

# Capítulo XIII

## Registros do doutor Seward, continuação

O funeral foi acertado para o dia seguinte, de modo que Lucy e a mãe pudessem ser enterradas juntas. Cuidei de todas as formalidades horríveis, e o cortês agente funerário provou que sua equipe era afligida por, ou abençoada com, algo de sua própria suavidade obsequiosa. Mesmo a mulher que executou os últimos trabalhos nos cadáveres observou, em um tom de confidência fraterna e profissional, quando saiu da câmara mortuária:

– Ela é muito bonita, senhor. Foi um privilégio atendê-la. Não é exagero dizer que ela aumentará o prestígio do nosso estabelecimento!

Percebi que Van Helsing nunca se afastava muito. Isso provavelmente se devia ao estado desordenado das coisas na casa. Não havia parentes disponíveis; e, como Arthur precisou voltar no dia seguinte para comparecer ao enterro do pai, ficamos impossibilitados de notificar qualquer um que devesse ter sido chamado. Dadas as circunstâncias, Van Helsing e eu assumimos a responsabilidade de cuidar dos papéis, etc. Ele insistiu em examinar pessoalmente os documentos de Lucy. Perguntei-lhe pois temi que ele, sendo estrangeiro, não estivesse familiarizado com as exigências jurídicas inglesas e que por desconhecimento causasse algum problema evitável.

– Eu entendo, eu entendo. Você esquece que sou advogado, além de médico. Mas isso não tem nenhuma relação com a lei. Você sabia disso ao evitar o legista. Eu tenho mais do que ele a evitar. Pode haver papéis mais como este.

Enquanto falava, ele tirou do bolso o memorando que estava no peito de Lucy e que ela havia rasgado durante o sono.

– Quando você descobrir qualquer coisa sobre o advogado que atendia a senhora Westenra, sele todos os papéis e escreva para ele hoje à noite. Quanto a mim, ficarei aqui e no antigo quarto da senhorita Lucy a noite toda e procurarei pessoalmente pelo que quer que seja. Não está certo que os pensamentos íntimos dela caiam nas mãos de estranhos.

Segui com minha parte do trabalho, e em meia hora tinha encontrado o nome e o endereço do advogado da senhora Westenra e escrito para ele. Todos os documentos da pobre senhora estavam em ordem; instruções explícitas sobre o local do enterro eram dadas. Eu mal havia selado a carta quando, para minha surpresa, Van Helsing entrou no quarto.

– Posso ajudá-lo, amigo John? Estou livre e, se puder, à sua disposição.

– O senhor encontrou o que procurava? – perguntei, ao que ele respondeu:

– Eu não procurei nada específico. Somente esperava encontrar, como de fato encontrei, tudo o que havia; apenas algumas cartas, uns poucos memorandos e um diário recém-começado. Tenho-os aqui, e por ora não devemos mencioná-los. Amanhã à tarde visitarei o pobre coitado do nosso amigo e, com autorização dele, usarei certa parte do que encontrei.

Quando terminamos o trabalho em curso, ele me disse:

– E agora, amigo John, creio que podemos ir para a cama. Precisamos de sono, você e eu, e de descanso para nos recuperar. Amanhã teremos muito a fazer, mas esta noite ninguém precisa de nós! Infelizmente!

Antes de nos deitarmos, fomos ver Lucy. O agente funerário havia decididamente feito um bom trabalho, pois o quarto estava transformado em uma pequena *chapelle ardente*. Havia uma exuberância de lindas flores brancas e a morte tinha sido convertida em algo tão pouco repulsivo quanto possível. A ponta do lençol estava sobre o rosto da falecida; quando o professor se inclinou e gentilmente puxou, ambos encaramos a beleza diante de nós, com as longas velas de cera fornecendo luz o suficiente para que enxergássemos com clareza. Tudo que Lucy tinha de adorável havia retornado a ela na morte, e as horas transcorridas, em vez de deixarem rastros da "decadência de dedos aniquiladores", como disse Lord Byron, haviam lhe restituído a beleza da vida, até que eu francamente não podia crer em meus olhos sobre estar vendo um cadáver.

A aparência do professor era apreensiva, grave. Ele não a tinha amado como eu e não havia necessidade de lágrimas em seus olhos.

– Fique aqui até eu voltar. – E saiu do quarto.

Retornou com um punhado de alho selvagem da caixa que esperava no saguão, mas que não tinha sido aberta, e colocou as flores entre as demais e em volta da cama. Em seguida tirou do próprio pescoço, de dentro do colarinho, um pequeno crucifixo de ouro e pôs sobre a boca. Devolveu o lençol ao lugar, e então saímos. Estava me despindo no meu quarto quando, com uma batidinha de alerta na porta, ele entrou, e logo começou a falar.

– Amanhã, quero que você me traga, antes de anoitecer, um conjunto de lâminas *post-mortem*.

– Precisaremos fazer uma autópsia?

– Sim e não. Quero operar, mas não como você pensa. Vou lhe contar agora, mas nem uma palavra para outra pessoa. Quero cortar a cabeça e tirar o coração. Ah, você é médico, e ficou tão chocado! Você, que vi realizar operações de vida ou morte sem um tremor, quando o resto estremecia. Ah, mas eu não devo me esquecer, meu querido amigo John, de que você a amava; e eu não me esqueci, pois serei eu a operar, e você apenas ajudará. Eu gostaria de fazer isso esta noite, mas, por Arthur, não devemos; ele estará livre após o funeral do pai amanhã, e quererá vê-la; ver o corpo.

Então, quando ela estiver no caixão, pronta para o dia seguinte, você e eu iremos, enquanto os demais dormirem. Nós vamos desparafusar a tampa do caixão e fazer o procedimento: depois recolocar tudo para que ninguém saiba, exceto, e apenas, nós dois.

– Mas para que fazer tudo isso? A moça está morta. Por que mutilar seu pobre corpo? E, se não há necessidade de um procedimento *post-mortem* e nada a ganhar com ele, nenhum bem a ela, a nós, à ciência, ao conhecimento humano, para que fazer isso? Sem razão, isso é monstruoso.

Como resposta, Van Helsing pousou a mão no meu ombro e disse, com ternura infinita:

– Amigo John, eu lamento pelo seu coração que sangra, e o admiro ainda mais por ele sangrar assim. Se pudesse, tomaria para mim o fardo que você carrega. Porém há coisas que você não sabe, mas que há de saber, e pobre de mim por sabê-las, pois não são coisas agradáveis. John, meu rapaz, você é meu amigo há muitos anos, e ainda assim alguma vez me viu fazer qualquer coisa sem uma boa razão? Eu posso errar, sou apenas humano, mas acredito em tudo o que faço. Não foi por isso que você mandou me chamar quando o grande problema surgiu? Sim! Você não ficou surpreso, não, horrorizado, quando não permiti que Arthur beijasse seu amor, embora ela estivesse morrendo, e o afastei para longe com toda a minha força? Sim! E apesar disso você viu como ela me agradeceu, com seus belos olhos à beira da morte, e a voz, também, tão fraca, e beijou minha velha mão bruta e me abençoou? Sim! E você não me ouviu prometer, e ela não fechou os olhos com gratidão? Sim!

"Bem, tenho boa razão agora para tudo que quero fazer. Você confiou em mim por muitos anos; você confiou em mim há poucas semanas, quando havia coisas tão estranhas que você bem poderia ter duvidado. Acredite em mim mais um pouco, amigo John. Se você não acreditar, então tenho de contar o que penso; e isso talvez não fosse bom. E se eu trabalhar, pois trabalhar eu vou, com ou sem confiança, sem a confiança do meu amigo em mim, trabalharei com o coração pesado e me sentindo, oh, tão sozinho, quando preciso de toda a ajuda e de toda a coragem que houver!"

Ele pausou por um momento e continuou solenemente.

– Amigo John, dias estranhos e terríveis se estendem à nossa frente. Vamos ser não dois, mas um só, para trabalharmos até uma conclusão satisfatória. Você não terá fé em mim?

Peguei a mão dele e prometi. Deixei minha porta aberta quando ele saiu, e o observei entrar no próprio quarto e fechar a porta. Permaneci parado ali, imóvel, quando uma das criadas passou silenciosamente pelo corredor, de costas para mim e sem me ver, e entrou no quarto onde Lucy estava deitada. A imagem me comoveu. Devoção é coisa rara, e ficamos muito gratos aos que a demonstram a quem amamos, sem que tenhamos de pedir. Lá estava uma pobre moça pondo de lado o pânico que naturalmente sentia da morte para ir, sozinha, fazer vigília à cabeceira da patroa que ela tanto amava, para que o pobre barro não ficasse solitário até o repouso eterno.

* * *

Devo ter dormido bastante e profundamente, pois já era dia claro quando Van Helsing me acordou ao entrar no quarto. Chegou perto da minha cama e avisou:

– Não precisa se preocupar com as lâminas; não vamos precisar.

– Por que não? – perguntei, pois a solenidade da noite anterior havia me impressionado muito.

Ele respondeu, severo:

– É tarde demais; ou muito cedo. Veja! – E levantou um pequeno crucifixo de ouro. – Isto foi roubado na noite passada.

– Roubado como, se o senhor está com ele agora?

– Porque eu o recuperei da miserável inútil que o roubou, da mulher que o roubou dos mortos e dos vivos. O castigo dela virá, mas não por mim; ela desconhecia o que estava fazendo e, assim desconhecendo, simplesmente roubou. Agora precisamos esperar.

Dizendo isso, saiu e me deixou com um novo mistério em que pensar, um novo quebra-cabeça para decifrar.

A parte da manhã foi triste, e ao meio-dia chegou o advogado: senhor Marquand, da Wholeman, Filhos, Marquand & Lidderdale. Ele foi muito cordial e ficou muito grato pelo que havíamos feito, e tirou de nossas mãos todas as providências quanto aos detalhes. Durante o almoço, nos contou que a senhora Westenra havia por algum tempo esperado uma morte súbita causada pelo coração, e por isso colocado em absoluta ordem todos os papéis; informou também que, com exceção de uma propriedade antes pertencente ao pai de Lucy, e que agora, na ausência do beneficiário direto, iria para um ramo distante da família, todas as propriedades, imobiliárias e pessoais, eram deixadas integralmente para Arthur Holmwood. Depois de nos contar tudo isso, ele ainda prosseguiu:

– Francamente, nós fizemos tudo o que pudemos para evitar tais disposições testamentárias, e ressaltamos certas contingências que poderiam deixar a filha ou sem nenhum centavo ou não tão livre quanto deveria ser para agir em relação a um enlace matrimonial. De fato, levamos o assunto tão longe que quase nos desentendemos, pois ela nos perguntou se estávamos ou não estávamos preparados para executar seus desejos. Claro que então não tivemos alternativa senão aceitar. Nós estávamos corretos no princípio, e em noventa e nove dentre cem vezes teríamos provado, pela lógica dos fatos, a acuidade do nosso julgamento. Porém devo admitir que, neste caso, qualquer outra forma de disposição teria tornado impossível a execução dos desejos dela. Pois, ao falecer antes da filha, esta última teria tomado posse da propriedade e, mesmo que tivesse sobrevivido à mãe por apenas cinco minutos, na ausência de um testamento, e um testamento da filha era praticamente uma impossibilidade neste caso, a propriedade teria sido tratada, com sua morte, como intestada. Assim, lorde Godalming, embora amigo muito querido, não teria o que alegar, e os herdeiros, sendo afastados, provavelmente não abririam mão, por questões sentimentais, do que lhes pertenceria por direito, em favor de um completo estranho. Eu lhes asseguro, meus caros senhores, que me alegro com o desenlace; estou perfeitamente satisfeito.

O senhor Marquand era um bom camarada, mas esse contentamento com a pequena parte que lhe dizia respeito diretamente, em meio a tão grande tragédia, foi uma lição objetiva sobre as limitações da compreensão empática.

Ele não ficou por muito tempo; afirmou que examinaria tudo mais tarde e que visitaria lorde Godalming. Sua vinda, porém, trouxe-nos certo conforto, pois garantiu que nossos atos não sofreriam críticas hostis. Arthur era esperado às cinco horas da tarde, então um pouco antes deste horário visitamos a câmara mortuária. O agente funerário, leal ao seu ofício, havia disposto da melhor forma possível o material que tinha em mãos, e havia no quarto tal ar mortuário que logo à entrada pesava em nosso espírito. Van Helsing tinha orientado que os arranjos fossem mantidos, explicando que, como lorde Godalming estava prestes a chegar, seria menos penoso aos sentimentos dele ver sozinho o que restara de sua *noiva*. O agente funerário pareceu chocado com a própria estupidez e se ofereceu para devolver tudo ao estado em que estava na noite passada, para que, quando da chegada de Arthur, pudéssemos poupar seus sentimentos de choques evitáveis.

Pobre camarada! Sua aparência era desesperadamente triste e em pedaços; até sua valente masculinidade parecia haver encolhido um pouco, sob a tensão de suas emoções exauridas. Sei que ele era genuinamente muito próximo e dedicado ao pai, e que perdê-lo, neste momento, era um amargo golpe. Comigo, ele foi caloroso como sempre, e com Van Helsing foi docemente cortês; mas percebi que algo o incomodava. O professor notou também, e fez um sinal para que eu o levasse para cima. Assim fiz, e o deixei à porta do quarto, sentindo que Arthur gostaria de estar sozinho com ela, mas ele tomou meu braço e me conduziu para dentro, dizendo, roucamente:

– Você a amava também, velho companheiro; Lucy me contou tudo a respeito, e não havia outro amigo que ocupasse no coração dela um lugar mais próximo do que o seu. Não sei como agradecer por tudo que você fez por ela. Ainda não consigo pensar que...

E aqui ele subitamente desmoronou, atirou os braços sobre meus ombros, apoiou a cabeça em meu peito e chorou.

– Ah, Jack! Jack! O que eu vou fazer? Toda a vida parece ter-me abandonado de uma vez, e em todo o vasto mundo não me resta nada pelo que viver.

Eu o consolei o melhor que pude. Em casos assim, homens não precisam de muitas palavras. Um aperto de mão, uma pressão leve no braço apoiado sobre o ombro, um soluço conjunto são expressões de empatia caras ao coração de um homem. Fiquei imóvel e em silêncio até que os soluços morreram, e então lhe disse, com delicadeza:

– Venha vê-la.

Juntos, aproximamo-nos da cama e suspendemos o lençol que cobria o rosto. Deus! Como ela estava linda. A cada hora ela parecia mais adorável. Aquilo nos assustou e maravilhou um pouco; quanto a Arthur, ele caiu, trêmulo, tomado por calafrios febris. Por fim, após longa pausa, ele disse, em um sussurro fraco:

– Jack, ela está mesmo morta?

Sentindo que uma dúvida horrível como aquela não deveria persistir por um segundo além do que eu pudesse evitar, garanti que sim e acrescentei que acontecia com frequência de após a morte os rostos se suavizarem e até recuperarem a beleza da juventude; que isso ocorria principalmente quando a morte era precedida por um sofrimento agudo ou prolongado. Isso pareceu varrer qualquer dúvida e, após ajoelhar-se ao lado do sofá por um momento, e de lá observá-la amorosamente, ele se virou. Eu lhe disse que deveria se despedir, pois o caixão precisava ser preparado; ele então voltou à cama, tomou a cabeça de Lucy em suas mãos e a beijou, curvou-se e beijou a testa. Dirigiu-se à porta e ao sair olhou para ela mais uma vez, ternamente, por cima do ombro, enquanto se afastava.

Deixei Arthur no quarto de vestir e informei a Van Helsing que ele tinha se despedido. O professor então foi à cozinha dizer aos homens da agência funerária para seguir com os preparativos e parafusar o caixão. Quando ele voltou, contei-lhe sobre a pergunta de Arthur, e ele respondeu:

– Não estou surpreso. Agora há pouco eu mesmo duvidei por um momento!

Jantamos todos juntos; percebi que o coitado do Art estava tentando dar o melhor de si. Van Helsing havia mantido silêncio ao longo de toda a refeição, mas depois que acendemos nossos charutos ele chamou:

– Lorde.

Mas Arthur o interrompeu, dizendo:

– Não, não, nada disso, pelo amor de Deus! Não agora, de qualquer forma. Perdoe-me, senhor, eu não quis ser ofensivo; é apenas que minha perda é muito recente..

O professor respondeu, com grande doçura:

– Só usei o título de nobreza porque fiquei em dúvida. Não posso chamá-lo de "senhor", porque vim a estimá-lo, sim, meu querido rapaz, vim a estimar você como Arthur.

Arthur estendeu a mão e envolveu calorosamente a do velho.

– Chame-me do que quiser. Espero ter sempre o título de amigo. E deixe-me dizer que estou carente de palavras para agradecê-lo por sua bondade para com a minha pobre amada. Sei que ela compreendia a sua bondade ainda melhor do que eu; e, se fui rude ou de qualquer forma fraco quando o senhor agiu tão... o senhor se lembra – o professor assentiu –, o senhor deve me perdoar.

Ele respondeu em tom sério, mas gentil:

– Sei que foi difícil para você confiar em mim, pois tal violência requer compreensão; e entendo que você não confia em mim agora, já que não pode, pois ainda não compreende. Mas chegará o tempo em que sua confiança será total e completa, e você entenderá tão claramente quanto se o próprio sol o iluminasse. Então você me agradecerá pelo que fiz desde o início, pelo seu próprio bem, pelo bem de outros e pelo bem de sua amada, a quem jurei proteger.

– Com toda a certeza, com toda a certeza – Arthur respondeu, afetuosamente. – Hei de confiar no senhor de todas as maneiras. Sei e acredito que o senhor tem um coração muito nobre, é amigo de Jack e foi também dela. O senhor faça o que quiser.

O professor limpou a garganta como se prestes a falar, e após alguns pigarros enfim disse:

– Posso lhe fazer uma pergunta agora?

– Claro.

– Você sabe que a senhorita Westenra lhe deixou tudo que possuía?

– Não, pobre querida; nunca pensei nisso.

– Sendo tudo seu, você tem o direito de fazer o que quiser. Quero que você me dê permissão para ler todos os documentos e cartas da senhorita Lucy. Acredite-me, não se trata de curiosidade fútil. Tenho um motivo que ela, esteja seguro, teria aprovado. Tenho os papéis todos aqui. Peguei-os antes de sabermos que tudo era seu, para que nenhuma mão estranha tocasse neles, nenhum olho estranho lesse as palavras que lhe saíram da alma. Eu os guardarei, se puder; mesmo você não pode vê-los agora, mas os manterei em segurança. Nenhuma palavra deve se perder; e no momento certo eu os devolverei a você. É uma coisa difícil esta que peço, mas você vai permitir, não vai, pelo bem de Lucy?

Arthur falou de todo o coração, como sempre foi seu jeito.

– Doutor Van Helsing, o senhor pode fazer o que quiser. Sinto que ao dizer isso estou fazendo o que minha amada teria aprovado. Não vou perturbá-lo com perguntas até que o momento chegue.

Então o velho professor levantou e disse, solenemente:

– Você está certo. Haverá sofrimento para todos nós; mas nem tudo será sofrimento, nem este será o último. Nós e também você, você mais do que todos, meu querido rapaz, teremos de atravessar águas turvas antes de chegarmos às cristalinas. Devemos ser corajosos e altruístas e cumprir nosso dever, e tudo ficará bem!

Nesta noite, dormi no sofá no quarto de Arthur. Van Helsing nem se deitou. Andou de um lado a outro como se patrulhando a casa, e nunca perdeu de vista o quarto onde Lucy estava no caixão; flores de alho, misturadas ao perfume de lírios e rosas, exalavam noite adentro um cheiro pesado e opressivo.

## Diário de Mina Harker

### 22 de setembro. No trem para Exeter
### Jonathan dormindo

Parece ter sido ontem que escrevi. No entanto, quanto tempo desde a última vez, em Whitby, com o mundo todo diante de mim, Jonathan viajando e eu sem notícias dele; e agora, casada com Jonathan, Jonathan advogado, sócio, rico e dono do negócio, o senhor Hawkins morto e enterrado, e Jonathan com outro ataque que pode prejudicá-lo. Algum dia ele talvez me pergunte a respeito. E lá se vai tudo abaixo. Estou enferrujada na taquigrafia, veja o que a prosperidade inesperada faz conosco, então de todo modo pode ser bom retomar e exercitar um pouco...

A cerimônia foi muito simples e solene. Havia somente nós dois e os empregados lá, um ou dois velhos amigos dele de Exeter, o correspondente de Londres em um cavalheiro representando o senhor John Paxton, presidente da Associação Jurídica. Jonathan e eu ficamos em pé, de mãos dadas, sentindo que nosso melhor e mais querido amigo nos deixava...

Voltamos em silêncio para a cidade, tomando um ônibus para Hyde Park Corner. Jonathan achou que eu teria interesse em passear um pouco em Row, então nos sentamos; mas havia pouquíssima gente lá, e foi desolador ver tantas cadeiras vazias. Elas nos fizeram pensar nas cadeiras vazias de casa, então levantamos e descemos a pé até Piccadilly. Jonathan estava me levando pelo braço, como costumava fazer antigamente, antes da minha ida para a escola. Achei bastante inapropriado, pois não se pode passar anos ensinando etiqueta e decoro a outras moças sem que algo do pedantismo a atinja um pouco também; mas era o Jonathan, e ele era meu marido, e não conhecíamos ninguém que nos olhava, nem nos importaríamos se conhecêssemos, então seguimos em frente. Eu estava admirando uma moça muito bonita com um chapéu de abas largas, sentada em uma caleche em frente ao Guiliano, quando senti Jonathan agarrar meu braço com tanta força que me machucou, e ele sussurrou, sem fôlego:

– Meu Deus!

Estou sempre ansiosa em relação a ele, pois temo que uma ocorrência nervosa possa derrubá-lo de novo, então me virei depressa e perguntei o que o tinha incomodado.

Meu marido estava muito pálido e com os olhos esbugalhados enquanto, meio em terror, meio em admiração, encarava um homem alto, magro, de nariz adunco, bigode preto e barba pontuda que também observava a bela moça. Ele a admirava tão intensamente que não notou nenhum de nós, então pude olhar para ele com atenção. O rosto não era bom, era inexpressivo, cruel e lascivo, e os dentes grandes e brancos, parecendo ainda mais brancos em contraste com os lábios muito vermelhos, eram pontudos como os de um animal. Jonathan continuou encarando-o e tive medo de que ele fosse notar. Temi que se ofendesse, pois aparentava ser muito feroz e malvado. Perguntei a Jonathan por que estava perturbado e ele respondeu, evidentemente pensando que eu sabia do assunto tanto quanto ele próprio:

– Você está vendo quem é?

– Não, querido, eu não o conheço; quem é?

A resposta dele me chocou e afligiu, pois foi dita como se ele não soubesse que era comigo, sua Mina, que ele estava falando.

– É o próprio homem!

Meu pobre querido estava evidentemente aterrorizado com alguma coisa, terrivelmente aterrorizado; acredito que, se meu marido não tivesse a mim para conduzi-lo e apoiá-lo, teria caído. Ele continuou encarando; um homem saiu da loja com um pequeno pacote, entregou-o à moça e se afastaram. O homem sombrio manteve os olhos fixos nela, e quando a caleche subiu a Piccadilly, ele seguiu na mesma direção e fez sinal para um fiacre. Jonathan continuou olhando e disse, como se falasse sozinho:

– Acredito que seja o Conde, mas ele ficou mais jovem. Meu Deus, será? Ah, meu Deus, meu Deus! Se eu soubesse! Se eu soubesse!

Ele estava ficando tão agitado que tive medo de fazer alguma pergunta e com isso manter sua mente no assunto, então fiquei em silêncio. Eu o conduzi com delicadeza, e ele se deixou levar docilmente. Andamos um pouco, entramos no Green Park e lá sentamos. Era um dia quente para outono, e encontramos assentos confortáveis em um lugar à sombra. Após alguns minutos olhando para o nada, Jonathan fechou os olhos e adormeceu com a cabeça apoiada no meu ombro. Achei que seria bom para ele e não o incomodei. Em cerca de vinte minutos ele acordou e me disse, com grande alegria:

– Ó, Mina, eu dormi! Desculpe-me por ser tão rude. Venha, vamos tomar uma xícara de chá em algum lugar.

Meu marido havia evidentemente se esquecido do homem sombrio, assim como durante a doença ele tinha se esquecido de tudo que o fazia recordar o episódio. Não gosto desses lapsos de memória; pode ser que provoquem ou perpetuem algum dano ao cérebro. Mas não devo perguntar, pois isso poderia fazer mais mal do que bem; porém preciso de alguma forma tomar conhecimento dos fatos de sua viagem ao exterior. Temo ser chegada a hora em que devo abrir aquele embrulho e ler o que está escrito. Ah, Jonathan, você vai, eu sei, me perdoar se eu agir mal, mas é para o seu próprio bem, com o qual tanto me importo.

* * *

### Mais tarde

Um triste retorno em todos os sentidos. A casa vazia da querida alma que foi tão boa para nós; Jonathan ainda pálido e zonzo sob uma ligeira recaída de sua moléstia; e agora um telegrama de Van Helsing, seja ele quem for.

"Você lamentará saber que a senhora Westenra faleceu cinco dias atrás, e que Lucy morreu anteontem. Foram ambas enterradas hoje."

Ah, que abundância de dor em tão poucas palavras! Pobre senhora Westenra! Pobre Lucy! Partiu, partiu para sempre, para jamais voltar para nós! E coitado, coitado do Arthur, ter tamanha doçura roubada de sua vida! Deus nos ajude a suportar os nossos problemas.

## Registros do doutor Seward

### 22 de setembro

Está tudo acabado. Arthur voltou para Ring e levou Quincey Morris com ele. Que sujeito extraordinário é esse Quincey! Acredito do fundo do coração que ele tenha sofrido com a morte de Lucy tanto quanto qualquer um de nós, mas se comportou como um guerreiro viking. Se a América conseguir continuar gerando homens como esse, será de fato uma potência mundial. Van Helsing está deitado, descansando antes da viagem. Ele vai para Amsterdã esta noite, mas diz que volta amanhã ao fim do dia, pois só quer cuidar de algumas coisas que precisam ser feitas pessoalmente. Deverá ficar comigo, então, se puder; ele diz que tem trabalho a fazer em Londres, o que poderá consumir algum tempo. Coitado do meu velho e querido professor! Receio que a tensão da última semana tenha destruído até mesmo sua força de ferro. Durante todo o enterro, percebi que ele se esforçava para se conter. Quando tudo havia terminado, ficamos ao lado de Arthur, pobre dele, que falava sobre sua participação na operação em que o sangue dele foi transferido para as veias de Lucy; percebi que o rosto de Van Helsing mudava alternadamente para pálido e para rubro. Arthur disse que desde a transfusão ele sentia como se ambos houvessem de fato se casado, e que ela era sua esposa aos olhos de Deus. Nenhum de nós disse nem jamais dirá uma palavra sobre as outras transfusões. Arthur e Quincey partiram juntos para a estação, e Van Helsing e eu viemos para cá. No momento em que nos vimos sozinhos na carruagem, teve um ataque histérico. Ele, porém, nega desde então que tenha sido histeria, insistindo tratar-se apenas de seu senso de humor, manifestado sob as mais terríveis circunstâncias. Ele riu até chorar e precisei baixar as cortinas, não fosse alguém nos ver e julgar mal; então ele chorou até rir de novo; e depois riu e chorou ao mesmo tempo, como fazem as mulheres. Tentei ser firme com ele, como se é com uma mulher no mesmo contexto, mas não teve efeito. Homens e mulheres são tão diferentes em suas manifestações de força e fraqueza nervosas. Quando seu rosto ficou de novo sério e sem expressão, perguntei-lhe o motivo do regozijo, e por que àquela hora. A resposta foi de certa forma típica dele, pois tinha lógica, vigor e mistério:

– Ah, você não compreende, amigo John. Não pense que não estou triste, embora rindo. Veja, eu chorei mesmo quando o riso me sacudiu. Tampouco pense que estou somente triste quando choro, pois o riso veio ainda assim. Tenha em mente que o riso que lhe bate à porta e pergunta "Posso entrar?" não é o riso verdadeiro. Não! Ele é um rei que vem quando e como quer. Não pergunta a ninguém, não escolhe momento adequado. Ele diz "Estou aqui!". Eis que, neste exemplo, estou pesaroso de todo o coração por aquela doce jovem; dei a ela meu sangue, embora eu seja velho e cansado; dei meu tempo, minha habilidade, meu sono; deixei outros que sofrem desassistidos para que ela pudesse ter tudo. E ainda assim posso rir à beira de seu túmulo, rir quando o barro da pá do coveiro cai sobre o caixão dela e provoca um baque profundo no meu coração, até que ele bombeie o sangue de volta para meu rosto. Meu coração sangrou por aquele pobre rapaz, aquele querido rapaz, que teria a idade do meu filho se eu tivesse tido a bênção de que ele sobrevivesse, e com os mesmos cabelos e os mesmos olhos. Pronto, agora você sabe por que o amo tanto. E, ainda assim, quando ele diz coisas que aceleram até o âmago do meu coração de marido, e enternece meu coração de pai como nenhum outro homem; nem mesmo você, amigo John, pois nós estamos mais nivelados em experiências do que as de pai e filho; ainda assim, mesmo nesse momento, o Rei Riso veio até mim e gritou na minha orelha "Cá estou! Cá estou!" até que o sangue voltou a dançar, trazendo de volta às minhas bochechas um pouco do sol que ele carrega consigo. Ah, amigo John, é um mundo estranho, um mundo triste, um mundo cheio de misérias e desgraças e problemas; e ainda assim, quando o Rei Riso vem, ele faz todos dançarem conforme a música que ele toca. Corações sangrentos e ossos ressecados do cemitério e lágrimas que queimam quando escorrem, todos dançam juntos a música que ele produz com aquela boca sem sorriso que ele tem. E creia-me, amigo John, que é bom que ele venha, e gentil também. Ah, nós, homens e mulheres, somos como cordas esticadas e puxadas em diferentes direções. Então vêm as lágrimas, e elas são como chuva nas cordas, que nos apertam até que a tensão se torna excessiva, e nós rompemos. Mas o Rei Riso vem como o brilho do sol e alivia a tensão; e assim podemos seguir nosso trabalho, qualquer que seja.

Eu não quis ferir os sentimentos dele fingindo que não entendia a ideia; porém, como ainda não tinha entendido o motivo da risada, perguntei. Enquanto ele respondia, seu rosto ficou de novo severo, e a voz tinha um tom totalmente diferente.

– Ah, foi a ironia perversa da coisa toda. Essa dama tão adorável envolta em flores, bela como a vida, até que, um a um, todos nós nos perguntamos se ela estava verdadeiramente morta; ela deitada em uma construção do mais fino mármore naquele cemitério solitário, onde repousam tantos de seus familiares, deitada lá com a mãe que ela tanto a amava e a quem ela amava; e aquele sino sagrado fazendo *Blem! Blem!* tão triste e lento; e aqueles santos homens, com os trajes brancos de um anjo, fingindo ler livros, e ainda assim durante todo o tempo seus olhos nunca estiveram sobre a página, e todos nós de cabeça baixa. E tudo para quê? Então, ela está morta! Não é?

– Bem, juro pela minha vida, professor, que não vejo nada do que dar risada. Ora, sua explanação torna o quebra-cabeça ainda mais difícil do que antes. Mas, mesmo que a cerimônia fúnebre fosse cômica, e quanto ao pobre Arthur e os problemas dele? Ora, o coração dele estava simplesmente se despedaçando.

– Justamente. Ele não disse que a transfusão do sangue dele para as veias de Lucy havia feito dela a sua verdadeira esposa?

– Sim, e foi uma ideia doce e reconfortante para ele.

– Bastante. Mas há uma dificuldade, amigo John. Em sendo assim, e quanto aos demais? Ho, ho! Então essa doce senhorita é poligâmica, e eu, com minha esposa morta para mim, porém viva pela lei da Igreja, apesar de ter perdido o juízo: tudo se vai; e até eu, que sou um marido fiel a essa "já-não-esposa", sou um bígamo.

– Não vejo onde a piada entra nisso também! – respondi, e não estava especialmente satisfeito por ele dizer tais coisas. Ele pousou a mão no meu braço e explicou:

– Amigo John, perdoe-me se eu o firo. Não demonstrei meus sentimentos aos demais quando isso iria feri-los, mas apenas a você, meu velho amigo, em quem posso confiar. Se você pudesse enxergar dentro do meu coração, lá, quando eu quis rir; se você pudesse ter feito isso quando o riso chegou; se pudesse fazer isso agora, que o Rei Riso arrumou as malas e partiu, levando a coroa e todo o resto; pois ele vai longe, muito longe de mim, e por um longo, longo período, então você iria talvez apiedar-se de mim mais que de todos.

Fiquei comovido com a ternura em sua voz, e perguntei por quê.

– Porque eu sei!

Agora estamos cada um em um lugar, e por muitos e longos dias a solidão vai fazer ninho e chocar em nossos telhados. Lucy repousa na tumba da família, uma nobre casa mortuária em um cemitério solitário, longe da agitada Londres, onde há ar puro e o sol se ergue sobre Hampstead Hill e flores silvestres crescem por vontade própria.

Então posso encerrar este diário. Somente Deus sabe se algum dia eu começarei outro. Se começar um, ou se um dia voltar a este, será para abordar diferentes pessoas e diferentes temas; pois aqui, no fim, onde o romance da minha vida é relatado, antes que eu retome o fio da meada do trabalho ao qual consagro minha vida, digo, tristemente e sem esperança, *FINIS*.

## *The Westminster Gazette*, 25 de setembro

### Um mistério em Hampstead

No bairro de Hampstead, a atenção de todos foi capturada por uma série de eventos que parece correr paralelamente ao que ficou conhecido, entre os fazedores de manchetes, como "O horror de Kensington", "A esfaqueadora" ou "Uma mulher de preto". Nos últimos dois ou três dias, muitos casos ocorreram de crianças pequenas se perderem de casa ou de não voltarem de suas brincadeiras na mata de Heath. Em todos, as crianças eram jovens demais para conseguir fornecer pessoalmente qualquer relato inteligível, mas o consenso em suas respostas é de que haviam estado com uma "mulher biíta".

O desaparecimento tem sido sempre tarde da noite, e em duas ocasiões as crianças não foram encontradas até a manhã seguinte. A suposição geral dos moradores é de que, como o primeiro menino deu como razão para seu desaparecimento o fato de que uma "mulher biíta" o convidou para um passeio, as demais crianças pegaram a deixa e repetiram a frase conforme a ocasião se apresentou. Isto é o mais natural, visto que a brincadeira favorita dos pequenos, no momento, é enganarem-se mutuamente com artimanhas. Um missivista nos escreve contando que ver alguns dos miúdos fingindo ser a "mulher biíta" é supremamente engraçado.

Alguns de nossos caricaturistas poderiam, diz o correspondente, aprender boas lições sobre a ironia do grotesco ao comparar a realidade e a imagem. É por simples consonância com os princípios gerais da natureza humana que a tal "mulher biíta" se tornasse um papel popular nessas encenações *al fresco*. Nosso correspondente afirma, ingenuamente, que nem mesmo Ellen Terry seria tão atraente quanto algumas dessas criancinhas de rosto sujo fingem, e até acreditam, ser.

Haverá, todavia, um lado possivelmente sério na questão, pois algumas das crianças – de fato, todas as que sumiram durante a noite – foram ligeiramente torcidas ou feridas no pescoço. A aparência dos machucados indica que poderiam ter sido feitos por um rato ou pequeno cão e, apesar de nada existir de muito importante individualmente, tenderia a demonstrar que, seja lá qual for o animal que os infligiu, tem um sistema ou método próprio. A polícia da área foi instruída a manter-se atenta a crianças desgarradas, especialmente as mais jovens, em Hampstead Heath e seu entorno, e para qualquer cão vadio que perambule nas cercanias.

### The Westminster Gazette, 25 de setembro

**Edição extraespecial**
**O horror de Hampstead**
**Mais uma criança ferida**
**A "mulher biíta"**

Acabamos de receber a informação de que outra criança, desaparecida ontem à noite, só foi encontrada no fim desta manhã, sob os arbustos do lado Shooter's Hill da Hampstead Heath, que é, talvez, menos frequentada do que outras partes. Apresentava no pescoço o mesmo ferimento minúsculo já observado em outros casos. A criança estava terrivelmente fraca e com aparência bastante emaciada. Também ela, após recuperar-se parcialmente, relatou a história comum de ter sido atraída para longe pela "mulher biíta".

# Capítulo XIV

## Diário de Mina Harker

### 23 de setembro

Jonathan está melhor, após uma noite ruim. Estou tão aliviada por ele ter bastante trabalho a fazer, já que isso mantém sua cabeça distante de coisas terríveis; e, ah, estou muito feliz que ele agora não se sente sufocado pelas responsabilidades de sua nova posição. Sabia que ele agiria conforme sua essência e seus valores, e como fico orgulhosa ao vê-lo escalar as alturas de sua promoção, e manter-se em dia, de todas as formas, com os deveres que tem. Ele estará fora durante o dia todo até tarde, pois avisou que não conseguiria jantar em casa. Meu serviço doméstico está feito, então pegarei aquele diário escrito no exterior e vou me trancar no quarto para ler…

### 24 de setembro

Não consegui ânimo para escrever ontem à noite; aqueles registros horríveis do Jonathan me deixaram tão nervosa. Pobre querido! Como ele deve ter sofrido, seja real ou só imaginação. Eu me pergunto se há algo de verdadeiro em tudo aquilo. Ele teve febre cerebral e então escreveu todas aquelas coisas terríveis, ou será que houve uma causa? Suponho que eu nunca vá saber, pois não me atrevo a abordar o assunto com ele… Ao mesmo tempo, aquele homem que vimos ontem! Jonathan parecia muito certo de que era ele… Pobre dele! Talvez tenha sido o enterro que o aborreceu, e jogou sua mente em alguma linha de pensamento.

Ele próprio acredita em tudo. Lembro-me de como, no dia do nosso casamento, ele falou: "A menos que algum dever solene me obrigue a voltar àquelas horas amargas, dormindo ou acordado, são ou insano…" Parece haver um fio de continuidade a unir tudo isso. Aquele Conde pavoroso estava vindo para Londres… E se ele veio mesmo para Londres, com sua multidão fervilhante… Pode ser que exista um dever solene; e, se ele se apresentar, não devemos nos acovardar… Estarei preparada. Vou pegar a máquina de datilografia neste instante e transcrever tudo. Assim estarão prontos para outros olhos, se necessário e solicitado. Então, quem sabe, se eu estiver preparada, meu pobre Jonathan talvez não se aborreça, pois poderei falar por ele e nunca permitir que seja perturbado ou preocupado com tudo isso. Se algum dia ele superar o nervosismo, poderá querer me contar a respeito, e poderei fazer perguntas, descobrir coisas e ver como posso confortá-lo.

### Carta de Van Helsing para a senhora Harker

**24 de setembro**

Confidencial

Prezada senhora,

Eu lhe rogo que me perdoe por escrever. Sou o amigo distante que lhe enviou a triste notícia sobre o passamento da senhorita Lucy Westenra. Dada a gentileza de lorde Godalming, estou autorizado a ler as cartas e documentos dela, pois estou profundamente preocupado sobre certos assuntos de vital importância. Entre os papéis, encontrei cartas da senhora, que mostram como eram amigas próximas e como a senhora a amava. Ah, madame Mina, em nome desse amor, eu lhe imploro, ajude-me. É pelo bem de outros que lhe peço; é para reparar um grande erro e para evitar numerosos e terríveis problemas que talvez sejam ainda maiores do que a senhora pode imaginar. Seria possível que eu a encontrasse? A senhora pode confiar em mim. Sou amigo do doutor John Seward e de lorde Godalming (este era o Arthur da senhorita Lucy). Por ora, devo manter isso em segredo perante todos. Partirei imediatamente para Exeter para ver a senhora, uma vez que me diga que tenho o privilégio de ir, para onde e quando. Eu lhe imploro seu perdão, senhora. Li suas cartas para a pobre Lucy, e sei como a senhora é boa e como seu marido sofreu; então lhe rogo, caso seja possível, nada lhe revele, para não prejudicá-lo. Mais uma vez seu perdão, e me desculpe.

Van Helsing

### Telegrama de senhora Harker para Van Helsing

**25 de setembro**

Venha hoje no trem das dez e quinze se conseguir pegá-lo. Posso vê-lo a qualquer hora que me chamar.

*Wilhelmina Harker*

### Diário de Mina Harker

**25 de setembro**

Não consigo evitar sentir-me muitíssimo agitada conforme se aproxima a hora da visita do doutor Van Helsing, pois espero que de alguma forma ela jogue um pouco de luz sobre a triste experiência de Jonathan; e, como ele cuidou da querida Lucy em sua última doença, poderá me falar sobre ela. Esta é a razão para a vinda dele: Lucy e seu sonambulismo, não Jonathan. Portanto, nunca saberei a verdade! Como sou boba. Aquele diário horroroso toma conta da minha imaginação e tinge tudo com sua própria cor. É claro que se trata de Lucy. O hábito voltou à pobrezinha e aquela noite medonha no penhasco deve tê-la adoecido. Envolvida nos meus próprios assuntos, quase me esqueci de como ela ficou doente depois. Ela deve ter contado a ele sobre a aventura de andar dormindo no penhasco e que eu sabia tudo a respeito; e agora ele quer que eu lhe conte o que ela sabia, para que ele consiga entender. Espero ter agido bem ao não contar nada daquilo para a senhora Westenra; eu jamais me perdoarei se um ato meu, ou uma omissão, tiver feito algum mal à querida Lucy. Espero, também, que o doutor Van Helsing não me culpe; recentemente tenho tido tantos problemas e angústias que sinto não suportar ainda mais, no momento.

Suponho que chorar faça bem a todos, de vez em quando; limpa o ar como fazem outras chuvas. Talvez tenha sido a leitura do diário que me aborreceu ontem, e depois Jonathan saiu esta manhã e ficará longe de casa um dia e uma noite inteiros; é a primeira vez que nos separamos desde o casamento. Espero que meu querido se cuide bem e que nada o abale. São duas horas da tarde e o doutor deve chegar a qualquer momento. Não direi nada sobre o diário de Jonathan, a menos que ele me pergunte. Estou tão contente por ter datilografado meu próprio diário, de forma que, se ele perguntar sobre Lucy, poderei emprestar as anotações; vai poupar muitas perguntas.

* * *

**Mais tarde**

Ele chegou e partiu. Que encontro esquisito, e como tudo isso faz minha cabeça girar! Sinto-me como em um sonho. Será tudo isso possível, ou parte disso? Se eu não tivesse lido o diário de Jonathan primeiro, jamais teria aceitado nem a possibilidade. Coitado, coitado do meu querido Jonathan! Como deve ter sofrido. Por favor, meu bom Deus, que isso não o transtorne de novo. Tentarei preservá-lo; mas pode ser até um consolo e uma ajuda saber com certeza que seus olhos, seus ouvidos e seu cérebro não o enganaram e que tudo é verdade, por mais terríveis que sejam os fatos e medonhas as consequências. Talvez seja a dúvida em si o que o assombra e que, uma vez ela seja esclarecida, ele fique mais tranquilo e mais apto a lidar com o choque. O doutor Van Helsing deve ser um bom homem assim como inteligente, se é amigo de Arthur e do doutor Seward, e se eles o trouxeram lá da Holanda para cuidar de Lucy. Só de tê-lo visto eu já sinto que é bom e gentil e de natureza nobre. Quando ele vier amanhã, vou perguntar sobre Jonathan. Por favor, Deus, que toda essa provação e ansiedade possam terminar bem. Costumava pensar que gostaria de fazer entrevistas; o amigo de Jonathan em *The Exeter News* disse a ele que memória era tudo nesse tipo de trabalho, e que você precisa ser capaz de anotar com exatidão quase todas as palavras ditas, mesmo que seja para refinar algumas depois. Hoje foi uma rara entrevista; tentarei registrá-la *verbatim*.

Eram duas e meia da tarde quando bateram à porta. Enchi-me de coragem – *à deux mains* – e aguardei. Em poucos minutos Mary abriu a porta e anunciou:

– Doutor Van Helsing.

Levantei-me e fiz uma mesura enquanto ele se aproximava de mim; um homem de peso médio, forte, com os ombros bem acomodados em um peito largo e profundo, e um pescoço tão bem posicionado no tronco quanto a cabeça no pescoço. A postura transmite de imediato uma indicação de raciocínio e força; a cabeça é notável, bem proporcionada, larga e grande atrás das orelhas. O rosto, bem barbeado, exibe um queixo firme e quadrado; uma boca grande, resoluta e inquieta; um nariz de bom tamanho, quase reto, mas com narinas sensíveis e impacientes que parecem abrir-se quando as grandes sobrancelhas peludas baixam e a boca se retesa. A testa é larga e elegante, primeiro subindo quase reta e depois se inclinando sobre dois galos ou elevações bem apartados; uma testa tal que os cabelos ruivos não têm a menor possibilidade de cair sobre ela, espalhando-se naturalmente para trás e para os lados. Grandes olhos azul-escuros bem afastados, rápidos e ternos ou severos de acordo com o humor do homem. Ele me disse:

– Senhora Harker, não é? – E eu assenti me curvando. – A que era senhorita Mina Murray? – E de novo eu concordei. – É Mina Murray que vim para ver, que era amiga daquela pobre e doce criança Lucy Westenra. Madame Mina, é por causa da falecida que venho.

– *Sir* – eu falei –, o senhor não poderia alegar para mim nada melhor do que ter sido um amigo para Lucy Westenra e tê-la ajudado. – E estendi a mão.

Ele a tomou e disse, ternamente:

– Ah, madame Mina, eu sabia que a amiga daquela pobre menina em flor devia ser bondosa, mas mal sabia eu...

E encerrou o discurso com uma reverência cortês; então lhe perguntei sobre o que queria falar, e ele logo começou.

– Li suas cartas para a senhorita Lucy. Perdoe-me, mas eu precisava começar a investigar em algum lugar, e não havia a quem perguntar. Sei que a senhora esteve com ela em Whitby. Ela algumas vezes escreveu em um diário; a senhora não deveria parecer surpresa, madame Mina; ela começou após sua partida, e foi para imitá-la. Nesse diário, Lucy por inferência associa certas coisas a um episódio de sonambulismo no qual registra que a senhora a salvou. Em grande perplexidade, portanto, venho até a senhora e lhe peço que por sua imensa gentileza me conte acerca dele tudo de que conseguir se lembrar.

– Creio, doutor Van Helsing, que consigo lhe contar tudo a respeito.

– Ah, então a senhora tem boa memória para fatos, para detalhes? Nem sempre é assim com jovens senhoras.

– Não, doutor, mas eu escrevi tudo na época. Posso mostrar-lhe, se o senhor quiser.

– Ah, madame Mina, fico-lhe muito grato; a senhora com isso me faz um enorme favor.

Não resisti à tentação de confundi-lo um pouco; suponho que seja algo do sabor da maçã original que continua em nossa boca; então lhe entreguei o caderno de anotações em taquigrafia. Ele o pegou com uma grande mesura e perguntou:

– Posso ler?

– Se desejar – respondi tão humildemente quanto consegui. Ele abriu e por um instante sua expressão se anuviou. Depois ele se levantou e se curvou.

– Ah, a senhora é uma mulher tão inteligente! Eu sabia há muito tempo que o senhor Jonathan era um homem de grande reconhecimento; mas vejo que a esposa reúne todas as coisas boas. A senhora não concederia a honra de me ajudar, lendo-o em voz alta? Pobre de mim, não conheço taquigrafia.

A essa altura, minha pequena brincadeira tinha acabado e eu estava quase envergonhada; então peguei a versão datilografada e a entreguei para ele, dizendo:

– Perdão, não consegui evitar; mas imaginei que era sobre a querida Lucy que o senhor desejava perguntar, e que não haveria tempo a perder; não por minha causa, mas porque sei que seu tempo deve ser precioso, então datilografei na máquina para o senhor.

Os olhos dele brilharam.

– A senhora é muito boa. Posso ler agora? Eu talvez queira lhe perguntar algumas coisas após haver lido.

– Sim, por favor – respondi. – Leia enquanto cuido do jantar; o senhor poderá fazer as perguntas enquanto comemos.

Van Helsing se curvou e se acomodou em uma cadeira, de costas para a luz, e ficou absorto nos papéis, e eu me afastei para cuidar da refeição, principalmente para que ele não fosse incomodado. Quando voltei, encontrei-o andando depressa de um lado a outro da sala, o rosto iluminado de excitação. Correu para mim e pegou minhas duas mãos.

– Ah, madame Mina, como posso expressar o que lhe devo? Este papel é um raio de sol. Abre um portão para mim. Estou cego e deslumbrado com tanta luz, e ainda assim nuvens passam atrás da luz a todo momento. Mas isso a senhora não compreende, não pode compreender. Ah, mas estou-lhe tão agradecido. A senhora é tão inteligente. – E continuou, com grande solenidade: – Se Abraham Van Helsing puder fazer qualquer coisa pela senhora ou pelos seus, confio que me fará saber. Será um prazer e um deleite se eu puder servi-la como um amigo; como um amigo, mas tudo que eu jamais aprendi, e tudo que eu puder vir a fazer, há de ser pela senhora e por aqueles a quem ama. Há escuridão na vida, e há luzes; a senhora é uma das luzes. A senhora terá uma vida boa e feliz, e o seu marido será abençoado.

– Mas, doutor, o senhor me elogia demais, e o senhor não me conhece.

– Não a conheço? Eu, que sou velho, que estudei durante toda a vida homens e mulheres; eu, que tornei minhas especialidades o cérebro, tudo que pertence a ele e tudo que dele deriva! Li o diário que a senhora tão generosamente datilografou para mim, e do qual a verdade transpira em cada linha. Eu, que li sua doce carta para a querida Lucy, sobre seu casamento e sua confiança, não a conheço! Ah, madame Mina, mulheres boas contam durante toda a vida, a cada dia, hora e minuto, coisas tais que os anjos podem ler; e nós, homens, que desejamos o conhecimento, temos em nós algo dos olhos dos anjos. Seu marido é de natureza nobre, e a senhora é nobre também, pois a senhora confia, e não pode haver confiança onde exista uma natureza má. E seu marido, fale-me sobre ele. Está bem? A febre passou? Ele está forte e bem-disposto?

Aqui eu vi uma abertura para perguntar a ele sobre Jonathan, então revelei:

– Ele estava quase recuperado, mas ficou muito abalado pela morte do senhor Hawkins.

O professor me interrompeu:

– Ah, sim, eu sei, eu sei. Eu li suas duas últimas cartas.

– Suponho que isso o tenha perturbado, pois, quando estivemos na cidade, na última quinta-feira, ele teve uma espécie de ataque – prossegui.

– Um ataque! E após uma febre cerebral tão recente! Isso não é bom. Que tipo de ataque foi?

– Ele pensou ter visto uma pessoa que o fez lembrar uma coisa terrível, uma coisa que provocou a febre cerebral.

Nesse ponto a coisa toda pareceu me esmagar com força e de uma vez. A compaixão por Jonathan, o horror pelo qual ele passou, todo o mistério medonho do diário dele e o medo que tem me acompanhado desde então; fui assolada por um turbilhão. Creio que tenha ficado histérica, pois me joguei de joelhos e estendi as mãos para ele, implorando que deixasse meu marido bom de novo. Ele pegou minhas mãos, me levantou e me fez sentar no sofá, e sentou ao meu lado; tomou minhas mãos nas dele e falou comigo com infinita doçura.

– Minha vida é enfadonha e solitária, e tão repleta de trabalho que não tenho tido muito tempo para cultivar amizades; mas, desde que fui convocado para cá por meu amigo John Seward, tenho conhecido tantas pessoas boas e visto tanta nobreza que sinto mais do que nunca, e isso vem aumentando com o avançar dos anos, a solidão da minha vida. Acredite-me, então, que vim aqui cheio de respeito pela senhora, e que a senhora me deu esperança; esperança não naquilo que busco, mas de que ainda existem boas mulheres para tornar a vida feliz, boas mulheres cuja vida e cujos valores podem ser um bom exemplo para as crianças que virão. Estou contente, muito contente, por poder ser-lhe de alguma utilidade; pois, se seu marido sofre, ele sofre no âmbito do meu estudo e da minha experiência. Eu lhe prometo que ficarei feliz em fazer por ele tudo que puder, tudo para tornar a vida dele forte e viril, e também feliz a sua vida. Agora, a senhora precisa comer. A senhora está extenuada e talvez hiperansiosa. Seu marido Jonathan não gostará de vê-la tão pálida; e ver o que não aprecia, onde ele ama, não será para o bem dele. É, portanto, pelo bem dele que a senhora deve comer e sorrir. A senhora me contou tudo sobre Lucy, então agora não devemos falar disso, para evitar aflições. Ficarei em Exeter esta noite, pois quero refletir muito sobre o que a senhora me contou, e após refletir farei perguntas, se a senhora consentir. E então me contará também, tanto quanto puder, acerca dos problemas do seu marido, mas não neste momento. A senhora precisa comer agora; depois há de me contar tudo.

Após o jantar, quando voltamos à sala de visitas, ele me disse:

– Agora, conte-me tudo sobre ele.

Quando chegou o momento de falar com esse grande homem, tão instruído, comecei a recear que ele julgaria a mim uma tola e fraca, e Jonathan, um louco, pois o diário dele é tão estranho, e hesitei em continuar. Mas ele foi tão delicado e gentil, e tinha prometido ajudar, e eu confiei nele, então iniciei:

– Doutor Van Helsing, o que tenho a lhe contar é tão esquisito que o senhor não deve rir de mim nem de meu marido. Estou desde ontem em um tipo de febre de dúvida; o senhor precisa ser gentil comigo, e não me achar uma tola por ter acreditado em metade de algumas coisas muito estranhas.

O professor me tranquilizou por seus modos e palavras quando disse:

– Ah, minha cara, se a senhora soubesse quão estranho é o assunto pelo qual estou aqui, seria a senhora a rir. Eu aprendi a não menosprezar a crença de ninguém, independentemente de quanto seja peculiar. Tentei manter a mente aberta, e não são as coisas ordinárias da vida que poderiam fechá-la, mas as coisas estranhas, as extraordinárias, as coisas que fazem uma pessoa duvidar da própria sanidade.

– Obrigada, obrigada, obrigada mil vezes! O senhor me tirou um peso da cabeça. Se o senhor permitir, vou lhe dar um papel para ler. É longo, mas eu o datilografei. Ele vai relatar o meu problema e o de Jonathan. É uma cópia do diário dele quando estava no exterior, e sobre tudo que ocorreu. Não ouso lhe adiantar nada; o senhor há de ler por si e julgar. Então, quando eu o encontrar, o senhor talvez tenha a extrema gentileza de me contar o que pensa.

– Eu prometo – ele se comprometeu, quando lhe entreguei os papéis. – Pela manhã, o mais cedo que eu puder, virei ver a senhora e o seu marido, se me permitir.

– Jonathan estará aqui às onze e meia da manhã. O senhor pode vir almoçar conosco e vê-lo nesta ocasião; o senhor poderia tomar o trem expresso das três e trinta e quatro, que o deixará em Paddington antes das oito.

Ele pareceu surpreso com meu conhecimento repentino sobre os trens, mas ele não sabe que estudei todos os horários de e para Exeter, com o intuito de acudir Jonathan caso ele tenha algum desassossego. Então o doutor pegou os papéis e partiu, e eu fiquei aqui pensando, pensando não sei o quê.

* * *

## Carta à mão de Van Helsing para a senhora Harker

### 25 de setembro, seis horas

Cara madame Mina,

Li o maravilhoso diário de seu marido. A senhora pode dormir descansada. Estranho e terrível como é, é verdade! Eu apostaria minha vida nisso. Talvez seja pior para outras pessoas; mas para ele e a senhora não há risco. Ele é um camarada nobre; e deixe-me dizer-lhe, da minha experiência com homens, que um capaz de fazer o que ele fez, descer aquele muro até aquele quarto, e ainda mais duas vezes, não é alguém que ficará permanentemente prejudicado por um choque. O cérebro e o coração dele estão em ordem; sobre isso posso jurar, mesmo antes de encontrá-lo; então, esteja em paz. Terei muito a perguntar a ele sobre outras coisas. Sou abençoado por haver encontrado a senhora hoje, pois aprendi tanta coisa de uma vez que estou de novo fascinado; mais do que nunca, creio.

Seu mais leal,

Abraham Van Helsing

## Carta da senhora Harker para Van Helsing

### 25 de setembro, seis e meia da noite

Meu caro doutor Van Helsing,

Mil vezes obrigada por sua gentil carta, que me tirou um enorme peso da cabeça. Ao mesmo tempo, sendo tudo aquilo verdade, que coisas terríveis existem no mundo, e que coisa pavorosa se aquele homem, aquele monstro, estiver mesmo em Londres! Tenho medo só de pensar. Neste momento, agora mesmo enquanto escrevo, recebi um telegrama de Jonathan informando que ele sairá de Launceston às seis e vinte e cinco da tarde e chegará aqui às dez e dezoito da noite, então não preciso ter medo quanto a hoje à noite. Portanto, em vez de jantar conosco, o senhor não viria para o café da manhã às oito horas, caso não seja cedo demais? Se estiver com pressa, poderá ir embora no trem das dez e meia, que o deixará em Paddington às duas e trinta e cinco da tarde. Não é preciso responder; vou presumir que, se não tiver notícias, o senhor virá para o café da manhã.

Cordialmente,

Sua leal e grata amiga,

Mina Harker

## Diário de Jonathan Harker

### 26 de setembro

Pensei que jamais escreveria neste diário de novo, mas é chegada a hora. Quando voltei para casa ontem à noite, Mina havia preparado a ceia, e após a refeição ela me contou sobre a visita de Van Helsing e sobre ter entregado a ele cópias datilografadas de ambos os diários, e como ela ficou aflita por minha causa. Ela me mostrou na carta de Van Helsing que tudo que eu havia anotado era verdade. Isso parece ter feito de mim um novo homem. Era a dúvida quanto à realidade da coisa toda que tinha me derrubado.

Sentia-me impotente, no escuro e descrente. Porém, agora que eu sei, não tenho medo, nem mesmo do Conde. Ele conseguiu, afinal, seu objetivo de vir a Londres, e foi ele que eu vi. Está mais jovem, mas como? Van Helsing é o homem para desmascará-lo e caçá-lo, se ele for de fato como Mina diz. Ficamos acordados até tarde e conversamos a respeito. Mina está se vestindo e em poucos minutos irei ao hotel buscá-lo...

O professor ficou, acho, surpreso ao me ver. Quando entrei na sala onde ele estava e me apresentei, ele me tomou pelo ombro, virou meu rosto para a luz e disse, após um escrutínio aguçado:

– Mas a madame Mina me contou que você estava doente, que havia tido um ataque.

Foi tão engraçado ouvir minha esposa ser chamada de "madame Mina" por esse senhor gentil e de expressão marcante.

Sorri e respondi:

– Estava doente e tive um ataque; mas o senhor já me curou.

– Como?

– Pela sua carta para Mina ontem à noite. Estava em dúvida e tudo tinha um matiz de irrealidade. Eu não sabia no que confiar, incluindo a evidência dos meus próprios sentidos. Não sabendo no que acreditar, eu não sabia o que fazer; então simplesmente segui trabalhando no que até este momento era a alegria da minha vida. A alegria cessou, e eu perdi a autoconfiança. Doutor, o senhor não sabe o que é duvidar de tudo, até de si mesmo. Não, não sabe; não teria como, com sobrancelhas assim.

Ele pareceu gostar e respondeu, rindo:

– Ah! Então você é um fisionomista. Aqui, a cada hora eu aprendo coisas novas. É com tanta satisfação que vou visitá-lo para o café da manhã; e, meu caro, perdoe o cumprimento vindo deste velho, mas sua esposa é uma bênção.

Eu poderia ficar o dia inteiro ouvindo-o elogiar Mina, então apenas assenti e permaneci calado.

– Ela é uma das mulheres de Deus, moldada por Sua própria mão, para mostrar a nós, homens, e a outras mulheres que há um paraíso no qual podemos entrar e que a luz paradisíaca pode brilhar aqui na terra. Tão verdadeira, tão doce, tão nobre, tão pouco egocêntrica; e isso, deixe-me dizer-lhe, é bastante nesta época tão cética e egoísta. E quanto a você, meu caro: eu li todas as cartas para a pobre senhorita Lucy, e algumas falam a seu respeito, então eu o conheço desde poucos dias após conhecer os demais; mas enxerguei sua verdadeira essência na última noite. Vai me dar a mão, não vai? E sejamos amigos pelo resto da vida.

Apertamo-nos as mãos, e ele foi tão firme e tão gentil que quase me emocionei.

– E agora, posso solicitar um pouco mais de ajuda? Tenho uma tarefa grande a realizar, e o princípio dela é saber. Você pode me ajudar neste ponto. Poderia me contar o que aconteceu antes de sua ida para a Transilvânia? Mais tarde talvez eu lhe peça mais ajuda, e de outro tipo, mas para começar isso é suficiente.

– Veja – eu disse –, a tarefa que o senhor tem a realizar diz respeito ao Conde?

– Sim – ele respondeu, solenemente.

– Então estou com o senhor, de coração e alma. Como vai partir no trem das dez e meia, o senhor não terá tempo de ler os jornais, mas vou entregar-lhe uma porção deles. O senhor pode levá-los para ler no trem.

Após o café da manhã, eu o acompanhei até a estação. Quando estávamos saindo, ele falou:

– Quem sabe o senhor viria ao campo se eu lhe mandasse chamar, e levaria a madame Mina também.

– Iremos ambos quando o senhor quiser.

Eu havia entregado ao doutor os jornais matutinos locais e os jornais londrinos da noite anterior, e, enquanto conversávamos junto à janela do vagão, esperando que o trem partisse, ele os estava folheando. Seus olhos pareceram subitamente se deparar com algo em um deles, *The Westminster Gazette*, que eu reconheci pela cor, e ele ficou lívido. Lendo algo com muita concentração, gemeu para si mesmo:

– *Mein Gott! Mein Gott!* Tão cedo, tão cedo!

Creio que nesse momento não se tenha lembrado de que eu estava ali. Bem nesse instante o trem apitou e começou a se mover; isso o fez voltar a si, ele se inclinou para fora da janela e acenou, gritando:

– Saudações à madame Mina; escreverei o mais brevemente possível.

## Registros do doutor Seward

### 26 de setembro

É fato que não existe decisão final. Nem uma semana desde que falei "*Finis*", e cá estou recomeçando, ou melhor, voltando ao mesmo registro. Até hoje à tarde, eu não tinha razão para pensar no que está feito. Renfield se tornou, para todos os efeitos, mais são do que nunca. Ele estava bem adiantado em seu negócio com as moscas e tinha também retomado a questão das aranhas, de modo que não vinha representando nenhum problema para mim. Recebi uma carta de Arthur, escrita no domingo, e dela depreendo que ele está se recuperando maravilhosamente bem. Quincey Morris está com ele e isso é uma ajuda enorme, pois ele próprio é um poço borbulhante de bom humor. Quincey também me escreveu, e dele ouvi que Arthur está começando a recuperar algo de sua antiga alegria de viver; então, da parte deles, minha cabeça está em paz. Quanto a mim, estava engrenando no trabalho com o entusiasmo que costumava ter, de forma que poderia ter honestamente dito que a ferida que a querida Lucy deixou em mim estava cicatrizando. Tudo, porém, está agora reaberto; e qual será o encerramento, só Deus sabe. Parece-me que Van Helsing pensa que ele próprio também sabe, mas ele só revela um pouco por vez, para aguçar a curiosidade. Ele foi a Exeter ontem e ficou a noite toda. Voltou hoje; entrou quase pulando na sala, por volta das cinco e meia da tarde, e atirou na minha mão a *The Westminster Gazette* de ontem à noite.

– O que você pensa disso? – ele perguntou, recuando um passo e cruzando os braços.

Olhei para o jornal por alto, pois não sabia realmente o que ele queria dizer; mas ele o tomou de mim e apontou para um parágrafo sobre crianças sendo atraídas para longe em Hampstead. O texto não me disse grande coisa, até que cheguei ao trecho que descrevia pequenos ferimentos perfurados em seus pescoços. Uma ideia me ocorreu, e eu olhei para cima.

– Então? – ele disse.

– É como foi com a Lucy.

– E o que você pensa a respeito?

– Simplesmente que existe alguma causa em comum. O que quer que a tenha ferido feriu as crianças também.

Eu não entendi muito bem a resposta dele:

– Isso é verdade indiretamente, mas não diretamente.

– O que o senhor quer dizer, professor?

Eu estava ligeiramente propenso a tomar com leveza a seriedade dele, pois, afinal, quatro dias de repouso e de ausência de preocupações e de aflições angustiantes ajudam qualquer um a restaurar o espírito; entretanto, quando olhei para ele, sua expressão me devolveu a sobriedade. Nunca, nem mesmo em meio ao nosso desespero pela pobre Lucy, ele pareceu tão sério.

– Diga-me – eu falei –, não consigo arriscar uma opinião. Não sei o que pensar e não disponho de dados nos quais embasar uma conjectura.

– Está tentando me dizer, amigo John, que não tem nenhuma suspeita sobre do que a Lucy morreu; nem após tantas pistas, dadas não só por fatos, mas também por mim?

– De prostração nervosa na sequência de perda ou dissipação de sangue.

– E como o sangue se perdeu ou dissipou?

Eu abanei a cabeça. Van Helsing se adiantou, sentou-se ao meu lado e continuou:

– Você é um homem esperto, amigo John; você raciocina bem e sua inteligência é arrojada, mas tem muitos preconceitos. Você não deixa que seus olhos enxerguem nem que seus ouvidos escutem, e o que está fora de sua vida cotidiana não lhe interessa. Você não acha que existem coisas que você não compreende, mas que ainda assim existem; e que algumas pessoas enxergam coisas que outras não enxergam? Mas há coisas velhas e novas que não devem ser contempladas pelos olhos dos homens, porque eles conhecem, ou pensam que conhecem, algumas coisas que outros homens lhes contaram. Ah, é uma falha da nossa ciência, ela querer explicar tudo; e, se não explica, então diz que não há nada a ser explicado. A despeito disso, vemos todos os dias o surgimento de novas crenças, que se creem novas, mas que são de fato velhas que se fingem de novas, como as senhoras elegantes na ópera. Eu presumo que você não creia em transferência corporal. Não? Nem em materialização. Não? Nem em corpos astrais. Não? Nem em leitura da mente. Não? Nem em hipnotismo…

– Neste, sim – eu falei. – Charcot já provou muito bem a hipnose.

O professor sorriu e retomou.

– Então você está satisfeito quanto a isso. Certo? Então é claro que você entende como isso funciona e consegue acompanhar a mente do grande Charcot, que infelizmente não existe mais, para dentro da própria alma do paciente que ele influencia. Não? Então, amigo John, eu devo assumir que você simplesmente aceita o fato, e que fica satisfeito ao deixar vazio o intervalo entre a premissa e a conclusão? Não? Então me conte, pois sou um estudante do cérebro, como você aceita o hipnotismo e rejeita a leitura da mente. Deixe-me dizer-lhe, meu amigo, que há coisas sendo feitas hoje, em ciência elétrica, que teriam sido consideradas heresia pelos próprios homens que descobriram a eletricidade, os quais, pouco tempo antes, teriam sido pessoalmente queimados como bruxos. Existem sempre mistérios na vida. Por que foi que Matusalém viveu novecentos anos, e meu xará, o Velho Abraham, cento e sessenta e nove, e apesar disso a coitada da Lucy, com o sangue de quatro homens em suas pobres veias, não pôde viver nem mais um dia? Pois, se ela houvesse vivido um dia a mais, nós poderíamos tê-la salvado. Você conhece os mistérios da vida e da morte? Você conhece completamente a anatomia comparativa, e pode, portanto, dizer por qual motivo as qualidades animalescas estão presentes em alguns homens e não em outros? Pode me contar por que, quando outras aranhas definhavam e morriam logo, aquela uma, grande, viveu por séculos na torre da velha igreja espanhola, sempre crescendo, até que, ao descer, pôde beber o óleo de todos os lampiões da igreja? Consegue me dizer por que nos Pampas, e em outros lugares, há morcegos que vêm à noite e abrem as veias do gado e dos cavalos e sugam até que elas secam? E como em algumas ilhas dos mares, a oeste, há morcegos que passam o dia pendurados em árvores, e quem os vê os descreve como nozes ou vagens gigantes, e explicar como, quando marujos dormem no convés devido ao calor, descem até eles, e depois... Depois, pela manhã, são encontrados mortos, lívidos como ficou a senhorita Lucy?

– Meu bom Deus, professor! – exclamei, levantando-me. – O senhor quer me dizer que Lucy foi mordida por um morcego desses e que esta coisa está aqui em Londres em pleno século XIX?

Ele gesticulou pedindo silêncio e continuou:

– Você consegue me dizer por que tartarugas vivem mais do que gerações de homens; por que o elefante vive a ponto de conhecer várias dinastias; e por que o papagaio nunca morre, a não ser por mordida de gato ou cachorro ou outro ferimento? Pode me contar por que homens de todos os tempos e lugares acreditam que alguns conseguem viver para sempre, se puderem; e que há homens e mulheres que não conseguem morrer? Todos nós sabemos, porque a ciência atestou o fato, que existiram sapos enterrados em rochas por milhares de anos, fechados em um pequeno buraco que os envolveu desde a juventude do mundo. Consegue me explicar como o faquir indiano pode levar-se à morte e ser enterrado, e seu túmulo selado e milho plantado por cima, colhido e cortado e semeado e colhido e cortado novamente, e então os homens vêm e removem o selo intacto e lá está o faquir indiano, não morto, mas, sim, capaz de se levantar e andar entre eles como antes? – E aqui eu o interrompi, confuso.

Ele havia preenchido minha mente com tamanha lista de excentricidades da natureza e impossibilidades possíveis que minha imaginação estava pegando fogo. Eu tinha a leve sensação de que ele me ensinava uma lição, como muito tempo antes costumava fazer em Amsterdã, mas na época ele me contava do que se tratava, de modo que durante todo o tempo eu conseguia ter em mente o objeto do pensamento. Mas agora eu não contava com essa ajuda, e ainda assim queria acompanhar o raciocínio, então falei:

– Professor, deixe-me voltar a ser seu aluno. Conte-me a tese, para que eu possa me escorar no seu conhecimento enquanto o senhor avança.

Neste momento, estou mentalmente indo de um ponto a outro como um insano segue uma ideia, e não um homem são. Sinto-me como um calouro se arrastando por um pântano no meio de um nevoeiro, pulando de uma moita à seguinte no mero esforço cego de prosseguir sem saber para onde está indo.

– Essa é uma boa imagem – ele respondeu. – Bem, vou contar. Minha tese é: eu quero que você acredite.

– Acredite em quê?

– Em coisas em que não consegue acreditar. Vou ilustrar. Certa vez, ouvi de um americano a seguinte definição de fé: "Faculdade que nos capacita a acreditar em coisas que sabemos ser inverdades". Pela primeira vez, entendo aquele homem. Ele quis dizer que devemos manter a mente aberta, e não permitir que um pedaço de verdade impeça a passagem da grande verdade, assim como uma pequena pedra impede o deslizar de um vagão no trilho. Primeiro nós pegamos a pequena verdade. Bom! Nós a guardamos e valorizamos, mas ainda assim não a deixamos pensar que é toda a verdade do universo.

– Então, o senhor quer que eu não permita que alguma convicção prévia prejudique a receptividade da minha mente quanto a algum assunto estranho. Aprendi corretamente a lição?

– Ah, você é ainda o meu aluno favorito. Vale a pena ensiná-lo. Agora que você está disposto a entender, deu o primeiro passo para o entendimento. Você acredita, então, que aqueles pequenos furos no pescoço das crianças foram feitos pelo mesmo que fez os furos na senhorita Lucy?

– Suponho que sim.

– Então você está errado. Ah, se ao menos fosse isso! Mas não, pobres de nós. É pior, muito, muito pior.

– Em nome de Deus, professor Van Helsing, o que o senhor está querendo dizer? – eu gritei.

Com um gesto de desespero, ele se jogou em uma cadeira, apoiou os cotovelos na mesa e cobriu o rosto com as mãos, ao dizer:

– Foram feitos pela senhorita Lucy!

# Capítulo XV

## Registros do doutor Seward, continuação

Por algum tempo, uma raiva absoluta me dominou. Era como se Van Helsing houvesse esbofeteado Lucy enquanto viva. Golpeei a mesa e me pus de pé, enquanto lhe dizia:

– Doutor Van Helsing, o senhor está louco?

Ele levantou a cabeça e olhou para mim, e de algum modo a ternura de seu rosto me acalmou imediatamente.

– Quisera eu! – ele disse. – Seria mais fácil suportar a loucura do que uma verdade como esta. Ah, meu amigo, pense: por que eu daria uma volta tão grande, por que demorar tanto a contar uma coisa tão simples? Teria sido porque eu o odeio e o odiei durante toda a minha vida? Teria sido porque eu desejava infligir-lhe dor? Teria sido porque eu desejava, tão tardiamente, vingar-me da ocasião em que você salvou minha vida de uma morte horrível? Ah, não!

– Perdoe-me – falei.

– Meu amigo – ele prosseguiu –, foi porque quis ser delicado ao fazer a revelação, pois sei que você amou aquela moça dulcíssima. Mas, mesmo assim, não espero que você acredite. É tão difícil aceitar de imediato qualquer ideia abstrata, que podemos duvidar de tal possibilidade quando sempre acreditamos no "não" que há nela; é ainda mais difícil aceitar uma verdade concreta tão triste, e de alguém como a senhorita Lucy. Esta noite eu provarei o que digo. Ousa me acompanhar?

Aquilo me fez vacilar. Um homem não quer provar uma verdade destas; Byron excetuou desta categoria o ciúme:

"E comprovar a verdade absoluta que ele mais abominava".

Van Helsing viu minha hesitação e disse:

– A lógica é simples, não a lógica de um insano, desta vez, pulando de moita em moita em um pântano enevoado. Se não for verdade, então prová-lo será um alívio; no pior cenário, não fará mal nenhum. Se for verdade! Ah, aí está o pavor; mesmo assim, o pavor em si ajudaria minha causa, pois reside nele certa necessidade de que se acredite. Venha, vou lhe contar a proposta: primeiro, partimos agora mesmo para visitar aquela criança no hospital. O doutor Vincent, do North Hospital, que os jornais dizem ser onde a criança está, é um amigo meu, e penso que também seu, já que você estudou em Amsterdã. Ele permitirá que dois cientistas vejam o caso, se não der permissão a dois amigos. Não devemos dizer nada a ele, apenas que desejamos estudar. E então…

– E então?

Ele tirou uma chave do bolso e a segurou no alto.

– Então nós vamos passar a noite, você e eu, no cemitério onde Lucy está. Esta é a chave que tranca a sepultura. Consegui com o fabricante do caixão uma cópia para dar ao Arthur.

Meu coração afundou no peito, pois senti que uma prova ameaçadora se estendia à nossa frente. Não podia fazer nada, porém; então reuni toda a disposição que pude e falei que deveríamos nos apressar, pois a tarde já ia avançada…

Encontramos a criança acordada. Havia dormido e aceitado um pouco de comida, e no geral estava indo bem. O doutor Vincent removeu o curativo do pescoço dela e nos mostrou as perfurações. Não havia dúvida quanto à semelhança com as perfurações do pescoço de Lucy. Eram menores e as bordas pareciam mais recentes, e era só. Perguntamos a Vincent a que ele as atribuía, e ele respondeu que devia ser uma mordida de algum bicho, talvez um rato; acrescentou, porém, que, de sua parte, estava propenso a achar que tinha sido um morcego, dos muitos que há na região norte de Londres.

– Entre tantos inofensivos – ele disse –, pode haver algum do sul, de uma espécie mais maligna. Algum marinheiro pode ter trazido um para casa, e o bicho conseguiu escapar; ou mesmo do Jardim Zoológico um menor pode ter fugido, ou ter sido criado lá por um exemplar vampiro. Fugas acontecem, vocês sabem. Apenas dez dias atrás um lobo escapou, e creio que rumou para esta direção. Uma semana mais tarde, as crianças não brincavam em Heath e em todas as vielas de nada além de Chapeuzinho

Vermelho, até que surgiu esse pânico da "mulher biíta", e desde então esse tem sido o tema da farra para os pequenos. Até este pobre coitadinho, quando acordou hoje, perguntou à enfermeira se podia ir embora, e quando ela perguntou por que ele queria partir, ele respondeu que queria ir brincar com a "mulher biíta".

– Espero – iniciou Van Helsing – que, quando mandar esta criança para casa, você alerte os pais para que mantenham vigilância estrita sobre ela. Essas brincadeiras de perambular são as mais perigosas; e, se a criança passasse mais uma noite fora, provavelmente seria fatal. Mas de toda forma eu suponho que você não vai liberá-la nos próximos dias.

– Certamente, não; não por uma semana, pelo menos, e por mais tempo ainda se a ferida não estiver curada.

Nossa visita ao hospital demorou mais do que percebemos, e quando saímos o sol já tinha se posto. Quando Van Helsing viu como estava escuro, ele falou:

– Não há pressa. É mais tarde do que eu pensei. Venha, vamos procurar algum lugar onde comer, e então seguiremos nosso caminho.

Jantamos no "Castelo de Jack Straw" em companhia de uma pequena multidão de ciclistas e outros clientes alegremente barulhentos. Por volta das dez horas da noite, partimos da hospedaria. Estava bastante escuro, e a distância entre as lâmpadas afastadas tornava a escuridão ainda maior quando estávamos fora do alcance de seu facho individual. O professor tinha evidentemente conhecimento do caminho que tomaríamos, pois foi sem hesitação; quanto a mim, estava bem confuso quanto à localidade. Conforme avançávamos, encontrávamos cada vez menos pessoas, e por fim nos surpreendemos até ao encontrar uma patrulha da polícia montada fazendo a ronda habitual pelo subúrbio. Afinal chegamos ao muro do cemitério e o pulamos. Com alguma dificuldade, pois estava muito escuro e todo o lugar nos parecia muito estranho, encontramos o túmulo dos Westenras. O professor pegou a chave, abriu a porta rangente e deu um passo para trás, educadamente, mas sem se dar conta do que fazia, gesticulando para que eu o precedesse. Havia uma deliciosa ironia na oferta, na cortesia de ceder a preferência em uma ocasião tão medonha. Meu companheiro logo veio atrás e cuidadosamente fechou a porta, após se certificar, com toda a cautela, de que a fechadura não era de mola, caso em que estaríamos em uma situação bastante delicada. Em seguida, ele remexeu a maleta, de lá tirou uma caixa de fósforos e uma vela e a acendeu. Durante o dia, enfeitado de flores frescas, o túmulo já tinha parecido sombrio e funesto o suficiente; agora, passados alguns dias, quando as flores pendiam frouxas e mortas, os tons brancos amarelando e os verdes acastanhando; quando as aranhas e os besouros haviam retomado sua dominância habitual; quando a pedra descorada pelo tempo, a argamassa cheia de poeira incrustada, o ferro corroído e úmido, o latão manchado e a baça placa prateada devolviam da luz da vela apenas um pálido reflexo, o efeito foi mais tenebroso e sórdido do que poderia ter sido imaginado. Transmitiam a ideia irresistível de que a vida, a vida animal, não era a única coisa que podia morrer.

Van Helsing executou o trabalho sistematicamente. Segurando a vela de modo a conseguir ler as placas dos caixões, e segurando-a de tal forma que as gotas pingavam em pequenas poças brancas que congelavam ao tocar o metal, ele se certificou de qual dos ataúdes era o de Lucy. Mais uma busca no interior da maleta e de lá ele tirou uma chave de fenda.

– O que o senhor vai fazer?

– Abrir o caixão. Você ainda precisa ser convencido.

Imediatamente ele começou a remover os parafusos e no fim levantou a tampa, mostrando o forro de chumbo abaixo. A visão foi quase excessiva para mim. Parecia uma afronta tão grande à falecida como teria sido, enquanto estava viva, despi-la de suas roupas durante o sono; eu cheguei a pegar a mão dele para impedi-lo, mas ele apenas disse:

– Você verá.

E, mais uma vez vasculhando a maleta, tirou de lá uma pequena serra de arco. Batendo a chave de fenda contra o chumbo, em uma pancada descendente rápida que me fez estremecer, ele abriu um pequeno buraco, o qual era, apesar disso, grande o suficiente para permitir o encaixe da ponta da serra. Eu esperava que o cadáver, enterrado uma semana antes, liberasse borbotões de gases. Nós, médicos, que precisamos conhecer nossos riscos, acostumamo-nos a essas coisas, e recuei até a porta. Mas o professor não parou nem por um instante; ele serrou alguns centímetros de uma das laterais de chumbo do caixão, depois serrou a parte de cima, cruzando a largura, e desceu serrando pela lateral oposta. Pegou a ponta da borda solta e a curvou no sentido do pé do caixão; então, segurando a vela perto da abertura, gesticulou para que eu olhasse.

Eu me aproximei e olhei. O caixão estava vazio.

Foi certamente uma surpresa para mim e me deu um choque considerável, mas Van Helsing não moveu um músculo. Ele estava agora mais seguro do que nunca de sua posição e, portanto, encorajado a continuar com a tarefa.

– Você está satisfeito agora, amigo John?

Senti despertar em mim a obstinação argumentativa da minha natureza, enquanto lhe respondia:

– Estou satisfeito quanto ao corpo de Lucy não estar neste caixão; mas isso só prova uma coisa.

– E o que seria, amigo John?

– Que ele não está aqui.

– Essa é uma boa lógica, por ora. Mas como você explica que ele não esteja aí?

– Talvez um ladrão de cadáveres – sugeri. – Alguém da equipe do agente funerário pode ter roubado.

Achei que estivesse falando bobagens, mas ainda assim era a única causa real que eu tinha em mente. O professor suspirou.

– Ah, bem, então precisamos de mais provas. Venha comigo.

Van Helsing recolocou a tampa do caixão, reuniu todos os pertences e os guardou na maleta, apagou a vela e a guardou também. Abrimos a porta e saímos. Atrás de nós, ele fechou a porta e trancou. Entregou-me a chave, dizendo:

– Você pode guardar? É bom que tenha certeza.

Eu ri quando gesticulei para que ele a retivesse; não foi uma risada muito alegre, estou inclinado a dizer.

– Uma chave não é nada; pode haver uma cópia, e de qualquer forma não é difícil quebrar uma fechadura daquele tipo.

O professor não respondeu e guardou a chave no bolso. Disse-me, então, para ir vigiar um lado do cemitério, enquanto ele vigiaria o outro. Tomei posição atrás de um teixo e observei sua figura escura se afastando até que lápides e árvores o esconderam da minha vista.

Foi uma vigília solitária. Logo depois de assumir meu lugar, ouvi um relógio distante bater doze vezes, depois uma e duas. Eu estava com frio e irritado, bravo com o professor por ter me levado para tal missão e comigo mesmo por ter ido. Sentia frio e sono demais para ser um observador arguto, mas não com sono suficiente para trair a confiança em mim depositada, então no geral foi um período tedioso e infeliz.

Subitamente, enquanto eu me virava, pareceu-me ter visto algo como uma mancha branca movendo-se entre duas árvores escuras na lateral do cemitério mais distante do túmulo; ao mesmo tempo, uma massa escura se mexeu na parte onde o professor estava, e rapidamente foi na direção dela. Então eu também me mexi; mas precisava contornar lápides e túmulos gradeados, e tropecei nas sepulturas. O céu estava nublado, e em algum ponto ao longe um galo madrugador cocoricou. Um pouco além de uma linha dispersa de zimbros que marcava o caminho para a igreja, uma figura branca, difusa, passou rapidamente em direção ao túmulo. O túmulo em si estava escondido por árvores, e eu não conseguia ver onde a figura havia desaparecido. Ouvi o farfalhar de um movimento no mesmo ponto onde, antes, eu tinha visto a figura branca; ao seguir na direção do ruído, encontrei o professor segurando nos braços uma criancinha. Quando ele me viu, me entregou o pequeno corpo e inquiriu:

– Está satisfeito agora?

– Não – respondi, de um modo que senti ter sido agressivo.

– Você não vê a criança?

– Sim, é uma criança, mas quem a trouxe aqui? E está ferida?

– Veremos – o professor falou, e nos afastamos depressa do cemitério, ele carregando a criança adormecida.

Ao ganharmos alguma distância, fomos até um conjunto de árvores, riscamos um fósforo e olhamos para o pescoço da criança. Não apresentava nem um único arranhão nem cicatriz de nenhum tipo.

– Eu estava certo? – perguntei, triunfante.

– Chegamos bem a tempo – o professor respondeu, cheio de gratidão.

Precisávamos, então, decidir o que fazer com a criança, e deliberamos a respeito. Se a levássemos a uma delegacia, teríamos de prestar contas sobre nossos movimentos durante a noite; no mínimo, teríamos de dar um depoimento sobre como a tínhamos encontrado. Então decidimos, no fim, que a levaríamos até a mata de Heath e que, ouvindo a aproximação de um policial, iríamos colocá-la onde não houvesse possibilidade de que ele não a encontrasse. Depois, voltaríamos para casa o mais depressa que pudéssemos. Tudo se desenrolou bem. Na ponta de Hampstead Heath ouvimos a marcha pesada de um policial; depositamos a criança no caminho e nos escondemos, observando até que ele a visse e com a lanterna iluminasse de um lado a outro. Ouvimos quando soltou uma exclamação de espanto e em seguida nos afastamos em silêncio. Por sorte conseguimos uma caleche perto dos "Spaniards" e rumamos para a cidade.

Não consegui dormir, por isso fiz este registro. Mas preciso tentar repousar por algumas horas, pois Van Helsing vai mandar me chamar ao meio-dia. Ele insiste em que eu o acompanhe em outra expedição.

* * *

**27 de setembro**

Já eram mais de duas horas da tarde quando encontramos uma oportunidade adequada aos nossos propósitos. O enterro ocorrido ao meio-dia havia terminado, e os últimos enlutados que vagavam por ali se afastaram lentamente, quando, observando com cuidado de trás de alguns amieiros, vimos o sacristão trancar o portão atrás de si. Soubemos então que estaríamos seguros até de manhã, se assim quiséssemos, mas o professor me disse que não precisaríamos de mais do que uma hora, no máximo. Tive de novo aquela sensação horrível da realidade das coisas, diante da qual qualquer esforço de imaginação parece fora de lugar; e percebi claramente os perigos legais em que estávamos incorrendo com o nosso trabalho profano. Além disso, eu o considerava inútil. Havia sido ultrajante abrir um caixão de chumbo para verificar se uma mulher, falecida quase uma semana antes, estava de fato morta; abrir o túmulo novamente parecia agora o pináculo da insensatez, quando sabíamos, pela evidência da nossa própria visão, que o caixão estava vazio. No entanto, dei de ombros e me calei, pois Van Helsing tinha um modo todo particular de conduzir as coisas, impermeável a objeções. Ele pegou a chave, abriu a cripta funerária e mais uma vez, com toda a cortesia, gesticulou para que eu fosse na frente. O lugar não estava tão tétrico quanto na última noite, mas, oh, como ficou indizivelmente maligno quando os raios de sol penetraram. Van Helsing foi até o caixão de Lucy e eu o segui. Ele se curvou e de novo forçou a chapa de chumbo; então um choque de surpresa e pavor me atingiu.

Lá estava deitava Lucy, parecendo idêntica à que tínhamos visto na noite anterior ao enterro. Apresentava-se, se isso é possível, mais radiantemente linda do que nunca, e não pude acreditar que estivesse morta. Os lábios estavam vermelhos; não: estavam mais vermelhos do que antes; e um delicado rubor coloria suas bochechas.

– Isto é algum truque? – perguntei.

– Você está convencido agora? – o professor perguntou em resposta. Enquanto falava, suspendeu a mão e, de um modo que me fez estremecer, puxou para trás os lábios mortos e mostrou os dentes brancos. – Veja – ele continuou. – Veja como eles estão mais afiados do que antes. Com isto e isto – ele disse, tocando um canino superior e um inferior –, as criancinhas podem ser mordidas. Você está convencido agora, amigo John?

Mais uma vez, minha hostilidade argumentativa foi despertada. Eu simplesmente não podia aceitar uma ideia esmagadora como a que ele sugeria; então, fazendo uma tentativa de argumentar da qual no mesmo instante me envergonhei, respondi:

– Ela pode ter sido colocada aqui desde ontem à noite.

– É mesmo? Sendo assim, por quem?

– Não sei. Alguém fez isso.

– Entretanto, ela está morta há uma semana. A maioria das pessoas, nesse período, não teria essa aparência.

Para isso eu não tive resposta, então me calei. Van Helsing não pareceu perceber meu silêncio; seja como for, não demonstrou nem desgosto nem triunfo. Observava intensamente o rosto da mulher morta, suspendendo as pálpebras e examinando os olhos, mais uma vez afastando os lábios e analisando os dentes. Então ele se virou para mim.

– Aqui está algo que é diferente de tudo o que já foi registrado; aqui está uma vida dual, que não é como as comuns. Ela foi mordida pelo vampiro enquanto estava em transe, andando no sono. Ah! Você estremece; você não sabe a respeito, amigo John, no entanto saberá mais tarde; e em transe ele podia vir com mais facilidade para pegar mais sangue. Em transe ela morreu e em transe ela está morta-viva, também. Então é nisso que ela difere de todos os outros. Geralmente, quando os mortos-vivos dormem em "casa" – e aqui ele fez um amplo gesto com o braço, para designar o que, para um vampiro, é "casa" –, o rosto demonstra o que eles são. Mas esta senhorita era tão doce quando não era morta-viva que não tem nada dos mortos comuns. Não há malignidade aqui, veja, e isso torna difícil que eu a mate enquanto dorme.

Isso gelou meu sangue e eu me dei conta de que estava aceitando as teorias de Van Helsing; mas, se ela estava realmente morta, qual era o terror na ideia de matá-la? Ele olhou para mim e evidentemente viu a mudança no meu rosto, pois disse, quase com alegria:

– Ah, você acredita, agora?

E eu respondi:

– Não me pressione demais de uma só vez. Estou disposto a aceitar. Como você vai fazer esse trabalho maldito?

E, o professor explicou:

– Cortarei a cabeça, encherei a boca de alho e farei com que uma estaca lhe atravesse o corpo.

Eu me arrepiei de pensar em tal mutilação ao corpo da mulher que eu havia amado. Entretanto, o sentimento não foi tão forte quanto eu teria esperado. Na verdade, estava começando a estremecer na presença daquele ser, aquele morto-vivo, como Van Helsing tinha chamado, e a sentir certa repugnância. É possível que o amor seja totalmente subjetivo ou totalmente objetivo?

Esperei durante um tempo considerável que Van Helsing começasse, mas ele quedou imóvel como que absorto em pensamentos. Até que por fim ele fechou a maleta com um estalo e falou:

– Estive refletindo e cheguei à conclusão sobre o que é melhor. Se eu simplesmente seguisse minha inclinação, faria agora, neste momento, o que precisa ser feito; mas há outras coisas a considerar, e coisas que são mil vezes mais difíceis e que agora não conhecemos. Isso é simples. Ela ainda não tirou nenhuma vida, embora seja questão de tempo; agir agora seria extrair dela, para sempre, todo o perigo. Mas talvez tenhamos necessidade de Arthur, e como vamos lhe contar sobre isto? Se você, que viu os ferimentos no pescoço de Lucy e viu ferimentos tão semelhantes na criança no hospital; se você, que viu o caixão vazio ontem à noite e o viu, hoje, preenchido por uma mulher que nenhuma mudança sofreu, a não ser tornar-se mais rosada e mais bonita, durante a semana transcorrida após sua morte; se você sabe disso e sabe da figura branca que na última noite trouxe a criança ao cemitério, e ainda assim não acreditou nos próprios sentidos, como, então, posso esperar que Arthur, que não sabe nada dessas coisas, acredite? Arthur duvidou de mim quando o afastei do beijo de Lucy enquanto ela estava morrendo. Sei que ele me perdoou por eu, movido por alguma ideia equivocada, ter feito coisas que o impediram de se despedir como seria devido; ele pode pensar que, por outra ideia equivocada, esta mulher foi enterrada viva; e que, pela ideia mais equivocada de todas, nós a matamos. Ele então vai argumentar que fomos nós, os equivocados, que a matamos por causa de nossas ideias; e assim ele será para sempre infeliz. Por outro lado, Arthur jamais poderá ter certeza, e isso é o pior de tudo. Ele irá às vezes pensar que ela, a quem amava, foi enterrada viva, e isso tingirá seus sonhos com os horrores que ela deverá ter sofrido; de novo, ele irá pensar que nós talvez estejamos certos e que sua amada era, afinal, uma morta-viva. Não! Eu conversei com ele certa vez, e desde então aprendi muito. Agora, como sei que tudo é verdade, mil vezes mais eu sei que ele precisa cruzar as águas amargas antes de atingir as doces. Ele, pobre coitado, precisa viver esta uma hora que fará do céu um semblante escuro; depois poderemos agir de uma vez por todas e dar-lhe a paz. Estou decidido. Vamos embora. Você volta esta noite para seu hospício e se certifica de que tudo está bem. Quanto a mim, passarei sozinho a noite neste cemitério. Amanhã à noite você vem ao meu encontro no Hotel Berkeley às dez horas. Mandarei mensagem para que Arthur venha também, assim como aquele elegante jovem da América que deu sangue. Mais tarde, todos nós teremos trabalho a fazer. Eu o acompanho até Piccadilly e lá jantarei, pois preciso estar de volta antes do pôr do sol.

Então trancamos a cripta e nos afastamos, pulamos o muro do cemitério, o que não foi difícil, e nos dirigimos para Piccadilly.

### Bilhete deixado por Van Helsing no Hotel Berkeley, endereçado a John Seward, M. D.

*(não entregue)*

**27 de setembro**

*Amigo John,*

*Escrevo isso para a eventualidade de algo acontecer. Vou sozinho vigiar aquele cemitério. Agrada-me que a morta-viva, senhorita Lucy, não saia esta noite, para que tenha mais fome na noite de amanhã. Para isso, vou providenciar coisas de que ela não gosta, alho e um crucifixo, e com eles selar a porta da cripta. Ela é uma morta-viva recente, e terá cuidado. Além do mais, essas coisas são apenas para impedir que ela saia; elas não vão prevalecer sobre a vontade dela de entrar; pois para entrar um morto-vivo se desespera, e precisa encontrar a abertura de menos resistência, seja qual for. Estarei por perto durante a noite toda, do poente até depois do nascente, e, se houver algo a ser aprendido, eu aprenderei. Pela senhorita Lucy ou dela, eu nada temo; mas aquele outro, por quem ela é uma morta-viva, tem agora o poder de procurar o túmulo dela e lá encontrar abrigo. Ele é astuto, como sei pelo senhor Jonathan e pelo modo como durante todo o tempo ele nos enganou, quando disputava conosco a vida da senhorita Lucy, e nós perdemos; e de muitos modos os mortos-vivos são fortes. Ele sempre teve nas mãos a força de vinte homens; mesmo nós quatro, que doamos nossa força para a senhorita Lucy, tudo foi também para ele. Além disso, ele pode reunir seus lobos e não sei mais o quê. Então, se acaso vier esta noite, há de me encontrar; porém ninguém mais, até ser tarde demais. Mas pode ser que ele não se aventure no local – seu campo de caça é mais abundante em presas do que o cemitério onde a morta-viva dorme e um homem velho vigia.*

*Portanto, escrevo isto para o caso... Pegue os papéis que acompanham esta nota, os diários de Harker e o resto, leia-os e depois encontre este grande morto-vivo, corte-lhe a cabeça e queime seu coração ou atravesse-o com uma estaca, para que o mundo possa descansar dele.*

*Se assim for, adeus.*

*Van Helsing*

## Registros do doutor Seward

### 28 de setembro

É maravilhoso o que uma boa noite de sono faz por uma pessoa. Ontem eu estava quase aceitando as ideias monstruosas de Van Helsing; mas agora elas se configuram diante de mim como um ultraje ao senso comum. Não tenho dúvida de que ele acredita em tudo. Eu me pergunto se a mente dele se tornou de alguma forma desequilibrada. Certamente deve haver alguma explicação racional para todas essas coisas misteriosas. É possível que o professor tenha feito tudo pessoalmente? Sua inteligência é tão anormal que, se estivesse perturbado, ele conseguiria levar adiante maravilhosamente seu intento quanto a alguma ideia fixa. Reluto em admitir esta ideia, e de fato seria quase tão extraordinária uma coisa quanto a outra, descobrir que Van Helsing estava louco; de qualquer forma, vou observá-lo com atenção. Talvez eu consiga alguma luz sobre o mistério.

* * *

### 29 de setembro, de manhã

Ontem à noite, pouco antes das dez horas, Arthur e Quincey foram ao quarto de Van Helsing; ele nos contou tudo o que queria que fizéssemos, mas dirigindo-se especialmente a Arthur, como se nossas vontades estivessem centradas na dele. Começou dizendo que esperava que todos o acompanhássemos, "pois", ele disse, "há uma grave obrigação a ser cumprida ali. Você sem dúvida se surpreendeu com a minha carta?", ele perguntou diretamente a lorde Godalming.

– Sim. De fato, ela me aborreceu um pouco. Tenho enfrentado tantos problemas ultimamente que bem poderia passar sem mais um. Fiquei também curioso quanto ao que o senhor queria dizer. Quincey e eu discutimos o assunto, porém, quanto mais falávamos, mais confusos ficávamos; neste momento posso afirmar que, de minha parte, estou totalmente perdido.

– Eu também – revelou Quincey Morris, laconicamente.

– Ah – respondeu o professor –, então vocês dois estão mais próximos do começo do que o amigo John aqui, que tem um longo caminho a percorrer, antes de avançar o suficiente para estar perto do começo.

Era evidente que ele havia reconhecido minha volta ao contexto mental duvidoso de antes, sem que eu precisasse ter dito nada. Ele se virou para os outros dois e anunciou, com gravidade:

– Desejo sua permissão para fazer o que eu penso ser bom esta noite. Bem sei que isto é pedir muito; e, quando souberem o que proponho que seja feito, vocês saberão, e só então, o quanto. Por isso, desejo pedir-lhes que me prometam no escuro, de modo que depois, embora possam ficar bravos comigo por um período, pois não posso esconder de mim mesmo a possibilidade de que isso ocorra, vocês não culpem a si mesmos por nada.

– Isso é que é franqueza – Quincey interrompeu. – Responderei ao professor. Não entendo para onde isto está indo, mas juro que ele é honesto; e isso basta para mim.

– Eu lhe agradeço, senhor – Van Helsing falou, orgulhoso. – Eu me concedi a honra de contá-lo entre os amigos confiáveis, e tal endosso me é muito caro.

Van Helsing estendeu a mão e Quincey a tomou. Em seguida, Arthur falou:

– Doutor Van Helsing, não me agrada a ideia de "comprar um bacorinho sem conhecer a porca", como eles dizem na Escócia, e se sob qualquer aspecto minha honra como cavalheiro ou minha fé como cristão estiverem envolvidas, eu não posso fazer uma promessa dessas. Se o senhor puder me garantir que o que pretende não viola nenhuma delas, dou-lhe imediatamente a minha palavra, embora jure pela minha vida que não entendo o que o senhor pretende.

– Aceito sua restrição. E tudo que lhe peço é que, se você julgar necessário condenar algum ato meu, que primeiro o avalie bem e se satisfaça quanto a ele não violar suas reservas.

– Concordo! – respondeu Arthur. – É justo. E agora que os *pourparlers* acabaram, posso perguntar o que é que devemos fazer?

– Eu quero que vocês venham comigo, e que venham em segredo, até o cemitério de Kingstead.

O queixo de Arthur caiu e ele falou, de modo surpreso:

– Onde a querida Lucy está enterrada? – E diante da confirmação do professor: – E uma vez lá?

– Entraremos na cripta!

Arthur ficou de pé.

– Professor, o senhor está falando a sério ou se trata de alguma piada monstruosa? Perdoe-me, vejo que fala a sério.

Arthur voltou a se sentar, mas percebi que adotava uma postura ereta e orgulhosa, como quem defende a própria dignidade. Houve silêncio até que ele perguntou:

– E uma vez na cripta?

Ao que o professor respondeu:

– Que abram o caixão.

– Isso é demais! – Arthur gritou, levantando-se de novo. – Estou disposto a ser paciente com todas as coisas razoáveis; mas nesta, nesta… profanação da sepultura daquela que eu…

Ele quase sufocou de indignação. O professor o olhou cheio de compaixão e disse:

– Se eu pudesse poupá-lo de uma só agulhada, meu pobre amigo, Deus sabe que eu o pouparia. Mas esta noite nossos pés deverão percorrer caminhos espinhosos; ou mais tarde, e para sempre, os pés que você ama percorrerão caminhos em chamas!

Com expressão dura no rosto pálido, Arthur olhou para ele e respondeu:

– Cuidado, senhor, tenha cuidado!

– Não seria bom ouvir o que tenho a dizer? Assim você, pelo menos, conhecerá a extensão da minha proposta. Devo continuar?

– É justo – atalhou Morris.

Após uma pausa, Van Helsing continuou, fazendo um esforço evidente:

– A senhorita Lucy está morta; não está? Sim! Então, nada pode lhe fazer mal. Mas, se ela não estiver morta....

Arthur se pôs de pé de um salto.

– Meu bom Deus! – ele gritou. – O que o senhor quer dizer? Houve algum erro? Ela foi enterrada viva?

Ele gemeu, assolado por tal angústia que nem a esperança conseguiu suavizar.

– Eu não disse que ela estava viva, meu rapaz; eu não pensei isso. Não vou mais longe do que dizer que ela pode estar morta-viva.

– Morta-viva! Não viva! O que quer dizer? Isto tudo é algum pesadelo ou o quê?

– Há mistérios que os homens podem apenas sondar e que, com o passar das eras, podem resolver apenas em parte. Acredite em mim, estamos neste momento na iminência de um destes. Mas eu ainda não acabei. Posso cortar a cabeça da falecida senhorita Lucy?

– Por tudo que é mais sagrado, não! – Arthur berrou, em um ataque de fúria. – Por nada neste mundo eu vou concordar com qualquer mutilação do corpo dela. Doutor Van Helsing, o senhor me provoca para além dos limites. O que eu lhe fiz, para que me torture assim? O que lhe fez aquela pobre moça gentil, para que o senhor queira lançar tal desonra sobre o túmulo dela? Estará o senhor louco, por dizer estas coisas, ou estarei louco eu, por ouvi-las? Não se atreva a pensar de novo em tal heresia; eu não darei consentimento a nada do que o senhor fizer. Tenho o dever de proteger a sepultura de Lucy de toda ofensa e, por Deus, vou cumpri-lo!

Van Helsing se levantou de onde estivera sentado todo o tempo e falou, muito sério e firme:

– Meu lorde Godalming, também eu tenho um dever a cumprir, um dever para com outros, um dever para com você, um dever para com a falecida; e, por Deus, vou cumpri-lo! Só o que lhe peço agora é que venha comigo, que veja e que escute; e se quando, mais tarde, eu vier a fazer o mesmo pedido, você não estiver mais ansioso pela execução dele do que eu próprio, então... então eu hei de cumprir o meu dever, qualquer que pareça ser aos meus olhos. Então, atendendo aos seus desejos, hei de permanecer à sua disposição para prestar-lhe contas quando e onde você quiser.

A voz lhe falhou um pouco, e ele continuou com imensa piedade:

– Porém eu lhe rogo, não siga zangado comigo. Em uma longa vida de atos cuja execução nem sempre foi agradável, e que algumas vezes espremeram meu coração, jamais tive uma incumbência tão dura quanto a de agora. Acredite-me que, se chegar o momento de você mudar de opinião a meu respeito, um único olhar seu aniquilará completamente, para mim, toda a tristeza desta hora tão triste, pois eu faria tudo o que pode um homem para protegê-lo da dor. Reflita. Por que eu daria a mim mesmo tamanho trabalho e tanto sofrimento? Eu saí do meu próprio país e vim para cá para fazer o que eu pudesse de bom; em primeiro lugar para agradar ao meu amigo John e depois para ajudar uma doce jovem senhorita a quem também eu vim a amar. Por ela, e me envergonho ao revelar isto, mas digo-o com candura, eu dei o que você deu: o sangue das minhas veias. Eu doei; eu, que não era, como você, o namorado dela, mas apenas o médico e um amigo. Doei a ela minhas noites e meus dias, antes da morte e depois da morte; e se a minha morte puder fazer-lhe algum bem agora, mesmo ela sendo uma falecida morta-viva, ela a receberá de minha livre vontade.

O professor disse isso com um orgulho muito doce e muito grave, e Arthur foi profundamente afetado. Pegou a mão do velho e falou, em uma voz entrecortada:

– Ah, é tão duro pensar nisso, e eu não consigo entender; mas ao menos irei com vocês e esperarei.

# Capítulo XVI

## Registros do doutor Seward

Faltavam quinze minutos para a meia-noite quando entramos no cemitério pulando o muro baixo. A noite estava escura, com brilhos ocasionais do luar por entre as aberturas das nuvens pesadas que cruzavam o céu. Mantivemo-nos relativamente unidos, com Van Helsing um pouco à frente, liderando o grupo. Quando chegamos perto do túmulo, olhei bem para Arthur, receando que a proximidade de um lugar tão repleto de memórias dolorosas pudesse afetá-lo; mas ele se conteve bem. Presumi que o próprio mistério do procedimento funcionasse de algum modo como antídoto para o sofrimento dele. O professor destrancou a porta e, vendo uma natural hesitação entre nós, por várias razões, resolveu a dificuldade entrando primeiro. O restante de nós o seguiu e ele fechou a porta. Então acendeu uma lanterna portátil, a pilha, e apontou para o caixão. Arthur se adiantou hesitantemente; Van Helsing disse para mim:

– Você esteve aqui comigo ontem. O corpo da senhorita Lucy estava naquele caixão?

– Estava.

O professor se voltou para os outros dois e perguntou:

– Vocês ouviram; e apesar disso não há quem duvide comigo.

Ele pegou a chave de fenda e de novo desencaixou a tampa do caixão. Arthur observava muito pálido, mas calado; quando a tampa foi tirada, ele deu um passo adiante. Claramente não sabia que havia uma chapa de chumbo no caixão ou, seja como for, não tinha pensado nisso. No momento em que viu a fenda no chumbo, o sangue tingiu sua face por um instante, mas na mesma velocidade sumiu de novo, de forma que ele continuou medonhamente branco; permanecia em silêncio. Van Helsing forçou para trás a chapa de chumbo e todos nós olhamos e nos encolhemos.

O caixão estava vazio.

Por muitos minutos, ninguém disse uma palavra. O silêncio foi quebrado por Quincey Morris.

– Professor, eu lhe dei minha palavra. Agora, a sua explicação é tudo o que quero. Eu não perguntaria uma coisa destas normalmente, não iria desonrá-lo insinuando uma dúvida; mas este é um mistério que ultrapassa qualquer honra ou desonra. Isto é obra sua?

– Eu lhe juro por tudo quanto considero sagrado que não a retirei nem a toquei. O que aconteceu foi isto: duas noites atrás, meu amigo Seward e eu viemos aqui; por uma boa causa, acredite. Abri este caixão, que estava na ocasião selado, e o encontramos, como agora, vazio. Nós aguardamos e vimos algo branco chegar por entre as árvores. No dia seguinte, viemos durante o dia, e ela estava deitada aqui. Não estava, amigo John?

– Sim.

– Naquela noite, chegamos bem a tempo. Mais uma criancinha estava desaparecida e nós a encontramos, graças a Deus, ilesa entre os túmulos. Ontem vim aqui antes do pôr do sol, pois ao pôr do sol os mortos-vivos podem se mexer. Esperei durante a noite inteira até o nascer do sol, porém não vi nada. O mais provável é que tenha sido porque coloquei sobre as portas alho, que os mortos-vivos não toleram, e outras coisas das quais eles se afastam. Na noite passada não houve saída, então esta noite, antes do poente, eu removi o alho e tudo o que havia. E eis que encontramos o caixão vazio. Mas fiquem comigo. Até agora há coisas muito estranhas. Esperem comigo lá fora, sem serem vistos nem ouvidos, e coisas muito mais estranhas estão por acontecer. Então – e ele apagou a lanterna –, vamos sair.

Ele abriu a porta e todos saímos, Van Helsing por último, trancando a porta atrás de si. Ah, como o ar da noite pareceu fresco e puro depois do terror daquela cripta. Como foi doce admirar as nuvens e observar o luar brilhando no intervalo entre elas, como as alegrias e os sofrimentos na vida de um homem; como foi bom respirar ar fresco, sem um traço sequer de morte e decadência; como foi humanizador ver o céu avermelhado para além da colina e ouvir ao longe o rugido abafado que marca a vida de uma cidade grande. Cada um a seu modo estava solene e subjugado. Arthur se mantinha em silêncio e, conforme pude notar, lutava para apreender o propósito e o significado intrínseco daquele mistério. Sentia-me tolerante e paciente, meio inclinado, de novo, a deixar de lado as dúvidas e acatar as conclusões de Van Helsing. Quincey estava fleumático, no sentido de um homem que aceita todas as coisas e as aceita com um espírito de bravura impávida, com o risco de estar em jogo tudo que ele tem. Não tendo como fumar, ele cortou para si um pedaço de bom tamanho de tabaco, e começou a mascar. Quanto a Van Helsing, estava dedicado de modo absoluto: primeiro, tirou da maleta um pouco do que pareceu um biscoito delgado, semelhante a *wafer*, que foi cuidadosamente enrolado em um guardanapo branco; depois, pegou dois punhados de uma coisa branca como farinha ou massa de vidraceiro. Ele esmigalhou o biscoito até ficar bem fino e o misturou à massa entre as mãos. Ele enrolou o produto resultante até que se transformou em umas tiras estreitas, e começou a encaixá-las nas cavilhas entre a porta e o batente do túmulo. Fiquei um pouco intrigado com isso e, como estava perto, perguntei o que fazia. Arthur e Quincey também se aproximaram, pois estavam da mesma forma curiosos. Ele respondeu:

– Estou fechando o túmulo, para que a morta-viva não consiga entrar.

– E esta coisa que o senhor colocou aí vai ser suficiente? – Quincey perguntou.

– Por Deus! Isto é um jogo?

– É.

– O que é que o senhor está usando?

A pergunta foi de Arthur. Van Helsing reverentemente ergueu o chapéu ao responder.

– Hóstia. Trouxe de Amsterdã. Tenho uma indulgência.

Foi uma resposta que assombrou até o mais cético entre nós; individualmente nós sentimos que, diante de um objetivo tão sério quanto o do professor, um objetivo que justificava até a utilização do que para ele era o mais sagrado, não se admitia desconfiança. Em respeitoso silêncio, ocupamos os lugares indicados a cada um, perto e ao redor do túmulo, mas escondidos da vista de alguém que se aproximasse. Tive pena dos demais, especialmente de Arthur. Eu mesmo havia sido treinado, pelas visitas anteriores, para esta vigília horrorosa; mesmo assim, eu, que até uma hora antes vinha repudiando as provas, senti meu coração afundar no peito. Nunca túmulos pareceram tão medonhamente brancos; nunca ciprestes, teixos e zimbros pareceram incorporar tanto a tristeza fúnebre; nunca árvores e grama farfalharam tão agourentamente; nunca galhos estalaram de modo tão misterioso; e nunca uivos caninos distantes transmitiram um presságio tão infausto através da noite.

Houve um longo intervalo de silêncio, um vazio grande e doloroso, e depois, de onde o professor estava, veio um "*psss!*" incisivo. Ele apontou; mais abaixo ao longe, no caminho de teixos, vimos uma figura branca avançar; uma figura branca mal discernível, que segurava algo mais escuro contra o peito. A figura parou e no mesmo momento o luar recaiu sobre as nuvens que passavam, revelando com espantosa nitidez uma mulher de cabelos escuros, vestida na mortalha da sepultura. Não conseguimos ver o rosto dela, que estava curvado na direção do que vimos ser uma criança de cabelos loiros. Houve uma pausa e depois um pequeno gemido, como o que uma criança dá no sono, ou um cão, quando sonha em frente à lareira. Estávamos prestes a avançar, mas a mão do professor gesticulando um alerta, que conseguimos enxergar à nossa frente porque ele estava atrás de uma árvore, nos reteve; então, enquanto olhávamos, a figura avançou de novo. Estava próxima o suficiente para que conseguíssemos enxergar com clareza, e o luar ainda brilhava. Meu coração ficou frio como gelo e ouvi o engasgo sufocado de Arthur, quando reconhecemos os traços de Lucy Westenra. Lucy Westenra, mas tão mudada. A doçura transformada em uma crueldade adamantina e impiedosa, e a pureza, em devassidão lasciva. Van Helsing se adiantou e, obedecendo a seu gesto, todos avançamos também. Nós quatro nos perfilamos diante da entrada da cripta. Van Helsing ergueu a lanterna e puxou o botão; à luz concentrada que caiu sobre o rosto de Lucy, nós conseguimos ver que os lábios estavam carmim de sangue fresco e que um filete havia escorrido pelo queixo e manchado a pureza de sua mortalha de linho.

Nós estremecemos de horror. Vi pela oscilação da luz que até os nervos de ferro de Van Helsing falharam. Arthur estava ao meu lado; se eu não o tivesse segurado pelo braço, ele teria caído.

Quando Lucy – chamo de "Lucy" a coisa que estava à nossa frente porque possuía as formas dela – nos viu, recuou com um rosnado raivoso, como os gatos fazem quando apanhados de surpresa; seu olhar nos percorreu. Eram os olhos de Lucy no formato e na cor, porém imundos e cheios do fogo do inferno, em lugar das órbitas puras e gentis que conhecíamos. Naquele momento, o que restava do meu amor se transformou em ódio e asco; se fosse para matá-la naquela hora, eu assumiria a ação com deliciosa selvageria. Enquanto ela nos observava, seus olhos tinham um brilho profano, e seu rosto, um sorriso voluptuoso. Oh, Deus, como aquela visão me fez tremer! Com um movimento descuidado, atirou ao chão, insensível como um demônio, a criança que até então ela segurava com força junto ao peito, rosnando sobre o corpinho como um cachorro sobre um osso. A criança deu um grito agudo e lá ficou estirada, choramingando. O sangue-frio do gesto arrancou de Arthur um gemido fundo; quando ela foi na direção dele com os braços esticados e um sorriso devasso, ele recuou e cobriu o rosto com as mãos. Ela ainda assim continuou avançando, com graciosidade voluptuosa e lânguida, dizendo:

– Venha para mim, Arthur. Deixe estes outros e venha para mim. Meus braços têm fome de você. Venha, e poderemos descansar juntos. Venha, meu marido, venha!

Havia algo diabolicamente doce em sua voz, algo como o tilintar do cristal quando se parte, que ressoou até em nós, que ouvimos as palavras dirigidas a outro. Quanto a Arthur, parecia enfeitiçado; tirando as mãos da frente do rosto, abriu amplamente os braços. Ela estava indo na direção deles quando Van Helsing saltou na frente e segurou entre eles o pequeno crucifixo dourado. Ela se encolheu e, com uma expressão subitamente convulsionada de ódio, passou ao lado correndo, como se para entrar no túmulo.

A um ou dois passos da porta, no entanto, ela estancou, como se repelida por uma força irresistível. Então Lucy se virou, e seu rosto ficou exposto na dupla claridade do luar e da lanterna que, agora, os nervos de ferro de Van Helsing não deixavam tremer. Jamais vi tanta malignidade perplexa em um rosto, e espero que um rosto assim nunca mais venha a ser visto por olhos mortais. A linda cor empalideceu, os olhos pareceram lançar faíscas de fogo do inferno, as sobrancelhas vincaram como se as dobras da pele fossem as serpentes enrodilhadas da Medusa, e a boca adorável, manchada de sangue, abriu-se em um grande quadrado, como nas máscaras de fúria dos gregos e dos japoneses. Se alguma vez um rosto significou morte, se olhares pudessem matar, nós o vimos naquele momento.

Então, por meio minuto completo, que pareceu uma eternidade, ela permaneceu entre o crucifixo erguido e o lacre sagrado da passagem de entrada. Van Helsing quebrou o silêncio perguntando a Arthur:

– Responda-me, meu amigo! Devo prosseguir com o meu trabalho?

Arthur se jogou de joelhos e cobriu o rosto ao replicar:

– Faça o que quiser, meu amigo; faça como quiser. Nunca mais deve existir um horror como este. – E gemeu com todo o seu ser.

Quincey e eu fomos em sua direção ao mesmo tempo e o levantamos pelos braços. Escutamos o clique da lanterna quando Van Helsing a desligou e baixou; aproximando-se do túmulo, ele começou a retirar das cavilhas os símbolos sagrados que havia colocado antes. Todos nós vimos, horrorizados, quando ele recuou e a mulher, que até aquele momento tinha uma existência corporal tão concreta quanto a nossa, passou pelo interstício onde mal teria cabido a lâmina de uma faca. Nós todos sentimos um grato alívio quando vimos o professor calmamente encaixando de volta as tiras de massa nos cantos da porta.

Tendo terminado, ele pegou a criança e chamou:

– Venham agora, meus amigos; nada mais podemos fazer até amanhã. Haverá um enterro ao meio-dia, então para cá deveremos todos vir não muito depois disso. Os amigos do falecido terão ido embora às duas, e quando o sacristão trancar o portão, nós ficaremos. Haverá então muito a fazer; mas não como isto de hoje. Quanto a este pequeno, não está demasiado ferido, e amanhã estará bem. Vamos deixá-lo onde a polícia o encontre, como fizemos na outra noite; e depois, para casa.

Aproximando-se de Arthur, ele falou:

– Meu amigo Arthur, você passou por um teste duro; mas depois, quando olhar para trás, verá como foi necessário. Você está agora nas águas amargas, meu rapaz. Amanhã a esta hora, se Deus permitir, você as terá superado e terá bebido das águas doces; então não lamente em excesso. Até lá, não pedirei que você me perdoe.

Arthur e Quincey vieram para casa comigo, e tentamos nos animar mutuamente no caminho. Tínhamos deixado a criança em segurança e estávamos cansados; então todos dormimos um sono mais ou menos de verdade.

* * *

### 29 de setembro, noite

Um pouco antes do meio-dia, nós três, Arthur, Quincey e eu, mandamos chamar o professor. Foi estranho notar que, por acordo tácito, todos havíamos vestido roupas pretas. Claro, Arthur estava de preto por viver um luto profundo, mas o restante de nós escolheu a cor por instinto. Chegamos ao cemitério à uma e meia e andamos a esmo, evitando ser vistos, de forma que, quando os coveiros tinham completado sua tarefa e o sacristão, sob a crença de que todos haviam partido, trancou o portão, tivemos o lugar todo para nós. Van Helsing, em lugar da maleta costumeira, trouxera uma longa, de couro, semelhante a uma sacola de tacos; era evidentemente pesada.

Quando ficamos sozinhos e escutamos os últimos passos se afastando pela estrada, seguimos o professor até o túmulo, em silêncio e como que por intenção combinada. Ele destrancou a porta, nós entramos e a fechamos. Tirou da sacola a lanterna, que ligou, e também duas velas de cera que, uma vez acesas, foram fixadas pela extremidade em outros caixões, de forma a fornecer luz suficiente para o trabalho.

Assim que ele mais uma vez levantou a tampa, todos olhamos; Arthur tremia como uma faia; e vimos o corpo de Lucy deitado em toda a sua beleza mortal. Mas não havia amor no meu coração, nada além de repugnância pela coisa má que havia assumido a aparência de Lucy, mas nada de seu jeito. Até a expressão de Arthur endureceu enquanto olhava. Dali a pouco ele perguntou a Van Helsing:

– Este é realmente o corpo de Lucy ou apenas um demônio com a aparência dela?

– É o corpo dela, entretanto não é. Espere um instante, e você vai vê-la como era, e é.

Aquilo parecia uma versão de pesadelo de Lucy, deitada ali; os dentes pontudos; a boca lúbrica e manchada de sangue, que provocava calafrios ao mero olhar; uma aparência toda carnal e nada espiritual, como uma zombaria diabólica da doce pureza de Lucy. Van Helsing, metódico como sempre, começou a tirar da sacola vários itens, e a posicioná-los de forma que ficassem prontos para uso. Primeiro, ele pegou um ferro de soldar e um pouco de chumbo para solda; depois, uma pequena lamparina a óleo que, uma vez acesa em um canto da cripta, soltava gás, o qual queimava a uma temperatura feroz, com uma chama azul; em seguida, as lâminas cirúrgicas, que deixou à mão; por fim, uma estaca arredondada de madeira de cinco ou sete centímetros de espessura e quase um metro de comprimento. Uma extremidade da estaca foi carbonizada para ficar mais rígida, e depois afiada até formar uma ponta muito fina. Com essa estaca veio um martelo pesado, como aqueles que, nas residências, são usados nos depósitos de carvão para quebrar os caroços. Para mim, os preparativos que um médico faz para qualquer tipo de trabalho são estimulantes e acolhedores, mas o efeito dessas coisas em Arthur e em Quincey foi um tipo de consternação. Ambos, porém, mantiveram-se firmes e ficaram imóveis e calados. Quando tudo estava pronto, Van Helsing falou:

– Antes que façamos qualquer coisa, deixem-me dizer isto; vem da tradição e da experiência dos antigos e de todos os que estudaram os poderes dos mortos-vivos. Quando eles se tornam isso, vem com a mudança a maldição da imortalidade; eles não conseguem morrer; era após era, precisam continuar somando novas vítimas e multiplicando as maldades do mundo, pois todos os que morrem presas de um morto-vivo tornam-se eles próprios mortos-vivos, e vítimas do que são. Então o círculo fica sempre mais largo, como as ondulações de uma pedra atirada na água. Amigo Arthur, se antes que a pobre Lucy morresse você lhe tivesse dado aquele beijo, ou mesmo ontem à noite, quando abriu os braços para ela, você iria com o tempo, quando morresse, virar *nosferatu*, como o chamam no Leste Europeu, e produziria mais desses mortos-vivos que tanto nos enchem de terror. A carreira desta infeliz e querida senhorita mal começou. Aquelas crianças cujo sangue ela sugou não estão, por ora, em tão má situação; no entanto, se continuar como morta-viva, mais e mais crianças perderão sangue, pois, pelo poder que exerce sobre elas, virão até Lucy, que sugará o sangue delas com sua boca perversa. Porém, se a morta-viva morrer de verdade, então tudo acaba; os pequenos furos no pescoço desaparecem e elas voltam às suas brincadeiras, sem se lembrar do que se passou. Mas a maior bênção de todas: quando esta agora morta-viva for posta para descansar como uma verdadeira morta, então a alma da pobre moça que todos amamos será novamente livre. Em vez de praticar maldades à noite e de se tornar, durante o dia, cada vez mais decaída nesta assimilação, poderá tomar seu lugar junto aos outros anjos. De forma que, meu amigo, será para ela uma mão abençoada a que der o golpe que a libertará. Estou disposto a isso; mas não haverá entre nós quem a isso tenha mais direito? Não há de ser uma alegria pensar, mais tarde, no silêncio de uma noite insone: "Foi a minha mão que a mandou para as estrelas; foi a mão daquele que mais a amou; a mão que dentre todas ela teria pessoalmente escolhido, se tivesse cabido a ela escolher"? Diga-me se tal há entre nós.

Todos olhamos para Arthur. Ele também viu, como todos nós vimos, a infinita gentileza que sugeria que dele deveria ser a mão que devolveria Lucy a nós como uma lembrança sagrada, e não como uma impura; ele deu um passo adiante e falou com bravura, embora sua mão tremesse e seu rosto estivesse branco como neve:

– Meu bom amigo, do fundo do meu coração despedaçado, eu lhe agradeço. Diga-me o que fazer, e não falharei!

Van Helsing pousou a mão em seu ombro e disse:

– Bravo camarada! Um instante de coragem, e tudo estará acabado. O corpo precisa ser atravessado por esta estaca. Será uma provação horrorosa, não se iluda quanto a isso, mas durará apenas um curto período, e mais você vai se alegrar do que será grande sua dor. Desta sepultura sombria você emergirá como se flutuasse no ar. Mas você não pode hesitar uma vez que tenha começado. Apenas pense que nós, seus verdadeiros amigos, estamos aqui, e que rezamos por você o tempo todo.

– Vá em frente – Arthur falou, rouco. – Diga-me o que fazer.

– Pegue esta estaca com a mão esquerda, pronta a posicioná-la sobre o coração, e o martelo com a direita. Então, quando nós começarmos nossa oração pelos mortos, que eu vou conduzir, pois trouxe o livro, e os demais me seguirão, golpeie, em nome de Deus, para que tudo fique bem com os mortos que amamos e que os mortos-vivos vão embora.

Arthur pegou a estaca e o martelo; uma vez que sua mente estava determinada e a postos para a ação, suas mãos não tremeram nem vacilaram. Van Helsing abriu o missal e começou a ler, e Quincey e eu o acompanhamos o melhor que pudemos. Arthur posicionou a ponta afiada sobre o coração, e vi o ponto afundado onde ela tocava o corpo. Então ele golpeou com toda a força.

A coisa no caixão se contorceu; um guincho pavoroso, capaz de gelar o sangue, saiu dos lábios vermelhos escancarados. O corpo tremeu e se sacudiu e remexeu em contorções selvagens; os dentes brancos e afiados se apertaram até cortarem os lábios, e a boca ficou borrada de espuma carmim. Mas Arthur não hesitou. Parecia um Thor, com o braço firme subindo e descendo, enfiando cada vez mais profundamente a estaca redentora, enquanto o sangue do coração perfurado jorrava e empoçava ao redor. Por trás de sua expressão impassível parecia emanar o cumprimento de um grande dever; aquela visão nos deu coragem, e nossas vozes pareceram ecoar em toda a pequena cripta.

Então as convulsões cessaram, os tremores diminuíram, os dentes pareceram encolher, e o rosto, vibrar. Afinal, quedou imóvel. O pavoroso serviço tinha terminado.

O martelo caiu da mão de Arthur. Ele cambaleou e teria tombado se não o tivéssemos amparado. Grandes gotas de suor brotavam de sua testa e a respiração foi entrecortada por engasgos. Tinha sido de fato uma tensão horrível; se não houvesse algo além de simples considerações humanas a pressioná-lo, ele nunca teria conseguido executar a tarefa. Por alguns minutos estivemos tão concentrados nele que não olhamos para o caixão. No entanto, quando olhamos, um murmúrio de assombro nos percorreu um a um. Encaramos tão ansiosamente que Arthur se levantou, pois tinha se sentado no chão, e veio olhar também; e então uma estranha luz de gratidão irrompeu em seu rosto, dissolvendo de uma vez todo o peso do horror que até então o sombreava.

Ali, no caixão, não estava mais a coisa imunda que nós tanto tememos, e que chegamos a odiar em tal medida que sua destruição foi anunciada como um privilégio a quem dela fosse incumbido, e sim Lucy, a Lucy que tínhamos visto quando viva, com o rosto de pureza e doçura incomparáveis. É verdade que lá estavam, como tínhamos visto em vida, as marcas de preocupação, sofrimento e cansaço; mas eram marcas amadas por todos nós, pois atestavam a veracidade *daquela* Lucy em relação à Lucy que havíamos conhecido. Todos nós sentimos que a calma abençoada que envolvia como raios de sol o rosto e o corpo perdidos era apenas um toque terreno e um símbolo da paz que haveria de reinar para sempre.

Van Helsing veio e pôs a mão no ombro de Arthur, dizendo-lhe:

– E agora, amigo Arthur, meu querido rapaz, eu não estou perdoado?

A reação à tensão esmagadora veio quando ele pegou a mão do velho na sua, levou-a aos lábios, pressionou-a e disse:

– Perdoado! Deus o abençoe por haver restituído à minha amada a alma e a mim, a paz. – Ele pôs as mãos nos ombros do professor, apoiou a cabeça em seu peito e chorou em silêncio por alguns instantes, enquanto nós nos mantínhamos imóveis.

Ao levantar a cabeça, Van Helsing lhe disse:

– E agora, meu rapaz, você pode beijá-la. Beijar os lábios mortos dela, se preferir, como ela teria gostado, se tivesse podido escolher. Pois agora ela não é um diabo de dentes arreganhados, não é mais uma coisa amaldiçoada por toda a eternidade. Não é mais uma morta-viva do demônio. É uma morta verdadeira de Deus, cuja alma está com Ele!

Arthur se curvou e a beijou, e em seguida o professor e eu enviamos os dois para fora do túmulo; nós serramos a parte superior da estaca, deixando a ponta no interior do corpo. Depois cortamos a cabeça e preenchemos a boca com alho. Soldamos a chapa do caixão, aparafusamos a tampa e, reunindo nossos pertences, saímos. O professor trancou a porta e deu a chave a Arthur.

Do lado de fora o ar estava suave, o sol brilhava, os pássaros cantavam e parecia que tudo na natureza havia adotado um diapasão diferente. Havia gratidão, júbilo e tranquilidade em todo lugar, pois nós mesmos estávamos em paz e aliviados, embora fosse um alívio temperado por comedida alegria.

Antes de irmos embora, Van Helsing falou:

– Agora, meus amigos, uma etapa do nosso trabalho está feita, a mais lancinante para nós. Contudo, resta uma tarefa ainda maior: encontrar o autor de todo este nosso sofrimento, e acabar com ele. Tenho pistas que podemos seguir; mas será um trabalho longo e árduo, e nele há risco e dor. Vocês não me ajudariam? Nós aprendemos a acreditar, todos nós; não é verdade? E, assim sendo, não enxergamos a nossa obrigação? Sim! E não vamos prometer ir adiante até o fim?

Cada um a seu turno, todos nós pegamos a mão do professor e fizemos a promessa. Então disse o professor, enquanto nos afastávamos:

– Dentro de duas noites vocês devem encontrar-se comigo e juntos jantaremos às sete horas da noite com o amigo John. Convocarei dois outros, que vocês não conhecem ainda; estarei pronto, então, a apresentar todo o nosso trabalho e a revelar os nossos planos. Amigo John, você volta comigo, pois tenho muito a discutir, e você me pode ajudar. Esta noite parto para Amsterdã, mas voltarei amanhã à noite. Então terá início a nossa maior busca. Mas primeiro terei muito a contar, para que vocês possam conhecer o que há a fazer e a temer. Então nossa promessa será feita um ao outro novamente, pois uma missão terrível nos aguarda e, uma vez que comecemos, não deveremos recuar.

# Capítulo XVII

## Registros do doutor Seward, continuação

Quando chegamos ao Hotel Berkeley, Van Helsing encontrou um telegrama à sua espera.

*Chegando de trem.*
*Jonathan em Whitby. Notícias importantes.*
*Mina Harker*

O professor ficou deliciado.

– Ah, esta maravilhosa madame Mina – ele disse. – Pérola entre as mulheres! Ela vem, mas eu não posso ficar. Ela deve ir para a sua casa, amigo John. Você precisa encontrá-la na estação. Vou telegrafar *en route*, para que esteja preparada.

Quando a mensagem tinha sido enviada, ele tomou uma xícara de chá, enquanto me contava sobre o diário mantido por Jonathan Harker quando no exterior, e me entregou também uma cópia datilografada do diário que a senhora Harker escreveu em Whitby.

– Pegue e leia com atenção – o professor me falou. – Quando eu voltar, você terá domínio de todos os fatos e então poderemos começar nossa busca mais bem preparados. Você precisará de toda a sua fé, mesmo tendo vivido experiências como as de hoje. O que está dito aqui – ao falar, ele pousou a mão pesadamente e com gravidade sobre o pacote – pode ser o começo do fim para você e para mim e muitos outros; ou pode soar como o dobre dos sinos fúnebres para os mortos-vivos que caminham pela terra. Leia tudo, eu lhe peço, de cabeça aberta; e, se puder contribuir de qualquer forma para a história aqui relatada, por favor, faça isso, pois é de suma importância. Você tem mantido registros sobre todas essas coisas estranhas, certo? Sim! Então nós percorreremos tudo isso juntos, quando nos encontrarmos.

Ele se preparou para a partida e pouco depois se dirigiu para a Rua Liverpool. Tomei o rumo de Paddington e estava lá cerca de quinze minutos antes que o trem chegasse.

A multidão se dispersou, após a agitação comum das plataformas de chegada; eu estava começando a me sentir desconfortável pelo receio de ter perdido minha convidada, quando uma moça de rosto meigo e aparência delicada veio em minha direção e disse, após uma rápida olhadela:

– Doutor Seward, não é?

– E a senhora é a madame Harker! – respondi imediatamente, ao que ela estendeu a mão.

– Eu o reconheci a partir da descrição feita pela querida Lucy, mas…. – Ela se interrompeu de repente e um rápido rubor se espalhou por seu rosto.

O rubor nas minhas próprias bochechas de alguma forma deixou a ambos bem à vontade, pois serviu de resposta tácita ao dela. Apanhei sua bagagem, que incluía uma máquina de escrever, e tomamos o metrô para a Rua Fenchurch, após enviar para a minha governanta uma mensagem orientando sobre preparar imediatamente a sala de visitas e um quarto para a senhora Harker.

Chegamos no tempo previsto. Ela sabia, é claro, que o lugar era um hospício de loucos, mas percebi que não conseguiu reprimir um tremor quando entramos. Ela falou que, se fosse possível, gostaria de ir imediatamente ao meu escritório, pois tinha muito a dizer. Então aqui estou, encerrando este registro no diário fonográfico, enquanto espero por ela. Por enquanto, não tive chance de ver os papéis que Van Helsing deixou comigo, embora estejam aqui abertos à minha frente. Preciso fazer com que ela se interesse por alguma coisa, para que eu tenha uma oportunidade de ler. Ela não sabe como o tempo é precioso nem nada sobre a tarefa que temos em mãos. Tenho de ter cuidado para não a assustar. Cá está ela!

## Diário de Mina Harker

### 29 de setembro

Depois de fazer a toalete, desci ao escritório do doutor Seward. Parei por um instante à porta, pois me pareceu que ele estava conversando com alguém. Como, porém, ele acenou me apressando, bati de leve e, quando ele gritou "Entre!", eu entrei.

Para minha grande surpresa, não havia ninguém com ele. Estava sozinho, e do lado oposto da mesa estava o que reconheci de imediato, por descrições, ser um fonógrafo. Eu nunca tinha visto um e fiquei muito interessada.

– Espero não o ter feito esperar – eu disse. – Mas fiquei à porta quando o ouvi falar, e pensei que houvesse alguém aqui com o senhor.

– Ah, não – ele respondeu com um sorriso. – Eu só estava fazendo uma entrada no meu diário.

– Seu diário? – perguntei, espantada.

– Sim. Eu guardo aqui. – E, enquanto falava, ele pousou a mão no fonógrafo.

Fiquei muito entusiasmada a respeito, e sem pensar pedi:

– Ora, isto é melhor até mesmo do que a taquigrafia! Posso ouvir alguma coisa?

– Certamente – ele respondeu com alegre boa vontade e se levantou para colocar o fonógrafo em modo de reprodução; mas em seguida parou, e uma expressão de incômodo surgiu em seu rosto.

– O fato é que só o que eu guardo aqui é o meu diário, e como ele é totalmente, digo, quase totalmente sobre os meus pacientes, então talvez seja estranho, quero dizer, é que...

Doutor Seward se interrompeu e tentei ajudá-lo a sair daquele embaraço.

– O senhor ajudou a cuidar da querida Lucy no fim. Deixe-me ouvir como ela morreu; eu a conhecia profundamente e ficarei muito grata. Ela me era muito, muito cara.

Para minha surpresa, ele respondeu, com uma expressão de horror:

– Contar-lhe sobre a morte dela? De forma nenhuma, absolutamente!

– Por que não? – eu perguntei, começando a sentir algo grave e terrível. Mais uma vez ele fez uma pausa, e percebi que tentava inventar uma desculpa.

Por fim, ele soltou:

– Veja, eu não sei como pegar um trecho específico do diário.

Ao mesmo tempo que ele falava, uma ideia lhe ocorreu, e ele falou, com uma simplicidade inconsciente, em um tom diferente de voz e com a ingenuidade de uma criança:

– Isto é verdade, eu juro e lhe dou minha palavra de honra.

Só pude sorrir, e ele reagiu embaraçado.

– E com isto eu acabo de me entregar! Mas a senhora sabe que, embora venha mantendo o diário há muitos meses, eu nunca tinha pensado em como encontrar uma parte específica dele, caso eu quisesse procurar?

A esta altura, eu estava convencida de que o diário do médico que cuidou de Lucy poderia ter algo que pudesse ser somado ao nosso conhecimento daquele terrível ser, então falei, com firmeza:

– Então, doutor Seward, o melhor que o senhor faz é me deixar copiá-lo na máquina de escrever.

Ele ficou francamente pálido como a morte e disse:

– Não! Não! Não! Por nada no mundo eu permitiria que a senhora conhecesse aquela história terrível!

Então foi terrível; minha intuição estava certa. Refleti por um instante; meus olhos percorreram a sala, inconscientemente procurando alguma coisa ou alguma oportunidade que viesse em meu auxílio, e pousaram sobre a mesa, em um grande maço de papéis datilografados. O doutor olhou para mim e, sem pensar, acompanhou a direção do meu olhar. Encontrou o pacote e entendeu minha intenção.

– O senhor não me conhece – eu disse. – Quando tiver lido aqueles papéis, meu diário e também o diário do meu marido, que datilografei, o senhor me conhecerá melhor. Eu ocultei um único pensamento íntimo relacionado a este assunto, mas o senhor não me conhece ainda. E não devo esperar que confie em mim por enquanto.

O doutor Seward é com certeza um homem de natureza nobre; a pobre Lucy tinha razão. Ele se levantou e abriu uma grande gaveta, onde estavam arrumados em ordem muitos cilindros ocos de metal, revestidos de cera escura, e falou:

– A senhora está coberta de razão. Não confiei porque não a conhecia. Mas agora a conheço; e deixe-me dizer que deveria tê-la conhecido muito antes. Sei que Lucy lhe falou a meu respeito; ela me falou sobre a senhora também. Posso me redimir da única forma que tenho ao alcance? Pegue os cilindros e escute; a primeira meia dúzia é bastante pessoal, e não vai horrorizá-la; então a senhora me conhecerá melhor. Até lá o jantar estará pronto. Nesse meio-tempo, lerei alguns destes documentos e serei mais capaz de entender certas coisas.

O doutor Seward carregou pessoalmente o fonógrafo até a sala preparada para me receber e o ajustou para mim. Agora ficarei sabendo de algo agradável, tenho certeza; pois isto vai me contar o outro lado de um amor verdadeiro do qual eu já conheço um lado...

## Registros do doutor Seward

### 29 de setembro

Eu fiquei tão absorto naquele maravilhoso diário de Jonathan Harker e no da esposa que não vi o tempo passar. A senhora Harker não estava lá embaixo quando a governanta veio anunciar o jantar, então supus: "Talvez ela esteja cansada; que o jantar espere mais uma hora", e voltei ao trabalho. Tinha acabado de terminar o diário da senhora Harker quando ela entrou. Tinha uma aparência bela e meiga, mas muito triste, e seus olhos estavam vermelhos pelo choro. Por algum motivo, isso me comoveu. Tenho tido muitas razões para lágrimas, Deus sabe, mas o alívio de derramá-las me tem sido negado. Agora, a visão daqueles olhos doces, brilhando pelas lágrimas recentes, atingiu diretamente meu coração. Então eu falei, com toda a gentileza de que fui capaz:

– Lamento profundamente tê-la perturbado.

– Ah, não, não me perturbou – ela respondeu –, mas o seu pesar me comoveu mais do que consigo verbalizar. Esta máquina é maravilhosa, porém é cruelmente verdadeira. Ela me falou da angústia do seu coração em cada sutil variação de tonalidade. Era como uma alma gritando para o próprio Deus Todo-poderoso. Ninguém jamais deve ouvi-las ser ditas de novo. Veja, eu tentei ser útil. Datilografei suas palavras na minha máquina de escrever, e agora ninguém mais precisa ouvir o pulsar do seu coração, como eu ouvi.

– Ninguém precisa saber nem nunca saberá – respondi em voz baixa, mas ela pôs a mão sobre a minha e respondeu, muito gravemente:

– Ah, mas eles precisam!

– Precisam? Mas por quê?

– Porque faz parte de uma história terrível, parte da morte da querida Lucy e de tudo que levou a isso; porque, na luta que nos aguarda para erradicar da terra esse monstro terrível, precisamos reunir todo o conhecimento e conseguir toda a ajuda que pudermos. Creio que os cilindros que me entregou continham mais do que o senhor esperava que eu soubesse; mas vejo que há em suas gravações muitos pontos de luz capazes de iluminar esse mistério sombrio. O senhor me deixará ajudar, não? Sei tudo até certo ponto; e já enxergo, embora seu diário só tenha me levado até 7 de setembro, como a pobre Lucy foi acossada, e como sua condenação terrível estava sendo tecida. Jonathan e eu temos trabalhado nisso dia e noite desde que o professor Van Helsing nos visitou. Ele foi a Whitby pegar mais informações e estará aqui amanhã para nos ajudar. Nós não devemos ter segredos entre nós; trabalhando juntos e em absoluta confiança, certamente seremos mais fortes do que se alguns de nós estiverem no escuro.

Madame Harker me olhou com um ar tão suplicante, e ao mesmo tempo manifestou tamanha coragem e determinação, que de imediato cedi a seus desejos.

– A senhora há de fazer como preferir, e que Deus me perdoe se eu estiver agindo mal! Há coisas horríveis a saber; mas o falecimento de Lucy é uma estrada que a senhora já percorreu em grande medida, e me parece que não se contentará em ficar pelo caminho. Não; o fim, o verdadeiro fim, poderá lhe conceder certa paz. Venha, vamos jantar. Devemos nos manter fortes para enfrentar o que nos espera; nosso trabalho é cruel e perigoso. Ao fim da refeição falaremos sobre o resto, e responderei a qualquer pergunta, caso haja algo que a senhora não entenda, embora seja evidente para nós que estivemos presentes.

## Diário de Mina Harker

### 29 de setembro

Após o jantar, fui com o doutor Seward ao escritório. Ele trouxe o fonógrafo de volta e eu levei minha máquina de escrever. Ele me acomodou em uma cadeira confortável e posicionou o fonógrafo de forma que eu pudesse alcançá-lo sem precisar me levantar, e me mostrou como interromper a reprodução, caso quisesse fazer uma pausa. Então, com grande consideração, ele pegou uma cadeira e se sentou de costas para mim, para que eu pudesse ficar tão à vontade quanto possível, e começou a ler. Pus nos ouvidos o metal bifurcado e escutei.

Quando a história horrível da morte de Lucy e de tudo o que se seguiu terminou, eu afundei na cadeira, esgotada e impotente. Por sorte não tenho propensão a desmaiar. Quando o doutor Seward me viu, soltou uma exclamação horrorizada e depressa foi até o armário, tirou uma garrafa e me serviu um pouco de conhaque, o qual em poucos minutos me restaurou um pouco. Meu cérebro estava em turbilhão e, em meio a tal abundância de horrores, apenas o raio sagrado de luz que iluminou minha querida, querida Lucy, finalmente em paz, permitiu que eu suportasse tudo sem fazer uma cena. É tudo tão animalesco, misterioso e estranho que, se eu não soubesse da experiência de Jonathan na Transilvânia, não teria acreditado. Não sabia o que pensar, então saí da dificuldade dedicando-me a outra coisa. Tirei a capa da minha máquina de escrever e falei para o doutor Seward:

– Deixe-me datilografar isto tudo agora. Devemos estar prontos para o doutor Van Helsing quando ele chegar. Enviei um telegrama a Jonathan dizendo que ele venha para cá quando chegar a Londres vindo de Whitby. Nesta questão, datas são tudo, e creio que, se aprontarmos o nosso material e o pusermos em ordem cronológica, teremos feito grande avanço. O senhor me diz que lorde Godalming e o senhor Morris também virão. Que estejamos prontos quando chegarem.

Ele então pôs o fonógrafo em velocidade baixa e eu comecei a datilografar desde o começo do sétimo rolo. Usei papéis múltiplos e, portanto, obtive três cópias do diário, como havia feito com todo o resto. Já era tarde quando terminei, mas o doutor Seward seguiu com seu trabalho e foi fazer a ronda pelos pacientes; quando ele acabou, voltou e se sentou ao meu lado e se pôs a ler, para que eu não me sentisse muito sozinha enquanto trabalhava. Ele é muito bondoso e cheio de consideração; o mundo parece repleto de homens bons, apesar de também haver monstros nele. Antes de deixá-lo, lembrei que Jonathan havia anotado no diário que o professor tinha ficado perturbado ao ler algo em um jornal vespertino na estação de Exeter; então, vendo que o doutor Seward guardava os jornais, tomei emprestados exemplares de *The Westminster Gazette* e de *The Pall Mall Gazette* e levei-os para o meu quarto. Eu lembro o quanto *The Dailygraph* e *The Whitby Gazette*, dos quais tirei recortes, nos ajudaram a entender os eventos terríveis de Whitby quando o Conde Drácula atracou, então vou analisar os jornais vespertinos desde então, e quem sabe conseguirei alguma pista. Não estou com sono, e o trabalho vai ajudar a me acalmar.

## Registros do doutor Seward

### 30 de setembro

O senhor Harker chegou às nove horas. Ele recebeu o telegrama da esposa pouco antes de partir. Ele tem uma inteligência incomum, se é possível julgar a partir de seu rosto, e é cheio de energia. Se o diário dele for verdade – e, a julgar pelas minhas próprias experiências inacreditáveis, deve ser –, é também um homem de extraordinário sangue-frio. Aquela segunda descida dele à câmara mortuária é de uma ousadia admirável. Após ler o relato, eu esperava encontrar um bom espécime de masculinidade viril, mas dificilmente teria imaginado o cavalheiro tranquilo e de aparência profissional que chegou aqui hoje.

* * *

### Mais tarde

Após o almoço, Harker e a esposa voltaram ao quarto onde estão hospedados, e quando passei em frente à porta ouvi os estalidos da máquina de escrever. Eles estão trabalhando duro. A senhora Harker diz que estão arrumando em ordem cronológica cada pedaço de evidência que possuem. Harker pegou as cartas trocadas entre o consignatário das caixas em Whitby e os transportadores de Londres que cuidaram delas. Ele está agora lendo a transcrição que a esposa fez do meu diário. Eu me pergunto o que entenderam dos meus registros. Aqui está.

Estranho que jamais tenha me ocorrido que a casa exatamente ao lado talvez seja o esconderijo do Conde! Deus é testemunha de que tivemos pistas suficientes a partir da conduta do paciente Renfield! E as várias cartas relacionadas à compra da casa que foram datilografadas! Ah, se tivéssemos tido acesso a elas mais cedo, poderíamos ter salvado a pobre Lucy! Não. Deste jeito a loucura prossegue! Harker voltou e está de novo reunindo seus materiais. Diz que até a hora do jantar ele e a esposa serão capazes de mostrar uma narrativa totalmente coerente. Ele acredita que neste intervalo eu deveria ir visitar Renfield, já que até aqui ele tem sido um tipo de indicador das idas e vindas do Conde. Eu ainda não consigo enxergar isso, mas creio que conseguirei, ao ver os fatos ordenados por data. Que coisa ótima que a senhora Harker tenha transcrito o conteúdo dos meus cilindros no papel. Nós nunca conseguiríamos descobrir as datas de outra forma...

Encontrei Renfield sentado placidamente no quarto, com as mãos cruzadas, parecendo benigno. Naquele momento, meu paciente pareceu tão lúcido quanto qualquer outra pessoa. Sentei-me e conversei com ele sobre muitos assuntos, e Renfield tratou todos naturalmente. Então, de iniciativa própria, ele falou sobre voltar para casa, um tema que, até onde eu sei, nunca havia abordado durante sua permanência aqui. Na verdade, falou com bastante confiança sobre receber alta muito em breve. Acredito que, se não tivesse conversado com Harker, lido as cartas e associado às datas de suas explosões, eu teria estado pronto a liberá-lo após um curto tempo de observação. Sendo as coisas como são, sinto-me sombriamente desconfiado. Todos os seus ataques foram de alguma forma ligados à proximidade do Conde. O que, então, significa essa absoluta contenção? Será que seu instinto está convencido do triunfo final do vampiro? Pausa; ele próprio é um zoófago, e em seus ataques junto à porta da velha capela da casa abandonada sempre falava de um "mestre". Isso parece confirmar nossa ideia. No entanto, dali a pouco eu me retirei; meu amigo talvez esteja um tanto lúcido demais, no momento, para que seja seguro levá-lo ao limite com perguntas profundas. Ele pode começar a refletir, e então...! Fui embora. Não confio nesses humores tranquilos dele. Dei ao auxiliar instruções para vigiá-lo com atenção e para ter uma camisa de força pronta para o caso de ser necessário.

## Diário de Jonathan Harker

### 29 de setembro, trem para Londres

Quando recebi a cortês resposta do senhor Billington sobre sua disposição em me fornecer qualquer informação em seu poder, achei melhor ir até Whitby e fazer, lá mesmo, as perguntas que eu queria. Meu objetivo era então rastrear a carga pavorosa do Conde até seu local em Londres. Mais tarde, talvez precisemos lidar com isso. Billington Júnior, um rapaz simpático, foi me receber na estação e me levou à casa do pai, onde eles decidiram que eu deveria passar a noite. São muito hospitaleiros, fiéis ao espírito de Yorkshire: ofereceram tudo ao hóspede e o deixaram livre para fazer o que quiser. Eles todos sabiam que eu estava ocupado e que minha estadia seria curta, e o senhor Billington deixou preparados no escritório todos os documentos relativos à consignação das caixas. Quase tive uma crise ao rever uma das cartas que tinha visto antes na mesa do Conde, antes de conhecer seus planos diabólicos. Tudo havia sido minuciosamente planejado e sistematicamente executado. Ele parece ter-se preparado para qualquer obstáculo que pudesse por acidente se interpor no caminho da plena realização de suas intenções. Para usar um americanismo, ele não "deixou nada ao acaso", e a precisão absoluta com que suas instruções foram executadas foi apenas o resultado lógico das providências que ele tomou. Eu vi o registro de embarque e copiei: "Cinquenta volumes de terra comum, a ser usada em experimentos". E também a carta para Carter Paterson e a resposta a ela; fiz cópias de ambas. Esta foi toda a informação que o senhor Billington pôde me fornecer, então desci ao porto e conversei com os guardas costeiros, os oficiais da alfândega e o comandante portuário. Todos tiveram algo a contar sobre a estranha chegada do navio, que já estava sendo incorporada à tradição narrativa local, mas nenhum conseguiu acrescentar nada à simples descrição "cinquenta caixas de terra comum". Então encontrei o chefe de estação, que gentilmente me pôs em contato com os homens que de fato receberam as caixas. O registro deles era em tudo coincidente com a lista, e não tiveram nada a adicionar, exceto que as caixas eram "absurda e mortalmente pesadas" e que transportá-las tinha sido trabalho árduo. Um deles complementou com simpatia que não havia tido um só cavalheiro, "como o senhor, doutor", capaz de demonstrar sob a forma líquida algum apreço pelos esforços deles; outro declarou ainda que a sede gerada na ocasião tinha sido tamanha que nem mesmo o tempo decorrido desde então a havia eliminado. Desnecessário dizer que, antes de me levantar para ir embora, tomei providências definitivas e adequadas quanto a essa fonte de desaprovação.

* * *

### 30 de setembro

O chefe de estação teve a gentileza de redigir um bilhete para seu antigo companheiro, o chefe de estação de King's Cross, de modo que, quando eu cheguei lá, pela manhã, pude perguntar sobre a chegada das caixas. Ele me pôs em contato com os encarregados propriamente ditos, e verifiquei que seus registros batiam com o conhecimento de embarque original. Aqui, as oportunidades de sofrer de uma sede anormal tinham sido limitadas; porém havia sido feito, e mais uma vez me vi impelido a lidar com o resultado de modo *ex post facto*.

De lá, fui ao escritório central de Carter Paterson, onde fui recebido com extrema cortesia. Eles consultaram a transação em seus registros comerciais e nos arquivos de cartas, e de imediato telefonaram ao encarregado de King's Cross para mais informações. Por sorte, os membros da equipe estavam ociosos à espera de trabalho, e o encarregado imediatamente os enviou até nós, mandando, por um deles, o documento que acompanhou o transporte de mercadorias e todos os demais papéis relacionados à entrega das caixas em Carfax. Aqui também, de novo, encontrei todos os registros em perfeita consonância; os homens da transportadora foram capazes de suplementar a escassez de palavras escritas com alguns poucos detalhes a mais. Estes, conforme eu depressa descobri, estavam vinculados quase exclusivamente à natureza poeirenta do trabalho e à consequente sede provocada por tais operações. Quando, por meio da moeda corrente dominante, ofereci uma oportunidade de conceder, mais tarde, este mal benéfico, um deles observou:

– Aquela casa, senhor, é a maior que os meus olhos já viram, minha Nossa Senhora, mas ninguém cuidou dela nos últimos cem anos. Tinha uma camada de poeira danada de grossa, até dava pra uma pessoa dormir por cima e nem machucava os ossos. Era um relaxo tamanho que o cheiro chegava até lá onde Judas perdeu as botas. Mas aquela capela velha, eita, era de botar qualquer um doido! Eu e o meu companheiro, nós pensamos que nossas pernas nunca iam conseguir fugir na velocidade da nossa vontade. Nossa Senhora, eu não aceitaria nem uma libra pra ficar lá um segundo depois de ficar escuro.

Tendo estado na casa, eu bem podia crer neles; mas, se ele soubesse o que eu sei, creio que revisaria para cima o preço da permanência.

Quanto a uma coisa estou agora satisfeito: que todas as caixas que chegaram a Whitby, vindas de Varna no *Demeter*, foram depositadas em segurança na velha capela em Carfax. Deve haver cinquenta delas ali, a menos que alguma tenha sido desde então retirada, como temo, a propósito do diário do doutor Seward. Tentarei encontrar os carregadores que levaram as caixas de Carfax quando Renfield os atacou. Ao seguir esta pista, talvez seja possível aprender bastante.

* * *

### Mais tarde

Mina e eu trabalhamos durante o dia todo e pusemos todos os papéis em ordem.

* * *

## Diário de Mina Harker

### 30 de setembro

Estou tão contente que mal consigo me conter. É, suponho, a reação ao medo avassalador que vivi: que este assunto terrível e a reabertura desta antiga ferida pudessem afetar Jonathan negativamente. Com minha expressão mais corajosa eu o observei partir para Whitby, mas por dentro estava doente de apreensão. Meu esforço, porém, compensou. Ele nunca esteve tão resoluto, tão forte e tão transbordante de energia vulcânica como agora. É exatamente como disse o bondoso e querido professor Van Helsing: ele é pura coragem, e floresce sob a tensão que esmagaria uma natureza mais fraca. Ele voltou cheio de vida, esperança e determinação; temos tudo pronto para hoje à noite. Eu me sinto um pouco incivilizada de tanta agitação. Suponho que se deveria lamentar, quando uma coisa é tão caçada quanto o Conde. É isto: esta Coisa não é humana, não é nem mesmo uma fera. Ler o relato do doutor Seward sobre a morte da pobre Lucy, e o que veio depois, é suficiente para sufocar no nascedouro qualquer traço de piedade.

* * *

### Mais tarde

Lorde Godalming e o senhor Morris chegaram mais cedo do que esperávamos. O doutor Seward estava fora a negócios e tinha levado Jonathan junto, então coube a mim recebê-los. Para mim foi um encontro doloroso, pois trouxe de volta todas as esperanças que a querida Lucy nutria apenas uns poucos meses atrás. É claro que ambos tinham ouvido Lucy falar de mim, e pareceu que também o doutor Van Helsing havia me "anunciado", como disse o senhor Morris. Coitados, nenhum deles tinha conhecimento de tudo que sei sobre as propostas de casamento que ambos fizeram a Lucy. Eles não souberam muito bem o que dizer ou fazer, pois ignoravam quanto eu sabia, então tentaram se restringir a assuntos neutros. Porém eu refleti sobre a questão e concluí que o melhor que eu poderia fazer era pô-los rapidamente ao corrente de tudo. Eu sabia, pelos registros do doutor Seward, que ambos tinham estado presentes à morte de Lucy, à morte real, e que não precisava me preocupar por trair nenhum segredo. Então contei a eles, tão bem quanto pude, o que tinha aprendido em todos os diários e papéis, e que meu marido e eu, após datilografarmos tudo, havíamos posto em ordem. Entreguei uma cópia a cada um, para que fossem ler na biblioteca. Quando lorde Godalming recebeu a dele, revirou de um lado a outro, pois é um maço respeitável, e perguntou:

– Escreveu tudo isso, senhora Harker? – eu assenti e ele continuou:

– Eu não compreendo muito bem aonde tudo isto está indo; mas vocês são todos pessoas tão boas e gentis, e vêm trabalhando com tamanha seriedade e energia, que só o que posso fazer é acatar cegamente suas ideias e tentar ajudá-los. Sobre a aceitação de fatos, recebi uma lição capaz de manter um homem humilde até sua última hora de vida. Além disso, bem sei como a senhora amava minha querida Lucy...

Nesse momento, ele se virou e cobriu o rosto com as mãos. Ouvi as lágrimas na voz dele. O senhor Morris, com uma delicadeza instintiva, apenas pousou a mão em seu ombro por um momento e depois saiu discretamente da sala. Presumo que exista na natureza feminina algo que deixe um homem livre para desmoronar e à vontade para mostrar seu lado emocional e seus sentimentos de ternura, sem sentir que isso ameace sua masculinidade. Pois, quando lorde Godalming se viu a sós comigo, ele sentou no sofá e chorou aberta e caudalosamente. Eu me sentei ao lado e peguei sua mão. Espero que ele não tenha me achado atrevida por isso e que, se recordar o gesto no futuro, não tenha tal pensamento. Mas eu o estou julgando mal; sei que jamais pensaria assim, é cavalheiro demais. Eu lhe disse, pois vi que estava com o coração partido:

– Eu amava minha querida Lucy. Sei o que ela era para o senhor e o que o senhor era para ela. Lucy e eu éramos como irmãs; agora que ela se foi, o senhor não me deixaria ser como sua irmã neste tormento? Conheço as dores pelas quais passou, embora não possa avaliar a profundidade delas. Mas, se empatia e solidariedade podem ajudá-lo em sua aflição, não me permitiria ser de alguma pequena utilidade, em nome de Lucy?

Em um instante, o pobre coitado foi esmagado pelo pesar. Pareceu-me que tudo o que ele havia sofrido calado recentemente tinha encontrado de súbito uma válvula. Ele ficou bastante histérico, ergueu as mãos abertas e juntou as palmas em completa agonia de sofrimento. Ficou de pé e tornou a sentar, enquanto as lágrimas banhavam suas bochechas. Senti uma pena infinita por ele e sem pensar abri os braços. Com um soluço, ele apoiou a cabeça no meu ombro e, tremendo, chorou como uma criança amedrontada.

Nós, mulheres, temos algo maternal, que nos eleva acima das questões miúdas, quando este espírito materno é invocado. Senti a cabeça daquele homenzarrão que sofria terrivelmente descansando em mim como se fosse a cabecinha do bebê que espero um dia amparar no peito, e afaguei seus cabelos como se ele fosse meu filho. Em nenhum momento pensei como tudo aquilo era esquisito.

Dali a pouco os soluços cessaram e ele se levantou pedindo desculpas, embora sem tentar disfarçar a emoção. Ele me contou que por dias e noites, dias tenebrosos e noites insones, tinha sido incapaz de conversar com qualquer um, como um homem precisa, em períodos de dor. Não havia nenhuma mulher cuja simpatia lhe pudesse ser demonstrada, tampouco alguma com quem, dada a terrível circunstância que envolvia sua dor, ele pudesse falar livremente.

– Eu sei agora quanto sofri – ele confidenciou, secando os olhos. – Mas não sei ainda, e ninguém jamais saberá, quanto sua doce solidariedade fez por mim hoje. Saberei melhor com o tempo; e acredite que, embora eu não esteja ingrato agora, minha gratidão crescerá com esta compreensão. A senhora permitirá que eu seja um irmão, não permitirá? Até o fim de nossa vida, em nome da querida Lucy?

– Em nome da querida Lucy – afirmei, enquanto apertávamos as mãos.

– Ah, e em seu nome também – ele acrescentou. – Pois, se a estima e a gratidão de um homem alguma vez valeram a conquista, a senhora hoje conquistou as minhas. Na eventualidade de o futuro lhe trazer um período em que a ajuda de um homem seja necessária, acredite que não me chamará em vão. Deus permita que tal momento jamais chegue para interromper o sol da sua vida; porém, caso ocorra, prometa-me que me informará.

Lorde Godalming estava tão sério, e seu sofrimento era tão recente, que senti que isso poderia confortá-lo, então respondi:

– Prometo.

Saí para o corredor e encontrei o senhor Morris olhando para fora por uma janela. Ele se virou ao ouvir meus passos.

– Como está o Art? – ele perguntou, e em seguida, notando meus olhos vermelhos, falou: – Ah, vejo que a senhora o esteve consolando. Pobre camarada, ele bem que precisava. Ninguém, a não ser uma mulher, pode ajudar um homem quando ele está sofrendo por amor; e ele não tinha ninguém para confortá-lo.

O senhor Morris estava suportando o próprio fardo com tanta bravura que meu coração se apertou por ele. Vi os papéis datilografados em sua mão e soube que, quando ele lesse, perceberia tudo que sei, então lhe disse:

– Eu gostaria de consolar todos os que sofrem por amor. O senhor me deixará ser sua amiga, e virá me procurar se precisar? O senhor saberá, em breve, do que estou falando.

Vendo minha sinceridade, ele se curvou, tomou minha mão, levou-a aos lábios e a beijou. Parecia um conforto tão diminuto, prestado a uma alma tão corajosa e altruísta, que impulsivamente eu lhe dei um beijo. As lágrimas rolaram de seus olhos e houve um engasgo momentâneo; ele então disse, com bastante tranquilidade:

– Minha cara, enquanto viver, jamais há de se arrepender por essa gentileza sincera! – E foi ao escritório encontrar seu amigo.

"Minha cara!", as exatas palavras que ele usou com Lucy! E, ah, mas ele se provou um bom amigo!

# Capítulo XVIII

## Registros do doutor Seward

### 30 de setembro

Cheguei em casa às cinco horas da tarde e descobri que Godalming e Morris não haviam apenas chegado, mas também já lido a transcrição dos vários diários e cartas que Harker e sua maravilhosa esposa haviam datilografado e ordenado. Harker não tinha ainda voltado de sua visita aos carregadores, sobre quem o doutor Hennessey havia me escrito. A senhora Harker nos serviu uma xícara de chá e eu posso honestamente afirmar que, pela primeira vez desde que moro no hospício, esta velha casa pareceu de fato um lar. Quando havíamos terminado, a senhora Harker disse:

– Doutor Seward, posso pedir-lhe um favor? Quero ver seu paciente, o senhor Renfield. Deixe-me vê-lo. O que o senhor conta sobre ele em seu diário me interessa muito!

Ela estava tão suplicante e tão bonita que não pude negar, nem haveria motivo para isso; então eu a levei comigo. Quando entrei no quarto, disse ao homem que uma senhora gostaria de vê-lo, ao que ele respondeu, apenas:

– Por quê?

– Ela está visitando a casa e quer conhecer todos aqui – respondi, e ele disse:

– Ah, está bem. Deixe-a entrar, é claro; mas me dê um minuto para arrumar o lugar.

Seu método de arrumação era peculiar: ele simplesmente engoliu todas as moscas e aranhas das caixas, antes que eu conseguisse impedir. Era evidente que receava ou sentia ciúme de alguma interferência. Ao concluir a operação repulsiva, convidou, bastante alegre:

– Mande a senhora entrar.

Renfield sentou-se na beira da cama com a cabeça baixa, mas as pálpebras bem abertas, para poder ver quando ela entrasse. Por um momento, pensei que ele pudesse ter alguma intenção homicida; eu me lembrei de como ele tinha estado calmo, pouco antes de me atacar no meu escritório, então tive o cuidado de me posicionar onde pudesse agarrá-lo depressa se ele fizesse uma tentativa de correr para ela. A senhora Harker entrou com uma graciosidade desembaraçada que conquistaria de imediato o respeito de qualquer louco, pois desembaraço é uma das qualidades que as pessoas insanas mais respeitam. Ela andou até ele, sorrindo agradavelmente, e estendeu a mão.

– Boa noite, senhor Renfield. Sabe, eu o conheço, pois o doutor Seward me falou sobre o senhor.

Ele não respondeu logo; observou-a de alto a baixo com grande intensidade e o rosto franzido. Esta aparência cedeu lugar a outra, que sugeria dúvida; depois, para meu absoluto espanto, ele disse:

– A senhorita não é a moça com quem o doutor queria se casar, é? Não pode ser, sabe, porque ela está morta.

A senhora Harker sorriu docemente ao responder:

– Ah, não! Meu marido é outro, com quem me casei antes de conhecer o doutor Seward e antes que ele me conhecesse. Eu sou a senhora Harker.

– Então o que está fazendo aqui?

– Meu marido e eu estamos aqui visitando o doutor Seward.

– Então não fiquem.

– Mas por que não?

Eu pensei que aquele estilo de conversa talvez não fosse mais agradável para a senhora Harker do que era para mim, então interrompi:

– Como você sabe que eu quis me casar com alguém?

A resposta dele foi um mero desdém, verbalizado em uma pausa durante a qual ele desviou os olhos da senhora Harker para mim, imediatamente voltando para ela:

– Que pergunta estúpida!

– Eu absolutamente não compreendo, senhor Renfield – disse a senhora Harker, vencendo-me quanto à atenção do paciente.

Ele respondeu a ela com tanta cortesia e tanto respeito quanto havia demonstrado menosprezo por mim:

– A senhora há de compreender, é claro, senhora Harker, que, quando um homem é tão amado e honrado quanto o nosso anfitrião, tudo que lhe diga respeito é do interesse de nossa pequena comunidade. O doutor Seward é amado não apenas por seus empregados e amigos, mas também pelos pacientes, alguns dos quais, dificilmente em equilíbrio mental, estão propensos a distorcer causas e efeitos. E, como eu próprio tenho sido um interno em um hospício de loucos, não posso deixar de notar as tendências sofistas que alguns dos internos atribuem a erros de *non causa* e *ignoratio elenchi*.

Eu decididamente arregalei os olhos àquele novo desdobramento. Lá estava meu lunático de estimação, o mais pronunciado de seu tipo que eu jamais havia encontrado, discutindo filosofia elementar, e com os modos de um refinado cavalheiro. Eu me pergunto se terá sido a presença da senhora Harker que tocou algum sino em sua memória. Se essa nova fase era espontânea, ou de algum modo devida à influência inconsciente dela, então ela possui um dom ou poder muito raro. Continuamos conversando por algum tempo; percebendo que Renfield parecia bastante razoável, e olhando para mim inquiridoramente enquanto começava, ela se arriscou a conduzir a conversa para o tema preferido dele. Fiquei mais uma vez muito surpreso, pois ele se dedicou à pergunta com a imparcialidade dos mais completamente sãos; até usou a si próprio como exemplo quando mencionou certas coisas.

– Ora, eu mesmo sou um exemplo de homem que tinha uma estranha crença. De fato, não admira que meus amigos tenham se assustado e insistido para que eu fosse posto sob controle. Costumava fantasiar que a vida era uma entidade factual e perpétua e que, pelo consumo de uma multiplicidade de coisas vivas, independentemente de quão baixo estivessem na escala da criação, uma pessoa poderia prolongar a vida indefinidamente. Algumas vezes, acreditei nisso com tanta força que cheguei a tentar tirar uma vida humana. O doutor aqui vai confirmar que em certa ocasião eu tentei matá-lo com o propósito de fortalecer meus poderes vitais pela assimilação, com o meu próprio corpo, da vida dele, por meio de seu sangue; confiando, é claro, na frase da Escritura, "Pois sangue é vida". Embora, é claro, o vendedor de certa panaceia tenha vulgarizado o truísmo ao ponto do puro desprezo. Não é verdade, doutor?

Eu assenti em confirmação, pois estava tão estupefato que mal sabia o que pensar ou dizer; era difícil imaginar que eu o tinha visto devorar suas aranhas e moscas menos de cinco minutos antes. Olhando no relógio, vi que precisava ir à estação encontrar Van Helsing, então falei para a senhora Harker que era hora de irmos. Ela veio de imediato, após despedir-se do senhor Renfield com toda a amabilidade:

– Até logo, e espero poder vê-lo com frequência, sob os auspícios mais favoráveis ao senhor.

Ao que ele, para meu renovado assombro, replicou:

– Até logo, minha cara. Eu rezo a Deus para nunca mais tornar a ver seu belo rosto. Que Ele a proteja e guarde!

Quando fui à estação para encontrar Van Helsing, deixei os rapazes em casa. O coitado do Art parecia mais alegre do que tinha estado em qualquer momento desde que Lucy adoecera pela primeira vez, e Quincey estava em sua melhor e mais luminosa forma desde muito tempo antes. Van Helsing saltou da carruagem com a agilidade vívida de um menino. Viu-me de imediato e correu em minha direção, dizendo:

– Ah, amigo John, como vai tudo? Bem? Então! Estive ocupado, pois venho para ficar, se for necessário. Todos os meus assuntos estão resolvidos e tenho muito a contar. A madame Mina está em sua casa? Sim. E o adorável esposo dela? E Arthur e o meu amigo Quincey, estão com você também? Ótimo!

Enquanto dirigia para o hospício, contei a ele sobre o que tinha acontecido e sobre como meu próprio diário tinha sido útil a partir da sugestão da senhora Harker; neste ponto, o professor me interrompeu:

– Ah, aquela maravilhosa madame Mina! Ela tem o cérebro de um homem, o cérebro que um homem teria, se fosse muito abençoado, e o coração de uma mulher. O bom Deus a constituiu com um propósito, acredite-me, quando elaborou uma combinação tão excelente. Amigo John, até agora o acaso tem tornado essa mulher de ajuda para nós; depois desta noite, ela não deve ter relação com este assunto tão terrível. Não é bom que ela corra um risco tão grande. Nós, homens, estamos determinados (não:

estamos comprometidos) a destruir este monstro; mas não há lugar para uma mulher. Mesmo que ela não se machuque, o coração pode traí-la de muitos modos horríveis, e a partir de então ela sofreria tanto acordada, por causa dos nervos, quanto dormindo, por causa dos sonhos. Além disso, é uma mulher jovem e não há muito tempo casada; pode haver outras coisas em que pensar em algum momento, se não agora. Você me conta que ela escreveu tudo, então deve deliberar conosco; mas amanhã ela diz adeus a este trabalho, e nós seguimos sozinhos.

Concordei com ele de todo o coração e depois contei o que havíamos descoberto durante sua ausência: que a casa que Drácula tinha comprado era bem ao lado da minha própria. O professor ficou pasmo e uma grande preocupação pareceu baixar sobre ele.

– Ah, se soubéssemos disso antes! Então poderíamos tê-lo alcançado a tempo de salvar a pobre Lucy. Porém, "não adianta chorar sobre o leite derramado", como vocês dizem. Não devemos pensar nisso, e sim seguir nosso caminho até o fim.

Ele caiu em um silêncio que perdurou até chegarmos ao meu portão. Antes que nos recolhêssemos para nos aprontar para o jantar, ele disse à senhora Harker:

– Fui informado, madame Mina, pelo meu amigo John, que a senhora e o seu marido puseram em ordem precisa todas as coisas que aconteceram até este momento.

– Não até este momento, professor – ela respondeu em um impulso –, mas até esta manhã.

– Mas por que não até agora? Nós já vimos o bem que iluminar as pequenas coisas trouxe. Nós contamos os nossos segredos e ainda assim nenhum que tenha contado é pior por isso.

A senhora Harker começou a corar, tirando um papel do bolso.

– Doutor Van Helsing, o senhor lerá isto e me dirá se deve entrar. É meu registro de hoje. Eu também enxerguei a necessidade de anotar tudo, neste momento; até o mais trivial. Mas há pouco nesta anotação, exceto o que é pessoal. Deve ser incluída?

O professor leu, muito concentrado, e devolveu o papel dizendo:

– Não precisa ser incluído, se a senhora não desejar; mas eu rogo que sim. Isso apenas fará com que seu marido a ame mais e que todos nós, seus amigos, a honremos mais; fará aumentar a estima e o amor.

Ela pegou o papel com outro rubor e um sorriso brilhante.

Então agora, até esta precisa hora, todos os registros estão completos e em ordem. O professor levou uma cópia ao escritório para ler após o jantar e antes da nossa reunião, marcada para as nove horas da noite. O restante de nós já leu tudo; então, quando nos encontrarmos no escritório, todos estaremos informados sobre os fatos e poderemos traçar nossos planos de batalha contra esse inimigo misterioso e terrível.

## Diário de Mina Harker

### 30 de setembro

Quando nos encontramos no escritório do doutor Seward duas horas depois do jantar, que tinha sido às seis, nós inconscientemente formamos um tipo de conselho ou comitê. O professor Van Helsing ocupou a cabeceira da mesa, à qual o doutor Seward o encaminhou quando entrou na sala, e me fez sentar à sua direita, pedindo que eu servisse de secretária. Jonathan sentou-se ao meu lado. Em frente a nós estavam lorde Godalming, doutor Seward e o senhor Morris, sendo lorde Godalming ao lado do professor e o doutor Seward no meio. O professor iniciou:

– Suponho que eu possa presumir que todos nós estamos bem familiarizados com os fatos que constam nestes papéis. – Todos nós assentimos, e ele continuou: – Assim sendo, penso ser bom que lhes conte algo sobre o tipo de inimigo com que temos de lidar. Tornarei conhecidas para vocês coisas da história desse homem que foram averiguadas a meu pedido. Então podemos debater sobre como agir e tomar medidas correspondentes.

"Há seres como vampiros; alguns de nós temos evidência de que existem. Mesmo que não tivéssemos a prova da nossa infeliz experiência própria, ensinamentos e registros do passado fornecem prova suficiente para pessoas lúcidas. Admito que no início fui cético. Não fosse o fato de haver por longos anos treinado a mim mesmo para manter a mente aberta, eu não teria acreditado até o momento em que o fato trovejou no meu ouvido. 'Veja! Veja! Eu provo! Eu provo!' Pobre de mim! Se eu soubesse no começo o que agora sei (nem digo saber, mas supor); uma vida preciosa teria sido preservada para tantos de nós que a amávamos. Mas isso é passado, e devemos trabalhar de forma tal que outra pobre alma não pereça, se pudermos salvá-la. O *nosferatu* não morre como a abelha, depois de picar uma vez. Ele apenas fica mais forte; sendo mais forte, tem ainda mais poder para fazer o mal. Esse vampiro que está entre nós é tão forte quanto vinte homens; ele é mais astuto do que mortal, pois sua astúcia cresceu com o tempo; ele tem habilidades de necromancia, que é, como a etimologia indica, a adivinhação por meio dos mortos, e todos os mortos dos quais ele consegue se aproximar ficam sob seu comando; ele é bruto, e mais do que bruto, ele é o diabo, pura e simplesmente, e não tem coração; ele pode, dentro de certos limites, aparecer à vontade quando e onde quiser, e em qualquer uma das formas que assume; ele pode, dentro de seu alcance, comandar os elementos: a tempestade, a névoa, o trovão; ele comanda todas as coisas vis: o rato, a coruja e o morcego, a mariposa, a raposa e o lobo; ele pode crescer e fazer-se pequeno; e ele pode às vezes desaparecer e tornar-se invisível. Como, então, vamos começar nossa batalha para destruí-lo? Como vamos encontrá-lo e, tendo-o encontrado, como podemos destruí-lo? Meus amigos, isto é demasiado; é um trabalho terrível que assumimos, e pode haver consequências capazes de fazer tremer os bravos. Pois, se falharmos nesta nossa luta, ele certamente vencerá; e então, onde nós acabamos? A vida não é nada; não me aferro a ela. Mas falhar, aqui, não é mera vida ou morte. É que nos tornamos como ele; daqui em diante, tornamo-nos coisas noturnas asquerosas como ele: sem coração nem consciência, predando os corpos e as almas dos que mais amamos. Para nós, para sempre, estarão fechados os portões do paraíso, pois quem haveria de abri-los para nós de novo? Seguiremos adiante infinitamente odiados por todos; uma mancha na face do Sol de Deus; uma flecha no flanco Daquele que morreu pelos homens. Mas estamos frente a frente com um dever; e em tal caso devemos nos acovardar? Por mim, digo não;

mas por outro lado sou velho, e a vida, com sua luz, seus belos lugares, seus cantos de pássaro, sua música e seu amor, ficou há muito para trás. Vocês são jovens. Alguns tiveram sofrimentos; mas há dias justos à frente. O que me dizem?"

Enquanto ele falava, Jonathan havia tomado minha mão. Eu temi muito que a natureza assustadora do nosso risco o estivesse dominando, quando o vi esticar a mão; mas, para mim, foi vida sentir seu toque tão forte, autoconfiante e decidido. A mão de um homem corajoso fala por si; nem precisa do amor de uma mulher para ouvir sua música. Quando o professor havia terminado, meu marido me olhou nos olhos, e eu, nos dele; não houve necessidade de palavras entre nós.

– Respondo por Mina e por mim mesmo – falou.

– Conte comigo, professor – prontificou-se o senhor Quincey Morris, lacônico como sempre.

– Estou com vocês – disse lorde Godalming. – Em nome de Lucy, se não por outro motivo.

O doutor Seward simplesmente assentiu. O professor se levantou e, após pousar o crucifixo de ouro na mesa, estendeu as duas mãos para os lados. Eu tomei a direita, e lorde Godalming, a esquerda; Jonathan pegou minha mão direita com a esquerda dele e se esticou por cima da mesa até o senhor Morris. Então todos nos cumprimentamos solenemente e o pacto estava feito. Senti meu coração gelar, mas não me ocorreu recuar. Retomamos nossos lugares e o doutor Van Helsing prosseguiu com um tipo de animação que demonstrava que o trabalho sério tinha começado. Deveria ser encarado com a gravidade e o profissionalismo de qualquer outra transação da vida.

– Bem, vocês sabem contra o que combatemos; mas nós, também, não somos destituídos de força. Temos do nosso lado o poder de nos combinar, um poder negado ao vampiro; temos os recursos da ciência; somos livres para agir e pensar; e as horas do dia e da noite são nossas igualmente. De fato, até onde nossos poderes se estendem, eles são irrestritos, e somos livres para usá-los. Estamos devotados a uma causa e temos um fim a conquistar que não é egoísta. Isso vale muito.

"Agora, vamos ver até que ponto os poderes gerais conjurados contra nós são restritos, e como os individuais não são. Por fim, vamos considerar as limitações dos vampiros em geral, e deste em particular.

"Tudo o que podemos usar como embasamento são tradições e superstições. Elas não parecem ser muito, quando a questão é de vida e morte; não: é mais do que vida e morte. Ainda assim, temos de nos contentar; em primeiro lugar, porque precisamos: nenhum outro expediente está sob nosso controle. Em segundo porque, no final, essas coisas, tradição e superstição, são tudo. A crença das pessoas em vampiros não se apoia nelas? Ainda que não a nossa, infelizmente! Um ano atrás, qual de nós teria concebido tal possibilidade, em meio ao nosso século XIX tão científico, cético e prático? Nós até caçoamos de uma crença que vimos justificada com nossos próprios olhos. Aceitem, portanto, neste momento, que o vampiro e a crença em seus limites e no que lhe serve de antídoto repousam sobre a mesma base. Pois, deixem que lhes diga, ele é conhecido em todos os lugares onde homens existiram. Na Grécia Antiga, na Roma Antiga; ele floresceu por toda a Alemanha e na França, na Índia, até nas Penínsulas; e na China, sempre tão distante de nós de todas as formas, até lá ele existe, e as pessoas o temem até os dias de hoje. Ele acompanhou o despertar dos guerreiros nórdicos, do primogênito maléfico dos hunos, dos eslavos, dos saxões, dos magiares. Até aqui, então, temos tudo sobre o que podemos agir; e deixem-me contar que muito das crenças se justifica pelo que vimos em nossa própria experiência infeliz. O vampiro continua vivendo, não morre pela mera passagem do tempo; ele floresce quando consegue se alimentar do sangue dos vivos. Mais do que isso, conforme vimos, ele rejuvenesce; suas capacidades vitais ficam mais robustas e parecem revigorar-se quando a dieta especial é abundante. Mas ele não pode sobreviver sem esse alimento; ele não come como os outros. Mesmo o amigo Jonathan, que morou com ele por várias semanas, nunca o viu comer, nunca! Ele não produz sombra; ele não gera reflexo no espelho, mais uma vez como Jonathan observou. Tem a força de muitos em suas mãos, como Jonathan também testemunhou, quando ele bateu a porta contra os lobos e quando ajudou o senhor Harker a sair da diligência. Ele pode transformar-se em lobo, como deduzimos da chegada do navio a Whitby e estraçalhou um cão; ele pode virar um morcego, como a madame Mina viu na janela em Whitby, como o amigo John o viu sair voando da casa abandonada e como meu amigo Quincey o viu à janela da senhorita Lucy. Ele pode vir como uma névoa que ele mesmo cria, e o nobre capitão daquele navio provou isso; mas, pelo que sabemos, o alcance que ele consegue obter com a névoa é limitado, e ela só existe ao redor dele. Chega em meio ao luar como poeira elementar, como, novamente, Jonathan viu fazerem aquelas irmãs, no castelo de Drácula. Ele se torna diminuto: nós próprios vimos a senhorita Lucy, antes de estar em paz, deslizar por um espaço ínfimo na porta do túmulo. Uma vez que conheça o caminho, pode sair de qualquer coisa e entrar em qualquer coisa, sem importar quanto esteja bem fechada ou amalgamada com fogo; soldem o que quiserem. Ele enxerga no escuro, e este não é um poder pequeno, em um mundo cuja metade não tem luz. Ah, mas ouçam até o fim. Ele pode tudo isso, mas ainda assim não é livre. Ah, não; ele é até mais prisioneiro do que o escravo da galé, do que o louco em sua cela. Ele não pode ir aonde deseja; ele não pertence à natureza, mas precisa ainda assim seguir algumas leis da natureza; por quê, nós não sabemos. Ele não pode entrar em nenhum lugar espontaneamente, mas apenas se alguém da casa o convidar, embora depois disso ele possa entrar quando quiser. O poder dele cessa, como o de todas as coisas do mal, ao nascer do dia. Só em certas horas goza de uma limitada liberdade. Se não estiver no lugar ao qual está vinculado, somente poderá se transformar pontualmente ao meio-dia, ou ao nascer ou ao pôr do sol. Isto é o que dizem, e por meio dos nossos registros temos prova por inferência. Portanto, embora possa fazer o que queira dentro de seus limites, quando dispõe da terra que lhe serve de lar, do caixão que é seu lar, do seu lar infernal e dos lugares profanos, como vimos quando fomos à tumba do suicida em Whitby, apesar disso tudo, em outros momentos ele só pode se transformar quando chega a hora. Dizem também que ele só consegue atravessar a água corrente na baixa ou na cheia da maré. E há coisas que o afligem tanto que contra elas ele não pode lutar, como o alho que bem conhecemos; e quanto a coisas sagradas, como este símbolo, meu crucifixo, que está entre nós mesmo agora, enquanto debatemos, para elas ele não é nada, e em sua presença ele se afasta e silencia com respeito. Mas há também outras coisas, das quais lhes falarei, caso venhamos a precisar delas em nossa busca. O galho de rosa selvagem posto sobre o caixão o impede de sair; uma bala consagrada disparada contra o caixão o mata com a morte real; quanto à estaca no corpo, já sabemos como traz a paz; ou a decapitação, que concede descanso. Também isto nós já vimos com os nossos próprios olhos.

"Portanto, quando encontrarmos a habitação disto que foi um homem, podemos confiná-lo a seu caixão e destruí-lo, se seguirmos o que sabemos. Mas ele é inteligente. Pedi ao meu amigo Arminius, da Universidade de Budapeste, para levantar o histórico e, por todos os meios possíveis, descobrir quem ele foi. Parece que deve ter sido Voivoda Drácula, que construiu seu nome lutando contra os turcos sobre o grande rio na fronteira da Turquia. Se for assim, então ele não era um homem comum, pois naquela época, e por séculos depois, ele era referido como o mais inteligente e mais astuto, assim como o mais corajoso dos filhos da 'terra além da floresta'. Aquele cérebro poderoso e aquela determinação de ferro foram com ele para a sepultura, mas estão até hoje conjurados contra nós. Segundo me conta Arminius, os Dráculas eram uma raça nobre e poderosa, embora aqui e ali houvesse membros que os contemporâneos julgassem ter pacto com o Mal. Aprenderam o ofício na Escolomancia, entre as montanhas além do lago Hermanstadt, onde o diabo alega que o décimo acadêmico vai surgir. No levantamento aparecem palavras como *stregoica*, bruxa; Ordog e *pokol*, Satã e inferno; e em um manuscrito este Drácula é referido como *wampyr*, que todos nós entendemos muito bem. Deste mesmo Drácula saíram grandes homens e boas mulheres, e seus túmulos tornam sagrada a terra onde apenas a imundície pode habitar. Pois não é o menor de seus terrores que esta coisa má esteja enraizada profundamente em tudo que é bom; no solo estéril de memórias sagradas, ele não pode descansar."

Enquanto eles estavam conversando, o senhor Morris olhava fixamente a janela, e depois se levantou em silêncio e saiu da sala. Houve uma pequena pausa, e então o professor continuou:

– Agora, precisamos decidir o que fazer. Temos aqui uma profusão de dados, e devemos planejar nossa campanha. Sabemos, pela pesquisa de Jonathan, que do castelo para Whitby vieram cinquenta caixas de terra, todas entregues em Carfax; sabemos também que ao menos algumas dessas caixas foram retiradas. Parece-me que nosso primeiro passo deveria ser descobrir se as outras permanecem na casa, para além do muro que vimos hoje, ou se mais alguma foi retirada. Confirmado este segundo caso, devemos rastrear....

Neste ponto, fomos interrompidos de modo bastante assustador. De fora da casa veio o som de um disparo de revólver; o vidro foi estilhaçado por uma bala que, rechicoteando no batente da janela, atingiu a parede oposta. Receio que no íntimo eu seja uma medrosa, pois gritei. Todos os homens ficaram de pé imediatamente; lorde Godalming correu até a janela e ergueu os caixilhos. Enquanto ele fazia isso, ouvimos a voz do senhor Morris vindo de fora:

– Perdão! Temo ter alarmado vocês. Vou voltar e contar tudo.

Um minuto depois, ele entrou e disse:

– Foi uma coisa idiota isto que fiz e peço seu perdão, senhora Harker, de todo o coração. Devo tê-la assustado terrivelmente. Mas o fato é que, enquanto o professor estava falando, um grande morcego pousou no batente da janela. Os fatos recentes me encheram de tamanho horror destes bichos malditos que não os suporto, então fui para fora e atirei, como venho fazendo nos fins de tarde sempre que vejo um. Antes você ria de mim por isso, Art.

– Você o acertou? – perguntou o doutor Van Helsing.

– Não sei. Acho que não, pois ele voou para o bosque.

Sem dizer mais uma palavra, ele voltou a se sentar, e o professor retomou:

– Precisamos rastrear cada uma destas caixas; e, quando estivermos prontos, devemos ou capturar ou matar esse monstro em seu covil. Ou precisamos, por assim dizer, esterilizar a terra, para que ele não mais possa buscar segurança nela. Assim, no final, talvez possamos encontrá-lo em sua forma humana entre as horas do meio-dia e do poente, e assim abordá-lo quando ele está mais fraco.

– Agora, quanto à senhora, madame, esta noite é o fim até que tudo esteja bem. A senhora é preciosa demais para nós para enfrentar tamanho perigo. Quando nos despedirmos hoje, a senhora não fará mais perguntas. Tudo lhe contaremos no devido tempo. Nós somos homens e capazes de suportar, mas a senhora deve ser nossa estrela e nossa esperança, e agiremos com mais liberdade se a senhora não estiver sob o mesmo risco que estaremos correndo.

Todos os homens, até Jonathan, pareceram aliviados; porém a mim não pareceu certo que eles enfrentassem o perigo, talvez diminuindo sua segurança, em nome de cuidar de mim, pois a força é a melhor segurança. Mas estavam decididos, e embora fosse uma amarga pílula a que precisei engolir, nada pude dizer, a não ser aceitar a cavalheiresca preocupação comigo. O senhor Morris, então, retomou a conversa.

– Como não há tempo a perder, voto para que façamos uma ronda nesta casa agora mesmo. Tempo é tudo, quando se trata dele, e uma ação ágil de nossa parte pode salvar outra vítima.

Senti meu coração falhar quando a hora da ação se apresentou subitamente tão próxima, porém não disse nada, pois tive medo de que, se aparentasse ser um empecilho ou entrave ao trabalho deles, acabaria expulsa até mesmo desses encontros. Eles agora partiram para Carfax, munidos dos meios de entrar na casa.

De modo tipicamente masculino, eles me disseram para ir para a cama e dormir, como se uma mulher pudesse dormir quando aqueles que ela ama estão em perigo! Vou me deitar e fingir que durmo, para que Jonathan não tenha preocupações adicionais comigo quando voltar.

## Registros do doutor Seward

### 1º de outubro, quatro horas da madrugada

Quando estávamos prestes a sair, um recado urgente me foi trazido da parte de Renfield, pedindo que eu fosse vê-lo imediatamente, pois ele tinha algo da mais extrema importância a me dizer. Respondi ao mensageiro para dizer a ele que eu atenderia pela manhã, pois estava ocupado no momento. O auxiliar então acrescentou:

– Ele parece muito impaciente, senhor. Nunca o vi tão ansioso. Não posso afirmar, mas creio que terá um daqueles ataques violentos, se o senhor não for vê-lo depressa.

Eu sabia que o homem não teria dito isso sem motivo, então respondi:

– Está bem, vou descer. – E pedi aos demais que me esperassem por um minuto, pois precisava descer para ver meu "paciente".

– Leve-me junto, amigo John – disse o professor. – Os seus registros sobre o caso dele me interessam bastante, e têm tido relação também, aqui e ali, com o nosso caso. Gostaria muito de vê-lo, em especial quando a mente dele está perturbada.

– Posso ir também? – perguntou lorde Godalming.

– E também eu? – falou Quincey Morris.

– Posso me juntar? – questionou Harker.

Assenti, e descemos todos juntos.

Nós o encontramos em um estado de considerável agitação, porém muito mais racional em suas palavras e maneiras do que eu jamais havia visto. Ele demonstrou um entendimento incomum de si mesmo, diferente de tudo que eu já tinha encontrado em um louco; e considerou garantido que suas razões convenceriam os totalmente lúcidos. Nós quatro entramos no quarto, mas nenhum dos demais falou nada, a princípio. O pedido era para que eu o libertasse imediatamente do hospício e o mandasse para casa. Ele sustentou o pleito com argumentos sobre sua total recuperação, apresentando como exemplo a sanidade da qual ali dava prova.

– Eu apelo aos seus amigos – pediu. – Eles talvez não se importem de presidir um julgamento do meu caso. A propósito, o senhor não me apresentou.

No momento, fiquei tão espantado que não me dei conta da estranheza de apresentar um louco em um hospício; além do mais, havia certa dignidade nos modos do homem, algo de habitual e regular, que na hora me levaram a fazer as apresentações:

– Lorde Godalming, professor Van Helsing, senhor Quincey Morris, do Texas; senhor Renfield.

Meu paciente cumprimentou cada um, dizendo:

– Lorde Godalming, eu tive a honra de auxiliar seu pai em Windham; lamento saber, dado que o senhor carrega o título agora, do falecimento dele. Ele foi um homem amado e honrado por todos que o conheceram e na juventude, ouvi dizer, foi o inventor de um ponche de rum muito apreciado nas noites de corrida de cavalos. Senhor Morris, o senhor deve se orgulhar de seu grande estado. A receptividade que o Texas deu às tropas do Norte foi um precedente que poderá ter efeitos duradouros a partir daqui, quando os polos e os trópicos puderem formar uma aliança com as estrelas e faixas. O poder do Tratado talvez ainda comprove ser um grande mecanismo de ampliação, quando a doutrina Monroe ocupar seu verdadeiro lugar de fábula política. O que poderia qualquer homem dizer sobre o prazer de conhecer Van Helsing? Senhor, eu não me desculpo por deixar de lado todas as formas convencionais de prefixação. Quando um indivíduo revolucionou os tratamentos por suas descobertas acerca da evolução constante do cérebro, as formas convencionais são inadequadas, pois pareceriam limitá-lo a uma categoria. Os senhores, cavalheiros, que, por nacionalidade, hereditariedade ou posse de dons naturais, estão aptos a manter os respectivos lugares no mundo em movimento, eu os tomo por testemunhas de que estou tão lúcido quanto, no mínimo, a maioria dos homens que desfruta da posse integral de suas liberdades. Tenho certeza de que o senhor, doutor Seward, humanitário e médico jurista, bem como cientista, considerará um dever moral lidar comigo como alguém a ser considerado sob circunstâncias excepcionais.

Ele fez esse último apelo com ares de cortês convicção, e não totalmente desprovidos de um charme próprio.

Creio que todos nós ficamos estupefatos. Quanto a mim, e a despeito do meu conhecimento sobre o caráter e o histórico do homem, estava convencido de que sua lucidez havia sido recuperada, e senti um impulso forte de lhe dizer que estava satisfeito quanto à sua sanidade, e que pela manhã cuidaria das formalidades necessárias à sua soltura. Entretanto, achei melhor esperar antes de fazer um pronunciamento tão solene, pois há muito eu tinha ciência das mudanças súbitas a que este paciente em particular estava sujeito. De modo que me contentei em fazer uma afirmação mais genérica sobre ele aparentar estar melhorando muito rápido; que teríamos uma longa conversa pela manhã, e que então veria o que poderia fazer no sentido de atender ao seu desejo. Isso não o satisfez absolutamente, pois ele respondeu, depressa:

– Mas eu temo, doutor Seward, que o senhor mal tenha apreendido o meu desejo. Eu almejo sair de uma vez, aqui, já, nesta hora, neste preciso momento, se eu puder. O tempo pressiona, e em nosso acordo implícito com a Senhora da Foice, esta é a essência do contrato. Tenho certeza de que basta apresentar a um médico tão admirável como o doutor Seward um desejo tão simples, mas ainda assim tão momentoso, para garantir sua realização.

Ele perscrutou meu rosto e, enxergando a negativa, virou-se para os outros e os escrutinou com grande atenção. Não encontrando resposta suficiente, continuou:

– Será possível que me equivoquei em minha suposição?

– Equivocou-se – respondi com franqueza, porém, ao mesmo tempo, percebi, com brutalidade.

Então houve uma pausa considerável, e depois ele falou, lentamente:

– Então, suponho que eu precise alterar as bases do meu pedido. Deixe-me solicitar esta concessão, este benefício, privilégio, o nome que o senhor preferir. Não me incomodo em implorar neste caso, não por motivos pessoais, mas pelo bem de outros. Não estou em situação de poder revelar a integralidade de minhas razões; porém, o senhor pode, eu lhe garanto, acreditar que são boas, sólidas e altruístas, e que brotam do mais alto senso de dever. Se pudesse enxergar meu coração, o senhor aprovaria totalmente os sentimentos que me movem. Não, mais que isso, o senhor me contaria entre os melhores e mais verdadeiros dos seus amigos.

Mais uma vez ele nos observou argutamente. Eu tinha uma convicção crescente de que aquela mudança súbita de seu método intelectual era apenas outra forma ou fase da loucura, então decidi deixá-lo continuar mais um pouco, sabendo por experiência que ele iria, como todos os lunáticos, trair a si mesmo no fim. Van Helsing o encarava com um olhar da mais extrema intensidade, as sobrancelhas grossas quase se tocando na concentração fixa de seu olhar. Ele falou com Renfield em um tom que não me surpreendeu na hora, entretanto apenas mais tarde, quando tornei a pensar no assunto, pois era o tom que se usa para se dirigir a um igual.

– Você não pode contar francamente sua razão real para desejar ser libertado esta noite? Vou aceitar que, se você puder satisfazer até a mim, um estranho sem preconceitos e com o hábito de manter a mente aberta, o doutor Seward vai conceder, por seu próprio risco e sua própria responsabilidade, o privilégio que você busca.

Ele abanou a cabeça tristemente e com uma expressão pungente de lamento. O professor continuou:

– Vamos lá, cavalheiro, raciocine. Você tenta nos impressionar com sua completa razoabilidade e por isso reivindica no mais alto grau o privilégio da razão. Você, de cuja racionalidade temos motivos para duvidar, ainda não foi liberado do tratamento médico precisamente por esta lacuna. Se não nos ajudar em nossos esforços para escolher o caminho mais ajuizado, como poderemos cumprir o dever do qual você próprio nos encarregou? Seja sábio e nos ajude; se pudermos, nós o ajudaremos a realizar seu desejo.

Mas Renfield de novo abanou a cabeça, ao dizer:

– Doutor Van Helsing, não tenho nada a dizer. Seu argumento é perfeito e, se eu fosse livre para falar, não hesitaria por um momento; mas não sou meu próprio mestre nesta questão. Posso apenas pedir que acreditem em mim. Se me negarem, a responsabilidade não será minha.

A mim pareceu chegada a hora de encerrar a cena, que estava se tornando comicamente solene, então dirigi-me para a porta dizendo, simplesmente:

– Venham, meus amigos, temos trabalho a fazer. Boa noite.

Enquanto, porém, eu me aproximava da porta, uma nova mudança ocorreu sobre o paciente. Ele veio em minha direção tão rápido que por um instante temi que estivesse prestes a fazer outro ataque homicida. Meus receios, contudo, foram infundados, pois ele estendeu as mãos de modo suplicante e repetiu a petição de modo comovente. Quando percebeu que o próprio excesso de emoção estava trabalhando contra ele, jogando-nos de volta às velhas relações, ele se tornou ainda mais demonstrativo. Olhei de relance para Van Helsing e vi minha convicção refletida em seus olhos; então adotei modos mais firmes, se não mais severos, e indiquei por sinais que seus esforços eram inúteis. Eu já tinha visto algo dessa mesma agitação crescente quando, antes, ele precisou fazer um pedido que na hora lhe importava muito, tal como, por exemplo, quando quis um gato; eu estava preparado para vê-lo cair na mesma submissão obstinada. Minha expectativa não se cumpriu, pois, quando ele percebeu que seu apelo não seria bem-sucedido, entrou em uma condição bastante frenética. Renfield se jogou de joelhos, levantou as mãos e as retorceu queixosamente, despejando uma torrente de súplicas enquanto lágrimas corriam por suas bochechas e todo o seu rosto e corpo expressavam a mais profunda comoção:

– Deixe-me rogar-lhe, doutor Seward, oh, deixe-me implorar-lhe que me permita sair desta casa de imediato. Mande-me como e para onde o senhor quiser; mande junto acompanhantes com chicotes e correntes, deixe que me ponham na camisa de força, que eu seja algemado pelos punhos e tornozelos e enviado até para uma prisão; mas deixe-me sair daqui. O senhor não sabe o que faz ao me reter. Eu lhe falo das profundezas do meu coração, da minha própria alma. O senhor não sabe quem o senhor está insultando nem como, e eu não posso contar. Ai de mim, eu não posso contar. Por tudo que o senhor considera sagrado, por tudo que lhe é caro, pelo seu amor perdido e pela esperança que sobrevive, em nome de Deus Todo-poderoso, tire-me daqui e salve minha alma da danação! O senhor está me escutando? Está me entendendo? Será que nunca vai aprender? Não sabe que eu estou lúcido e falo a sério; que não sou um lunático no meio de uma convulsão de loucura, mas um homem são lutando por sua alma? Ouça-me, ouça-me! Deixe-me ir embora, deixe-me sair, deixe-me sair!

Eu raciocinei que, quanto mais longe aquilo fosse, mais selvagem se tornaria e culminaria em um ataque; então o tomei pelas mãos e o ergui, dizendo, muito a sério:

– Venha; chega disso; já tivemos o suficiente. Vá para a cama e tente se comportar com mais comedimento.

Ele então parou subitamente e me olhou com grande intensidade por vários momentos. Depois, sem uma palavra, levantou-se e se dirigiu para a cama, onde se sentou na beirada. O colapso tinha chegado, como na ocasião anterior, tal como eu havia previsto. Quando eu estava saindo do quarto, após os demais terem partido, ele me disse, em uma voz tranquila e educada:

– Confio, doutor Seward, que o senhor me fará a justiça de manter em mente, mais tarde, que esta noite eu fiz tudo o que pude para convencê-lo.

# Capítulo XIX

## Diário de Jonathan Harker

### 1º de outubro, cinco horas da manhã

De ânimo leve acompanhei o grupo na expedição, pois creio que nunca vi Mina tão bem e absolutamente forte. Estou muito aliviado por ela ter concordado em sair de cena e deixar que nós, homens, façamos o trabalho. De certa forma, era terrível para mim que ela estivesse de qualquer forma envolvida neste negócio assustador; mas, agora que seu trabalho está completo, e que é graças à sua energia, inteligência e previdência que a história toda foi organizada de tal forma que cada detalhe importa, ela bem pode sentir que sua parte chegou ao fim, e que daqui em diante pode deixar o resto conosco. Todos nós ficamos, acredito, um pouco aborrecidos com a cena do senhor Renfield. Quando saímos do quarto dele, permanecemos em silêncio até estarmos de volta ao escritório. Então o senhor Morris disse ao doutor Seward:

– Sabe, Jack, se aquele homem não estava blefando, ele é o lunático mais lúcido que já vi. Não tenho certeza, mas creio que ele tinha algum objetivo sério, e, se tinha, foi muito cruel com ele não lhe dar uma chance.

Lorde Godalming e eu ficamos quietos, mas o doutor Van Helsing acrescentou:

– Amigo John, você sabe mais de lunáticos do que eu, e fico satisfeito por isso, pois receio que, se a mim coubesse decidir, antes do último ataque histérico eu teria lhe dado a liberdade. Mas vivendo e aprendendo, como diria meu amigo Quincey, e em nossa presente tarefa não devemos correr riscos. Tudo está o melhor possível como está.

O doutor Seward pareceu responder aos dois de forma um tanto sonhadora:

– Quanto a isso não sei, mas concordo com ambos. Se aquele homem fosse um louco comum, eu teria me arriscado a confiar nele; mas ele parece tão envolvido com o Conde, de uma forma tão indicativa, que receio fazer algo errado alimentando seus caprichos. Não consigo me esquecer de como ele pediu por um gato com quase e mesma ênfase, e depois tentou rasgar minha garganta com os dentes. Além disso, ele chamou o Conde de "Senhor" e "Mestre", e talvez queira sair para ajudá-lo de algum jeito diabólico. Aquela coisa horrível tem os lobos e os ratos e os próprios semelhantes a seu serviço, então suponho que não esteja tentando, além disso, usar um louco respeitável. Mas ele certamente parecia muito sério, e só espero que o que fizemos seja o melhor. Essas coisas, em conjunção ao trabalho bárbaro que temos em mãos, contribuem para enervar um homem.

O professor deu um passo à frente e, pondo a mão em seu ombro, falou, com gravidade e gentileza:

– Amigo John, nada tema. Nós estamos tentando cumprir nosso dever em um caso muito triste e difícil; podemos agir apenas conforme julgarmos melhor. Pelo que mais devemos esperar, exceto a misericórdia do bom Deus?

Lorde Godalming havia saído por uns minutos, e voltava agora exibindo um pequeno apito de prata e dizendo:

– Aquele lugar velho talvez esteja cheio de ratos e, se assim for, tenho um antídoto bem à mão.

Quando chegamos ao pórtico, o professor abriu a maleta e de lá tirou muitas coisas, que pousou no degrau, arrumando-as em quatro pequenos grupos, evidentemente um para cada um de nós.

– Meus amigos, nós vamos ao encontro de um perigo terrível, e precisamos de variadas armas. Nosso inimigo não é meramente espiritual. Lembrem-se de que ele tem a força de vinte homens e de que, embora nosso pescoço e traqueias sejam do tipo comum, e, portanto, quebráveis ou esmagáveis, o pescoço e a traqueia dele não são sensíveis à mera força física. Um homem mais forte, ou um grupo de homens mais fortes do que ele, consegue, às vezes, segurá-lo; mas não pode feri-lo como nós podemos ser feridos por ele. Portanto, precisamos impedir que ele nos toque. Mantenha isto junto ao coração – e enquanto falava ele pegou um pequeno crucifixo de prata e o entregou a mim, que era quem estava mais próximo dele – e ponha estas flores em volta do pescoço. – E aqui me passou uma coroa de flores de alho murchas. – Para inimigos mais mundanos, este revólver e esta faca; para ajudar em tudo, estas pequenas lâmpadas elétricas, que você pode prender ao tórax; e para tudo, e acima de tudo, finalmente, isto, que não devemos profanar desnecessariamente.

Era uma porção de hóstia sagrada, que ele pôs dentro de um envelope e me entregou. Cada um dos demais foi equipado de modo parecido.

– Agora – ele retomou –, amigo John, onde estão as chaves mestras? Se pudermos abrir a porta, não precisamos invadir a casa pela janela, como antes, na casa da senhorita Lucy.

O doutor Seward tentou uma ou duas, e sua destreza mecânica de cirurgião proporcionou bastante firmeza. Logo conseguiu que uma servisse; após um pouco de jogo para a frente e para trás, o miolo cedeu e, com um ruído áspero, caiu para trás. Empurramos a porta, as dobradiças enferrujadas guincharam e ela lentamente se abriu. Foi assustadoramente semelhante à imagem que formei a partir do registro do doutor Seward sobre a abertura do túmulo da senhorita Westenra; penso que a mesma percepção ocorreu a todos os demais, pois de comum acordo todos recuaram. O professor foi o primeiro a avançar, e pôs o pé pela porta aberta.

– *In manus tuas, Domine!* – ele disse, fazendo o sinal da cruz ao atravessar o batente. Fechamos a porta atrás de nós, para não atrairmos a atenção de alguém na estrada quando acendêssemos as lanternas. O professor testou com bastante cautela a fechadura, para evitar que não a conseguíssemos abrir em caso de termos pressa para sair. Então todos acendemos nossas lanternas e começamos a busca.

A luz das pequenas lanternas compunha todo tipo de formas estranhas, conforme os fachos se cruzavam e a opacidade de nossos corpos lançavam grandes sombras. Eu não conseguia por absolutamente nada me livrar da sensação de que mais alguém estava entre nós. Suponho que tenha sido a lembrança, poderosamente evocada pelo entorno sombrio, daquela experiência terrível na Transilvânia. Creio que era uma sensação comum a todos nós, pois observei que os outros olhavam por cima dos ombros a cada ruído e a toda nova sombra, exatamente como eu me sentia fazendo.

O lugar todo estava coberto de poeira. A do chão parecia ter alguns centímetros de profundidade, exceto nos pontos onde havia pegadas recentes, nas quais, baixando minha lanterna, identifiquei depressões de tachas de sapateiro nos saltos, onde a poeira havia sido marcada. As paredes estavam macias e pesadas de pó e nos cantos havia muitas teias de aranha, nas quais o pó tinha se prendido até que parecessem velhos trapos rasgados, pois o peso as derrubara parcialmente. Sobre a mesa da sala da frente repousava um grande molho de chaves, com etiquetas amareladas pelo tempo. Tinham sido usadas muitas vezes, pois na mesa havia diversos riscos desenhados na poeira, semelhantes aos que se criaram quando o professor as levantou. Ele se virou para mim e disse:

– Você conhece este lugar, Jonathan. Você copiou a planta dele e o conhece ao menos mais do que nós. Qual é o caminho para a capela?

Eu tinha uma noção da direção, embora na minha visita anterior não tivesse conseguido entrar na propriedade; então liderei o grupo e, após me enganar algumas vezes, me encontrei em frente a uma porta de carvalho baixa, curva, reforçada por faixas de ferro.

– Este é o lugar – o professor disse, direcionando a lanterna para uma pequena planta da casa, copiada do arquivo da minha correspondência original sobre a compra. Com um pouco de dificuldade encontramos a chave no molho e abrimos a porta. Estávamos preparados para algum desconforto, pois, enquanto estávamos abrindo a porta, um ar pestilento pareceu exalar das frinchas, mas nenhum de nós esperava o odor que nos engolfou. Nenhum dos outros havia jamais encontrado o Conde de perto e, quando eu o tinha visto, ele estava ou no estágio de jejum de sua existência em seus aposentos ou, quando estava repleto de sangue fresco, em uma construção arruinada com abertura para fora; mas este lugar era pequeno, fechado, e o desuso prolongado havia tornado o ar estagnado e pútrido. Um cheiro de terra, como se de um miasma seco, chegava a nós por cima do ar parado. Mas quanto ao odor em si, como devo descrevê-lo? Não era apenas que se compunha de todas as emanações da mortalidade e do cheiro pungente e acre de sangue, mas como se a própria decomposição houvesse se decomposto. *Argh!* Sinto enjoo só de pensar. Cada exalação daquele monstro parece ter-se prendido ao lugar e acentuado a repugnância.

Em circunstâncias normais, um cheiro tão fétido teria levado ao fim da empreitada, mas este não era um caso comum, e o propósito elevado e terrível em que estávamos envolvidos nos deu força para superar simples considerações de ordem física. Depois de involuntariamente nos encolhermos em consequência do primeiro bafo nauseante, cada um de nós começou a trabalhar como se aquele lugar asqueroso fosse um jardim de rosas. Fizemos um exame acurado do local, tendo o professor dito, enquanto começávamos:

– A primeira coisa é ver quantos caixões restam; depois, devemos examinar cada buraco e canto e fresta, e ver se não conseguimos uma pista sobre o que foi feito do resto.

Uma espiada bastou para nos informar quantas restavam, pois os caixões eram grandes e pesados, e não havia como nos confundirmos.

Restavam apenas vinte e nove das cinquenta! A certa altura, levei um susto, pois, vendo lorde Godalming virar-se subitamente e olhar para a porta abobadada em direção ao corredor escuro além, eu olhei também, e por um instante meu coração parou. Em algum lugar, observando das sombras, pareceu-me ver o contorno da cara diabólica do Conde, a ponta do nariz, os olhos vermelhos, os lábios vermelhos, a palidez terrível. Durou apenas um instante, pois, como lorde Godalming disse:

– Pensei ter visto um rosto, mas eram apenas sombras.

E retomou a busca, eu apontei minha lanterna naquela direção e fui até o corredor. Nem sinal de ninguém; e como não havia cantos, portas nem aberturas de nenhum tipo, mas somente as paredes sólidas da passagem, não poderia haver local de esconderijo, nem mesmo para ele. Presumi que era o medo alimentando a imaginação, e não falei nada.

Poucos minutos depois, vi Morris recuar com um pulo do canto que vinha examinando. Todos nós seguimos o movimento dele com os olhos, pois indubitavelmente algum nervosismo estava crescendo entre nós, e vimos uma grande massa fosforescente que cintilava como estrelas. Por instinto, demos um passo para trás. O lugar estava ganhando vida por meio de ratos.

Durante um momento ou dois, todos ficamos paralisados, exceto por lorde Godalming, que aparentemente estava preparado para tal emergência. Correndo até a grande porta de carvalho reforçada de ferro, a qual o doutor Seward havia descrito por fora e que eu mesmo tinha visto, ele girou a chave na fechadura, puxou os grandes ferrolhos e a escancarou. Depois, tirando do bolso o pequeno apito, soprou um chamado baixo e estridente. Foi respondido por latidos vindos de trás da casa do doutor Seward, e em cerca de meio minuto, três *terriers* chegaram correndo. Sem pensar, havíamos ido para junto da porta; enquanto nos deslocamos, observei que a poeira do chão, ali, tinha sido bastante pressionada: os caixões devem ter sido levados para fora por aquele lado. Mesmo tendo decorrido apenas um minuto, o número de ratos havia crescido enormemente. Eles pareceram infestar o local de uma só vez, até que as lanternas, iluminando seus agitados corpos escuros e olhos faiscantes e ameaçadores, tornaram o lugar parecido com um monte de terra cheio de vaga-lumes. Os cachorros chegaram correndo, mas no limiar da porta estancaram subitamente, rosnaram e, depois, levantando o focinho ao mesmo tempo, começaram a uivar do modo mais lúgubre. Os ratos estavam se multiplicando aos milhares, e nós fomos para fora.

Lorde Godalming pegou um dos cães no colo, levou para dentro e o pôs no chão. No momento em que suas patas tocaram o piso, ele pareceu recuperar a coragem e avançou contra seus inimigos naturais. Os ratos fugiram tão depressa que, antes que ele conseguisse abrir o placar, os outros cães, levados para dentro do mesmo modo, tiveram bem poucas presas a caçar, antes que toda a massa desaparecesse.

Com o sumiço dos ratos, pareceu que uma presença má havia também partido, pois os cães brincaram e latiram alegremente enquanto davam corridas súbitas em perseguição aos inimigos prostrados, que eram jogados de um lado a outro e atirados para o alto com violentas sacudidas. Todos sentimos uma elevação de espírito. Se foi pela purificação da atmosfera viciada quando da abertura da porta da capela, ou pelo alívio experimentado por estarmos a céu aberto, eu não sei dizer; mas era certo que a sombra do perigo havia deslizado de nós como um roupão que nos caísse aos pés, e que o motivo de nossa ida tinha perdido algo de seu significado sombrio, embora não houvéssemos recuado nem um milímetro em nossa determinação. Fechamos a porta externa, trancamos e aferrolhamos e, levando junto os cachorros, começamos a busca na casa. Não encontramos nada além de poeira em proporções extraordinárias, e toda ela intocada exceto pelas pegadas que eu mesmo tinha deixado na primeira visita. Nem uma só vez os cães demonstraram algum sinal de desconforto, e mesmo quando voltamos à capela eles continuaram brincando como se estivessem caçando coelhos em um bosque ensolarado.

Quando emergimos do front, a manhã vinha célere do leste. O doutor Van Helsing tirou do molho a chave da porta da frente e trancou a porta à moda antiga, guardando a chave no bolso após terminar.

– Até aqui, nossa noite foi eminentemente bem-sucedida. Nenhum mal se abateu sobre nós, conforme eu temia, e ainda averiguamos quantos caixões estão faltando. Mais do que todos eu me alegro por isso; nosso primeiro e talvez mais difícil e perigoso passo foi cumprido sem o envolvimento de nossa dulcíssima madame Mina, sem perturbar seus pensamentos despertos ou adormecidos com visões, ruídos e cheiros de um horror que ela jamais poderia esquecer. Uma lição, também, nós aprendemos, se for permitido abordar um *particulari*: os bichos vis que se encontram sob o comando do Conde não estão, a despeito disso, sujeitos ao seu poder espiritual; pois notem que os ratos que atenderam ao chamado dele, tal como do alto do castelo ele reuniu os lobos para impedir sua saída, e depois para atacar aquela mãe desesperada, embora tenham vindo, fugiram a todo vapor de cães tão pequenos quanto os chamados pelo meu amigo Arthur. Temos outras questões à nossa frente, outros perigos e receios; quanto àquele monstro, esta noite não foi a última vez que ele usou seu poder sobre o mundo inferior. Então, ele foi para outro lugar. Ótimo! Isso nos deu a oportunidade de marcar alguns "xeques" neste jogo de xadrez que estamos disputando pelo bem de almas humanas. E agora vamos para casa. O amanhecer está próximo e temos razão para estar contentes com nossa primeira noite de trabalho. Talvez nos caibam muitas noites e muitos dias de perigo; mas devemos prosseguir, e de nenhum risco haveremos de recuar.

A casa estava silenciosa quando voltamos, exceto por uma pobre criatura que gritava em uma das alas mais afastadas, e por um som baixo e lamurioso vindo do quarto de Renfield. O pobre-diabo estava certamente se torturando, à moda dos loucos, com pensamentos dolorosos desnecessários.

Entrei na ponta dos pés no nosso próprio quarto e encontrei Mina dormindo, respirando com tanta suavidade que precisei aproximar a orelha para ouvir. Ela está mais pálida do que o normal. Espero que a reunião desta noite não a tenha perturbado. Estou verdadeiramente grato por ela ser deixada de fora do nosso trabalho futuro, inclusive de nossas reuniões. É demasiada tensão para que uma mulher suporte. No início eu não pensava assim, mas agora entendo melhor. Portanto, estou aliviado que isso esteja resolvido. Pode haver coisas que a assustariam se ela ouvisse; ainda assim, escondê-las dela pode ser pior do que revelar, caso ela suspeite de haver algum segredo. Daqui em diante, nosso trabalho será um livro fechado para ela, até no mínimo a ocasião em que pudermos dizer que está tudo acabado e que a terra está livre de um monstro do outro mundo. Eu me arrisco a prever que será difícil começar a manter silêncio, depois de tanta confiança mútua como a nossa; mas preciso me manter firme, e amanhã deixar no escuro as atividades desta noite, e vou me recusar a falar sobre qualquer coisa que tenha ocorrido. Dormirei no sofá para não a incomodar.

* * *

### 1º de outubro, mais tarde

Suponho que seja natural que tenhamos todos dormido em excesso, pois o dia foi atarefado, e a noite, sem descanso. Até Mina deve ter sentido essa exaustão, pois, embora eu tenha dormido até o sol estar alto, ainda acordei antes, e precisei chamar duas ou três vezes até que ela acordasse. Na verdade, ela estava dormindo tão profundamente que por alguns segundos não me reconheceu, e ficou me olhando com uma expressão de terror vazio, como a aparência de alguém despertado no meio de um sonho ruim. Ela reclamou um pouco sobre estar cansada, e eu a deixei descansar até mais tarde. Nós sabemos agora que vinte e um caixões foram removidos, e, se muitos foram retirados de uma vez em uma dessas ocasiões, talvez seja possível rastreá-los todos. Isso iria, é claro, simplificar significativamente o nosso trabalho, e quanto mais cedo o assunto for tratado, melhor. Hoje mesmo irei procurar Thomas Snelling.

## Registros do doutor Seward

### 1º de outubro

Era quase meio-dia quando fui despertado pela entrada do professor no meu quarto. Ele estava mais jovial e alegre do que de costume, e era bastante evidente que o trabalho da noite anterior havia ajudado a tirar um pesado fardo de sua cabeça. Após relembrar as aventuras noturnas, ele subitamente disse:

– Seu paciente me interessa muito. Pode ser que eu vá com você visitá-lo esta manhã? Ou, se você estiver muito ocupado, eu posso ir sozinho, se for possível. É uma experiência nova para mim conhecer um lunático que conversa sobre filosofia e que soa tão razoável.

Eu tinha trabalho acumulado me pressionando, então respondi que, se pudesse ir sozinho, eu ficaria grato, pois assim não o faria esperar; então chamei o auxiliar e lhe passei as instruções necessárias. Antes que o professor saísse do quarto, eu o acautelei para não formar a impressão errada do meu paciente. Ele respondeu:

– Mas eu quero que ele fale sobre si e sobre consumir coisas vivas. Ele disse à madame Mina, conforme vi em seu diário de ontem, que em certa ocasião nutriu tal hábito. Mas por que está sorrindo, amigo John?

– O senhor me desculpe, mas a resposta está aqui – respondi, pousando a mão na máquina de escrever. – Quando nosso lunático lúcido e culto fez esta precisa declaração, sobre como *costumava* ingerir vida, sua boca estava de fato transbordando de moscas e aranhas que ele havia comido pouco antes que a senhora Harker entrasse no quarto.

– Bom! – ele disse. – Sua memória é confiável, amigo John. Eu deveria ter-me lembrado. Ainda assim, é exatamente o caráter oblíquo do pensamento e da memória que torna a doença mental um estudo tão fascinante. Talvez eu conquiste mais conhecimento a partir da insensatez deste louco do que poderia obter ensinando os mais sábios. Quem sabe?

Retomei meu trabalho e logo terminei. O tempo parecia ter sido de fato muito curto, mas lá estava Van Helsing de volta ao escritório.

– Interrompo? – ele perguntou educadamente, parado à porta.

– De forma nenhuma. Entre. Meu trabalho terminou e estou livre. Posso acompanhá-lo agora, se o senhor quiser.

– É desnecessário; eu já o vi!

– Bem?

– Receio que ele não me devote grande estima. Nosso encontro foi breve. Quando entrei no quarto, ele estava sentado em uma cadeira no centro, com os cotovelos nos joelhos, e o rosto era o retrato do descontentamento taciturno. Falei com ele tão animadamente quanto consegui e com o maior respeito que pude. Ele não deu uma única resposta. “Não me reconhece?”, perguntei. A resposta não foi nada reconfortante: “Conheço até bem demais; você é aquele velho tolo do Van Helsing. Eu queria que você fosse para outro lugar e levasse junto suas teorias idiotas sobre o cérebro. Malditos sejam todos os holandeses de cabeça grande". E não disse nem mais uma palavra; permaneceu sentado em sua zanga implacável, indiferente a mim como se eu absolutamente não estivesse no quarto. Assim acabou por ora minha oportunidade de muito aprender com este louco tão inteligente; irei, se puder, alegrar-me trocando algumas palavras felizes com aquela doce alma, madame Mina. Amigo John, alegra-me indizivelmente que ela não esteja mais em posição de sofrer nem de se preocupar com nossos assuntos terríveis. Embora venhamos a sentir falta da ajuda dela, é melhor assim.

– Eu concordo de todo o coração – respondi com máxima seriedade, pois não queria que ele fraquejasse nesta questão. – A senhora Harker está melhor fora disso. As coisas já são ruins o suficiente para nós, todos homens do mundo, experimentados em situações difíceis; mas não é lugar para uma mulher, e, se ela tivesse continuado em contato com o assunto, isso iria com o tempo esmagá-la.

Assim, Van Helsing foi conversar com Harker e a esposa; Quincey e Art estão fora seguindo pistas das caixas de terra. Eu terminarei minha ronda e vamos nos encontrar à noite.

## Diário de Mina Harker

### 1º de outubro

É estranho para mim ser mantida no escuro como estou hoje; estranho, depois de tantos anos de total confiança de Jonathan, vê-lo manifestamente evitar certos assuntos, dentre os quais o mais vital de todos. Hoje dormi até tarde, após as fadigas de ontem, e, embora Jonathan também tenha se atrasado, acordou primeiro. Falou comigo antes de sair, com extremas doçura e ternura, porém sem mencionar uma palavra sequer sobre o que aconteceu durante a visita à casa do Conde, e isso apesar de certamente saber como estou terrivelmente ansiosa. Coitado. Suponho que tudo isso o tenha atingido com mais força ainda do que atingiu a mim. Eles concordaram que seria melhor que eu não me aprofundasse mais neste trabalho horroroso, e eu aquiesci. Mas pensar que ele esconde coisas de mim! E agora estou chorando como uma boba, mesmo sabendo que isso se deve ao imenso amor do meu marido e aos melhores desejos daqueles outros bravos homens.

Isso me fez bem. Algum dia, Jonathan vai me contar tudo. E, para que ele jamais imagine, por um momento que seja, que escondo qualquer coisa dele, manterei meu diário como sempre. Então, se ele temer por minha confiança, eu o mostrarei a ele, com cada pensamento do meu coração anotado para que seus amados olhos leiam. Sinto-me estranhamente triste e desanimada hoje. Presumo que seja uma reação a todo aquele terrível estímulo.

Ontem à noite, fui para a cama quando os homens saíram, apenas porque me disseram para fazer isso. Eu não sentia sono, e sim uma ansiedade devoradora. Pensei em tudo que aconteceu desde que Jonathan veio me ver em Londres, e tudo pareceu uma tragédia horrível, com o destino pressionando sem descanso na direção de um fim determinado. Tudo que uma pessoa faz, não importando o quanto pareça correto, aparenta trazer o resultado mais deplorável. Se eu não tivesse ido a Whitby, talvez a querida Lucy estivesse conosco agora. Ela nunca havia ido ao cemitério até a minha chegada; se não tivesse ido lá comigo durante o dia, não teria andado para lá dormindo; e, se não tivesse ido até lá à noite e dormindo, o monstro não a teria destruído como destruiu. Ah, por que eu fui a Whitby? E agora, chorando de novo! Eu me pergunto o que se passa comigo hoje. Preciso esconder de Jonathan, pois, se ele soubesse que chorei duas vezes em uma manhã, eu, que tão raramente choro, e em quem ele jamais provocou uma única lágrima, ah, o coração do meu pobre querido ficaria inconsolável. Farei um rosto firme e, se sentir vontade de chorar, ele não há de ver. Suponho que esta seja umas das lições que nós, pobres mulheres, precisamos aprender...

Não consigo me lembrar de como adormeci ontem à noite. Lembro-me de ter ouvido cães latindo de repente, e uma porção de sons estranhos, como orações altas e tumultuadas vindas do quarto do senhor Renfield, que fica em algum lugar abaixo deste. Em seguida desceu um silêncio sobre tudo, um silêncio tão profundo que me espantou, e eu levantei para olhar pela janela. A noite estava escura e silenciosa, as sombras escuras provocadas pelo luar parecendo repletas de um misterioso silêncio próprio. Nada aparentava se mexer, tudo parecia sombrio e estático como a morte ou o destino, de tal forma que uma faixa fina de névoa, que avançava sobre a grama em direção à casa tão lentamente que mal era perceptível, aparentava possuir um senso e uma vitalidade próprios. Acredito que esta digressão nos meus pensamentos deve ter-me feito bem, pois, quando voltei para a cama, senti certa letargia me dominando. Fiquei deitada por uns minutos, mas, não conseguindo dormir, levantei e olhei pela janela de novo. A névoa havia se espalhado e estava agora bem perto da casa, de modo que pude vê-la espessada contra a parede, como se estivesse subindo até as janelas. O pobre homem fazia mais barulho do que nunca, e, embora eu não pudesse distinguir uma palavra do que ele dizia, consegui de alguma forma reconhecer pelo tom que se tratava de uma súplica fervorosa. Então houve sons de luta, e soube que eram os auxiliares lidando com ele. Fiquei tão assustada que me encolhi na cama, puxei os cobertores sobre a cabeça e pus os dedos nos ouvidos. Eu não tinha nem um pouco de sono, ou ao menos foi o que pensei; mas devo ter adormecido, pois, exceto pelos sonhos, não me lembro de mais nada até hoje de manhã, quando Jonathan me acordou. Creio que precisei de algum empenho e de alguns minutos para perceber onde eu estava, e que era o Jonathan curvado sobre mim. Meus sonhos foram muito peculiares e quase típicos, no sentido de serem como os pensamentos que temos quando acordados e que se fundem aos sonhos, ou que neles continuam.

Pensei que estava dormindo, aguardando que Jonathan voltasse. Sentia-me aflita por ele e impotente para agir; meus pés, minhas mãos e meu cérebro estavam pesados, e nada parecia acontecer no ritmo habitual. Dormi inquieta e pensativa. Então comecei a sentir o ar pesado, úmido e frio. Afastei o cobertor do rosto e descobri, espantada, que tudo ao redor tinha escurecido. A luz a gás que eu tinha deixado acesa para Jonathan, com pouca intensidade, estava reduzida a uma pequena mancha vermelha que cintilava através da névoa, a qual tinha evidentemente se espessado e invadido o quarto. Então me ocorreu que eu havia fechado a janela antes de ir para a cama. A fim de me certificar disso, precisaria me levantar, mas uma letargia plúmbea parecia imobilizar meus membros e minha disposição. Permaneci deitada imóvel e suportei; e isso foi tudo. Fechei os olhos, mas consegui enxergar através das pálpebras. (São maravilhosos os truques que os sonhos nos pregam, e como somos convincentes no que conseguimos imaginar.) A névoa ficou mais e mais espessa e percebi como entrava, pois a enxergava como fumaça ou como a energia branca da água fervente, vindo não pela janela, mas através dos encaixes da porta. Ficou cada vez mais densa, até que pareceu se concentrar em um tipo de pilar de nuvem no meio do quarto, no topo do qual eu vi a luz do gás faiscando como um olho vermelho. As coisas começaram a girar na minha cabeça enquanto, no quarto, uma coluna de nuvem girava; atravessando tudo isso, vieram as palavras das Escrituras, "uma coluna de nuvem para orientá-los de dia, e de fogo para iluminá-los à noite". Seria de fato uma orientação espiritual enviada para mim durante o sono? Mas a coluna combinava as orientações diurna e noturna, pois o fogo estava no olho vermelho, e este pensamento renovou meu fascínio; até que, quando olhei, o fogo havia se dividido, e parecia brilhar através da névoa como dois olhos vermelhos, tal como Lucy descreveu para mim em sua breve divagação mental quando, no penhasco, a luz do sol poente bateu nas janelas da St. Mary's Church. Subitamente, o pavor explodiu em mim: tinha sido dessa forma que Jonathan vira aquelas mulheres horríveis se tornar realidade, através da névoa que rodopiava ao luar, e no sonho devo ter desmaiado, pois a escuridão tomou conta de tudo. O último esforço consciente que minha imaginação fez foi mostrar um rosto lívido saindo da névoa e se curvando sobre mim. Preciso ter cuidado com esses sonhos, porque eles podem desestabilizar a razão se forem muito frequentes. Eu pediria ao doutor Van Helsing ou ao doutor Seward que prescrevessem algo que me ajudasse a dormir melhor, se não receasse que isso pudesse alarmá-los. Um sonho desses, neste momento, seria entrelaçado às preocupações que já têm comigo. Esta noite, vou me esforçar para dormir naturalmente. Se não conseguir, amanhã pedirei que me deem uma dose de cloral; não vai me prejudicar, uma vez só, e pode garantir uma boa noite de repouso. A última noite me cansou mais do que se eu não tivesse dormido.

* * *

### 2 de outubro, dez horas da noite

Na noite passada eu dormi, mas não sonhei. Devo ter dormido profundamente, pois não acordei com a chegada de Jonathan à cama. O sono, porém, não me revigorou, pois hoje me sinto terrivelmente fraca e desanimada. Ontem, passei o dia todo tentando ler ou deitada, sonolenta. À tarde, o senhor Renfield pediu para me ver. O pobre homem foi tão gentil; quando entrei, beijou minha mão e pediu que Deus me abençoasse. De algum modo aquilo me afetou bastante; estou chorando ao me lembrar dele. Esta é uma nova fraqueza à qual preciso ficar atenta. Jonathan ficaria muito abalado se soubesse que ando chorando. Ele e os outros estiveram fora até a hora do jantar, e todos voltaram cansados. Fiz o que pude para animá-los e suponho que o esforço tenha me feito bem, pois esqueci meu próprio cansaço. Após o jantar eles me mandaram para a cama e saíram para fumar juntos, como disseram, mas eu sabia que queriam contar uns aos outros o que havia acontecido durante o dia; notei pelos modos de Jonathan que ele tinha algo importante a informar. Eu não estava com tanto sono como deveria; então, antes que eles saíssem, pedi ao doutor Seward que me desse um pouco de algum opioide, acrescentando que não tinha dormido muito bem na noite anterior. Ele gentilmente fez uma bebida sonífera e me deu, dizendo que não me faria mal, pois era muito suave... Tomei e estou aguardando o sono, que continua fugidio. Espero não ter agido mal, pois, quando a sonolência começa a flertar comigo, um novo medo surge: que eu talvez tenha sido tola ao me privar dos poderes da vigília. Talvez precise deles. Aí vem o sono. Boa noite.

# Capítulo XX

## Diário de Jonathan Harker

### 1º de outubro, noite

Encontrei Thomas Snelling em casa, em Bethnal Green, mas infelizmente ele não estava em condição de se lembrar de nada. A mera expectativa de uma cerveja que minha chegada despertou nele provou-se excessiva, e Snelling iniciou sua intemperança cedo demais. Soube, porém, pela esposa, a qual pareceu uma pobre alma decente, que ele havia apenas acompanhado Smollet, que era, dos dois, o verdadeiro responsável. Então parti para Walworth e encontrei o senhor Joseph Smollet em casa, em mangas de camisa, tomando uma xícara de chá. É um camarada decente, inteligente, um trabalhador claramente bom e confiável, com um tino todo próprio. Lembrava-se de tudo acerca do incidente das caixas, e a partir de um bloco de anotações maravilhoso, cheio de orelhas nas páginas e contendo registros hieroglíficos e semiapagados a lápis que tirou de um receptáculo misterioso na parte de trás das calças, deu-me o destino das caixas. Havia seis, ele disse, no carregamento que tirou de Carfax e deixou na rua Chicksand 197, no distrito de Mile End New Town, e outras seis que descarregou na Alameda Jamaica, em Bermondsey. Então, se o objetivo do Conde era distribuir esses refúgios tenebrosos por toda a Londres, esses eram os locais escolhidos para a primeira entrega, e mais tarde ele poderia espalhar melhor. A maneira sistemática como tudo havia sido feito me levou a pensar que o Conde não pretendia se restringir a apenas duas partes da cidade. Ele estava agora instalado no extremo leste da costa norte, no leste da costa sul e no sul. Com certeza ele nunca teve a intenção de deixar o norte e o oeste excluídos de seu esquema diabólico, para não falar do centro da cidade, e do âmago da moda londrina no sudoeste e no oeste. Tornei a me concentrar em Smollet e perguntei se ele poderia nos dizer se mais alguma caixa tinha sido tirada de Carfax. Ele respondeu:

– Bom, doutor, o senhor me tratou de um jeito muito correto – eu lhe tinha dado meia libra –, então vou contar pro senhor tudo que sei. Escutei um homem de nome Bloxam falar quatro noites atrás, no bar Are an' 'Ounds lá no Pincher's Alley, de como ele e o parceiro dele tinham tido um serviço com mais pó do que é o costume, numa casa velha em Purfect. Não tem muito trabalho desse tipo por aqui, e quem sabe o Sam Bloxam podia contar alguma coisa pro senhor.

Perguntei se ele poderia me dizer onde encontrá-lo e acrescentei que, se conseguisse o endereço, isso lhe valeria mais meia libra. Então ele tomou de uma vez o que restava do chá e se pôs de pé, dizendo que começaria a busca imediatamente. À porta ele parou e disse:

– Olha, senhor, não faz sentido que espere aqui até que eu volte. *Possa* ser que eu ache o Sam logo, *possa* ser que não, mas de toda forma ele não vai estar em condição de contar muita coisa hoje. O Sam é um tipo raro quando começa a entornar. Se o senhor puder me deixar um envelope já com selo e seu endereço escrito nele, eu vou descobrir o do Sam e despacho pro senhor hoje à noite. Mas é melhor o senhor ir atrás bem cedo, ou *possa* ser que não encontre ele, porque o Sam sai sempre cedinho, mesmo que tenha entornado muito de noite.

Aquilo era sobremaneira prático, então uma das filhas partiu levando uma moeda, incumbida de comprar uma folha e um envelope, e ficar com o troco. Quando ela voltou, subscrevi o envelope e selei; assim que Smollet prometeu mais uma vez solenemente informar-me o endereço pelo correio assim que o descobrisse, rumei para casa. Seja como for, agora estamos em seu encalço. Estou cansado esta noite e quero dormir. Mina dorme profundamente e parece um tanto pálida; seus olhos parecem ter traços de choro. Pobre querida, não tenho dúvida de que muito lhe custa ser mantida no escuro e que isso dobra sua aflição por mim e pelos demais. No entanto, é melhor assim. É melhor sofrer com decepção e preocupação agora do que de problemas dos nervos depois. Os doutores estão corretíssimos ao insistir que ela seja excluída deste assunto terrível. Devo ser firme, pois sobre mim deve recair o fardo deste silêncio. Jamais hei de entrar neste assunto com ela, sob nenhuma circunstância. De fato, talvez não seja uma restrição tão árdua, afinal ela mesma se tornou reticente a respeito, não mencionando o Conde nem as atividades dele desde que lhe informamos sobre nossa decisão.

## 2 de outubro, noite

Um dia longo, desafiador e excitante. No primeiro correio, recebi no meu envelope um pedaço sujo de papel no qual estava rabiscado, com lápis de carpinteiro e uma caligrafia espalhada:

> *Sam Bloxam, Korkrans 4, Poters Cort, rua Bartel Walworth.*
> *Peça para falar com o delegado.*

Recebi a carta ainda na cama e me levantei sem acordar Mina. Ela parecia prostrada, com sono e pálida, longe de estar bem. Decidi não a acordar e, ao retornar desta nova busca, providenciar para que voltasse a Exeter. Acredito que ela ficaria mais feliz na nossa própria casa, entretida com seus afazeres diários, do que aqui, entre nós e na ignorância. Encontrei o doutor Seward apenas por um momento e lhe disse para onde estava indo, prometendo contar tudo assim que tivesse descoberto algo. Fui para Walworth e encontrei, com alguma dificuldade, Potter's Cort. A ortografia incorreta do senhor Smollet me enganou, pois perguntei pelo *Poters Cort* em lugar do Potter's Cort. Porém, achando o lugar, não foi difícil encontrar a hospedaria Corcoran. Quando perguntei ao homem que veio abrir a porta sobre o "delegado", ele abanou a cabeça e revelou:

– Não conheço. Não tem essa pessoa aqui. Nunca ouvi falar dele na minha vida todinha. Acho que não tem ninguém assim nem aqui nem em nenhum lugar.

Peguei a carta de Smollet e, ao reler, senti que o erro de ortografia no nome do paço poderia me orientar.

– O senhor é o quê? – eu perguntei.

– O deputado – ele respondeu.

Vi que estava no caminho certo. A imprecisão na ortografia tinha me enganado mais uma vez. Uma gorjeta de meia-coroa pôs o conhecimento do deputado ao meu dispor, e fui informado de que o senhor Bloxam, que havia dormido na Corcoran até se recuperar dos resquícios da cerveja tomada na noite anterior, tinha partido para o trabalho, em Poplar, às cinco horas daquela manhã. Ele não soube me informar onde o local de trabalho ficava situado, mas tinha uma ideia vaga sobre ser um tipo de "armazém moderno" e, com esta tênue pista, rumei para Poplar. Passava do meio-dia quando obtive uma dica satisfatória sobre tal edifício, e esta eu consegui em uma cafeteria onde alguns trabalhadores estavam almoçando. Um deles mencionou que estava sendo construído na rua Cross Angel um novo armazém frio, e como isso se encaixava na condição de "armazém moderno", parti imediatamente para lá. Uma conversa com um vigia grosseiro e com um capataz ainda mais intratável, ambos amansados pela moeda corrente dominante, pôs-me no caminho certo; o capataz o mandou chamar quando insinuei que estava disposto a pagar-lhe o equivalente a um dia de trabalho pelo privilégio de, em particular, fazer algumas perguntas a Bloxam. Ele era um sujeito esperto, embora áspero no discurso e no trato. Quando lhe prometi pagar pela informação e dei um adiantamento, ele me contou ter feito duas viagens entre Carfax e uma casa em Piccadilly, e levado da primeira para a segunda nove grandes caixas, "danadas de pesadas", com um cavalo e uma carroça que ele havia alugado para esse fim. Perguntei se poderia me dizer o número da casa em Piccadilly, ao que ele respondeu:

– Bom, senhor, o número eu não *alembro*, mas era bem perto de uma igreja ou coisa assim, branca e não muito velha. Era muito suja de pó também, apesar que nem perto do pó que tinha na casa que elas ficavam antes.

– Como entrou nas casas, se ambas estavam vazias?

– É que o velho que me contratou estava me esperando na casa de Purfleet. Ele me ajudou a levantar as caixas e botar na carroça. Deus que me castigue se não era o sujeito mais forte que eu já vi, e olha que era um velho, tinha bigode branco, e tão magrelo que ninguém ia pensar que conseguia levantar uma pena.

Como aquela frase me provocou um tremor de agitação!

– O senhor vê, ele pegou numa ponta da caixa e levantou como se fosse um punhado de chá, e eu ofegando e penando pra levantar a minha ponta, e olha que também não sou nenhum frangote.

– E na casa de Piccadilly, como entrou?

– É que ele estava lá também, deve ter saído antes e corrido, porque chegou primeiro que eu, porque quando eu toquei a campainha foi ele mesmo que abriu a porta e me ajudou a levar as caixas pro salão.

– Todas as nove?

– Foi. Foram cinco na primeira viagem e quatro na segunda. Foi um trabalho bem do duro, e não sei mais muito bem como que eu cheguei em casa.

Eu o interrompi:

– As caixas ficaram neste salão?

– Foi. Era um saguão grandão e não tinha mais nada nele não.

Fiz uma última tentativa quanto ao foco do meu interesse.

– Você não tinha nenhuma chave?

– Nunca usei nenhuma chave nem nada. O velho, ele abriu a porta ele mesmo e depois fechou quando eu fui. Eu não *alembro* a última vez, mas isso é por causa da cerveja.

– E não se lembra do número da casa?

– Não, senhor, mas o senhor não vai ter dificuldade. É uma casa alta, com frente de pedra e um arco por cima, e degraus bem altos levando pra porta. Dos degraus eu estou certo, depois de carregar as caixas com três desocupados que apareceram ali só pra ganhar uns cobres. O velho deu umas moedas, e eles, vendo que tinham ganhado tanto, quiseram mais; mas o velho pegou um pelo ombro e jogou pra baixo pelos degraus, e foi quando o resto foi embora xingando.

Pensei que com esta descrição poderia encontrar a casa, então, tendo remunerado meu amigo pela informação, tomei uma caleche para Piccadilly. Eu tinha acabado de aprender uma dura lição: estava claro que o Conde podia lidar sozinho com as caixas de terra. Portanto, o tempo era precioso, pois, agora que havia atingido certo nível de distribuição, ele poderia completar a tarefa quando quisesse, pessoalmente. Dispensei a caleche e caminhei na direção oeste; depois do clube Junior Constitutional, deparei com a casa descrita e fiquei satisfeito por aquele ser o covil seguinte dentre os providenciados por Drácula. A casa parecia estar há muitos anos sem manutenção. As janelas estavam fechadas e as molduras, incrustadas de poeira e pretas pela ação do tempo; a tinta do ferro estava descascada. Era evidente que na frente da varanda tinha havido até pouco antes uma grande placa de anúncio; tinha sido arrancada com desleixo e a estrutura de sustentação, deixada para trás. Atrás das grades da varanda, vi algumas placas soltas, com quinas brancas, sem acabamento. Eu teria sido capaz de pagar para ver o anúncio, pois ele provavelmente me daria pistas sobre o proprietário. Recordei minha experiência de procurar e comprar o imóvel de Carfax, e não pude evitar a sensação de que, se conseguisse encontrar o proprietário anterior, poderia haver meios de ganhar acesso à casa.

No momento, nada havia a aprender ou fazer na frente da casa de Piccadilly, então dei a volta até os fundos para checar se algo poderia ser obtido daquele ponto. Os cavalariços abundavam, pois a maioria das casas de Piccadilly estava ocupada. Perguntei a um ou dois dos cavalariços e ajudantes que vi por ali se acaso saberiam me dizer alguma coisa sobre o imóvel vazio. Um deles tinha ouvido dizer que a casa fora recentemente comprada, mas ele não sabia por quem. Contou, entretanto, que até muito recentemente havia lá uma placa de "vende-se" e que talvez Mitchell, Filhos & Candy, os corretores, pudessem me informar algo, pois ele se lembrava do nome desta firma na placa. Não quis demonstrar muita ansiedade nem deixar que meu informante soubesse ou desconfiasse de nada, então, agradecendo de forma comum, eu me afastei. Estava ficando escuro, conforme a noite outonal se aproximava, então não perdi tempo. Tendo descoberto em uma lista de endereços no Berkeley onde ficava a Mitchell, Filhos & Candy, logo cheguei ao escritório deles na Rua Sackville.

O cavalheiro que me acompanhou tinha modos particularmente delicados, mas era pouco comunicativo na mesma proporção. Uma vez tendo me informado que a casa de Piccadilly, que durante toda a nossa conversa ele chamou de mansão, tinha sido vendida, considerou meu assunto como encerrado. Quando lhe perguntei quem havia comprado, ele arregalou um pouco os olhos e deu uns segundos de pausa antes de responder:

– Foi vendida, senhor.

– Perdoe-me – eu respondi com igual cortesia –, mas tenho uma razão especial para desejar saber quem a adquiriu.

Ele fez uma pausa mais longa e elevou as sobrancelhas mais alto:

– Foi vendida, senhor – foi de novo sua lacônica resposta.

– Certamente o senhor não se incomodaria em me deixar saber este pouco.

– Eu me incomodo. Os negócios dos clientes estão absolutamente seguros nas mãos de Mitchell, Filhos & Candy.

Aquele era claramente um pedante de primeira categoria, e era inútil discutir. Achei melhor enfrentá-lo em seu próprio terreno, então falei:

– Que felicidade para os seus clientes, meu senhor, contar com um guardião tão determinado da confiança que eles lhe devotam. Eu mesmo estou aqui como profissional. – E entreguei a ele um cartão de visita. – Neste caso, não sou movido pela curiosidade; venho da parte de lorde Godalming, que deseja saber algo acerca da propriedade que, segundo é do conhecimento dele, esteve à venda até recentemente.

Essas palavras acrescentaram uma nova complexidade à situação. O vendedor prontificou-se:

– Eu gostaria de obsequiá-lo se pudesse, senhor Harker, e gostaria especialmente de obsequiar sua senhoria, o lorde. Certa vez, nós conduzimos em nome de sua senhoria uma pequena locação de escritórios, quando ele ainda era o honorável Arthur Holmwood. Se o senhor puder me dar ciência do endereço, consultarei a firma a respeito e, em qualquer caso, comunicar-me-ei com sua senhoria pelo correio noturno. Será uma satisfação se pudermos nos desviar de nossas regras de forma a fornecer à sua senhoria a requerida informação.

Eu desejava garantir um amigo e não fazer um inimigo, então lhe agradeci, dei o endereço do doutor Seward e fui embora. Já tinha anoitecido e eu estava cansado e com fome. Tomei uma xícara de chá na Aërated Bread Company e vim para Purfleet no trem seguinte.

Encontrei os outros em casa. Mina tinha uma aparência cansada e pálida, mas fez nobres esforços para ser espirituosa e alegre; meu coração se apertou ao pensamento de que eu tinha precisado esconder coisas dela e assim provocado sua inquietação. Graças a Deus, esta será a última noite em que ela precisará observar nossas reuniões sentindo a ferroada da nossa falta de demonstração de confiança. Precisei de toda a minha coragem para sustentar a decisão de mantê-la excluída de nossa sombria missão. Ela parece de alguma forma mais resignada; ou, ao contrário, o assunto se tornou repugnante, pois, quando ocorre alguma alusão acidental, ela estremece. Estou feliz por termos tomado nossa decisão a tempo, pois, dados seus sentimentos, nosso crescente conhecimento seria para ela uma verdadeira tortura.

Não pude contar aos outros nada sobre as descobertas do dia até que ficamos a sós; então, após o jantar, seguido de um pouco de música, para salvar as aparências até entre nós mesmos, levei Mina ao quarto para se deitar. Minha querida estava mais afetuosa do que nunca e me abraçou como se quisesse me deter; mas havia muito sobre o que conversar e eu parti. Graças a Deus, deixarmos de compartilhar certas coisas não nos afastou.

Quando desci de novo, encontrei os demais em volta da lareira no escritório. No trem eu havia escrito no diário até este ponto, então simplesmente li para eles, pois era o melhor modo de pô-los ao corrente de tudo; assim que terminei, Van Helsing falou:

– Foi um grande dia de trabalho, amigo Jonathan. Sem dúvida estamos no rastro dos caixões faltantes. Se os encontrarmos todos naquela casa, nosso trabalho estará perto do fim. Mas, se alguns estiverem faltando, precisaremos procurar até encontrá-los. Só então daremos nosso *coup* final, e caçaremos o desgraçado até que morra de verdade.

Todos permanecemos sentados em silêncio, até que de súbito o senhor Morris questionou:

– Digam! Como vamos entrar naquela casa?

– Entramos na outra – lorde Godalming respondeu, depressa.

– Mas, Art, isto é diferente. Nós invadimos a casa de Carfax, mas tínhamos a noite e um parque murado para nos proteger. Será totalmente diferente cometer um arrombamento em Piccadilly, seja de dia ou à noite. Confesso que não vejo como vamos entrar, a menos que aquele pedante da agência imobiliária nos dê uma chave. Vamos saber quando recebermos a carta dele amanhã de manhã.

As sobrancelhas de lorde Godalming se contraíram, ele se levantou e começou a andar; dali a pouco parou e, passando os olhos por todos nós individualmente, disse:

– Quincey está sendo razoável. Este negócio de invadir está se tornando sério; escapamos incólumes uma vez, mas temos em mãos agora uma situação fora do comum. A menos que encontremos o molho de chaves do Conde.

Como nada poderia ser feito até de manhã, pois seria no mínimo aconselhável esperar até que lorde Godalming tivesse notícias de Mitchell, decidimos não tomar nenhuma atitude antes do desjejum. Por um bom período ficamos sentados fumando, debatendo o assunto sob vários enfoques e rumos. Aproveitei a oportunidade de atualizar este diário até o momento. Estou com bastante sono e vou para a cama.

Apenas uma linha. Mina dorme profundamente e a respiração apresenta um ritmo regular. A testa está franzida, como se ela refletisse mesmo durante o sono. Permanece bastante pálida, porém não demonstra mais a fadiga de hoje mais cedo. Amanhã, espero, tudo estará melhor; ela tornará a ser ela mesma em nossa casa em Exeter. Ah, mas como estou com sono!

## Registros do doutor Seward

### 1º de outubro

Estou novamente perplexo acerca de Renfield. Os humores dele se alteram com tamanha velocidade que acho difícil acompanhar, e como sempre indicam algo além do próprio bem-estar dele, constituem um estudo mais do que interessante. Esta manhã, quando fui vê-lo após ele haver repelido Van Helsing, seus modos eram os de um homem comandando o destino. Estava, de fato, comandando o destino, subjetivamente. Não se interessava de verdade por nenhuma das coisas meramente terrenas; estava nas nuvens e olhava de cima para todas as fraquezas e desejos de nós, pobres mortais. Pensei em aproveitar a ocasião para aprender alguma coisa, então perguntei:

– E como vão as moscas, ultimamente?

Ele sorriu para mim de modo bem petulante, um sorriso que poderia ter vindo do rosto do Malvólio, de Shakespeare.

– A mosca, meu caro senhor, tem uma característica marcante: suas asas são típicas dos poderes aéreos das faculdades psíquicas. Os antigos fizeram muito bem quando tipificaram a alma como uma borboleta.

Quis empurrar a analogia dele até o extremo da lógica, então repliquei, depressa:

– Ah, é uma alma que você está buscando agora, não é?

A loucura levou a melhor sobre sua razão, e no rosto surgiu uma expressão confusa quando, abanando a cabeça com uma determinação que só muito raramente havia visto nele, respondeu:

– Oh, não! Não, não! Não quero alma nenhuma. Vida é só o que eu quero. – E neste ponto ele se entusiasmou. – Sou bastante indiferente a ela, no momento. A vida está em ordem, tenho tudo o que quero. O senhor precisará arranjar um novo paciente, doutor, se deseja continuar estudando zoofagia.

Aquilo me espantou um pouco, portanto o instiguei:

– Então você comanda a vida; é um deus, suponho? – mas ele sorriu com uma superioridade benigna inefável:

– Ah, não! Longe de mim arrogar-me os atributos da Deidade. Eu não sou nem mesmo levado em conta em Seus feitos especialmente espirituais. Se posso afirmar minha posição intelectual, estou de certa forma, no que tange a aspectos puramente terrenos, na posição que Enoque[1] ocupava espiritualmente!

Isto foi um desafio para mim, pois na hora não consegui me lembrar da característica de Enoque, então precisei formular uma pergunta

[1] Enoque é o filho de Caim e pai de Matusalém. Segundo relatos bíblicos, ele desapareceu misteriosamente, como que arrebatado para o céu. (N.R.)

simples, apesar de sentir que, fazendo isso, estava me rebaixando aos olhos do paciente.

– E por que com Enoque?

– Porque ele caminhou com Deus.

Não entendi a analogia, mas não quis admitir, e retomei o que ele havia negado antes.

– Então você está indiferente à vida e não quer almas. Por que não?

Apresentei a pergunta com rapidez e alguma severidade, de propósito para desconcertá-lo. Fui bem-sucedido, pois em um instante ele inconscientemente recaiu em seus modos servis habituais; curvou-se à minha frente e me adulou, enquanto respondia:

– Não desejo alma nenhuma, de verdade, de verdade! Não desejo. Não poderia usá-las se as tivesse; elas não me seriam de modo nenhum úteis. Não poderia comê-las nem... – E de súbito ele estancou, e o velho olhar arguto se espraiou por seu rosto como uma rajada de vento na superfície da água. – E quanto à vida, doutor, do que se trata, afinal? Quando se tem tudo de que se precisa, e se sabe que não haverá escassez, isso basta. Tenho amigos, bons amigos como o senhor, doutor Seward – isso foi dito com um olhar de soslaio de inexprimível astúcia. – Bem sei que jamais me faltarão meios de vida!

Acredito que por meio da nebulosa de insanidade ele enxergou algum antagonismo em mim, pois em seguida se entregou ao último refúgio dos que são como ele: um silêncio obstinado. Dali a pouco entendi que, por ora, seria inútil continuar conversando. Ele estava emburrado, então parti.

Mais tarde no mesmo dia, ele mandou me chamar. Normalmente, eu não teria ido sem alguma razão especial, porém no momento estou tão interessado nele que com boa vontade faria o esforço. Além disso, é bom ter algo que ajude a passar o tempo. Harker saiu, seguindo as pistas; lorde Godalming e Quincey também estão fora. Van Helsing está no meu escritório estudando os registros preparados pelo casal Harker; ele parece acreditar que por meio do conhecimento exato de todos os detalhes será capaz de iluminar alguma pista. O professor não deseja ser interrompido em seu trabalho, a menos que haja motivo. Eu o teria levado comigo para ver o paciente, apenas achava que, após ser repelido, ele não teria interesse em voltar. Havia também outra razão: Renfield talvez não falasse tão livremente diante de um terceiro quanto poderia, estando apenas nós dois.

Eu o encontrei sentado na cadeira no meio do quarto, uma posição que em geral indica nele um estado de energia mental. Quando entrei, ele falou de uma vez, como se a pergunta tivesse estado à espera em seus lábios:

– E quanto às almas?

Era evidente que minha suposição havia sido acertada. A atividade intelectual inconsciente estava funcionando, mesmo em um louco. Decidi tirar a questão a limpo.

– E você, o que me diz delas? – perguntei.

Renfield não respondeu de imediato, antes olhando ao redor, acima e abaixo, como se esperasse encontrar uma inspiração para a resposta.

– Não desejo alma nenhuma! – ele replicou, de modo febril e apologético. A questão parecia dominar sua mente, então resolvi usá-la, sendo cruel apenas para ser bom.

– Você gosta da vida e deseja vida?

– Ah, sim! Mas quanto a isso está tudo bem, o senhor não precisa se preocupar!

– Mas como você vai conseguir a vida sem conseguir também a alma? – perguntei, e a questão pareceu confundi-lo, de modo que continuei: – Que bons tempos você há de ter quando estiver lá fora, com as almas de milhares de moscas e aranhas, pássaros e gatos zunindo, piando e miando ao seu redor. Você lhes tomou a vida; precisará lidar com as almas!

Algo pareceu afetar sua imaginação, pois ele enfiou os dedos nos ouvidos e fechou os olhos, apertando-os como um menininho quando alguém lhe ensaboa o rosto. Houve na cena algo de patético, que me comoveu; e que também me ensinou uma lição, pois era como se diante de mim estivesse uma criança, nada mais que uma criança, embora com feições velhas e pelos brancos no rosto. Era evidente que ele estava passando por algum processo de distúrbio mental, e, sabendo como seus humores passados haviam interpretado as coisas como se fossem alheias a ele mesmo, pensei em penetrar em sua mente tão fundo quanto conseguisse e acompanhá-lo. O primeiro passo era restaurar sua confiança, então perguntei, falando bem alto para que ele me ouvisse, apesar dos dedos tapando os ouvidos:

– Quer um pouco de açúcar para atrair as moscas de novo?

Ele pareceu despertar de imediato e abanou a cabeça, respondendo, com uma risada:

– Acredito que não! Afinal, moscas são coisas bem insignificantes! – E após uma pausa: – Mas tampouco quero as almas delas zunindo à minha volta.

– Ou aranhas? – eu continuei.

– Danem-se as aranhas! Qual a utilidade das aranhas? Não há nada nelas pra comer nem pra… – E se interrompeu, como se recordasse um tópico proibido.

"Ora, ora", pensei comigo. "Esta é a segunda vez que ele para subitamente na palavra 'beber'; o que significará?"

Renfield também parecia consciente de haver cometido um lapso, pois se apressou como que para desviar minha atenção de sua falha.

– Não faço estoque dessas coisas. Como diz Shakespeare, "camundongos, ratos e veados tão pequenos" podem ser chamados de "ração para galinhas na despensa". Superei toda essa insensatez. Tentar despertar o meu interesse por menos do que carnívoros, quando sei o que está diante de mim, é como pedir a um homem que coma moléculas usando um par de pauzinhos.

– Entendo – respondi. – Você quer coisas grandes onde possa cravar os dentes? O que acharia de um elefante no café da manhã?

– O senhor está falando de delírios ridículos!

Ele estava cada vez mais desperto e pensei em pressioná-lo com mais força, então eu disse, reflexivamente:

– Eu me pergunto como será a alma de um elefante.

O efeito que desejei foi obtido; ele abandonou a postura altiva e se tornou uma criança de novo.

– Não quero uma alma de elefante nem alma nenhuma de nada!

Por alguns momentos ele permaneceu desanimadamente sentado, mas de súbito se levantou, com os olhos faiscando com todos os sinais de uma intensa agitação cerebral.

– Para o inferno o senhor e as suas almas! – ele gritou. – Por que me perturbar com isso? Eu já não tenho suficientes preocupações e sofrimentos para me atormentar, sem pensar em almas?

Ele parecia tão hostil que pensei estar na iminência de outro ataque homicida, então soprei o apito. No entanto, no instante em que fiz isso, ele se acalmou e falou, desculpando-se:

– Perdoe-me, doutor; eu perdi a cabeça. O senhor não precisa de ajuda. Estou tão preocupado na minha cabeça que me torno irritável. Se o senhor soubesse o problema que preciso enfrentar, e no qual estou trabalhando, o senhor sentiria piedade de mim, teria tolerância e me perdoaria. Eu lhe peço que não me ponha na camisa de força. Quero refletir, e não consigo refletir livremente quando meu corpo está confinado. Tenho certeza de que o senhor compreende.

Era evidente que Renfield estava no controle de si mesmo de novo, então, quando os auxiliares vieram, eu lhes disse para esquecerem meu chamado, e eles se retiraram. Renfield os observou partir; quando a porta estava fechada, ele disse com bastante dignidade e doçura:

– Doutor Seward, o senhor tem tido muita consideração para comigo. Acredite-me que lhe sou muito, muito grato!

Achei por bem despedir-me enquanto ele estava nesse humor, então parti.

Certamente há material para reflexão no estado desse homem. Vários pontos parecem formar o que os entrevistadores americanos chamam de "uma história", se ao menos alguém os colocasse em uma ordem adequada. Aqui estão:

Não pronuncia a palavra "beber".

Teme a ideia de ser perseguido pela "alma" de qualquer coisa.

Não receia escassez de "vida" no futuro.

Despreza totalmente as formas inferiores de vida, embora tema ser assombrado pela alma delas.

Logicamente, todas essas coisas apontam em uma direção! Ele tem alguma garantia de que vai alcançar uma vida superior. Ele receia a consequência: o fardo de uma alma. Então é uma vida humana que ele almeja!

E a garantia...?

Meu Deus do céu! O Conde esteve com ele, e há um novo esquema de terror em andamento!

* * *

### Mais tarde

Depois da ronda, fui até Van Helsing e lhe contei minha suspeita. Ele ficou muito sério e, após pensar um pouco no assunto, pediu que eu o levasse até Renfield. Foi o que fiz. Quando nos aproximamos da porta, ouvimos que o lunático cantava alegremente, como costumava fazer numa época que, agora, parece muito distante. Entramos e nos surpreendemos ao ver que ele tinha espalhado o açúcar como antigamente; as moscas, apáticas com o outono, começaram a zumbir pelo quarto. Tentamos fazê-lo falar sobre o assunto de nossa conversa anterior, mas ele não reagiu. Continuou cantando como se nós não estivéssemos presentes. Tinha um pedaço de papel em mãos, que dobrou e guardou em um bloquinho. Tivemos de sair tão ignorantes quanto havíamos entrado.

Ele é de fato um caso interessante; precisamos observá-lo hoje à noite.

## Carta de Mitchell, Filhos & Candy para lorde Godalming

### 1º de outubro

Prezado lorde,

Sentimo-nos sempre satisfeitos em poder atender aos seus desejos. Com respeito ao desejo de vossa senhoria, expressado pelo senhor Harker em seu nome, permita-nos fornecer a seguinte informação, concernente à venda e compra da propriedade no número 347 de Piccadilly. Os vendedores foram os executores do falecido senhor Archibald Winter-Suffield. O comprador é um nobre estrangeiro, conde De Ville, que efetuou a compra pessoalmente, pagando em cédulas de dinheiro vivo, uma em cima da outra, se vossa senhoria nos perdoa o uso de expressão tão vulgar. Para além disso, desconhecemos qualquer coisa a respeito dele.

Somos, prezado lorde, seus mais humildes servos,
Mitchell, Filhos & Candy

## Registros do doutor Seward

### 2 de outubro

Coloquei um homem no corredor na noite passada e o instruí a tomar notas precisas sobre qualquer barulho que ouvisse vindo do quarto de Renfield, e que mandasse me chamar na ocorrência de qualquer coisa estranha. Após o jantar, quando estávamos todos reunidos em frente à lareira no escritório, tendo a senhora Harker já se recolhido à cama, discutimos as tentativas e descobertas do dia. Harker foi o único que obteve algum resultado, e temos grandes esperanças de que esta pista dele se revele importante.

Antes de ir me deitar, fui até o quarto do paciente e espiei pelo postigo de observação. Ele dormia profundamente, com o peito subindo e descendo ao ritmo regular da respiração. Esta manhã, o homem de plantão reportou que, um pouco após a meia-noite, Renfield se tornou agitado e ficou dizendo suas preces em voz um pouco alta. Perguntei se era tudo e ele respondeu que era tudo que ele tinha ouvido. Algo suspeito em suas maneiras me fez perguntar abertamente se ele havia adormecido. Ele negou ter dormido, mas admitiu ter ficado sonolento por um período. É muito ruim que não se possa confiar nos homens, a menos que estejam sob supervisão.

Hoje, Harker está fora, seguindo a pista, e Art e Quincey foram procurar cavalos. Godalming acha por bem termos cavalos prontos e à mão, pois, quando conseguirmos a informação que buscamos, não haverá tempo a perder. Entre o nascer e o pôr do sol, precisaremos esterilizar toda a terra importada; assim pegaremos o Conde em seu momento mais fraco e sem ter um refúgio para onde voar. Van Helsing foi para o Museu Britânico conversar com umas autoridades em medicina antiga. Os médicos do passado levavam em conta coisas que seus seguidores rejeitam, e o professor está investigando antídotos para bruxas e demônios que nos possam ser úteis mais tarde.

Eu algumas vezes penso que devemos estar todos loucos e que despertaremos para a sanidade em camisas de força.

* * *

**Mais tarde**

Nós nos encontramos de novo. Aparentemente, estamos afinal no rastro certo, e nosso trabalho de amanhã talvez seja o princípio do fim. Eu me pergunto se a quietude de Renfield tem alguma relação com isso. Os humores dele vêm de tal forma acompanhando as ações do Conde que a iminente destruição do monstro talvez lhe seja transmitida de alguma forma sutil. Se pelo menos tivéssemos uma pista do que se passou em sua mente, entre o momento de nossa conversa hoje e sua retomada da captura de moscas, isso poderia nos oferecer uma pista valiosa. Agora, ele está há um bom intervalo em aparente calmaria. Estará? Esse grito parece ter vindo do quarto dele…

* * *

O auxiliar entrou correndo no meu quarto, contando que Renfield havia sofrido algum tipo de acidente. Ele o ouviu gritar e, quando se aproximou, encontrou-o deitado no chão, com o rosto para baixo, banhado em sangue. Preciso ir imediatamente.

# Capítulo XXI

## Registros do doutor Seward

**3 de outubro**

Preciso registrar com exatidão tudo o que aconteceu, tão bem quanto puder me lembrar, desde que fiz o meu último relato. Nem um só detalhe que eu consiga recordar deve ficar de fora. Farei este registro com toda a calma.

Quando cheguei ao quarto de Renfield, encontrei-o deitado no chão sobre o lado esquerdo em uma poça de sangue vivo. Quando fui movê-lo, ficou de imediato evidente que ele havia sofrido ferimentos terríveis; parecia não haver coerência entre as partes do corpo, nem um traço daquela uniformidade de propósito que caracteriza até a sanidade letárgica. Como o rosto estava à mostra, pude ver que tinha hematomas horríveis, como se tivesse sido batido contra o chão; de fato, era dos ferimentos do rosto que se originava a poça de sangue. O auxiliar que tinha se ajoelhado ao lado do corpo disse, quando o viramos:

– Acho, senhor, que a coluna está quebrada. Veja, tanto o braço quanto a perna direita e toda a lateral do rosto estão paralisados.

Como uma coisa daquelas poderia ter acontecido intrigava sobremaneira o auxiliar. Ele estava estupefato, e com as sobrancelhas franzidas falou:

– Eu não entendo as duas coisas. Ele poderia fazer isso com o rosto se batesse com a própria cabeça no chão. Vi uma jovem fazer isso certa vez no hospício Eversfield, antes que alguém conseguisse impedir. E suponho que ele poderia ter quebrado o pescoço caindo da cama, se tivesse tido uma cãibra bem complicada. Mas juro pela minha vida que não imagino como as duas coisas puderam acontecer. Se a coluna estivesse quebrada, ele não conseguiria bater a cabeça; e, se o rosto estivesse assim antes que ele caísse da cama, haveria sangue nela.

Acrescentei em seguida:

– Vá chamar o doutor Van Helsing e peça a ele, por favor, que venha imediatamente. Preciso dele aqui sem demora.

O homem partiu correndo e em poucos minutos apareceu o professor, em trajes de dormir e chinelos. Quando viu Renfield no chão, olhou atentamente e depois se virou para mim. Suponho que tenha visto em meus olhos um reflexo do que eu estava pensando, pois disse, com muita calma e claramente se dirigindo ao auxiliar:

– Ah, que acidente infeliz! Ele precisará de uma observação muito cuidadosa e de bastante atenção. Ficarei com você, mas antes devo me vestir. Se puder ficar aqui por um instante, logo me juntarei a você.

O paciente estava respirando com enorme dificuldade e era fácil perceber que havia sofrido ferimentos horrorosos. Van Helsing voltou com uma velocidade extraordinária, trazendo a maleta cirúrgica. Ele tinha evidentemente refletido nesse intervalo e chegado a uma conclusão, pois, quase antes de olhar para o paciente, cochichou para mim:

– Mande o auxiliar sair. Precisamos estar sozinhos com Renfield quando ele recobrar a consciência após a operação.

Então, eu disse:

– Creio que por enquanto é só, Simmons. Fizemos tudo que o pudemos até aqui. É melhor você ir fazer a ronda, e o doutor Van Helsing vai operar. Avise-me imediatamente se qualquer coisa incomum ocorrer em qualquer lugar.

O homem se retirou e nós iniciamos um exame minucioso do paciente. Os ferimentos do rosto eram superficiais; a lesão real era uma fratura de crânio deprimida, que se estendia até a área motora. O professor ponderou por um momento e orientou:

– Precisamos reduzir a pressão e restabelecer as condições normais, na medida do possível; a rapidez do derrame comprova a natureza terrível da lesão. Toda a área motora parece afetada. O derrame do cérebro vai aumentar depressa, então precisamos trefinar agora mesmo, ou será tarde demais.

Enquanto falávamos, houve uma discreta batida à porta. Fui até lá, abri e encontrei no corredor Arthur e Quincey de pijamas e chinelos. O primeiro disse:

– Escutei seu auxiliar acordar o doutor Van Helsing e contar sobre o acidente. Então acordei Quincey, ou antes o chamei, pois ele não estava dormindo. As coisas estão acontecendo muito depressa e de um modo estranho demais para que qualquer um de nós consiga dormir profundamente. Venho pensando que a noite de amanhã não há de ver as coisas tal como elas eram. Teremos de olhar para trás e para adiante um pouco mais do que vimos fazendo. Podemos entrar?

Eu assenti e mantive a porta aberta até que estivessem dentro do quarto, e depois a fechei de novo. Quando Quincey viu a posição e o estado do paciente e percebeu a poça horrível no chão, falou, com suavidade:

– Meu Deus! O que aconteceu com ele? Pobre-diabo!

Contei-lhe brevemente e acrescentei que esperávamos que recobrasse a consciência após a operação – pelo menos por um curto período, de qualquer forma. Ele foi se sentar na beirada da cama, com Godalming ao seu lado. Todos nós observamos pacientemente.

– Devemos aguardar – disse Van Helsing –, apenas o suficiente para definir o melhor ponto para a trefinação, de maneira a conseguirmos remover o coágulo o mais depressa e perfeitamente possível, pois é evidente que a hemorragia está aumentando.

Os minutos durante os quais estivemos à espera transcorreram com lentidão assustadora. Meu coração pesava no fundo do peito, e da expressão de Van Helsing extraí que ele sentia algum medo ou apreensão quanto ao que estava por vir. Tive medo das palavras que Renfield poderia dizer. Eu estava positivamente com medo de pensar, mas dentro de mim tinha a certeza do que estava chegando, tal como já li sobre homens que ouviram a aproximação da morte. A respiração do pobre coitado vinha em engasgos irregulares. A todo momento parecia que ele iria abrir os olhos e falar, mas então um prolongado estertor sobrevinha, e ele recaía em uma insensibilidade ainda mais imóvel. Mesmo habituado a leitos de doentes e a morte, o suspense crescia e crescia dentro de mim. Eu quase ouvia meu coração pulsar, e o sangue bombeando em minhas têmporas soava como golpes de martelo. O silêncio por fim se tornou uma agonia. Olhei para meus companheiros, um após o outro, e vi por seus rostos vermelhos e úmidos que estavam experimentando a mesma tortura. Um suspense nervoso pairava sobre todos nós, como se acima de nossa cabeça houvesse um sino ameaçador que repicaria com máxima estridência quando menos esperássemos.

Por fim, chegou um momento em que ficou óbvio que o paciente estava submergindo depressa; poderia morrer a qualquer instante. Olhei para o professor e flagrei seus olhos postos em mim. Seu rosto estava severo quando ele disse:

– Não há tempo a perder. As palavras dele podem valer muitas vidas; foi o que pensei, enquanto estava parado aqui. Pode ser que várias almas estejam em jogo! Devemos operar logo acima da orelha.

Sem outra palavra, ele procedeu à operação. A respiração continuou em estertores por mais um período. Então veio um respiro tão prolongado que pareceu que ia abrir o peito dele em dois. De repente os olhos se abriram, e se fixaram em uma imobilidade selvagem e desamparada. Isso continuou por mais uns momentos, e depois se suavizou em grata surpresa, e dos lábios saiu um suspiro de alívio. O paciente se mexeu convulsivamente, e enquanto isso alertou:

– Vou ficar calmo, doutor. Diga a eles para tirarem a camisa de força. Tive um sonho horroroso e ele me deixou tão fraco que não consigo me mexer. Qual é o problema com o meu rosto? Sinto um inchaço e está doendo terrivelmente.

Ele tentou virar a cabeça, mas o mero esforço pareceu tornar seu olhar vidrado de novo, então gentilmente o devolvi à posição anterior. Van Helsing em seguida falou, em um tom calmo e sério:

– Conte-nos seu sonho, senhor Renfield.

Ao ouvir a voz, seu rosto se iluminou por trás dos machucados, e ele disse:

– Este é o doutor Van Helsing. Que gentileza a sua estar aqui. Dê-me um pouco de água, meus lábios estão secos, e tentarei contar. Eu sonhei...

Neste ponto ele parou e pareceu desmaiar, e eu cochichei para Quincey:

– O conhaque, no meu escritório, rápido!

Ele partiu voando e voltou com um copo, a garrafa de conhaque e uma jarra de água. Umedecemos os lábios ressequidos e o paciente depressa se reanimou. Entretanto, pelo visto seu pobre cérebro havia trabalhado durante esse breve intervalo, pois, quando ele estava de novo plenamente consciente, olhou para mim de modo penetrante, em uma confusão agoniada que jamais hei de esquecer, e falou:

– Não devo enganar a mim mesmo; não foi um sonho, e sim a tétrica realidade – então seus olhos percorreram o quarto. Quando viu as duas figuras sentadas pacientemente na beirada de sua cama, ele continuou: – Se eu já não estivesse suficientemente seguro, saberia por eles.

Por um momento ele fechou os olhos, não de dor ou sono, mas voluntariamente, como se estivesse reunindo todas as suas forças para aguentar, e quando tornou a abri-los disse, apressadamente, com mais energia do que havia demonstrado até então.

– Rápido, doutor, rápido. Eu estou morrendo! Sinto que tenho poucos minutos, e depois voltarei à morte, ou pior! Molhe meus lábios com conhaque de novo. Tenho uma coisa que preciso dizer antes de morrer, ou, de qualquer forma, antes que meu pobre cérebro esmagado morra. Obrigado! Foi na noite depois que o senhor me deixou, quando eu implorei que me deixasse sair. Não consegui falar, na hora, pois sentia que minha língua estava amarrada; mas, exceto por isso, eu estava tão lúcido, tanto quanto estou agora. Fiquei em uma agonia desesperada por um longo período depois que o senhor foi embora. Pareceram horas. Então uma paz súbita baixou sobre mim. Meu cérebro pareceu se acalmar, e eu percebi onde estava. Escutei os cães latindo atrás da casa, mas não onde ele estava!

Enquanto ele falava, Van Helsing não piscou, mas sua mão alcançou a minha e a apertou com força. Contudo ele não se traiu, apenas assentiu ligeiramente e falou:

– Continue – em voz baixa.

Renfield retomou:

– Ele veio até a janela subindo na névoa, como eu já o tinha visto tantas vezes antes; mas ele era sólido, não um fantasma, e os olhos eram ferozes como os de um homem com raiva. Estava rindo, com aquela boca vermelha; os dentes brancos e pontudos brilharam ao luar quando ele se virou para olhar por cima do cinturão de árvores, para onde os cachorros estavam latindo. Primeiro, eu não o convidei a entrar, embora soubesse que ele queria, como tinha querido o tempo todo. Então ele começou a me prometer coisas, não em palavras, mas com ações.

Aqui ele foi interrompido por uma palavra do professor:

– Como?

– Fazendo com que acontecessem; do mesmo jeito que ele costumava mandar as moscas quando o sol estava brilhando. Grandes e gordas, com lâminas e safira nas asas; e grandes mariposas, à noite, com crânios e ossos cruzados nas costas.

Van Helsing assentiu para Renfield enquanto, para mim, cochichou, inconscientemente:

– A *Acherontia aitetropos sphingidae*; como vocês chamam a mariposa de crânio?

O paciente prosseguiu sem pausa.

– Então ele começou a sussurrar: "Ratos, ratos, ratos! Centenas, milhares, milhões deles, e cada um é uma vida; e cães para comê-los, e gatos também. Todos vida, todos sangue vermelho, com anos de vida neste sangue; e não meramente moscas zumbindo!", e eu ri dele, pois queria ver o que faria. Então os cães uivaram, bem além das árvores escuras na casa dele. Ele acenou para que eu fosse até a janela. Eu me levantei e fui olhar, e ele levantou as mãos e pareceu fazer um chamado sem usar palavras. Uma massa escura se espalhou pela grama, aproximando-se na forma de uma labareda de fogo; então ele deslocou a névoa para a direita e para a esquerda, e vi que havia milhares de ratos de olhos vermelhos brilhantes como os dele, apenas menores. Ele imobilizou a mão e todos eles pararam. Pensei entender que ele estava dizendo: "Todas estas vidas eu vou lhe dar; não, muitas mais e maiores, ao longo de incontáveis eras, se você se puser de joelhos e me adorar!". E então uma nuvem vermelha, com a cor do sangue, pareceu se fechar sobre os meus olhos e, antes que eu soubesse o que estava fazendo, vi-me abrindo o caixilho e dizendo a ele: "Entre, meu Senhor e Mestre!". Os ratos tinham desaparecido e ele entrou no quarto, apesar de o caixilho estar aberto apenas um centímetro, tal como a própria lua tantas vezes atravessou a mais estreita fresta e se mostrou a mim em toda a sua grandeza e esplendor.

A voz começou a fraquejar, então umedeci os lábios de Renfield com conhaque de novo, e ele continuou, mas parecia que a memória tinha continuado funcionando durante o intervalo, pois a história havia dado um salto à frente. Eu estava prestes a levá-lo de volta ao ponto onde tinha parado, mas Van Helsing cochichou para mim:

– Deixe que ele prossiga. Não interrompa; ele não pode retroceder, e talvez não pudesse nem mesmo prosseguir, se perdesse o fio do raciocínio.

Renfield então continuou.

– Durante o dia inteiro eu esperei por notícias dele, mas ele não me enviou nada, nem mesmo uma varejeira, e quando a luz subiu eu estava bravo com ele. Quando ele penetrou pela janela, embora estivesse fechada, e nem mesmo bateu antes, eu fiquei muito zangado. Ele zombou de mim, e seu rosto pálido se destacou da névoa com os olhos vermelhos faiscando, e passou como se fosse o dono do lugar e eu não fosse ninguém. Ao passar por mim, nem o cheiro dele era o mesmo. Não consegui segurá-lo. Pensei que, de algum jeito, a senhora Harker tinha entrado no quarto.

Os dois homens sentados na cama se levantaram e chegaram mais perto, ficando de pé atrás de Renfield, onde ele não poderia vê-los, mas eles poderiam ouvi-lo melhor. Ambos estavam em silêncio, mas o professor se sobressaltou e estremeceu; o rosto, porém, tornou-se ainda mais severo e sombrio. O paciente prosseguiu, sem perceber:

– Quando a senhora Harker veio me ver, à tarde, não era a mesma, parecia um chá depois de o conteúdo do bule ser diluído.

Todos nos alteramos, mas ninguém disse uma palavra, e ele prosseguiu.

– Não percebi que ela estava aqui, até que ela falou; e a aparência dela não era a mesma. Não me interesso por gente pálida; gosto de pessoas que têm muito sangue dentro delas, e o dela parecia ter fugido todo. Na hora, eu não pensei nisso; mas, quando ela foi embora eu comecei a raciocinar, e fiquei louco ao saber que ele estava tirando a vida dela.

Senti que todos estremeceram como eu próprio, mas permanecemos imóveis.

– Então, quando ele veio esta noite, eu estava pronto. Vi a névoa penetrando e a agarrei com força. Sempre ouvi dizer que os loucos têm uma força sobrenatural; como eu sabia que eu era louco, ao menos de vez em quando, resolvi usar meu poder. Ah, e ele sentiu também, pois precisou sair da névoa para lutar comigo. Segurei bem apertado e pensei que ia vencer, pois não queria que ele tirasse mais vida dela, até que vi os olhos dele. Eles me queimaram, e minha força se tornou como água. Ele escorregou e, quando tentei segurar, ele me jogou para cima e depois me atirou para baixo. Uma nuvem vermelha apareceu na minha frente, então houve um estrondo de trovão, e a névoa pareceu se dissipar por debaixo da porta.

Sua voz estava enfraquecendo e a respiração, tornando-se mais custosa. Van Helsing instintivamente se levantou.

– Agora sabemos o pior – o paciente disse. – Ele está aqui e conhecemos seu objetivo. Talvez não seja tarde demais. Vamos nos armar como fizemos na outra noite, mas não percam tempo; não temos um segundo a desperdiçar.

Não havia necessidade de colocar em palavras nosso receio nem nossa convicção, pois compartilhávamos ambos. Todos nos apressamos e pegamos em nossos quartos os mesmos itens que nos acompanharam quando entramos na casa do Conde. Os do professor estavam preparados e, ao nos encontrar no corredor, ele apontou e disse, significativamente:

– Nunca me separo destas coisas nem hei de me separar até que este assunto infeliz tenha terminado. Ajam com sabedoria, meus amigos. Não é um inimigo comum este que enfrentamos. Oh, oh, que a querida madame Mina não sofra!

O professor estancou, a voz falhando. No meu próprio coração, não sei dizer se predominava a fúria ou o terror.

Diante da porta dos Harkers, paramos. Art e Quincey se contiveram e este último perguntou:

– Será que devemos incomodá-la?

Sombriamente, Van Helsing replicou:

– Precisamos. Se a porta estiver trancada, vou invadir.

– Mas isso não poderá assustá-la terrivelmente? É incomum invadir o quarto de uma senhora!

Van Helsing respondeu, solenemente:

– Você está sempre certo, mas isto é vida ou morte. Todos os quartos são parecidos para um médico, e, mesmo se não fossem, seriam para mim, esta noite. Amigo John, quando eu girar a maçaneta, se a porta não se abrir, você apoia o ombro e empurra, e vocês também, meus amigos. Agora!

Van Helsing girou a maçaneta enquanto falava, mas a porta não cedeu. Nós nos atiramos contra ela, que se escancarou com um estrondo, e quase caímos de cabeça no chão lá dentro. Na verdade, o professor caiu. Enquanto ele se recompunha, apoiado nas mãos e nos joelhos, olhei para além dele e o que vi me paralisou. Senti os pelos da nuca se arrepiar e meu coração parar.

O luar brilhava tão forte que, através das grossas cortinas amarelas, penetrava luz suficiente para permitir que enxergássemos. Na cama ao lado da janela estava deitado Jonathan Harker, com o rosto rubro e respirando pesadamente, como se em estupor. Na beirada mais próxima da cama, voltada para fora, estava a esposa, vestida de branco. Ao lado dela estava de pé um homem alto, magro, trajando preto. O rosto dele estava virado para o outro lado, mas no instante em que o vimos nós reconhecemos o Conde: em todos os aspectos, até a cicatriz na testa. Com a mão esquerda, ele agarrava as duas mãos da senhora Harker, segurando-as afastadas de si ao manter os dois braços dela esticados. Com a mão direita, a prendia pela nuca, forçando o rosto em direção ao próprio peito. A camisola branca estava borrada de sangue, e um filete escorria pelo peito nu do homem, visível pelo rasgo em sua roupa escura. A posição dos dois tinha uma semelhança terrível com uma criança forçando o focinho de um gato na direção de um pires de leite, para obrigá-lo a beber. Quando irrompemos no quarto, o Conde virou o rosto, e seu olhar demoníaco, que eu conhecia por ouvir descrições, pareceu saltar. Os olhos vermelhos flamejaram de fúria diabólica. No nariz aquilino e branco, as grandes narinas se alargaram e estremeceram nas bordas. Atrás dos lábios cheios de uma boca que pingava sangue, os dentes agudos e brancos se apertaram como os de uma besta selvagem. Com um movimento impetuoso, que atirou a vítima de volta à cama como se arremessada de grande altura, virou-se e correu em nossa direção. A esta altura o professor havia recobrado a firmeza e, de pé, segurava em direção ao Conde o envelope contendo a Hóstia Sagrada. O Conde estancou de repente, exatamente como a pobre Lucy tinha feito fora do túmulo, e se encolheu. Mais e mais ele recuava, conforme nós, empunhando nossos crucifixos, avançávamos. O luar falhou por um instante, encoberto por uma grande nuvem escura atravessando o céu, e, quando a lamparina a gás reluziu, sob o fósforo de Quincey, nós não enxergamos nada a não ser um vapor discreto. Vimos que ele sumia por debaixo da porta, a qual, em reação à abertura ampla e violenta, tinha voltado à posição original. Van Helsing, Art e eu avançamos em direção à senhora Harker, que nesse meio-tempo havia recuperado o fôlego e, com ele, dado um grito tão selvagem, penetrante e desesperado que me parece, agora, que ressoará em meus ouvidos até o dia da minha morte. Por alguns segundos, ela ficou deitada em total transtorno e desamparo. A expressão era medonha, com uma palidez acentuada pelo sangue que lhe manchava lábios, bochechas e queixo; de sua garganta escorria um filete de sangue; os olhos estavam ensandecidos de pavor. Depois cobriu o rosto com as pobres mãos esmagadas, cuja brancura exibia marcas vermelhas onde o Conde as havia espremido, e de trás delas veio um lamento baixo, desolado, que fez o grito apavorado de antes parecer apenas uma demonstração breve de um pesar infinito. Dando um passo à frente, Van Helsing com toda a delicadeza a cobriu com a colcha, enquanto Art, após observar seu rosto desesperadamente por um instante, saiu correndo do quarto. Van Helsing cochichou para mim:

– Jonathan está naquele estupor que nós sabemos que o Vampiro pode provocar. Não há nada que possamos fazer por madame Mina até que ela se recupere; precisamos acordá-lo!

O professor molhou a ponta de uma toalha em água fria e com ela começou a dar leves tapinhas no rosto dele, enquanto a esposa continuava escondendo o rosto com as mãos e chorando de um modo que nos partia o coração. Suspendi a cortina e olhei pela janela. O luar estava forte; enquanto observava, vi Quincey Morris correr pelo gramado e se esconder à sombra de um grande teixo. Intrigou-me pensar no que ele pretendia com isso, mas naquele momento ouvi uma exclamação de Harker, que lentamente ganhava consciência parcial, e me virei para a cama. No rosto dele, como era de esperar, havia uma expressão de assombro selvagem. Pareceu atordoado por alguns segundos, e depois uma consciência integral pareceu explodir de uma só vez, e ele se mexeu. A esposa foi despertada pelo movimento súbito e se voltou para ele com os braços estendidos, como se para abraçá-lo; instantaneamente, porém, ela os recolheu e, unindo os cotovelos, apoiou o rosto nas mãos e chorou até que toda a cama estava se sacudindo debaixo dela.

– Em nome de Deus, o que significa tudo isso? – Harker gritou. – Doutor Seward, doutor Van Helsing, o que é isso? O que aconteceu? Qual é o problema? Mina, querida, o que foi? O que é todo esse sangue? Meu Deus! Meu Deus, chegou a isso! – E, pondo-se de joelhos, apertou as mãos violentamente. – Meu bom Deus, ajude-nos! Ajude-a! Ah, ajude-a! – Com um rápido movimento ele saltou da cama e começou a se vestir, toda a sua hombridade desperta pela necessidade de uma ação imediata. – O que aconteceu? Contem! – ele gritava, sem interrupção. – Doutor Van Helsing, o senhor ama Mina, eu sei. Oh, faça algo para salvá-la. Não pode ter ido longe demais, ainda. Cuide dela enquanto eu procuro por ele!

A esposa, através do terror, do pavor e da aflição, entreviu algum perigo concreto para ele. Esquecendo-se imediatamente do próprio sofrimento, tomou-o e gritou:

– Não! Não! Jonathan, você não pode sair de perto de mim. Já sofri o suficiente esta noite, Deus sabe, sem o medo de isso atingir você. Você precisa ficar comigo. Ficar com estes amigos que vão cuidar de você!

Sua expressão se tornou desvairada enquanto falava. Harker, rendendo-se, deixou-se ser puxado e se sentou na cama ao lado da esposa, que se agarrou a ele ferozmente.

Van Helsing e eu tentamos acalmar os dois. O professor pegou o pequeno crucifixo de ouro e falou, com uma tranquilidade maravilhosa:

– Nada tema, minha querida. Nós estamos aqui. Enquanto isto estiver perto, nada ruim poderá se aproximar. Você está segura por esta noite; precisamos ficar calmos e deliberar em conjunto.

Mina estremeceu e calou, apoiando no peito do marido a cabeça baixa. Quando a levantou, o roupão branco dele estava manchado de sangue no lugar onde os lábios dela haviam encostado e onde a pequena ferida aberta de seu pescoço havia expelido gotículas. No instante em que se deu conta disso, ela recuou com um gemido baixo e sussurrou, entre soluços e engasgos:

– Impura! Impura! Não devo mais tocar Jonathan nem o beijar! Oh, que seja eu agora o pior inimigo dele, e quem ele mais tem motivo para temer.

Ao que Harker replicou, decidido:

– Sandice, Mina. É uma desonra para mim ouvir tal palavra. Eu não a ouviria a seu respeito e não a ouvirei vinda de você. Que Deus me julgue segundo meus merecimentos e me puna com um sofrimento ainda mais agudo até do que o desta hora, se por qualquer ato ou desejo de minha parte algo se puser entre nós!

Jonathan esticou os braços e a envolveu junto ao peito; e por um instante ela lá ficou, soluçando. Ele olhou para nós por cima da cabeça baixa dela, com olhos que piscavam úmidos acima de suas narinas trêmulas; a boca era firme como aço. Dali a pouco os gemidos dela se tornaram menos frequentes e mais fracos, e então ele me disse, falando com uma calma estudada que, eu percebi, testava até o limite mais extremo o seu autocontrole:

– Agora, doutor Seward, conte-me tudo. Bem demais eu conheço os fatos gerais; conte-me tudo que aconteceu.

Eu lhe disse exatamente o que havia ocorrido e ele escutou com aparente impassibilidade, mas as narinas se contraíam e os olhos faiscavam conforme eu contava como as mãos cruéis do Conde haviam agarrado a esposa e a mantido naquela posição repugnante e horrível, com a boca na ferida aberta do peito dele. Chamou minha atenção, mesmo durante a cena, ver que, enquanto o rosto branco e obstinado se contorcia convulsivamente, inclinado sobre a cabeça curvada dela, as mãos afagavam os cabelos desgrenhados com ternura e carinho. Eu mal tinha terminado o relato quando Quincey e Godalming bateram à porta. Entraram, conforme nosso chamado. Van Helsing olhou para mim inquisitivamente. Entendi que ele queria dizer se deveríamos aproveitar a chegada deles para, se possível, desviar de si mesmos e um do outro os pensamentos daquele casal infeliz. Sinalizei concordância e ele perguntou o que haviam visto e feito. Ao que lorde Godalming respondeu:

– Não o vi em nenhum lugar nos corredores nem em qualquer dos quartos. Procurei no escritório; porém, embora ele tenha estado lá, já havia saído. Entretanto, ele… – E aqui ele parou de repente, e olhou para a pobre figura desmilinguida na cama.

Van Helsing disse, com gravidade:

– Continue, amigo Arthur. Nós não queremos esconder mais nada. Nossa esperança agora está em sabermos tudo. Fale livremente!

Então Art continuou:

– Ele esteve lá, e, embora só possa ter ficado durante uns breves segundos, ele fez do lugar uma confusão. Todos os manuscritos foram queimados e as chamas azuis ainda queimavam em meio às cinzas esbranquiçadas. Os cilindros do seu fonógrafo também foram lançados ao fogo, e a cera deles alimentou as chamas.

Neste ponto eu interrompi.

– Graças a Deus existe uma cópia no cofre!

Seu rosto se animou por um momento, mas desabou de novo quando ele retomou.

– Desci as escadas correndo, mas não vi nem sinal dele. Olhei no quarto de Renfield, porém não havia rastro, exceto…

E mais uma vez ele parou.

– Continue – Harker disse, roucamente, então Art baixou a cabeça e, após umedecer os lábios com a língua acrescentou:

– Exceto que o pobre sujeito está morto.

A senhora Harker ergueu a mão e, olhando-nos de um em um, afirmou, solenemente:

– Seja feita a vontade de Deus!

Não pude evitar sentir que Art estava ocultando algo, porém, como presumi que houvesse uma razão, nada falei.

Van Helsing se voltou para Morris e perguntou:

– E você, amigo Quincey, tem algo a contar?

– Um pouco – ele respondeu. – Talvez se revele bastante, mas no momento não sei dizer. Pensei que seria bom saber, se possível, para onde o Conde iria quando saísse da casa. Eu não o vi; mas vi um morcego sair da janela do Renfield, e voar para o oeste. Esperava vê-lo de alguma forma retornar a Carfax, mas ele evidentemente foi para outro covil. Não vai voltar esta noite, pois o céu já está clareando ao leste, e a aurora está próxima. Devemos trabalhar amanhã!

As últimas palavras foram pronunciadas através dos dentes cerrados. Por um intervalo de alguns minutos, houve silêncio e imaginei poder ouvir nosso coração bater. Em seguida, Van Helsing disse, pondo a mão muito ternamente na cabeça da senhora Harker:

– E agora, madame Mina, minha pobre e querida, queridíssima madame Mina, conte-nos exatamente o que aconteceu. Deus sabe que não quero que a senhora sofra; mas é imperativo que todos saibamos de tudo. Pois agora, mais do que nunca, o trabalho precisa ser feito com rapidez, precisão e seriedade mortal. Aproxima-se o dia em que tudo estará terminado, se for possível, e agora é a oportunidade que temos de viver e aprender.

A pobre e querida senhora estremeceu, e pude ver a tensão de seus nervos quando ela puxou o marido mais para perto de si e curvou a cabeça, e depois curvou ainda mais, no peito dele. Depois, levantou a cabeça orgulhosamente e estendeu uma mão a Van Helsing, que a tomou e, após fazer uma mesura e beijá-la com reverência, segurou-a com firmeza. A outra mão a senhora Harker entrelaçou à do marido, cujo braço oposto estava protetoramente em volta dela. Depois de uma pausa durante a qual ela esteve evidentemente ordenando os pensamentos, ela começou:

– Tomei o sonífero que o senhor gentilmente me deu, mas por um longo período ele não fez efeito. Eu parecia ficar cada vez mais desperta, e miríades de fantasias horríveis começaram a se reunir na minha cabeça, todas relacionadas com mortes, e vampiros, e sangue, e dor, e problemas.

O marido gemeu involuntariamente; ela se virou para ele e falou, com todo o amor:

– Não se aflija, meu querido. Você precisa ser corajoso e forte para me ajudar neste dever horrível. Se você soubesse que grande esforço é para mim o simples relatar desta coisa medonha, entenderia quanto preciso da sua ajuda. Bem, eu percebi que deveria com a minha vontade tentar ajudar o remédio a funcionar, se esperava que ele me fizesse algum bem, então decididamente me propus a dormir. Com certeza o sono deve ter chegado logo, pois não me lembro de mais nada. A chegada de Jonathan não me acordou, mas ele estava ao meu lado na minha lembrança seguinte. Havia no quarto a mesma névoa branca fina que eu já tinha observado. Esqueço-me agora se os senhores já sabiam disso; encontrarão detalhes no meu diário, que lhes mostrarei mais tarde. Senti o mesmo terror vago que tinha me dominado antes e a mesma sensação de uma presença. Eu me virei para acordar Jonathan, mas descobri que ele estava dormindo tão profundamente como se tivesse sido ele a tomar o sonífero, e não eu. Tentei, mas não consegui despertá-lo. Isso me deu muito medo e olhei ao redor, aterrorizada. Então, de fato, meu coração afundou no peito: ao lado da cama, como se tivesse saído da névoa, ou como se a névoa tivesse se transformado nele, pois ela havia desaparecido por completo, estava um homem alto, magro, todo de preto. Eu o reconheci imediatamente pelas descrições dos outros. O rosto lívido como cera; o nariz aquilino e alto, no qual a luz recaía como uma estreita linha branca; os lábios vermelhos afastados e os dentes brancos e pontiagudos aparecendo entre eles; e os olhos vermelhos que me pareceu ter visto ao entardecer nas janelas da St. Mary's Church em Whitby. Também reconheci a cicatriz vermelha na testa, onde Jonathan o acertou. Por um instante o meu coração parou de bater e eu teria gritado, se não estivesse paralisada. Nesta pausa ele falou, em uma espécie de murmúrio agudo e cortante, enquanto apontava para Jonathan: "Silêncio! Se você fizer algum ruído, eu vou arrancar o cérebro dele diante dos seus olhos!". Eu estava apavorada e confusa demais para fazer ou dizer qualquer coisa. Com um sorriso de escárnio, ele pôs uma mão no meu ombro e, apertando forte, agarrou meu pescoço com a outra, falando, enquanto fazia isso: "Primeiro, um pequeno refresco como recompensa pelos meus esforços. Você pode continuar quietinha. Não é a primeira vez, nem a segunda, que suas veias aplacam minha sede!". Estava muito confusa e, estranhamente, não quis impedi-lo. Suponho que isso faça parte da maldição terrível, quando ele toca em suas vítimas. E, ah, meu Deus, meu Deus, tenha piedade de mim! Ele encostou aquela boca pestilenta no meu pescoço!

E aqui o marido gemeu de novo.

A senhora Harker apertou a mão dele com mais força, lançou-lhe um olhar piedoso, como se fosse ele o ferido, e continuou:

– Senti minhas forças se esvaindo, e estava meio desmaiada. Quanto tempo essa coisa horrível durou eu não sei, mas pareceu que muito tempo havia se passado antes que ele afastasse aquela boca suja, horrível e zombeteira. Eu vi sangue fresco pingar dela!

A lembrança pareceu dominá-la por um momento, ela se abaixou e teria afundado se não fosse pelo braço do marido, que a sustentava. Com grande esforço ela se recompôs e prosseguiu:

– Ele então falou, com grande chacota: "Então você, como os outros, quis um embate entre seu cérebro e o meu! Você ajudou estes homens a me caçar e a frustrar os meus desígnios! Você sabe agora, e eles hão de saber em breve, o que significa cruzar o meu caminho. Deveriam ter poupado energia para usar com os mais próximos. Enquanto eles jogavam contra mim, contra mim, que comandei nações, e conspirei por eles, e briguei por eles, centenas de anos antes que nascessem, eu os estava enredando em um ardil. E você, que lhes é tão cara e preciosa, é agora comigo, carne da minha carne, sangue do meu sangue, pele da minha pele, minha generosa prensa de vinho, por enquanto, e há de ser, mais tarde, minha companheira e minha ajudante. Você será vingada, por sua vez, pois nenhum deixará de atender às suas necessidades. Mas por ora você será castigada pelo que fez. Você os ajudou a me prejudicar; agora, virá quando eu chamar. Quando meu cérebro lhe ordenar 'Venha!', você cruzará terra e mar para atender ao meu chamado; e quanto a isso, isto!". E então ele abriu a camisa, e com aquela unha comprida abriu uma veia no peito. Quando o sangue começou a jorrar, ele pegou minhas mãos em uma das dele e apertou com força, e com a outra pegou minha nuca e pressionou minha boca na ferida aberta, de modo que eu deveria sufocar ou engolir um pouco do… Ah, meu Deus! Meu Deus! O que eu fiz? O que eu fiz para merecer este destino, eu, que busquei andar com humildade e correção todos os dias da minha vida. Deus, tenha piedade de mim! Olhe para esta pobre alma correndo um perigo mais do que mortal e tenha misericórdia com aqueles para quem ela é cara!

E ela começou a esfregar a boca como se para limpá-la da impureza.

Enquanto a senhora Harker contava sua terrível história, o céu ao leste começou a clarear, e tudo se tornou cada vez mais iluminado. Harker estava calado e imóvel; mas sobre seu rosto, com o avançar da narrativa, desceu uma aparência cinzenta que se aprofundou e aprofundou à luz diurna, até que, quando surgiu o primeiro raio vermelho do alvorecer, sua pele se destacava sombriamente contra o cabelo ligeiramente grisalho.

Combinamos que um de nós estaria a um grito de distância do infeliz casal, até que possamos nos reunir e acertar a tomada de ação.

De uma coisa estou seguro: o sol não se levantará hoje sobre nenhuma casa mais miserável, em todo o enorme giro de seu curso diário.

# Capítulo XXII

## Diário de Jonathan Harker

Preciso fazer alguma coisa ou enlouquecerei, então escrevo neste diário. São agora seis horas, devemos nos encontrar no escritório em meia hora e comer algo; pois o doutor Van Helsing e o doutor Seward concordam que, se não comermos, não poderemos dar o nosso melhor. E Deus sabe como nosso melhor será exigido hoje. Preciso continuar escrevendo em todas as oportunidades, pois não me atrevo a parar para pensar. Todas as questões, grandes e pequenas, precisam ser anotadas. Talvez, no fim, sejam as pequenas que mais nos ensinam. Os ensinamentos, grandes ou pequenos, não poderiam ter conduzido Mina ou a mim a um lugar pior do que onde estamos hoje. No entanto, devemos confiar e ter esperança. Minha querida Mina me disse agora há pouco, com lágrimas correndo por suas lindas bochechas, que é nos problemas e nas provações que nossa fé é testada, que precisamos seguir confiando e que Deus vai nos ajudar até o fim. O fim! Ah, meu Deus! Que fim? Ao trabalho, ao trabalho!

O doutor Van Helsing e o doutor Seward foram ver o coitado do Renfield e, quando voltaram, nós debatemos a fundo o que havia a ser feito. Primeiro, o doutor Seward contou que, quando ele e o doutor Van Helsing desceram ao quarto de Renfield, encontraram-no deitado no chão, desconjuntado. O rosto estava esmagado e cheio de manchas, e os ossos da nuca estavam quebrados.

O doutor Seward perguntou ao auxiliar que estava de plantão no corredor se ele havia ouvido alguma coisa. Ele respondeu que estava sentado, e confessou que se sentia sonolento, quando ouviu vozes altas no quarto. Em seguida Renfield gritou muito alto e diversas vezes: “Deus! Deus! Deus!”, e depois houve um som de queda. Quando ele entrou, encontrou o paciente deitado no chão com o rosto para baixo, exatamente como os médicos o viram na sequência. Van Helsing perguntou se ele tinha ouvido “vozes” ou “uma voz”, e ele respondeu que não sabia; que primeiro lhe tinha parecido que eram duas, porém, como não havia mais ninguém no quarto, devia ter sido uma só. Ele poderia jurar, se fosse necessário, que a palavra “Deus” havia sido dita pelo paciente. O doutor Seward nos disse, quando estávamos sozinhos, que não desejava se aprofundar no assunto, pois a possibilidade de um inquérito teria de ser considerada, e de nada adiantaria dizer a verdade, pois ninguém acreditaria. Da forma como as coisas estavam, ele acreditava que, com base no testemunho do auxiliar, poderia emitir uma certidão de óbito indicando como causa da morte uma queda acidental da cama. Caso o médico legista exigisse, haveria um inquérito formal, que necessariamente levaria ao mesmo resultado.

Quando começamos a discutir a questão acerca de qual deveria ser o nosso próximo passo, a primeiríssima coisa que decidimos foi que Mina deveria ter plena ciência; que nada, de nenhum tipo, independentemente de quanto fosse doloroso, deveria ser escondido dela. Ela própria concordou com o acerto desta resolução, e foi custoso vê-la tão corajosa, ainda que tão pesarosa e em tão profundo desespero.

– Não deve haver segredos – ela disse.

Pobres de nós! Já tivemos segredos demais. Além disso, não há nada no mundo que possa me provocar mais dor do que eu já suportei e sinto agora! O que quer que venha a acontecer será uma nova esperança ou um novo encorajamento para mim!

Van Helsing a estava encarando fixamente enquanto ela falava, e disse, de repente, porém com calma:

– Mas querida madame Mina, a senhora não tem medo; não por si mesma, mas pelos demais, depois do que aconteceu?

As linhas de seu rosto ficaram mais acentuadas, no entanto seus olhos brilharam com a devoção de um mártir, quando ela respondeu:

– Ah, não! Estou decidida!

– A quê? – perguntou com delicadeza.

Permanecemos muito quietos; pois, cada um a seu modo, todos tínhamos uma ideia vaga do que queria dizer. A resposta veio com direta simplicidade, como se ela estivesse meramente afirmando um fato.

– Porque, se eu descobrir em mim mesma, e estarei muito atenta a isso, um sinal de estar prejudicando qualquer um que eu amo, morrerei!

– Mas a senhora se mataria? – Van Helsing perguntou, roucamente.

– Sim, se não houvesse um amigo que gostasse de mim e me poupasse de tal dor, de tal esforço desesperado!

Mina olhou significativamente para o professor enquanto falava. Ele estava sentado, mas então se levantou, aproximou-se, pousou a mão em sua cabeça e disse, solenemente:

– Minha criança, tal amigo existe, se fosse para o seu bem. Eu mesmo incluiria, nas minhas contas a acertar com Deus, encontrar uma eutanásia para a senhora, até mesmo neste preciso instante, se fosse o melhor. Não! Se fosse seguro! Mas, minha criança – e por um momento ele pareceu sufocar, e um grande soluço lhe subiu pela garganta; ele o engoliu e continuou –, há aqui alguns que se colocariam entre a senhora e a morte. A senhora não pode morrer. Não pode morrer por mão nenhuma, mas em especial pela própria. Até que o outro, que conspurcou sua doce vida, esteja verdadeiramente morto, a senhora não pode morrer, pois, se ele ainda estiver vivo entre os mortos-vivos, a sua morte a tornaria igual a ele. Não, a senhora precisa viver! A senhora deve lutar e se esforçar para viver, embora a morte pareça uma bênção indizível. A senhora precisa combater a morte em si, venha ela envolta em dor ou em alegria, durante o dia ou à noite, na segurança ou no perigo! Pela sua alma vivente, eu a incumbo de não morrer, de nem mesmo pensar na morte, até que todo este grande mal esteja superado.

A pobrezinha ficou pálida como a morte, vibrou e estremeceu como, certa vez, vi areia movediça vibrar e estremecer na cheia da maré. Todos ficamos em silêncio; não havia nada que pudéssemos fazer. Mina afinal se acalmou. Erguendo a mão e se virando para ele, minha amada disse, com imensa doçura, mas também com enorme sofrimento:

– Eu prometo, meu querido amigo, que, se Deus me mantiver viva, eu vou me esforçar para viver. Se assim aprouver a Ele, este horror terminará antes de mim.

Mina foi tão boa e corajosa que todos sentimos o coração fortalecido para trabalhar e tudo suportar em seu nome, e começamos a conversar sobre o que iríamos fazer.

Eu lhe disse para guardar no cofre todos os jornais e todos os papéis, diários ou cilindros de fonógrafo que pudéssemos vir a usar dali em diante; e que mantivesse as próprias anotações como vinha fazendo até então. Ela pareceu gostar da possibilidade de ter algo para fazer, se é que "gostar" pode ser vinculado a um interesse tão sombrio.

Como de costume, Van Helsing havia pensado adiante de todos os demais e preparado uma ordem exata para o nosso trabalho.

– Talvez tenha sido bom que, em nossa reunião depois da visita a Carfax, tenhamos decidido não fazer nada com as caixas de terra que lá estão. Do contrário, o Conde teria adivinhado nosso objetivo e, sem dúvida, tomado medidas antecipadas para frustrar nossos esforços em relação aos outros caixões, mas agora ele ignora nossas intenções. Não, é mais do que isso: com toda a probabilidade, ele desconhece que temos conosco poderes para esterilizar seus esconderijos, para que ele não os possa usar como antes. Nós agora estamos tão avançados em nosso conhecimento sobre a disposição dos caixões que, quando houvermos examinado a casa em Piccadilly, seremos capazes de rastrear até a última delas. Hoje, portanto, é nosso; e no hoje repousa nossa esperança. O sol que nesta manhã nasceu sobre o nosso sofrimento nos protege em seu curso. Até que ele se ponha no fim do dia, aquele monstro precisará manter a forma que tem agora. Ele está confinado aos limites de seu invólucro terreno. Não pode se fundir ao ar rarefeito nem desaparecer por frestas, frinchas ou fendas. Se quiser passar por uma porta, terá de abri-la como um mortal. Então, temos este dia para localizar e esterilizar todos os seus refúgios. Assim, se ainda não o tivermos capturado e destruído, haveremos de acuá-lo para um lugar onde a captura e a destruição sejam, com o tempo, garantidas.

Neste ponto eu me levantei, incapaz de me conter ante a ideia de que minutos e segundos tão preciosamente carregados da vida e da felicidade de Mina estavam nos escapando, uma vez que, enquanto conversávamos, era impossível agir. Mas Van Helsing levantou a mão em advertência.

– Não, amigo John. Neste caso, o caminho mais rápido para casa é o mais longo, como diz o provérbio inglês. Nós todos vamos agir, e agir com uma rapidez desesperada, quando o momento chegar. Reflita: com toda a probabilidade, a chave da situação está naquela casa em Piccadilly. O Conde pode ter adquirido muitas casas. Delas ele terá as escrituras de compra, chaves e outras coisas. Há de possuir papel para escrever; um talão de cheques. Há muitos pertences que ele deve manter em algum lugar; por que não neste local tão central, tão calmo, que lhe possibilita entrar e sair pela porta da frente ou pela dos fundos, a qualquer hora, sem ser notado em meio à pujança do movimento? Nós devemos ir lá e fazer uma busca na casa; quando soubermos o que ela contém, faremos o que nosso amigo Arthur chama, em linguagem de caça, de "bloquear as tocas", e pegaremos nossa velha raposa. Não concorda?

– Então vamos de uma vez! – eu gritei. – Estamos desperdiçando um tempo muito, muito precioso!

O professor não se moveu; apenas disse:

– E como vamos entrar naquela casa de Piccadilly?

– De qualquer jeito. Arrombando, se necessário.

– E a polícia inglesa: onde eles estarão, e o que dirão?

Eu hesitei, mas sabia que, se ele desejava esperar, tinha uma boa razão. Então respondi, tão calmamente quanto consegui:

– Não esperemos mais do que o necessário; vocês sabem, tenho certeza, da tortura em que estou.

– Ah, meu rapaz, disso eu bem sei, e não tenho nenhuma vontade de acentuar a sua angústia. Mas pense: o que podemos fazer, até que o mundo esteja em movimento? Então será nossa hora. Refleti e refleti, e me parece que o modo mais simples é o melhor. Agora, nós queremos entrar na casa, porém não temos a chave. Não é assim?

Assenti.

– Agora, suponha que você fosse, verdadeiramente, o proprietário da casa, e que não conseguisse entrar; imagine que não existisse para você a possibilidade do arrombamento. O que você faria?

– Eu pegaria um chaveiro confiável e o poria para trabalhar na abertura para mim.

– E a polícia, eles iriam interferir, não?

– Ah, não. Não se eles soubessem que o chaveiro estava empregado de maneira adequada.

Ele olhou para mim de uma forma penetrante, ao responder:

– Então, o que está em causa é a consciência do empregador, e a crença da polícia quanto a este empregador ter uma boa ou uma má consciência. Os policiais ingleses precisariam ser bastante zelosos e perspicazes, muito perspicazes, na interpretação dos corações, para se preocuparem com um assunto desses. Não, não, meu amigo, você tira a fechadura de cem casas vazias nesta sua Londres, ou em qualquer cidade do mundo, e se fizer as coisas como elas são normalmente feitas, e no horário em que são normalmente feitas, ninguém vai interferir. Li sobre um cavalheiro que possuía uma bela casa em Londres, e, quando ele partiu para passar os meses de verão na Suíça, e fechou a propriedade, um ladrão quebrou a janela dos fundos e entrou. Então abriu as janelas da frente e entrava e saía pela porta da rua bem diante dos olhos da polícia. Depois fez um leilão na casa, e o anunciou com um aviso bem grande. Quando o dia chegou, ele vendeu por meio de um leiloeiro todos os bens do outro homem, que os possuía. Em seguida foi a um construtor e lhe vendeu a casa, fazendo um acordo para que ele a demolisse e levasse os entulhos embora dentro de certo prazo. A polícia e outras autoridades o ajudaram em tudo que puderam, e quando o proprietário voltou das férias na Suíça encontrou apenas um buraco onde antes ficava sua casa. Tudo isso foi feito *en règle*, e no nosso trabalho estaremos *en règle* também. Nós não devemos ir tão cedo a ponto de os policiais, que neste horário têm pouco em que pensar, considerarem estranho. Devemos ir após as dez horas, quando há muita gente circulando e uma coisa assim seria feita, se fôssemos de fato os donos do imóvel.

Não pude evitar reconhecer que ele estava certo, e o terrível desespero no rosto de Mina abrandou um pouco; havia esperança em um conselho tão bom. Van Helsing prosseguiu:

– Uma vez que estejamos dentro da casa, poderemos encontrar mais pistas. De qualquer forma, alguns de nós podem ficar lá enquanto os demais vão a outros lugares onde mais caixas podem estar, em Bermondsey e em Mile End.

Lorde Godalming ficou de pé.

– Quanto a isto eu posso ser útil. Direi ao meu pessoal que deixem cavalos e carruagens onde eles poderão ser mais convenientes.

– Veja bem, companheiro – pontuou Morris –, é mesmo uma ideia grandiosa ter tudo pronto para o caso de querermos ir a cavalo, mas você não acha que uma de suas elegantes carruagens, com aqueles adornos heráldicos, em uma viela de Walworth ou de Mile End, chamaria atenção demais para os nossos propósitos? A mim parece que deveríamos usar caleches de aluguel quando formos para o sul ou o oeste, e até deixá-las em algum lugar próximo da região para onde estamos indo.

– O amigo Quincey está correto! – disse o professor. – A cabeça dele é o que vocês chamam de rica em tutano. É uma coisa difícil o que estamos prestes a fazer, e não queremos pessoas nos observando, se for possível.

Mina demonstrou um crescente interesse por tudo e eu fiquei contente ao ver que as exigências do negócio a estavam ajudando a esquecer, ainda que momentaneamente, a terrível experiência vivida à noite. Ela estava muito, muito pálida, quase sinistra, e tão magra que os lábios recuaram, exibindo os dentes com alguma proeminência. Não mencionei este último, para não lhe provocar um sofrimento desnecessário, mas meu sangue congelou nas veias quando me lembrei do que aconteceu à pobre Lucy depois que o Conde sugou seu sangue. Por ora não havia sinal de seus dentes estarem se tornando mais afiados, contudo o tempo decorrido até então era pouco, e havia justificativa para o receio.

Assim que chegamos à discussão sobre a sequência dos nossos esforços e a disposição das nossas forças, surgiram novas fontes de dúvida. Finalmente, concordamos que, antes de partir para Piccadilly, deveríamos destruir o covil mais à mão. Caso o Conde descobrisse tudo cedo demais, nós ainda estaríamos na dianteira em nossa missão destruidora; sua existência em formato puramente material, e no momento de maior fraqueza, poderia nos fornecer uma nova pista.

Quanto à distribuição das forças, foi sugerido pelo professor que, após nossa visita a Carfax, deveríamos todos entrar na casa em Piccadilly, que os dois médicos e eu deveríamos permanecer lá, enquanto lorde Godalming e Quincey iriam localizar e destruir os esconderijos em Walworth e Mile End. O professor acrescentou que era possível, se não provável, que o Conde aparecesse em Piccadilly durante o dia e que, se assim fosse, nós talvez conseguíssemos enfrentá-lo ali mesmo. De qualquer forma, era possível que pudéssemos nos equiparar em força. Objetei vigorosamente contra este plano, afirmando que planejava ficar e proteger Mina e que, no que dizia respeito à minha ida, a decisão estava tomada. Mina, porém, não deu ouvidos a tais objeções. Ela disse que talvez surgisse alguma questão jurídica na qual eu poderia ser útil, que em meio aos papéis do Conde poderia haver uma pista que eu compreenderia a partir da minha experiência na Transilvânia e que, tal como as coisas se apresentavam, toda a força que pudéssemos reunir seria necessária no enfrentamento ao poder extraordinário do Conde. Tive de desistir, pois Mina estava determinada. Disse que nosso trabalho conjunto era a última esperança para ela.

– Quanto a mim – acrescentou –, eu não tenho medo. As coisas estão tão ruins quanto podem ser; o que quer que aconteça trará algum elemento de esperança ou consolo. Vá, meu marido! Deus há de, se assim Ele quiser, proteger-me sozinha tanto quanto na companhia de qualquer um dos presentes.

Eu me pus de pé e gritei:

– Então, em nome de Deus, vamos de uma vez, pois estamos perdendo tempo. O Conde pode ir a Piccadilly mais cedo do que pensamos.

– Não exatamente! – disse Van Helsing, levantando a mão.

– Mas por quê? – eu perguntei.

O professor disse, chegando a sorrir:

– Você se esquece de que ontem à noite ele se banqueteou à larga e que dormirá até tarde?

– Se eu esqueci! Como eu poderia? Jamais esquecerei! Como qualquer um de nós conseguirá alguma vez se esquecer daquela cena terrível?

Mina se esforçou bravamente para sustentar sua corajosa contenção, mas a dor acabou por dominá-la e ela cobriu o rosto com as mãos e estremeceu enquanto gemia. Van Helsing não tinha tido a intenção de fazê-la lembrar-se da terrível experiência. Ele havia simplesmente perdido de vista Mina e a participação dela na questão, em meio ao esforço intelectual que vinha fazendo. Quando se deu conta do que havia dito, ele ficou horrorizado com a própria falta de consideração e tentou confortá-la.

– Oh, madame Mina! Minha cara, querida madame Mina! Pobre de mim, por, dentre todos os que a reverenciam, ter sido aquele a dizer algo tão descuidado. Estes meus velhos lábios estúpidos e esta minha velha cabeça estúpida não merecem, mas a senhora irá esquecer, não irá?

Van Helsing se curvou profundamente ao lado de Mina enquanto falava. Ela pegou a mão dele e, observando-o através das lágrimas, disse, com voz rouca:

– Não, eu não irei esquecer, pois é bom que eu me lembre. Tenho na memória muitas recordações doces do senhor. Guardarei todas juntas. Agora, vocês devem partir logo. O café da manhã está pronto, e devemos comer para ficar fortes.

Foi uma refeição estranha para todos nós. Tentamos ficar animados e nos encorajar mutuamente. Mina foi a mais luminosa e alegre de todos. Quando terminou, Van Helsing se pôs de pé e falou:

– Agora, meus caros amigos, vamos partir para nossa terrível empreitada. Estamos todos armados, como estávamos naquela noite em que pela primeira vez visitamos o covil do nosso inimigo, armados contra ataques fantasmagóricos assim como ataques carnais? – Todos nós assentimos. – Então está bem. Agora, madame Mina, a senhora está de qualquer forma bastante segura aqui até o pôr do sol; e até lá estaremos de volta! Mas, antes de partirmos, deixe-me armá-la também contra um ataque pessoal. Quando a senhora desceu, pessoalmente equipei seu quarto com as coisas que nós bem conhecemos, para que ele não possa entrar. Agora, deixe-me protegê-la. Em sua fronte encosto esta hóstia sagrada em nome do Pai, do Filho e...

Houve um grito pavoroso que quase congelou nosso coração quando o ouvimos. Assim que foi encostada, a hóstia crestou a testa de Mina, queimando a carne como se fosse um ferro em brasa. O cérebro de minha pobre amada lhe contou o significado daquele fato na mesma velocidade com que seus nervos identificaram a dor, e as duas coisas foram tão esmagadoras que sua natureza exaurida se expressou naquele grito terrível. Mas as palavras lhe chegaram céleres ao pensamento, o eco do grito ainda não tinha cessado de ecoar quando veio a reação, e ela caiu no chão de joelhos, em um abatimento aflitivo. Puxando os lindos cabelos por cima do rosto, como os antigos leprosos faziam com suas mantilhas, ela gemeu:

– Impura! Impura! Até o Todo-poderoso evita minha carne corrompida! Devo até o Dia do Juízo carregar na testa esta marca da vergonha.

Todos ficaram imóveis. Eu me atirei para o lado dela em uma agonia de dor impotente, pus meus braços ao seu redor e a abracei com força. Por alguns minutos, nosso coração pesaroso bateu junto, enquanto os amigos à nossa volta desviaram os olhos, de onde brotavam lágrimas silenciosas. Então Van Helsing se virou e disse, seriamente, tão seriamente que não pude evitar sentir que ele estava de alguma forma inspirado, recitando coisas alheias a si mesmo:

– Pode ser que a senhora precise carregar esta marca até que o próprio Deus julgue adequado, como Ele mais do que certamente julgará, no Dia do Juízo, remediar todos os erros da terra e de Seus filhos que Ele nela pôs. Ah, madame Mina, minha cara, minha querida, possamos nós que a amamos estar lá para ver, quando esta cicatriz vermelha, sinal da ciência de Deus sobre o que ocorreu, for eliminada, e sua fronte se tornar tão pura quanto o coração que conhecemos. Pois, tão certo quanto estarmos vivos, essa cicatriz será varrida quando Deus julgar conveniente suspender o pesado fardo que nos oprime. Até lá, nós carregaremos a nossa cruz, como o Filho

Dele carregou a própria, em obediência à vontade do Pai. Pode ser que sejamos os instrumentos que a Deus agradou escolher, e que à Sua ordem nos elevemos a Ele tal como aquele outro se elevou por meio de açoites e humilhações, de lágrimas e sangue; de dúvidas e medos, e tudo o que faz a diferença entre Deus e um homem.

Havia em suas palavras esperança e consolo, e nos trouxeram resignação. Mina e eu sentimos isso, e simultaneamente pegamos as mãos do professor, nos curvamos e as beijamos. Depois, sem uma palavra, todos nos ajoelhamos e, de mãos dadas, juramos lealdade uns aos outros. Nós homens nos comprometemos a erguer o véu de sofrimento da cabeça daquela a quem, cada um a seu modo, todos amávamos; e rezamos por ajuda e orientação na terrível tarefa que se estendia à nossa frente.

Então chegou a hora de partir. Despedimo-nos de Mina, uma separação que nenhum de nós há de esquecer até a morte, e saímos.

Quanto a uma coisa eu estou decidido: se descobrirmos que Mina será um vampiro no fim, então ela não há de entrar sozinha neste mundo desconhecido e terrível. Suponho que tenha sido desse modo que antigamente um vampiro resultava em muitos. Assim como seus corpos medonhos só podiam descansar em terra sagrada, o amor mais sagrado era o modo de recrutamento para suas fileiras hediondas.

Entramos em Carfax sem dificuldades e encontramos tudo como da primeira vez. Foi difícil acreditar que, em meio a um ambiente tão prosaico de abandono, poeira e decadência, havia razão para o temor que já conhecíamos. Se não estivéssemos determinados, e se não existissem lembranças terríveis a nos agulhar, dificilmente teríamos levado a termo o nosso trabalho. Não encontramos documentos nem o menor sinal de uso na casa. Na velha capela, as grandes caixas pareciam exatamente como as tínhamos visto antes. O doutor Van Helsing nos disse majestosamente, quando estávamos parados na frente delas:

– E agora, meus amigos, temos um dever a cumprir aqui. Precisamos esterilizar esta terra, sagrada de lembranças abençoadas, que ele trouxe de um lugar tão distante para um uso tão cruel. Ele escolheu esta terra porque ela foi consagrada. Portanto, nós o derrotaremos com a própria arma, tornando-a mais sagrada ainda. Ela foi santificada para uso do homem; nós a santificamos a Deus.

Enquanto falava, ele pegou uma chave de fenda e uma de boca, e logo a tampa de uma das caixas estava solta. A terra cheirava densamente a mofo, mas nós não nos importamos, pois nossa atenção estava concentrada no professor. Tirando de sua maleta uma hóstia sagrada, ele a depositou com reverência na terra, depois recolocou a tampa e começou a parafusar de novo, e nós o ajudamos.

Uma a uma, nós cuidamos de todas as grandes caixas, e as deixamos, na aparência, iguais ao que estavam, mas em cada uma havia uma hóstia.

Quando fechamos a porta ao sair, o professor anunciou, solene:

– Muito já foi feito. Se obtivermos o mesmo sucesso com todas as outras, então o poente de hoje brilhará sobre a testa alva como marfim e sem mancha de madame Mina!

Ao passarmos pela nossa rua a caminho da estação para pegar o trem, vi a fachada do hospício. Olhei com atenção e na janela do nosso quarto vi Mina. Acenei para ela e movi a cabeça indicando que o trabalho havia sido completado com sucesso. Ela assentiu em resposta para mostrar que tinha entendido. Na última olhada, vi-a acenando em despedida. Foi com o coração pesado que rumamos para a estação e apanhamos o trem, que entrou soltando vapor enquanto chegávamos à plataforma.

Escrevi isto dentro do trem.

* * *

### Piccadilly, meio-dia e meia

Pouco antes de chegarmos à rua Fenchurch, lorde Godalming me avisou:

– Quincey e eu vamos procurar um chaveiro. É melhor que você não venha conosco, para o caso de haver algum problema, pois, dadas as circunstâncias, não pareceria tão ruim para nós invadir uma casa vazia, mas você é advogado, e a Ordem dos Advogados poderia ser de opinião que você não deveria ter feito isso.

Eu objetei por não compartilhar do perigo, mas ele prosseguiu:

– Além disso, vai chamar menos atenção se não houver muitos de nós. Meu título de nobreza resolverá tudo com o chaveiro e com qualquer policial que porventura surja. É melhor que você vá com Jack e o professor e fiquem no Green Park, em um ponto de onde possamos vê-los da casa; quando a porta estiver aberta e o chaveiro houver partido, vocês atravessam. Estaremos atentos e os deixaremos entrar.

– É uma boa sugestão! – Van Helsing disse, então ninguém mais falou.

Godalming e Morris partiram às pressas em uma carruagem e nós seguimos em outra. Na esquina da Rua Arlington, nosso grupo desembarcou e entrou no Green Park. Meu coração bateu forte quando vislumbrei a casa em que nossas esperanças se concentravam. Soturna e silenciosa, ela se destacava contra a vizinhança de imóveis alegres e limpos. Ocupamos um banco com boa visão para ela e começamos a fumar um charuto, para atrair a menor atenção possível. Os minutos se arrastavam com pés de chumbo, enquanto esperávamos pela chegada dos outros.

Após algum tempo, aproximou-se uma carruagem. Dela, com toda a tranquilidade, saíram lorde Godalming e Morris; e da boleia desceu um trabalhador corpulento carregando uma trouxa rusticamente tecida, contendo ferramentas. Morris pagou ao cocheiro, que tocou de leve o chapéu e partiu. Juntos os dois subiram os degraus, e lorde Godalming indicou o que desejava que fosse feito. O chaveiro tirou o casaco calmamente e o pendurou em um dos suportes da grade, dizendo algo a um policial que naquele momento vinha passando. O policial assentiu, o homem se ajoelhou e acomodou a trouxa. Após vasculhar um pouco, tirou de lá uma variedade de ferramentas, que dispôs ao lado de maneira ordenada. Então se pôs de pé, espiou pelo buraco da fechadura, soprou e comentou algo com os contratantes. Lorde Godalming sorriu e o homem apanhou um notável molho de chaves, escolheu uma e começou a testar a tranca, como que para sentir o caminho. Depois de forçar um pouco, testou uma segunda chave, e ainda uma terceira. Subitamente a porta se abriu sob um ligeiro empurrão, e ele e os outros dois entraram. Permanecemos sentados, imóveis. Meu charuto queimava com fúria, mas o de Van Helsing havia se apagado. Aguardamos pacientemente enquanto observávamos o trabalhador sair levando a trouxa. Ele manteve a porta um pouco aberta, segura entre os joelhos, enquanto ajustava uma chave na fechadura. Finalmente ele entregou a chave a lorde Godalming, que tirou algo do bolso e deu a ele. O homem tocou o chapéu, vestiu o casaco, apanhou a trouxa e foi embora; nem uma única alma prestou a menor atenção a todo esse processo.

Quando o chaveiro tinha se afastado o suficiente, nós atravessamos a rua e batemos à porta, que foi aberta imediatamente por Quincey Morris, ao lado de quem lorde Godalming estava acendendo um charuto.

– O odor deste lugar é tão repugnante – ele disse.

O cheiro era mesmo asqueroso, como o da velha capela em Carfax, e com base em nossa experiência anterior ficou claro para nós que o Conde vinha usando o lugar com bastante frequência. Avançamos para explorar a casa, mantendo-nos juntos para o caso de um ataque, pois sabíamos que tínhamos um inimigo poderoso com que lidar, e por ora ignorávamos se o Conde estava ou não na casa. Na sala de jantar, que ficava depois do saguão de entrada, encontramos oito caixões. Oito dos nove que procurávamos! Nosso trabalho não estava encerrado, nem estaria até que tivéssemos encontrado o faltante. Abrimos a janela, que dava para um pátio estreito de lajotas junto à parede de um estábulo, pintada para parecer a fachada de uma casa em miniatura. Não havia janelas nesta parede, então não receamos ser espionados. Não perdemos tempo examinando os caixões. Com as ferramentas que havíamos levado, começamos a abri-los um a um, e a proceder como tínhamos feito com os outros, na capela. A esta altura era evidente para nós que o Conde não estava presente, e passamos a procurar por algum pertence.

Depois de olharmos superficialmente o resto dos cômodos, do porão ao sótão, concluímos que na sala de jantar estariam quaisquer posses do Conde, e passamos a examiná-la com minúcia. As coisas estavam dispostas sobre a mesa de jantar em uma espécie de desordem ordeira. Havia títulos de propriedade da casa de Piccadilly em um grande maço, títulos de compra das casas de Mile End e de Bermondsey, papel para anotação, envelopes, canetas e tinta. Tudo coberto por um fino papel de embrulho, para protegê-los da poeira. Havia também uma escova de roupas, uma de cabelos e um pente, um jarro e uma bacia com água suja, avermelhada como que de sangue. Por fim, um pequeno molho de chaves de todos os tipos e tamanhos, provavelmente das outras casas. Depois de examinarmos este último achado, lorde Godalming e Quincey Morris fizeram anotações precisas dos vários endereços das casas a oeste e ao sul, pegaram as chaves e partiram para destruir as caixas nesses lugares. O restante de nós ficou, com a paciência possível, esperando pela volta deles ou pela chegada do Conde.

# Capítulo XXIII

## Registros do doutor Seward

**3 de outubro**

O tempo passou muito lentamente enquanto esperávamos que Godalming e Quincey Morris voltassem. O professor tentou manter nossa mente ocupada fazendo uso frequente dela. Percebi seus propósitos beneficentes pelos olhares de soslaio que ele de quando em quando lançava para Harker. O pobre coitado está esmagado por uma infelicidade que é chocante observar. Ontem à noite ele era um homem franco, de aparência alegre, com um rosto forte e jovial, cheio de energia e com cabelos castanhos-escuros. Hoje é um homem velho e abatido, cujos cabelos brancos combinam com os olhos vazios e febris e com as rugas de pesar que lhe marcam o rosto. A energia, porém, está intacta. De fato, ele é como uma chama viva. Essa ainda poderá ser sua salvação, pois, se tudo correr bem, funcionará como esteio durante o período de desespero. De certa forma ele poderá, depois, despertar novamente para a realidade da vida. Pobre sujeito! Pensei que os meus problemas eram graves, mas os dele! O professor sabe disso muito bem, e está fazendo o melhor que pode para manter a cabeça dele ocupada. O que ele vem dizendo é muitíssimo interessante, dadas as circunstâncias, e pelo que me lembro foi o seguinte:

– Eu li e reli muitas vezes, desde que chegaram às minhas mãos, todos os documentos relativos a esse monstro. Quanto mais aprendo, maior me parece a necessidade de extingui-lo de uma vez por todas. Por todo lado há sinais de seu avanço, não só de seu poder, mas da consciência que ele tem sobre este poder. Pelo que aprendi por meio das pesquisas feitas pelo meu amigo Arminius, de Budapeste, ele foi em vida um homem extraordinário. Soldado, estadista e alquimista, sendo este último o mais alto grau de desenvolvimento do saber científico de seu tempo. Tinha um cérebro privilegiado, uma capacidade de aprendizagem além de qualquer comparação e um coração que desconhecia o medo e o remorso. Ele ousou até frequentar a escola de necromancia, e não houve ramo do conhecimento de sua época que não tenha tentado. Bem, nele, o poder cerebral sobreviveu à morte física, embora pareça que a memória não está completa. Em algumas características mentais ele foi, e ainda é, apenas uma criança, mas está amadurecendo, e algumas coisas que no início eram infantis têm agora a estatura de um homem adulto. Ele realiza testes e vem se saindo bem. Se não tivéssemos cruzado seu caminho, ele poderia ser, e ainda poderá, se falharmos, o pai ou o protetor de uma nova ordem de seres, cujos caminhos conduzem à Morte e não à Vida.

Harker suspirou e disse:

– E tudo isso contra a minha amada! Que testes ele realiza? Saber disso pode nos ajudar a derrotá-lo.

– Durante todo o tempo, desde que chegou, ele vem testando o próprio poder, devagar e sempre. Aquele grande cérebro de criança está trabalhando. Bom para nós que seja, como ainda é, um cérebro de criança, pois, se ele houvesse se atrevido a, já no início, fazer certas coisas, estaria há muito tempo além do nosso alcance. Entretanto, ele planeja ser bem-sucedido, e um homem que dispõe de séculos à sua frente pode dar-se ao luxo de avançar devagar. *Festina lente* pode bem ser seu mote.

– Não consigo entender – Harker respondeu, cansado. – Por favor, seja mais direto. Talvez a dor e os problemas estejam embaralhando meu cérebro.

O professor pôs a mão ternamente no ombro dele enquanto falava:

– Sim, meu rapaz, serei claro. Perceba como ultimamente o monstro vem adquirindo conhecimento por meio de experimentos. Como ele usou o paciente zoófago para conseguir entrar na casa do amigo John; pois o Vampiro, embora possa depois vir quando e como quiser, precisa na primeira vez que alguém de dentro o convide a entrar. Mas esses não são os testes mais importantes. Pois nós não sabemos que, no início, todas essas grandes caixas foram deslocadas por terceiros? Ele não sabia então, mas há de saber agora. Porque durante todo o tempo aquele grande cérebro infantil estava se desenvolvendo, e começou a refletir se não poderia mover as caixas pessoalmente. Ele começou ajudando e depois, quando descobriu que corria bem, tentou movê-las sozinho. E assim ele progrediu e espalhou seus esconderijos, e ninguém, a não ser ele, sabe onde estão escondidos. Ele talvez tenha planejado enterrar as caixas bem fundo no solo. Seja para usá-las à noite, ou nos momentos em que ele pode mudar de forma, elas servem igualmente bem. Ninguém mais conhece os lugares de cada covil, mas não se desespere, meu rapaz, este aprendizado chega para ele tarde demais. Todos os refúgios, exceto um, devem ser esterilizados, e assim será antes do pôr do sol. Então o vampiro não terá para onde ir nem onde se abrigar. Eu nos atrasei hoje de manhã para que pudéssemos ter certeza. Pois não há mais em jogo para nós do que para ele? Não devemos então ser mais cautelosos do que ele? Pelo meu relógio já é uma hora; se tudo estiver bem, o amigo Arthur e Quincey estão a caminho daqui. Hoje é o nosso dia, devemos avançar com firmeza, ainda que devagar, e não perder nenhuma oportunidade. Vejam, seremos cinco quando os ausentes retornarem.

Enquanto ele falava, fomos surpreendidos por uma batida à porta de entrada, a batida dupla de carteiro usada pelo entregador de telegrama. Todos corremos para o saguão em um impulso, e Van Helsing, sinalizando com a mão para que fizéssemos silêncio, foi até a porta e a abriu. O menino entregou o telegrama. O professor fechou a porta e, após confirmar o destinatário, abriu e leu em voz alta.

– "Cuidado com D. Há pouco, ao meio-dia e quarenta e cinco, veio às pressas de Carfax e partiu correndo em direção ao sul. Parece estar dando a volta e pode querer vê-los. Mina".

Houve uma pausa, interrompida pela voz de Harker:

– Agora, graças a Deus, falta pouco para nos encontrarmos!

Van Helsing depressa se voltou para ele e disse:

– Deus há de agir conforme o próprio desejo e ritmo. Nada tema nem se alegre por enquanto, pois o que desejamos pode ser nossa ruína.

– Nada me importa agora – Harker respondeu, ardente –, a não ser varrer esse demônio da face da Terra. Seria capaz de vender minha alma para isso.

– *Psss, psss*, meu rapaz – Van Helsing censurou. – Deus não compra almas, e o Diabo, embora compre, não cumpre a parte dele. Mas Deus é misericordioso e justo, e conhece sua dor e sua devoção à madame Mina. Pense em como o sofrimento dela aumentaria se ela ouvisse suas palavras insensatas. Nada receie quanto a nós, que estamos todos dedicados a esta causa, que hoje há de chegar ao fim. O momento da ação se aproxima; hoje este Vampiro está limitado à capacidade humana, e até o poente não poderá assumir outra forma. Vai levar tempo até que chegue aqui. Veja, já passam vinte minutos da uma, e ele ainda demorará um pouco a chegar. Nunca seria tão rápido. O que devemos esperar é que lorde Arthur e Quincey cheguem antes.

Cerca de meia hora depois de havermos recebido o telegrama da senhora Harker, houve uma batida baixa e decidida à porta. Era uma batida comum, como as dadas de hora em hora por milhares de cavalheiros, mas acelerou o coração do professor e o meu. Nós nos entreolhamos e juntos avançamos para o salão da frente, cada um segurando, prontas para uso, várias armas, as espirituais na mão esquerda, as mortais na direita. Van Helsing puxou o trinco, segurando a porta meio aberta, e deu um passo para trás, ambas as mãos prontas para agir. O alívio em nosso coração deve ter-se refletido em nosso rosto quando no degrau, junto à porta, vimos lorde Godalming e Quincey Morris. Eles entraram depressa e fecharam a porta, o primeiro dizendo, conforme avançavam:

– Está tudo bem. Encontramos os dois lugares, seis caixas em cada um, e nós as destruímos todas!

– Destruíram? – perguntou o professor.

– Para ele!

Ficamos em silêncio por um minuto e então Quincey falou:

– Não há nada a fazer a não ser esperar aqui. Se, porém, ele não aparecer até as cinco horas da tarde, devemos partir, para não deixarmos a senhora Harker sozinha depois do pôr do sol.

– Ele chegará a qualquer momento, agora – ponderou Van Helsing, que havia consultado suas anotações. – *Nota bene*, no telegrama da madame Mina, ele partiu de Carfax para o sul, o que significa que cruzou o rio, e só poderia fazer isso na maré baixa, que deve ter ocorrido antes da uma hora. Que ele tenha rumado para o sul tem um significado para nós: até o momento ele tem apenas uma suspeita: de Carfax, ele foi primeiro para o lugar onde julgou haver menor risco. Vocês devem ter passado em Bermondsey um pouco antes dele. Por ainda não estar aqui mostra que em seguida ele foi para Mile End. Isso consumiu algum tempo; pois de alguma forma teria de ser levado para a margem oposta do rio de novo. Acreditem-me, meus amigos, não precisaremos esperar muito. Deveríamos elaborar um plano de ataque, para não desperdiçarmos nenhuma oportunidade. *Psss,* não há mais tempo. Peguem suas armas, estejam prontos!

O professor ergueu a mão em advertência enquanto falava, pois todos havíamos escutado uma chave ser suavemente introduzida na fechadura da porta da frente.

Mesmo em um momento como aquele, não pude deixar de admirar o modo como um temperamento dominante se afirma. Em todas as nossas aventuras festivas e de caça em diversas partes do mundo, sempre tinha sido Quincey Morris quem traçava o plano de ação, e Arthur e eu nos acostumamos a obedecer-lhe implicitamente. Agora, como que por instinto, o velho hábito pareceu renovar-se. Com um olhar ágil pelo cômodo, ele de imediato criou o plano e, sem dizer uma palavra, gesticulou para indicar a posição de cada um. Van Helsing, Harker e eu ficamos bem atrás da porta, de modo que, quando ela fosse aberta, o professor pudesse protegê-la enquanto nós dois nos puséssemos entre ela e o recém-chegado. Godalming atrás e Quincey na frente estavam fora do campo de visão e prontos para se deslocar para diante da janela. A agonia da espera fez a passagem dos segundos transcorrer em uma lentidão de pesadelo. Os passos vagarosos e cuidadosos avançaram, e o Conde estava evidentemente preparado para alguma emboscada ou pelo menos a receava.

De repente, com um único pulo, ele saltou para dentro, avançando para muito além de nós antes que qualquer um conseguisse erguer a mão para detê-lo. Havia algo tão felino em seu movimento, algo tão inumano, que nos arrancou do choque de sua chegada. O primeiro a agir foi Harker, que, com um impulso rápido, atirou-se na direção da porta que levava ao cômodo seguinte. Quando o Conde nos viu, um tipo de rosnado horrível soou de seus lábios, revelando caninos longos e pontudos, mas o sorriso malévolo depressa se transformou no olhar frio e desdenhoso de um leão. Sua expressão mudou mais uma vez quando, em uma investida conjunta, avançamos sobre ele. Foi uma pena que não tivéssemos um plano de ataque mais bem organizado, pois mesmo durante a ação eu me perguntei o que estávamos fazendo. Eu mesmo não sabia se nossas armas letais seriam de alguma valia. Harker estava claramente disposto a tentar, pois preparou o grande punhal Kukri e fez um corte súbito e feroz. O golpe foi poderoso: somente a rapidez diabólica com que o Conde saltou para trás o salvou. Um segundo a menos, e a lâmina afiada teria atravessado seu coração. Na velocidade em que tudo ocorreu, a ponta apenas rasgou o tecido do casaco, abrindo um buraco largo do qual cédulas e correntes de ouro caíram. A expressão no rosto do Conde era tão demoníaca que por um momento temi por Harker, embora tivesse visto quando ele jogou o punhal ao alto para ajeitá-lo e desferir mais um golpe. Instintivamente, avancei em um impulso protetor, segurando o crucifixo e a hóstia na mão esquerda. Senti uma força poderosa fluir pelo braço, e foi sem surpresa que vi o monstro recuar, diante de movimentos semelhantes e espontâneos de cada um de nós. Seria impossível descrever a expressão de ódio e maldade indignada, de raiva e fúria infernal, que surgiu nele. A tonalidade de cera se tornou amarelo-esverdeada pelo contraste com os olhos que faiscavam, e a cicatriz vermelha na testa se destacava na pele clara como uma ferida pulsante. No momento seguinte, com um movimento sinuoso, o monstro mergulhou por baixo do braço de Harker antes que o segundo golpe o atingisse e, segurando um punhado do dinheiro caído no chão, cruzou a sala em disparada e se atirou pela janela. Em meio ao estrondo do vidro se estilhaçando, ele caiu nas lajotas lá embaixo. Por cima do ruído dos cacos atingindo o chão, ouvi o tilintar do ouro, quando algumas moedas bateram no piso.

Corremos até a janela e o vimos levantar-se, sem ferimentos, do chão. Ele cruzou o pátio e abriu a porta do estábulo. De lá, virou-se para nós e gritou:

– Pensam que me acuam, vocês, com estas caras brancas enfileiradas como em um abatedouro. Vão se arrepender, cada um de vocês! Pensam que me deixaram sem lugar onde descansar, entretanto eu tenho mais! A minha vingança mal começou! Preparei-a ao longo de séculos, e o tempo corre a meu favor. As mulheres que vocês todos amam já são minhas, e por meio delas vocês e outros serão meus: minhas criaturas, para atenderem ao meu comando e serem meus chacais quando eu quiser alimento.

Com um riso sarcástico de desprezo, entrou depressa no estábulo e fechou a porta. Ouvimos o rangido quando o ferrolho enferrujado foi empurrado. Uma porta mais distante foi aberta e batida. O primeiro de nós a falar foi o professor, enquanto, percebendo a dificuldade de seguir o monstro pelo estábulo, nós nos encaminhávamos para a porta de saída da casa.

– Aprendemos algo; muito! A despeito das bravatas que disse, ele nos teme, teme o tempo, teme a pobreza. Do contrário, por que correr tanto? O próprio tom de voz o traiu, ou meus ouvidos me enganam. Por que levar o dinheiro? Sigam-no, e depressa. Vocês são caçadores de feras selvagens e as conhecem. Quanto a mim, vou garantir que nada aqui possa ser usado por ele, caso volte.

Enquanto falava, Van Helsing pôs o dinheiro restante no bolso, pegou os títulos de propriedade do maço onde Harker os havia deixado e levou os demais itens para a lareira, onde os queimou após acendê-la com um fósforo.

Godalming e Morris haviam corrido para o pátio e Harker, descido pela janela para seguir o Conde. Entretanto, foi impedido pela porta trancada do estábulo, e até que conseguisse forçar a abertura, já não havia sinal dele. Van Helsing e eu fizemos uma busca pela parte de trás da casa, mas as estrebarias estavam vazias e ninguém o tinha visto sair.

A tarde chegava ao fim e o poente não tardaria. Precisávamos reconhecer que aquela partida estava terminando. Com o coração pesado, concordamos quando o professor falou:

– Vamos voltar para a madame Mina. Pobre, pobre e querida madame Mina. Tudo o que podíamos fazer por ora está feito, e lá poderemos, ao menos, protegê-la. Não podemos nos desesperar. Resta um único caixão de terra, e precisamos tentar encontrá-lo. Quando isso estiver feito, tudo ficará bem.

Percebi que ele falava com a maior confiança possível, tentando consolar Harker. O pobre coitado estava bastante desanimado; a todo momento deixava escapar gemidos que era incapaz de reprimir; estaria pensando na esposa.

Com o coração pesaroso, voltamos para minha casa, onde encontramos a senhora Harker à nossa espera, com uma aparência alegre que tornava ainda mais honrados sua bravura e seu altruísmo. Quando viu nosso rosto, tornou-se pálida como a morte: por um segundo ou dois, fechou os olhos como que em oração, então disse, jovial:

– Nunca poderei lhes agradecer o suficiente. Ah, meu querido! – e enquanto falava, tomou nas mãos a cabeça grisalha do marido e a beijou. – Apoie sua cabeça em mim e descanse. Tudo vai ficar bem, meu querido! Deus nos protegerá, se Ele assim desejar e for essa a Sua intenção.

O coitado gemeu. Sua completa infelicidade não deixava lugar para as palavras.

Fizemos juntos uma refeição de certo modo improvisada, e me parece que isso nos animou um pouco. Talvez tenha sido apenas o mero calor animal do alimento oferecido a pessoas famintas, pois nenhum de nós havia comido nada desde o café da manhã, ou a sensação de companheirismo pode ter contribuído. De qualquer forma, todos ficamos um pouco menos infelizes, enxergando o amanhã como não totalmente destituído de esperança. Fiéis à nossa promessa, contamos à senhora Harker tudo o que havia ocorrido. Embora ela tenha empalidecido nos momentos em que o perigo parecia ter ameaçado o esposo, e enrubescido naqueles em que a devoção dele a ela se manifestou, a tudo ouviu com coragem e calma. Quando chegamos à parte em que Harker temerariamente perseguiu o Conde, ela se agarrou ao braço dele e o manteve apertado como se, com o gesto, fosse capaz de protegê-lo de qualquer dano que pudesse sobrevir. Ela nada falou, porém, até que o relato chegasse ao fim e os assuntos estivessem atualizados até aquele preciso momento. Então, sem soltar a mão do marido, ficou de pé e falou. Ah, como eu poderia dar uma ideia da cena, daquela doce, dulcíssima mulher, tão bondosa, na beleza radiante de sua juventude e vivacidade, com a cicatriz vermelha na testa, da qual tinha plena ciência, e que nós olhávamos rilhando os dentes, lembrando-nos de como havia surgido, de sua amorosidade gentil em contraste com nosso ódio soturno, de sua fé contra nossos receios e dúvidas, e nós sabendo, no que diz respeito aos símbolos, que ela e toda a sua bondade, toda a sua pureza e fé, estavam rejeitadas por Deus.

– Jonathan – Mina iniciou, e a palavra soou como música em seus lábios repletos de amor e ternura. – Jonathan, meu querido, e todos os senhores, meus amigos tão, tão verdadeiros, quero que tenham algo em mente ao longo de todo este período horrível. Sei que os senhores precisam combater, que precisam destruir, até, como destruíram a falsa Lucy para que a verdadeira Lucy pudesse viver eternamente, mas este não é um trabalho de ódio. Aquela pobre alma que provocou todo este infortúnio é o caso mais triste de todos. Pensem na alegria que será, também para ele, quando sua pior parte for extinta para que a melhor parte possa ganhar a imortalidade espiritual. Os senhores precisam se apiedar dele também, embora isso não deva reter suas mãos na aniquilação dele.

Enquanto Mina falava, vi o rosto do marido se enrugar e escurecer, como se sua fúria interior estivesse condensando sua essência até o âmago. Instintivamente, apertou com mais força a mão da esposa, e juntas ficaram brancas. Ela não se encolheu diante da dor que certamente estava sentindo; em vez disso, encarou-o com um olhar mais suplicante do que nunca. Quando ela parou de falar, Jonathan se levantou e quase arrancou a mão dela, quando afirmou:

– Que Deus o ponha em minhas mãos por tempo suficiente para que eu destrua a vida terrena dele conforme é nosso objetivo. Se, para além disso, eu pudesse mandar a alma dele para queimar eternamente no inferno, eu mandaria!

– Oh, *psss, psss*! Em nome do bom Deus, não diga essas coisas, Jonathan, meu marido, ou você vai me esmagar de medo e terror. Pense, meu querido... Pensei o tempo inteiro, durante todo este longo dia... Que talvez, no futuro... Eu também precise de tal piedade; e que outro como você, com a mesma razão para a raiva, possa negá-la a mim! Ah, meu marido! Meu marido, eu o teria poupado deste pensamento se houvesse outro modo, mas rezo para que Deus não tenha guardado suas palavras brutas, exceto como sendo o lamento de um homem muito amoroso que está com o coração devastado e afundado na dor. Ah, Deus, permita que esses cabelos grisalhos sirvam como evidência do que ele sofreu, ele que em toda a vida nada fez de errado, e sobre quem tantas provações caíram.

Todos os homens derramavam lágrimas nesse momento. Não havia como resistir, e todos choramos abertamente. Ela chorou também, ao constatar que seu meigo aconselhamento havia prevalecido. O marido se atirou de joelhos ao lado dela, abraçou-a e escondeu o rosto nas pregas do vestido. Van Helsing acenou para nós e discretamente saímos, deixando os dois corações apaixonados sozinhos com Deus.

Antes que se recolhessem para dormir, o professor preparou o quarto contra qualquer vinda do vampiro, e garantiu à senhora Harker que ela poderia descansar em paz. Mina tentou se obrigar a acreditar e, claramente em favor do marido, tentou parecer contente. Foi um esforço nobre e, penso e acredito, não totalmente destituído de recompensas. Van Helsing deixou ao alcance da mão deles uma sineta que qualquer um dos dois deveria acionar em caso de emergência. Assim que eles estavam deitados, Quincey, Godalming e eu concordamos que deveríamos ficar de vigia, dividindo-nos ao longo da noite, guardando a segurança da pobre senhora aflita. O primeiro turno caiu com Quincey, então nós vamos para a cama assim que possível. Godalming já se recolheu, pois fará o segundo turno. Agora que o registro está feito, irei também me deitar.

## Diário de Jonathan Harker

### 3-4 de outubro, perto de meia-noite

Pensei que o dia de ontem jamais chegaria ao fim. Fui acometido por uma ânsia de sono, em uma espécie de crença cega de que, ao despertar, encontraria as coisas mudadas, e que qualquer mudança agora seria para melhor. Antes de nos despedirmos, debatemos qual deveria ser o próximo passo, mas não chegamos a nenhum resultado. Só o que sabíamos era que restava um caixão de terra que só o Conde conhecia o paradeiro. Se ele decidisse ficar escondido, poderia nos tapear durante anos, e nesse intervalo...! A ideia é terrível demais, não me atrevo a pensar nela nem mesmo agora. O que eu sei é que, se alguma vez existiu uma mulher que era toda perfeição, esta é minha pobre amada injustiçada. Eu a amo mil vezes mais pela doce compaixão que demonstrou ontem, uma compaixão que fez meu próprio ódio ao monstro parecer desprezível. Certamente Deus não há de permitir que o mundo se empobreça pela perda de uma criatura como ela. Há esperança para mim. Estamos todos à deriva agora, e a fé é nossa única âncora. Obrigado, Deus! Mina está dormindo, e dorme sem sonhos. Receio pelo que possam ser seus sonhos, com tantas lembranças terríveis nas quais eles podem se basear. Ela não esteve tão tranquila, que eu tenha visto, desde o pôr do sol. Então, por algum tempo, desceu sobre seu rosto um repouso semelhante à primavera após os clarins de março. Na hora, imaginei que fosse a suavidade dos tons avermelhados do poente refletidos em sua face, mas agora, por algum motivo, creio que exista um significado mais profundo. Não estou com sono, embora esteja exausto, mortalmente exaurido. Entretanto, devo tentar dormir, pois há o amanhã em que pensar, e não haverá descanso para mim até...

* * *

### Mais tarde

Devo ter adormecido, pois fui acordado por Mina, que estava sentada na cama com um olhar assombrado. Enxerguei facilmente, pois não deixamos o quarto escuro. Ela pôs a mão por cima da minha boca, em advertência, e cochichou no meu ouvido:

– Tem alguém no corredor!

Levantei-me com máxima discrição e atravessei o quarto, abrindo a porta delicadamente. Bem ali, esticado sobre um colchão, estava deitado o senhor Morris, totalmente desperto. Ele ergueu a mão pedindo silêncio e sussurrou para mim:

– *Psss!* Volte para a cama. Está tudo bem. Um de nós ficará aqui a noite toda. Não pretendemos correr nenhum risco!

Sua aparência e seus gestos proibiam qualquer discussão, então voltei para dentro e contei a Mina. Ela suspirou e inegavelmente um reflexo de sorriso tomou seu pálido e sofrido rosto, quando pôs os braços ao meu redor e falou, mansamente:

– Ah, graças a Deus pelos homens de coragem!

Com outro suspiro ela se recostou de novo para dormir. Escrevo isso agora por não ter sono, embora precise tentar de novo.

* * *

### 4 de outubro, manhã

Mais uma vez durante a noite fui despertado por Mina. Desta vez nós dois havíamos dormido um bom sono, pois os tons da alvorada já estavam tornando as janelas agudamente oblongas, e a chama do gás era mais um ponto do que um disco de luz. Ela me disse, apressadamente:

– Vá chamar o professor. Quero vê-lo agora mesmo.

– Por quê?

– Tenho uma ideia. Presumo que tenha me ocorrido durante a noite e amadurecido sem que eu percebesse. Ele precisa me hipnotizar antes do amanhecer, e eu conseguirei falar. Vá depressa, querido. A hora se aproxima.

Fui até a porta. O doutor Seward estava deitado no colchão e, ao me ver, pôs-se de pé de um salto.

– Há algo de errado? – ele perguntou, alarmado.

– Não, mas Mina quer ver o doutor Van Helsing imediatamente.

Em dois ou três minutos, o professor estava no nosso quarto, trajando roupão, e o senhor Morris e lorde Godalming estavam à porta fazendo perguntas. Quando o professor viu Mina, um sorriso expulsou a ansiedade que ele trazia no semblante. Ele esfregou as mãos e disse:

– Ah, minha querida madame Mina, isto é realmente uma mudança. Veja, amigo Jonathan, hoje temos de volta a nossa querida madame Mina de antes!

Então, voltando-se para ela, disse, com grande entusiasmo:

– E o que posso fazer pela senhora? Pois a esta hora a senhora não haveria de querer me ver por nada.

– Eu quero que o senhor me hipnotize! Antes que amanheça, pois sinto que poderei falar, e falar livremente. Mas seja rápido, pois o tempo é curto!

Sem uma palavra, ele gesticulou para que Mina se sentasse na cama. Observando-a fixamente, começou a fazer movimentos em frente ao rosto dela, a partir do alto da cabeça até embaixo, com uma mão de cada vez. Mina o encarou imóvel por alguns minutos, durante os quais meu coração batia como se fosse saltar pela boca, pois eu sentia que algum tipo de crise era iminente. Aos poucos ela fechou os olhos e permaneceu sentada, inerte; apenas a suave ondulação do peito indicava que estava viva. O professor fez mais alguns passes e parou, e vi que sua testa estava coberta por grandes gotas de suor. Mina abriu os olhos, mas não parecia a mesma mulher. Havia uma expressão de distanciamento em seu olhar, e a voz tinha uma carga de melancolia onírica que era inédita para mim. Erguendo a mão para impor silêncio, o professor gesticulou para que eu chamasse os demais. Eles entraram na ponta dos pés, fecharam a porta e se postaram ao pé da cama, olhando. Mina pareceu não os ver. O silêncio foi quebrado pela voz de Van Helsing, que falou em um tom muito baixo, para não interromper o fluxo de pensamentos dela.

– Onde está?

A resposta veio em um tom neutro:

– Não sei. O sono não tem um lugar para chamar de seu.

Por vários minutos houve silêncio. Mina estava sentada rígida, e o professor, de pé, encarava-a fixamente. O restante de nós nem se atrevia a respirar. O quarto estava clareando, e sem desviar os olhos de Mina, o doutor Van Helsing gesticulou para que eu suspendesse a cortina. Fiz o que ele pediu. O alvorecer estava próximo. Uma faixa vermelha surgiu no céu e uma luz rosada pareceu difundir-se pelo quarto. Nesse momento o professor falou de novo:

– Onde está agora?

A resposta veio sonhadoramente, mas com propósito, como se ela estivesse interpretando alguma coisa. Eu já a tinha visto usar esse mesmo tom quando estava lendo suas anotações taquigráficas.

– Eu não sei. Não conheço nada!

– O que enxerga?

– Não consigo ver nada; está tudo escuro.

– O que escuta?

Detectei certa tensão na voz paciente do professor.

– Água batendo. Água gorgolejando, e pequenas ondas batendo. Estão vindo lá de fora.

– Então está em um barco?

Todos nos entreolhamos, tentando captar algo uns dos outros. Estávamos com medo de pensar. A resposta veio depressa:

– Ah, sim!

– O que mais consegue ouvir?

– Os passos dos homens correndo acima da minha cabeça. Há uma corrente rangendo e estalos muito altos conforme o cabrestante se encaixa na catraca.

– O que está fazendo?

– Estou imóvel, totalmente imóvel. É como a morte!

A voz se dissolveu em uma respiração tranquila de sono, e os olhos se fecharam de novo. A esta altura o sol havia nascido e estávamos banhados pela luz do dia. O doutor Van Helsing pôs as mãos nos ombros de Mina e gentilmente a acomodou sobre o travesseiro. Por alguns momentos ela permaneceu deitada como uma criança dormindo, e depois, com um longo suspiro, acordou e nos encarou, maravilhada por ver todos reunidos ao seu redor.

– Eu falei durante o sono? – foi só o que ela disse.

Embora parecesse conhecer a situação sem que contássemos, demonstrou ansiedade para saber o que havia falado. O professor repetiu a conversa e ela supôs:

– Então não temos um momento a perder: talvez ainda não seja tarde demais!

E com isso o senhor Morris e lorde Godalming correram para a porta, mas a voz tranquila do professor os reteve.

– Fiquem, meus amigos. Este barco, onde quer que estivesse, estava levantando âncora enquanto ela falava. Há muitos barcos içando âncoras neste momento, em seu imenso porto de Londres. Qual deles será o que vocês buscam? Deus seja louvado por termos novamente uma pista, embora aonde ela vai nos levar nós não saibamos. Estivemos de certa forma cegos, cegos à moda dos homens, já que, quando podemos olhar para trás, nós enxergamos o que poderíamos ter enxergado olhando para diante, se tivéssemos sido capazes de enxergar o que poderíamos ter visto! Ah, mas esta sentença é uma confusão, não é assim? Nós agora podemos saber o que ia pela mente do Conde quando ele apanhou aquele dinheiro, embora o punhal feroz de Jonathan o tenha posto em um perigo que até ele receia. Ele pretende escapar. Ouçam, ESCAPAR! Ele percebeu que, com um único caixão de terra remanescente, e um grupo de homens em seu encalço como cães atrás de uma raposa, esta Londres já não era lugar para ele. Leva esta última caixa de terra a bordo de um navio e deixa o país. Pensa escapar, mas não! Nós o seguimos. Iu-huu!, como diria o amigo Arthur, envergando a sobrecasaca vermelha de caça! Nossa velha raposa é ardilosa, ah, muito ardilosa, mas nós a perseguiremos com astúcia. Sou sagaz também, e pensarei na mente dele daqui a pouco. Enquanto isso, podemos descansar em paz, pois há entre nós águas que ele não quer cruzar, e que não conseguiria, mesmo se quisesse, a menos que fosse para o navio voltar, e, ainda assim, só na maré alta ou na baixa. Vejam, o sol nasceu e o dia inteiro é para nós, até o poente. Vamos nos banhar, vestir e tomar o café da manhã de que todos precisamos e do qual podemos desfrutar com todo o conforto, não estando ele no mesmo país que nós.

Mina tinha uma expressão suplicante, quando olhou para ele e perguntou:

– Mas por que precisamos persegui-lo, se ele se afastou de nós?

O professor pegou a mão dela e deu batidinhas afetuosas ao dizer:

– Não me pergunte nada por ora. Depois do café da manhã, responderei.

Ele nada mais disse, e nos separamos para nos arrumar.

Após o café da manhã, Mina repetiu a pergunta. Van Helsing a observou com gravidade por um minuto e depois respondeu, pesaroso:

– Porque, minha cara, querida madame Mina, agora mais do que nunca nós precisamos encontrá-lo, nem que seja necessário segui-lo até as portas do inferno!

Ela empalideceu ao perguntar, fracamente:

– Por quê?

– Porque – ele respondeu solenemente – ele pode viver por séculos, e a senhora é apenas uma mulher mortal. O tempo é agora uma ameaça, desde que ele fez aquela marca em seu pescoço.

Aproximei-me bem a tempo de escorá-la antes que ela tombasse pelo desmaio.

# Capítulo XXIV

## Diário fonográfico do doutor Seward, registro falado por Van Helsing

**Para Jonathan Harker**

Você deve ficar com sua amada madame Mina. Nós vamos fazer nossa busca, se ainda posso chamá-la assim, pois não se trata de buscar, e sim de saber, e procuramos apenas confirmação. Mas você fique e cuide dela hoje. Este é seu melhor e mais sagrado ofício. Neste dia, nada fará que ele seja encontrado aqui. Deixe-me contar, para que você saiba o que nós quatro já sabemos, pois a eles eu contei. Ele, nosso inimigo, partiu, voltou para o castelo na Transilvânia. Sei disso com tanta certeza quanto se uma mão de fogo tivesse escrito em uma parede. Ele se preparou para isso de alguma forma, e a última caixa de terra estava pronta em algum lugar para ser embarcada. Por isso ele pegou o dinheiro, por isso ele correu no fim, para que não o pegássemos antes do pôr do sol. Era sua última esperança, exceto esconder-se no túmulo que imaginariamente a pobre senhorita Lucy abriria para ele, sendo ela, como ele pensa, igual a ele. Mas não haveria tempo. Quando isso falha, ele parte para o último recurso: seu último trabalho terreno, eu diria, se quisesse usar um duplo sentido. Ele é inteligente, ah, muito inteligente! Sabe que o seu jogo aqui estava terminado, então decide voltar para casa. Encontra um barco que vai navegar pela rota da vinda, e entra. Partimos agora para encontrar aquele navio e descobrir para onde foi. Ao sabermos disso, voltaremos e contaremos a vocês. Então consolaremos você e a pobre e querida madame Mina com novas esperanças. Pois há de ser uma esperança se refletir bem: nada está perdido. Essa criatura que vimos perseguindo levou centenas de anos para chegar a Londres; apesar disso, em um só dia, quando tomamos ciência de seus planos, nós o expulsamos. Ele é finito, embora tenha, para provocar dor e sofrimento, um poder que nós não temos. Nós somos fortes, cada um a seu modo, e somos mais fortes juntos. Anime-se, querido marido da madame Mina. Esta batalha mal começou, e no fim nós venceremos, tão certo quanto Deus está sentado no alto e zela por Seus filhos. Portanto, mantenham a chama até a nossa volta.

Van Helsing

## Diário de Jonathan Harker

### 4 de outubro

Quando li para Mina a mensagem de Van Helsing no fonógrafo, minha pobre moça se entusiasmou consideravelmente. Já a certeza de que o Conde está fora do país lhe havia consolado, e consolo é força para ela. Quanto a mim, agora que esse perigo horrível não está à nossa frente, acho quase impossível acreditar nele. Mesmo minhas próprias experiências terríveis no castelo parecem um sonho há muito esquecido. Aqui, no ar fresco do outono e sob a luz brilhante do sol...

Ah, pobre de mim! Como posso desacreditar? Estava absorto em pensamentos quando meu olhar recaiu sobre a cicatriz vermelha na testa alva da minha amada. Enquanto ela permanecer, não poderá haver descrença. E, depois, a própria lembrança dela manterá a certeza límpida como cristal. Mina e eu receamos ficar ociosos, então nos atiramos de novo e de novo sobre os diários. De alguma forma, embora a realidade pareça maior a cada contato, a dor e o medo parecem menores. Há em tudo um manifesto propósito norteador que nos conforta. Mina diz que talvez sejamos os instrumentos do Bem final. Pode ser! Tentarei pensar como ela. Ainda não conversamos sobre o futuro. É melhor esperar até que o professor e os demais voltem de suas investigações.

O dia está passando mais rápido do que jamais imaginei que um dia poderia passar por mim de novo. São três horas da tarde.

## Diário de Mina Harker

### 5 de outubro, cinco horas

Encontro para formalizar registro de relatório. Presentes: professor Van Helsing, lorde Godalming, doutor Seward, Quincey Morris, Jonathan Harker, Mina Harker.

O doutor Van Helsing descreveu os passos tomados durante o dia a fim de se descobrir em qual navio o Conde Drácula havia embarcado na fuga e por onde navegaria.

– Como eu sabia que ele queria voltar para a Transilvânia, tive certeza de que iria pela foz do Danúbio, ou por algum lugar do Mar Negro, já que ele veio por lá. Um triste vazio se estendia à nossa frente. *Omne ignotum pro magnifico.* Então, com o coração desanimado, começamos a pesquisar quais navios partiram para o Mar Negro ontem à noite. Ele estava em um barco a vela, pois madame Mina relatou velas sendo içadas. Essas embarcações não são tão importantes assim que apareçam na lista de partidas do *Times*, então fomos, por sugestão de lorde Godalming, ao Lloyd's, onde há registro de todas as embarcações em trânsito, mesmo as muito pequenas. Lá encontramos a única com destino ao Mar Negro a zarpar com a maré.

Ela se chama *Czarina Catherine* e sai do Cais de Doolittle para Varna, e de lá para outras partes Danúbio acima. "Então!", eu falei, "esse é o navio onde está o Conde". Partimos em seguida para o Cais de Doolittle, e lá encontramos uma pessoa em um escritório de madeira tão pequeno que o homem parecia maior do que o escritório. Perguntamos sobre a rota do *Czarina Catherine*. Ele praguejava bastante, tinha o rosto vermelho e falava bem alto, mas era um bom sujeito ainda assim, e, logo que Quincey lhe deu algo que tirou do bolso, que quase trincou quando manuseado, e escondeu em um bolso muito profundo de sua roupa, se tornou um sujeito ainda melhor, e nosso humilde servo. Acompanhou-nos e inquiriu muitos homens rudes e intensos, que também se tornaram sujeitos melhores quando não estavam mais com sede. Falaram muito sobre maldição e porcarias e de outras coisas que não compreendi, embora imagine o que significavam, mas a despeito disso tudo eles nos contaram tudo que quisemos saber.

"Eles nos informaram sobre como ontem à tarde, por volta das cinco horas, chegou um homem muito apressado. Um homem alto, magro e pálido, com nariz alto, dentes muito brancos e olhos que pareciam estar acesos. Contaram que estava todo de preto, exceto por um chapéu de palha que não combinava muito bem nem com ele nem com o horário. Espalhou dinheiro enquanto perguntava com grande pressa sobre qual barco navegaria pelo Mar Negro e por onde. Alguém o leva ao escritório e de lá para o navio, ao qual ele não sobe, ficando, em vez disso, em terra, junto à prancha de embarque, pedindo que o capitão vá até ele. O capitão vai, quando lhe dizem que será bem pago, e, apesar de praguejar muito no início, concorda com as condições. Então o homem magro se afasta, e alguém lhe diz onde cavalo e carroça podem ser alugados. Ele parte e logo volta, conduzindo uma carroça com uma grande caixa, que descarrega sozinho, embora muitos sejam necessários para embarcá-la no navio. Instrui minuciosamente o capitão sobre como e onde a caixa deve ser colocada; este não gosta e o xinga em muitas línguas, dizendo que se ele quiser pode entrar e ver por si mesmo onde ela vai ficar. Mas diz que não, que não vai entrar ainda, pois tem muito a fazer. Ao que o capitão lhe responde que é melhor que se apresse (maldição!), pois o navio dele vai partir (mas que porcaria!)

antes da mudança da maldita da maré. Então o homem magro sorri e diz que naturalmente o capitão deve partir quando achar adequado, mas que ele se surpreenderia se ele conseguisse zarpar tão cedo. O capitão xinga de novo, poliglotamente, e o homem magro o convence e o faz dobrar-se, e lhe agradece, dizendo que vai abusar da gentileza e embarcar antes que o navio parta. Finalmente, o capitão, mais vermelho do que nunca, e em mais idiomas, retruca que ele não quer porcaria nenhuma de um maldito francês em seu navio, e que maldita seja a embarcação também. Assim, depois de perguntar onde poderia encontrar facilmente um navio onde fosse possível comprar os formulários de embarque, o homem parte.

"Ninguém sabia para onde ele tinha ido nem malditamente se importava, como eles disseram, pois todos tinham outra maldita porcaria, de novo, em que pensar, pois logo ficou evidente para todos que o *Czarina Catherine* não poderia zarpar conforme o esperado. Uma névoa começou a subir do rio, e aumentou e aumentou, até que logo um nevoeiro denso envolveu a embarcação e tudo ao redor dela. O capitão xingou poliglotamente, muito poliglotamente, poliglotamente com diversas maldições e várias porcarias, mas não havia nada a fazer. A água subiu, subiu, e ele começou a temer que perderia a maré por completo. Não estava absolutamente em um humor amigável quando, no auge da maré cheia, surgiu o homem magro junto à prancha de embarque de novo, e pediu para ver onde a caixa tinha sido alocada. Então o capitão replicou que ele e a caixa, com todas maldições e porcarias possíveis, fossem para o inferno. Mas o homem magro não se ofendeu. Desceu com o imediato para ver onde a tinham colocado, tornou a subir e ficou no convés em meio à bruma espessa. Ele deve ter saído de lá sozinho, pois ninguém reparou nele. De fato, não estavam tomando conhecimento de sua presença, pois logo a névoa começou a se dissipar e tudo ficou límpido de novo. Meus amigos tão sedentos e de linguagem tão abundante em maldições e porcarias riram, ao contarem que os xingamentos do capitão haviam superado o poliglotismo habitual e se tornado ainda mais pitorescos, quando, ao perguntar a outros marinheiros que tinham subido e descido o rio naquela hora, ele descobriu que pouquíssimos haviam visto qualquer rastro de névoa, a não ser a que encobria o cais. Entretanto, o navio zarpou na maré vazante e sem dúvida, pela manhã, estaria bem distante, já na foz do rio. Agora, eles nos disseram, o *Czarina Catherine* estaria bem adiantado em alto-mar.

"Assim, minha cara madame Mina, eis que podemos descansar por um período, pois nosso inimigo está no mar, com a névoa sob seu comando, a caminho da foz do Danúbio. Navegar leva tempo, e o barco não avançará depressa. Quando partirmos, iremos por terra, mais rápido, e o encontraremos lá. Nossa maior esperança é abordá-lo quando estiver na caixa, entre o nascer e o pôr do sol, pois então ele não poderá lutar, e conseguiremos lidar com ele como precisamos. Temos alguns dias para traçar nosso plano. Sabemos tudo sobre para onde ele vai, pois encontramos o dono do navio, que nos mostrou todos os conhecimentos de embarque e demais documentos que podem existir. A caixa há de ser desembarcada em Varna e entregue a um agente, um tal Ristics, que há de lá apresentar suas credenciais, e assim nosso amigo mercante terá cumprido sua parte. Quando perguntou se estávamos com algum problema, pois neste caso ele poderia telegrafar para Varna e investigar, nós dissemos 'não', pois o que há para ser feito não diz respeito à polícia nem à alfândega. Deve ser feito por nós apenas, e à nossa maneira."

Quando o doutor Van Helsing terminou de falar, perguntei se tinha certeza de que o Conde havia permanecido no navio. Ele respondeu:

– Temos a melhor prova quanto a isso: sua própria evidência quando estava no transe hipnótico desta manhã.

Perguntei em seguida se era realmente necessário que eles perseguissem o Conde, pois, ah, tinha muito medo de que Jonathan me deixasse, e sabia que ele certamente quereria ir junto, se os demais fossem. Sua resposta cresceu em vigor, a partir do início tranquilo. Conforme ele prosseguiu, porém, ficou cada vez mais bravo e enérgico, até que no fim não pudemos deixar de ver onde estava pelo menos um pouco daquela força pessoal que por tanto tempo fez dele um mestre entre os homens.

– Sim, é necessário, necessário, necessário! Pelo seu bem em primeiro lugar, e depois pelo bem da humanidade. Esse monstro já causou sofrimento demais, no pequeno espaço onde se encontra e no curto período em que, até agora, foi apenas uma criatura fazendo pequenas tentativas no escuro e sem conhecimento. Tudo isso eu já contei aos demais: a senhora, minha cara madame Mina, saberá pelo fonógrafo do meu amigo John, ou no diário de seu esposo. Contei a eles como foi um trabalho de séculos tomar as providências necessárias para partir da própria terra estéril, estéril de pessoas, e vir para um país novo, onde a vida do homem fervilha como um milharal. Se outro morto-vivo como ele tentasse fazer o que fez, talvez nem todos os séculos que já passaram, ou que passarão, pudessem ajudar. Com esse um, todas as forças da natureza que são ocultas, profundas e fortes devem ter trabalhado juntas de algum modo admirável. O próprio lugar onde ele tem existido como morto-vivo ao longo de todos esses séculos é cheio de estranhezas geológicas e químicas. Há cavernas e fissuras profundas que chegam até não se sabe onde. Houve vulcões, dos quais algumas aberturas ainda lançam águas de estranhas propriedades, e gases que podem matar ou vivificar. Sem dúvida, há algo magnético ou elétrico em algumas dessas combinações de forças ocultas que contribui para a vida física de algum modo esquisito, e nele mesmo houve desde o início algumas qualidades extraordinárias. Em árduo período de guerra, ele foi festejado por ter o sangue mais frio, a mente mais perspicaz e o coração mais valente do que qualquer outro homem. Nele, algum princípio vital encontrou sua máxima expressão, e enquanto seu corpo se mantém forte e cresce e se desenvolve, a mente também evolui. E tudo isso sem a ajuda diabólica que é segura para ele, pois essa ajuda precisa se submeter aos poderes que a originam, e são simbólicas do bem. Agora isto é o que ele é para nós. Ele a infectou, oh, perdoe-me, minha querida, que eu precise dizer isso, mas é pelo seu bem que eu digo. Ele a infectou de um modo que, mesmo que nada mais faça, a senhora terá apenas de viver, viver à sua maneira doce de sempre, para que, com o tempo, a morte, que é a sina comum aos homens e tem a sanção de Deus, torne a senhora como ele. Isto não pode acontecer. Nós juramos juntos que isto não acontecerá. Somos, assim, ministros da vontade de Deus, qual seja, que o mundo e os homens por quem Seu filho morreu não sejam entregues aos monstros cuja própria existência O difama. Ele já nos permitiu redimir uma alma, e nós iremos, como os velhos cavaleiros da Cruz, redimir outras. Como eles, viajaremos rumo ao nascer do sol, e como eles, se cairmos, cairemos por uma boa causa.

Ele fez uma pausa e eu disparei:

– Mas o Conde não saberá aproveitar com sabedoria esse fracasso? Tendo sido expulso da Inglaterra, não a evitará, como o tigre evita o vilarejo onde antes foi caçado?

– A-ha! – ele exclamou. – Seu exemplo do tigre é bom, e vou adotá-lo. Seu comedor de homem, como eles na Índia chamam o tigre que alguma vez já provou o sangue humano, não se importa mais com outras presas, mas espreita sem descanso até pegar o homem. Este que nós expulsamos da nossa vila é um tigre também, um comedor de homem, e jamais vai parar de rondar. Não, em sua essência ele não é de se recolher e manter afastado. Em vida, em sua vida enquanto vivo, ele cruzou a fronteira da Turquia e atacou o inimigo do território dele; foi derrotado, mas desistiu? Não! Ele cruzou de novo, e de novo, e de novo. Note a persistência e a capacidade de resistir. Com o cérebro infantil que possuía, ele há muito tempo concebeu a ideia de vir para uma grande cidade. O que faz, então? Descobre o lugar que lhe parece o mais promissor do mundo, e se põe a preparar cuidadosamente a jornada. Ele descobre com grande paciência qual é sua força, quais são seus poderes. Estuda idiomas. Aprende sobre a nova vida social, o novo contexto de velhos hábitos, a política, as leis, as finanças, a ciência, os costumes de uma terra nova e de um povo recente, que surgiram quando ele já existia. Os vislumbres que obtém aumentam seu apetite e aguçam seu desejo. E não só, mas também o ajudam a desenvolver o cérebro, pois tudo lhe serve de prova de como estava correto em suas primeiras suposições. Ele fez tudo isso sozinho, totalmente sozinho, de um túmulo em ruínas em um país esquecido. O que mais não poderá fazer, quando o grande mundo do pensamento estiver aberto para ele! Ele, que pode sorrir para a morte, como sabemos nós que o conhecemos. Ele, que floresce em meio a doenças que matam populações inteiras. Ah, se alguém assim viesse de Deus, e não do Diabo, que força benéfica ele não seria para este nosso velho mundo. Nosso trabalho deve ser cumprido em silêncio e nossos esforços, mantidos em segredo, pois, nesta época de erudição, quando os homens não acreditam nem no que enxergam, a incredulidade dos sábios seria a maior força dele. Seria sua espada e sua armadura, suas armas para destruir a nós, seus inimigos, que estamos dispostos a colocar em perigo nossas próprias almas pela segurança daquela que amamos, pelo bem da humanidade, pela honra e glória de Deus.

Depois de uma conversa genérica, ficou determinado que por esta noite nada seria definitivamente decidido, que deveríamos dormir sobre o assunto e tentar chegar às melhores soluções. Vamos nos encontrar de novo no café da manhã e, após tornar nossas conclusões conhecidas uns dos outros, decidiremos um curso definitivo de ação.

* * *

Sinto uma maravilhosa paz esta noite, como se uma presença assustadora tivesse sido retirada de mim. Talvez…

Meu raciocínio não se concluiu, nem poderia, pois flagrei no espelho o reflexo da marca vermelha na minha testa, e soube que ainda estava impura.

## Diário do doutor Seward

### 5 de outubro

Todos nos levantamos cedo, e creio que o sono tenha beneficiado muito cada um de nós. Quando nos encontramos para o café da manhã, havia mais contentamento em todos do que qualquer um teria esperado sentir de novo.

É realmente admirável quanta resiliência existe na natureza humana. Basta que a causa obstrutiva, não importa qual, seja removida de qualquer forma, até pela morte, e voamos de volta aos fundamentos primordiais da esperança e da alegria. Mais de uma vez, enquanto estávamos reunidos à mesa, meus olhos se arregalaram, questionando se os últimos dias não teriam sido um sonho. Era somente quando eu via a mancha vermelha na testa da senhora Harker que era trazido de volta à realidade. Mesmo agora, quando analiso o assunto seriamente, é quase impossível compreender que a razão de todos os nossos problemas persiste. Até a senhora Harker parece por longos períodos perder consciência da própria situação. Apenas vez por outra, quando algo a faz lembrar-se, é que ela pensa na cicatriz horrível. Vamos nos encontrar aqui no meu escritório dentro de trinta minutos para decidir nosso curso de ação. Enxergo apenas uma dificuldade imediata, que reconheço por instinto mais do que pelo raciocínio: todos deveríamos falar com franqueza, mas receio que de alguma forma misteriosa a língua da pobre senhora Harker esteja amarrada. Sei que ela chega às próprias conclusões, e com base em tudo o que aconteceu reconheço que são conclusões brilhantes e verdadeiras, mas ela não irá, não conseguirá, dar a essas conclusões uma expressão verbal. Comentei isso com Van Helsing e ele e eu ficamos de conversar a respeito quando estivermos sozinhos. Suponho que seja um pouco daquele veneno horrível que entrou em suas veias começando a trabalhar. O Conde tinha os próprios objetivos quando deu a ela o que Van Helsing chamou de "o batismo de sangue do Vampiro". Bem, talvez exista um veneno que resulte da destilação de coisas boas. Nesta época em que a existência de ptomaínas é um mistério, não devemos nos surpreender com nada. Uma coisa eu sei: se minha intuição estiver certa quanto aos silêncios da senhora Harker, então haverá uma dificuldade terrível, e um perigo incalculável, no trabalho que nos espera. O mesmo poder que a faz calar pode fazê-la falar. Não me atrevo a pensar além, pois meus pensamentos acabariam desonrando uma nobre mulher!

Van Helsing está chegando ao meu escritório um pouco antes dos demais. Tentarei abordar o assunto com ele.

* * *

### Mais tarde

Quando o professor entrou, debatemos o estado das coisas. Percebi que ele tinha em mente algo que queria dizer, mas hesitava em abordar. Após alguns rodeios, ele de repente disse:

– Amigo John, há uma coisa que você e eu precisamos conversar sozinhos, ao menos no começo. Depois, podemos confiar aos outros. Então o professor parou, eu aguardei, e ele prosseguiu:

– Madame Mina, nossa pobre e querida madame Mina, está mudando.

Um calafrio me percorreu, quando vi meus piores receios assim confirmados. Van Helsing continuou:

– Depois da infeliz experiência da senhorita Lucy, precisamos desta vez estar prevenidos antes que as coisas cheguem longe demais. Nosso trabalho agora é, na verdade, mais difícil do que nunca, e este novo problema torna cada hora da mais urgente importância. Vejo as características do vampiro surgindo no rosto dela. É muito, muito sutil agora, mas é visível para quem tem olhos para observar sem preconceito. Os dentes estão ligeiramente mais pontudos, e de vez em quando o olhar endurece. Mas isso não é tudo, há também o silêncio dela, agora frequente, como foi com a senhorita Lucy. Ela não falou, mesmo quando escreveu o que desejou que mais tarde fosse conhecido. Meu receio é este: se, sob nosso transe hipnótico, a madame Mina pode nos contar o que o Conde vê e ouve, não será ainda mais verdadeiro que ele, que a hipnotizou primeiro, e que bebeu o sangue dela e a obrigou a tomar o dele, poderia, se quisesse, ordenar à mente dela que revele a ele o que ela sabe?

Assenti, e ele continuou:

– Então, o que precisamos fazer é impedir isso. Precisamos mantê-la ignorante de nossos planos, para que não possa contar o que desconhece. É um dever tão penoso que me parte o coração pensar nele, mas é o que precisa ser feito. Quando nos encontrarmos, terei de dizer a ela que, por razões que não mencionaremos, ela não pode mais ser do nosso conselho; será apenas protegida por nós.

Ele enxugou a testa, onde uma transpiração abundante havia irrompido, diante da ideia da dor que ele seria obrigado a infligir sobre uma pobre alma já tão torturada. Sabia que lhe serviria de algum consolo se eu contasse que havia chegado à mesma conclusão, pois no mínimo isso eliminaria a angústia da dúvida. Eu lhe disse e o efeito foi o que eu esperava.

Está chegando a hora da nossa reunião geral. Van Helsing foi se preparar para o encontro e o difícil papel que nele vai desempenhar. Acredito que o objetivo dele tenha sido na verdade ficar sozinho para rezar.

* * *

## Mais tarde

Logo no início da reunião um enorme alívio pessoal foi sentido tanto por Van Helsing quanto por mim. A senhora Harker mandou pelo marido o recado de que não se juntaria a nós no momento, pois acreditava que seria melhor se estivéssemos à vontade para debater nossas ações sem a presença dela para nos constranger. O professor e eu nos encaramos por um segundo, ambos aliviados. De minha parte, pensei que, se a própria senhora Harker tivesse consciência do risco, muito sofrimento e muito perigo seriam evitados. Sob as circunstâncias, nós concordamos, perguntando com o olhar e respondendo com o dedo sobre os lábios, em manter silêncio sobre nossas suspeitas, até que tivéssemos oportunidade de conversar em particular de novo. Partimos logo para o Plano de Campanha. Van Helsing resumidamente apresentou os fatos.

– O *Czarina Catherine* deixou o Tâmisa ontem pela manhã. Se ele navegar na maior velocidade que alguma vez já experimentou, precisará de no mínimo três semanas para chegar a Varna, mas por terra nós podemos chegar ao mesmo lugar em três dias. Agora, se diminuirmos em dois dias a viagem do navio, atribuindo esta redução às influências climáticas que sabemos que o Conde pode fazer surgir, e se aumentarmos em um dia e uma noite o nosso percurso, atribuindo esta demora a possíveis atrasos que possam nos atingir, então ainda teremos uma margem de cerca de duas semanas. Portanto, para estarmos totalmente seguros, devemos partir no máximo no dia 17. Assim, estaremos de qualquer forma em Varna um dia antes da chegada do navio, e poderemos tomar as providências necessárias. E é claro que devemos viajar armados, armados contra coisas más, tanto espirituais quanto físicas.

Nesse ponto, Quincey Morris acrescentou:

– Entendo que o Conde vem de um país de lobos e que talvez chegue lá antes de nós. Proponho somarmos Winchesters ao nosso armamento. Nutro uma espécie de confiança em uma Winchester quando há problemas desse tipo por perto. Você se lembra, Art, de quando aquela matilha estava em nossos calcanhares em Tobolsk? O que não teríamos dado por uma arma de repetição!

– Ótimo! – disse Van Helsing. – Que sejam Winchesters. A cabeça de Quincey tem tutano o tempo todo, mas ainda mais quando se trata de caçar, sendo a metáfora mais desonrosa para a ciência do que perigosos são os lobos para o homem. Enquanto isso, não podemos fazer nada aqui, e como penso que ninguém entre nós conhece Varna, por que não partir mais cedo? A espera custa tanto aqui quanto lá. Esta noite e amanhã podemos nos aprontar e então, se tudo estiver bem, nós quatro poderemos iniciar nossa viagem.

– Nós quatro? – perguntou Harker, olhando de um em um para todos nós.

– É claro! – respondeu o professor rapidamente. – Você precisa ficar para cuidar da sua querida esposa!

Harker ficou em silêncio por um instante e depois falou, em uma voz profunda:

– Falemos sobre esta parte pela manhã. Quero conversar com Mina.

Pensei que agora era a hora de Van Helsing alertar Harker para não revelar nossos planos a ela. Olhei para ele significativamente e tossi. Em resposta, ele pôs o dedo sobre os lábios e se virou para o outro lado.

## Diário de Jonathan Harker

### 5 de outubro, de tarde

Por algum tempo após a nossa reunião desta manhã, não consegui raciocinar. Os novos desdobramentos das coisas colocam minha cabeça em um estado de espanto que não deixa espaço para o pensamento efetivo. A decisão de Mina de não participar do debate me deixou pensativo; e, como não podia conversar a respeito com ela, pude somente adivinhar. Estou agora mais distante do que nunca de uma solução. O modo como os outros reagiram também me deixou perplexo. Da última vez que abordamos o assunto, concordamos que não deveria mais haver segredos entre nós. Mina está dormindo, calma e docemente como uma criancinha. Os lábios estão curvados e seu rosto brilha de felicidade. Obrigado, Deus, por ainda existirem momentos assim para ela.

* * *

### Mais tarde

Como tudo isto é estranho. Eu estava sentado, observando Mina dormir, e cheguei muito perto de me sentir também tão feliz quanto possível. Conforme o entardecer se aproximou, e a terra se cobriu das sombras lançadas pelo sol que baixava, o silêncio no quarto me pareceu cada vez mais imponente. De repente, Mina abriu os olhos e, encarando-me com ternura, disse:

– Jonathan, quero que você me prometa uma coisa e empenhe nela sua palavra de honra. Um juramento feito a mim, mas tornado sagrado por ser ouvido por Deus, e a não ser quebrado mesmo que eu me atire de joelhos aos seus pés, implorando com as mais amargas lágrimas. Rápido, prometa de uma vez.

– Mina, um juramento assim eu não posso fazer de uma vez. É possível que eu nem tenha o direito de fazê-lo.

– Mas, meu querido – ela respondeu, com tal intensidade espiritual que seus olhos brilharam como estrelas polares –, sou eu que estou pedindo, e não é por mim mesma. Você pode perguntar ao doutor Van Helsing se não estou certa; se ele discordar, você pode fazer como quiser. Não, mais do que isso: se todos vocês concordarem, depois, você fica desobrigado de cumprir.

– Eu juro! – respondi, e por um instante ela pareceu supremamente feliz, embora a mim toda a felicidade por ela tenha sido negada pela cicatriz vermelha em sua testa.

– Jure que você não vai me contar nada sobre os planos da campanha contra o Conde. Nem por palavras nem por inferência nem por implicação. Nada, em nenhum momento, enquanto isto continuar em mim! – E ela com gravidade apontou para a cicatriz. Eu vi que ela falava muito a sério e respondi, também com seriedade:

– Eu juro!

E, assim que falei, senti que a partir daquele momento uma porta tinha sido fechada entre nós.

* * *

### Mais tarde, meia-noite

Mina esteve animada e alegre durante toda a noite. Tanto que todos os demais pareceram se entusiasmar, como que infectados pela jovialidade dela. Em resultado, até eu mesmo senti como se a mortalha de tristeza que pesa sobre nós houvesse sido suspendida um pouco. Todos nos recolhemos cedo. Mina dorme como uma criança agora. É maravilhoso que sua capacidade de dormir reste intacta, em meio a seus terríveis problemas. Obrigado a Deus por isso, pois assim, pelo menos, ela pode diminuir a cautela. Quem sabe o exemplo dela me afete tanto quanto a alegria me afetou esta noite. Tentarei. Ah, um sono sem sonhos…

* * *

### 6 de outubro, manhã

Outra surpresa. Mina me acordou cedo, mais ou menos no mesmo horário de ontem, e me pediu para chamar o doutor Van Helsing. Pensei que haveria outra sessão de hipnose, e sem fazer perguntas fui buscar o professor. Ele evidentemente estava à espera do chamado, pois o encontrei já vestido. A porta de seu quarto estava aberta, para que ele pudesse escutar a abertura da porta do nosso quarto. Ele veio imediatamente; quando entrou no quarto, perguntou a Mina se os outros poderiam vir também.

– Não – ela respondeu com simplicidade. – Não será necessário. O senhor bem lhes poderá contar. Eu preciso acompanhá-los na viagem.

O doutor Van Helsing ficou tão espantado quanto eu. Após uma breve pausa, ele perguntou:

– Mas por quê?

– Os senhores devem me levar junto. Estarei mais segura em sua companhia, e os senhores também estarão mais seguros.

– Mas por quê, madame Mina? A senhora sabe que sua segurança é nosso mais solene dever. Nós correremos perigos aos quais a senhora estará, ou poderá estar, mais vulnerável do que qualquer um de nós, dadas as... dadas as circunstâncias, dadas as... coisas que aconteceram.

O professor parou, constrangido. Mina, enquanto respondia, apontou o dedo para a própria testa:

– Eu sei. É por isso que preciso ir. Posso lhe contar agora, enquanto o sol está nascendo. Eu talvez não tenha outra oportunidade. Sei que, quando o Conde me quiser, terei de ir. Sei que, se ele me disser para ir em segredo, serei astuta e irei; sei que usarei qualquer recurso e enganarei qualquer um, até mesmo Jonathan.

Deus é testemunha do olhar que ela me lançou quando se virou para mim enquanto falava, e se existir de fato um anjo que faz anotações, aquele olhar foi registrado para a infinita honra de Mina. Só consegui apertar sua mão. Não pude falar, pois minha emoção era grande demais até mesmo para ser aliviada por lágrimas. Ela prosseguiu:

– Os senhores, homens, são valentes e fortes. São fortes em grupo, pois podem resistir ao que esmagaria a resistência humana de alguém que precisasse se proteger sozinho. Além disso, eu talvez seja útil, pois o senhor pode me hipnotizar e assim descobrir o que até eu mesma não sei.

O doutor Van Helsing falou, com grande gravidade:

– Madame Mina, a senhora mostra, como sempre, muita sabedoria. A senhora há de vir conosco e, juntos, nós faremos o que temos a fazer.

Depois que falou, o longo intervalo de silêncio de minha esposa me fez olhar em sua direção. Ela havia recostado de volta do travesseiro e dormia; não acordou nem mesmo quando eu abri as cortinas e deixei que a luz do sol banhasse o quarto. Van Helsing gesticulou para que eu o acompanhasse em silêncio. Fomos ao quarto dele e, em um minuto, lorde Godalming, o doutor Seward e o senhor Morris estavam conosco. Ele lhes contou o que Mina tinha dito e acrescentou:

– Pela manhã devemos partir para Varna. Temos agora de lidar com um novo fator: madame Mina. Ah, mas sua alma é tão pura. É uma agonia para ela contar-nos o tanto que contou, mas está totalmente correta, e fomos alertados a tempo. Não podemos perder nenhuma oportunidade, e em Varna deveremos estar prontos para agir no instante em que o navio atracar.

– O que exatamente vamos fazer? – o senhor Morris perguntou, laconicamente.

O professor fez uma pausa antes de responder.

– Vamos, em primeiro lugar, subir a bordo daquele navio; depois, assim que identificada a caixa, deveremos colocar um ramo de rosa selvagem em cima. O galho precisa ser preso à caixa, pois, enquanto estiver lá, dela ninguém consegue sair, ou ao menos isso é o que diz a superstição. E na superstição temos de confiar, no começo. Era a fé de um homem antigamente, e tem raízes na fé ainda hoje. Depois, quando tivermos a oportunidade que buscamos, quando não houver por perto ninguém que possa observar, abriremos a caixa, e então tudo ficará bem.

– Eu não vou esperar uma oportunidade – disse Morris. – Quando eu vir a caixa, vou abrir e destruir o monstro, mesmo que haja mil homens olhando e ainda que eu seja açoitado por isso no instante seguinte!

Apertei a mão dele instintivamente e a encontrei dura como um pedaço de aço. Acho que ele entendeu meu olhar. Espero que tenha entendido.

– Bom rapaz – respondeu o doutor Van Helsing. – Rapaz valente. Quincey é todo masculinidade. Deus o abençoe por isso. Meu jovem, acredite-me que nenhum de nós há de hesitar nem se deter diante de nenhuma ameaça. Apenas digo o que talvez façamos, o que precisamos fazer. Mas, de fato, não podemos dizer o que faremos. Há tantas coisas que podem acontecer, e a forma e as consequências são tão variadas que, até que chegue o momento, não podemos dizer. Nós estaremos todos armados, de todas as maneiras, e assim, quando o momento final chegar, nossos esforços não hão de escassear. Agora, vamos colocar todos os nossos assuntos em ordem. Que todas as coisas que impactam os que nos são caros, e tudo o que dependa de nós, estejam cuidados, pois nenhum de nós pode dizer o que, quando ou como o final será. Quanto a mim, meus próprios assuntos já foram arranjados; como nada mais tenho a fazer, cuidarei dos preparativos para a viagem. Providenciarei as passagens e outras coisas para a nossa jornada.

Nada mais havia a ser dito, e nos separamos. Vou agora cuidar de todos os meus assuntos terrenos e me preparar para o que quer que venha…

* * *

### Mais tarde

Está tudo pronto; fiz meu testamento e tudo foi cuidado. Mina, se sobreviver, é minha única herdeira. Do contrário, os demais, que tão bons foram para nós, receberão.

O anoitecer se aproxima, e a inquietação de Mina chama minha atenção para o fato. Tenho certeza de que há em sua mente algo que o momento exato do poente vai revelar. Essas ocasiões estão se tornando angustiantes para todos nós, pois cada alvorecer e cada poente inauguram novos perigos, algumas novas dores as quais, entretanto, possam, segundo a vontade de Deus, ser o meio para um bom fim. Faço estas anotações do diário porque minha amada não deve ouvi-las agora, mas, se ela puder tornar a vê-las, estarão prontas.

Ela está me chamando.

# Capítulo XXV

## Registros do doutor Seward

### 11 de outubro, fim de tarde

Jonathan Harker me pediu para fazer esta anotação. Diz que não está à altura da tarefa e deseja que um relato preciso seja registrado.

Creio que nenhum de nós se surpreendeu quando fomos chamados para ver a senhora Harker um pouco antes do pôr do sol. Há algum tempo, compreendemos que o nascer e o pôr do sol são, para ela, períodos de singular liberdade, quando sua velha essência pode se manifestar sem que nenhuma força controladora a subjugue ou restrinja, nem a incite à ação.

Este estado ou condição tem início cerca de meia hora ou mais antes do nascer ou do pôr do sol propriamente dito, e dura até que o sol esteja alto, ou enquanto as nuvens ainda refletirem algum raio de luz que brilhe acima do horizonte. No começo, há uma espécie de condição negativa, como se algum nó se afrouxasse, e logo depois advém a absoluta liberdade. Quando, porém, a liberdade cessa, a mudança contrária, ou recaída, chega rápido, precedida apenas por um intervalo de silêncio de advertência.

Esta noite, quando nos encontramos, ela estava de certa forma constrangida e exibia todos os sinais de uma luta interna. Eu mesmo anotei que ela fez um esforço violento assim que conseguiu. Bem poucos minutos, entretanto, bastaram para dar a ela total controle de si mesma. Em seguida, gesticulando para que o marido se sentasse ao seu lado no sofá onde estava repousando, convidou os demais a trazerem cadeiras e se sentarem perto. Tomando a mão do marido nas suas, ela começou:

– Nós estamos todos juntos aqui, em liberdade, talvez pela última vez! Eu sei, meu querido, eu sei que você estará comigo sempre, até o fim – isso foi dito ao marido, cuja mão, conforme vimos, havia apertado a dela. – Pela manhã nós partiremos rumo à nossa missão, e apenas Deus sabe o que está reservado para cada um de nós. Os senhores estão sendo tão bons para comigo, a ponto de me levarem junto. Sei que tudo o que homens corajosos e sérios puderem fazer por uma pobre e fraca mulher, cuja alma talvez esteja perdida, não, não, ainda não, mas em risco, de qualquer forma, os senhores farão. Mas todos precisam lembrar que eu não sou como os senhores. Há um veneno no meu sangue, na minha alma, que talvez me destrua, que vai me destruir, a menos que algum alívio nos chegue. Ah, meus amigos, os senhores sabem tão bem quanto eu que minha alma está em jogo, e embora eu saiba que existe uma saída para mim, os senhores não devem e eu não devo usá-la!

Ela nos encarou de um em um, com olhos suplicantes, começando e terminando no marido.

– E que saída é essa? – perguntou Van Helsing, com voz rouca. – Que caminho é esse, que não podemos nem devemos tomar?

– Que eu morra agora, por mão própria ou de outrem, antes que o grande mal seja totalmente eliminado. Eu sei, e os senhores também sabem, que, se eu estivesse morta, poderiam libertar meu espírito imortal, como fizeram com a pobre Lucy. Se fosse a morte, ou o medo da morte, o único obstáculo no caminho, eu não hesitaria em morrer agora mesmo, aqui, entre amigos que me amam. Mas a morte não é tudo. Não posso acreditar que morrer em tal circunstância, quando à nossa frente há esperança e uma árdua tarefa a cumprir, seja a vontade de Deus. Portanto, eu, de minha parte, abro mão neste momento da certeza de meu descanso eterno, e parto para a escuridão onde talvez estejam as coisas mais sombrias existentes neste e no outro mundo!

Todos nós ficamos em silêncio, sabendo por instinto que tudo aquilo era somente o prelúdio. Os demais rostos estavam rígidos, o de Harker estava cinzento. Talvez ele soubesse melhor do que qualquer um de nós o que estava a caminho. Mina prosseguiu:

– Este é o quinhão com o qual eu posso contribuir para a justa distribuição do espólio.

Não pude deixar de notar o emprego que, em tal circunstância, ela fez de uma expressão jurídica, e com toda a seriedade.

– O que cada um dos senhores vai me dar? Suas vidas, eu sei – ela acrescentou depressa –, isto é fácil para homens valentes. Suas vidas pertencem a Deus e os senhores podem devolvê-las a Ele, mas o que darão a mim? – Ela nos olhou interrogativamente, mas desta vez evitando encarar o marido. Quincey pareceu entender; ele assentiu, e o rosto dela se iluminou. – Então vou dizer-lhes abertamente o que desejo, pois não pode haver pontos de dúvida na relação entre nós agora. Os senhores precisam jurar para mim, todos e cada um, até mesmo você, meu amado marido, que, chegada a hora, vão me matar.

– E que hora é essa? – a voz era de Quincey, porém baixa e contida.

– Quando estiverem convencidos de que estou tão mudada que morrer é melhor do que viver. Quando eu estiver carnalmente morta, então os senhores irão, sem um momento de demora, introduzir uma estaca através de mim, decepar minha cabeça e fazer o que mais for necessário para dar-me paz!

Quincey foi o primeiro a se recuperar após a pausa. Ajoelhou-se diante dela e, tomando-lhe a mão, declarou solenemente:

– Sou apenas um sujeito bruto que, talvez, não tenha vivido como um homem deveria, para merecer tamanha honra, mas eu lhe juro, em nome de tudo que amo e considero sagrado, que, se a hora chegar, não recuarei diante do dever do qual a senhora nos incumbiu. E também juro cumprir considerando que, se apenas eu estiver na dúvida, a hora terá chegado!

– Meu verdadeiro amigo! – foi tudo o que ela conseguiu dizer, por entre abundantes lágrimas, enquanto, curvando-se, beijou a mão dele.

– Eu juro o mesmo, minha cara madame Mina! – assegurou Van Helsing.

– E eu! – disse lorde Godalming, cada um por seu turno ajoelhando-se perante ela para pronunciar o juramento. Eu mesmo jurei na sequência.

Então o marido se virou para ela, de olhos arregalados e com uma palidez esverdeada que ofuscava a brancura de neve de seus cabelos, e perguntou:

– E eu, devo também fazer tal juramento, minha esposa?

– Você também, meu querido – ela respondeu, com infinita compaixão nos olhos e na voz. – Você não pode se acovardar. Você é o mundo todo para mim, o mais próximo e o mais amado; nossas almas estão entrelaçadas em uma única, por toda a vida e todos os tempos. Pense, meu querido, que houve épocas em que homens de grande bravura mataram esposas e filhas para impedir que elas caíssem em mãos inimigas. As mãos deles não vacilaram por ser quem eles mais amavam a implorar que eles as sacrificassem. É uma obrigação dos homens para com aqueles a quem amam, em tempos de tão dura provação! Ah, meu querido, se tiver de ser que eu encontre a morte pela mão de alguém, que seja pela mão daquele que mais me ama. Doutor Van Helsing, eu não me esqueci de sua misericórdia, no caso da pobre Lucy, com aquele que mais a amava. – E aqui ela parou, ruborizada, e alterou a frase: – Aquele que mais direito tinha de dar paz a ela. Se a ocasião se repetir, eu conto com o senhor para fazer do momento uma lembrança grata na vida do meu marido, que tenha sido a mão amorosa dele que me libertou da terrível servidão que me ameaça.

– Mais uma vez, eu juro! – veio a voz estrondosa do professor.

A senhora Harker sorriu, claramente sorriu, e com um suspiro de alívio tornou a se recostar, dizendo:

– E agora, mais uma palavra de alerta, um alerta que os senhores não devem esquecer: este momento, se vier, surgirá rápida e inesperadamente, e em tal caso os senhores não podem perder tempo nem deixar passar a oportunidade. Neste momento, eu própria talvez seja; não, se a hora chegar, eu *vou* ser, uma aliada de seu inimigo contra os senhores.

Então a senhora Harker se tornou muito solene ao acrescentar:

– Mais um pedido, que não é vital nem necessário como o outro, mas que eu gostaria que fizessem por mim, se puderem. – Todos concordamos, mas ninguém falou; não havia necessidade de palavras. – Quero que leiam as exéquias.

Mina foi interrompida por um soluço profundo do marido, e, tomando a mão dele nas suas, a segurou junto ao coração e prosseguiu:

– Os senhores devem rezar a liturgia fúnebre para mim. Qualquer que seja o fim de toda esta situação terrível, será uma doce recordação para todos nós ou alguns de nós. Você, meu mais amado, é quem eu espero que leia, pois assim será na sua voz que me lembrarei para sempre, venha o que vier!

– Mas, minha amada – ele suplicou –, sua morte está muito distante.

– Não – Mina respondeu, erguendo a mão. – Estou mais profundamente na morte neste momento do que se tivesse o peso de uma cova cheia de terra por cima de mim!

– Ah, minha esposa, eu preciso mesmo? – o senhor Harker questionou, antes de começar.

– Seria um conforto para mim, meu marido – foi só o que ela falou, e então ele começou a ler assim que ela lhe estendeu o livrinho.

Como eu posso, como qualquer um poderia, descrever aquela cena estranha, a solenidade, o abatimento, a tristeza, o horror e, apesar disso, a doçura? Até um cético, que em qualquer coisa sagrada ou emocional nada enxerga além de uma amarga paródia de verdade, teria sentido o coração derreter, se tivesse visto aquele pequeno grupo de amigos amorosos e devotados, de joelhos em volta da senhora arrasada e que tanto sofria, ou se tivesse ouvido a paixão terna na voz do marido, em um timbre tão entrecortado pela emoção que muitas vezes precisou parar, enquanto ele lia o serviço fúnebre simples e belo. Eu, eu não posso, não consigo continuar, as palavras, as palavras e a minha voz, elas me faltam...

* * *

O instinto dela estava certo. Aquilo muito nos confortou, por mais estranho que tenha sido e por mais bizarro que pareça, agora, até mesmo para nós, que na hora sentimos a poderosa influência. E o silêncio, indicando a aproximação da recaída da senhora Harker, após sua liberdade de alma, não nos pareceu tão repleto de desespero como temíamos.

## Diário de Jonathan Harker

### 15 de outubro, Varna

Partimos de Charing Cross na manhã do dia 12, chegamos a Paris na mesma noite e ocupamos os lugares reservados em nosso nome do Expresso do Oriente. Viajamos noite e dia e chegamos aqui por volta das cinco horas da tarde. Lorde Godalming foi ao consulado verificar se algum telegrama havia chegado para ele, enquanto o restante de nós veio para este hotel: "O Odessus". A viagem poderia ter tido incidentes, entretanto eu estava ansioso demais para chegar e me importar com eles. Até que o *Czarina Catherine* atraque no porto, não haverá nada no mundo que desperte meu interesse. Graças a Deus, Mina está bem e parece estar ficando mais forte; a cor está voltando ao rosto. Ela dorme bastante; ao longo de toda a viagem, dormiu quase o tempo todo. Antes do alvorecer e do poente, no entanto, ela fica muito desperta e alerta, e tornou-se um hábito que Van Helsing a hipnotize nesses momentos. No começo, algum esforço era requerido, e ele precisava fazer muitos movimentos com a mão; agora, porém, minha amada parece entregar-se de imediato, como se por costume, e mal é necessário qualquer gesto. Nesses momentos em particular, ele parece ter poder para simplesmente querer, e os pensamentos dela lhe obedecem.

O professor sempre pergunta o que ela consegue ver e escutar. Mina responde à primeira:

– Nada, está tudo escuro –; e à segunda: – Ouço ondas batendo contra o barco, e água correndo por ele. Lonas e cordames tensionados, mastros e vergas rangendo. Ouço o vento soprar nos cabos e mastaréus, e a proa devolve a espuma à água.

É evidente que o *Czarina Catherine* continua no mar, avançando para Varna. Lorde Godalming acaba de chegar. Recebeu quatro telegramas, um por dia desde que partimos, e todos com a mesma mensagem: que o *Czarina Catherine* não havia se comunicado com o Lloyd's de nenhum lugar. Ele havia providenciado, antes de partirmos de Londres, para que o agente lhe enviasse um telegrama todos os dias, para informar se o navio havia sido reportado. O agente deveria comunicar-se ainda que não houvesse o que relatar, de modo a termos certeza de que a vigia continuava, na extremidade oposta do cabo telegráfico.

Jantamos e fomos para a cama cedo. Amanhã devemos nos encontrar com o vice-cônsul para tentar, se for possível, embarcar no navio assim que ele atracar. Van Helsing diz que nossa chance será subir a bordo entre o nascer e o pôr do sol. O Conde, mesmo que assuma a forma de um morcego, não pode atravessar a água corrente por vontade própria, e, portanto, não tem como deixar o navio. Como ele não poderá assumir a forma humana sem levantar suspeitas, o que evidentemente ele deseja evitar, deverá permanecer no caixão. Se, então, conseguirmos subir no barco após o nascer do sol, ele estará à nossa mercê, pois conseguiremos abrir o caixão e cuidar dele como cuidamos da pobre Lucy, antes que ele acorde. Quanta misericórdia ele poderá extrair de nós não importa muito. Acreditamos que não teremos muito problema com os oficiais nem com os marujos. Graças a Deus! Este é um país onde a propina consegue tudo, e estamos todos bem abastecidos de dinheiro. Precisamos apenas garantir que o navio não atraque entre o pôr e o nascer do sol sem que sejamos avisados, e tudo ficará bem. O "juiz Suborno" vai decidir o caso, espero!

* * *

### 16 de outubro

O relato de Mina continua o mesmo: ondas batendo e água passando, escuridão e vento favorável. Estamos evidentemente adiantados. Quando obtivermos notícia do *Czarina Catherine*, estaremos preparados. Como o navio precisa passar pelo Estreito de Dardanelos, certamente receberemos notícia.

* * *

### 17 de outubro

Tudo está bem encaminhado agora, acredito, para receber o Conde em seu retorno. Godalming disse à tripulação que pensava que a caixa embarcada poderia conter algo roubado de um amigo dele, e obteve um meio consentimento para abri-la por sua conta e risco. O proprietário da embarcação deu a ele um documento no qual orienta o capitão a proporcionar todas as facilidades na execução do que quer que ele resolvesse fazer a bordo, e uma autorização semelhante para o agente em Varna. Nós encontramos o agente, que ficou bastante impressionado com os modos gentis com que Godalming o tratou, e estamos todos bem satisfeitos por ele fazer o que estiver ao seu alcance para nos ajudar em nossos propósitos. Também já combinamos o que fazer caso consigamos abrir o caixão. Se o Conde estiver lá, Van Helsing e Seward cortarão a cabeça imediatamente, e enfiarão uma estaca no coração. Morris, Godalming e eu evitaremos interferências, mesmo que seja necessário usar as armas que teremos prontas e preparadas. O professor diz que, se pudermos fazer assim, o corpo do Conde vai em seguida virar pó. Neste caso, não haveria provas contra nós, na eventualidade de alguma suspeita de assassinato ser levantada. Mesmo que as coisas não aconteçam assim, estamos decididos a agir ou cair tentando, e talvez um dia este preciso manuscrito seja a prova a surgir entre nosso pescoço e a corda da forca. Quanto a mim, de boa vontade correrei o risco, se ele se apresentar. Não deixaremos pedra sobre pedra na execução de nosso intento. Combinamos com certos oficiais que, no segundo em que o *Czarina Catherine* for visto, seremos informados por um mensageiro específico.

* * *

### 24 de outubro

Uma semana inteira de espera. Telegramas diários para Godalming, mas sempre a mesma história: Nenhum informe.

A resposta de Mina às hipnoses matutina e vespertina é invariável: ondas batendo, água passando, mastros estalando.

### 24 de outubro, telegrama

De Rufus Smith, Lloyd's, Londres, para lorde Godalming, aos cuidados do vice-cônsul de sua majestade britânica, Varna:

*Czarina Catherine* reportado esta manhã em Dardanelos.

## Diário do doutor Seward

### 25 de outubro

Como sinto falta do meu fonógrafo! Escrever um diário com caneta me parece estranho, mas Van Helsing diz que preciso. Todos ficamos selvagens de excitação ontem, quando Godalming recebeu o telegrama do Lloyd's. Sei agora o que os homens sentem no campo de batalha, quando ouvem a ordem para agir. A senhora Harker, isolada de nosso conselho, não demonstrou nenhum sinal de emoção. Mas, afinal, isso não é estranho, pois tomamos especial cuidado para que ela nada soubesse a respeito, e em sua presença tentamos não demonstrar nenhum sinal de agitação. Estou seguro de que nos velhos tempos ela teria percebido, independentemente de quanto houvéssemos tentado ocultar; porém nesse aspecto ela mudou bastante nas últimas três semanas. A letargia só aumenta, e, embora ela pareça forte e bem, e alguma cor tenha voltado a seu rosto, Van Helsing e eu não estamos satisfeitos. Falamos sobre ela com frequência, mas não dissemos nada aos demais. Isso partiria o coração do pobre Harker, e com certeza seus nervos, se ele soubesse de nossas desconfianças. Van Helsing me contou que examina detidamente os dentes dela, durante a hipnose, pois diz que, enquanto eles não começarem a ficar pontiagudos, não existe risco ativo de mudança nela. Se essa mudança ocorresse, seria necessário tomar medidas... Ambos sabemos que medidas são essas, embora não mencionemos nossos pensamentos um para o outro. Nenhum de nós se acovardaria diante da incumbência, por mais aterrorizante que seja contemplá-la. "Eutanásia" é uma palavra excelente e reconfortante, e sou grato a quem a inventou.

São apenas vinte e quatro horas de navegação de Dardanelos até aqui, na velocidade em que o *Czarina Catherine* navegou desde Londres. O navio há de chegar em algum momento da manhã, mas, como não tem possibilidade de atracar antes das dez, estamos todos prestes a nos recolher cedo. Vamos acordar à uma hora, para estar prontos.

* * *

**25 de outubro, meio-dia**

Nenhuma notícia ainda sobre a chegada do navio. O relato da senhora Harker, na sessão hipnótica desta manhã, foi o mesmo de sempre, então é possível que tenhamos notícias a qualquer momento. Nós, homens, estamos em uma febre de agitação, exceto Harker, que está calmo; as mãos dele estão frias como gelo, e uma hora atrás eu o encontrei afiando a lâmina da Ghoorka, que ele agora carrega o tempo todo. Será uma imagem feia para o Conde, se ele vir o fio deste punhal "Kukri" tocar sua garganta, empunhado por aquela mão decidida e gelada!

Van Helsing e eu ficamos um pouco alarmados com a senhora Harker hoje. Por volta do meio-dia ela entrou em uma espécie de letargia que não nos agradou nem um pouco. Embora tenhamos mantido silêncio perante os demais, nenhum de nós dois estava contente com aquilo. Mina esteve agitada durante a manhã inteira, então no início ficamos aliviados ao saber que ela estava dormindo. Quando, porém, o marido muito por acaso mencionou que a senhora Harker estava dormindo tão profundamente que não tinha conseguido despertá-la, fomos pessoalmente vê-la. A senhora Harker respirava tranquilamente, e parecia tão bem e em paz que concordamos que o sono era melhor para ela do que qualquer outra coisa. Pobre moça, tem tanto a esquecer que não é de admirar que o sono, ao propiciar esquecimento, faça-lhe bem.

* * *

**Mais tarde**

Nossa opinião se confirmou, pois, quando despertou, após algumas horas de sono restaurador, ela parecia melhor e mais disposta do que nos últimos muitos dias. Ao poente ela deu o relatório hipnóico costumeiro. Onde quer que esteja no Mar Negro, o Conde vem às pressas para seu destino. Para sua destruição, eu espero!

* * *

**26 de outubro**

Mais um dia e nenhuma novidade quanto ao *Czarina Catherine*. Ele já deveria ter chegado, agora. Aparentemente, porém, continua navegando, pois o boletim sob hipnose da senhora Harker ainda é o mesmo. É possível que a embarcação esteja se retardando, vez por outra, devido ao nevoeiro. Alguns vapores que chegaram ontem à noite relataram volumes de névoa tanto ao norte quanto ao sul do porto. Precisamos continuar de vigia, pois o navio pode se aproximar a qualquer momento.

* * *

**27 de outubro, meio-dia**

Muito estranho; sem notícias ainda do navio pelo qual esperamos. A senhora Harker relatou como sempre, ontem à noite e na manhã de hoje:

"Ondas batendo e água correndo", embora tenha acrescentado que "as ondas estão bem fracas". Os telegramas de Londres têm sido iguais:

"Nenhuma informação". Van Helsing está terrivelmente ansioso e me disse, agora há pouco, recear que o Conde nos esteja escapando. E acrescentou, significativamente:

– Não gostei daquela letargia da madame Mina. As almas e as lembranças podem fazer coisas estranhas durante o transe.

Eu estava prestes a perguntar-lhe mais, porém Harker entrou e ergueu a mão para me impedir. No entardecer de hoje, tentaremos fazê-la falar mais durante o estado hipnótico.

* * *

### 28 de outubro

### Telegrama de Rufus Smith, Londres, para lorde Godalming, aos cuidados do vice-cônsul de Sua Majestade Britânica, Varna

*Czarina Catherine* reportado entrando em Galati à uma hora hoje.

* * *

### Diário do doutor Seward

### 28 de outubro

Quando recebemos o telegrama anunciando a chegada em Galati, creio que não foi para nenhum de nós o choque que se poderia ter esperado. É verdade que não sabíamos de onde, como ou quando o raio cairia, mas me parece que todos nós esperávamos que algo estranho acontecesse. O atraso na chegada a Varna convenceu a cada um de nós de que as coisas não seriam conforme havíamos esperado; apenas aguardamos para saber onde a mudança aconteceria. Mesmo assim, foi uma surpresa. Suponho que a natureza funcione com base em tamanha esperança que acreditamos, contra nós mesmos, que as coisas serão como devem ser, e não como deveríamos saber que elas vão ser. O transcendentalismo é uma luz para guiar os anjos, mesmo quando para os homens não passa de fogo-fátuo. Foi uma experiência esquisita que cada um interpretou a seu modo. Van Helsing levantou a mão acima da cabeça por um momento, como se protestando com o Todo-poderoso, mas não disse uma palavra, e em poucos segundos se pôs de pé com a expressão muito dura. Lorde Godalming ficou lívido e se sentou, respirando pesadamente. Eu mesmo estava meio atordoado e olhava com espanto para um após o outro. Quincey Morris apertou o fecho do cinto com um movimento ágil que eu conhecia muito bem. Em nossos dias de perambulação, significava: "ação". A senhora Harker ficou horrivelmente pálida, de um modo que fez a cicatriz em sua testa parecer queimar, mas cruzou as mãos humildemente e rezou olhando para cima. Harker sorriu, sorriu, de fato, o sorriso sombrio e amargo de quem perdeu todas as esperanças, mas ainda assim sua ação desmentiu suas palavras, pois as mãos dele instintivamente procuraram o cabo do punhal e pousaram ali.

– Quando parte o próximo trem para Galati? – perguntou Van Helsing para ninguém em particular.

– Às seis e trinta de amanhã!

Todos nós demos um pulo, pois a resposta veio da senhora Harker.

– E como, por Deus, a senhora sabe disso? – perguntou Art.

– O senhor se esquece, ou talvez apenas ignore, embora Jonathan e o doutor Van Helsing saibam, que eu sou a fanática dos trens. Em casa, em Exeter, eu sempre sabia os horários, de modo a poder ser útil ao meu marido. Achei isso tão proveitoso, em algumas ocasiões, que agora sempre estudo os horários. Eu sabia que, se alguma coisa nos fizesse ir ao castelo de Drácula, teríamos de sair por Galati, ou de qualquer forma cruzando Bucareste, então estudei os trajetos com muito cuidado. Infelizmente não há muito o que aprender, pois o único trem de amanhã parte conforme eu disse.

– Que mulher maravilhosa! – murmurou o professor.

– Não podemos pegar um trem especial? – perguntou lorde Godalming.

Van Helsing abanou a cabeça.

– Receio que não. Este país é muito diferente do seu e do meu, e, mesmo que conseguíssemos um trem especial, ele provavelmente não chegaria tão cedo quanto o trem regular. Além disso, temos algumas coisas a preparar.

Precisamos refletir. Vamos nos organizar. Você, amigo Arthur, vá à estação, providencie as passagens e cuide para que tudo esteja pronto para nossa partida pela manhã. Você, amigo Jonathan, vá ao agente do navio e consiga com ele cartas que nos autorizem perante o agente em Galati a fazer lá a mesma busca no navio que podemos fazer aqui. Quincey Morris, vá ver o vice-cônsul e consiga que ele nos ajude com seu equivalente em Galati e com tudo o mais que ele puder fazer para tornar nossa viagem tranquila, de forma que nenhum minuto seja desperdiçado durante a travessia do Danúbio. John ficará aqui com madame Mina e comigo, e conversaremos. Pois, se as atividades consumirem tempo, vocês podem se atrasar, e assim não importará se o poente chegar, pois eu estarei aqui com a madame para obter o relato.

– E eu – disse a senhora Harker, animadamente e bem mais fiel à própria essência do que tinha sido durante muitos e muitos dias – tentarei ser útil de todas as formas. Vou pensar e escrever para os senhores como fazia antes. Algo está mudando em mim de um jeito estranho, e me sinto mais livre agora do que em muito tempo!

Os três homens mais jovens ficaram contentes quando entenderam o significado das palavras dela, mas Van Helsing e eu, quando nos olhamos, fizemos e recebemos um sinal grave e perturbado.

Quando os três haviam partido rumo às respectivas missões, Van Helsing pediu que a senhora Harker fosse procurar a cópia dos registros e entregasse a ele a parte do diário de Harker escrita no castelo. Ela foi buscar. Quando a porta se fechou à sua saída, ele me disse:

– Pensamos o mesmo. Fale!

– Há uma mudança. É uma esperança que me deixa doente, pois pode nos ludibriar.

– Exato. Sabe por que eu pedi a ela para pegar o manuscrito?

– Não! – eu respondi. – A menos que fosse para ter a oportunidade de estar sozinho comigo.

– Você está parcialmente certo, amigo John, mas só parcialmente. Quero lhe contar algo. E, ah, meu amigo, estou assumindo um risco enorme, terrível, mas acredito que esteja certo. No momento em que a madame Mina disse aquelas palavras que chamaram tanto a sua atenção quanto a minha, veio-me uma inspiração. No transe de três dias atrás, o Conde enviou seu espírito para ler a mente dela, ou, mais provavelmente, ele a levou para que ela o visse em sua caixa de terra no navio, com a água passando, do mesmo modo como ele se liberta no nascer e no pôr do sol. Ele soube, então, que nós estávamos aqui, pois ela tem mais a contar em sua vida desobstruída, com olhos para ver e ouvidos para escutar, do que ele, fechado como está, em sua caixa-caixão. Agora ele está fazendo grandes esforços para escapar de nós. Neste momento, não a quer.

"Ele tem segurança quanto ao que sabe, que é: que ela irá quando for chamada, mas ele a bloqueou, ele a desconectou, afastou-a de seu próprio poder, para que ela não possa ir até ele. Ah! Aí reside minha esperança de que o nosso cérebro de homem, que tem sido de homem há muito tempo e não perdeu a graça divina, vai sobrepujar o cérebro de criança dele, que por séculos permaneceu no túmulo, e que não atingiu ainda a estatura dos nossos, e que só funciona egoistamente e, portanto, diminutamente. Aí vem madame Mina. Nem uma palavra sobre o transe. Ela não sabe, e sabê-lo apenas a esmagaria e desesperaria, exatamente quando a queremos em toda a sua esperança e com toda a sua coragem; quando mais desejamos todo o cérebro dela, que é desenvolvido como o de um homem, porém pertence a uma doce mulher e tem um poder especial que o próprio Conde deu a ela, e que ele não tem como retirar por completo, embora pense que pode. *Psss!* Deixe-me falar, e você há de aprender. Ah, John, meu amigo, estamos em um apuro terrível. Tenho medo como nunca tive antes. Só podemos confiar no bom Deus. Silêncio, aí vem ela."

Pensei que o professor teria um colapso e ficaria histérico, como ficou quando Lucy morreu, mas com um imenso esforço ele se controlou, e estava perfeitamente equilibrado quando a senhora Harker entrou no quarto, animada e alegre e, por haver se dedicado a uma tarefa, aparentemente esquecida dos próprios problemas. Ao entrar, ela entregou a Van Helsing um maço de folhas datilografadas. Ele as olhou atentamente, o rosto se iluminando enquanto lia. Então, segurando as páginas entre o indicador e o polegar, falou:

– Amigo John, para você, que já tem tanta experiência, e para a senhora também, cara madame Mina, que é muito jovem, aqui vai uma lição: nunca tenham medo de pensar. Um meio pensamento vem zumbindo com frequência no meu cérebro, mas eu tive medo de deixá-lo abrir as asas. Agora, com mais conhecimento, eu volto ao ponto onde este surgiu e descubro que ele não é absolutamente um meio pensamento, é um pensamento inteiro, embora jovem e ainda sem força suficiente para usar suas pequenas asas. Não: como o *Patinho feio* do meu amigo Hans Andersen, ele não é de maneira nenhuma um acanhado como o patinho, e sim um como o cisne, que voará nobremente com grandes asas, quando chegar para ele o momento de testá-las. Vejam, vou ler o que Jonathan escreveu:

"'Aquele outro de sua linhagem, que, tempos depois, tantas vezes reuniu seus exércitos no grande rio, rumo à terra da Turquia, e quem, uma vez repelido, voltou de novo, de novo e de novo, embora precisasse voltar sozinho do campo sangrento onde suas tropas estavam sendo massacradas, certo de que ele, e ele apenas, poderia, em última instância, triunfar.'

"O que isso nos diz? Não muito? Não! O pensamento infantil do Conde nada enxerga, e por isso ele fala com tanta liberdade. O seu pensamento adulto não enxerga nada, o meu pensamento adulto não enxergava nada, até agora. Nada! Mas aí vem outra palavra, de alguém que fala sem refletir, porque ela, da mesma forma, não sabe o que isso significa, o que isso poderia significar. Assim como há elementos atmosféricos que repousam, e no curso da natureza se movem e se tocam, e então *puf!*, lá vem o clarão do raio, em toda a largura do céu, cegando, matando e destruindo alguns, mas revelando toda a terra lá embaixo, por quilômetros e quilômetros. Certo? Bem, vou explicar. Para começar, já estudaram filosofia criminal? Um 'sim' e um 'não'. Você, John, sim, pois é o estudo da insanidade. A senhora, madame Mina, não, pois o crime não a concerne, exceto uma vez. Ainda assim, sua mente trabalha bem, e não discute *a particulari ad universale*. Existe esta peculiaridade nos criminosos. É tão constante, em todos os lugares e todas as épocas, que até a polícia, que não sabe muito de filosofia, chega a saber, empiricamente, que é assim. Isto é ser empírico. O criminoso sempre trabalha em um crime, este é o verdadeiro criminoso, que parece predestinado ao crime, e que não deseja outro. Esse criminoso não tem o cérebro completo de um homem. Ele é esperto e astucioso e cheio de recursos, mas não tem a estatura cerebral de um homem. Tem, em grande medida, um cérebro de criança. Agora, esse nosso criminoso está predestinado ao crime também e tem, além disso, o cérebro de uma criança. É próprio de uma criança fazer o que ele fez. O passarinho, o peixinho, o pequeno animal não aprendem por princípio, mas por empirismo, e, quando ele aprende algo, tem um ponto de apoio a partir do qual fazer mais. *Dos pou sto*, disse Archimedes, 'Dê-me um ponto de apoio, e eu moverei o mundo!'. Fazer uma vez é o ponto de apoio por meio do qual o cérebro de criança se torna o cérebro adulto. Até que se proponha a fazer mais, ele continua a fazer o mesmo todas as vezes, exatamente como vinha fazendo antes! Ah, minha querida, vejo que seus olhos se arregalam, e que para a senhora o clarão do raio já revelou a terra toda – pois a senhora Harker começou a apertar as mãos, e seus olhos faiscavam."

Ele prosseguiu:

– Agora a senhora deve falar. Conte a dois calejados homens das ciências o que a senhora enxerga com seu olhar fresco.

Ele pegou a mão dela e segurou enquanto falava. O indicador e o polegar dele se fecharam sobre o pulso dela, ao mesmo tempo que, instintiva e inconscientemente, ela revelava.

– O Conde é um criminoso, e um criminoso típico. Nordau e Lombroso o classificariam assim, e como criminoso ele tem uma mente imperfeitamente constituída. Portanto, em face de uma dificuldade, ele precisa buscar recursos no hábito. O passado dele é uma pista, e o trecho que conhecemos, e conhecemos dos lábios dele mesmo, revelam que certa vez, quando ele estava no que o senhor Morris chamaria de "enrascada", ele rumou para o próprio país, voltando da terra que havia tentado invadir, e assim, sem perder de vista seu propósito, preparou-se para um novo ataque. Retornou mais bem equipado para a missão, e venceu. Então Drácula seguiu a Londres para invadir uma nova terra. Foi repelido, e quando perdeu todas as esperanças de vitória e sua existência estava em perigo, voltou para casa por mar, assim como, antes, havia voltado para casa, vindo da Turquia, pelo Danúbio.

– Bom, muito bom, ah, que senhora mais inteligente! – elogiou Van Helsing, entusiasmado, ao se curvar e beijar a mão dela.

Um momento mais tarde ele disse para mim, com tanta calma como se estivesse saindo de uma consulta a um doente:

– Apenas setenta e dois, e em toda esta agitação. Estou esperançoso. – E, virando-se novamente para ela, pediu, em aguda expectativa: – Continue, continue! Há mais a contar, se a senhora quiser. Não tenha medo; John e eu sabemos. Eu, de qualquer forma, sei, e direi à senhora se estiver certa. Fale, fale sem medo!

– Vou tentar, mas os senhores precisam me perdoar se eu parecer ególatra.

– Não! Nada tema, pode ser ególatra, pois é na senhora que estamos pensando.

– Então, como ele é um criminoso, é egoísta, e como o intelecto dele é pequeno e sua ação é baseada em egoísmo, ele confina a si mesmo a um único objetivo. Esse objetivo é impiedoso. Assim como ele fugiu pelo Danúbio, abandonando seus exércitos para serem dizimados, sua intenção agora é estar em segurança, independentemente de qualquer coisa. Então o egoísmo dele libertou um pouco a minha alma do poder terrível que ele adquiriu sobre mim naquela noite pavorosa. Eu sinto! Ah, eu sinto! Obrigada, Deus, por Sua infinita misericórdia! Minha alma está mais livre agora do que em qualquer momento desde aquele, e só o que me assombra é que durante algum transe ou sonho meu ele tenha usado o que sei em favor de seus fins.

– Sim, ele usou a sua mente desse modo, e assim nos deixou estacionados aqui em Varna, enquanto o navio que o transporta atravessou o nevoeiro até Galati, onde, sem dúvida, ele tomou providências para escapar de nós. Mas seu cérebro infantil só enxerga até aí, e pode ser que, como sempre na Divina Providência, precisamente aquilo com que o malfeitor mais conta para o próprio bem-estar acabe se revelando a causa do pior estrago. O caçador é apanhado na própria armadilha, como disse o grande salmista rei Davi. Agora que ele acredita que está livre de nós, e que fugiu com muitas horas de antecedência, seu cérebro de criança vai sugerir que ele descanse. Ele acredita também que, tendo se desconectado do seu cérebro, a senhora também não pode se conectar ao dele. Aí é onde ele falha! Aquele terrível batismo de sangue que ele lhe ministrou torna a senhora livre para ir até ele em espírito, como vem fazendo até agora em seus momentos de liberdade ao nascer e ao pôr do sol. Nesses momentos, a senhora vai até o Conde por minha vontade, e não pela dele, e esse poder, que beneficia a senhora e os outros, a senhora o recebeu dele mesmo. Agora, é ainda mais precioso que ele não saiba disso, que se proteja e até mesmo se desligue do conhecimento do nosso paradeiro. Nós, no entanto, não somos egoístas, e acreditamos que Deus nos acompanha através da escuridão e destas tantas horas soturnas. Nós o seguiremos, e não retrocederemos, mesmo se perecermos a ponto de nos tornar como ele. Amigo John, esta foi uma grande hora, que muito fez pelo nosso avanço no caminho. Você precisa registrar tudo, para poder entregar aos outros quando eles voltarem de seus afazeres, assim eles saberão o que nós sabemos.

Assim, escrevi isto enquanto esperamos pelo retorno deles, e a senhora Harker datilografou.

# Capítulo XXVI

## Registros do doutor Seward

### 29 de outubro

Escrevo isto no trem de Varna para Galati. Ontem à noite, reunimo-nos um pouco antes do poente. Cada um de nós havia se desincumbido de sua tarefa o melhor possível. Quanto a planejamento, esforço e oportunidade, estamos totalmente preparados para a viagem, e para o trabalho quando chegarmos a Galati. Na hora habitual, a senhora Harker se preparou para a sessão de hipnose. Depois de um esforço mais intenso e prolongado por parte de Van Helsing do que era necessário, ela entrou em transe. Em geral, ela fala espontaneamente, mas dessa vez o professor precisou fazer perguntas, e fazê-las de modo bem incisivo, antes de descobrirmos algo; por fim veio a resposta dela:

– Não consigo ver nada. Estamos parados, não há ondas batendo, apenas torvelinhos de água passando suavemente contra os cabos de amarração. Ouço homens chamando, perto e longe, e o chiar e ranger dos remos nas cavilhas. Em algum lugar foi disparado um tiro; o eco parece vir de longe. Há passadas pesadas acima, e cordas e correntes sendo arrastadas. O que é isso? Há um facho de luz; sinto o vento soprar em mim.

Nesse ponto, a senhora Harker parou; havia-se erguido impulsivamente de onde estava deitada no sofá, e levantado as duas mãos, com as palmas para cima, como se carregassem algo. Van Helsing e eu nos entreolhamos, entendendo. Quincey suspendeu ligeiramente as sobrancelhas e a observou agudamente, enquanto Harker, por instinto, havia fechado a mão em torno do cabo do punhal Kukri. Houve uma longa pausa. Todos sabíamos que o momento em que ela poderia falar estava passando, mas sentimos que seria inútil dizer qualquer coisa. De repente, ela se sentou, abriu os olhos e falou, com meiguice:

– Alguém gostaria de uma xícara de chá? Devem estar todos tão cansados!

E como só o que podíamos fazer era contentá-la, aceitamos. Ela partiu para conseguir o chá; quando ela saiu, Van Helsing disse:

– Vejam, meus amigos, ele está perto do continente; saiu da arca de terra. Mas ainda precisa chegar à costa. Durante a noite ele pode ficar escondido em algum lugar, mas, se não for transportado para a terra firme, ou se o navio não encostar, ele não tem como alcançar a costa. Neste caso ele pode, se for noite, mudar de forma, e então saltar ou voar para terra, como fez em Whitby. Mas, se o dia nascer antes que ele toque a costa, então, a menos que seja carregado, não poderá fugir. Se ele for transportado, os fiscais da alfândega poderão descobrir o que a caixa contém. Portanto, e por fim, se ele não escapar para a costa esta noite, ou antes do amanhecer, será um dia inteiro perdido para ele. Nós podemos chegar a tempo, pois, se ele não escapar durante a noite, nós chegaremos a ele durante o dia, quando estiver encaixotado e à nossa mercê. Não se atreverá a ser ele mesmo, desperto e visível, para não ser descoberto.

Nada mais havia a ser dito, de forma que aguardamos com paciência até o amanhecer, quando então poderíamos saber mais por intermédio da senhora Harker.

Hoje cedo, ofegantes de ansiedade, aguardamos o que ela diria no transe. O estágio hipnótico demorou ainda mais do que antes para chegar e, quando chegou, o tempo restante até o nascer do sol era tão curto que começamos a nos desesperar. Van Helsing pareceu empenhar toda a sua alma no esforço; por fim, em obediência à vontade dele, ela respondeu:

– Tudo está escuro. Ouço água batendo, nivelada comigo, e uns rangidos como de madeira com madeira.

Então parou e o sol avermelhado surgiu. Teremos de esperar até hoje à noite.

Eis que estamos viajando para Galati em uma ânsia de expectativa. Deveríamos atracar entre duas e três horas da madrugada, porém, em Bucareste, ocorreu um atraso de três horas, então não há como chegarmos lá até bem depois que o sol tiver nascido. Portanto, teremos mais duas mensagens da senhora Harker em transe, e uma ou ambas possivelmente jogarão mais luz sobre o que está acontecendo.

* * *

### Mais tarde

O entardecer veio e foi. Felizmente, ocorreu enquanto não havia interferências, pois, se tivesse sido enquanto estivéssemos em uma estação, talvez não fosse possível garantir a tranquilidade e o isolamento necessários. A senhora Harker cedeu à influência hipnótica com ainda mais resistência do que pela manhã. Receio que ela esteja perdendo o poder de ler a mente do Conde, justamente agora, quando mais precisamos dele. Parece-me que a imaginação dela está começando a funcionar. Até agora, quando em transe, ela se restringia aos fatos. Se isso se alterar, poderá talvez nos levar a enganos. Se eu acreditasse que a força do Conde sobre ela desapareceria da mesma forma como o poder dela de saber sobre ele, ficaria contente, mas temo que não seja assim. Logo que ela finalmente falou, suas palavras foram enigmáticas:

– Alguma coisa está acontecendo. Sinto essa coisa passar por mim como um vento frio. Consigo ouvir sons confusos ao longe, como de homens falando em línguas estranhas, água caindo ferozmente e uivos de lobos.

Ela parou e um calafrio a percorreu, aumentando em intensidade por alguns segundos até, no fim, sacudi-la como em uma convulsão. Não disse mais nada, mesmo diante do questionamento imperativo do professor. Quando despertou do transe, estava fria, exausta e lânguida, mas a mente estava alerta. Não conseguiu se lembrar de nada, mas perguntou o que havia dito; quando lhe disseram, mergulhou em um silêncio por bastante tempo.

* * *

### 30 de outubro, sete da manhã

Estamos perto de Galati agora, e eu talvez não tenha tempo para escrever mais tarde. A alvorada desta manhã foi ansiosamente aguardada por todos nós. Sabendo da crescente dificuldade em obter o transe hipnótico, Van Helsing começou mais cedo que de costume. Os gestos, no entanto, só produziram efeito a partir do horário habitual, quando a senhora Harker cedeu, com bastante dificuldade, apenas um minuto antes do nascer do sol. O professor não perdeu um minuto em seu questionamento; a resposta dela veio com igual rapidez:

– Tudo está escuro. Ouço redemoinhos de água nivelados aos meus ouvidos e o rangido de madeira contra madeira. Gado mais ao longe. Há outro som, um estranho como… – E então ela parou e ficou pálida, em seguida ainda mais pálida.

– Continue, continue! Fale, eu ordeno! – exigiu Van Helsing, com a voz agonizante.

Ao mesmo tempo, havia desespero em seus olhos, pois o sol já levantado estava avermelhando até o rosto pálido da senhora Harker. Ela abriu os olhos e nós ficamos espantados quando ela disse, com toda a meiguice e aparentando a maior despreocupação:

– Ah, professor, mas por que me pedir para fazer algo, quando sabe que não posso? Não me lembro de nada.

Então, notando a expressão de assombro no nosso rosto, ela falou, encarando-nos de um em um com o olhar perturbado:

– O que eu disse? O que fiz? Não sei de nada, apenas que estava deitada aqui, meio adormecida, e o ouvi dizer: "Continue, fale, eu ordeno". Foi engraçado ouvi-lo me dar ordens como se eu fosse uma criança mal-educada!

– Ah, madame Mina – ele respondeu, com tristeza. – Isso é prova, se uma é necessária, do quanto a estimo e honro, quando uma palavra dita para o seu bem, e dita com mais seriedade do que nunca, parece estranha, por ser uma ordem dada a quem eu tenho o orgulho de obedecer!

Os apitos estão soando. Estamos nos aproximando de Galati. Estamos em brasa de ansiedade e impaciência.

## Diário de Mina Harker

### 30 de outubro

O senhor Morris me trouxe ao hotel onde quartos haviam sido reservados por telégrafo. Ele é o que podemos mais facilmente isentar de outras atividades, pois não fala nenhuma língua estrangeira. Os grupos foram distribuídos como em Varna, exceto que lorde Godalming foi ver o vice-cônsul, já que seu título de nobreza pode servir como algum tipo de garantia imediata para o oficial, pois estamos com uma pressa extrema. Jonathan e os dois doutores foram ao agente de embarque saber se houve particularidades na chegada do *Czarina Catherine.*

* * *

### Mais tarde

Lorde Godalming voltou. O cônsul estava fora e o vice-cônsul, doente, então o trabalho administrativo estava sendo cuidado por um assistente. Ele foi muito solícito e se ofereceu para fazer qualquer coisa em seu poder.

## Diário de Jonathan Harker

### 30 de outubro

Às nove horas, o doutor Van Helsing, o doutor Seward e eu telefonamos para os senhores Mackenzie & Steinkoff, os agentes da empresa londrina de Hapgood. Eles haviam recebido um telegrama de Londres, em resposta à solicitação de lorde Godalming por telégrafo, que pedia que nos dispensassem toda a cortesia possível. Eles foram mais do que gentis e corteses, e nos levaram imediatamente a bordo do *Czarina Catherine*, que estava ancorado no porto do rio. Lá nós encontramos o capitão, de nome Donelson, que nos contou sobre a viagem. Afirmou que jamais em sua vida tinha tido uma navegação tão favorável.

– Homem! – ele disse. – Mas tivemos um baita medo, porque achamos que íamos ter de pagar aquela sorte toda com um bom tanto de azar, pra manter a média. Não é moleza ir de Londres pro Mar Negro com uma ventania dessas, como se o Diabo estivesse ele mesmo soprando as velas pra seu próprio objetivo. Tinha hora que não dava pra ver nada. Quando meu navio chegava perto de outro navio ou de um porto ou um ponto mais alto na encosta, vinha um nevoeiro que baixava e viajava com o meu navio, e daí, quando o nevoeiro sumia, olhando em volta não se enxergava nem a sombra do diabo. Ao passarmos por Gibraltar, não conseguimos mandar sinal, mas, até que chegamos a Dardanelos e precisamos esperar autorização de passagem, não sofremos um nadinha. Primeiro, pensei em desacelerar e ficar só vagando dum lado a outro até o nevoeiro sumir, mas daí eu pensei que, se o Diabo queria nos levar pro Mar Negro rápido, então ele ia levar de qualquer jeito, a gente ajudando ou não. Também pensei que, se a viagem fosse rápida, não ia pegar nada mal para nós com o dono do navio e nem ia prejudicar os negócios, e o Velho Diabo, conseguindo o que queria, podia depois ser decente e agradecer de algum jeito porque nós não atrapalhamos o plano dele.

Aquela mistura de simplicidade e astúcia, de superstição e tino comercial, impactou Van Helsing, que disse:

– Meu amigo, o Diabo é mais esperto do que algumas pessoas imaginam, e ele sabe quando encontra alguém à altura!

O capitão não ficou desagradado com o elogio, e continuou:

– Quando passamos pelo Bósforo, os homens começaram a resmungar; uns, os romenos, vieram pedir pra eu jogar no mar uma caixona grande de areia que tinha sido embarcada por um tipo esquisito, um velho, pouco antes de nós zarparmos em Londres. Vi quando eles espiaram o sujeito, e armaram dois dedos quando olharam, pra se proteger de mau-olhado. Homem! Mas as superstições desses estrangeiros são perfeitamente ridículas! Despachei os dois bem loguinho pra ir cuidar dos afazeres deles, mas logo depois, quando a névoa baixou em nós, senti que talvez eles tivessem alguma razão, mas não achei que era a caixona. Bom, nós seguimos viagem e a névoa não nos largou por cinco dias, então larguei na mão do vento, porque, se o Diabo queria chegar em algum lugar, bom, ele ia dar um jeito. E se não desse, bom, nós íamos ficar atentos a qualquer coisa. Dito e feito, tivemos mar tranquilo e águas fundas o tempo todo. Dois dias atrás, quando o sol apareceu através do nevoeiro, nós descobrimos que estávamos no rio em frente a Galati. Os romenos ficaram doidos e queriam de qualquer jeito que eu pegasse a caixa e jogasse no rio. Tive de conversar com eles sobre isso segurando um cano na mão. Daí, quando o último se afastou com as mãos na cabeça, eu tinha convencido a todos de que, com mau-olhado ou sem, a propriedade e a confiança dos donos estavam melhores na minha mão do que no Rio Danúbio. Os senhores vejam só, eles tinham pegado a caixa e levado pro convés; ela estava prontinha pro mergulho, e estava escrito nela "Galati via Varna", então pensei que ia deixar ela lá até acabar de descarregar no porto e daí me livrar dela. Nós não descarregamos muita coisa naquele dia e ficamos ancorados, mas de manhã bem cedo, uma hora antes de o sol nascer, veio um homem com uma ordem, mandada pra ele da Inglaterra, falando pra ele receber uma caixa marcada pra um Conde Drácula. Dito e feito, na hora a caixa passou pras mãos dele. Os papéis estavam em ordem, e eu fiquei bem feliz de me livrar daquela droga, porque já estava começando a me sentir eu mesmo incomodado com ela.

Se o Diabo tinha alguma bagagem a bordo do navio, então não era outra senão aquela mesmo!

– Qual era o nome do cavalheiro que retirou a caixa? – o doutor Van Helsing perguntou, contendo a ansiedade.

– Já lhe conto agora mesmo! – ele respondeu, descendo até a cabine e de lá voltando com um recibo assinado por Immanuel Hildesheim. Burgen--Strasse 16 era o endereço.

Descobrimos que isso era tudo que o capitão sabia, então agradecemos e nos despedimos.

Encontramos Hildesheim em seu escritório; era mais um tipo hebreu do que um tipo do Teatro de Adelphi, com um nariz de ovelha e usando *fez*[2]. O discurso dele era pontuado em espécie, fazendo as pontuações, e com um pouco de barganha ele nos contou tudo o que sabia. Coisas simples, mas que se revelaram importantes. Ele havia recebido uma carta do senhor De Ville, de Londres, dizendo-lhe que fosse receber, se possível antes do nascer do sol, para evitar a alfândega, uma caixa que chegaria a Galati no *Czarina Catherine*. A instrução era que entregasse a caixa a um tal Petrof Skinsky, que lidava com os eslovacos que faziam comércio mais abaixo no rio até o porto. Por esse trabalho, ele havia sido pago com uma promissória de um banco inglês, que foi devidamente transformada em ouro no Danube Internacional Bank. Quando Skinsky chegou, ele o levou ao navio e lhe entregou a caixa, evitando, assim, as despesas com frete. Isso era tudo o que ele sabia.

Em seguida partimos no encalço de Skinsky, mas não conseguimos encontrá-lo. Um dos vizinhos, que não parecia devotar-lhe grande estima, contou que ele havia partido dois dias antes, ninguém sabia para onde. Isso foi corroborado pelo proprietário do imóvel, que havia recebido por carta a chave da casa junto ao aluguel devido, em dinheiro inglês. Isso tinha sido entre as dez e as onze horas da noite anterior. Estávamos no escuro de novo.

Enquanto conversávamos, uma pessoa chegou correndo e ofegante e contou arfando que o corpo de Skinsky tinha sido encontrado dentro do

[2] Também conhecido como tarbush, é um chapéu feito de feltro ou pano. (N.E.)

muro do Cemitério de St. Peter, e que a garganta tinha sido rasgada como que por um animal selvagem. Aqueles com quem falávamos partiram às pressas para ver o horror, as mulheres gritando: "Isso é coisa de eslovaco!". Nós também partimos depressa, não fosse o acaso nos implicar no assunto e nos reter no local.

Durante o caminho, não conseguimos chegar a nenhuma conclusão definitiva. Estávamos todos convencidos de que a caixa estava a caminho de algum lugar, por água; mas para onde, teríamos de descobrir. Com o coração pesado voltamos para o hotel e para Mina.

Quando nos reunimos, a primeira coisa foi debater o retorno de Mina ao nosso grupo. As coisas estão ficando desesperadoras, e é ao menos uma chance, embora uma chance arriscada. Como etapa preliminar, fui aliviado da minha promessa a ela.

## Diário de Mina Harker

### 30 de outubro, de tarde

Eles estavam tão cansados, abatidos e desanimados que não havia nada a fazer até que houvessem descansado um pouco; então pedi a eles que se deitassem por meia hora, enquanto eu registraria tudo até o momento. Sinto tanta gratidão pelo homem que inventou a máquina de escrever portátil, e ao senhor Morris por providenciar uma para mim. Eu teria ficado um pouco perdida se precisasse fazer este trabalho escrevendo a caneta.

Está tudo feito; pobre querido, querido Jonathan, o que ele deve ter sofrido, quanto deve estar sofrendo agora. Está deitado no sofá, mal parecendo respirar, o corpo todo parecendo desfalecido. As sobrancelhas estão franzidas, o rosto está murcho de dor. Pobre coitado, talvez ele esteja pensando, e vejo as rugas que se formam pela concentração. Ah, se ao menos eu pudesse ser de alguma ajuda… Farei o que puder.

Pedi ao doutor Van Helsing, e ele me entregou todos os papéis que eu ainda não tinha visto. Enquanto descansam, vou ler tudo cuidadosamente, e quem sabe chegarei a alguma conclusão. Seguirei o exemplo do professor, raciocinando sem preconceito sobre os fatos que se apresentam.

* * *

Acredito que pela graça divina fiz uma descoberta. Pegarei os mapas para estudar…

* * *

Mais do que nunca, tenho certeza de que estou certa. Minha nova conclusão está pronta; vou reunir o grupo e ler. Eles poderão então avaliar; é fundamental ser exata, e cada minuto importa.

## Memorando de Mina Harker (Registrado no diário)

Contexto da investigação: o problema do Conde Drácula é voltar a seu lugar de origem.

a) O Conde precisa ser transportado por alguém. Isso é evidente, pois, se ele tivesse a capacidade de se deslocar por conta própria, poderia ir sozinho como homem, ou lobo, ou morcego, ou de alguma outra forma. Ele evidentemente receia ser descoberto ou alguma interferência, no estado de vulnerabilidade em que se encontra, confinado como está, entre o nascer e o pôr do sol, dentro da caixa.

b) Como ele será transportado? Aqui, um raciocínio por exclusão de partes pode ajudar. Pela estrada, pelos trilhos, pela água?

1. Pela estrada. Há dificuldades infinitas, especialmente para sair da cidade.

x – Há pessoas, e pessoas são curiosas e investigam. Uma pista, uma suposição, uma dúvida sobre o conteúdo da caixa iriam destruí-lo.

y – Há ou pode haver agentes fiscais ou de alfândega pelos quais seria preciso passar.

z – Os perseguidores poderiam segui-lo. Este é seu maior medo. Para evitar ser traído, ele repeliu o máximo que pôde até mesmo a vítima: eu!

2. Pelos trilhos. Não há ninguém encarregado da caixa. Ele estaria exposto ao risco de atrasos, e um atraso seria fatal, com inimigos em seu encalço. É verdade que ele poderia fugir à noite, mas o que seria dele, se deixado em um lugar estranho e sem um esconderijo para onde pudesse ir? Isso não é o que ele pretende, e ele não vai se arriscar.

3. Pela água. Este é o caminho mais seguro, em um aspecto, porém o mais perigoso em outro. Na água ele não tem poder, a não ser à noite, e mesmo assim ele só pode atrair nevoeiro, tempestade, neve e seus lobos. Se naufragasse, porém, a água o engolfaria e ele estaria perdido. Ele poderia conseguir que a embarcação atracasse, mas, se fosse um país hostil, no qual ele não tivesse liberdade para se deslocar, sua posição ainda seria desesperadora.

Nós sabemos pelo registro que ele estava na água, então o que precisamos fazer é averiguar *qual* água.

A primeira coisa é entender exatamente o que ele fez até agora; assim, poderemos talvez conseguir uma luz sobre o que fará em seguida.

Primeiro: Precisamos diferenciar o que ele realizou em Londres como parte de seu plano geral de ação daquilo que foi provocado pelas circunstâncias, e que ele resolveu do melhor modo que conseguiu.

Segundo: Precisamos saber, tão bem quanto possível e a partir dos fatos que conhecemos, o que ele fez lá.

Quanto ao primeiro, ele evidentemente pretendia atracar em Galati, e mandou o conhecimento de embarque para Varna a fim de nos despistar, caso fôssemos investigar seu meio de saída da Inglaterra; seu único e imediato objetivo era fugir. A prova disso é a carta enviada para Immanuel Hildesheim com instruções para retirar a caixa antes do alvorecer. Há também a instrução para Petrof Skinsky. Esta, só podemos supor, mas deve ter havido algum tipo de carta ou recado, já que Skinsky foi encontrar Hildesheim.

Que, até este ponto, o plano foi bem-sucedido, nós bem sabemos. O *Czarina Catherine* fez uma viagem excepcionalmente rápida, tanto que o capitão Donelson ficou desconfiado, porém a superstição e a sagacidade dele beneficiaram os planos do Conde, e ele aproveitou o vento favorável através dos nevoeiros até ser conduzido às cegas para Galati. Que os preparativos do Conde foram bem executados está provado. Hildesheim recebeu a caixa, retirou-a e entregou a Skinsky. Skinsky a recebeu e aqui nós perdemos o rastro. Só sabemos que a caixa está em algum lugar na água, em trânsito. Os agentes fiscais e de alfândega, se é que existiam, foram evitados.

Agora, chegamos ao que o Conde deve ter feito após sua chegada, em terra, a Galati.

A caixa foi entregue a Skinsky antes do alvorecer. Ao alvorecer, o Conde poderia aparecer com sua própria aparência. Aqui, a pergunta é: por que, dentre todas as pessoas, Skinsky foi escolhido para ajudar no trabalho? No diário do meu marido, Skinsky é citado como sendo quem lidava com os eslovacos que faziam comércio mais abaixo no rio até o porto; o comentário do homem sobre o assassinato ser coisa de eslovacos confirma o sentimento geral contra esse grupo. O Conde queria isolamento.

Minha suposição é: em Londres, o Conde decidiu voltar a seu castelo por água, sendo a via mais segura e discreta. Ele tinha sido trazido do castelo por szgany, e provavelmente eles entregaram a carga para eslovacos, que a levaram para Varna, pois de lá as caixas foram despachadas para Londres. Portanto, o Conde conhecia as pessoas que poderiam providenciar esse serviço. Quando o caixão dele estava em terra, ele, antes da alvorada ou após o poente, saiu, encontrou-se com Skinsky e o instruiu quanto ao embarque do caixão rio acima. Quando isso estava feito, e o Conde teve certeza de que tudo estava em ordem, ele apagou os rastros, ou assim pensou, assassinando o agente.

Analisei o mapa e descobri que o rio mais adequado para que os eslovacos subissem é ou o Pruth ou o Sereth. Li na cópia datilografada que no meu transe eu escutei mugidos afastados e água correndo na altura das minhas orelhas e madeira rangendo. O Conde em sua caixa, então, estava em um rio em um barco aberto, impulsionado ou por remos ou por mastro, pois as margens estão próximas e eles vão contra a corrente. Não haveria esse som se eles estivessem descendo a correnteza.

Claro que pode não ser nem o Sereth nem o Pruth; no entanto, talvez, devamos investigar mais. Agora, entre esses dois, o Pruth é de mais fácil navegação, porém o Sereth, em Fundu, junta-se a Bistrita, que contorna a Passagem Borgo. A curva que ela faz é claramente o mais perto que, por água, se chega ao Castelo Drácula.

## Diário de Mina Harker, continuação

Quando terminei de ler, Jonathan me tomou em seus braços e me deu um beijo. Os demais ficaram me cumprimentando com ambas as mãos, e o doutor Van Helsing disse:

– Nossa querida madame Mina nos serve mais uma vez de professora. Os olhos dela enxergaram o que os nossos não viram. Agora estamos nos trilhos novamente, e desta vez pode ser que tenhamos sucesso. Nosso inimigo está em seu pior desamparo; e, se pudermos abordá-lo de dia, na água, nosso trabalho terá terminado. Ele tem a dianteira, mas não pode apressar as coisas, pois não tem como sair do caixão sem levantar suspeitas dos que o transportam. Havendo suspeita, eles estariam prontos a atirá-lo na água, onde ele pereceria. Isso ele sabe, e por isso não vai. Agora, homens, ao Conselho de Guerra! Pois, aqui e agora, precisamos planejar tudo o que faremos.

– Eu pegarei uma embarcação a vapor para segui-lo – prontificou-se lorde Godalming.

– E eu, cavalos para acompanhar na margem, caso ele desembarque – informou o senhor Morris.

– Ótimo! – disse o professor. – Os dois muito bons, mas nenhum deve ir sozinho. Precisa haver força para enfrentar força, se necessário; o eslovaco é forte e bruto e carrega armas selvagens.

Todos os homens sorriram, pois eles também dispunham de um pequeno arsenal. Avisou o senhor Morris:

– Eu trouxe algumas Winchesters. São muito convenientes em um grupo, e pode haver lobos. O Conde, se os senhores estão lembrados, tomou outras precauções: ele pediu certas coisas aos outros que a senhora Harker não conseguiu ouvir nem entender direito. Precisamos estar prontos em todas as frentes.

– Acho melhor ir com Quincey. Estamos acostumados a caçar juntos e nós dois, bem armados, estaremos à altura do que quer que surja. Você não pode ir sozinho, Art. Talvez seja preciso lutar com os eslovacos, e um combate inesperado, pois não creio que esses sujeitos carreguem armas, poria a perder todos os nossos planos. Não podemos correr riscos, desta vez, não devemos descansar até que a cabeça e o corpo do Conde estejam seccionados, e tenhamos certeza de que ele não pode reencarnar – o doutor Seward ponderou.

Ele olhou para Jonathan enquanto dizia isso, e Jonathan olhou para mim. Percebi que meu pobre querido estava internamente dilacerado. É claro que ele queria ficar comigo; ao mesmo tempo, o grupo que fosse no barco seria, mais provavelmente, aquele que destruiria o... o... o... Vampiro. (Por que eu hesitei em escrever a palavra?) Ele ficou em silêncio por um instante e durante esse intervalo o doutor Van Helsing falou:

– Amigo Jonathan, isto lhe cabe por duas razões. Primeiro, porque você é jovem e valente e pode lutar, e todo o vigor poderá ser necessário no fim; e também por ser seu direito a destruir quem, ou o quê, tanto sofrimento trouxe sobre você e sua amada. Não tenha medo pela madame Mina: ela estará sob meus cuidados, se me permitir. Eu sou velho. Minhas pernas já não são rápidas como antes, não estou mais habituado a cavalgar por tanto tempo nem a fazer perseguições como a que talvez seja necessária, nem a lutar com armas letais. Mas posso ser de outra utilidade; posso lutar de outra forma. E posso morrer, se preciso for, tão bem quanto um jovem. Agora, deixem-me contar o que eu faria: enquanto vocês, meu lorde Godalming e amigo Jonathan, sobem o rio neste ágil barquinho a vapor, e enquanto John e Quincey vigiam a margem onde ele porventura poderá desembarcar, levarei madame Mina ao próprio coração do país do inimigo. Enquanto a velha raposa estiver presa em sua caixa, flutuando no rio de onde não pode escapar para terra firme, onde não se atreverá a levantar a tampa de sua caixa-caixão, para que os carregadores eslovacos, amedrontados, não o abandonem para morrer, nós faremos a trilha que Jonathan percorreu, de Bistrita pela Passagem Borgo, e atravessando o desfiladeiro chegaremos ao castelo de Drácula. Neste ponto, o poder hipnótico de madame Mina certamente ajudará, pois do contrário não encontraríamos o caminho, e estaremos perto do lugar fatal após o nascer do sol. Há muito a ser feito e outros lugares a tornar santificados, para que o ninho de víboras seja aniquilado.

E aqui Jonathan o interrompeu acaloradamente:

– O senhor está querendo dizer, professor Van Helsing, que levaria Mina, na triste condição em que ela se encontra, e marcada por aquela doença diabólica, para dentro das mandíbulas dessa armadilha mortal? Por nada no mundo! Nem pelo Paraíso nem pelo Inferno!

Ele ficou sem fala por um minuto e depois continuou:

– O senhor sabe o que é aquele lugar? O senhor já viu aquele antro de ignomínia infernal em que o próprio luar é vivo em suas formas medonhas, e cada grão de poeira que rodopia ao vento carrega o embrião de um monstro que tudo devora? Já sentiu a boca do vampiro em seu pescoço?

Ele se virou para mim e, quando seus olhos encontraram minha testa, ele atirou os braços com um grito:

– Ó, meu Deus, o que nós fizemos para merecer tal terror sobre nós?

A voz do professor, vibrando clara e mansa, acalmou a todos nós.

– Ah, meu amigo, é para salvar madame Mina daquele lugar horrível que eu vou. Deus não permita que eu a leve para aquele lugar. Há trabalho, um trabalho selvagem, a ser feito ali, e que os olhos dela não devem ver. Os homens aqui, todos, exceto Jonathan, viram com os próprios olhos o que precisa ser feito antes que o lugar possa ser purificado. Lembrem-se de que estamos sob uma tensão fortíssima. Se o Conde nos escapar desta vez, e ele é forte, ardiloso e inteligente, poderá resolver dormir por cem anos, e então, com o passar do tempo, a nossa querida – e ele pegou minha mão – chegaria para fazer companhia a ele, e seria como as outras que você, Jonathan, viu. Você nos contou dos lábios gulosos delas; você escutou a risada obscena que elas deram quando o Conde lhes atirou a sacola que se mexia. Você estremece, e razão não lhe falta. Perdoe-me por causar-lhe tanta dor, mas é preciso. Meu amigo, não é uma necessidade premente à qual eu estou dando, possivelmente, a minha vida? Se ocorresse que qualquer um entrasse naquele lugar para ficar, seria eu que teria de fazer-lhes companhia.

– Faça como quiser – Jonathan respondeu, com um estremecimento que o sacudiu todo. – Nós estamos nas mãos de Deus!

* * *

### Mais tarde

Ah, fez-me tão bem ver o modo como esses bravos homens trabalharam. Como poderiam as mulheres não amar os homens quando eles são tão determinados, verdadeiros e corajosos! Também pensei no maravilhoso poder do dinheiro! O que ele não consegue, quando é adequadamente aplicado, e que força não tem, quando sabiamente usado! Eu me senti muito grata por lorde Godalming ser rico e por ele e o senhor Morris, que também possui bastante dinheiro, estarem dispostos a gastar tão despreocupadamente. Do contrário, nossa pequena expedição não partiria tão pontualmente nem tão bem preparada daqui a uma hora. Faz menos de três horas desde que ficou combinado qual parte cada um de nós vai executar, e agora lorde Godalming e Jonathan possuem um adorável vapor pronto e preparado para partir a qualquer momento. O doutor Seward e o senhor Morris têm meia dúzia de cavalos bons e bem equipados. O professor Van Helsing e eu devemos tomar o trem das onze e quarenta da noite para Veresti, onde pegaremos uma carruagem para atravessar a Passagem Borgo. Estamos levando uma boa quantia de dinheiro vivo, pois teremos de comprar uma carruagem e cavalos. Nós mesmos vamos conduzir, pois neste assunto não confiamos em ninguém. O professor fala muitas línguas, então confio que tudo correrá bem. Todos nós temos armas, até eu mesma tenho um revólver de grosso calibre; Jonathan não se deu por satisfeito até que eu estivesse armada como os demais. Pobre de mim, eu não posso carregar uma arma como os outros, pois a cicatriz na minha testa proíbe. O professor Van Helsing, muito querido, me consola dizendo que estou totalmente armada para o caso de surgirem lobos. A temperatura baixa mais a cada hora, e há flocos de neve rodopiando como avisos.

* * *

### Mais tarde

Precisei de toda a minha coragem para me despedir do meu amado. Talvez nunca mais nos encontremos. Coragem, Mina! O professor está olhando para você intensamente, e o olhar dele é um alerta. Não pode haver lágrimas agora, a menos que Deus permita que sejam de alívio.

## Diário de Jonathan Harker

### 30 de outubro, noite

Estou escrevendo à luz da caldeira do barco a vapor; lorde Godalming está alimentando as brasas. Ele tem experiência, pois durante anos teve o próprio vapor no Tâmisa, e mais um nos rios de Norfolk. Quanto aos nossos planos, concluímos por fim que o palpite de Mina estava correto, e que, se algum curso de água fosse escolhido pelo Conde para fugir de volta para o castelo, seria o Sereth e depois a ligação com Bistrita. Presumimos que em algum lugar a cerca de 47º, latitude norte, seria o ponto escolhido para atravessar o país entre o rio e os Cárpatos. Não temos nenhum medo de avançar em alta velocidade rio acima durante a noite; há abundância de água e as margens são suficientemente separadas para tornar a navegação, mesmo no escuro, bastante fácil. Lorde Godalming me aconselha a dormir um pouco, pois no momento basta que um fique de vigia. Mas eu não consigo dormir, como poderia, diante do perigo terrível que paira sobre minha amada, e estando ela a caminho daquele lugar tenebroso... Meu único consolo é que estamos nas mãos de Deus. Bastaria esta fé para ser mais fácil morrer do que viver, e assim estar livre de todos os problemas. O senhor Morris e o doutor Seward partiram para sua longa cavalgada antes que nós saíssemos. Eles vão ficar na margem direita, longe o bastante da água para poder andar nas terras altas, de onde poderão ver uma grande extensão do rio e evitar os trechos curvos. Nas primeiras etapas, eles contam com dois homens para montar e conduzir os cavalos extras, quatro no total, para não provocar a curiosidade de ninguém. Quando dispensarem os homens, o que deve acontecer em breve, vão pessoalmente cuidar dos animais. Talvez seja necessário juntarmos forças; se isso ocorrer, cada um de nós terá uma montaria. Uma das selas tem o pito removível, e se for preciso pode ser mais fácil adaptá-la para Mina.

É uma aventura selvagem, isto em que estamos. Aqui, navegando rápido na escuridão, com o frio parecendo subir da água e nos alcançar, e cercados pelas misteriosas vozes noturnas, tudo se torna estranho. Parece que estamos percorrendo caminhos desconhecidos em direção ao desconhecido, rumando para um mundo sinistro repleto de coisas aterradoras. Godalming está fechando a portinhola da caldeira...

* * *

**31 de outubro**

Ainda avançando a toda velocidade. O dia nasceu, e Godalming está dormindo. Eu estou de vigia. O frio é cortante; o calor da caldeira é reconfortante, apesar de usarmos pesados casacos de pele. Por enquanto, cruzamos com poucos barcos abertos, e nenhum deles tinha no convés uma caixa nem um pacote do tamanho do que procuramos. Os homens se assustaram todas as vezes que acendemos a lanterna na direção deles, caíram de joelhos e começaram a rezar.

**1º de novembro, tarde**

Nenhuma notícia durante o dia todo; não descobrimos nada parecido com o que buscamos. Passamos agora para Bistrita; se estivermos errados em nossa suposição, nossa oportunidade foi perdida. Inspecionamos todos os barcos, grandes e pequenos. Bem cedo na manhã de hoje, uma tripulação pensou que fôssemos um barco do governo e nos tratou de acordo. Vimos nisso um modo de suavizar as coisas, então em Fundu, onde o Rio Bistrita corre para o Sereth, providenciamos uma bandeira romena, que agora exibimos fartamente e à larga. Com todos os barcos que vistoriamos desde então, esse truque funcionou; toda a deferência nos foi demonstrada, e nem uma só vez houve qualquer objeção ao que quer que tenhamos perguntado ou feito. Alguns eslovacos nos disseram que um barco grande passou por eles, navegando a uma velocidade superior à habitual, pois tinha o dobro da tripulação a bordo. Isso foi antes de eles chegarem a Fundu, e por isso não sabiam dizer se o barco tinha virado para o Bistrita ou seguido para o Sereth. Em Fundu não ouvimos nada sobre esse barco, então supomos que ele tenha passado por lá à noite. Estou com muito sono; talvez o frio esteja começando a me afetar, e a natureza exige que eu descanse. Godalming insiste em fazer o primeiro turno da vigia. Deus o abençoe por toda a bondade que ele demonstra para comigo e minha querida Mina.

* * *

**2 de novembro, manhã**

O sol já vai alto. Aquele bondoso camarada não me acordou. Ele diz que teria sido um pecado me chamar, pois eu dormia pacificamente e esquecido de meus problemas. Parece brutalmente egoísta de minha parte ter dormido tanto, deixando que ele vigiasse durante a noite inteira, mas ele está certo. Sou um novo homem agora de manhã e, enquanto estou aqui sentado observando-o dormir, posso fazer tudo que for necessário quanto a lidar com o motor, manobrar e vigiar. Sinto minha energia e minha força voltando. Eu me pergunto por onde andarão Mina e Van Helsing. Eles devem ter chegado a Veresti ao meio-dia de quarta-feira. Levaria algum tempo até que conseguissem a carruagem e os cavalos; então, se conseguiram partir e se viajaram a boa velocidade, estão por agora cruzando a Passagem Borgo. Deus os guie e proteja! Tenho medo de pensar no que pode acontecer. Se ao menos pudéssemos ir mais rápido! No entanto, não podemos; os motores estão vibrando e trabalhando em seu máximo. Também me pergunto como estarão se saindo o doutor Seward e o senhor Morris. Parece haver infinitos riachos descendo as montanhas para desaguar neste rio, mas nenhum deles é muito grande; de qualquer forma, embora esses riozinhos provavelmente sejam terríveis no inverno e quando a neve derrete, no momento os dois cavaleiros não devem ter encontrado muitos obstáculos. Espero que os encontremos antes de chegarmos a Strasba, pois, se até lá não tivermos alcançado o

Conde, pode ser necessário que o conselho se reúna para deliberar o que fazer em seguida.

* * *

## Diário do doutor Seward

### 2 de novembro

Três dias na estrada. Nenhuma notícia e nenhum momento para escrever, caso houvesse alguma, pois cada instante é precioso. Pausamos apenas para o necessário descanso dos cavalos, mas nós dois estamos suportando tudo maravilhosamente. Aqueles nossos antigos dias de aventura acabaram sendo úteis. Precisamos nos esforçar; não ficaremos felizes até avistarmos o vapor de novo.

* * *

### 3 de novembro

Ouvimos em Fundu que o vapor subiu o Bistrita. Gostaria que não estivesse tão frio. Há sinais de neve próxima. Se nevar pesado, ficaremos bloqueados, e nesse caso teremos de encontrar um trenó e prosseguir à moda russa.

* * *

### 4 de novembro

Hoje, ouvimos que o vapor se atrasou em função de um acidente, quando tentou forçar caminho subindo a corredeira. Os barcos eslovacos ultrapassam bem, com a ajuda de uma corda e de manobras realizadas com experiência. Alguns passaram poucas horas antes. Godalming é um mecânico amador e evidentemente foi quem conseguiu colocar o vapor nos eixos de novo. No fim, passaram bem pela corredeira, com alguma ajuda local, e retomaram a perseguição. Receio que o vapor, porém, não tenha ficado melhor depois do acidente. Os camponeses nos contaram que, após estar navegando outra vez, o barco parava a todo momento, e assim continuou até sumir da vista. Precisamos nos empenhar agora mais do que nunca; nossa ajuda pode ser necessária em breve.

## Diário de Mina Harker

### 31 de outubro

Chegada a Veresti ao meio-dia. O professor me diz que, hoje de manhã, mal conseguiu me hipnotizar, e que só o que eu disse foi "escuro e silencioso". Ele agora foi comprar uma carruagem e cavalos. Disse que mais tarde tentará comprar montarias extras, para que possamos substituir os animais no caminho. Temos mais de cem quilômetros à frente. O país é adorável e muito interessante. Se estivéssemos em outras circunstâncias, seria delicioso visitá-lo. Se Jonathan e eu estivéssemos passeando aqui sozinhos, que prazer seria. Parar e ver o povo, aprender algo sobre suas vidas e abastecer nossa mente e lembranças com todas as cores desta terra linda, vasta e selvagem, de pessoas tão pitorescas. Mas, ai de nós!

* * *

### Mais tarde

O doutor Van Helsing voltou. Conseguiu a carruagem e os cavalos; vamos jantar e partir em uma hora. A estalajadeira está providenciando um cesto enorme de provisões; parece suficiente para um batalhão. O professor a incentiva, enquanto cochicha para mim que talvez demore até conseguirmos comida boa de novo. Ele também fez algumas compras e voltou trazendo casacos de pele, cobertores e todo tipo de coisas quentes. Não há a menor possibilidade de passarmos frio.

* * *

Devemos partir daqui a pouco. Tenho medo de pensar no que pode nos acontecer. Estamos realmente nas mãos de Deus. Ele, e Ele somente, sabe o que será, e eu Lhe imploro, com toda a força de minha triste e humilde alma, para que olhe por meu amado marido; o que quer que aconteça, Jonathan precisa saber que eu o amei e honrei mais do que posso dizer, e que a ele serão dirigidos meus últimos e mais verdadeiros pensamentos.

# Capítulo XXVII

## Diário de Mina Harker

### 1º de novembro

Nós viajamos o dia todo, e a boa velocidade. Os cavalos parecem saber que estão sendo tratados com gentileza, pois vão a galope por vontade própria. Fizemos muitas trocas e sempre encontramos a mesma disposição, então estamos confiantes de que a viagem será fácil. O doutor Van Helsing está lacônico, e diz aos fazendeiros que está correndo para Bistrita e os remunera muito bem pela substituição dos cavalos. Nós tomamos sopa, café ou chá, e então partimos. Este é um país adorável, cheio de belezas de todos os tipos imagináveis, e o povo é valente, forte e simples e parece cheio de qualidades. São muito, muito supersticiosos. Na primeira casa onde paramos, quando a senhora que nos atendeu viu a cicatriz na minha testa, benzeu-se com o sinal da cruz e apontou dois dedos na minha direção, para afastar o mau-olhado. Acredito que se tenham dado ao trabalho de colocar uma porção extra de alho na nossa comida, e eu não suporto alho. Desde então, tenho tido o cuidado de não tirar meu chapéu ou véu, e assim vou escapando de suas desconfianças. Estamos viajando depressa, e, como não temos cocheiro para espalhar os rumores, estamos adiante do escândalo; mas ouso dizer que o medo do mau-olhado vai nos perseguir por todo o caminho. O professor parece incansável; durante o dia inteiro ele não descansou, embora me tenha feito dormir por um longo período. Ao entardecer ele me hipnotizou, e diz que respondi, como de hábito, "escuridão, água batendo e madeira rangendo"; então nosso inimigo ainda está no rio. Tenho receio de pensar em Jonathan, mas por algum motivo agora não temo por ele nem por mim mesma. Escrevo isto enquanto esperamos em uma fazenda até que os cavalos sejam aprontados. O doutor Van Helsing está dormindo. O pobrezinho parece muito cansado, e velho, e pálido, mas a boca tem a firmeza de um conquistador; até dormindo ele é impregnado de determinação. Adiante, farei com que descanse, e eu conduzirei. Vou dizer a ele que temos muitos dias à frente e que não devemos nos exaurir quando o máximo da força dele será necessário... Tudo está pronto. Vamos partir daqui a pouco.

* * *

**2 de novembro, manhã**

Tive sucesso, e durante a noite nos revezamos na condução. O dia está claro, apesar de frio. Há um estranho peso no ar. Digo "peso" na falta de uma palavra melhor – quero dizer que o ar está oprimindo nós dois. Está muito frio, e só os casacos de pele nos mantêm confortáveis. Ao amanhecer, Van Helsing me hipnotizou, diz que eu respondi "escuridão, madeira rangendo e água rugindo", então o rio está mudando conforme eles sobem. Espero que meu amado não corra mais riscos do que o necessário, contudo estamos nas mãos de Deus.

* * *

**2 de novembro, noite**

O dia todo conduzindo. O país se torna mais agreste conforme avançamos, e os grandes contrafortes dos Cárpatos, que em Veresti pareciam muito distantes e baixos no horizonte, parecem agora nos cercar pelos lados e se avolumar à nossa frente. Estamos ambos de bom humor, creio que cada um faz um esforço de animar o outro, e ao fazer isso nós dois nos alegramos. O doutor Van Helsing diz que pela manhã deveremos chegar à Passagem Borgo. As casas são escassas, agora, e o professor diz que os últimos cavalos que trocamos terão de seguir conosco, pois talvez não seja possível substituí-los. Ele pegou outros dois além dos dois trocados, então agora temos uma carruagem de quatro animais. Os cavalos são mansos e pacientes e não nos dão nenhum trabalho. Não nos preocupamos com outros viajantes, então até eu posso conduzir. Passaremos por Borgo durante o dia; não queremos chegar antes. Então estamos indo com calma, revezando-nos em longos cochilos. Ah, o que o amanhã há de nos trazer? Vamos procurar o lugar onde meu pobre amado tanto sofreu. Deus permita que sejamos guiados corretamente; que Ele conceda proteção ao meu marido e a todos que nos são caros e estão correndo perigo mortal. Quanto a mim, não sou digna de Seu olhar. Pobre de mim! Estou impura perante Seus olhos, e assim permanecerei até que Ele conceda que eu me ponha diante de Seus olhos como uma dentre os que não provocaram a Sua ira.

## Memorando de Abraham Van Helsing

### 4 de novembro

Isto é para meu bom e velho amigo John Seward, M. D., de Purfleet, Londres, caso eu não consiga vê-lo. Vou explicar. É de manhã e escrevo ao lado de uma fogueira que durante toda a noite alimentei, com madame Mina me ajudando. Está frio, frio, tão frio que o céu cinzento está pesado de neve, que quando cair vai permanecer pelo inverno inteiro, porque o solo está endurecendo ao recebê-la. O clima parece ter afetado madame Mina – ela passou o dia com a cabeça tão pesada que não parecia ela mesma. Ela dorme, dorme e dorme! Ela, que é em geral tão alerta, não fez literalmente nada o dia inteiro; até perdeu o apetite. Não fez nenhum registro no diário, ela, que tão religiosamente escreve em cada parada. Alguma coisa me diz que algo não vai bem. Entretanto, esta noite ela está mais *vif*. O sono prolongado de um dia inteiro a renovou e revigorou, pois agora ela está meiga e animada como nunca. Ao entardecer tentei hipnotizá-la, mas, pobre de mim, sem resultado. O poder diminuiu um pouco a cada dia e esta noite me falhou completamente. Bem, seja feita a vontade de Deus, qualquer que seja, e para onde quer que nos conduza!

Agora, aos fatos, pois, como madame Mina não taquigrafa, preciso fazê-lo, ainda que em meu modo antigo e canhestro, para que nenhum dia nosso passe sem ser registrado.

Chegamos à Passagem Borgo logo após o nascer do sol na manhã de ontem. Quando vi os sinais da alvorada, preparei-me para a hipnose. Paramos a carruagem e descemos, para não haver nenhum incômodo. Fiz um sofá com os casacos de pele e madame Mina, deitando-se, submeteu-se como sempre, porém mais devagar e por menos tempo do que nunca, ao sono hipnótico. Como antes, veio a resposta: "Escuridão e redemoinhos de água". Então ela acordou, alegre e radiante, e retomamos o caminho e logo chegamos à Passagem. Naquele momento e lugar, ela ficou incandescente de ardor. Alguma nova força orientadora se manifestou nela, pois ela apontou para uma estrada e disse:

– É por ali.

– Como a senhora sabe?

– Claro que eu sei – ela respondeu, e depois de uma pausa acrescentou: – Meu marido Jonathan não passou por aqui e escreveu sobre a viagem?

Primeiro eu achei estranho, mas logo vi que só havia uma estrada secundária. É pouco usada e bem diferente da estrada principal de Bucovina e Bistrita, que é mais larga, mais firme e mais utilizada.

Assim, tomamos essa estrada. Quando encontrávamos outros caminhos, e nem sempre tínhamos certeza de serem caminhos, pois tinham sido negligenciados e um pouco de neve havia caído, os cavalos sabiam, e apenas eles. Eu lhes dei rédea e eles avançaram com muita paciência. Pouco a pouco, vimos todas as coisas que Jonathan tinha anotado naquele maravilhoso diário dele. Então prosseguimos por longas, longas horas e horas. Primeiro, eu disse à madame Mina para dormir, e ela tentou e conseguiu. Dormiu o tempo todo até que, por fim, senti suspeitas crescendo, e tentei acordá-la. Mas ela continuou dormindo e não consegui despertá-la, embora tentasse. Não quis insistir para não lhe fazer mal, pois sei que sofreu muito e o sono às vezes é tudo para ela. Penso que eu mesmo também cochilei, pois de repente senti culpa, como se tivesse feito algo. Subitamente me vi desperto, as rédeas na mão e os bondosos cavalos trotando, trotando como sempre. Olhei para baixo e vi madame Mina ainda dormindo. Agora não falta muito para o entardecer e, sobre a neve, a luz do sol parece uma grande inundação amarela, de um modo que nós lançamos sombras compridas nas encostas que se elevam agudamente. Pois estamos subindo e subindo e tudo é, ah, tão selvagem e rochoso, como se estivéssemos no fim do mundo.

Então acordei madame Mina. Desta vez ela despertou sem muito problema, e eu tentei induzi-la ao sono hipnótico. Mas ela não dorme, como se eu não estivesse ali. Ainda assim tento e tento, até que de uma vez encontramo-nos eu e ela no escuro; olho em volta e percebo que o sol se pôs. Madame Mina ri e eu me viro para olhar para ela. Está bem desperta e com melhor aparência desde aquela noite em Carfax, quando pela primeira vez entramos na casa do Conde. Fico espantado e nem um pouco à vontade, mas ela está tão terna, alegre e cheia de consideração por mim que esqueço meus medos. Faço uma fogueira, pois trouxemos estoque de lenha conosco, e ela prepara a comida enquanto eu desencilho os cavalos e os amarro no abrigo para comerem. Então eu volto para a fogueira e Mina conclui a refeição. Vou servir, mas minha terna companheira sorri e me diz que já comeu, que tinha tanta fome que não conseguiu esperar. Não gosto disso e sinto grandes dúvidas, mas tenho medo de assustá-la, então me calo. Ela me serve e eu como sozinho, depois nos enrolamos nos casacos de pele e deitamos ao lado do fogo, e eu digo que ela descanse enquanto eu vigio. No entanto, pouco depois eu me esqueço de vigiar, e, quando de repente me lembro, encontro-a deitada quieta, porém acordada, e olhando para mim com olhos brilhantes. Uma, duas vezes mais o mesmo ocorre, e eu durmo muito até antes do amanhecer. Quando acordo, tento hipnotizá-la, mas nada! Embora ela feche os olhos, obediente, não consegue dormir. Então o sol sobe, sobe, sobe; e então o sono lhe chega, tarde demais, mas tão pesado que ela não acorda. Tenho de carregá-la adormecida para a carruagem depois de ter encilhado os cavalos e aprontado tudo. Madame ainda dorme e no sono parece mais saudável e mais corada do que antes. Não gosto disso. Tenho medo, medo, medo! Tenho medo de todas as coisas, até de pensar, contudo preciso prosseguir. O que está em jogo é vida e morte, ou mais do que isso, e não podemos recuar.

* * *

**5 de novembro, manhã**

Deixe-me ser muito exato em tudo, pois, embora você e eu juntos tenhamos visto algumas coisas estranhas, você poderá no começo imaginar que eu, Van Helsing, estou louco, que os muitos horrores e a longa pressão sobre os nervos afinal comprometeram meu cérebro.

Ontem viajamos o dia todo, sempre e cada vez mais perto das montanhas, e para dentro de uma terra mais e mais selvagem e deserta. Há grandes precipícios escarpados e muita queda-d'água, e a natureza parece ter organizado algum carnaval. Madame Mina ainda dorme e dorme; e, embora eu tenha tido fome e comido, não consegui acordá-la, nem mesmo para comer. Comecei a temer que o encantamento mortal do lugar estivesse sobre ela, marcada como ela está pelo batismo do vampiro.

– Bem – eu disse a mim mesmo –, se ela dormir o dia todo, pode ser que eu não durma à noite.

Enquanto percorríamos a estrada rude, pois uma estrada antiga e em tudo imperfeita era, baixei a cabeça e adormeci. De novo acordei com uma sensação de culpa e de tempo decorrido, e encontrei madame Mina ainda dormindo e o sol bem baixo. Mas tudo estava de fato mudado, as montanhas escarpadas pareciam muito distantes, e nós estávamos perto de uma colina acentuadamente íngreme, no topo da qual havia um castelo tal como Jonathan relata no diário. A um só tempo, exultei e receei, pois agora, para o bem ou para o mal, o fim estava próximo.

Despertei madame Mina e novamente tentei hipnotizá-la, mas sem resultado até já ser tarde demais. Depois, antes que a grande escuridão descesse sobre nós (pois, mesmo após o pôr do sol, os céus ainda refletiam os últimos raios na neve, e por um período tudo ficou sob um grande crepúsculo), peguei os cavalos e os alimentei no ponto mais abrigado possível. Em seguida, acendi uma fogueira; perto dela, fiz com que madame Mina, agora desperta e mais encantadora do que nunca, sentasse confortavelmente entre os casacos. Preparei comida, porém ela não aceitou, dizendo apenas que não tinha fome. Não pressionei, sabendo de sua indisponibilidade. Comi, pois devo agora ser forte por todos. Depois, sentindo em mim o medo do que poderia vir, tracei um círculo em volta de onde madame Mina estava sentada, tracei-o grande, para o conforto dela, e por cima do círculo despejei um pouco da hóstia – despejei com capricho para que tudo ficasse bem protegido. Ela ficou sentada imóvel todo o tempo, tão imóvel como um morto, e ficou pálida e cada vez mais pálida até que nem a neve era mais pálida, e nem uma palavra ela disse. Mas, quando eu me aproximei, ela se agarrou a mim e eu senti que a pobre alma se sacudia da cabeça aos pés com um tremor que me era doloroso sentir.

Eu disse, quando ela se acalmou um pouco:

– A senhora não quer ficar mais perto do fogo? – pois desejei fazer um teste sobre o que ela conseguia.

A senhora Harker se levantou, obediente, mas, ao dar o primeiro passo, estancou e ficou congelada como se ferida.

– Por que não um pouco mais perto? – perguntei.

Mina balançou a cabeça e, recuando, sentou-se de volta no lugar. Então, olhando para mim com olhos arregalados, como alguém acordado de um sonho, falou simplesmente:

– Não consigo! – E se calou.

Eu me alegrei, pois sabia que o que ela não conseguisse também não conseguiriam aqueles que tememos. Embora pudesse haver perigo para o corpo, a alma dela estava segura!

Dali a pouco os cavalos começaram a gritar e a forçar as cordas, até que fui lá e os acalmei. Quando sentiram minhas mãos, eles gemeram como se ficassem alegres e lamberam meus dedos e ficaram tranquilos por um período. Muitas vezes ao longo da noite eu fui até eles, então chegou a hora fria, quando tudo na natureza está em seu ponto mais baixo, e toda vez minha chegada trazia calma para eles. Nesta mesma hora a fogueira começou a apagar, eu estava prestes a ir reabastecer o fogo, pois agora a neve chegava em rajadas voadoras e com uma bruma gelada. Mesmo no escuro havia algum tipo de luz, como sempre há quando neva, e pareceu que a borrasca de neve e as espirais de bruma tomaram a forma de mulheres em trajes compridos que se arrastavam. Tudo estava em um silêncio mortal e sombrio, apenas os cavalos grunhiam e se encolhiam, parecendo aterrorizados.

Comecei a ter medo, medos horríveis, mas então me veio a sensação de segurança do círculo onde eu estava. Eu comecei a pensar também que minhas imaginações resultavam da noite, da escuridão e da inquietação que eu tinha sofrido, e de toda aquela ansiedade terrível. Era como se eu estivesse sendo enganado pelas minhas recordações das experiências terríveis que Jonathan viveu, pois os flocos de neve e a bruma começaram a girar ao redor, até que eu tive uma espécie de vislumbre sombreado daquelas mulheres que o beijaram. Os cavalos se encolheram mais e mais, e gemeram de terror como os homens gemem de dor. A loucura do pavor os impediu de fugir. Temi pela minha querida madame Mina quando aquelas estranhas figuras se aproximaram e a rodearam. Olhei para ela e a encontrei placidamente sentada, sorrindo para mim. Quando fiz menção de me aproximar do fogo para abastecê-lo, ela me segurou e puxou para trás, cochichando, em uma voz tão baixa como as que ouvimos em sonho:

– Não! Não! Não saia. Aqui o senhor está seguro!

Então me virei para ela e encarando-a falei:

– Mas e a senhora? É pela senhora que eu temo!

Ao que ela respondeu com uma risada, um riso baixo e irreal.

– Medo por mim! Mas por que temer por mim? Ninguém no mundo está mais a salvo delas do que eu!

E, enquanto eu ponderava o significado das palavras, um sopro do vento reavivou a chama, e eu vi a cicatriz vermelha em sua testa. Então, pobre de mim, eu soube. Se não tivesse sabido ali, saberia pouco depois, porque as figuras que rodopiavam na bruma e neve chegaram mais perto, embora sempre para fora do círculo sagrado. Elas começaram a se materializar até que, se Deus não me tirou a sanidade, pois eu vi com meus próprios olhos, estavam diante de mim, em carne, as mesmas três mulheres que Jonathan viu no quarto, e que o beijaram. Eu conhecia as formas arredondadas e ondulantes, o olhar duro nos olhos acesos, os dentes brancos, a cor avermelhada, os lábios carnudos. Elas sorriram para a pobre e querida madame Mina; quando seu riso cortou o silêncio da noite, elas entrelaçaram os braços e apontaram para ela, dizendo, naquele intolerável e doce tinido que Jonathan comparou a copos com água tocados por mãos inábeis:

– Venha, irmã. Venha para nós. Venha! Venha!

Com medo eu me virei para a querida madame Mina, e com o alívio meu coração se reavivou como uma labareda, pois, ah, o terror em seus doces olhos, a repulsa, o pavor, tudo me contou uma história que era toda de esperança. Deus seja louvado por ela ainda não lhes pertencer. Peguei uma acha de lenha que estava ao lado e, empunhando um pouco de hóstia, avancei até elas na direção do fogo. Elas recuaram, rindo aquele riso horroroso, baixo. Alimentei o fogo com a acha e não as temi, pois sabia que madame Mina e eu estávamos seguros com nossas proteções: elas não podiam se aproximar de mim enquanto eu estivesse armado com a hóstia, nem de madame Mina enquanto ela permanecesse no círculo, do qual ela não tinha mais capacidade de sair do que as outras de entrar. Os cavalos haviam parado de gemer e estavam imóveis no chão, a neve caía lentamente e eles foram ficando brancos. Eu sabia que para as pobres bestas já não haveria mais terror.

E assim nós ficamos até que os raios avermelhados da alvorada venceram a escuridão da neve. Eu estava desolado, amedrontado e cheio de aflição e terror, porém, quando o lindo sol começou a subir no horizonte, houve vida para mim de novo. Aos primeiros sinais do amanhecer, as figuras horríveis se dissolveram entre a bruma e a neve, as espirais de escuridão translúcida se afastaram em direção ao castelo e desapareceram.

Instintivamente, com a chegada da manhã, eu me voltei para madame Mina pretendendo hipnotizá-la, mas ela havia caído em um sono profundo e súbito, do qual não consegui despertá-la. Tentei a hipnose, mas ela não teve a menor reação, então o dia clareou. Ainda tenho receio de me mexer. Alimentei o fogo e fui ver os cavalos – estão todos mortos. Hoje eu tenho muito a fazer aqui, e vou aguardar até que o sol esteja alto, pois pode haver lugares aonde eu precise ir e nos quais este sol, embora turvado pela neve e pela bruma, será para mim uma segurança.

Vou me fortalecer com o café da manhã e então partirei para meu terrível trabalho. Madame Mina ainda dorme e, graças a Deus, está muito tranquila em seu sono.

## Diário de Jonathan Harker

### 4 de novembro, de tarde

O acidente com o vapor foi uma coisa terrível para nós. Se não fosse por isso, teríamos há muito alcançado o barco, e a esta altura minha amada Mina já estaria liberta. Tenho medo de pensar nela, no descampado próximo àquele lugar horrível. Conseguimos cavalos e continuamos no caminho. Escrevo enquanto Godalming se apronta. Temos as armas. Os szgany que tenham cuidado, se pretenderem lutar. Ah, se pelo menos Morris e Seward estivessem conosco. Só podemos torcer! Se eu não escrever mais, adeus, Mina! Que Deus a abençoe e proteja.

## Diário do doutor Seward

### 5 de novembro

Ao amanhecer, vimos um grupo de szgany à nossa frente, afastando-se do rio com uma carroça. Eles estavam aglomerados, cercando-a, e corriam como se perseguidos. Está nevando um pouco e há uma estranha inquietude no ar. Talvez sejam nossos próprios sentimentos, mas a opressão é estranha. Muito ao longe, ouço uivos de lobos, a neve os traz das montanhas para baixo e há perigo de todos os lados. Os cavalos estão quase prontos e em breve partiremos. Cavalgaremos até a morte de um. Só Deus sabe quem, ou onde, ou o quê, ou quando, ou como há de ser…

## Memorando do doutor Van Helsing

### 5 de novembro, tarde

Ao menos estou lúcido. Graças a Deus por Sua misericórdia, em todo caso, embora a prova tenha sido assustadora. Quando deixei madame Mina dormindo dentro do círculo sagrado, rumei para o castelo. O martelo de ferreiro que eu trouxe na carruagem vindo de Veresti foi útil: embora todas as portas estivessem abertas, eu as separei das dobradiças, não fosse alguma intenção perversa, ou acaso perverso, trancá-las, deixando-me lá dentro sem poder sair. A amarga experiência de Jonathan também me foi útil. Ao recordar seu diário, encontrei o caminho para a velha capela, pois sabia que lá me esperava o trabalho. O ar era sufocante – parecia haver um fumo sulfuroso que por vezes me deixou zonzo. Ou havia um rugido em meus ouvidos ou eu escutei uivos de lobos ao longe. Então refleti sobre minha querida madame Mina e me vi em uma situação terrível. O dilema me prendeu entre seus chifres.

Não ousei trazer Mina para este lugar, deixando-a em vez disso a salvo do vampiro dentro do círculo sagrado, mas ainda assim lá poderiam estar os lobos! Concluí que meu trabalho era no castelo e que, quanto aos lobos, deveria me submeter à vontade de Deus. Em qualquer caso, só haveria morte e liberdade depois. Então decidi por ela. Se tivesse escolhido por mim, a decisão seria fácil: era melhor descansar no estômago do lobo do que na cova do vampiro. Então fiz minha escolha e continuei com o trabalho.

Eu sabia que havia pelo menos três túmulos a encontrar, túmulos que estariam ocupados, então procurei, procurei, e encontrei um deles. Ela estava dormindo seu sono de vampira, tão cheia de vida e de beleza voluptuosa que eu estremeci, embora tenha ido lá para cometer um assassinato. Ah, sem dúvida, nos tempos antigos, muitos homens que se dispuseram a uma missão como a minha descobriram que o coração lhes falhava, e em seguida seus nervos. Então ele iria se demorar, demorar e demorar, até que a mera beleza e a fascinação da morta-viva sensual o hipnotizariam, e ele permaneceria por mais e mais tempo, até a chegada do poente e o fim do sono da vampira. Então os lindos olhos se abririam e revelariam desejo, e a boca lasciva se ofereceria para um beijo; o homem é fraco. E lá estaria mais uma vítima para a horda dos vampiros, mais um engrossando as fileiras sombrias e terríveis dos mortos-vivos.

Sem dúvida ocorre algum fascínio, quando me sinto tocado pela mera presença dela, mesmo estando deitada, como estava, em um túmulo carcomido pelo tempo e pesadamente coberto pela poeira dos séculos, e apesar do fedor horrível, igual ao dos covis do Conde. Sim, eu titubeei. Eu, Van Helsing, com todo o meu propósito e todas as minhas razões para ódio, fiquei mexido. Cedi a uma demora que pareceu paralisar minhas faculdades e obstruir minha alma. Pode ser que a falta de sono tranquilo e a estranha opressão do ar estivessem começando a me dominar. Certamente eu estava me abandonando ao sono, àquele sono de olhos abertos de quem se curva a um doce enlevo, quando através do ar imobilizado pela neve chegou um lamento baixo, longo, tão cheio de angústia que me acordou como o toque de um clarim. Pois era a voz da minha querida madame Mina que eu estava ouvindo.

Então eu me agarrei ao meu trabalho horrível e descobri, ao arrancar a parte de cima dos outros túmulos, mais uma das irmãs, a morena. Não me atrevi a observá-la como havia observado a irmã, não fosse eu mais uma vez ceder ao feitiço. Prossegui na busca até pouco depois encontrar, em uma sepultura muito grande, como se construída para alguém muito amado, a outra linda irmã, que, tal como Jonathan, eu tinha visto formar-se a partir dos átomos da névoa. Ela era tão linda, tão radiantemente bonita e extraordinariamente sensual, que o instinto masculino em mim, que leva alguns do meu sexo a amar e proteger as do sexo dela, fez minha cabeça girar com uma nova emoção. Mas, graças a Deus, o lamento da alma da minha querida madame Mina ainda ecoava em meus ouvidos e, antes que o encantamento voltasse a me dominar, eu recuperei o controle de meus nervos e realizei minha tarefa selvagem. A essa altura eu já havia vasculhado todos os túmulos da capela, até onde podia afirmar, e, como tinha havido apenas três desses fantasmas mortos-vivos ao nosso redor durante a noite, presumi que não existiam outros mortos-vivos. Havia uma sepultura maior e mais nobre do que todas as outras; era enorme e refinada na mesma proporção. Nela havia uma única palavra: DRÁCULA.

Aquele era o lar do Rei dos Vampiros, a quem tantos mais se deviam. O fato de estar vazio falou com eloquência para reafirmar o que eu sabia. Antes de começar a restituir aquelas mulheres aos seus próprios eus mortos por meio do meu trabalho horrível, despejei sobre o túmulo de Drácula um pouco de hóstia, assim banindo o morto-vivo dali para sempre.

Então teria início minha terrível missão, e eu a temia. Se fosse apenas uma, seria comparativamente fácil. Mas três! Recomeçar duas vezes depois de ter cumprido o primeiro passo horroroso, horroroso, sim, pois, se foi horrível com a senhorita Lucy, que era tão doce, o que não estaria à minha espera com estas, que tinham sobrevivido por tantos séculos e se fortalecido com a passagem do tempo e que iriam, se pudessem, lutar por suas vidas imundas?

Ah, amigo John, foi trabalho de açougueiro, se eu não tivesse, para me encorajar, pensamentos sobre a outra morta, e sobre a vida daquela sobre quem recai um véu de medo, eu não teria continuado. Tremi até o fim, e tremo ainda, mas graças a Deus meus nervos aguentaram. Se eu não tivesse visto o repouso da primeira vez, e o alívio que sobreveio pouco antes da dissolução final, quando a alma foi reconquistada, eu não poderia ter continuado com meu trabalho de açougueiro. Eu não teria suportado os guinchos horríveis quando a estaca entrou, os estremecimentos convulsivos, a espuma ensanguentada brotando entre os lábios. Eu teria partido aterrorizado, deixando o trabalho incompleto. Mas acabou! Agora posso me apiedar daquelas pobres almas e chorar por elas, quando as recordo plácidas, em seu sono mortal eterno, durante um momento antes de desaparecerem. Porque, amigo John, minha lâmina mal tinha seccionado a cabeça de cada uma quando o corpo todo começou a se dissolver e se esmigalhar, voltando à condição original de pó, como se a morte, que deveria ter vindo séculos atrás, houvesse afinal se aproximado e gritado, de uma vez e muito alto: “Cá estou!”.

Antes de ir embora do castelo, eu dei às entradas um tratamento para que nunca mais o Conde possa lá entrar como morto-vivo.

Quando entrei no círculo onde a madame Mina estava dormindo, ela acordou e, olhando para mim, exclamou com sofrimento na voz que eu havia suportado coisas demais.

– Venha! – ela disse. – Vamos embora deste lugar horrível. Vamos encontrar meu marido, que eu sei que vem vindo em nossa direção.

Ela parecia magra, pálida e fraca, mas o olhar estava puro e incandescente de fervor. Fiquei grato por constatar a palidez e a fraqueza, pois minha mente estava cheia do horror recente daquele sono vampiresco avermelhado.

E assim, com fé e esperança, mas também com muito medo, vamos para o leste ao encontro dos nossos amigos e "dele", de quem madame Mina diz "saber" que está vindo nos encontrar.

## Diário de Mina Harker

### 6 de novembro

Já era fim de tarde quando o professor e eu tomamos a direção leste, de onde eu sabia que Jonathan estava vindo. Não fomos depressa, embora o caminho fosse um declive acentuado, porque tivemos de levar junto os casacos e tapetes; não nos atrevemos a encarar a possibilidade de ficar no meio da neve sem uma proteção contra o frio. Também precisamos carregar algumas provisões, pois estávamos em um lugar perfeitamente deserto e, até onde conseguíamos enxergar através da neve, não havia nem sinal de alguma habitação. Quando havíamos percorrido cerca de um quilômetro, eu estava cansada pelo peso da carga e me sentei. Então nós olhamos para trás e vimos a silhueta nítida do castelo de Drácula recortada contra o céu; havíamos descido tanto em relação à construção que o ângulo da perspectiva dos Cárpatos ficava bem abaixo dela. Vimos o castelo em toda a sua imponência, encarapitado a trezentos metros de altura, no topo de um precipício íngreme, e com um aparente intervalo enorme entre ele e as encostas das montanhas adjacentes de qualquer lado. O castelo tinha algo de selvagem e sinistro. Escutamos lobos uivando ao longe. Estavam distantes, mas o barulho, mesmo chegando abafado através da nevasca decrescente, era repleto de terror. Eu soube, pelo modo como o doutor Van Helsing olhava em volta, que ele estava procurando um ponto estratégico onde nós ficaríamos menos expostos em caso de ataque. A estrada acidentada continuava descendo – podíamos vê-la serpenteando na neve.

Dali a pouco o professor me fez um sinal, então me levantei. Ele havia encontrado um local maravilhoso, uma espécie de cavidade natural em uma rocha, com uma entrada do tamanho de uma porta entre as duas laterais da pedra. Van Helsing me tomou pela mão e me conduziu para dentro.

– Veja! Aqui a senhora estará abrigada, e, se os lobos vierem, eu poderei enfrentá-los um a um.

Ele trouxe para dentro os casacos e fez para mim o ninho mais aconchegante, pegou alguns alimentos e me ofereceu. Mas não consegui comer; mesmo tentar era tão repulsivo que, por mais que eu quisesse agradá-lo, não consegui me forçar. Van Helsing pareceu triste, mas não me repreendeu. Tirando o binóculo da maleta, subiu ao topo da rocha e começou a vasculhar o horizonte. De repente, ele chamou:

– Olhe! Madame Mina, olhe, olhe!

Eu corri e me pus ao lado dele no alto da rocha. Ele me passou o binóculo e apontou. A neve estava caindo mais intensamente agora, e flocos rodopiavam com ferocidade, pois um vento forte começava a soprar. No entanto, havia intervalos entre as rajadas e, dada a altura em que estávamos, era possível enxergar um trecho bastante amplo. Muito ao longe, depois da brancura desolada da neve, consegui ver o rio, parecendo uma fita preta arrumada em cima do chão, com dobras e curvas. Bem à nossa frente e não muito distante, na verdade tão perto que me perguntei como não percebemos antes, vinha um grupo de homens a cavalo, correndo. No meio deles havia uma carroça de carga, que a cada irregularidade do caminho balançava de um lado ao outro como o rabo de um cão abanando. Recortados contra a neve como estavam, suas roupas eram nítidas, e por elas eu soube que eram camponeses ou algum tipo de ciganos.

Na carroça havia uma grande arca quadrada. Meu coração deu um pulo quando a vi, pois senti que o fim estava chegando. A noite não demoraria e eu bem sabia que, ao poente, a Coisa, que até então estava presa ali, reganharia sua liberdade e poderia de muitas formas evitar a nossa perseguição. Temerosa, virei-me para o professor, e para minha consternação, porém, ele não estava lá. Um instante depois, eu o vi abaixo de mim. Em torno da rocha ele havia traçado um círculo, como o que nos abrigou uma noite antes. Quando terminou, ele voltou para o meu lado e falou:

– Ao menos a senhora estará a salvo "dele"!

Ele retomou o binóculo das minhas mãos e na pausa seguinte da nevasca esquadrinhou de novo o espaço abaixo de nós.

–Veja! Eles estão indo rápido. Estão açoitando os cavalos e galopando o mais depressa que podem.

Van Helsing se interrompeu e prosseguiu, em uma voz surda:

– Estão correndo para o poente. Talvez seja tarde demais. Que seja feita a vontade de Deus!

Mais uma rajada de neve caiu girando, e toda a vista ficou bloqueada. No entanto logo passou, e mais uma vez o binóculo foi apontado para a planície. De repente, ele gritou:

– Olhe! Olhe! Olhe! Veja, dois homens a cavalo os estão seguindo rápido, vindos do sul. Devem ser Quincey e John. Pegue o binóculo. Olhe antes que a neve cubra tudo!

Eu peguei e olhei. Os dois homens poderiam ser o doutor Seward e o senhor Morris. De qualquer forma, eu sabia que nenhum era Jonathan. Ao mesmo tempo, eu "sabia" que Jonathan não estava muito longe. Olhando ao redor, vi que do lado norte vinham outros dois homens, cavalgando a uma velocidade perigosa. Um deles eu soube que era Jonathan e o outro eu presumi, claro, ser lorde Godalming. Eles também estavam perseguindo o grupo com a carroça. Quando contei ao professor, ele berrou de alegria como um menino e, depois de observar intensamente, até que a neve mais uma vez impediu, ele pegou o rifle Winchester e o deixou pronto para uso, apoiado na lateral da rocha junto à abertura do nosso abrigo.

– Eles estão todos convergindo – ele disse. – Quando a hora chegar, teremos ciganos por todos os lados.

Eu também peguei meu revólver, pois, enquanto falávamos, o uivo dos lobos ficou mais alto e próximo. A neve diminuiu um pouco, e nós olhamos de novo. Era estranho ver como nevava tão pesado perto de nós, enquanto, mais além, o sol brilhava com cada vez mais força, enquanto se aproximava do cume das montanhas. Movendo o binóculo ao redor, eu vi aqui e ali pontos se movendo sozinhos: em grupos de dois, de três e até mais, os lobos estavam se reunindo para caçar.

Cada segundo parecia uma eternidade, enquanto esperávamos. O vento chegava agora em explosões ferozes, e a neve era soprada com fúria enquanto caía em redemoinhos. Às vezes, não conseguíamos enxergar um palmo à frente, e às vezes, varrido pelo vento, o ar ficava muito limpo, e permitia uma visão estendida. Estávamos tão treinados na observação do alvorecer e do poente que, agora, sabíamos com bastante exatidão quando ocorreriam. Naquele momento, soubemos que não tardaria até que o sol se pusesse. Era difícil acreditar em nossos relógios, que diziam que a espera no abrigo rochoso tinha sido inferior a uma hora, antes que as várias figuras começassem a convergir tão perto de nós. A ventania soprava com mais ferocidade e em rajadas mais violentas, e com mais constância vinha do norte. Parecia ter afastado de nós as nuvens de neve, pois agora nevava apenas em explosões ocasionais. Conseguíamos distinguir claramente os indivíduos de cada grupo, os perseguidos e os perseguidores. Estranhamente, os perseguidos pareciam não perceber que estavam sendo perseguidos, ou ao menos não se importar; pareciam, porém, acelerar ao máximo, avançando no dobro da velocidade, enquanto o sol seguia se aproximando das montanhas.

Mais e mais perto eles chegavam. O professor e eu nos abaixamos atrás da nossa rocha e empunhamos nossas armas. Percebi que ele estava decidido a não permitir que eles passassem. Todos e cada um estavam inconscientes da nossa presença.

De repente, duas vozes gritaram:

– *Halt*!

Uma era a do meu Jonathan, em um timbre alto de agitação; a outra era o forte e resoluto comando tranquilo do senhor Morris. Os ciganos talvez não conhecessem a língua, mas o tom não deixava possibilidade de dúvida, fosse qual fosse o idioma em que as palavras eram ditas. Instintivamente, eles puxaram as rédeas, e, no mesmo instante em que lorde Godalming e Jonathan surgiram de um lado, o doutor Seward e o senhor Morris apareceram do outro. O líder dos ciganos, um sujeito de aparência admirável, que montava como se fosse um centauro, acenou de volta para eles, e em uma voz áspera deu aos companheiros algum comando para continuarem. Eles açoitaram os cavalos e dispararam em frente, mas os quatro homens levantaram os rifles Winchester, ordenando de forma indubitável que parassem. No mesmo instante, o doutor Van Helsing e eu nos levantamos atrás da rocha e apontamos nossas armas contra eles. Vendo que estavam cercados, os homens puxaram as rédeas. O líder lhes disse alguma coisa e em resposta todos os homens do grupo cigano pegaram a arma que tinham, fosse faca ou pistola, e se prepararam para o ataque. A questão foi acertada em um instante.

O líder, com um ágil movimento das rédeas, pôs o cavalo a galope para a frente, e, apontando primeiro para o sol, agora muito perto do cume das montanhas, e depois para o castelo, disse algo que não entendi. Em resposta, os quatro homens do nosso grupo saltaram de seus cavalos e correram em direção à carroça. Eu deveria ter sentido um medo terrível ao ver Jonathan correr tamanho perigo, mas creio que o ardor da batalha tenha baixado sobre mim tal como sobre eles. Não tive medo, apenas um desejo selvagem e crescente de fazer alguma coisa. Percebendo a movimentação rápida do nosso grupo, o líder dos ciganos deu um comando. Seus homens instantaneamente rodearam a carroça, em uma espécie de esforço desorganizado, cada um ombreando e empurrando o outro na ânsia de cumprir a ordem.

Em meio a tudo isso, vi que Jonathan, em uma lateral, e Quincey na outra, estavam abrindo caminho à força até a carroça. Era óbvio que eles estavam decididos a terminar o serviço antes que o sol se pusesse. Nada parecia pará-los nem os impedir. Nem as armas empunhadas ou as lâminas cintilantes dos ciganos à frente, nem os uivos dos lobos atrás, parecia sequer despertar a atenção deles. O ímpeto de Jonathan e a patente individualidade de seu objetivo pareceram intimidar os que estavam à sua frente, e instintivamente eles recuaram para o lado e o deixaram passar. Em um instante, ele pulou para cima da carroça e, com uma força que parecia inacreditável, suspendeu a grande caixa e a atirou ao chão. Enquanto isso, o senhor Morris precisou usar força para abrir passagem em seu lado da barreira dos szgany. Durante todo o tempo em que mantive a respiração presa observando Jonathan, com o canto dos olhos eu vi o senhor Morris forçar passagem desesperadamente para avançar, vi as facas dos ciganos faiscar enquanto ele abria caminho no meio deles, e vi quando uma o cortou. Ele amorteceu o golpe com um facão de caça e no começo eu pensei que também tinha conseguido atravessar o cordão humano em segurança, porém, quando ele pulou para o lado de Jonathan, que enquanto isso já tinha saltado da carroça, vi que ele estava pressionando a mão esquerda no flanco, e que sangue brotava por entre os dedos. Apesar disso, ele não se deteve, pois, enquanto Jonathan, com a energia nascida do desespero, tinha atacado uma das extremidades da arca, tentando arrancar a tampa com a grande faca Kukri, ele atacou a extremidade oposta com o facão. Sob o esforço de ambos os homens, a tampa começou a ceder, os pregos se soltaram com um guincho rápido, e a parte de cima do caixão foi jogada longe.

A essa altura, os ciganos, vendo-se na mira das Winchesters e à mercê de lorde Godalming e do doutor Seward, haviam se rendido e não ofereciam resistência. O sol estava quase atrás dos picos das montanhas, e o grupo projetava sombras compridas na neve. Vi o Conde deitado na caixa por cima da terra. A brusquidão da queda, da carroça para o chão, tinha espalhado um pouco de terra também por cima dele. Estava mortalmente pálido, como um boneco de cera, e os olhos vermelhos exibiam aquela horrível expressão vingativa que eu conhecia tão bem.

Enquanto eu observava, os olhos dele viram o sol baixando, e a expressão de ódio se transformou em triunfo.

Mas, naquele mesmo instante, vieram o movimento e o clarão da faca de Jonathan, e eu gritei quando ela rasgou a garganta; ao mesmo tempo, o facão do senhor Morris foi cravado no coração.

Foi como um milagre; bem diante dos meus olhos, e pelos segundos de uma respiração, o corpo todo se esfarelou, virou pó e sumiu da nossa vista.

Serei eternamente grata por, naquele momento de dissolução final, ter surgido no rosto dele um ar de paz, como eu nunca teria imaginado que poderia haver ali.

O castelo de Drácula se destacava contra o céu vermelho, e cada pedra de suas muralhas destruídas estava nítida à luz do sol poente.

Os ciganos, presumindo que nós éramos de algum modo a causa do desaparecimento do homem morto, viraram-se, sem uma palavra, e fugiram como que pela própria vida. Os que não estavam montados saltaram para a carroça e gritaram para que os cavaleiros não os abandonassem. Os lobos, que haviam se retirado para uma distância segura, os acompanharam, deixando-nos em paz.

O senhor Morris estava caído no chão, apoiado no cotovelo, pressionando a mão no flanco; o sangue jorrava por entre os dedos. Corri na direção dele, pois agora o círculo sagrado não mais me retinha; também os dois médicos correram. Jonathan se ajoelhou ao lado e o homem ferido pousou a cabeça no ombro dele. Dando um suspiro e fazendo um tímido esforço, ele usou a mão livre para pegar a minha. Deve ter visto a aflição do meu coração no meu rosto, pois sorriu e disse:

– Fico contente por ter sido de alguma serventia. Ah, meu Deus! – ele gritou de repente, tentando se sentar e apontando para mim. – Valeu a pena morrer por isso. Vejam, vejam!

O sol estava agora exatamente sobre o cume da montanha. Raios vermelhos caíram sobre meu rosto e me banharam em uma luz rosada. Em um único impulso, os homens se puseram de joelhos e um profundo e grave "Amém" lhes saiu dos lábios em uníssono, quando seus olhares acompanharam a direção para onde o dedo dele apontava. O agonizante falou:

– Graças a Deus que tudo não foi em vão! Vejam, nem a neve é tão pura quanto a testa dela! A maldição passou!

E, para nosso amargo pesar, com um sorriso e em silêncio, ele faleceu – um nobre cavalheiro.

# Nota

Sete anos atrás, todos nós atravessamos labaredas. A felicidade de alguns de nós desde então mais do que compensa, nós achamos, o sofrimento que suportamos. É uma alegria a mais para Mina e para mim que o aniversário de nosso filho seja no mesmo dia em que Quincey morreu. Eu sei que a mãe tem a crença secreta de que algo do espírito corajoso do nosso amigo tenha passado para ele. A fiada de nomes que ele tem reúne todo o nosso pequeno bando, mas nós o chamamos de Quincey.

No último verão, fizemos uma viagem para a Transilvânia e passamos pelo terreno que era, e ainda é, tão cheio de lembranças vívidas e terríveis para nós. Foi quase impossível acreditar que as coisas que vimos com os nossos próprios olhos e escutamos com nossos próprios ouvidos eram realmente verdadeiras. Todos os rastros de tudo aquilo foram apagados. O castelo permanecia como antes, empinado lá no alto, reinando sobre uma vastidão deserta.

Quando voltamos para casa, conversamos sobre os velhos tempos, para os quais podíamos olhar agora sem desespero, pois tanto Godalming quanto Seward estão casados e felizes. Retirei os papéis do cofre onde eles ficaram desde a nossa volta, tanto tempo atrás. Ficamos estupefatos com o fato de que, em meio à massa de material que compõe os registros, mal existe um documento original – o que existe são maços de folhas datilografadas, exceto os últimos diários de Mina, Seward e meus, e o memorando de Van Helsing. Mesmo que quiséssemos, seria difícil pedir a alguém que aceitasse isso como prova de uma história tão brutal. Van Helsing resumiu muito bem quando disse, com nosso filho em seu colo:

– Nós não queremos provas, não pedimos a ninguém que acredite em nós! Este menino saberá um dia que mulher corajosa e nobre a mãe dele é. Ele já sabe de sua doçura e seu amor; mais tarde, compreenderá que alguns homens a amaram tanto que arriscaram tudo por ela.

Jonathan Harker

**The End**